DROEMER

*Von John Katzenbach sind bereits folgende Titel
in der Verlagsgruppe Droemer Knaur erschienen:*
Die Anstalt
Der Patient
Das Opfer
Der Fotograf
Das Rätsel
Der Täter
Die Rache
Der Sumpf
Das Tribunal
Der Reporter
Der Wolf
Der Professor
Der Psychiater
Die Grausamen
Der Verfolger
Der Bruder
Die Komplizen

Über den Autor:
John Katzenbach, geboren 1950, war ursprünglich Gerichtsreporter für den *Miami Herald* und die *Miami News*. Bei Droemer Knaur sind bislang zahlreiche Thriller von ihm erschienen, jeder von ihnen ein Bestseller. Zweimal war Katzenbach für den Edgar Award, den renommiertesten amerikanischen Krimipreis, nominiert. Er lebt in Amherst/Massachusetts.

JOHN KATZENBACH

DER
BRUDER

Psychothriller

Aus dem amerikanischen Englisch von
Anke und Eberhard Kreutzer

Besuchen Sie uns im Internet:
www.droemer.de

Aus Verantwortung für die Umwelt hat sich die Verlagsgruppe
Droemer Knaur zu einer nachhaltigen Buchproduktion verpflichtet.
Der bewusste Umgang mit unseren Ressourcen, der Schutz unseres Klimas
und der Natur gehören zu unseren obersten Unternehmenszielen.
Gemeinsam mit unseren Partnern und Lieferanten setzen wir uns
für eine klimaneutrale Buchproduktion ein, die den Erwerb von
Klimazertifikaten zur Kompensation des CO_2-Ausstoßes einschließt.
Weitere Informationen finden Sie unter: www.klimaneutralerverlag.de

Eigenlizenz Dezember 2022
Droemer Taschenbuch
Deutsche Erstausgabe Dezember 2020
Droemer Verlag
© 2020 by John Katzenbach
© 2020 der deutschsprachigen Ausgabe Droemer Verlag
Ein Imprint der Verlagsgruppe
Droemer Knaur GmbH & Co. KG, München
Die Strophe aus dem Song »See What A Love Can Do?« auf S. 11 wurde
mit freundlicher Genehmigung zitiert: written by Nils Lofgren
(www.nilslofgren.com) courtesy of Hilmer Music Publishing Company Inc.
Alle Rechte vorbehalten. Das Werk darf – auch teilweise – nur
mit Genehmigung des Verlags wiedergegeben werden.
Redaktion: Antje Steinhäuser
Covergestaltung: ZERO Werbeagentur, München
Coverabbildung: Cousin_Avi, Nadezhda Kharitonova,
ifong / shutterstock.com
Satz: Adobe InDesign im Verlag
Druck und Bindung: CPI books GmbH, Leck
ISBN 978-3-426-30677-2

2 4 5 3 1

ERSTER PROLOG

DER UNERWARTETE BONUS

Der Privatdetektiv wählte auf dem Wegwerfhandy die einzige Nummer, die der Klient ihm bei der Auftragserteilung gegeben hatte. Zu seiner Überraschung meldete sich der Klient beim zweiten Klingelton.

»Ah, der Privatdetektiv. Gut, von Ihnen zu hören. Also, was gibt's Neues? Ich bin ganz Ohr.«

»Ich denke, Sie werden zufrieden sein«, antwortete der Detektiv prompt. »Name, Adresse, Telefonnummer. Ich habe einige Fotos, auch von der Tochter, nur dass sie, wie Sie natürlich wissen, inzwischen erwachsen ist. Zeit- und Altersangaben – passt alles zu den Eckdaten, die ich von Ihnen habe, ich bin mir also ziemlich sicher, dass ich Ihre Zielperson gefunden habe. Sobald Sie die Bilder sehen, können Sie sich selbst davon überzeugen. Die sind zwar nicht allzu toll – ich habe sie jeweils in der Menschenmenge fotografiert oder auch, wie von Ihnen gewünscht, aus einem versteckten Winkel, sodass sie mich nicht sehen konnte, trotzdem. Ich glaube nicht, dass ich aufgeflogen bin – ganz sicher lässt sich das natürlich nie sagen. Wie auch immer, ich kann Ihnen noch heute alles in Ihr Büro schicken.«

»Darf ich neugierig sein: Wie sind Sie fündig geworden? Eine ganze Reihe Ihrer Kollegen sind gescheitert.«

»Beharrlichkeit. Und ein Quäntchen Glück.«

»Glück? Welcher Art?«

»Na ja, nach allem, was ich über die Vorgeschichte von Ihnen wusste, habe ich meine Suche auf New York und Connecticut sowie vier weitere Bundesstaaten in New England konzentriert. Massachusetts, New Hampshire, Vermont. Aus naheliegenden Gründen mit Schwerpunkt auf Maine …«

»Versteht sich.«

»Jede Menge Sackgassen und Hürden. Ehrlich gesagt hatte ich selbst meine Zweifel, ob ich den Fall würde knacken können, wie wohl die anderen auch …«

»Die haben alle mein Geld eingesackt und dann irgendwann aufgegeben. Ich war ziemlich frustriert.«

»Na ja, ich habe mir sämtliche Fakten angeschaut, die Sie mir eingangs gaben, und mir kam eine Idee. Die militärische Sterbekasse. Als Nächstes musste ich mir Zugang zu den Akten der Veteranenverwaltung verschaffen, ein paar Jahrzehnte zurück. Ziemlich öde Fleißarbeit, aber ich brauchte ja einfach nur einen Namen. Ich ging davon aus, dass sie ihre Berechtigung für die Todesfallleistung zur Hinterbliebenenversorgung beweisen musste. In dem Fall würde es auch eine Papierspur geben. Ich hoffte einfach darauf, dass ein Name zum anderen weiterführt. Ich konnte auf jemanden zurückgreifen, der mir diesen Zugang verschaffte. Der Bursche schuldete mir einen großen Gefallen.«

»Einen Gefallen?«

»Na ja, sagen wir einfach, als ich ihn darum bat, konnte er es mir nicht abschlagen.«

»Konnte nicht?«

»Der Bursche hatte wirklich abnorme Vorlieben, die er vor allen verbergen konnte, nur nicht vor mir.«

Schweigen. Dann lachte der Klient laut auf.

»Na ja, sagen wir einfach, der Zweck heiligt die Mittel.«

»Das gilt in meinem Metier so gut wie immer«, erwiderte der Privatdetektiv.

»In meinem auch«, sagte der Klient. »Sie hatten also einen Namen …«

»Ja. Und der wiederum brachte mich auf einen Immobilienverkauf, der über zehn Jahre später abgewickelt wurde. Ein altes Farmhaus in Maine. Der Erlös ging damals an eine Person, die vor ein paar Jahren gestorben ist, und wurde anschließend auf das Konto einer anderen Person in einer anderen Kleinstadt im Bundesstaat New York überwiesen. Harte Nuss, aber dann – bingo!«

Schweigen. Als dächte der Klient über etwas nach.

»Ausgezeichnet. Und jetzt zum Thema Diskretion ...«

»Ich führe keine Akten oder Dateien über meine Auftraggeber«, log der Privatdetektiv, wenn auch nur ein bisschen. Tatsächlich legte er zu jedem Fall eine verschlüsselte Datei an.

Der Detektiv konnte nicht genau einschätzen, ob der Klient die Lüge schluckte oder nicht. Doch er fügte mit Eifer hinzu: »Mir ist sehr daran gelegen, dass Sie mit meinen Diensten vollauf zufrieden sind.«

Was er *nicht* aussprach: *Sie sind reich, und ich würde gerne wieder für Sie arbeiten, weil Sie mich verdammt gut bezahlen.*

»Das bin ich auch. Und nun zu Ihrem Honorar – ich gehe davon aus, dass Sie auch Bargeld annehmen.«

»Selbstverständlich, danke. Und wenn ich noch irgendetwas für Sie tun kann, falls Sie wieder einmal Ermittlungsdienste benötigen ...«

»Sind Sie der Erste, den ich anrufe. Versprochen.«

Genau das, was der Detektiv hören wollte.

»Schön. Das weiß ich zu schätzen.«

»Und wenn sich die Informationen als so akkurat erweisen, wie Sie sagen, dürfen Sie am Ende auch noch mit einem großzügigen Bonus rechnen. Sie müssen mir nur ein wenig Zeit geben, damit ich mich vergewissern kann. Ein paar Monate, schätze ich.«

Auch das war Musik in den Ohren des Privatdetektivs. Er ertappte sich dabei, wie er über die Höhe der Summe spekulierte.

»Das ist sehr freundlich von Ihnen.«

»Ich bin gerne spendabel.«

Die Auskunft erwies sich als korrekt, der Bonus fiel tatsächlich großzügig aus. Er ging drei Monate später ein. Der Privatdetektiv arbeitete gerade bis spät in die Nacht allein in seinem kleinen, unscheinbaren Büro im Gebäudekomplex eines Einkaufszentrums an einem banalen, wenn auch besonders unschön ausgefochtenen Scheidungsfall. Ein wohlsituiertes Ehepaar, das sich einst versprochen hatte, einander zu lieben, bis dass der Tod sie scheide, machte sich mit wütenden wechselseitigen Drohungen das Leben zur Hölle. Anschuldigungen, fremdzugehen. Kindesmissbrauch. Finanzielle Taschenspielertricks. Physische Gewalt. Ein paar Wahrheiten. Viele Lügen. Jede Menge Hass. In dieser Arena kannte sich der Privatdetektiv bestens aus. Die meisten seiner Fälle waren stinknormal, wenn da nicht der Hass wäre. Ehemänner, die ihren Ehefrauen drohten. Ehefrauen, die ihren Ehemännern drohten. Drohungen von beiden Seiten gegen ihn. Tatsächlich hatte er allein an diesem Tag schon eine anonyme Morddrohung bekommen. *Anonym* war sie allerdings nur in dem Sinne, dass er ziemlich sicher davon ausgehen konnte, binnen zehn Minuten herauszufinden, von wem sie stammte. Es war ihm nicht der Mühe wert. So etwas gehörte zum Berufsrisiko, und solche Drohungen kamen fast immer von erbosten, notorischen Verlierern, die, ohne groß nachzudenken, das Maul aufrissen. Wie auch sonst in solchen Fällen hielt er es nicht einmal für nötig, einen seiner alten Kumpel bei der örtlichen Polizei anzurufen.

Als er sein Büro verließ und in die menschenleere Dunkelheit hinaustrat, stand nur noch sein alter Chevy auf dem großen Parkplatz. Im trüben Licht der Straßenlaternen war er gerade so zu erkennen. In Gedanken noch bei dem endlosen wütenden Hin und Her zwischen den scheidungswilligen Eheleuten und nach einem langen Arbeitstag erschöpft, nahm er, als er seine Wagentür öffnete, die Schritte hinter ihm zunächst nicht wahr, doch dann schreckte er auf, und während er sich blitzschnell umdrehte, befahl ihm sein sechster Sinn, die Pistole zu ziehen, die er gelegentlich trug. Sein Instinkt nutzte ihm allerdings wenig – seine Waffe lag in seinem Büro in der Schreibtischschublade, statt in seinem Schulterholster zu stecken. Und so gab es nichts, womit er sich hätte verteidigen können, bevor ihn ein paar schallgedämpfte Schüsse im Gesicht trafen und töteten.

ZWEITER PROLOG

»LIFE IS BUT A JOKE ...«

Ein Song ging ihr nicht mehr aus dem Kopf:
Bob Dylans *All Along the Watchtower*.
»There must be some way out of here, said the joker to the thief ...«
Doch was sie dabei hörte, war die Version von Jimmy Hendrix aus ihrer Jugend: elektrisierend, ungezügelt, kraftvoll, hypnotisch, verführerisch – all das, was Rock ausmachte, was einen überwältigen und mitreißen konnte. Seit Jahren hatte sie den Song nicht mehr gehört. Zu schade, dass sie ihn nicht aufgenommen hatte, um ihn abzuspielen, bevor sie ihren Plan in die Tat umsetzte. Hatte sie nun einmal nicht, und so summte sie ihn leise vor sich hin.

Sie hielt an. Die Reifen ihres Kleinwagens knirschten auf dem Schotter. Sie schaltete die Scheinwerfer aus und wurde von der Stille der Nacht fast erdrückt. Sie sagte sich: *Alles ist geregelt und geordnet.* Wie ein Pilot vor dem Start ging sie noch einmal sämtliche Einzelheiten durch, um auch nicht das winzigste Detail zu übersehen. Es hatte einmal eine Zeit gegeben, in der sie sich auf ihre Gabe, sowohl geheimnisvoll als auch gut organisiert zu sein, hatte verlassen können. Jetzt war sie sich da nicht mehr so sicher – dennoch hakte sie im Kopf jeden Punkt ab, bis sie ans Ende ihrer Liste kam und wusste, dass es für sie nur noch eins zu tun gab. Einen Moment lang machte es sie traurig. *Wenn ich nur noch dies sagen könnte. Wenn ich nur noch jenes sagen könnte. Ich weiß, es wird wehtun, aber wenn ich nur ...* Und dann zog sie einen Schlussstrich unter alle diese Gedanken. *Etwas geht zu Ende. Etwas fängt an.* Sie holte tief Luft und schlüpfte aus ihren Schuhen. Sie öffnete die Wagentür und ließ die Schuhe stehen. Barfuß trat sie in die schwarze Mitternacht. Zum hundertsten Mal machte sie sich klar, dass es keine realistische Alternative gab. *Das hier,* so glaubte sie mit dem Nachhall des Songtexts im Kopf, *ist der einzige Ausweg.*

TEIL EINS

EIN PLAN FÜR SECHS TOTE

»Alone and feeling blue …
You can't handle missing her.
Ain't no other girl going to do.
See what a love can do?«

»Bist allein und fühlst dich mies …
Kommst nicht damit klar, dass sie dir fehlt.
Ein anderes Mädchen tut es nicht.
Siehst du, was Liebe mit dir macht?«

See What A Love Can Do
Text and music: Nils Lofgren und Grin, 1971

KAPITEL 1

EINS

Zwei Wochen vor der Abschlussprüfung ihres Architekturstudiums und am Nachmittag vor dem Abend, an dem sie endgültig mit ihrem ständig untreuen Freund Schluss machen wollte, bekam Sloane Connolly einen handschriftlichen Brief von ihrer Mutter. Er war auf altmodischem, cremefarbenem Velinpapier geschrieben, wie man es gewöhnlich nur für förmliche Einladungen verwendet. Seit Monaten war es das erste Lebenszeichen von ihr. In einer plötzlichen Woge der Angst riss Sloane den Umschlag auf. Noch bevor sie den Brief, nur ein Blatt, entfaltete, stellten sich die alten, widerstreitenden Gefühle ein: viel Wut und ein letzter Rest von Liebe. In der unverwechselbaren schnörkeligen Handschrift ihrer Mutter stand in dem Brief nichts weiter als:

»*Vergiss nicht, was dein Name bedeutet. Es tut mir so leid.*«

Der Brief war nicht unterschrieben.

Sloane rief sofort die Festnetznummer in ihrem Elternhaus an. Ließ es zwanzig Mal klingeln. Niemand meldete sich.

Sie rief die Handynummer ihrer Mutter an.

Sofort zur Mailbox.

Sie rief bei den Nachbarn an, die sie kaum kannte. Seit rund sechs Jahren war sie nicht mehr zu Hause gewesen. Aber die Nachbarn schienen, als sie sich meldeten, nicht recht zu wissen, wo sie Sloane hinstecken sollten. Sie und ihre Mutter hatten nicht denselben Nachnamen – obwohl der ihrer Mutter genau wie Sloanes irischen Ursprungs war: *Maeve O'Connor*. Sloane versuchte, sich ihre Besorgnis nicht anmerken zu lassen, als sie das Ehepaar nebenan bat, zu ihrer Mutter hinüberzugehen und nachzusehen, ob mit ihr alles in Ordnung sei. Auf einiges Hin und Her, weil die Leute ihr Ansinnen offenbar für eine Zumutung hielten, folgte eine längere Wartezeit, bis sie sich, am Ende doch zu dem Nachbarschaftsdienst bereit, wieder meldeten und ihr berichteten: Das Auto sei nicht da. Offenbar sei niemand im Haus. Ansonsten keinerlei Anzeichen, dass etwas nicht stimme, kein eingeschlagenes Fenster oder dergleichen. Einfach nur dunkel. Kein einziges Licht an. Die Haustür abgeschlossen. Die Gartentür abgeschlossen. Niemand da. Alles still.

Totenstill, dachte Sloane.

Sie verabschiedete sich und überlegte, an wen sie sich als Nächstes wenden sollte.

Freunde? *Nein. Ihre Mutter hatte keine. Ihres Wissens.*

Kollegen? *Nein. Ihre Mutter arbeitete schon seit Jahren nicht mehr.*

Verwandte? *Nein.*

Sloane konnte sich an keinen einzigen Fall erinnern, bei dem irgendein Verwandter einmal angerufen, geschrieben, eine Karte oder E-Mail geschickt hätte oder auch nur zufällig vorbeigekommen wäre. Ihres Wissens hatte sie *keine* Angehörigen.

Vor hundertfünfzig Jahren wäre ihre Mutter für alle Welt die seltsame, exzentrische Witwe gewesen, die immer nur Schwarz trug, die nie viel redete, nie ausging, sich nie unter Menschen mischte, sondern ganz und gar zurückgezogen lebte. Sie wäre ihnen wie ein Gespenst erschienen, das ihre kleine Stadt in New England heimsuchte. Die Literaturbeflissenen unter ihnen hätten vollmundig erklärt: wie einem Hawthorne-Roman entsprungen. Die Kinder in der Nachbarschaft hätten sich wilde, beängstigende und furchterregende Geschichten *über die Hexe am Ende der Straße* ausgedacht oder auch Reime, um sie zu verhöhnen: »*Siehst du die Alte mit dem schwarzen Rock? Wen sie sich schnappt, dem gibt sie's mit dem Prügelstock.*« Aber selbst in der modernen Welt war es nicht viel anders: Sloane wusste, dass die Erwachsenen in ihrer kleinen Stadt ständig über die Eremitin spekulierten, die mit ihrer Tochter, dem Bücherwurm, der offenbar genau wie sie mit niemandem etwas zu tun haben wollte, zurückgezogen lebte. An der städtischen Mülldeponie, in einem Aerobic-Kurs, in Buchklubs oder bei Fußballturnieren, auf Facebook: *Was hat sie bloß zu verbergen? Nicht den leisesten Schimmer. Etwas Schreckliches, muss was Schreckliches sein; und dieses reizende Kind, so ganz allein mit ihr, also wirklich, armes Ding...*

Sloane hatte sich nie als a*rmes Ding* empfunden.

Sie rief beim örtlichen Polizeirevier an, um eine Vermisstenanzeige aufzugeben. Die mürrische Frage eines Beamten nach dem Zeitpunkt, zu dem die fragliche Person – seine Worte für ihre *Mutter* – verschwunden sei, beschied sie mit einer Lüge. Statt es auf *Minuten* einzugrenzen, konnte sie ihm nur in *Tagen* Angaben machen. Sie log auch durch Verschweigen, indem sie dem Polizisten nichts von dem Brief erzählte. Der Brief erschien ihr – kryptisch, wie er war – zu persönlich, und so folgte Sloane dem Impuls, ihn für sich zu behalten. Sie erklärte nur, sie habe ihre Mutter telefonisch nicht erreichen können, und die Nachbarn hätten das Haus augenscheinlich leer vorgefunden.

Pflichtgemäß nahm der Mann ihre Angaben auf und versicherte, die Beamten, die sie hinzuschicken gedächten, würden das Haus gründlicher durchsuchen. Sollten sie die Feststellung der Nachbarn bestätigt finden, werde in sechs Bundesstaaten zum neun Jahre alten Toyota ihrer Mutter eine Meldung an alle Polizeistationen herausgegeben. Der Polizist bat sie um ihre Erlaubnis für die Kollegen von der Streife, die Tür aufzubrechen und das Haus zu durchsuchen. Sloane erteilte sie.

»Und Sie sind sicher, dass sie keinen Freund hatte, von dem sie Ihnen vielleicht nie erzählt hat und bei dem sie jetzt sein könnte? Oder auch eine Freundin?«

»Ja, ich bin mir sicher.«

»Vielleicht ist sie ja, ohne Ihnen Bescheid zu geben, verreist?«

»Nein.«

»Steht sie normalerweise mit Ihnen in Kontakt?«

»Ja.« Auch das war gelogen.

»Was ist mit Ihrem Vater, ihrem Ex ... könnte er vielleicht ...«
Sie schnitt ihm das Wort ab.

»Den habe ich nie richtig gekannt. Er starb, bevor ich zur Welt kam.«

»Tut mir leid«, sagte der Polizist.

Er versprach ihr, die Kreditkarten ihrer Mutter und ihre Anrufliste zu überprüfen. Er wies darauf hin, jeder Einsatz ihrer Kreditkarten an der Tankstelle oder für eine Mahlzeit und jede Nummer, die ihre Mutter mit ihrem Handy angewählt habe, sei über den Telefonanbieter abzurufen und sogar zum nächstgelegenen Sendemast zurückzuverfolgen. Darüber hinaus könne die Staatspolizei feststellen, ob das Kennzeichen ihres Fahrzeugs elektronische Mautschranken passiert habe. Schließlich riet er Sloane, sich nicht zu sorgen, was in der gegebenen Situation nicht den geringsten Sinn ergab.

Er fragte sie: »Haben Sie irgendeinen Grund, Fremdverschulden zu befürchten?«

Eine umschweifige Ausdrucksweise, fand sie, für eine unverblümte Frage.

»Nein.«

»Liegen bei Ihrer Mutter irgendwelche emotionalen oder mentalen Probleme vor?«

»Nein.« Auch dies entsprach nicht ganz der Wahrheit, war aber auch nicht ganz gelogen. Es war nicht zu überhören, dass der Mann ihr nicht glaubte.

»Und haben Sie irgendeine Idee, wo sie hingegangen sein könnte?«

»Nein.« Die ehrliche Antwort hätte natürlich *ja* gelautet, *ja, da fallen mir gleich ein Dutzend Stellen ein, jede sehr versteckt und gänzlich abseits ausgetretener Pfade,* doch das brachte sie nicht über die Lippen.

Sie dachte: *Diesmal hat sie es wahr gemacht.* Sloane holte tief Luft. *Ich habe letztlich nie für möglich gehalten, dass sie es tut. Ich habe es auch letztlich nie ganz ausgeschlossen, dass sie es tut.* Sloane merkte, wie sich ihr Puls beschleunigte. Nicht zum ersten Mal verschwand ihre Mutter so plötzlich, die Checkliste zu einer Vermisstenanzeige, die der Polizist mit ihr durchging, war ihr daher noch vertraut. Über die Jahre hatte sie jedes Mal, wenn ihre Mutter verschwand, befürchtet, sie sei *tot* – auch wenn sie irgendwann wieder aufgetaucht war und dann so tat, als sei nichts gewesen. Somit war damit zu rechnen, dass der Computer, sobald der Polizist den Namen ihrer Mutter ins System einspeiste, gleich eine ganze Reihe früherer Vermisstenmeldungen ausspuckte. Einige davon standen Sloane jetzt wieder lebhaft vor Augen. Vor acht Jahren zum Beispiel, Sloane war damals kurz vor ihrem Abschluss an der Highschool, konnte sie ihre Mutter nirgends in der Aula entdecken; oder zu ihrem dreizehnten Geburtstag, da kamen ihre Schulfreunde zu ihr, aber ihre Mutter tauchte nicht auf. Oder damals, mit gerade einmal neun Jahren, als Sloane ein beängstigendes Wochenende ganz allein im Haus verbrachte, fragwürdige Essensreste und aufgeweichte Kartoffelchips aß, stundenlang vor dem Fernseher hockte und hoffte, nicht zum Waisenkind geworden zu sein. Damals war ihre Mutter putzmunter hereingefegt mit der Frage an die Polizistin: *Wie kommen Sie darauf, es sei etwas passiert?*, und das nur wenige Minuten, nachdem ein Sozialarbeiter und zwei Streifenpolizisten an die Tür geklopft hatten. Damals hatte der Sozialarbeiter Aufschluss darüber verlangt, was für Medikamente sie im Haus habe, und die Polizisten hatten sie gefragt, ob sie eine Waffe besitze.

»Natürlich nicht«, hatte ihre Mutter geantwortet.

Was möglicherweise gelogen war. Sloane wusste es nicht.

Nachdem der Detective ihr versprochen hatte, sich wieder bei ihr zu melden, und sie kurz mit dem Gedanken gespielt hatte, sich ins Auto zu setzen und zu ihrem alten Zuhause zu fahren, trennte Sloane die Verbindung. Doch die Vorstellung, nach der zweistündigen Fahrt vor dem dunklen, verlassenen Haus zu stehen, das sie so hasste, schnürte ihr die Kehle zu. Sie begriff, dass ihr nichts anderes übrig blieb, als abzuwarten – egal wo.

Obwohl sie sich immer noch fühlte wie vom Donner gerührt,

beschloss sie, trotz allem ihr Vorhaben, mit ihrem Freund Schluss zu machen, nicht auf die lange Bank zu schieben. Dieser Beziehung ein Ende zu setzen, hatte in einer Welt, die ihr plötzlich zu entgleiten schien, etwas beruhigend Konkretes. Sloane hielt sich etwas darauf zugute, in jeder Situation, egal wie kompliziert sie sein mochte, pragmatisch und organisiert vorzugehen. Roger loszuwerden war vernünftig gewesen, bevor sie den Brief von ihrer Mutter bekam; daran hatte sich auch *nach* dem Brief nichts geändert. Allerdings wurde ihr jetzt klar, wie töricht der Plan gewesen war, Roger in ihr kleines Apartment herüberzubitten, um ihm Auge in Auge klarzumachen, der Punkt sei erreicht, an dem es zwischen ihnen unwiderruflich zu Ende sei. In einer heftigen Gefühlsaufwallung entschied sich Sloane dagegen.

Sie trat in ihrem Flur vor einen Spiegel und starrte sich einen Moment lang darin an. Schlanke, durchtrainierte Figur – viele Yogastunden. Rotbraunes Haar, das ihr in Wellen bis zur Schulter fiel, grüne Augen, die wach und lebhaft blitzten. Zarte Hände, denen ihre Kraft nicht anzusehen war – umso geschickter darin, exakte, maßstabsgetreue Modelle anzufertigen. In ein und demselben Gedanken stellte sie fest: *Ich sehe gar nicht übel aus* und *ich kann wahrlich etwas Besseres kriegen als Roger.* Und dann: *Er wird mal wieder jammern und betteln, den Zerknirschten und Verliebten spielen, und du fällst wieder einmal auf den Scheiß herein. Oder aber er wird wütend und fängt an, mit Gegenständen um sich zu werfen. Wäre ja nicht das erste Mal.*

Die nächste halbe Stunde brachte sie damit zu, verstreut herumliegende Sachen von ihm in einen alten Pappkarton zu werfen. Zahnbürste. Rasierzeug. Ein Set Kleider zum Wechseln. Ein Paar abgelaufene Sportschuhe und verwaschene Shorts. Ein paar Lehrbücher aus seinem ersten Jurasemester, die er jetzt für seinen Job bei einem Dienstleistungsunternehmen offensichtlich nicht mehr brauchte. Sie wickelte reichlich Klebeband darum und schrieb mit rotem Marker seinen Namen darauf. Den Karton stellte sie in den Windfang ihres alten Brownstone-Gebäudes. Es gab zwei verschließbare Türen. Sie konnte ihn also zur ersten hereinlassen – aber nicht zur zweiten, egal, wie laut er an den dicken Holzrahmen pochen mochte.

Dann beschloss sie, in ihrer Wohnung sauber zu machen.

Zuerst staubsaugte sie gründlich – das wütende Motorengeräusch übertönte ihre Gedanken. Dann weiter mit Lappen und Spray über die Bücherregale und den Sofatisch, die Arbeitsflächen in der Küche. Zuletzt energisches Schrubben der Toilette, bis das Porzellan vor Sauberkeit blitzte.

Als sie, mit schmutzigen Händen, zerzaustem Haar und Schweiß unter den Achseln, fertig war, nahm sie eine ausgiebige heiße Dusche, seifte sich zweimal von oben bis unten ein, als hoffe sie, ihren Freund mitsamt ihren Ängsten wegen ihrer Mutter so mühelos den Ausguss hinunterzuspülen wie den Dreck.

Sie wickelte sich ein Handtuch um den Kopf und schickte ihm, während sie nackt und nass in ihrem Schlafzimmer stand, eine trotzige Nachricht aufs Handy:

Bin deine Scheißlügen leid. Deine Sachen stehen unten abholbereit. Es ist vorbei. 100 %. Keine Überraschung. War abzusehen. Spar dir die Mühe, anzurufen. Such dir jemand anderes zum Vögeln.

Nicht ganz so knapp wie ihre Mutter in dem Brief, dafür unmissverständlich.

Seine Reaktion kam prompt.

Wir müssen reden.

Sie antwortete nicht.

Ich liebe dich, Sloane.

Sie dachte: *Nein, tust du nicht. Jedenfalls hast du eine ziemlich kranke Art, es zu zeigen.*

Ihr Handy klingelte, er versuchte, sie anzurufen. *Typisch Roger*, dachte sie. Was ihm nicht passt, ignoriert er einfach. *Sag ihm, er soll's lassen, und was tut er? Ruft an.* Im Lauf der nächsten Stunde klingelte ihr Handy zum wiederholten Male, doch immer wenn Rogers Name und Nummer auf dem Display erschienen, drückte sie ihn weg. Auch den Anruf eines seiner Freunde ignorierte sie geflissentlich. Netter Versuch, aber allzu durchschaubar: *Hey, ruf mal bei Sloane an, ich hab mit ihr zu reden,* hörte sie Roger sagen. Umso gespannter wartete sie auf den Anruf von der örtlichen Polizei in ihrer Heimatstadt. Sie machte sich einen Becher starken schwarzen Kaffee.

Nach zwei Stunden meldete sich der Detective zurück.

»Sie hatten recht«, sagte er. »Es ist niemand zu Hause. Und soweit es die Kollegen vor Ort beurteilen können, sind noch alle ihre Kleider und persönlichen Sachen da. Es war aufgeräumt. Die Kleider ordentlich im Schrank. Geschirr in der Spülmaschine. Der angesammelten Post nach wurde der Briefkasten seit zwei, drei Tagen nicht geleert. Und ihr Handy lag auf dem Küchentisch. Wir haben gesehen, dass Sie angerufen haben. Wieso lässt sie ihr Handy zurück?«

»Ich weiß es nicht.«

»Na ja, das macht die Situation komplizierter«, fuhr der Detective fort.

»Und …«, fing Sloane an.

»Das Einzige, was den Kollegen aufgefallen ist, war ein Päckchen, so was wie ein Präsent, in Happy-Birthday-Geschenkpapier verpackt, das auf dem Bett im Gästezimmer lag …«

»Das war früher mein Zimmer. Aber ich bin schon seit Jahren nicht mehr da gewesen.«

»Es stand Ihr Name darauf.«

»Ich hab in ein paar Wochen Geburtstag und hoffentlich einen Studienabschluss.«

»Tja, also, Ihre Mutter hat offenbar etwas für Sie hinterlegt.«

Sloane wusste nicht, was sie davon halten sollte. Vor einem Jahr hatte ihre Mutter ihr – vollkommen überraschend – zu ihrem Geburtstag einen neuen Laptop geschickt, seit Jahren das erste Geschenk von ihr.

»Und wie geht's jetzt weiter?«, fragte Sloane.

Der Detective wurde schweigsam; als er sich wieder meldete, wirkte sein Tonfall wie angegraut. Eine Sekunde lang fragte sich Sloane, was sie daran vermisste, dann begriff sie: *Hoffnung.* »Wir haben eine Suchmeldung zu ihrem Fahrzeug herausgegeben. Ich werde ihre Bank veranlassen, uns über jede Kontobewegung zu benachrichtigen, das heißt, sobald sie ihre Karte benutzt, werden wir sofort verständigt. Wir werden uns bei den Krankenhäusern umhören, für den Fall, dass es irgendwo einen Unfall gegeben hat. Haben Sie ein aktuelles Foto von ihr?«

Das einzige Foto aus jüngster Zeit, das sie von ihr hatte, war ein Handy-Schnappschuss vom letzten Sommer, den hatte ihre Mutter ihr ohne irgendeine Erklärung geschickt. Auf dem Bild stand sie an einem breiten, goldfarbenen Sandstrand – ihr dunkles Haar wehte in der leichten Brise, um ihre Lippen spielte ein verhaltenes Lächeln. Im Hintergrund das tiefblaue Meer, Wellen, die sich an einem hohen Damm aus dunklen Felsbrocken brachen, darüber ragte ein weißer Leuchtturm in den Himmel. Die Mittagssonne schien ihr ins Gesicht. Nichts an dem Foto verriet, wo genau es entstanden war. Nicht einmal, dass ihre Mutter das Meer liebte, hatte Sloane gewusst. Sie konnte sich an keinen einzigen gemeinsamen Strandurlaub erinnern. Auch fiel ihr niemand ein, der in Strandnähe wohnte. »Ich kann Ihnen etwas mailen«, sagte sie zu dem Detective. Sie hatte noch andere, ältere Fotos – drei, vier Jahre alt. Sie beschloss, ihm die zu senden und das Strandfoto für sich zu behalten.

»Ausgezeichnet«, erwiderte der Detective. Er gab ihr die E-Mail-Adresse durch. »Wir haben auch noch ihr Foto und ihre Personalien von der Kfz-Behörde – Größe, Gewicht, Haar-, Augenfarbe – das Übliche. Aber ehrlich gesagt helfen uns in den meisten Fällen dieser Art die Dinge weiter, die *nicht* aktenkundig sind.«

Fällen dieser Art.

»Ich werde mein Möglichstes tun«, versicherte Sloane.

»Ausgezeichnet«, sagte er wieder.

Sie hasste es, dass er dieses Wort benutzte.

»Was genau brauchen Sie von mir?«, fragte sie.

»Warten Sie erst einmal ab«, antwortete der Detective. »Vielleicht ruft sie ja an.« So tonlos, wie er es sagte, glaubte er selbst nicht daran. Und es war tatsächlich unwahrscheinlich. Das Handy ihrer Mutter lag auf dem Küchentisch. Anschließend gab ihr der Detective eine Reihe Namen, E-Mail-Adressen und Telefonnummern durch. »Falls Ihnen noch irgendetwas einfällt, das uns weiterhelfen könnte, so unbedeutend es Ihnen auch erscheinen mag, melden Sie sich bitte bei einem dieser Kollegen, die nehmen dann Ihre Information auf.«

Falls war das Wort, das bei Sloane haften blieb.

»Okay«, sagte sie.

»Dann setze ich jetzt mal die Suchmeldungen ab«, sagte er. »Außerdem werde ich den Fall an die Datenbank des National Crime Information Center durchgeben. Ich schalte das FBI und unsere hiesige Kripo-Stelle ein. Sie sollten sich überlegen, ob Sie sich über die lokale Presse sowie die sozialen Medien an die Öffentlichkeit wenden wollen. Darüber hinaus gibt es auch private Initiativen wie zum Beispiel websleuths.com, die sind richtig gut darin, vermisste Personen aufzuspüren …« Er verstummte für einen Moment, bevor er sich in einem neuen Anlauf wiederholte: »Wir können morgen wieder telefonieren. Und falls Ihnen bis dahin irgendetwas einfällt, zögern Sie bitte nicht, wie gesagt, wie geringfügig es auch scheinen mag. Man weiß nie, was uns auf die richtige Fährte bringt.«

Falls war wieder das eindringlichste Wort.

Sie spürte förmlich, wie der Detective am anderen Ende wartete. Er wartete darauf, dass sie sagte: *Meine Mutter ist irre. Bipolar. Schizophren. Total plemplem. Suizidal. Sie gehört in psychiatrische Behandlung. Sie braucht Medikamente. Sie ist schon oft abgehauen.* Es hätte alles gestimmt, doch Sloane sagte nichts dergleichen.

Am liebsten hätte sie gesagt: *Meine Mutter ist mir ein Rätsel. Schon mein ganzes Leben lang.*

»Okay«, antwortete sie.

Sie trennte die Verbindung und blieb einfach nur auf ihrem Sofa sitzen. Von Zeit zu Zeit klingelte ihr Handy – jedes Mal Roger, der es offensichtlich nicht gewohnt war, sich einen Korb einzufangen. Um Mitternacht schickte er ihr eine gemeine Nachricht:

Na schön, Sloane. Geh zum Teufel. Mach's gut.

Das war der echte Roger, so viel stand fest.

In dieser Sekunde hegte sie ernste Zweifel daran, ob sie es gut machen würde. Ein gutes Leben schien mit einem Mal in weite Ferne gerückt, nebulös. Seltsamerweise verschaffte es ihr aber auch eine gewisse Befriedigung, ihren nunmehr Ex-Freund wenigstens ein bisschen durchschaut zu haben. Bei ihrer Mutter hatte sie nie durchgeblickt.

ZWEI

Zwei Tage.

Nichts Neues. Sloane hatte sich ein paarmal kurz mit dem örtlichen Kripobeamten oder einem seiner Kollegen ins Benehmen gesetzt, jedes Mal mit dem gleichen wenig hoffnungsvollen Ergebnis: *Nichts Neues zu berichten, immer noch vermisst.*

Plötzlich fröstelte sie ständig. Ihr war eiskalt. Sie kam sich vor wie eine Schauspielerin auf der Bühne, die nur so tut, als ob. Sie agierte mechanisch. Schlief nicht viel. Aß nicht viel. Ihre Welt schien seltsam ausgedünnt.

Sie wollte nicht wahrhaben, was sie wirklich glaubte. Doch Worte wie *abwesend, verschwunden, vermisst* konnten nicht länger ihre übermächtige Angst verdrängen: *tot*. Vor den Panikattacken nahm sie dieselbe Zuflucht wie schon immer, schon als Kind, wenn sie Kummer oder Zweifel hatte: Sie stürzte sich in Lektüre. Ein Buch nach dem anderen; Seite um Seite um Seite. Sie ackerte Trigonometrie, Geometrie, Physik und Stresstests durch. Und wenn irgendwann Sätze und Gleichungen, Formeln und Algorithmen vor ihren müden Augen verschwammen, packte sie ihre Sachen in einen Rucksack und lief im Eilmarsch zum Gestaltungs-Labor an der Uni, wo ihr Abschlussprojekt beinahe fertig war. Zwischen der Arbeit an dreidimensionalen Computerbildern und Modellbau konnte sie das Grübeln über ihre Mutter aus dem Kopf verbannen.

Sie richtete verschiedene Schubfächer ein.

In einem versuchte sie, den panischen Gedanken zu verstauen: *Meine Mutter hat sich umgebracht.*

In dem anderen den beruhigenden Gedanken: *Ich muss für meinen Abschluss pauken.*

Die Arbeit an ihrem Abschlussprojekt beruhigte sie.

Es war die imaginäre Neugestaltung eines öffentlichen Platzes, gesäumt von trendigen Geschäften und einer erweiterten Grünfläche um das Kriegerdenkmal in der Mitte. Es war vage an einen argentinischen Park in Buenos Aires angelehnt, zu Ehren von Soldaten, die bei ihrem weltfremden Kampf um jene Inseln gefallen waren, die sie *Las Malvinas* nannten und die Briten unbeirrt *The Falkland Islands*. In Sloanes Version galt das Denkmal in der Mitte den Soldaten, die in Afghanistan gefallen waren. Auf einer Reihe von Blöcken aus obsidianfarbenem Ziegel waren Namen und Lebensdaten festgehalten – pro Ziegel die Information zu einem Toten –, eine Hommage, wie sie hoffte, an Maya Lins eindrucksvolles Vietnam-Denkmal in Washington, D. C. Nicht zuletzt strebte sie auch einen Anklang an das Holocaust-Denkmal in Berlin an, wo die Menschen zwischen mehr als zweitausend Stelen aus kaltem grauem Stein umherwandern und versuchen konnten, sich das unfassliche Ausmaß des Mordens bewusst zu machen. Diese Denkmäler übten schon seit Langem eine große Faszination auf sie aus.

Sie suchte nach Ausdrucksformen dafür, die Toten zu ehren und die Lebenden zu berühren.

Ihr Projekt hatte bereits für einiges Aufsehen gesorgt.

Zwei Professoren hatten begeistert Bilder von ihren Plänen auf ihren einflussreichen Facebook-Seiten eingestellt. Eine andere hatte ihr die besten Chancen vorhergesagt, damit den renommierten Gestaltungs-Wettbewerb der gesamten Universität zu gewinnen. Dies wäre höchstwahrscheinlich mit einem überschwänglichen Artikel und einer großzügigen Fotodokumentation im Hochglanzmagazin der Alumni verbunden – wenn nicht sogar mit einem Bild auf dem Cover. Höchstwahrscheinlich brächte ihr der Preis auch ein Interview mit dem *Boston Globe* ein und die realistische Aussicht, dass ein auf den öffentlichen Sektor spezialisiertes Architekturbüro bei ihr klopfte, um sie anzuheuern.

Zu dem Projekt gehörten Skizzen, Entwürfe, farbige Darstellungen, Grund- und Aufrisse mit Maßangaben sowie ein tischgroßes Modell aus Pappmaschee und Faserplatte, detailgetreu bis hin zu winzigen Figürchen, die in dem fiktiven Park spazieren gehen. Bei ihrem Entwurf liefen alle Wege am Denkmal zusammen, sodass jeder, der in den Park kam, ob er nun seinen Hund Gassi führte, ein paar Schritte im Grünen genoss oder auch nur sein Sandwich in der Mittagspause, unwillkürlich zu der Stelle gelangte, an der man der Toten gedachte. Dies war die Poesie und Psychologie hinter dem Entwurf. Jedes Element – ob nun computergeneriert oder mit Zeichenstift und Klinge entworfen – erforderte Präzision und Konzentration. Es hielt sie davon ab, vor Sorge außer sich zu geraten.

Am frühen Abend des dritten Tages lief sie gerade, die Pläne im Rucksack, den Kopf gesenkt, um den Augenkontakt mit anderen Studenten zu vermeiden, über den Campus zum Studio, als ihr Handy klingelte. Sie sah auf den ersten Blick, dass es der Detective aus ihrer Heimatstadt war. Nicht Roger – der selbst nach seiner beleidigenden Nachricht noch ein Dutzend Mal versucht hatte, sie anzurufen.

Sie verließ den geteerten Weg und lief quer über den gepflegten grünen Rasen zu einer großen, uralten Eiche, um sich an den

Stamm zu lehnen. Unter dem Blätterdach und unweit der Universitätsgebäude, über denen die Sonne gerade unterging, stand sie halb im Schatten, halb im Licht. Ihr war, als umarme sie der Baum.

»Ja?«, meldete sich Sloane. Mit bebender Stimme.

»Miss Connolly, ich habe traurige Nachrichten. Sitzen Sie gerade? Können Sie reden?«

»Alles bestens«, erwiderte sie, obwohl das Gegenteil der Fall war.

»Wir haben das Fahrzeug Ihrer Mutter gefunden.«

»Wo?«

»Offenbar wurde es auf einem unbefestigten Parkplatz abgestellt, in der Nähe eines Wanderwegs zum Ufer des Connecticut River in Northfield, Massachusetts. Kurz oberhalb des Wasserkraftwerks. War Ihre Mutter eine Naturliebhaberin? Ist sie gerne im Wald gewandert?«

Sloane lief es eiskalt den Rücken herunter.

»Nein.«

»Hatte sie Freunde oder auch nur Bekannte in Northfield?«

»Nicht, dass ich wüsste.«

»Haben Sie irgendeine Erklärung dafür, weshalb ihr Wagen dort steht?«

»Ich … nein.« *Und ob sie eine hatte. Genau zu dieser Stelle hatte sie ihre Mutter einmal mitgenommen, an einem schönen Frühsommertag, mit fünfzehn. Angeblich diente der Ausflug damals dazu, mit ihr zu reden: Sloane hatte spekuliert, dass es um die Schule, um Jungen und um ihre Zukunftsvorstellungen ging. Sie irrte. Ihre Mutter hatte über eine halbe Stunde lang einfach nur in das vorbeirauschende Wasser gestarrt, während ihr die Tränen herunterliefen, bis sie schließlich herausbrachte: »Sloane, es tut mir leid. Du bist ja noch zu jung. Es ist Zeit zu gehen.« Dabei hatte sie nie gesagt, wofür Sloane zu jung sei. Dabei blieb es. Im Lauf der Jahre war ihre Mutter nie wieder darauf zu sprechen gekommen.*

»Erinnern Sie sich, dass Ihre Mutter diese Stelle mal erwähnt hat? Wollte sie mal einen Ausflug dahin machen?«

Sloane zögerte.

»Ich denke, sie kannte die Stelle. Die Gegend ist schließlich ziemlich bekannt. Beliebte Wanderwege, nicht wahr?«

Sloane hatte fast das Gefühl, als höre sie zu, wie jemand anders die Fragen des Detective beantwortete. Ihr war selbst nicht ganz klar, warum sie ihm nicht die ganze Wahrheit sagte. Die richtige Antwort hätte lauten müssen: *Ja. Meine Mutter kannte die Stelle. Ich kannte die Stelle. Das ist schon über zehn Jahre her, aber ich werde es nie vergessen. Und als ich ihren einzeiligen Brief bekam, fiel mir unter anderem genau diese Stelle ein, als ein Ort, zu dem sie möglicherweise wollte. Es ist ein schönes, unberührtes Fleckchen Erde, grün, so weit das Auge reicht, schattige Bäume und sprudelndes Wasser, Sonne und Natur. Es ist ein guter Ort, um seinem geheimen Kummer ein Ende zu setzen.*

Der Detective antwortete nicht sofort. Seine Stimme klang angespannt.

»Ja, stimmt. Ein Wildhüter hat den Wagen entdeckt, bei einer Routinefahrt.«

»Und was heißt das?«

Sloane kannte die Antwort, stellte die Frage aber trotzdem.

Wieder zögerte er.

»Wir befürchten etwas Ernstes.«

Es war eine beschönigende Ausdrucksweise für eine schlimme Nachricht. Sloane spürte, wie ihr das Blut schneller durch die Adern pulsierte.

»Haben Sie außer dem Wagen noch etwas von meiner Mutter gefunden?«

»Also …«, fing er an, »… da war wie gesagt der Wagen. Und direkt vor der Fahrertür stand ein Paar Schuhe.«

»Ihre Schuhe?«

»Ja. Sie ist demnach wohl barfuß weggegangen.«

»Diese Gegend …«, fing Sloane an, doch der Detective fiel ihr ins Wort.

»Die ist sämtlichen Polizeistationen der umliegenden Städte bekannt. Die Stelle liegt unmittelbar über einem größeren Abschnitt des Flusses, an dem die Strömung besonders stark ist.«

Ich weiß, dachte Sloane. Sie rief sich den Ausblick ins Gedächtnis.

»Bekannt ...«, wiederholte Sloane. »Weil ...«

»An der Stelle hatten wir schon einige Fälle von Suizid. Die örtliche Presse hat immer mal wieder darüber berichtet. Es gibt da etwa sieben, acht Meter über dem Fluss einen Felsvorsprung, von dem sind schon einige Personen gesprungen. Gewöhnlich Jugendliche aus Liebeskummer oder verzweifelte Collegestudenten, die eine Prüfung nicht bestanden haben ...«

Er verstummte, Sloane rang nach Luft. *Ich habe einmal neben meiner Mutter auf diesem Felsen gesessen.*

»Gab es einen Abschiedsbrief oder etwas dergleichen?«

Vor drei Tagen ist mir dieser Brief ins Haus geflattert.

»Nein.«

»Und offenbar hat sie die Autoschlüssel auf der Fahrerseite auf dem Armaturenbrett gelassen.«

Sloane schloss die Augen. Sie versuchte, sich vorzustellen, wie ihre Mutter im Dunkeln barfuß dort oben über dem Fluss stand.

»Wie geht es jetzt weiter?«, fragte Sloane. Sie hörte das Zittern in der eigenen Stimme.

»Morgen schicken wir ein paar Taucher runter«, antwortete der Detective. »Ich bin allerdings nicht sehr optimistisch, dass wir sie ...« Er sprach nicht weiter. Es trat kurzes Schweigen ein, bevor er fortfuhr. »Ich fürchte, wir haben es an diesem Punkt nicht mehr mit einem *Vermissten-Fall* zu tun, Miss Connolly.«

»Und womit ...«

»Mit der Bergung der Leiche.«

DREI

Es war ein beachtliches Aufgebot – drei Polizeistreifen, davon zwei vom örtlichen Revier und eine von der Staatspolizei sowie eine nicht gekennzeichnete graue Limousine, ein Krankenwagen von der Gerichtsmedizin und ein schwarzer SUV für die Ausrüstung – doch Sloane hatte nur Augen für die beiden Taucher, die sich darauf vorbereiteten, in den Fluss zu steigen. Es war ein prächtiger Vormittag, warm, mit einer leichten Brise, die in den Blättern raschelte, und einem Fluss, der in der morgendlichen Sonne glitzerte. Die Taucher brauchten einige Zeit, bis sie ihre Ausrüstung angelegt hatten. Sie erinnerten Sloane an zwei Gladiatoren, die sich für den Kampf in der Arena des Kolosseums wappneten. Sloane kam eine Abwandlung des Schwurs aus dem alten Rom in den Sinn: *Wir, die wir nach den Todgeweihten suchen, grüßen euch.* Nachdem sie in ihren dicken, schwarzen Tauchanzügen steckten, legten sie mit Gewichten bestückte Gürtel an und überprüften mehrmals hintereinander ihre Atemgeräte. Sie sah ihnen dabei zu, wie sie über einer Flusskarte brüteten, hörte, wie die zwei Männer über die Haupt- und die Unterströmungen redeten und sich berieten, wo sie mit ihrer Rastersuche beginnen sollten.

An ihren Wagen gelehnt, hielt Sloane Abstand zu dem geschäftigen Treiben am Fluss.

Einer der uniformierten Polizisten kam in ihre Richtung gelaufen. Er war jung, wahrscheinlich ungefähr in ihrem Alter.

»Miss Connolly, Sie brauchen nicht dabei zu sein«, sagte er. Sloane fand seine Stimme angenehm, melodisch und ruhig. »So eine Suche kann fünf Minuten oder auch ewig dauern. Wären Sie nicht woanders besser aufgehoben? Und wir rufen Sie an, sobald wir etwas wissen?«

Etwas wissen stand für *die Leiche Ihrer Mutter gefunden haben.*

»Solange ich Ihnen nicht im Weg bin«, erwiderte Sloane, »bleibe ich lieber noch eine Weile da.«

»Das liegt ganz bei Ihnen«, sagte der Beamte. »Ich wollte Sie nur warnen, manchmal kann der Anblick eines Leichnams, der für eine gewisse Zeit im Wasser lag, ziemlich verstörend sein.«

Sloane blickte dem Mann auf dem Weg zurück zum Ufer hinterher. Er half einem der Taucher dabei, ein Zweierschlauchboot aufzublasen. Ein weiterer Polizist schob es mit ihnen zusammen ins Wasser, während ein dritter eine Leine abspulte, die an einem Ende befestigt war. Während das Schlauchboot Kurs auf die Hauptfahrrinne nahm, zurrten die Taucher ihre Masken fest und folgten. Sloane beobachtete, wie sie unter der schwarzen Wasseroberfläche verschwanden.

Und dann wartete sie.

Eine Stunde oder auch länger.

Nichts.

Die Taucher legten eine Pause ein. Sie tranken Kaffee und sprachen mit den anderen Polizisten. Dann legten sie die Ausrüstung wieder an und machten sich erneut auf die Suche.

Noch eine Stunde.

Nichts.

Als sie diesmal wieder auftauchten und ihre Masken abnahmen, war ihnen die Frustration anzusehen. Wenig später traf ein zweites Taucherteam ein. Alle zusammen steckten sie nun die Köpfe über der Karte zusammen, dann übergab das erste Paar den Stab an das zweite, das nach dem gleichen Verfahren ins Wasser tauchte.

Sie wartete noch eine Stunde.

Sloane sprach mit niemandem, auch wenn sie von dem jungen Polizisten gelegentlich verstohlene Blicke auffing.

Wenige Minuten später kam einer der Taucher hoch. Er hatte ein schlammiges, unförmiges Kleidungsstück vom Flussbett geborgen.

Sloane sah, wie der Taucher seinen Fund einem uniformierten Polizisten übergab, der es seinerseits auf der Kühlerhaube der Limousine ausbreitete. Dann kam der junge Polizist mit der angenehmen Stimme zu Sloane herüber.

»Sie haben eine Jacke gefunden. Vielleicht wollen Sie sich die mal ansehen? Um festzustellen, ob sie Ihnen bekannt vorkommt?«

Sloane begriff, dass sie kaum in der Lage wäre, etwas aus der Garderobe ihrer Mutter zu identifizieren. Dennoch folgte sie dem jungen Beamten zum Fahrzeug. Von den anderen versammelten Beamten sagte keiner ein Wort. Sie starrte auf die Jacke. Selbst vom bräunlichen Flusswasser getränkt und von Geäst auf dem Grund zerrissen, ließ der Parka eher auf ein Kleidungsstück für winterliche Temperaturen schließen; er wies zwei Farben auf, Rot und Schwarz.

»Kommt Ihnen das ...«, fing der junge Polizist an, doch Sloane fiel ihm ins Wort.

»Ja. Nein. Tut mir leid. Ich meine, der würde zu ihr passen, aber wenn ich behaupten sollte, ich hätte sie darin oder in einer Jacke dieser Art schon mal gesehen, müsste ich lügen. Ich bin mir nicht sicher, ob ich ...«

Sie brachte den Satz nicht zu Ende.

»Okay«, sagte der junge Polizist. »Ist das ein *Vielleicht*?« Sie nickte. »Gut. Wir suchen weiter. Da sammelt sich eine Menge Zeug im Fluss, es kommt häufig zu Zufallsfunden, die mit der konkreten Suche nichts zu tun haben. Ich denke, wir werden eine Weile brauchen.«

Er ließ den Blick über die Wasserfläche schweifen. An dieser Stelle war der Fluss knapp hundert Meter breit. Er schüttelte den Kopf und wiederholte: »Es ist wirklich nicht nötig, dass Sie hier warten.«

Sloane gab ihm recht. »Sie rufen mich doch an, ja? Ich meine, wenn Sie noch etwas finden. Oder vielleicht auch nur, um mich auf dem Laufenden zu halten.«

»Selbstverständlich. Ist jemand bei Ihnen? Ein Freund oder Angehöriger? Jemand an Ihrer Seite, der Ihnen Gesellschaft leistet?«

»Nein«, erwiderte Sloane. »Niemand.«

Sie bog in die schmale Einfahrt ein und starrte auf das kleine Haus. Zweistöckig, sehr bescheiden, ein gutes Stück von der Straße zurückgesetzt, hinter Bäumen versteckt, an der Rückseite gleich der Wald. Alles in ihr sträubte sich dagegen, hineinzugehen, doch sie wusste, dass ihr nichts anderes übrig blieb. Inzwischen war es später Nachmittag, die ersten abendlichen Schatten legten sich über das Viertel. Drinnen musste es noch dunkler sein, doch gewiss nicht so düster, wie es in ihr aussah. Sie hatte das seltsame Gefühl, sich wie ein Roboter zu bewegen, wie eine Cyborg-Sloane aus einem Science-Fiction-Film, während die echte Sloane im Studio in der Uni unbeschwert und munter an ein zweifellos preiswürdiges Projekt letzte Hand anlegte. Sie sah vor sich, wie diese Sloane die Gratulationen von neidischen Kommilitonen und stolzen Professoren entgegennahm. Wie diese Sloane in absehbarer Zeit einen neuen Freund fand, der sie wirklich respektierte. Wie diese Sloane vielfältige Stellenangebote und spannende Aufstiegschancen erhielt. Diese Sloane freute sich auf jeden neuen Tag, weil ihr die Zukunft zu Füßen lag.

Die künstliche, unwirkliche Stellvertreter-Sloane dagegen musste jetzt mit mechanischen Schritten dieses Haus betreten, in dem sie aufgewachsen war und beharrlich darauf hingearbeitet hatte, es hinter sich zu lassen. Das Haus, in das sie nie wieder einen Fuß hatte setzen wollen. Dabei konnte sie nicht einmal sagen, *wozu* sie dort hineinmusste, es ergab sich für sie einfach nur folgerichtig aus dem, was gerade mit ihr passierte.

Auch drinnen schlug ihr Dunkel entgegen. Sie hob schon die Hand zum Lichtschalter, überlegte es sich aber anders. Das Grau ihrer Umgebung passte besser zu ihrer Stimmung. Erinnerungen schwappten hoch. Bilder aus ihrer Vergangenheit, derer sie sich nicht erwehren konnte. Das *Gespenst* Sloane, musste sie denken. Sie sah sich zusammen mit ihrer Mutter beim Abendessen an diesem Küchentisch sitzen. Jede Erinnerung, gegen die sie sich machtlos fühlte, war von der Exzentrizität ihrer Mutter durchsetzt, von ihrem übermächtigen Bedürfnis nach Abgeschiedenheit. Wie oft hatte Sloane versucht, normal und angepasst zu sein – einfach so wie alle anderen Kinder an ihrer Schule, auf jedem Sportplatz, in jeder Mannschaft und in jedem Klassenzimmer –, und ihre Mutter hatte es ein ums andere Mal durchkreuzt.

»Vergiss nicht, Sloane, du und ich. Es wird immer nur uns beide geben. Zusammen sind wir sicher.«

So lautete das Mantra ihrer Mutter.

Und so kam es irgendwann, dass Sloane ihre Mutter in ihrem Wahn, allein, abgesondert und anders sein zu müssen, bestärkte. Sie wurde zum Abziehbild ihrer Mutter, zu einer Einzelgängerin in allen Phasen ihrer Jugend, wenn Einsamkeit eine besonders leidvolle Erfahrung ist. Keine Ausflüge mit den anderen Mädchen und vielleicht ein paar Jungen in die Shoppingmall an einem Samstagabend. Kein Ansteckbukett auf dem Weg zum Abschlussball. Den Fußball, einen Teamsport, hatte sie gegen Crosslauf getauscht. Querfeldein. Nur sie und die Natur. Aktivitäten, bei denen sich ihre Mutter von anderen Menschen absetzen und Sloane heimlich beobachten konnte.

Von der Eingangsdiele ging sie in die Küche.

Sie sah das Handy auf dem Tisch.

So wie der Detective gesagt hatte, war alles sauber und alles an seinem Platz. Erstaunlich. Ihre Mutter hatte das Chaos zur Kunst erhoben und Putzen gehasst; Durcheinander zog sie jeder Form von Ordnung vor. *Das Gegenteil von mir,* dachte Sloane. Sie setzte ihren Rundgang fort. Derselbe Eindruck in den anderen Räumen. Wohin sie blickte, war alles an seinem Fleck. Makellos sauber. Beinahe fühlte sie sich wie in einem sorgsam kuratierten Museum. Sie sah in den Küchenschränken nach. Mit militärischer Präzision standen Konservendosen in Reih und Glied. Im Kühlschrank fanden sich nur eine Flasche Orangensaft und ein Milchkarton. Beide hatten das Verfallsdatum noch nicht erreicht. Sloane ging in das ans Schlafzimmer ihrer Mutter angrenzende Bad. Die Zahnpastatube sorgfältig am unteren Ende aufgerollt. Die Zahnbürste in einem Halter. Haarbürste auf der Ablage. Sie öffnete den Spiegelschrank. Sie wusste, dass ihre Mutter Schlafprobleme hatte und sich Ambien verschreiben ließ. Auf dem untersten Fach fand sich ein Döschen mit den Pillen neben den Vitaminen, die ihre Mutter regelmäßig schluckte. Das Döschen war voll.

Sloane begab sich ins Schlafzimmer ihrer Mutter. In der Hoffnung, es zu merken, falls irgendetwas fehlte, sah sie sich um. Kleider im Schrank. Sonderbarer Schmuck auf der Kommode. Ein Roman von John Fowles neben dem Bett. Ein gerahmtes Foto von ihnen beiden, Sloane war darauf elf Jahre alt, erkannte sie wieder. Sie konnte nichts entdecken, was ihr ins Auge gestochen wäre – andererseits war sie seit Jahren nicht mehr in diesem Zimmer gewesen und hätte irgendeinen Unterschied vermutlich nicht bemerkt.

Das alles ergab keinen Sinn. *Oder vielleicht doch?*

Wenn sie sich ihre Mutter vorzustellen versuchte, in selbstmörderischer Verzweiflung, vollkommen aufgelöst, in tiefster Seelenqual auf dem Boden eingerollt oder nachts stundenlang wach und in die Kissen schluchzend, unfähig zu essen, unfähig zu funktionieren, dann müsste das Haus logischerweise in einem ähnlich desolaten Zustand sein und den inneren Aufruhr der Bewohnerin widerspiegeln.

Wer in aller Welt, fragte sie sich, *putzt noch die Toilette, bevor er sich das Leben nimmt?*

Sie schnappte nach Luft.

Vielleicht mehr Leute, als man meinen sollte.

Vielleicht hat sie den Entschluss gefasst und dann vorher noch einmal alles in Ordnung gebracht. Um alles sauber und adrett zu hinterlassen, wenn sie stirbt.

Sloane ging langsam durch den Flur und blieb vor dem Zimmer stehen, in dem sie aufgewachsen war. Sie griff nach der Klinke und zögerte.

Es war, als sei sie dabei, eine Tür in ihre Vergangenheit aufzustoßen, während gerade alles andere in ihrem Leben in die Zukunft wies. Eine innere Stimme drängte sie, auf der Stelle umzukehren, zu ihrem Wagen zurückzugehen und Gas zu geben, um so schnell wie möglich in ihre Wohnung, zu ihrer Universität und ihrem Leben zurückzukehren.

Sie hörte nicht darauf und drückte die Klinke.

Ihr Zimmer war noch haargenau so, wie sie es in Erinnerung hatte. Ein Regal mit ihren damaligen Büchern: von *Unsere kleine Farm* und *Black Beauty* bis zu *Der Fänger im Roggen* und *Große Erwartungen*. Da standen auch Frank Lloyd Wrights Autobiografie neben Vincent Scullys *American Architecture and Urbanism*. Sloane wunderte sich, dass sie diese Bücher bei ihrem Auszug vor sechs Jahren nicht mitgenommen hatte. Der Raum war wie eine Diaschau der Erinnerungen. Ein Einzelbett an der Wand. Eine mit leuchtend blauen und gelben Blumen bedruckte Tagesdecke. Dekokissen, eins davon mit Herzen verziert, ein Teddybär. An einer Wand hing ein Kinoplakat, eine Reproduktion von Clark Gables und Vivien Leighs Umarmung aus *Vom Winde verweht*. Ihre Mutter hatte diesen Film geliebt. Sloane hatte ihn nie gesehen. In einer Ecke stand ein kleiner Holzschreibtisch, mit einer billigen Lampe, an der Wand darüber hing ein geschnitztes Kruzifix. Sie dachte an die vielen Stunden, die sie dort gesessen hatte. Sie zog die obere rechte Schublade auf. Ganz hinten steckte ein Foto von einem Jungen, für den sie an der Highschool geschwärmt hatte, ohne je wirklich mit ihm geredet zu haben. Genau da hatte sie das Bild versteckt.

Und sie sah das Geburtstagsgeschenk.

Es war eine in buntes Happy-Birthday-Papier eingepackte Schachtel, nicht viel größer als ein Schuhkarton, ein wenig flacher und breiter. Sie stand mitten auf ihrem Bett. Darunter fand sie einen braunen Briefumschlag. Auf dem Geschenk wie auch auf dem Umschlag stand in großen Buchstaben ihr Name. Sie wunderte sich, dass der Detective den Umschlag nicht erwähnt hatte.

Im ersten Moment hätte Sloane beides am liebsten liegen gelassen. Wie ein Polizist, der einen frischen Tatort abschreitet, rührte sie besser nichts an. Ein bisschen fühlte sie sich wie ein Forscher im Labor, der mit tödlichen Substanzen experimentiert und bei jeder Bewegung weiß, dass eine einzige ungeschickte Bewegung, ein fallen gelassenes Reagenzglas eine tödliche, Ebola-artige Seuche in die Luft entlässt. Sloane wandte sich halb ab und blieb unschlüssig stehen. Wenn sie nicht nachsah, was ihre Mutter für sie hinterlassen hatte, dämmerte ihr, würde es ihr jahrelang keine Ruhe lassen. Eine andere Stimme drängte sie, beides der Polizei auszuhändigen. Sollte die es unter die Lupe nehmen, was auch immer es war. Sie sah vor ihrem geistigen Auge, wie die Spezialisten eines Bombenentschärfungskommandos daran den Zünder herausdrehten. Im nächsten Moment stürzte sie zum Bett, schnappte sich Geschenk und Umschlag, klemmte sich beides unter den Arm, eilte aus ihrem Zimmer und knallte die Tür hinter sich zu. Sloane polterte die Treppe hinunter, hastete durchs Wohnzimmer und zur Haustür hinaus. Auf halbem Weg zu ihrem Wagen beugte sie sich vornüber und gab dem Würgereflex nach.

Alles drehte sich.

Sie glaubte, sich übergeben zu müssen, doch es kam nichts.

VIER

Sloane fuhr schnell, um von zu Hause nach Hause zu kommen, als ihr Handy klingelte. Ihr Kleinwagen verfügte über eine Freisprechanlage, und so drückte sie nur einen Knopf am Lenkrad, um ranzugehen: »Sloane Connolly.«

»Miss Connolly.« Sie erkannte sofort die dröge Stimme des Detectives wieder. Ihr erster Gedanke: *Sie haben sie gefunden.*

Beinahe wäre sie auf die linke Fahrbahn ausgeschert.

Sie irrte.

»Ich wollte Ihnen nur Bescheid geben, dass die Taucher für heute Schluss gemacht haben. Sie wollen morgen noch einmal in den Fluss, aber ...« Er zögerte.

»Aber *was*? Detective ...«

»Ich glaube, die Chancen, etwas zu finden ...«

Etwas, dieselbe neutrale Umschreibung, die sie für ihre Mutter schon einmal zu hören bekommen hatte.

»Also«, fuhr er fort, »der Leiter des Taucherteams ist skeptisch. Falls eine Leiche mit der Strömung in die Wasserkraftanlage eingesogen und durch die Turbinen geschleust wird, nun ja, der Abgang hat eine solche Kraft, dass sie beliebig weit flussabwärts sein könnte. Da kann es Wochen dauern, bis man sie findet.«

»Aber Sie werden nicht wochenlang nach ihr suchen?«

»Nein, bedaure. Wir sind auf zwei Tage beschränkt. Budgetkürzung. Tut mir wirklich leid. Gewöhnlich wird die Leiche dann zufällig von jemandem am Wasser entdeckt, ich meine, von einem Angler oder auch von einem Kajak aus, vielleicht irgendwann im Lauf des Sommers, aber möglicherweise auch nicht ...«

»Verstehe.«

Was nicht stimmte. Sie glaubte nur, dass es die angemessene Antwort war.

»Ich hätte noch eine Frage«, sagte der Detective behutsam, als stehe jedes Wort unter Strom.

»Ja?«

»Wie hat Ihre Mutter ihr Namenskürzel geschrieben?«

Sloane schnürte es die Kehle zu.

»MO'C«, erwiderte sie. »Mit einem Apostroph zwischen dem O und dem C. Wieso?«

»Als wir den Parka, den einer der Taucher gefunden hatte, genauer untersuchten, kamen an einem eingenähten Schildchen Buchstaben zum Vorschein. Sie wissen schon, da, wo man sie hinschreibt, damit man den Mantel einem Besitzer zuordnen kann.«

»Und was für Buchstaben waren das?«

»Nicht mit Sicherheit zu sagen. Sie waren ziemlich undeutlich. Die Tinte war verlaufen, und dann der ganze Dreck. Vielleicht nach der Reinigung im Labor und unter einem Mikroskop ... aber der erste Buchstabe war wahrscheinlich ein M. Schätzen zumindest alle.«

Sloane verfiel in Schweigen. *M für Maeve,* dachte sie. Ein Buchstabe auf einem Schildchen an einem Mantel im Fluss, das soll alles sein, um mir zu beweisen, dass meine Mutter tot ist? Das ergibt ungefähr genauso viel Sinn wie *M für möglicherweise.*

»Ich melde mich morgen wieder«, sagte der Detective. Er wechselte den Tonfall, er klang jetzt resigniert. »Ich weiß, wie schwer das für Sie sein muss, aber es gibt Richtlinien für solche Fälle. Ich kann Sie später damit vertraut machen.«

Dieselbe Wendung wie zuvor: solche Fälle.

Nur dass er diesmal, dachte Sloane, *einen Fall meint, in dem jemand tot ist, aber die Leiche nicht geborgen werden kann.*

Sie trennte die Verbindung.

Sie fuhr weiter, starrte in die Scheinwerfer, die ihr entgegenkamen. Sie stand neben sich. Sie hatte nur den einen Wunsch, in ihre Wohnung zurückzukehren, in ihr neues Roger-loses Leben, sich ihren Rucksack und ihre Mappen zu greifen und ins Studio hinüberzugehen, um ihren Projektentwurf fertigzustellen. Hauptsache, etwas Greifbares, das sie gegen den Aufruhr der Gefühle wappnete.

Sie konnte nur diesen einen Gedanken fassen, immer und immer wieder, wie einen Song, den man in Dauerschleife abspielt, als Sloane, nach einstündiger Fahrt, einen zweiten Anruf bekam.

Die Nummer auf dem Display kannte sie nicht. Im ersten Moment wollte sie ihn zur Mailbox umleiten lassen, da sie wieder einen von Rogers Tricks dahinter witterte, doch dann dachte sie, es könnte auch ein Professor sein oder eins der Architekturbüros, die von ihrem Projekt eine Vorschau bekommen hatten, oder der Leiter des Taucherteams oder sogar der nette Cop am Fluss. Alle diese Möglichkeiten jagten ihr durch den Kopf, als sie den Annahmeknopf drückte.

»Sloane Connolly«, sagte sie, ebenso gefasst wie beim letzten Mal, doch entschlossen, augenblicklich aufzulegen, falls sie Rogers quengelige Stimme zu hören bekam.

»Miss Connolly?«, meldete sich eine Männerstimme, die sie nicht kannte.

»Ja.«

»Patrick Tempter, ich bin Anwalt. Es tut mir leid, so mit der Tür ins Haus zu fallen, aber ich vertrete einen Herrn, der vorerst anonym bleiben möchte, und auch dafür bitte ich Sie um Entschuldigung. Mein Mandant hat Sie für den Entwurf zu einem Projekt im Auge, für das Sie seiner Meinung nach die richtige Person sein könnten.«

Sloane war verblüfft.

»Für einen Auftrag?«

»Ganz recht.«

»Aber wie …«, fing sie an.

»Mein Mandant ist mit Ihrer Arbeit an der Universität vertraut und sehr beeindruckt.«

»Aber wie …«

»Meines Wissens verfügt er über enge Kontakte zum Lehrkörper und zur Verwaltung Ihrer Universität. Auf dem Wege hat er wohl auch Ihren Namen und Ihre Telefonnummer bekommen und an mich weitergeleitet. Und so hat er wahrscheinlich auch als Privatmann Ihre Arbeit begutachten können.«

»Hat das irgendetwas mit Roger zu tun?«

»Verzeihung, Miss Connolly? Roger?«

Sie spürte eine Woge der Verlegenheit.

»Ach, nichts. Wieso ich?«

»Sie wurden nachdrücklich empfohlen.«

Sloane holte tief Luft. »Es tut mir leid, Mr Tempter, aber das kommt in einem ungünstigen Moment. Ich stecke in einer ernsten Familienangelegenheit und kurz vor dem Diplom und mein Abschlussprojekt …«

Er fiel ihr ins Wort.

»Genau dieses Projekt hat ja das Interesse meines Mandanten geweckt. Er möchte ein Denkmal errichten. Vielleicht sogar mehrere.«

»Ein Denkmal?«

»Richtig.«

»Wem?«

»Eine Reihe von Personen haben dazu beigetragen, dass er zu dem geworden ist, was er heute ist. Lehrer. Mentoren. Menschen, die ihm auf dem Weg zum Erfolg eine Quelle der Inspiration gewesen sind. Menschen, die ihm etwas bedeutet haben. Die Einfluss auf sein Leben hatten. Und es ist ihm ein Anliegen, sie angemessen zu würdigen. Er hat schon an schlichte Gedenktafeln gedacht, an Schenkungen und Stipendien in ihrem Namen – und dies alles möglicherweise immer noch im Blick –, doch darüber hinaus schwebt ihm etwas Dauerhafteres vor. Das mit einer Gedenktafel erschien ihm dann doch ein wenig abgegriffen. Ihr Entwurf dagegen sagte ihm zu. Er ist verblüffend originell. Viel näher an seiner eigenen Vision. Etwas in diese Richtung möchte er unbedingt verwirklicht wissen.«

»Ich weiß nicht. Meine Situation ...«

»Wie auch immer Ihre Situation ist, Miss Connolly, mein Klient ist sicher gewillt, Ihnen da entgegenzukommen. Sollten Sie zum Beispiel mehr Zeit benötigen, wäre das akzeptabel. Mehr Geld, selbstverständlich. Die Kosten spielen für ihn keine Rolle. Der Entwurf schon. Er ist ein geduldiger Mann. Aber was Sie für ihn schaffen sollen, nun ja, *denkwürdig* war das Wort, das er gebrauchte.«

»Wer sind die Leute ...«

»Ah, tut mir leid, Miss Connolly. Genaueres werden Sie erfahren, wenn Sie den Auftrag angenommen und die Verträge unterzeichnet haben.«

»Ich weiß nicht, was ich sagen soll, Mr Tempter. Das kommt vollkommen überraschend. Ich habe im Moment wirklich eine Menge um die Ohren ...«

»Bitte, Miss Connolly, Sie brauchen sich nicht sofort zu entscheiden. Denken Sie über das Angebot nach. Bedenken Sie auch, dass sich Ihr Honorar im sechsstelligen Bereich bewegen wird, wenn nicht noch höher. Und ziehen Sie auch in Erwägung, dass Sie sich mit dieser Arbeit einen Namen machen können – ein Meilenstein für Ihre Karriere. So eine Gelegenheit bietet sich nicht alle Tage. Das ist wie ein Lotteriegewinn. Denken Sie also bitte in Ruhe darüber nach.«

Bestechende Argumente. Darauf fiel ihr nur eine Antwort ein.

»In Ordnung«, sagte sie. »Ich überlege es mir.«

»Ausgezeichnet. Wissen Sie was?«, fuhr der Anwalt fort. »Ich bestelle uns einen Tisch in einem netten Restaurant. Ich schicke Ihnen eine Nachricht mit dem Namen und der Uhrzeit. Dann können wir uns über alles Weitere persönlich unterhalten. So viel angenehmer, als wenn man hinterm Lenkrad sitzt.«

Eine Sekunde lang glaubte Sloane, der Anrufer beobachte sie. Erst dann kam ihr zu Bewusstsein, dass sie mehr als ein Auto hupend überholt hatte.

»In Ordnung«, wiederholte sie. »Warum nicht. Aber nicht morgen. Kommendes Wochenende, denke ich. Das lässt mir genügend Zeit. Bis dann.«

»Selbstverständlich, Miss Connolly. Ich möchte nur wiederholen: Das ist eine riesige Chance für Sie. Mein Mandant ist sehr großzügig. Und sehr zielstrebig. Und er verfügt über beste Kontakte. Nach meiner Erfahrung machen Persönlichkeiten von seinem Format, wenn sie sich dazu entschließen, wichtige Wegbegleiter zu ehren, keine halben Sachen. Deshalb wäre mein Rat an Sie, zuzugreifen, ungeachtet persönlicher Herausforderungen, denen Sie sich momentan gegenübersehen mögen.«

»Ich werde allerdings mehr über dieses Projekt erfahren müssen.«

»Selbstverständlich. Aber dazu werden wir beide den nächsten Schritt unternehmen müssen, denke ich. Und der nächste Schritt ist nichts Komplizierteres als ein Dinner.«

Sogar am Telefon klang die Stimme des Anwalts überzeugend, bestechend. In keiner Weise bedrohlich. Sloane hatte schon einen verzweifelten Stoßseufzer auf den Lippen: *Aber meine Mutter ist verschwunden, und ich glaube, sie ist tot!*

Doch sie riss sich zusammen. Sie fühlte sich am Scheideweg – einer führte nach vorn, der andere machte eine Schleife zurück.

»Okay, Mr Tempter. Dann höre ich wieder von Ihnen.«
»Gut, Miss Connolly.«

Sie trennte die Verbindung. Wer hätte gedacht, dass sich der Strudel der Gefühle an diesem Tag noch schneller drehen könnte, doch genau das geschah.

Als Sloane endlich eine Parklücke in der Nähe ihrer Wohnung fand, war es schon spät. Mit einem Mal war sie erschöpft. Sie schnappte sich ihre kleine Reisetasche, die sie nicht einmal geöffnet hatte, sowie das Geburtstagsgeschenk und den Umschlag und trat in ihr Gebäude. Mit Erleichterung stellte sie fest, dass kein hochtrabender Brief aus Büttenpapier mit einer Selbstmordnachricht und auch kein bitterböser, obszöner Gruß von Roger in ihrem Briefkasten steckte. Sie stapfte die Treppe hinauf und begab sich in ihre Wohnung. Sie hatte Hunger, aber keinen Appetit. Im Kühlschrank war noch ein Bud Light, das übrig geblieben war, als Roger das letzte Mal seine Kumpel von der Basketballmannschaft eingeladen hatte, um sich mit ihnen ein Spiel anzusehen, ein bisschen zu betrinken und den Fernseher anzubrüllen. Sloane hasste diese Biersorte, riss die Dose trotzdem auf und trank sie in einem Zug zu fast zwei Dritteln aus.

Mein erster Auftrag, dachte sie. Die Vorstellung machte sie stolz.
Warum nicht?
Genau das, was ich mir immer gewünscht habe.

Dann wandte sie sich dem braunen Umschlag und dem Geburtstagsgeschenk zu.

Zuerst öffnete sie den Umschlag und leerte den Inhalt auf den Küchentisch.

Sloane schnappte nach Luft.

Das Erste, was sie sah, war ein eingewickeltes Bündel Hunderter-Scheine, insgesamt zweitausendfünfhundert Dollar. So frisch, wie sie waren, mussten sie direkt aus dem Ausgabefach am Bankschalter kommen. Es lag eine einzelne Quittung bei. Als Nächstes kam ein altmodisches Sparbuch zum Vorschein – eins dieser Heftchen, wie sie Sloane noch aus ihrer Kindheit kannte, nicht mehr in Gebrauch, von elektronischen Konten abgelöst. Sie schlug es auf und stellte fest, dass es bei einer Bank in ihrer Heimatstadt auf ihren Namen geführt wurde. Die einzige Einzahlung darin belief sich auf zehntausend Dollar, vor über zwanzig Jahren getätigt. Sie ging die übrigen losen Dokumente durch und fand darunter eine Kreditkarte der Bank of America, an der noch der Aufkleber war: »Um Ihre Karte zu aktivieren, rufen Sie folgende Telefonnummer an«. Auch sie war auf ihren Namen ausgestellt. An die Karte war ein Kontoauszug geheftet, mit einem zehn Jahre zurückliegenden Datum. Sie sah sich die Quittung für das Bargeld an und stellte fest, dass es vor einem Monat vom Konto ihrer Mutter abgehoben worden war. Das Restguthaben stand auf null.

»Mutter«, flüsterte sie.

Es gab noch einen Umschlag, den sie langsam öffnete.

Darin befand sich ein Grundbuchauszug zum Haus ihrer Mutter. In einer notariell beglaubigten Urkunde war die Immobilie mit allem, was sich darin befand, auf Sloanes Namen überschrieben. Auch ein einfaches Testament lag bei, ebenfalls notariell beglaubigt. Es war eines dieser billigen Formulare, wie man sie sich bei irgendwelchen Online-Rechtsdiensten herunterladen konnte. *Ich, Maeve O'Connor, erkläre hiermit bei klarem Verstand ...* Alles fiel an Sloane. Als Nächstes hielt sie eine voll bezahlte Versicherungspolice über nochmals einhunderttausend Dollar in Händen, mit Sloane als Leistungsempfängerin. Sie blätterte zur zweiten Seite um und sah, dass eine Klausel mit dem Zahlungsausschluss bei Selbstmord durchgestrichen und mit den Initialien ihrer Mutter sowie eines Vertreters der Versicherung gegengezeichnet war. Zuletzt kamen diverse Belege für vollständig getilgte Schulden und pünktlich geleistete Steuerzahlungen zum Vorschein.

Sloane schwirrte der Kopf. Zum zweiten Mal wurde ihr ein wenig schwindelig.

»Mutter«, wiederholte sie, diesmal mit krächzender Stimme.

Sie ging sämtliche Unterlagen erneut durch. Beim Anblick des gesamten Umschlaginhalts – Geld, Testament, Grundbuchauszug und Versicherung – stellte sich bei Sloane ein Gefühl innerer Leere ein. *Eine Menge ausgeglichene Konten,* dachte sie. Ihr war zum Heulen, doch obwohl ihr die Tränen in den Augen standen, rollten ihr nur ein, zwei Tropfen die Wangen herunter.

Wie ein Puzzle breitete sie alles auf dem Tisch aus, um zu sehen, wie eins zum anderen passte. Schließlich wandte sie sich dem Geschenk zu. Bis zu ihrem Geburtstag waren es noch ein paar Wochen, doch sie ging davon aus, dass ihre Mutter ihr das Geschenk zusammen mit den Unterlagen zugedacht hatte.

Unsicher, ob sie sehen wollte, was sich hinter der bunten Fassade befand, riss sie zögernd das Papier auf.

Darin war eine schlichte braune Pappschachtel ohne irgendeine Kennzeichnung.

Sie nahm den Deckel ab und schnappte wieder nach Luft.

Mit zittrigen Händen griff sie hinein, zog sie jedoch, als könne sie sich am Inhalt des Kartons die Finger verbrennen, wieder zurück.

Plötzlich wirkte die kleine Wohnung überhitzt und stickig. Sie wollte durchatmen, bekam aber keine Luft. Sie hatte dieses Pfeifen in den Ohren, das immer schriller wurde und ihr zuletzt wie ein gellender Schrei im Kopf widerhallte.

Da lag ein alter, abgenutzter Colt Halbautomatik, in Mattschwarz, Kaliber .45. Außerdem: zwei nagelneue Magazine aus schimmerndem Stahl, mit Munition bestückt.

Am Griff der Waffe klebte eine gelbe Haftnotiz mit den folgenden Worten:

Verkaufe alles. Behalte die Waffe. Lerne, damit umzugehen. Lauf weg. Sofort.

KAPITEL 2

EINS

Spätnachts wippte Sloane auf ihrem Stuhl und starrte auf den Revolver, der immer noch unangetastet in der Schachtel lag. Noch nie im Leben hatte sie eine Waffe in Händen gehalten. Sie dachte über die rätselhafte Notiz nach und beschloss, den Rat ihrer Mutter nicht zu befolgen.

Ihrer toten Mutter, korrigierte sie sich.

Nein: *möglicherweise tot. Vielleicht tot. Potenziell tot. Wahrscheinlich tot. Mit neunundneunzigprozentiger Wahrscheinlichkeit tot. Mit hundertprozentiger Sicherheit verschwunden. Meine Mutter, die mit mir zu reden versucht.*

Für Sloane hatte es im Grunde schon immer danach ausgesehen, dass ihre Mutter kurz davor war, etwas Dramatisches, Unumkehrbares zu tun. *Wie oft habe ich schon gedacht, es ist so weit, sie will sich das Leben nehmen. Tat sie dann aber doch nie. Wieso also war sie jetzt zu dem Schluss gekommen, dies sei der richtige Moment?* »Guten Morgen, Maeve. Es ist ein strahlender Dienstag im Wonnemonat Mai, milde Temperaturen, kein Wölkchen am Himmel. Sloane steht kurz vor ihrem Studienabschluss und tritt in die nächste Phase ihres Lebens ein. Guter Job. Gute Berufsaussichten. Sie wird einen besseren Ehemann finden, als es Roger je sein könnte. Denk drüber nach: ein perfekter Tag für Selbstmord. Heute ist es so weit. Alles ist geordnet. Geld. Testament. Grundbuchüberschreibung. Waffe. Bleibt nur noch, ihr eine kurze Nachricht mit der Post zu schicken, Sloanes Geburtstagsgeschenk hübsch einzupacken, mit Schleife, und alles zusammen auf ihrem Bett zu hinterlassen.«

Sloane führte Selbstgespräche und klang dabei wie eine Wetteransage im Fernsehen.

Eine einfache Frage, auf die es keine leichte Antwort gab, nagelte sie auf ihrem Stuhl fest:

Weglaufen? Warum? Wohin? Wovor?

Die Waffe war eine mehr als deutliche Botschaft. Sie konnte die Stimme ihrer Mutter hören, dicht an ihrem Ohr: »*Sloane, Liebes, ich weiß, du hast im Moment mit deinem Studium und so schrecklich viel zu tun, und ich bin unheimlich stolz auf dich und auf alles, was du erreicht hast, aber bitte nimm dir die Zeit zum Töten …*«

Wen?

Besser müsste es wohl heißen: »*Sloane, Liebes, ich weiß, du hast alle möglichen Pläne, aber sollte dieser Jemand zufällig an die Tür klopfen, musst du ihn … oder sie … unbedingt erschießen … sorge dafür, dass er … oder sie … mausetot ist.*«

In Sloane stieg eine Woge der Wut auf, als die alte Überzeugung die Oberhand gewann, dass sich ihre Mutter nie auch nur im Geringsten dafür interessiert hatte, wer Sloane war und was für eine Art Leben sie sich aufzubauen hoffte. *Genau das macht nämlich ein Architekt,* dachte sie. *Wir bauen für andere. Und dabei bauen wir uns selbst etwas auf.*

In wütendem Ton sagte sie laut: »Du springst in irgendeinen verdammten Fluss und meinst, das gäbe dir das Recht, mir Vorschriften zu machen?« Das Verschwinden ihrer Mutter erinnerte an einen hoffnungslosen Schauspieler, der beim Abgang die absolut entscheidende, unglaublich wichtige letzte Zeile herunterhaspelt und vernuschelt.

Sofort rief sie sich wieder zur Ordnung: *Du liegst vollkommen daneben.*

Ein ganz anderes Bild schlich sich ein: Sie rief sich in Erinnerung, wie ihre Mutter stundenlang hingebungsvoll mit ihr komplizierte Gebilde aus Legosteinen aufgebaut hatte – in den *Ich-werde-mir-nicht-das-Leben-nehmen-Momenten.* Und es hatte andere Gelegenheiten gegeben, heimliche, spontane, exotische und wunderbar abenteuerliche Ausflüge in die eine oder andere Stadt, bei denen ihre Mutter plötzlich stehen blieb, auf ein prächtiges Gesims oder ein ungewöhnliches Element an einem Gebäude zeigte und Sloane fragte: »Was meinst du? Wozu ist das da?« Oder auf einen Obelisken: »Was sagt dir diese Form?« Oder bei einem Spaziergang durch einen Park: »Wie fühlt sich das für dich an? Woran erinnert dich das?« Lange Besuche von Museen oder Kunstgalerien, ohne Eile. In Boston, Beacon Hill und Old Ironsides und in der Tate. In New York das MOMA, das Empire State Building und der Highline Walkway. In Washington das Lincoln und das Jefferson Memorial, der Nationalfriedhof Arlington sowie das Marine Corps Memorial und dann noch das Luft- und Raumfahrt-Museum und schließlich die Capital Mall entlang zum Vietnam-Memorial. Sloane schüttelte den Kopf. Höchstwahrscheinlich verfügte jeder erfolgreiche Architekt über einen ähnlichen Fundus an Kindheitserinnerungen und hatte irgendwann die Erfahrung gemacht, dass ihm die Vielfalt der Formen plötzlich nicht mehr zufällig erschien, sondern dass er darin die Ordnungs- und Gestaltungsprinzipien erkannte.

Als sie endlich aufstand und sich die Tränen abwischte, war es schon nach Mitternacht. All das, was passiert war, seit sie den Brief bekommen hatte, rann ihr das Gesicht herunter, und am Ende hatte sie das Gefühl, ihre Gedanken einfach abstellen zu können. Sie kam sich vor wie eine leere weiße Tafel, die darauf wartete, von jemandem beschrieben zu werden. Sie ging ins Schlafzimmer, wusste, dass sie erschöpft sein müsste, war jedoch ganz plötzlich wie elektrisiert und dann wieder ebenso schnell ausgelaugt. Sie verstaute die Versicherungspolice, den Grundbuchauszug, das Bargeld und die Schachtel mit der Waffe neben dem einzeiligen Brief in der obersten Schublade ihrer Kommode, hinter den Sportsocken und der Unterwäsche. Sie sah sich in ihrer Wohnung um und kam nicht gegen den Gedanken an, dass sich die Vergangenheit gerade mit aller Macht in ihre Gegenwart drängte und die Zukunft bedrohte. Ihr wurde bewusst, dass sie jetzt gerne mit jemandem, dem sie wirklich etwas bedeutete, über alles gesprochen hätte, erkannte aber zu ihrer Verblüffung, dass sie auf ihre Weise genauso isoliert war, wie es ihre Mutter gewesen war. *Nur dass ich mich nicht gleich in einen Fluss stürze,* dachte sie. *Vielleicht bin ich gerade dabei, meinen ersten richtigen Auftrag anzunehmen.* Sie würde in Erfahrung bringen müssen, wie sie sich die Versicherungspolice auszahlen lassen konnte. Das Sparbuchguthaben würde sie auf ihr eigenes Konto bei einer anderen Bank überweisen. Sie würde sich mit einem Makler in Verbindung setzen und, sobald sie ihr Diplom in der Tasche hatte, das Haus auf den Markt bringen. Zu verkaufen. Komplett möbliert. *Geh nie wieder dorthin zurück,* schärfte sie sich ein.

Die Waffe würde sie der Polizei aushändigen, um sie entsorgen zu lassen.

Doch ebenso schnell, wie sie ihren Entschluss gefasst hatte, verwarf sie den Plan.

Falls diese Pistole das Letzte ist, was mir meine Mutter schenkt, weil sie glaubte, dass ich es brauche, hatte sie dafür aus ihrer Sicht vermutlich einen triftigen Grund. Einen verrückten Grund vielleicht. Unsinnig. Töricht. Bedeutungslos. Doch in dem Moment muss es ihr plausibel erschienen sein. Und solange ich nicht weiß, was sie sich dabei gedacht hat, nun ja ...

»Aber wie soll ich das je erfahren?«, fragte sie sich laut.

Sloane ging wieder zu ihrer Kommode zurück, griff hinein, holte die Schachtel mit der Waffe heraus, nahm den Revolver und wog ihn in der Hand. Sie ging zu ihrem Laptop und googelte: *Wie bedient man einen Colt .45?* Tausende von Antworten erschienen auf dem Bildschirm. Sie klickte ein Youtube-Video an und sah einem übergewichtigen Mann mit üppigem Bart, mit Baseballkappe und in fleckigem T-Shirt mit NRA-Logo dabei zu, wie man »mit einer Halbautomatik, der perfekten Waffe für die Selbstverteidigung, sachgerecht umgeht«. Der Mann hatte den charakteristischen näselnden Midwestern Zungenschlag. Sie folgte seinen Instruktionen aufmerksam. Sie leerte eins der Magazine; ließ die Patronen einfach auf die Bettdecke fallen. Das leere Magazin schob sie in den Griff ein. Sie führte die Ladebewegung aus, indem sie das Verschlussstück zurückzog und vorschnellen ließ, und spürte, wie es einschnappte. Sie drehte die Waffe um und sah sie sich genau an. Simpel. Tödlich. Sie zog den Hahn und horchte auf das Klicken des Ladehammers. Mit der Waffe in der Hand ging sie zum Spiegel, legte an und betrachtete sich dabei, wie sie, in einer *Femme-fatale-Pose* reif für ein Kino-Poster, die Waffe schwang. Die Wirkung lag irgendwo zwischen lächerlich und wild entschlossen.

Nachdem sie das leere Magazin wieder entfernt, mit den scharfen Kugeln bestückt und alles in der Schachtel verstaut hatte, schlug sie alles in ein Wäschestück aus schwarzer Spitze und sexy rote Nylonstrümpfe von der Silvesterparty ein und verstaute das Paket hinten in einer Schublade.

Sie ging zu ihrem Handy und fand eine Nachricht von den Cops aus ihrer Heimatstadt, die schon vor Stunden eingegangen war: *Die Suche für den Tag abgeschlossen. Kein Glück. Bitte rufen Sie so bald wie möglich Detective Shaw an, um sich auf dem Laufenden zu halten.*

Kein Glück. Keine gelungene Wortwahl, dachte sie. *Mit* Glück *hat das alles hier herzlich wenig zu tun.*

Sloane scrollte ihre Nachrichten durch. Es folgten noch drei. Die erste war von Roger: *Hey, ich finde, wir sollten reden. Ich denke an dich.* Die nächste kam von einem Lieblingsprofessor und erinnerte sie daran, dass sie bis zu ihrem Abschluss nur noch eine Klausur schreiben musste, und nannte ihr den Termin, an dem sie ihr Projekt einem Prüfungsausschuss aus drei Personen vorzustellen hatte. Er war für die folgende Woche anberaumt.

Sloane gingen mehrere Gedanken durch den Kopf:

Du kannst mich mal, Roger. Vergiss es.

Und:

Ruf den Polizisten morgen früh an.

Auch wenn meine Mutter möglicherweise tot ist, gehe ich zu dieser Klausur.

Auch wenn meine Mutter vielleicht tot ist, stelle ich mich dem Prüfungsausschuss.
Die letzte Nachricht kam von Mr Tempter.
Sie war seltsam förmlich gehalten:

Hallo, Miss Connolly. Ich hoffe doch, Sie haben das Angebot ernsthaft erwogen. Ich habe uns für Samstag, 20 Uhr, einen Tisch im Bistro Rive Gauche reserviert. Bitte bestätigen Sie den Termin unter dieser Nummer. Ich freue mich darauf, Sie persönlich kennenzulernen und mit Ihnen das Auftragsangebot zu besprechen. Sehr vielversprechend. Patrick Tempter

Nach kurzem Zögern schrieb sie zurück:

Bis dahin.

Im Leben kam es, machte sie sich bewusst, entscheidend darauf an, seine Chancen zu ergreifen, wenn sie sich einem boten. Diese Lektion hatte sie ganz allein gelernt. Nicht von ihrer Mutter. Dachte sie zumindest ein wenig selbstgefällig, bevor sie stockte und sich fragte, ob sie damit vielleicht falschlag.

ZWEI

»Keine Taucher mehr?«
»Leider nein, Miss Connolly.«
»Und was nun?«
»Wir verfolgen weiterhin Rückmeldungen in den Medien zu unserem Vermisstenfall und überwachen die Kreditkarte und das Handy. Vielleicht ergibt sich daraus ja etwas, allzu große Hoffnungen machen wir uns allerdings nicht. Es gibt ein Antragsverfahren dafür, jemanden für tot erklären zu lassen, wenn es keine sterblichen Überreste gibt – doch das ist langwierig, es dauert Jahre, und

Sie werden sich wahrscheinlich einen Anwalt nehmen müssen, um mit dem Papierkram zurechtzukommen. Es tut mir schrecklich leid, Miss Connolly. Aber wir können wirklich kaum noch etwas für Sie tun. Weder in Ihrem Haus noch an der Stelle, wo wir den Wagen Ihrer Mutter entdeckt haben, gibt es Anzeichen dafür, dass es sich um ein Verbrechen handelt, uns sind leider die Hände gebunden.«

»Verstehe. Ich warte also einfach ...«

»Ich fürchte, danach sieht es aus.«

»Sollte ich mir einen Privatdetektiv nehmen?«

»Die Entscheidung liegt bei Ihnen, aber ich denke, auch ein Privatermittler wird nur zu demselben Schluss gelangen. Es steht mir nicht zu, Ihnen zu sagen, was Sie mit Ihrem Geld machen, Miss Connolly, oder Ihnen irgendwelche anderen Ratschläge zu erteilen, aber ich an Ihrer Stelle würde mir gut überlegen, die erheblichen Kosten auf mich zu nehmen. Die Burschen können teuer sein.«

Sloane begriff, was er ihr sagen wollte: *Tot. Wir wissen es zwar letztlich nicht, aber wir sind uns ziemlich sicher. Warten Sie einfach, bis irgendjemand irgendwo auf dem Fluss an einem heißen Sommertag Kajak fährt und ihre Leiche entdeckt, nachdem sie, teigig weiß, halb verfault, von winzigen Fischen angenagt und bis zur Unkenntlichkeit aufgeschwemmt an die Oberfläche getrieben wird.*

»Ich kann nicht mal eine Trauerfeier für sie ansetzen.« Was ohnehin nicht ihre Absicht war. Sie sah sich im Geist mit brennenden Augen allein in einer Kirche sitzen, in die sie noch nie gegangen war, während irgendein Priester, den sie nicht kannte und der von ihrer Mutter keine Ahnung hatte, über einem leeren Sarg ein paar bedeutungslose Worte sprach.

»Nun, das könnten Sie schon. Wie gesagt, ich würde mir einen Anwalt nehmen.«

»Sie verschwindet dann also einfach so?«

Der Detective schwieg. Er ließ sich mit der Antwort Zeit. »Also, Miss Connolly, in manchen Fällen verschwinden Menschen mit

Absicht. Manche von ihnen führen an unterschiedlichen Orten ein Doppelleben. Manche sind auf der Flucht – zum Beispiel vor erdrückend hohen Schulden, oder auch Kriminelle, die den falschen Leuten ans Bein gepinkelt haben und wissen, dass sie hinter ihnen her sind. Manchmal verlassen Ehemänner ihre Familien. Laufen mit dem Babysitter oder einer Studentin, die sie unterrichten, davon. Sie wissen schon, *auf der anderen Seite des Zauns ist das Gras immer grüner …* Hier und da verschwinden Leute und werden obdachlos, leben auf der Straße, aber das lässt sich fast immer auf eine psychische Erkrankung oder Alkohol- beziehungsweise Drogensucht zurückführen. Und in diesen Fällen hat man sowohl eine klare Spur als auch handgreifliche Motive. Bei Ihrer Mutter hingegen eindeutig nicht. Es könnte sinnvoll für Sie sein, sich an einen Therapeuten zu wenden und sich auszusprechen. Um die Dinge vielleicht besser einordnen zu können.«

Sie hörte heraus, wie er geflissentlich das Wort *Schlussstrich* vermied, dieses überstrapazierte Modewort.

Sie trennte die Verbindung.

Ihr wurde bewusst, dass ihre Mutter egoistisch gehandelt hatte: Alles, was sie vor ihrem Freitod getan hatte, diente dazu, Sloane Lebewohl zu sagen. Nichts von dem, was sie getan hatte, gab Sloane die Chance, von ihr Abschied zu nehmen.

Sloane trank zwei Tassen schwarzen Kaffee. Sammelte ihre Sachen zusammen und packte sie in ihren Rucksack. Lief zum Campus. Mit gesenktem Blick. Ohne ein Lächeln. Ohne von den Menschen, die ihr über den Weg liefen, Notiz zu nehmen. Sie hatte nur den einen Wunsch, für sich allein an ihrem Projekt zu arbeiten.

Und, wie nicht anders erwartet, bekam sie noch am selben Nachmittag für ihre Klausur eine Eins: ein perfekter Notenschnitt.

DREI

Sie traf Punkt acht Uhr ein, der Oberkellner musterte sie eindringlich. Von oben bis unten. Wie ein Kaufinteressent bei einer Pferdeauktion. Sloane hatte sich für das Dinner mit Bedacht angezogen – dunkle Hose, blauer Blazer, weiße gestärkte Bluse, ihre Vorstellung von geschäftsmäßiger Kleidung, wenn auch erst kürzlich in einer Vorstadt-Mall von der Stange gekauft. Mit einem Schlag erschien ihr alles, was sie am Leib trug, billig.

»Ich bin mit Mr Tempter verabredet«, erklärte Sloane.

»Sehr wohl«, erwiderte der Kellner. »Wenn Sie mir bitte folgen. Der Herr ist bereits am Tisch.«

In seinem Gefolge durchquerte Sloane das Restaurant. Verhaltene Stimmen. Gedämpfte Streichmusik im Hintergrund. Sämtliche Tische waren besetzt: Männer in teuren, maßgeschneiderten Nadelstreifenanzügen; schlanke Frauen im kleinen Schwarzen – je knapper, desto teurer. Kellner in makelloser weißer Jacke, die unaufdringlich Single-Malt-Highballs und Bombay-Sapphire-Martinis brachten. Ein Weinkellner im Smoking hielt sich in der Nähe der Tische bereit, um Jahrgangsweine zu entkorken, die sich Sloane, wie sie vermutete, nie würde leisten können. In das dezente Hintergrundgemurmel mischte sich das zarte Klirren der Porzellanteller, auf denen gekonnt Filets Mignons angerichtet waren.

Während sie dem Kellner durchs Restaurant folgte, sah sie, wie sich an einem Tisch in einer hinteren Nische, der ein wenig Privatsphäre bot, ein Mann Mitte bis Ende sechzig von seinem Stuhl erhob. Er war dünn, aber groß, mit dichtem silbergrauem Haar, das ihm kraftvoll über die Ohren fiel, und trug eine Brille mit Drahtgestell, die ein wenig aus der Zeit gefallen war. Er hatte etwas Professorales. Bei ihrem Anblick schienen seine Augen aufzuleuchten, und er setzte ein breites Grinsen auf. Wie die anderen Männer im Restaurant trug er einen perfekt sitzenden, konservativen dunklen Anzug, dazu allerdings einen Schlips in Grellrot mit einem auffälligen gelben, beinahe psychedelisch anmutenden Paisleymuster, in der zugeknöpften Atmosphäre des Restaurants vollkommen deplatziert. Ihr Blick auf die Krawatte war ihm offenbar nicht entgangen, denn während er ihr die Hand schüttelte, sagte er: »Ah, Sie haben meine Schwäche bemerkt, Miss Connolly. Eine originale Jerry Garcia. Dieser wundervolle, verstorbene Gitarrist war Hobbymaler, und ein paar Jahre vor seinem viel zu frühen Tod hat ein Textilhersteller einige seiner LSD-inspirierten Muster in Krawatten verewigt. Die hilft mir dabei, meine lang zurückliegende Hippie- und Anarchisten-Vergangenheit nicht zu vergessen.«

Es war absolut nichts an Patrick Tempter, das Sloane auch nur entfernt mit den Sechzigerjahren in Verbindung gebracht hätte. *Hey, hey, LBJ, How many kids did you kill today?*, Haight-Ashbury, *Turn on, Tune in, Drop out* oder *Grateful Dead, Jefferson Airplane, The Doors*, mit Blumen im Haar oder auch irgendetwas sonst aus jener Ära.

Sein Handschlag war fest, seine Stimme melodiös, mit humorvollem Unterton.

Der Oberkellner rückte Sloane den Stuhl zurecht.

»Darf ich Miss Connolly einen Cocktail bringen?«, fragte er. Sloane stellte fest, dass der Oberkellner im Vorhinein ihren Namen erfahren hatte.

Patrick Tempter kam ihr zuvor. »Ich denke, Robert, die junge Dame und ich trinken lieber Wein …«

Er sah Sloane an, und sie nickte.

»Dann schicke ich sofort Felix herüber«, sagte der Oberkellner.

Binnen Sekunden stand der Weinkellner an ihrem Tisch.

»Etwas Robustes«, sagte Tempter. »Zur Feier des Tages. Etwas Süffiges. Vielleicht den einundachtziger Château Lafitte?«

»Ausgezeichnete Wahl. Perfekt. Ich bin gleich wieder bei Ihnen, Mr Tempter.« Der Kellner nickte Sloane zu und verschwand.

Beinahe verschwörerisch beugte sich der Anwalt über den

Tisch. »Eine Tausend-Dollar-Flasche. Das geht auf die Spesenrechnung, Miss Connolly. Bestellen Sie also bitte, was das Herz begehrt. Kaviar vielleicht?«

»Habe ich noch nie gegessen«, antwortete Sloane.

Der Anwalt grinste wieder. »Dann wäre dies die Gelegenheit«, sagte er begeistert. Er machte einem Kellner Zeichen. »Ich denke, die junge Dame und ich würden uns gerne Kaviar munden lassen, während wir die Karte studieren«, sagte er.

»Sehr wohl, Sir«, erwiderte der Mann. »Eine Unze oder …«

»Zwei, würde ich sagen«, antwortete Patrick Tempter. »Vielleicht kommt mein Gast auf den Geschmack.« Sein Tonfall verlieh allem, was er sagte, eine schwungvolle Note. Wieder beugte er sich zu Sloane vor und flüsterte: »›*Damn the torpedos! V*olle Kraft voraus!‹ Das Zitat stammt von Admiral Farragut, aus der Schlacht in der Mobile Bay. An der Marineakademie in Annapolis lieben sie das. Überaus tapfer von dem guten alten Admiral, wenn auch ein wenig tollkühn. Er hatte Schwein, heißt es. Und wo wir uns schon in der Geschichte ergehen, ich schätze, General Custer hat am Little Bighorn gesagt: ›*Ich kann nicht allzu viele verdammte Indianer sehen* … ‹, oder etwas in der Art. Aber das findet sich wohl eher nicht in *Bartlett's Famous Quotations*.«

Er lachte, und Sloane fiel ein.

»Das heißt«, bedachte er sich, »wohl eher doch, wenn ich's mir recht überlege.« Er sah sie spitzbübisch an.

Dann deutete der Anwalt auf die Speisekarte. »Suchen Sie sich etwas Exquisites aus«, sagte er. »Und dann reden wir übers Geschäft.« Einen Moment lang ließ Tempter den Blick durch den Raum schweifen. »Und, Miss Connolly – einem alten Delfter wie mir ist nur selten die Gesellschaft einer so jungen, talentierten und attraktiven Dame vergönnt. Hier sitzen heute Abend eine ganze Reihe Leute, die mich kennen und sich über dieses Treffen wundern werden – vielleicht mit einem Hauch von Neid. Ein gelegentliches Lächeln in meine Richtung«, fuhr Tempter mit vielsagendem Blick und in beschwingtem Tonfall fort, »aus dem mehr als Amüsement spricht, würde diesem Neid ein bisschen Nahrung geben, und das würde mir sehr gefallen.«

Wieder grinste er, und Sloane nickte. Der Anwalt versetzte sie ein ums andere Mal in Erstaunen. »Der wundervolle Humorist Calvin Trillin hat sich einmal über *The Jockey Club* in Miami mokiert«, fuhr er fort. »Er sagte, das Durchschnittsalter sei dort vierzig. Das heißt, ein sechzigjähriger Mann in Begleitung eines zwanzigjährigen Mädchens.«

Tempter deutete mit einer dezenten Geste auf das voll besetzte Restaurant. »Ich denke, diese Rechnung geht auch hier heute Abend auf.«

Sloane lächelte. Von einer Sekunde zur anderen wechselte der Anwalt kaum merklich den Ton.

»Aber da sitze ich und mache Witze, dabei sagten Sie, nicht wahr, Sie sähen sich mit einer ernsten Familienangelegenheit konfrontiert. Wie gedankenlos von mir.«

Bevor Sloane antworten konnte, servierte ihnen der Kellner den Kaviar in einer eisgekühlten Glasschale mit Silberrand, und der Weinkellner kam mit einer Flasche. Tempter schenkte ihr nur einen flüchtigen Blick, nickte und verkostete dann den kleinen Schluck, den der Weinkellner ihm einschenkte. »Der ist gut«, sagte er. »Ich werde der Versuchung widerstehen, die Stirn zu runzeln und ihn mit saurer Miene zurückgehen zu lassen.« Einen Moment lang schien der Kellner konsterniert, doch dann fasste er sich, lachte leise und schenkte zuerst Sloane und dann dem Anwalt ein, bevor er den übrigen Flascheninhalt in eine Kristallkaraffe goss und auf den Tisch stellte.

Kaum waren sie wieder allein, fragte Tempter: »Diese persönliche Angelegenheit – sollte das Ihrer Meinung nach zur Sprache kommen? Ist es etwas, das der geschäftlichen Angelegenheit, die wir heute Abend besprechen wollen, im Wege stehen könnte?«

Sloane drängten sich mehrere Antworten auf.

Ja. Nein. Meine Mutter hat sich umgebracht. Glaube ich jedenfalls.

Eine Stimme in ihr sagte: *Ich sollte jetzt in meiner Wohnung in der Ecke sitzen und schluchzen, statt zum ersten Mal im Leben Kaviar zu essen.*

Tempter nahm ein kleines Stück Toast, strich etwas von den schwarzen Eiern darauf und reichte es Sloane. Es schmeckte salzig, und sie konnte nicht ganz nachvollziehen, was daran derart Besonderes war.

Nein, sollte ich nicht, hielt sie barsch dagegen. *Solange sie lebte, habe ich nie zugelassen, dass meine Mutter zwischen mir und meiner Zukunft steht. Wieso also jetzt, wo sie tot ist.*

»Das ist schwer zu sagen, Mr Tempter«, erwiderte sie bedächtig. »Ich bin schon seit einigen Jahren auf mich gestellt, aber …« Sloane stockte. Der Anwalt sah sie eindringlich an.

»Vielleicht können Sie das Private vom Beruflichen trennen?«

»Das hoffe ich«, antwortete sie.

»So oder so ähnlich würde sich jemand in meiner Sparte äußern«, sagte er. »Ich bitte um Verzeihung, wenn ich zu aufdringlich war. Ich möchte Ihnen auf keinen Fall zu nahe treten.« Er schwieg, schien zu überlegen, in welche Richtung er das Gespräch lenken sollte, und neigte sich dann wieder ein wenig über den Tisch. »Ich hatte im Lauf der Jahre nur sehr selten mit Architekten zu tun, ganz zu schweigen von Architekten mit Ihrer Expertise auf dem Gebiet der Denkmalarchitektur. Ich bin da folglich im Hintertreffen.«

Sie bezweifelte, dass Mr Tempter *jemals* bei irgendetwas im Hintertreffen war.

»Dürfte ich Sie wohl etwas fragen?«, fuhr er fort. »Wenn bei Ihnen eine Idee von einem Denkmal an Verstorbene Gestalt annimmt, worauf achten Sie da, um sicherzustellen, dass die Erinnerung an diese Menschen …«, er überlegte, »… Resonanz hat?«

»Das ist ein schönes Wort«, erwiderte Sloane. Sie holte tief Luft. An dieser Stelle war sie auf heimischem Terrain. Sie konnte über etwas reden, bei dem sie sich auskannte, etwas Greifbares, Solides, statt etwas so Mysteriöses wie die Weite des Connecticut River und die ungewisse Frage, ob sich die Leiche ihrer Mutter irgendwo in seinen Tiefen verfangen hatte. »Genau das ist die Herangehensweise. Dazu muss man die betreffenden Menschen verstehen – was sie im Leben getan haben, was ihr Tod bedeutet – sowohl für diejenigen, die ihnen nahestehen, als auch diejenigen, die kommen, um ihnen Respekt zu zollen. Es sind eine ganze Reihe emotionale Faktoren zu berücksichtigen. Psychologische Faktoren. Natürlich spielt die Geschichte eine Rolle. Und der Entwurf eines Denkmals muss so viele dieser Elemente einfangen wie möglich. Sonst ist es einfach nur die Statue eines ernst dreinblickenden Mannes in Uniform auf einem Pferd mit einem Schwert in der Hand. Oder – wie Sie neulich am Telefon sagten – eine Plakette an einer Wand mit einem Namen darauf. So etwas bleibt recht belanglos.«

Er lächelte wieder.

»Wir sollten bestellen«, sagte er und hielt sein Glas hoch. »Wie Sie zweifellos wissen, passt der Rotwein am besten zu Fleisch. Aber ich liebe es, immer mal wieder gegen alle Konventionen zu verstoßen. Ich nehme Fisch. Und Sie?«

»Ebenfalls Fisch, gerne«, sagte Sloane. »Als Architektin sollte man sich nicht um Konventionen scheren.«

»Klug gesprochen«, sagte Tempter und winkte erneut den Kellner heran.

KAPITEL 3

EINS

Die Limousine bahnte sich behutsam ihren Weg die schmale, schlecht beleuchtete Straße entlang, während der Fahrer nach dem Eingang zu Sloanes Brownstone-Wohnblock suchte. Sloane, die allein auf dem Rücksitz saß, hatte das Gefühl, mehr oder weniger alle richtigen Fragen gestellt zu haben, auch wenn die Antworten alles andere als erschöpfend waren. Sie fühlte sich gelöst, so als habe ihr das Essen, der Wein und die berauschende Atmosphäre die Anspannung genommen.

Sie rief sich noch einmal ins Gedächtnis, wie sie im Gespräch zum Kern der Sache gekommen waren.

»Also, Mr Tempter, sagen Sie mir jetzt, wer Ihr Klient ist?«

»Er möchte vorerst lieber anonym bleiben. Er ist, wie ich schon sagte, sehr exzentrisch. Wäre das ein unüberwindliches Hindernis für Sie?«

»Ich weiß nicht. Möglicherweise. Ich lege Wert darauf zu wissen, für wen ich arbeite.«

»Selbstverständlich. Wer täte das nicht? Aber dies sind ungewöhnliche Umstände. Könnten Sie flexibel sein?«

»Vielleicht.«

»Gut. Ich nehme das als ein Ja.«

»Nun, Mr Tempter ...«

»Patrick, bitte ...«

»Nun also, Patrick, Ihr Klient möchte, dass ich Menschen ein Denkmal setze – ohne dass ich weiß, in welcher Beziehung sie zu ihm standen? Das ergibt eigentlich keinen Sinn, und das macht meine Arbeit schwierig, streng genommen, unmöglich. Mir würden die Zusammenhänge fehlen. Die Bezüge. Ich wäre nicht in der Lage, angemessene Prioritäten zu setzen. Diese Dinge sind aber nun ein-

mal maßgeblich bei der Gestaltung eines Denkmals. Das wäre so, als wollte man ein Gebäude ohne ein solides Fundament errichten. Keine gute Idee.«

»Ich kann Ihnen versichern, Miss Connolly, dass ihm Ihr Dilemma absolut bewusst ist, genauso wie mir. Aber bevor ich mit den entsprechenden Informationen herausrücke, all den Dingen, die Sie nennen, will er Ihre feste Zusage haben.«

»Klingt wirklich nach einer ziemlich eigenwilligen Persönlichkeit.«

»Das können Sie laut sagen«, der Anwalt lächelte. »Davon kann ich Ihnen ein Lied singen. Aber sagen Sie ja, und die Dinge klären sich.«

»Aber wie kann ich das, ohne zu wissen, was …«

Er fiel ihr ins Wort, und sie hörte ihm still und aufmerksam zu: »Wahrlich nicht leicht. Ich bin da ganz auf Ihrer Seite, Miss Connolly. Sie sind völlig zu Recht auf der Hut. Ich habe darüber mit meinem Klienten füglich gestritten und ihn eindringlich gebeten, sich von Anfang an offener zu zeigen. Ich räume ein, dass er von Ihnen eine Art Vertrauensvorschuss erwartet. Sie müssen auf Dinge vertrauen, die Sie noch nicht sehen. Mir fällt hier heute Abend die Aufgabe zu, Sie zu überreden, diesen Auftrag anzunehmen. Aber, Miss Connolly, wenn ich so sagen darf, habe ich meinerseits gründlich über die Situation nachgedacht und bin zu dem Schluss gekommen, dass Sie vielleicht zu viele Probleme sehen. Im Lauf unseres Lebens und im Lauf der Geschichte haben wir immer wieder gesehen, wie außergewöhnliche Menschen Bedeutsames leisten, obwohl sie sich anfänglich den größten Rätseln, Zweifeln und beinahe erdrückenden Ungewissheiten gegenübersehen. Denken Sie doch nur an die gewaltigen Fortschritte in Technologie, Medizin, Kunst und Literatur – die größtenteils nicht zustande gekommen wären, hätten diese Menschen von Anfang an gewusst, was am Ende herauskommen würde. Große Errungenschaften erfordern oft mehr als nur Engagement, sie erfordern Risikobereitschaft, meinen Sie nicht auch? Abenteuerlust? Steve Jobs in seiner Garage. Marie Curie mit ihrem Mi-

kroskop. Lewis und Clark, die zu guter Letzt über den Pazifischen Ozean blickten, um aus dem Stegreif nur einige zu nennen. Nicht mehr und nicht weniger erbitten wir uns von Ihnen, Miss Connolly, da er Ihnen zutraut, zu diesen ungewöhnlichen Menschen zu zählen. Und unabhängig davon, was am Ende dabei herauskommt, werden Sie für Ihre Arbeit großzügig entlohnt ...«

»Hören Sie, Patrick. Das war eine sehr eloquente Rede, und überaus schmeichelhaft. Mir schwillt der Kamm. Ich bin fast geneigt, Ihnen das alles zu glauben. Ich und Steve Jobs. Nur leider nicht so ganz mein Typ. Lassen Sie sich etwas anderes einfallen.«

Der Anwalt grinste und machte eine fast asiatisch anmutende höfliche Verneigung.

»Ah, ich fühle mich durchschaut – ich hatte es fast geahnt. Bitte höflichst um Vergebung. Bei der unerschöpflichen Auswahl an Überredungskünsten, Miss Connolly, muss man für die richtige Person schon den richtigen Dreh finden. Man versucht es eben auch mit Schmeichelei. Ich hätte es subtiler angehen sollen. Bestechung? Drohungen? Sicher nicht. Beschwatzen? Flehentliche Bitten? Hier in diesem exklusiven Restaurant vor Ihnen auf die Knie gehen? Ich weiß nicht so recht, ob Sie sich davon beeindrucken lassen würden.« Er warf den Kopf zurück und lachte, als sei alles, was er sagte, scherzhaft gemeint, und sie lächelte mit.

»Sie verstehen«, fuhr er fort und blickte dabei mit einer fast andächtigen, schuldbewussten Miene gen Himmel, »... keine leichte Aufgabe, genau den richtigen Dreh zu finden, der bei Ihnen verfängt.«

Sloane nickte und grinste. »Für Ihren Berufsstand zweifellos eine Herausforderung.«

Er zuckte mit den Achseln. »Ich war mal mit einem Kollegen befreundet, wir haben an den Wochenenden zusammen Squash gespielt, Fred Cheatham, dem erging es noch viel schlimmer. Wir hätten zusammen eine tolle Kanzlei abgegeben: Tempt-her and Cheat-him.«

Sloane lachte.

»*Na schön. Was genau hätte ich mir unter ›großzügiger Entlohnung‹ vorzustellen?*«, *fragte sie.*

»*Ah, zur Sache, wie man so schön sagt. Mein Klient wird Ihnen ein Büro zur Verfügung stellen. Mit allem Pipapo, was immer Sie benötigen, und so lange, wie Sie es benötigen. Möglicherweise schließt Ihr Auftrag auch eine gewisse Reisetätigkeit ein. Ja. Ziemlich sicher sogar. Ich könnte mir vorstellen, dass über der Entscheidung, ob all die Personen, die er geehrt sehen möchte, Einzeldenkmäler verdienen oder ein einziges, das ihre Verdienste in einem würdigt, mehrere Monate ins Land gehen werden. Mit der Frage müssen Sie sich auseinandersetzen, Miss Connolly – auch wenn mein Klient die Idee von einer gemeinsamen Gedenkstätte zu bevorzugen scheint. Aber er würde Sie nicht in Ihrer kreativen Freiheit beschneiden. Während Sie daran arbeiten, Ihre Recherchen machen, fünftausend die Woche. Für einen ersten Entwurf, der alle seine Kriterien erfüllt und angenommen wird – er ist bei dieser Ausschreibung der einzige Juror –, eine Million Dollar. Und danach, im Zuge der Bauaufsicht, nochmals eine Million. Bei Fertigstellung, zu seiner Zufriedenheit, ein Bonus von einer halben Million. Und selbstverständlich die Übernahme sämtlicher Spesen. Zu Ihrer freien Verfügung. Es kommen keinerlei Auslagen auf Sie zu.*«

Als sie die Zahlen hörte, saß Sloane senkrecht. Ihr blieb der Mund offen stehen. Patrick Tempter lächelte.

»*Das klingt nach einer Menge Geld, Miss Connolly – aber für meinen Klienten entspricht es kaum einem Wochengewinn an der Börse. Vielleicht weniger, vielleicht dem Profit von ein paar guten Tagen. Oder auch Stunden.*«

»*Diese Beträge erscheinen mir …*«

»*Hoch?*«

»*Zu hoch, um wahr zu sein.*«

»*Ja. Das fand ich auch. Beinahe verdächtig hoch. Aber Sie müssen es von seiner Warte sehen. Für meinen Klienten wird es eine große Genugtuung sein, mit diesem Auftrag Ihrer Karriere einen entscheidenden Anstoß zu geben. So wie ein Post-doc-Stipendium für einen*

Mediziner oder ein Rhodes-Stipendium für einen angehenden Staatsmann oder für einen Football-Spieler, in die erste Auswahlrunde der National-Football-League zu kommen.«

»Wieso ich?«

»Wieso nicht Sie?«

»Es gibt viele erfahrenere Architekten ...«

Tempter hielt prompt die Hand wie ein Stoppschild hoch und fiel ihr ins Wort.

»Die ausnahmslos«, *sagte er betont*, »ohne zu zögern, zugegriffen hätten. Aber mein Klient sieht das anders: Die Menschen, denen er ein Denkmal setzen möchte, waren für ihn von zentraler Bedeutung, als er am Anfang seiner Laufbahn stand, wie auch bei entscheidenden Weichenstellungen für seinen weiteren Werdegang. Von der Jugend bis ins Erwachsenenalter. Mit anderen Worten, er möchte sich für diese Gunst erkenntlich zeigen. In gewisser Weise sind Sie, Miss Connolly, und Ihr Entwurf Teil des Denkmals. Deshalb ist er nicht so sehr an jemandem interessiert, der sich bereits einen Namen gemacht hat.«

Das leuchtete Sloane ein.

»Von wie vielen Personen reden wir hier, für die das Denkmal gedacht ist?«

»Ungefähr sechs. Er befasst sich gerade mit den Namen.«

Wieder lächelte Tempter. »Und während er noch damit beschäftigt ist, vielleicht schon mal ein kleiner Anreiz. Sagen wir, ein kleiner Beweis dafür, dass es ihm ernst damit ist.«

Tempter griff in die Innentasche seines Sakkos und zog einen Briefumschlag heraus. Er reichte ihn Sloane über den Tisch. Ihr Name stand darauf. Sie öffnete ihn. Darin befand sich ein auf sie ausgestellter Bankscheck über 10.000 Dollar.

Sie wollte etwas sagen, doch der Anwalt hob die Hand und ließ sie nicht zu Wort kommen.

»Den können Sie getrost einlösen, Miss Connolly. Dafür brauchen Sie nicht unsere Übereinkunft zu unterschreiben. Das gehört Ihnen, einfach nur dafür, dass Sie sich heute Abend den Vorschlag angehört *haben. Und natürlich dafür, dass Sie mir bei diesem Dinner solch charmante Gesellschaft geleistet haben.«*

Der Anwalt schwieg. Nun beugte er sich weit vor, als wollte er ihr ein Geheimnis anvertrauen.

»Was sagte Marlon Brando noch gleich als Don Corleone in Der Pate? *Er mache ein Angebot, das man nicht ausschlagen könne.«*

Sloane hörte die Frage des Chauffeurs: »Hier, Miss Connolly?« Sie hielt zwei Ausfertigungen eines einfachen dreiseitigen Vertrags in der Hand. »*Einer für Sie und einer für uns*«, hatte Patrick Tempter gesagt. Es war kaum mehr als eine schriftliche Vereinbarung. Sie hielt die außergewöhnliche Vergütung fest, die Tempter ihr bereits dargelegt hatte, sowie einige Abschnitte mit einer zusammenfassenden Beschreibung ihrer Aufgaben, alle in juristische Sprache gekleidet, mit Floskeln wie *vorbehaltlich* oder *nachfolgend Auftragnehmer genannt*. Selbst im trüben Licht sah sie, dass der »Vertrag« ihr große Spielräume ließ, soweit es den Entwurf, den Zeitrahmen und die stilistische Ausrichtung betraf. Diese Entscheidungen lagen ganz bei ihr, allem Anschein nach ohne Beaufsichtigung. In Rechtsfragen der Architektur war sie ziemlich unbedarft. Sie wusste nur, dass über komplexe Bauvorhaben detaillierte Verträge mit zahlreichen Absicherungen geschlossen wurden. Das hier war vollkommen anders.

»Ja«, sagte sie zum Fahrer.

»Sehr wohl«, erwiderte er und fuhr heran.

Beim Verlassen des Restaurants hatte Patrick Tempter sie mit der langen, schwarzen Karosse samt Fahrer überrascht. »Vermutlich haben Sie auf dem Weg hierher ein Taxi, einen Uber oder auch die Subway genommen? Um nicht Ihre heiß umkämpfte Parklücke zu verlieren, stimmt's?« Es stimmte. Über diese Begleiterscheinung des großstädtischen Lebens hatten sie beide gelacht. Während er ihr galant den Schlag aufhielt, hatte er auf das Dokument gezeigt. »Es ist nichts Kompliziertes, Miss Connolly. Aber lassen Sie ruhig einen eigenen Anwalt einen Blick darauf werfen.

Oder rufen Sie mich an, falls Sie noch Fragen haben. Rund um die Uhr. Ich habe meine Karte an die erste Seite geheftet, zusammen mit einem Freiumschlag für die Rücksendung an mich, und ich hoffe, Sie werden, wenn Sie erst unterschrieben haben, Gebrauch davon machen.«

Sloane griff zu ihrer Handtasche und stieg in ihrer Straße aus. Sie konnte sich den Gedanken nicht verkneifen, *wenn mich Roger jetzt so sehen könnte:* kurz davor, reich zu werden; kurz davor, in ein Bauvorhaben einzusteigen, nach dem sich jeder ihrer Kommilitonen am Institut sämtliche Finger lecken würde. Kurz davor, der Profi zu werden, der sie schon immer hatte sein wollen.

Dabei entging ihr nicht die Ironie. Auf einen Schlag verfügte sie über zwei Einkommensquellen. Das Geld, das ihre Mutter ihr vermacht hatte, mit der Mahnung, *wegzulaufen;* das Geld des noch unbekannten Mannes, der Denkmäler von ihr wollte, mit der Aufforderung *zu bleiben*.

»Kann ich heute Abend noch etwas für Sie tun, Miss?«, fragte der Fahrer.

»Nein danke«, antwortete Sloane.

»Dann verabschiede ich mich«, sagte er und tippte sich an die Mütze. Überhöflich. Das Klischee, gestand Sloane sich ein, traf zu: *Man könnte sich daran gewöhnen.*

Sie wartete auf dem Bürgersteig und sah dem Wagen hinterher. Die Nacht hüllte sie ein. Es war immer noch warm. Sie fühlte sich energiegeladen. Enthusiastisch. Der Vertrag in ihren Händen war derart überwältigend, dass er in diesem Moment alles andere, was ihr seit dem Brief von ihrer Mutter widerfahren war, verdrängte. Die Taucher in dem schwarzen Fluss, die bedrückende Aufgeräumtheit eines Hauses, das die Bewohnerin verlassen hatte, bevor sie aus dem Leben schied, die in Happy-Birthday-Geschenkpapier verpackte Waffe – das alles erschien ihr wie eine Halluzination, von dem zurückliegenden Abend ins Reich der Albträume verbannt. Sie trat in den Schatten neben den Stufen zum Eingang ihres Gebäudes.

Einen Augenblick lang horchte sie auf die Stadt – das Hintergrundrauschen des Verkehrs, das Plärren eines Fernsehers durch das offene Fenster. Unter einer Brise raschelte das Laub an einem Baum. Sie sah sich nach rechts und nach links um, dann die Treppe hinauf. Zwischen geparkten Autos sorgte der Schein der Straßenlaternen und Außenlampen an den Häusern für ein unübersichtliches Licht- und Schattenspiel. Die meisten Fenster, die sie sah, waren verdunkelt – dennoch hatte sie plötzlich das Gefühl, von jemandem hinter einer Gardine hervor beobachtet zu werden. Sie ließ den Blick über die Gebäude schweifen, um den Grund für ihr plötzliches Unbehagen zu entdecken. Sie fühlte den Adrenalinstoß und den beschleunigten Puls und dachte nur: *Da stimmt etwas nicht.* Die Ahnung passte nicht zu ihrem Überschwang, und so packte sie die Papiere und den Scheck so fest, als drohe jede Sekunde jemand aus einer dunklen Ecke zu springen und ihr mit dem Dokument das ganze Projekt zu entreißen – ihren rasanten Aufstieg in eine ganz andere Liga. Dabei war ihre Ängstlichkeit vollkommen irrational. Sie versuchte, ihre Umgebung systematisch abzusuchen, so wie ein Wissenschaftler übers Mikroskop gebeugt eine Blutprobe nach den charakteristischen Anzeichen einer Krankheit untersucht. Wie am Ende einer lange gehaltenen Yogastellung ging ihr die Luft aus, und ihre Muskeln spannten. Als sie plötzlich glaubte, Schritte zu hören, wirbelte sie herum.

Kein Mensch weit und breit.

Sie drehte sich in die andere Richtung um.

Auch dort kein Mensch.

An diesem Punkt wusste sie nicht mehr, was beängstigender wäre, allein zu sein oder sich einem Fremden gegenüberzusehen. Das Gefühl, beobachtet zu werden, war fast so stark wie der Druck zweier Hände, die sich ihr in den Rücken legten und sie stießen. Sie fürchtete, wie eine Betrunkene zu schwanken. Nach einem letzten prüfenden Blick schüttelte sie den Kopf und sagte sich, *Du spinnst,* war dabei aber klug genug zu wissen, dass sich damit jeder zu beruhigen versuchte, wenn er das überwältigende Gefühl hatte, etwas sei im Busch.

Sloane zuckte in einer übertriebenen Geste mit den Schultern, packte innerlich die unerklärliche Paranoia, knüllte sie wie misslungene Entwurfsskizzen zusammen und warf sie in den Papierkorb. Wütend stieg sie die Eingangstreppe hinauf und öffnete schließlich die Tür zu ihrer Wohnung. Schon im Windfang merkte sie, wie sich ihr Puls normalisierte. Als sie oben die Tür zu ihrer Wohnung aufschloss, hineinschlüpfte und die Tür hinter sich zuzog, kam sie sich idiotisch vor. Als sie das Wohnzimmer, die Essecke und das Schlafzimmer durchquerte und dabei überall das Licht anknipste, als sie sich in ihrer vertrauten Umgebung umsah, ihre Jacke ablegte, aus Hose und Schuhen schlüpfte und es sich in der alten Jogginghose, die ihr auch als Nachtzeug diente, gemütlich machte, war sie wieder entspannt. *Wer würde sich nicht nach einem solchen Abenteuer die Finger lecken?*

ZWEI

Es war schon fast Mitternacht, als Sloane ihren Laptop aufmachte, um den Namen des Anwalts zu recherchieren. Sie fand über zehn Einträge zu ihm. Bei den augenscheinlich wichtigsten handelte es sich um Artikel in juristischen Fachzeitschriften oder in großen Zeitungen, fast zwanzig Jahre alt, mit Überschriften wie: *Tempter zum Leiter der Prozessabteilung ernannt,* oder einen anderen, erst anderthalb Jahre alt: *Führender Prozessanwalt geht in Ruhestand.* Sie sichtete noch einige andere Beiträge, die sich mit denkwürdigen Fällen befassten, in denen Patrick Tempter mal die eine, mal die andere Seite vertrat. Große Prozesse, in denen es um Milliardenbeträge ging. Firmenübernahmen. Wirtschaftskriminalität. Schnell wurde klar, dass Tempter sich im Gerichtssaal einen Namen gemacht und vor etwa einem Jahr von einer der angesehensten Kanzleien der Stadt in den vorzeitigen Ruhestand zurückgezogen hatte. Über sein Privatleben hingegen fand sie rein gar nichts – nicht einen Hinweis auf Frau und Kind, nichts in den Klatschkolumnen. Sie nahm sich vor, beim nächsten Treffen auf einen Ehering zu achten. Sie suchte nach einem Profil von ihm, nach Einträgen, in denen es weniger um seine juristische Laufbahn ging als um die Person, doch die Ausbeute war mehr als dürftig – ein paar Zitate in einem Blog über das städtische Leben, in denen es um »Leinenzwang« ging, den der Gemeinderat eines Nobelviertels vorgeschlagen hatte. Tempter hatte eloquent gegen eine solche Einschränkung plädiert, derzufolge Hunden, ohne Ansehen der Rasse, grundsätzlich der Freilauf untersagt werden sollte.

Sloane grinste bei der Vorstellung, wie sich der elegante Anwalt über das Für und Wider zu einer Frage der Hundehaltung erging.

Mit ihren bescheidenen detektivischen Fähigkeiten in Sachen Internetrecherche konnte sie nichts entdecken, was die Ehrlichkeit des Anwalts infrage stellte. Alles, was sie sah und las, zeugte von Prinzipien- und Gesetzestreue und Integrität. In einigen Webcasts trat Tempter in universitärem Rahmen auf und sprach über das eine oder andere staatsrechtliche Thema. Der Gedanke streifte sie, ob Roger vielleicht bei einem dieser Vorträge im Hörsaal gesessen haben könnte. Sie ging noch einmal jede Erwähnung Tempters durch, um auf seinen derzeitigen Auftraggeber zu kommen, konnte aber nicht den kleinsten Hinweis finden.

Bringt nichts, räumte sie schließlich ein. *Er bleibt anonym.*

Sie überlegte, ob dies wirklich ein Grund zur Sorge war, kam zu keinem eindeutigen Schluss, sah auf die Uhr, sah, dass es schon fast zwei war, und stand vom Schreibtisch auf.

Sie betrachtete den dreiseitigen Vertrag.

»Mach dich nicht lächerlich«, sagte Sloane laut. »So eine Chance bekommt man nicht alle Tage.«

Einem plötzlichen Impuls folgend, griff sie zum nächstbesten Kugelschreiber auf dem Tisch, blätterte zur letzten Seite um und unterschrieb an der dafür vorgesehenen Stelle. Sie steckte den

Vertrag in den Rückumschlag, den Tempter angeheftet hatte, und klebte ihn zu.

Am Ende ihres Blocks war ein Briefkasten. Besser drüber schlafen, sagte ihr eine Stimme. Doch der glühende Wunsch, Nägel mit Köpfen zu machen, siegte. Sie ging ins Bad und zog sich einen verschlissenen lilafarbenen Frotteebademantel über. Schlüpfte in ihre ausgetretenen Sneaker. Nahm ihre Schlüssel und den Brief mit dem Vertrag und verließ lautlos die Wohnung.

Unten an der Tür zum Windfang zögerte sie und rief sich das beunruhigende Gefühl bei ihrer Ankunft vor ein paar Stunden ins Gedächtnis.

»Es ist jetzt um einiges später«, flüsterte sie. »Um die Zeit läuft da draußen niemand mehr herum.«

Wie ein Rennpferd, das aus der Startbox prescht, stürzte sie durch beide Türen, die Eingangsstufen hinunter und auf den Bürgersteig. Zwar rannte sie nicht zum Briefkasten, sondern fiel in einen forschen Marschschritt, bei dem ihr der Bademantel mit jedem Schritt um die Knie schlug. Als sie den blauen Kasten sah, blickte sie sich noch einmal um, zögerte einen winzigen Moment, warf den Brief mit Verve in den Schlitz und ließ mit einem metallischen Klirren die Klappe darüber fallen. Es klang wie die Kennmelodie zu ihrem neuen Leben.

Sloane machte kehrt und eilte zu ihrem Gebäude zurück, die Eingangsstufen hinauf, durch die Türen, die mit einem beruhigenden schnappenden Geräusch hinter ihr ins Schloss fielen, die Treppe hinauf, zu ihrer eigenen Wohnungstür hinein, wo sie hastig die Riegel und die Kette vorlegte. Drinnen machte sie sich bewusst, dass sie das Licht ausknipsen und ins Bett gehen sollte, doch dafür stand sie zu sehr unter Strom. Sie hätte dringend ein paar Stunden tiefen, traumlosen Schlaf nötig gehabt, wusste aber auch zu gut, dass daran nicht zu denken war. Vor ihrem inneren Auge zogen Bilder von berühmten Monumenten und gängigen Vorbildern für Denkmäler vorüber, Früchte eines ganzen Studiums. Für eine Sekunde drängte sich ihr das Bild ihrer Mutter auf. *Was für ein Denkmal bekommt sie?*, fragte sich Sloane.

Endlich müde, wenn auch weiterhin voller Energie, schob sie die Erinnerungen beiseite, als könnte sie ihre Mutter zusammen mit ihrem Geburtstagsgeschenk, dem Colt .45, in den hintersten Winkel einer Schublade verstauen.

Sloane begab sich zu Bett.

Sechs Namen, hatte der Anwalt gesagt.

Ich wüsste gerne, wer diese Leute sind.

KAPITEL 4

EINS

Nach der Unterzeichnung des Vertrags: Zwei Wochen rauschten vorbei. Mit einem Mischmasch an Gefühlen.

Sloane saß eine Stunde lang vor dem Prüfgremium der Universität und hörte sich die Hymnen der Professoren an. Sie sonnte sich in all dem Lob und wusste, als sie ging, dass sie den Preis in der Tasche hatte, griff aber dennoch nicht zum Telefon, weil sie niemanden hatte, um vor ihm oder ihr mit dem bevorstehenden Erfolg zu prahlen. Keine Mutter, keinen Freund, keine alten Freunde, keine neuen Freunde. Sie stellte alles fertig, was sonst noch für ihren Abschluss erforderlich war, und meldete sich für die berufliche Zulassungsprüfung im Lauf des Sommers an. Eine Stunde nachdem sie von Patrick Tempter eine begeisterte Textnachricht bekommen hatte – *Ihr unterschriebener Vertrag ist eben eingetroffen. Wunderbar! Gratuliere! Wir freuen uns auf die künftige Zusammenarbeit. Bitte schicken Sie mir eine E-Mail mit einer Liste der Dinge, die Sie für Ihr neues Büro benötigen –*, löste sie seinen Scheck ein. Sie setzte sich mit einem Makler in Verbindung und brachte das Haus ihrer Mutter – nunmehr ihres – zu einem Preis auf den Markt, bei dem sie auf ein schnelles Angebot hoffen konnte. Sie stellte die von Patrick Tempter angefragte Liste zusammen – *für ein Büro vom Feinsten. Alles nur Extraklasse,* bis hin zu den dicken Zeichenstiften und Linealen aus Metall, nicht Plastik. Das Einzige auf ihrer langen Erledigungsliste, was sie nicht schaffte, war ein Termin bei einem Anwalt, um mit ihm über das aufwendige juristische Verfahren zu sprechen, das erforderlich war, um ihre Mutter rechtskräftig für tot erklären zu lassen. *Es hat ja keine Eile,* beruhigte sie sich.

Sie bekam eine weitere Nachricht von Roger: *Du fehlst mir*

wirklich. Ich meine es ernst. Können wir uns nicht treffen und über alles reden? Ich verspreche dir, mich zu bessern. Sie ignorierte ihn und dachte nur sarkastisch: *wie viel besser?* Und dann: *Besser genug?* Mindestens sechs Mal klingelte ihr Handy bei seinen vergeblichen Versuchen, sie zu erreichen. Sie drückte jeden Anruf weg. *Roger, gib's auf.*

Sloane rief den Detective in ihrer Heimatstadt an. Er wiederholte, dass sie weiterhin Konten- und Kreditkartenbewegungen überwachen würden. *Mit anderen Worten: keine Hoffnung*, dachte sie. Ebenso gut hätte er sagen können: *Da ist nichts mehr zu machen.* Die Polizei schien weiterhin auf den anonymen Kajakfahrer zu hoffen, der auf wundersame Weise Licht in die Sache bringen würde. Drei Tage, nachdem sie Patrick Tempter ihre umfangreiche Wunschliste zur Büroausstattung geschickt hatte, bekam sie von ihm die Adresse zu einem Gebäude mit Gemeinschaftsbüros unweit der Universität, fußläufig gerade einmal zehn Minuten von ihrer Wohnung entfernt. Seine Nachricht lautete einfach: *Ich denke, Sie werden Suite 101 mehr als akzeptabel finden.*

Es war Mittag, als sie das Bürogebäude betrat.

Es war ein elegantes, sehr modernes Ambiente, mit voll besetzten PC-Arbeitsplätzen in einem weitläufigen Open-Office-Bereich. Sie ging an Leuten vorbei, die sich über ihre Computer beugten. Es gab auch kleine Teams, die zusammen Entwürfe und Dokumente überprüften. Wieder andere machten sich emsig Notizen oder waren in lebhafte Telefonate vertieft. Mehr als einmal kam sie an jungen Frauen und Männern vorbei, die in einer erhitzten Diskussion die Köpfe zusammensteckten. Das Gebäude schien von Ideen nur so zu sprühen. Bei einem Blick in die Runde hätte sie gern gewusst, wer von diesen Senkrechtstartern bald pleitegehen würde, wer von ihnen auf dem Weg nach oben von Moms und Dads Rente zehrte und wer sich von der Idee der wundersamen Geldvermehrung antreiben ließ.

An einem Ende saß eine attraktive junge Frau, ungefähr in

Sloanes Alter, an einem Schreibtisch und las in einer Modezeitschrift, während sie das Kommen und Gehen in dem Großraumbüro überwachte. Sloane steuerte sie an.

»Ich heiße Sloane Connolly. Ich glaube, Suite 101 ...« Weiter kam sie nicht.

»Ah ja, hi, Sloane. Wir haben Sie schon erwartet. Ich habe hier den Schlüssel für Sie. Ich glaube, die letzte Einrichtungslieferung kam gestern Abend. Bitte folgen Sie mir.«

Die junge Frau reichte Sloane einen Schlüsselbund und führte sie herum, während sie ihr die Hausregeln erklärte und sie alles wissen ließ über den Essenslieferservice für abendliche Überstunden, die gemeinsam genutzten Konferenzräume, die man vorab reservieren musste, über die tägliche Abfallentsorgung. Dieses Führungsgeplänkel erhielt sie aufrecht, bis sie mit Sloane vor einer Bürotür aus massivem Holz hielt. Sloanes Name war darin eingeprägt. Ein großes Fenster bot einen Blick auf das Großraumbüro. Es war eine Mischung aus Schaufenster und Refugium. »Da wären wir«, sagte die junge Frau.

Sloane starrte ungläubig auf ihren Namen an der Tür, steckte schließlich den Schlüssel ins Schloss, drückte die Klinke und ging hinein. Es war, als trete sie in eine Fantasie der Perfektion. Alles, was sich ein Architekt nur erträumen konnte, stand für sie bereit.

Ein funkelnagelneuer, leistungsstarker Apple-Computer.

Auf der Tastatur lag eine American-Express-Karte in Platin. Darauf eingeprägt: *Sloane Connolly, Architektur und Design*. Daneben lag ein neues iPhone. Sie nahm es in die Hand, klickte es an und stellte fest, dass es bereits auf ihre Nummer programmiert war.

Das Büro wurde von einem großen, verstellbaren L-förmigen Zeichentisch beherrscht, der mit dem Computertisch verbunden war. Auf dem mit schwarzem Leder bezogenen Bürostuhl konnte sie sich mühelos zwischen Computer und Entwürfen hin und her drehen. Der Bürosessel allein, schätzte sie, hatte fast die Summe gekostet, die sie mit dem Scheck von Patrick Tempter eingelöst hatte.

Auf der Zeichenfläche lagen, wohlgeordnet, Papier und Stifte bereit.

An den Wänden: neue luxuriöse Schränke aus glänzendem, dunklem Mahagoniholz. Ein brandneuer Keurig-Coffee-Maker in Schwarz und Silber sowie ein Set uniweißer Kaffeebecher standen auf einem Minikühlschrank. Sie zog eine kleine Schublade auf und fand darin eine Reihe Kaffeepads. Im Kühlschrank standen mehrere Flaschen Perrier-Wasser sowie einige kalorienarme Erfrischungsgetränke.

Eine zur übrigen Einrichtung passende schwarze Ledercouch zierte eine andere Wand, unter dem einzigen Fenster zur Straße. Den niedrigen Sofatisch hatte jemand mit roten, gelben und grünen Seidenpapierblumen in einer Vase geschmückt.

An der großen weißen Wand am hinteren Ende des Büros hingen zehn elegant gerahmte Zeichnungen – alle von weltberühmten Gebäuden in unterschiedlichen Planungsphasen. Drei von der Vision des Sonnenkönigs für Versailles. Ein paar von Frank Gehrys Kunstmuseum in Bilbao, Spanien. Drei von Thomas Jeffersons Ausführungsplänen zum Landgut Monticello. Zwei von David Childs Entwürfen zum One World Trade Center in Lower Manhattan, das dort nach der Zerstörung der Zwillingstürme am elften September errichtet worden war. Neu und alt. Die perfekte Inspiration für einen Architekten. Sloane warf ihre Umhängetasche auf die Couch, setzte sich an den Computer und schaltete ihn an.

Er leuchtete auf. Als Bildschirmschoner prangte darauf ein kunstvolles Foto einer von hohen Fichten bedeckten Insel in Grau-, Braun- und Grüntönen, die sich geheimnisvoll aus einem See und morgendlichen Nebelschwaden darüber erhob. Das Bild verströmte eine unwirkliche Atmosphäre wie aus einem Science-Fiction-Roman über einen neuen, der Erde ähnlichen Planeten. Die Insel kam Sloane vage bekannt vor. Sie starrte einige Minuten darauf und versuchte, sich daran zu erinnern, wo sie sie schon einmal gesehen hatte, doch auf Anhieb fiel es ihr nicht ein.

In der unteren Dockleiste waren die vertrauten Symbole zu finden.

Genau in der Mitte des Bildschirmschoners fand sich eine einzige hellblaue Datei mit dem Namen »*Willkommen, Sloane*«. Sie bewegte den Mauszeiger dorthin und doppelklickte. Dabei sagte sie laut: »Und auch Ihnen einen guten Tag.«

Es öffnete sich ein Word-Dokument.

Sloane.
Patrick hat mich informiert, dass Sie den Vertrag angenommen haben.
Ich bin hocherfreut.
Doch bevor wir uns persönlich kennenlernen, möchte ich, dass Sie schon einmal mit Ihren Recherchen beginnen.
Hier sind die Namen der sechs Personen, denen ich ein Denkmal setzen möchte. Sie sind in zufälliger Reihenfolge aufgelistet. Und jeder von ihnen übte in unterschiedlichen Lebensstadien auf meinen Werdegang und somit auf meinen beruflichen Erfolg einen prägenden Einfluss aus. Neben jedem Namen finden Sie einen besonderen Aspekt oder eine besondere Charakteristik sowie die letzte Ortsangabe, die ich zu dem Betreffenden habe. Das sollte Ihnen dabei helfen, zu jedem von ihnen Informationen einzuholen. Der Computer wird Ihnen zweifellos dabei von Nutzen sein, doch wie Patrick Ihnen bereits zu verstehen gegeben hat, könnte auch ein gewisses Maß an Reisetätigkeit erforderlich sein. Nach meiner Erfahrung bieten persönliche Kontakte immer einen größeren Erkenntnisgewinn. Dafür sowie für etwaige andere Ausgaben, die Ihnen entstehen, steht Ihnen die Kreditkarte zur Verfügung. Sobald Sie sich einen Eindruck davon verschafft haben, um wen es sich bei den Personen auf meiner Liste jeweils handelt, können wir uns zielführend darüber unterhalten, was jeder Einzelne von ihnen

mir bedeutet hat und wie seine einzigartige Rolle am besten zu würdigen und ihr Andenken zu bewahren ist. Ich möchte sicherstellen, dass Sie diese Menschen durch die gewonnenen Einsichten miteinander in Beziehung setzen und Ihrem Entwurf am Ende Tiefe sowie eine wahrhaft nachhaltige Bedeutung verleihen können.

Mit etwaigen Fragen oder Wünschen wenden Sie sich bitte an Patrick. Keine Bitte ist zu groß oder zu klein. Nichts ist belanglos. Er wird dafür sorgen, dass Sie unverzüglich alles bekommen, was Sie benötigen.

Mit wärmsten Empfehlungen,
Ihr Auftraggeber

Sloane rutschte unruhig auf ihrem Stuhl herum. *Exzentrisch ist stark untertrieben,* dachte sie. Und dann: *Am besten fange ich gleich an.* Sie fühlte sich dabei ein wenig so, als stünde sie am Rand eines Sees und versuchte, bevor sie kopfüber hineinsprang, zu testen, wie kalt das Wasser war.

ZWEI

Sloane starrte auf die Namensliste und zuckte mit den Achseln. Keiner davon sagte ihr auch nur das Geringste. Wäre ihr wenigstens einer bekannt gewesen, dachte sie, etwa ein berühmter Künstler oder Politiker oder schlagzeilenträchtiger Geschäftsmann, hätte ihr das einen ersten Anhaltspunkt geben können, um ein wenig hinter das Geheimnis ihres Auftraggebers zu kommen. Sie hielt einen Schmierblock bereit und beugte sich zum Computer vor. Ohne lange darüber nachzudenken, wie sie es angehen sollte, gab sie den ersten Namen auf der Liste bei Google ein:

Lawrence Miner, Dred Scott und die Emanzipations-Proklamation, Exeter, New Hampshire.

Der erste Eintrag, der auf ihrem Bildschirm erschien, war zehn Jahre alt. Es handelte sich dabei um eine Todesanzeige mit Nachruf aus einer Alumni-Zeitschrift der renommierten Privatschule in der betreffenden Stadt. Die Überschrift des Beitrags lautete: Der ehemalige Schuldirektor und verehrte Geschichtslehrer im Alter von siebenundachtzig verschieden.

Na, das war ja schon mal einfach und leuchtet absolut ein, dachte Sloane. *Dred Scott und die Emanzipations-Proklamation* sind entscheidende Ereignisse in der amerikanischen Geschichte und gehören auf jeden Lehrplan. *Demnach ist der Auftraggeber an eine noble, teure Privatschule gegangen. Was auch sonst. Das war nur der erste Schritt auf dem Weg zu sagenhaftem Reichtum.*

Sie las die Einträge durch. Lobeshymnen auf den Mann von Kollegen und Verwaltung: »*Er war äußerst engagiert*«; von der Schulleitung: »*Ein Mann, der für Disziplin, Verlässlichkeit und Organisationstalent stand*«, und »*er hatte den Laden fest im Griff*«. Von ehemaligen Schülern: »*Selbst bei den langweiligen Kapiteln der amerikanischen Geschichte hat er uns dazu gebracht, aufzupassen*«. Sloane vermutete, dass die ehemaligen Schüler ihrerseits zu Leistungsträgern geworden waren. Sie hätte gern gewusst, ob sich unter den Zitaten auch eins vom Auftraggeber fand. Nach ihrem spontanen Eindruck von Lawrence Miners Werdegang war das Wort *verehrt* nicht übertrieben.

Sie las einen weiteren Artikel, der fünf Jahre nach dem Tod des Mannes erschienen war. Offenbar gab es Bestrebungen, ein Schülerwohnheim nach ihm zu benennen. Wiederum zwei Jahre später waren laut einer Kurzmeldung im Alumni-Bulletin genügend Spenden eingetrieben worden, um ein Porträt des Lehrers in Auftrag zu geben, das in einer Reihe mit anderen herausragenden Leuten in einem besonderen Gang der Lehranstalt hängen sollte.

Sie sah es vor sich: Porträts längst verblichener, weißhaariger

Männer in dunklem Anzug, die mit strenger Miene von der Leinwand herunterblickten.

Dies alles erschien wenig überraschend. Die Schule war Ende des achtzehnten Jahrhunderts gegründet worden und durfte sich unter den Schülern einer beeindruckenden Liste von Staatsmännern und des einen oder anderen Royals rühmen. Bekannte Schriftsteller, Schauspieler, Philanthropen, Wissenschaftler und Ärzte waren einst durch diese Flure gewandelt. Sloane drängte sich das Gefühl auf, der Auftraggeber reihe sich am Ende selbst in die Liste bedeutsamer Persönlichkeiten ein, die dem Direktor Ehre einlegten. Dies gab ihr das Gefühl, sich auf ihren eigenen Beitrag zu einem ehrenvollen Unterfangen vorzubereiten. Ihr schwirrte der Kopf von ersten, umrisshaften Ideen. *Der Name des Mannes an einem Gebäude, sein Porträt in einem Gang,* dachte sie, *was heißt das schon? Der Name auf einer Plakette geht unter, das Gemälde wird verblassen, wenn Generationen von Schülern daran vorbeilaufen und den Blick auf die Zukunft und nicht die Vergangenheit richten. Er wird ihnen nichts mehr sagen. Ich muss etwas weitaus Eindringlicheres finden.*

Während sie so überlegte, klickte Sloane beiläufig die Einträge durch, die sie auf Google fand.

Einer sprang ihr ins Auge:

Polizei rätselt noch immer über den Tod des Direktors.

Sie stutzte.

Polizei? Was hat die Polizei mit dem Tod des verehrten Direktors zu schaffen?

Sie las den ersten Absatz des kurzen Artikels aus einer kleinen Zeitung:

»Drei Jahre nach dem gewaltsamen Zu-Tode-Kommen in ihrem Landhaus mehrere Meilen von der Schule entfernt, der er jahrzehntelang so eng verbunden war, hat die Polizei immer noch keine brauchbare Spur im Fall des Doppelmords an dem pensionierten Direktor und Kollegen Lawrence Miner und seiner Frau Muriel.«

Im weiteren Verlauf des Beitrags kamen ein polizeilicher Ermittler sowie der neue Direktor zu Wort. Sie hatten nur zu berichten, dass es nichts zu berichten gebe.

Was tatsächlich passiert war, darüber schwieg sich die Zeitung weitgehend aus.

Doch dafür hatte Sloane keinen Blick. *Ihr stach ein einziges Wort ins Auge:*

Mord.

KAPITEL 5

EINS

Sloane überlegte.
Das besagt nichts.
Zufall.
Pech. Ein tragisches Ende.
Das hat nicht das Geringste mit dem zu tun, was ich mache.
Sie wühlte noch etwas tiefer im Internet und grub ein paar Einzelheiten über die Umstände aus, unter denen der alte Direktor und seine Frau den Tod gefunden hatten: *Hausfriedensbruch. Mitten in der Nacht, in den Wäldern von New Hampshire. Im tiefsten Winter. Die Leichen erst nach Wochen entdeckt – da das Ehepaar allein lebte und nur selten Besuch von Freunden oder entfernten Angehörigen bekam. Tatsächlich hätte es mit der Entdeckung des Verbrechens noch länger gedauert, wäre da nicht ein aufmerksamer Schneepflüger gewesen, der gekommen war, um nach heftigen Schneefällen im Januar ihre lange Einfahrt freizuräumen. Er hatte bemerkt, dass die Haustür sperrangelweit offen stand, war ausgestiegen, hatte laut vernehmlich geklopft und ihre Namen gerufen, schließlich das Haus betreten und den Schock seines Lebens erlitten.*

Die ersten Zeitungsartikel merkten an, im Innern des Hauses hätten arktische Temperaturen geherrscht. Sloane dachte unwillkürlich an ein gefrorenes Mausoleum, mit eisverkrusteten Leichnamen wie Wachsfiguren, in gefrorenen Lachen Blut. Der ehemalige Direktor und verehrte Geschichtslehrer sowie seine sechzigjährige Frau waren in einem Arbeitszimmer erschlagen vorgefunden worden. Mit einem Schürhaken – glaubte zumindest die Polizei, da an einem Ständer neben dem Kamin im Wohnzimmer einer fehlte. Auch die Hintertür zum Farmhaus stand offen, wodurch ein eisiger Windkanal quer durchs Haus entstand. Augenscheinlich war das einzige Motiv für die Morde ein Diebstahleinbruch, um an Bargeld und rezeptpflichtige Schmerzmittel, die das ältere Ehepaar im Hause hatte, zu kommen – nicht viel, dachte Sloane, um dafür zu sterben. Die Polizei stellte einen Zusammenhang mit einer Reihe anderer Einbrüche quer durch den Bundesstaat her, die sie im Lauf mehrerer Monate zu verzeichnen hatte, auch wenn es dabei in keinem Fall zu brutalem Totschlag gekommen war. Ihr Verdacht, so ein Polizeisprecher, richte sich primär gegen Opiatabhängige. Vielleicht Meth-Süchtige auf PCP, sogenannter Angeldust, die sich im Drogenrausch zu der Gewalttat hinreißen lassen hatten. Er warnte, dass ältere Menschen besonders gefährdet seien, da sie häufig wegen ihrer Gebrechen im Besitz der begehrten Arzneimittel seien.

Ein brutales Morden. Sloane sah Schlag um Schlag vor Augen, hörte immer verzweifeltere Schreie und das Knacken von Knochen, sah, wie das Blut im Zimmer umherspritzte. Sie schüttelte den Kopf, um die ungebetenen Bilder loszuwerden.

Einfach nur Pech gehabt.

Sie schob ihre Notizen weg und überlegte:

Also, der Auftraggeber wird nicht den Tod des Direktors ins Zentrum stellen wollen, sondern seine Leistungen zu Lebzeiten, als er noch im Klassenzimmer stand. Ihm wird es um die Lektionen gehen, die er selbst in jungen Jahren von dem Lehrer und Direktor fürs Leben mitgenommen hatte.

Fürs Leben. Nicht für den Tod.

So schwer es ihr fiel, sich von den makaberen Berichten über die Ermordung des Ehepaars loszureißen, sah sich Sloane den nächsten Namen auf der Liste des Auftraggebers an. Eine Frau:

Wendy A. Wilson, sehr schön, Poughkeepsie, Bundesstaat New York.

Sloane entspannte sich. Eine Frau mit einem Allerweltsnamen war, so schien ihr, sichereres Terrain als ein alter Mann und seine Frau in den Wäldern von New Hampshire. Auf Anhieb fand sie über zwanzig Nachrufe für Wendys, in sechs Bundesstaaten. Wendys, *liebevolle Ehefrauen und liebevolle Mütter; großzügige Philanthropen, die diesen Namen trugen,* und Wendys, die Lehrerinnen, Buchhalterinnen, Krankenschwestern und Schulbusfahrerinnen gewesen waren, sogar eine Nonne fand sich darunter. Keine schien mit Poughkeepsie, New York, in Verbindung zu stehen. Anders als beim ehemaligen Direktor in New Hampshire stieß sie auf keine Zeitungsberichte. Seite um Seite, die sie aufrief, brachte immer obskurere Resultate ein, bis sie auf Einträge zu einer Hamburger-Imbisskette stieß oder die akademischen Aktivitäten an der Wilson School *für Internationale Studien* unter dem Dach der Princeton University. Sloane wollte gerade aufgeben, als ihr etwas ins Auge stach. Es handelte sich um eine Dissertation im Rahmen einer medizinischen und soziologischen Studie zu frühen Todesfällen bei weiblichen Models in der Haute-Couture-Welt von New York.

Dabei stolperte Sloane über einen gekürzten Eintrag: »... *in dieser Grafik erscheint auch die tödliche Überdosis an Diätpillen, die das frühere Laufsteg-Model Wendy A. W. einige Jahre nach ihrem Rückzug aus der Modeszene eingenommen hatte* ...«

Sloane klickte diesen Eintrag an. Vielleicht weit hergeholt, doch bei *Wendy A. Wilson* konnte es sich durchaus um *Wendy A. W.* handeln.

Sehr schön könnte mit *Laufsteg-Model gleichzusetzen sein.* Es war nicht sonderlich hilfreich. In der Studie wurden nur Vornamen und Initialen verwendet, und über besagte *Wendy,* die nur in einer Fußnote Erwähnung fand, war nichts weiter zu erfahren. Sloane wollte diese Suche gerade aufgeben, als sie feststellte, dass die Verfasserin an einem nahe gelegenen College unterrichtete.

Eine Stimme in ihr sagte: *reine Zeitverschwendung.*

Eine andere forderte: *Geh jeder Möglichkeit auf den Grund.*

Dem letzteren Impuls folgend, beschloss Sloane, es mit einem einzigen Anruf zu versuchen. Sie hegte wenig Hoffnung und war daher überrascht, als sich bereits nach dem zweiten Klingelton jemand meldete.

»Professor Andrews …«, meldete sich die Frau am anderen Ende.

Sloane war so verdutzt, dass sie bei dem umschweifigen Versuch, den Grund ihres Anrufs zu erklären, ins Stottern kam.

»Frau Professor, hier spricht Sloane Connolly. Bei meinen Recherchen für ein Architekturprojekt bin ich auf einen Namen gestoßen, und zwar in einer Fußnote zu einer von Ihnen verfassten Studie, und dieser Name stimmt mit einem der Namen überein, zu denen ich gerade meine Nachforschungen mache, und ich dachte, ich kann Ihnen vielleicht ein paar Fragen dazu stellen.«

Sloane versuchte, seriös und akademisch zu klingen, kam jedoch eher nichtssagend und wenig überzeugend herüber.

»Architekturprojekt?«

»Richtig. Ein Denkmal.«

»In einem Aufsatz von mir?«

»Ja, das heißt, in Ihrer Doktorarbeit.«

»Das ist aber ganz schön lange her. Ich habe seit vielen Jahren keinen Blick mehr in meine Dissertation geworfen.«

»Über Models und ihren frühzeitigen Tod.«

»Ach so, ja, das gehört zu meinen Spezialgebieten. Frühe Mortalität aufgrund verbreiteter Missstände in der Modebranche und ihre Signifikanz aus postmoderner, feministischer Sicht auf die Arbeitswelt. Aber wie gesagt, das ist viele Jahre her.«

»Eine Wendy A. W. Sie erwähnen sie in einer Fußnote auf Seite siebenundzwanzig Ihrer Arbeit.«

»Das sagt mir im Moment nichts, Miss Connolly. Zu dieser Person und zu ihrem Fall im Rahmen der Arbeit muss ich wirklich passen. Wir haben damals eine ganze Bandbreite an signifikanten Problemen untersucht – von unverhohlener Belästigung bis zu Zwangsprostitution, von Drogensucht bis hin zur modernen Entsprechung der Vertragsknechtschaft des siebzehnten Jahrhunderts.«

»Ich wüsste nur gerne, ob es sich bei dieser Frau um eine Wendy Wilson aus Poughkeepsie, New York, handelt.«

Die Professorin stieß einen langen Seufzer aus.

»Also gut. Ich gebe Ihnen ein paar Minuten. Ein kurzer Blick durch ein paar alte Dateien. Bleiben Sie dran.«

Sloane hörte, wie das Telefon auf einen Schreibtisch gelegt wurde. Sie wartete. Sie hörte das entfernte Klicken einer Computertastatur. Es folgte das Geräusch einer Schublade, die geöffnet wurde. Minuten vergingen. Schließlich hatte sie wieder die Stimme der Professorin in der Leitung.

»Eine kleine Information«, sagte sie kurz angebunden.

»Ja?«

»Ich habe die Fußnote gefunden. So viel kann ich Ihnen dazu sagen: Ja, die Person, die an der Überdosis Diätpillen starb, hieß tatsächlich Wendy Wilson. Ob die Überdosis beabsichtigt oder ein Unfall war, dazu kann ich in meinen Notizen nichts finden.«

Die Professorin schien sich kurz zu besinnen und fügte hinzu: »Augenscheinlich war sie nur von statistischem Interesse.«

Der Tonfall suggerierte: *Wendy Wilson und ihr Tod waren einfach nicht wichtig genug.*

»Und stand sie in irgendeiner Verbindung zu Poughkeepsie, New York?«

»Nicht dass ich wüsste. Sie starb in New York City. Manhattan ist über achtzig Meilen von Poughkeepsie entfernt. Sie starb mehrere Jahre nachdem sie als Model aufgehört hatte, womit sie streng genommen den Rahmen meiner Studie sprengte.«

»Sie stammte also nicht von dort?«

»Meinen Notizen zufolge stammte sie aus der Gegend von Boston. Ich kann im Nachhinein nur vermuten, dass weder ihre Familie noch die Polizei, noch das Bestattungsinstitut und auch niemand aus ihrem Freundeskreis oder von den Modelagenturen, mit denen sie arbeitete, die nötigen Informationen lieferten, die ich für die Fragestellung der Studie brauchte, weshalb es lediglich für eine Fußnote reichte.«

Nach einer kurzen Pause fügte die Professorin hinzu: »Ich denke, das ist alles, womit ich dienen kann.«

»Ja, also dann, vielen Dank«, erwiderte Sloane. Doch sie hatte ein gewisses Zögern herausgehört und fügte deshalb hinzu: »Und sonst haben Sie nichts?« Es war keine gute Frage, überbrückte jedoch die Gesprächspause am Telefon.

»Na ja, Sie sagten *Poughkeepsie*«, dachte die Professorin laut nach. »Eine Sache fällt mir doch noch ein. Damals – Sie müssen immer bedenken, wie lange das her ist, vor dem Internet und elektronischen Aufzeichnungen und so, da schickten die größeren Modelagenturen noch ihre Talentscouts raus, die sich auf der Suche nach möglichen Kandidatinnen an den Colleges herumtrieben. Auf der Suche nach vermarktbarer Schönheit, so muss man es wohl beschreiben. Heute haben sie das nicht mehr nötig. Da rennen ihnen allzu viele Leute mit ihren Portfolios die Tür ein, um sich von einer sehr brutalen Branche ausnutzen zu lassen …«

»Aber?«

»Nun, das Vassar College ist in Poughkeepsie, New York. Als Miss Wilson in der Modelbranche anfing, hatten sie am Vassar gerade erst die Koedukation eingeführt. Angefangen hatten sie als reines Frauencollege. Eins von den ›Seven Sisters‹, Sie wissen schon, die ersten Frauencolleges im Nordosten. Diese Lehranstalten waren für die Scouts fruchtbarer Boden – der Begriff ist mit Bedacht gewählt, weil das zwar streng genommen keine *Zuhälter* sind, de facto erfüllten sie aber mehr oder weniger diese Funktion. Jedenfalls könnten Sie vielleicht mal bei dem College anfragen.«

»Mach ich«, sagte Sloane. »Nochmals vielen Dank.«

Sie legte auf.

Diätpillen.

Das waren preisgünstige Amphetamine, so viel wusste sie. In irgendeinem schäbigen Labor zusammengebraut und als Appetitzügler verkauft.

Eine schlimme Art zu sterben. Nimm eine. Zwei. Dann zehn und zum Schluss zwanzig. Spül sie alle mit Wodka oder Bourbon runter. Zuerst wird dir schrecklich schwindlig, dann fühlst du dich wie auf Speed, und wenn dir das Herz jagt, als würde es jeden

Moment platzen, verlierst du das Bewusstsein. *Schlimmer, als mit einem Schürhaken erschlagen zu werden? Nein. Doch. Keine Ahnung.*

Sie wendete sich wieder der Liste des Auftraggebers zu.

Die werden alle tot sein.

Fragt sich nur, wie sie gestorben sind. *Ist auch nur einer von denen mit fünfundneunzig im Kreise engster Freunde und Angehöriger friedlich in seinem Bett entschlafen?*

Sloane beschlich ein unheimliches Gefühl, das zu der Helligkeit ihres Büros und zu den geschäftigen Menschen hinter dem großen Fenster so gar nicht passte. Ihr wurde bewusst, dass sie ihr Projekt an der Universität unbekannten Gefallenen von Kriegsschauplätzen in fernen Ländern gewidmet hatte. Die Todesfälle auf der Liste des Auftraggebers, dämmerte ihr, würde sie viel konkreter kennenlernen. Sie holte tief Luft und drehte sich auf ihrem Stuhl wieder zum Computer um. Der Tod ist ein normaler Bestandteil des Lebens, rief sie sich ins Gedächtnis, auch wenn sie nicht sagen konnte, wo sie diese Trivialität zum ersten Mal gehört hatte. Von ihrer Mutter? Nein, so etwas hätte sie von Maeve nicht zu hören bekommen.

ZWEI

Die junge Stimme im Büro für Alumni sprach zwar mit Verve, machte ihr jedoch nicht viel Hoffnung. »Ja, nach unserer Kartei hat hier in den 1970er-Jahren tatsächlich eine Wendy Wilson studiert – aber offenbar hat sie mitten in ihrem dritten Jahr geschmissen, tut mir leid.«

Sackgasse, dachte Sloane.

Doch dann sprach die junge Frau zögernd weiter.

»Also, ja, warten Sie. Hier ist noch ein Eintrag. Mit einem Sternchen versehen. Das heißt, sie hatte eine Verwandte, die … Augenblick, ich seh mal nach.« Sloane wartete einen Moment. »Ja, genau. Miss Wilson hatte eine Schwester, die zehn Jahre, nachdem die ältere abgebrochen hatte, zu uns kam und 1986 ihren Abschluss machte. Die war demnach beträchtlich jünger. Eine Laura Wilson. Die lebt jetzt in Brookline, Massachusetts. Der Bezirk gehört zu Greater Boston.«

Eine einfache Fahrt mit der T, und schon bin ich da, dachte Sloane zufrieden.

Sie wusste, dass sie zuerst hätte anrufen sollen, doch sie hatte das Bedürfnis, aus dem Büro rauszukommen, ein bisschen frische Stadtluft zu schnuppern und bei einem Fußmarsch ihre Gedanken zu ordnen.

Mit der Sucheingabe *Wendy Wilson, Vassar, Model, Bilder* war sie auf ein paar alte Fotos von Wendy Wilson gestoßen: eins auf dem Cover von *A Glamour Magazine;* in einem Werbespot für Chevrolets, bei dem sie das neueste Modell bewunderte; ein körniges Schwarz-Weiß-Bild, wie man sie aus der Boulevardpresse kennt, bei einer Galerieeröffnung, am Arm eines Filmproduzenten. In einer der Bildunterschriften fand sie tatsächlich einen Verweis auf eine bekannte Modelagentur. Dies alles war jahrzehntealt.

Wendy Wilson war atemberaubend schön. Hochgewachsen, eine Klasse für sich. Blondes gewelltes Haar. Verführerisches Lächeln. Auf einem Konterfei in schwarzem Seidencocktailkleid als Femme fatale. Auf einem anderen als bodenständiges Mädchen aus dem Mittleren Westen. Schlichte texanische Karobluse und Cowboystiefel auf einem weiteren Werbefoto für ein Auto. Sloane lächelte. Der Auftraggeber muss in sie verliebt gewesen sein.

Sloane brauchte nicht lange, um die richtige Adresse zu finden.

Sie sagte sich einfach, ein Zeitungsreporter hätte keine Sekunde gezögert, bei der jüngeren Schwester anzuklopfen. Außerdem hatte sie nichts zu verlieren, falls die Schwester ihr die Tür vor der Nase zuschlug. Und sie rief sich ins Gedächtnis, dass der Auftraggeber von ihr Haus-zu-Haus-Recherche erwartete.

Die Häuser der Wohngegend waren imposant, alt, aus rotem Klinker und mit Efeu bewachsen, mit weißen Säulen an den Eingängen, kurz geschorenem Rasen und sauber gekehrten Wegen. Es war ein Stadtteil, der elitäres Flair verströmte und nach altem Geld roch, nach einem Refugium der feinen Gesellschaft.

Sloane klingelte und wartete. Sie versuchte, sich zurechtzulegen, wie sie ihre Fragen stellen sollte, ohne etwas durchgeknallt zu klingen, als sich der Türknauf drehte.

Eine Frau, Ende fünfzig, fast einen Meter achtzig groß und schlank, das silberblonde Haar zu einem strengen Dutt zurückgekämmt, in Seidenbluse und Designerjeans, öffnete die Tür. »Ja?«, fragte sie.

»Hallo«, sagte Sloane und gab sich Mühe, zugleich forsch und freundlich zu klingen. »Ich möchte gern zu einer Miss Laura Wilson.«

»Ja?«, sagte die Frau und hielt dabei die Tür fest, um sie jederzeit zuschlagen zu können. »Das ist mein Mädchenname.«

»Miss Wilson«, fuhr Sloane fort, »es tut mir leid, so mit der Tür ins Haus zu fallen, aber ich bin Architektin und arbeite an einem Denkmalprojekt, und unter den Namen, zu denen ich Nachforschungen anstellen soll, ist auch der Ihrer verstorbenen Schwester. Ich habe Sie über die Anlaufstelle für Alumni am Vassar College gefunden und nun gehofft, Sie könnten für mich vielleicht ein wenig Licht auf das Leben Ihrer älteren Schwester werfen.«

Das alles klang in Sloanes eigenen Ohren gleichzeitig vernünftig und verrückt. Und es kam in einem hastigen Wortschwall heraus.

Sie sah, wie die Frau im Eingang zögerte, als zucke ihr ein Muskel und eine innere Stimme befehle ihr, diese Tür auf der Stelle zuzumachen. »Meine Schwester?«, fragte sie.

»Ja. Wendy A. Wilson. Für den Herrn, der dieses Projekt in Auftrag gegeben hat, ist Ihre Schwester ein wichtiger Mensch in seinem Leben, der es verdient, geehrt zu werden.«

»Wendy? Geehrt? Von einem Mann?«

»Ja.«

»Wichtig inwiefern?«

Sloane zuckte kaum merklich mit den Achseln. »Da bin ich mir zum gegenwärtigen Zeitpunkt noch nicht sicher. Mein Auftraggeber ist sehr exzentrisch und hat mich damit betraut, über jede Person auf seiner Liste Informationen zu sammeln, nur leider auf der Grundlage sehr spärlicher Anhaltspunkte seinerseits, ich arbeite daher sozusagen auf Sicht. Deshalb schneie ich hier bei Ihnen einfach so herein. Tut mir leid.« Eine Entschuldigung schien ihr angebracht, auch wenn sie nicht recht wusste, wofür.

Die Frau kämpfte offenbar mit sich.

»Können Sie sich ausweisen?«, fragte sie.

Sloane griff sofort in ihre Tasche, zog ihren Führerschein sowie ihren auslaufenden Studentenausweis heraus und reichte beide Dokumente Laura Wilson, die sie sich einen Moment lang anschaute und ihr wiedergab.

»Und wer, bitte, ist Ihr Auftraggeber, Sloane?«

»Tut mir leid. Ich bin nicht befugt, seinen Namen preiszugeben«, log Sloane ein wenig dreist. »Meine Frage richtet sich im Wesentlichen auf Beziehungen. War Ihre Schwester je verheiratet oder in einer ernsten Beziehung? Einer besonderen Beziehung? Einer leidenschaftlichen Beziehung? Das müsste lange, lange her sein, in der Zeit, als sie noch in der Modelbranche arbeitete.«

Laura Wilson schien verblüfft. »Ich glaube nicht, dass ich Ihnen diese Frage beantworten sollte«, entgegnete sie reserviert. »Das käme mir, ich weiß nicht, unangemessen vor.«

»Verstehe«, stammelte Sloane, »entschuldigen Sie bitte ... wenn ich aufdringlich erscheine. Nur dass mein Auftraggeber – also, sein Wunsch, Ihre Schwester zu ehren, scheint sehr aufrichtig zu sein. Und da er mich gebeten hat, über die Menschen, deren Andenken er ehren möchte, möglichst viel herauszufinden, bin ich hier. Er hat sie ganz bestimmt sehr geliebt.«

Das alles klang ziemlich lahm und wenig überzeugend.

»Im Leben meiner Schwester gab es nie jemanden, der ihr so wichtig war«, erwiderte Laura Wilson scharf.

Sloane rechnete mit der Einschränkung *Soweit ich weiß*. Aber die kam nicht. Vielmehr fügte die Schwester hinzu: »Meine Schwester ... Wendy ... war ...«, sie schwieg einen Moment, »... ein besonderer Mensch.«

Sloane sah ihre Chance.

»Genau deshalb bin ich hier«, preschte sie voran. »Genau das war sie für meinen Auftraggeber.« Mit einem Mal schien die Schwester ihren Griff an der Tür zu lockern.

»Die meisten Models«, fuhr Laura Wilson fort, »na ja, einige der Vorurteile treffen durchaus zu. Dumpfbacken und Egomanen. Nur darauf versessen, die Schönste, Dünnste und Verführerischste zu sein – Sie wissen schon. Wendy war vollkommen anders. Natürlich hat Wendy einigen Männern das Herz gebrochen. Vielen. Wenn man so sagenhaft schön ist, wie sie es war, nun, dann sind die Männer eben verrückt nach einem. Klingt irgendwie grausam, nehme ich an. Aber Wendy hat sich deswegen keinen Kopf gemacht. *Gehört nun mal zum Beruf,* sagte sie nur. Männer traten in ihr Leben, sie knüllte sie zusammen und warf sie in den Papierkorb. Und Sie kommen daher und erzählen mir, irgendein Mann wolle ihr *ein Denkmal setzen?*«

»Ja«, bekräftigte Sloane.

»Weil sie ihm das Herz gebrochen hat? Das klingt alles reichlich mysteriös«, sagte Laura Wilson. »Und ich habe schon eine ganze Weile nicht mehr an meine Schwester gedacht.« Dann schüttelte sie den Kopf. »Das stimmt nicht. Es vergeht kein Tag, an dem ich nicht an sie denke. Manchmal keine Stunde.«

Sloane nickte.

»Wendy hat sich das Leben genommen«, fuhr die Frau fort, und plötzlich klang ihre Stimme angespannt und spröde. »Jedenfalls haben sie uns das immer wieder eingeredet. Womit ich in Wendys Fall die Polizei, den Gerichtsmediziner und die Leute in ihrer ehemaligen Modelagentur meine.«

»Verstehe«, sagte Sloane.

»All die Leute, denen sie egal war, als sie noch lebte, und die ihr Tod herzlich wenig kümmerte.«

Plötzlich lag Bitterkeit wie beißender Rauch in der Luft.

Laura Wilson machte die Tür weit auf und lud Sloane mit einer ausladenden Bewegung ein, hereinzukommen. Sloane sah sich unauffällig um. Es war, als tauchte sie in eine Welt des Überflusses ein.

»Ich habe es ihnen nie geglaubt«, fuhr Laura Wilson fort, während sie Sloane, an beeindruckenden Kunstwerken vorbei, auf wertvollen Orientteppichen zu Sofas führte, die mit erlesenen Stoffen bezogen waren. »Nein. Niemals. Kein Wort, keine Sekunde lang. Wendy war so voller Leben. Sie war enthusiastisch, optimistisch, glücklich, kein bisschen depressiv oder selbstmordgefährdet. Ich glaube, sie wurde ermordet. Das habe ich von Anfang an gedacht. Schon in der Minute, als sie uns anriefen und erklärten, sie sei tot. Ich habe den Polizisten am Telefon sofort gefragt: ›*Wer ist es gewesen?*‹, und er antwortete: ›*Sie selbst*‹, und ich sagte noch: ›*Sie irren sich.*‹ Und das war's für sie. Und wissen Sie was, Sloane? Wer auch immer sie ermordet hat, der Mistkerl ist damit davongekommen.«

KAPITEL 6

EINS

Es war schon fast dunkel, als Sloane in ihr neues Büro zurückkehrte: Sie hatte sich angehört, was Laura Wilson über ihre Schwester Wendy zu sagen hatte. Es war eine einseitige Unterhaltung gewesen, mit Tränen und Wut und wenig Konkretem. Laura Wilson hatte *ermordet* gesagt, ohne dafür den geringsten *Nachweis* zu erbringen. Alles, was sie sagte, ließ sich eher als *Eindruck* zusammenfassen.

Nachdem sie die Prachtvilla der Schwester in Brookline verlassen hatte, war Sloane ziellos durch einige Straßen der Stadt gelaufen, als könne ihr die urbane Energie – der Pendlerverkehr, das Rattern der Subway unter der Straße, die dicht gedrängten Menschenmassen auf den Bürgersteigen, das gelegentliche Hupen und die Auspuffwolken aus den Dieselbussen – dabei helfen zu verarbeiten, was sie erfahren hatte. Als sie ihr Bürogebäude betrat, waren viele der Arbeitsnischen schon verwaist. Es war deutlich ruhiger und weitaus einsamer im Haus. *Auch ein junges Genie braucht etwas zu essen*, dachte sie. *Große Ideen gedeihen mit dem Treibmittel von Pizza oder chinesischem Take-away.* Sie hatte aber gar keinen Hunger. Sloane begab sich geradewegs zu ihrem Computer und starrte auf die übrige Namensliste:

Elizabeth Anderson, passionierte Krankenschwester, Somerville, New Jersey.
Martin Barrett, fähiger Unternehmer, San Francisco, Kalifornien.
Michael Smithson, Sozialarbeiter und psychologischer Berater, Miami, Florida.
Ted Hillary, leitender Versicherungsangestellter und Philanthrop, Mystic, Connecticut.

Die Namen verschwammen vor ihren Augen. Nach Sloanes Überzeugung konnte man die Welt der Denkmäler und Monumente in zwei Kategorien einteilen: eine Einzelperson oder auch Gruppe, die zu einem gewissen Ruhm gelangt war und sich gesellschaftliche Achtung erworben hatte; oder ein Kollektiv im Rahmen einer besonderen beruflichen Tätigkeit wie etwa die Männer, die im Juni 1944 an den Stränden der Normandie gestorben waren, oder auch die Mathematiker, die mit der Entwicklung der Raketen-Telemetrie die erste Mondlandung ermöglicht hatten. Diese Leute hatten für viele Menschen etwas Herausragendes geleistet. Der Auftraggeber hingegen wollte einzelne Personen dafür ehren, dass sie etwas Besonderes für *ihn* getan hatten. Dieser Wunsch war ungewöhnlich. In ihrem ganzen Studium war ein solcher Fall nicht vorgekommen.

Und so ließ sie den Cursor ihrer Computermaus nervös kreuz und quer über den Bildschirm flitzen, ohne irgendeinen Eintrag anzuklicken.

Sie versuchte, zwischen den beiden Kandidaten, die sie schon kannte, Gemeinsamkeiten festzustellen: ein älterer Lehrer und ehemaliger Direktor einer Privatschule, der von der Hand eines mit Crack zugedröhnten Junkies gestorben war, und eine Frau, die das College geschmissen hatte, um auf dem Laufsteg oder vor der Kamera das große Geld zu machen, und ihr Leben gelassen hatte, als ihre Schönheit sie im Stich ließ.

Wie sind die beiden auf seine Liste gelangt?

Sloane nahm noch einmal die Fotos, die sie von Wendy Wilson hatte, unter die Lupe. »Was weiß ich inzwischen über sie?«, fragte sie laut.

Eine Frau, deren Leben von ihrer Schönheit geprägt worden war und die sich der Tatsache hatte stellen müssen, dass der Glanz nicht von Dauer war. Hatte sie sich bis dahin vor Aufträgen kaum retten können, wurden die Angebote nunmehr rar. Ihr Telefon lief nicht mehr heiß. Geh nach Paris. Geh nach Buenos Aires. Verkauf dies, verkauf das. Damit war es vorbei. Ihre Agentur rief nicht zurück.

Ebenso wenig die Werbemanager, die einmal so erpicht darauf gewesen waren, dass sie sich mit ihrem unwiderstehlichen Lächeln vor ihre Produkte stellte.

Sloane hörte förmlich, wie Wendy Wilson in der Nacht, in der sie starb, vor einen Spiegel trat und zu ihrem Ebenbild sagte: »*Zeit fürs Skalpell. Zeit für ein Facelift. Ich sollte mir den Bauch straffen lassen. Ich sollte mehr Fitnesstraining machen, viel länger, viel härter. Mein Gewebe wird schlaff. Ich sollte mir die Lider machen lassen. Eine Bruststraffung ist fällig. Und Botox. An diesen Hüftspeck muss ich ran. Meine Waden werden dicker. Sogar die Hände werden faltig, und die Adern stehen vor.*

Der einzige Mensch, dem sie sich anvertraut hatte, war ihre wesentlich jüngere Schwester – nicht ganz so schön wie sie –, die ihr an den Lippen hing und ihr jedes Wort glaubte. Sloane sprach leise, als habe sie Angst, irgendeinen Geist in den Wänden zu stören: »Natürlich will Laura nicht wahrhaben, dass ihre Schwester sich umgebracht hat. Viel leichter, sich einzureden: *Jemand anders hat sie auf dem Gewissen.*«

»*Sie war so viel älter als ich, fast sechzehn Jahre. Meine Schwester war eine echte Schönheit. Ihr Körper war ihr heilig. Sie hätte niemals so etwas wie Diätpillen geschluckt.*«

Sloane machte ein Fragezeichen.

»*Und sie hat auf sich achtgegeben, sie war klug, hat nicht geraucht und nicht getrunken. Kein Koks gezogen, sich keine Speedballs zwischen die Zehen gespritzt, wo man die Einstichstellen nicht sieht, oder Black Beautys eingeworfen. Keine nächtelangen wilden Partys. In dieser hedonistischen Branche war sie eine Puritanerin. Nie im Leben hätte sie eine Überdosis genommen.*«

Sloane machte ein Fragezeichen.

»*Die Polizei behauptete, sie habe die Pillen zermahlen und in etwas Alkoholischem in einem Schluck heruntergekippt, damit sie ihr schnell in den Blutkreislauf gelangten und sie bewusstlos würde, bevor sie es sich anders überlegen konnte. Das hat der Gerichtsmediziner bestätigt. Er meinte, er sei nicht zum ersten Mal zu einem altern-*

den Model gerufen worden, das sich auf so eine Weise umgebracht hat. Aber das passte einfach nicht zu ihr. Dieser Gerichtsmediziner, diese Polizisten – die kannten Wendy ja nicht. Sie war glücklich. Sie kam mit ihrem Aussehen klar und stellte sich auf Veränderungen ein. Das hat sie mir selbst gesagt, immer wieder. Im Vertrauen, zwischen großer und kleiner Schwester. Sie hatte vor, wieder hierher zurückzuziehen und aus dem New Yorker Hamsterrad herauszukommen. Vielleicht eine eigene kleine Agentur aufzumachen, und sie schlug mir vor, ihr dabei zu helfen. Sie hatte gerade genug Geld auf der hohen Kante, um so etwas aufzuziehen. Und dann war sie plötzlich tot. Nein, nein, nein, tut mir leid, Sloane, aber das war nicht die Schwester, die ich kannte.«

Sloane kam unwillkürlich der Gedanke, dass diese Methode, sich das Leben zu nehmen, genauso effizient und genauso dramatisch war wie ein Sprung in den nächstbesten Fluss.

Sie hatte gefragt: »*Haben Sie, abgesehen davon, dass es nicht zu ihr gepasst hätte, noch einen Grund, den Verdacht zu hegen, sie könnte ermordet worden sein?*«

Bei dieser Frage – logisch, naheliegend und vollkommen angemessen – verhärteten sich Laura Wilsons Züge. Ihr zitterte das Kinn. Sie erhob die Stimme.

»*An dem Abend haben die Nachbarn in der Wohnung nebenan zwei Stimmen gehört. Es gab einen Streit. Es wurde geschrien. Ich meine einen Streit kurz vor Handgreiflichkeiten. Sie hörten, wie eine Tür zugeknallt wurde, und dann Schritte im Flur. Es war also jemand bei ihr.*«

»*Und wann wurde sie gefunden?*«

»*Noch in derselben Nacht. Jemand rief beim Pförtner an und sagte, Wendy scheine es nicht gut zu gehen und sie brauche Hilfe. Ein anonymer Anruf von einer nicht zurückverfolgbaren Nummer. Der Pförtner ging pflichtgemäß zu ihrer Wohnung hoch, klopfte an und hörte nichts. Daraufhin kamen auch die Nachbarn heraus, die den Streit gehört hatten. Sie waren alle besorgt, riefen laut an der Tür, klopften energisch. Als sich drinnen immer noch nichts rührte, rie-*

fen sie die Polizei, und der Haumeister kam dazu und schloss auf, und da lag sie auf dem Boden.«

Während sie sprach, war Laura Wilsons Ton immer heftiger geworden, bis sie grimmig zum Ende kam. Voller Bitterkeit. Empörung.

Und dann hatte sie noch hinzugefügt: *»Sie fanden keinen Abschiedsbrief oder dergleichen. Wendy hätte uns niemals so im Ungewissen gelassen. Sie hätte mich angerufen oder ein paar Zeilen geschrieben, irgendwas. Sie war gewissenhaft.«*

Meine Mutter, musste Sloane unwillkürlich denken, *hat alle ihre Angelegenheiten geregelt.* Dann verbannte sie jeden Gedanken an Maeve und kam zu dem Schluss: *Ein Streit, egal, wie laut, spricht noch lange nicht für Mord.*

Doch das sagte sie der Schwester nicht. Schweigend hörte sie sich an, wie sich jahrelang unterdrückte Wut Luft machte.

»Die Polizei hat nie herausbekommen, wer an dem Abend, an dem Wendy starb, in ihrer Wohnung war oder wer beim Pförtner angerufen hat. Ich weiß nicht einmal, ob die sich überhaupt ernsthaft bemüht haben. Wendy wollte nie, dass sich jemand obsessiv in sie verliebt. So etwas hatte sie bei einigen ihrer Freundinnen mit angesehen. Aber offenbar hat es ja dann doch so jemanden gegeben, von dem sie es einfach nicht wusste. So etwas kommt vor. Jemand, der richtig krank im Kopf ist, abnorm, sieht ein Foto in einer Zeitschrift und fängt an, dem Model nachzustellen. So wie Robert De Niro in Taxi Driver. *Sie sind wahrscheinlich zu jung, um sich an den Film zu erinnern. Aber den Cops war das alles egal.«*

Sloane warf einen erneuten Blick auf ihre Notizen. Sie war drauf und dran, alles, was sie über die mögliche Ermordung des Models gehört hatte, zu verwerfen, als sie sich erneut dem Namen des Direktors zuwandte und vor Augen hielt, was ihm dort draußen in einer einsamen ländlichen Gegend von New Hampshire zugestoßen war. Sie ging nochmals die anderen Namen auf der Liste des Auftraggebers durch und kam zu dem Schluss, dass sie zu sämtlichen Fällen gründlich recherchieren musste, bevor sie irgendwelche Thesen ausschließen konnte.

Irgendwo würde sie den gemeinsamen Nenner zwischen ihnen allen finden. Das war ihre Pflicht. In einem Dickicht aus Gerüchten, Märchen und unverhohlenen Lügen musste sie zur Wahrheit durchdringen. Genau das war die Aufgabe jedes guten Architekten, bevor er ein Denkmal entwerfen konnte.

ZWEI

Wie zuvor beugte sich Sloane über den Computer und tippte die vier verbliebenen Namen ein. Erst einmal simple Google-Suchen wie bei Nummer eins und zwei.

Elizabeth Anderson – die »passionierte Krankenschwester« aus einer kleinen Stadt mitten in New Jersey, die bei einem *Unfall mit Fahrerflucht* gestorben war. Sloane hatte keine Ahnung von Somerville, New Jersey, und war noch nie im Leben dort gewesen, doch den Fotos nach, die sie bei *Wikipedia* und im Bildmaterial der Handelskammer fand, war die Ortschaft ein urbaner Außenposten inmitten endloser Landwirtschaftsflächen. Bei ihrer Suche nach irgendeiner Erklärung für den Tod der Krankenschwester zog sie eine Niete. Ein paar dürre Hinweise lieferte ein kleines Lokalblatt: *Eine verregnete dunkle Nacht, in den frühen Morgenstunden. Nach ihrer Heimkehr von einer Spätschicht auf der Intensivstation eines nahe gelegenen Krankenhauses führte sie ihren Hund in ihrem Vorortviertel aus. Keine Zeugen. Die schlafenden Nachbarn wurden vom Lärm quietschender Reifen und einem unheilvollen dumpfen Knall, nicht jedoch von Schreien geweckt. Die Abteilung der Staatspolizei, die für fahrlässige Tötung im Straßenverkehr zuständig war, erklärte einem Reporter, das Fahrzeug, das sie getötet hatte, sei über die Bordsteinkante gegangen, habe sie von hinten erfasst und dabei so gegen eine Eiche geschleudert, dass sie und ihr kleiner Hund auf der Stelle tot waren; das Täterfahrzeug sei augen-*

blicklich davongebraust. Vermutlich Alkohol am Steuer, sagten sie. Die polizeiliche Suche in sämtlichen Reparaturwerkstätten sowie Schrottplätzen und Autofriedhöfen in weitem Umkreis nach einem Wagen mit beträchtlichem Frontschaden verlief ergebnislos. Er wurde nie gefunden, und es kam zu keiner Verhaftung.

»Keine Verhaftung, genau wie bei dem alten Direktor«, sagte Sloane zum Bildschirm.

Einfach Pech gehabt.

Auch dieser Gedanke war nicht neu.

Oder aber bei dem tödlichen Unfall mit Fahrerflucht handelt es sich um Mord.

So oder so sah sie nicht den leisesten Hinweis auf eine Verbindung zum Auftraggeber. Sloane konzentrierte sich auf die *passionierte Krankenschwester*. Die unterschiedlichsten Erklärungsversuche jagten ihr durch den Kopf.

Der Auftraggeber muss krank gewesen sein. *Als Kind? Oder als Erwachsener?* Elizabeth Anderson musste an seinem Bett gesessen, ihm tröstend die Hand auf die Stirn gelegt, ihm etwas Beruhigendes ins Ohr gesprochen und ihm Medikamente verabreicht haben, das läge nahe. Aber hätte er in dem Fall nicht eher dem Arzt, der ihn diagnostiziert, behandelt und vielleicht geheilt hat, ein Denkmal setzen wollen?

Schon möglich.

Nicht unbedingt.

Die ganzen letzten Wochen hatten unter dem Vorzeichen solcher Unwägbarkeiten gestanden: Auf alle ihre Fragen gab es immer nur ein *Möglicherweise* oder *Vielleicht*, eine mehr als unbefriedigende Antwort.

Sloane versuchte, etwas über das persönliche Leben der Krankenschwester herauszubekommen, doch außer diesem grausamen, einsamen Tod fand sie so gut wie nichts. In einem dritten Eintrag mit einer kurzen Zeitungsmeldung war von einer *geschiedenen* Frau die Rede. Von *wem* sie geschieden war, verriet der Artikel nicht. Ebenso wenig, *warum*. Oder *wann*. Sloane merkte sich vor, diesen Fragen nachzugehen. In irgendeiner Gerichtsakte in New Jersey musste es eine Scheidungsurkunde geben.

Trotz dieser klaffenden Lücken wandte sie sich dem nächsten Namen auf der Liste zu.

Martin Barrett, fähiger Unternehmer. Was sie über seinen Tod las, schnürte ihr einmal mehr die Kehle zu.

Als Erstes fiel ihr Blick auf eine Überschrift:

»Leiche eines Silicon-Valley-Tech-Investors nahe Ferienranch bei Tijuana gefunden.«

Risikoträger, fasste sie ihren Eindruck zusammen, nachdem sie mehrere Zeitungsartikel sowie ein schmeichelhaftes Profil in einem Reisemagazin gelesen hatte. Martin Barrett gehörte zu jenen Silicon-Valley-Ikonen, die mit einer einzigen guten Idee ganz groß herausgekommen waren, in seinem Fall mit einem Algorithmus, der das Sammeln von bestimmten Datenkategorien vereinfachte. Bei einem Hersteller monolithischer Chips hatte er seine Idee zu Geld gemacht und den Rest seines Lebens zu einem nicht endenden Urlaubsmarathon. Tauchen mit weißen Haien in der False Bay, Südafrika. Besteigung des *El Capitan* im Yosemite-Nationalpark. Heli-Skifahren im lawinengefährdeten Hinterland der kanadischen Rockys. Eine dieser Reisen führte Barrett zu einer Ranch auf der Baja California Halbinsel, wo er sich, um abzuspecken, einer strengen Kur mit Fitnesstraining, einer Ernährung aus organischem Anbau sowie Darmspülungen mit nachmittäglichem Pilates-Kurs unterzog und die Abende mit Tequila und Besuchen in einem Bordell der Spitzenklasse ausklingen ließ. *Mehr als ein Bedürfnis befriedigt,* dachte Sloane. Von einem jener nächtlichen Abenteuer war er nicht zurückgekehrt, auch wenn seine Abwesenheit erst bemerkt wurde, als er am nächsten Tag zum Aquafitness-Unterricht nicht an seinem gewohnten Platz im Pool erschien und man es für angezeigt hielt, die Polizei einzuschalten.

Der Enthusiasmus der mexikanischen Polizei, das Verschwinden eines reichen Mannes aufzuklären, der etwas tat, was er nicht hätte tun sollen, hielt sich in Grenzen. Als ein Farmer Martin Barretts Leiche wie Müll in einem Graben abgeworfen fand, war der Unternehmer nackt; er wies Spuren von Folterung sowie sechs tödliche Einschüsse in der Brust auf, und der Kopf war vom Rumpf getrennt. Die Polizei in seinem heimischen Vorstadtbezirk von San Diego gab mit einem Achselzucken zu verstehen, dass sie sich nicht zuständig fühlte.

Da steht eine Reise an, schon klar, dachte Sloane. *Aber dort kriegt mich keiner hin.*

Mit *dort* war Tijuana gemeint. Dagegen war Kalifornien eine naheliegende Option – da sie aus der Zeit vor den endlosen Urlaubsreisen nur spärliche Informationen über Martin fand, genauer gesagt, nur einen einzigen, ziemlich durchgeknallten Blogeintrag bei einer rechtslastigen »Grenzüberwachungs«-Organisation, die sich in Verschwörungstheorien erging und ein Szenario beschwor, bei dem jeden Moment ungewaschene Todesschwadronen über den Rio Grande hereinbrechen würden, auf der Suche, wie Sloane sarkastisch dachte, nach Burgern und Fritten und unbegrenzten Möglichkeiten, zu vergewaltigen und zu plündern.

Sie fand keinen einzigen Hinweis auf Angehörige. Ehefrau? Kinder? Fehlanzeige. Sie stieß auf die Formulierung *eingefleischter Junggeselle,* vermutlich eine Umschreibung für *schwul.* Nichts über Freunde. Nichts über irgendwelche Verwandten oder Erben oder Mitarbeiter oder verflossene Geliebte oder WG-Partner aus der College-Zeit, die ihre Bestürzung über Martin Barretts Tod zum Ausdruck gebracht hätten. Kein einziger Nachruf: »*Die Welt hat einen genialen Kopf verloren*«. Es war, als sei Martin Barrett auf die Welt gekommen, habe eine ordentliche Ausbildung genossen, ein Vermögen gemacht, sei dann ermordet und vergessen worden.

Und wieder einmal ein Mord ohne Verhaftungen.

Sloane zappelte unbehaglich auf ihrem teuren Bürostuhl herum. Dann sah sie etwas. *Silicon Valley. Eine Idee, die Millionen wert war. Ist Martin Barrett vielleicht dort dem Auftraggeber begegnet? Durchaus naheliegend.* Der Gedanke gab ihr einen Anflug von Befriedigung. *Vielleicht habe ich doch gerade etwas über ihn erfahren.*

Sie tippte den nächsten Namen ein. *Michael Smithson, aus Miami, Florida, psychologischer Berater bei den anonymen Suchtkranken und Sozialarbeiter.*

Kein Nachruf.

Nichts in einer Zeitung.

Nichts in einem Alumni-Jahrbuch.

Im Eiltempo ging Sloane elektronisch die Seiten durch, um etwas über Michael Smithson herauszufinden, wobei sie wie bei der Fußnote zu Wendy Wilson in der Doktorarbeit ihren Rahmen sehr weit steckte. Nur dass sie diesmal lediglich einen einzigen Eintrag fand, und zwar an völlig unerwarteter Stelle: Eine katholische Kirche im Zentrum von Miami gab einen wöchentlichen Online-Newsletter heraus. Dort stieß sie im Zusammenhang mit »*anstehenden Gottesdiensten*« auf eine Gedenkfeier für »*Menschen, die uns gedient und dem Herrn gedient haben*« und den Namen Michael Smithson. Er wurde mit vier anderen Personen genannt, einer Nonne, einem Priester und zwei älteren Gemeindemitgliedern. Die einzige Information, die sie dem Rundbrief entnahm, lautete, »*der leider viel zu früh verstorbene Michael Smithson, der unser erfolgreiches Alkohol- und Betäubungsmittel-Rehabilitationsprogramm leitete*«.

Sloane bekam eine Pfarrsekretärin ans Telefon. Die Frau sprach mit spanischem Akzent.

»Ach so, natürlich, *si, si, si,* armer Michael, im Sozialdienst unserer Kirche war er einsame Spitze. Die Treffen, die er geleitet hat, also, so viele Leute, die mit Drogen oder Alkohol zu kämpfen hatten, sagten uns, seine Zusammenkünfte wären die besten, *muy bueno,* und die ehrlichsten, weiß auch nicht, vielleicht die hilfreichsten, es war so traurig. Wir können es immer noch nicht fassen.«

»Können Sie mir irgendetwas über seine Person erzählen, über seinen familiären Hintergrund oder seinen Werdegang?«

»Na ja, er war so ein Gentleman. Er brachte uns Blumen mit ins Büro. Er war immer höflich und freundlich. Nachdem er sich so viele Jahre lang mit seinen eigenen Problemen herumgeschlagen hatte ...«

»Seinen eigenen Problemen?«

»Na ja, wie so viele Leute, die helfen, hatte Michael selbst mal Drogen genommen. Aber er kehrte ihnen den Rücken, ließ Jesus in sein Herz und half so vielen anderen dabei, dieselbe Wahrheit zu erkennen.«

Auf ihrem Block notierte Sloane: *bekehrter Junkie.*

»Und wo kam er her? Hatte er Familie?«

»Aus dem Nordosten, soviel ich weiß. New York? Und keine Familie, soweit wir wussten. Ich denke, wir hier von der Kirche und die anderen Helfer waren seine wahre Familie.«

»Verstehe«, sagte Sloane.

»Es war so traurig«, fuhr die Frau fort. »So viele Jahre frei von Drogen, und dann hat ihn der Teufel plötzlich doch wieder gepackt.«

»Verzeihung«, sagte Sloane. »Was soll das heißen?«

»Michael hat immer betont: ›*Die Versuchung bleibt für immer, man muss nur lernen, ihr zu widerstehen.*‹ Und eines Tages, keine Ahnung, wieso, konnte er offenbar doch nicht widerstehen. So traurig.«

»Dann starb er an ...«

»... einer Überdosis. Tragisch. Wir waren alle am Boden zerstört. Aber das ist wirklich wunderbar, dass jemand Michael und seiner großartigen Arbeit ein Denkmal setzen will. Er sieht jetzt bestimmt mit einem Lächeln vom Himmel herab, da bin ich mir ganz sicher.«

Sloane fügte eine Notiz hinzu: *Junkie-Killer in New Hampshire. Diätpillen-Überdosis in New York City. Überdosis in Miami. Verbindung?*

»Und wo ist er gestorben?«

»Er hatte eine kleine Wohnung, praktisch um die Ecke. Als er zu einem Treffen, das er leiten sollte, nicht erschien – und Sie müssen verstehen, er war immer, immer pünktlich –, da ist Father Silva zu seiner Wohnung rübergegangen und hat den armen Michael gefunden. Es war ein furchtbarer Schock.«

»Ihn gefunden?«

»Auf seinem Bett, mit einer Nadel im Arm. So traurig.«

»Könnte ich wohl mit Father Silva sprechen?«

»Im Moment ist er beschäftigt. Aber ich kann Ihnen durchgeben, wie Sie ihn erreichen.«

Sloane schrieb alles auf.

»Wer kannte Mr Smithson am besten?«, fragte sie.

»Na ja, Father Silva natürlich.«

»Ich werde versuchen, mich mit ihm in Verbindung zu setzen«, erwiderte Sloane.

Verwirrter als bei sämtlichen bisherigen Fällen, legte sie auf. Der Schritt von *engagierter Krankenschwester,* die auf einer Intensivstation gearbeitet hatte, zu einem ehemaligen Drogenabhängigen war groß und kam unerwartet. Sloane saß senkrecht und war entschlossen, sich an Father Silva zu wenden, der ihr vielleicht als Einziger bei der Frage weiterhelfen konnte, was den ehemaligen Junkie mit dem Auftraggeber verband. Die Vorstellung, dass ein Mann, der einen Millionenbetrag dafür ausgeben wollte, einen ehemaligen Suchtkranken zu ehren, selbst einmal drogenabhängig gewesen sein könnte, ging ihr gegen den Strich. Ausschließen konnte sie die Möglichkeit allerdings nicht. Sie hatte schon die Hand über dem Telefon, überlegte es sich jedoch anders und beschloss, erst einmal zum letzten Namen auf ihrer Liste zu recherchieren und danach ihre nächsten Schritte zu planen.

Ihre erste Entdeckung kam prompt: *Leitender Versicherungsangestellter* war maßlos übertrieben.

Der letzte Name auf ihrer Liste, *Ted Hillary, leitender Versicherungsangestellter und Philanthrop,* war alles andere als eine Führungskraft, sondern ein kleiner Versicherungsvertreter, wohnhaft im Bootsurlaubsort Mystic an der Küste von Connecticut, unmittelbar an dem Fluss, der den Namen des Bundesstaates trägt und sich zum Long Island Sound öffnet.

Nach allem, was Sloane dazu fand, beschränkte sich seine philanthropische Arbeit auf seine aktive Mitgliedschaft in seiner Kirche, insbesondere auf seinen Beitrag zu Festen, bei denen die Gemeinde in historischen Kostümen die Revolutionsära wiederaufleben ließ und mit verklärtem Lächeln Butter schlug oder an einem Amboss schwitzte, um Schulkindern und Touristen das Alltagsleben von vor zweihundert Jahren anschaulich zu machen. Ted Hillary war in seiner Stadt ein Boy-Scout-Anführer gewesen und hatte darüber hinaus eine Basketballmannschaft dreizehnjähriger Mädchen in der Freizeitliga trainiert. An seiner Beerdigung hatten scharenweise Leute teilgenommen, die entweder wegen einer Auto- oder Bootsversicherung mit ihm in Kontakt gekommen waren oder sich von ihm in die hohen Künste der Seemannsknoten und der Pick-and-Roll-Verteidigung hatten einweihen lassen.

Eine Randnotiz: Hillary hatte mit seiner über neunzigjährigen Mutter allein gelebt.

Er kam bei einem Schwimmunfall ums Leben. Ted Hillary liebte es, außer im Winter, in aller Herrgottsfrühe schwimmen zu gehen – in den kühleren Jahreszeiten in einem auffälligen Neoprenanzug. Am liebsten frönte Hillary seiner Passion an den einsameren Stränden; dank seiner Versicherungstätigkeit öffnete sich ihm so manches Tor zu privaten Badestellen. Offenbar hatte er sich an einem trügerischen Herbstmorgen in die Wellen gestürzt und nicht gesehen, dass die ganze Küste entlang an sämtlichen Stränden Schilder vor Brandungsrückströmungen warnten.

Eine beängstigende Art zu sterben. In einem aussichtslosen Kampf gegen einen ungleich stärkeren Ozean, dachte Sloane.

Wenigstens, tröstete sie sich, war er keines gewaltsamen Todes gestorben.

Sie stockte mitten im Gedanken.

Im Grunde doch. Die Natur hat ihn umgebracht. Der Ozean.

Ungünstige Strömungsverhältnisse und die fatale Entscheidung, sich in die Wellen zu stürzen.

Sie fragte sich, ob das unbeabsichtigte Ertrinken im Meer eine ähnliche Erleichterung brachte wie ihrer Mutter der Sprung in ausgerechnet jenen Fluss, in dessen Nähe Ted Hillary gelebt hatte, wenn auch Hunderte Meilen weiter im Norden.

Sie bezweifelte es. Die einzige Gemeinsamkeit war das Ende.

Sie hätte gerne gewusst, ob der Auftraggeber zur Beerdigung gegangen war. Sie stellte ihn sich vor, wie er, um seine Anonymität zu wahren, ein wenig abseits saß, während er die endlosen Grabreden über sich ergehen ließ, in denen Ted Hillary für seine vielen kleinen, doch bewundernswerten guten Werke gelobt wurde.

Sie senkte den Blick auf ihren Block. Er war inzwischen mit zahlreichen Notizen vollgekritzelt, von: Mit was für einer Droge hat sich Smithson überdosiert? Über: Welche Kinderkrankheit? Bis hin zu: Vielleicht gehörten ja Hillary und der Auftraggeber an dieser Nobelschule ein und derselben Schwimmmannschaft an?

Hat vielleicht einer auf der Liste einen der anderen gekannt?

Unmöglich zu sagen. Es sah nicht danach aus.

Müßig, darüber zu spekulieren.

Sechs Tote. Keiner eines natürlichen Todes gestorben. Kein Krebs. Kein Herzinfarkt. Keine lang anhaltende Krankheit. Durchweg gewaltsame Todesarten. Brutale Todesarten. Mitten aus dem Leben gerissen – mit Ausnahme des alten Direktors, dessen Ende in jedem Fall nicht mehr in weiter Ferne gewesen war und durch einen Schlag mit einem Schürhaken auf den Schädel vorgezogen wurde.

Sloane taumelte auf ihrem Stuhl zurück.

Zum ersten Mal drängte sich ihr der Gedanke auf: Wo bin ich da nur hineingeraten?

Sie sah auf.

»Hallo, Sloane. Ich dachte, ich schau mal vorbei und sehe, wie Ihr erster Tag so gelaufen ist«, rief ihr Patrick Tempter in dem Moment fröhlich von der Tür aus zu.

KAPITEL 7

EINS

Tempter stürmte mit dem Enthusiasmus eines Retrievers bei der Jagd nach einem Tennisball in ihr Büro. Er ließ sich auf das Sofa fallen, stellte sein teures Diplomatenköfferchen aus dunklem Leder neben sich ab, lockerte die bunte Krawatte und deutete auf Sloane und ihren Computer.

»Und? Kommen Sie gut voran?«, fragte er ohne Umschweife.

»Einigermaßen«, erwiderte Sloane.

»Ausgezeichnet«, sagte der Anwalt.

»Kennen Sie die Liste des Auftraggebers?«

»Der Auftraggeber. Gefällt mir. Durchaus irgendwie passend. Aber nein, die habe ich nicht zu Gesicht bekommen. Er hat sie nur erwähnt.«

Sie reichte ihm die sechs Namen – nicht jedoch ihre Notizen. »Ist Ihnen irgendjemand davon bekannt?«, fragte sie.

Er warf einen Blick darauf und zuckte mit den Achseln.

»Leider nein«, sagte er mit einem trockenen Grinsen. »Da rührt sich nichts in dem alten Gedächtnisspeicher. Sehr schön und Dred Scott und engagiert. Interessante Beschreibungen. Diese Leute sagen mir so wenig wie Ihnen.« Dabei tippte er sich an die Stirn, als habe er einen Witz gemacht.

»Sie sind alle unter, sagen wir, ungewöhnlichen Umständen gestorben.«

»Tatsächlich? Ungewöhnlich?«

»Einer ist beim Schwimmen in vertrauten Gewässern ertrunken. Einer wurde in seinem Haus ermordet. Eine war das Opfer eines nächtlichen Autounfalls mit Fahrerflucht. Ausgerechnet beim Gassigehen mit ihrem Hund. Zwei starben an einer Überdosis. Einer davon unbeabsichtigt, Sie wissen schon, mit der Nadel im Arm. Bei der anderen handelt es sich allem Anschein nach um Selbstmord mit Tabletten – auch wenn ihre Familie nicht daran glaubt. Die glauben, sie sei ermordet worden. Und einer wurde schließlich, keine Ahnung, von Mitgliedern oder Killern eines Drogenkartells in Mexiko umgebracht. Besonders brutaler Mord. Enthauptet.«

Tempter verging das Lächeln.

»Klingt in der Tat eher ungewöhnlich«, räumte er ein. Er ging die Liste noch einmal durch. »Sicherlich verstörend.«

Sloane versuchte, die Partie wie eine Pokerrunde mit hohem Einsatz zu spielen, bei der ihr eigener Chipvorrat schrumpfte. Sie bemühte sich, professionell zu klingen.

»Verstörend scheint mir eher untertrieben. Ich muss gestehen, es hat mich umgehauen.«

Tempter nickte. »Nicht verwunderlich. Kann ich mir lebhaft vorstellen. Das muss völlig überraschend gekommen sein. Aber mal umgekehrt gefragt: Was genau hatten Sie sich erwartet?«

»Kann ich nicht so genau sagen. Jedenfalls nicht, es mit Mordopfern zu tun zu haben. Ich hätte mit Krebs oder Herzinfarkt und Alter gerechnet. Aber nicht damit.«

Er schien sich seine Antwort reiflich zu überlegen.

»Sie wussten aber schon, dass es sich bei jedem Namen, den Sie vom Auftraggeber bekommen, um einen Toten handeln würde, nicht wahr? Ich gehe doch aber sicher recht in der Annahme, dass diese eher ungewöhnlichen Todesursachen, um Ihre Wortwahl aufzugreifen, sagen wir, zu Ihrer Expertise bei der Gestaltung von Denkmälern gehört. Es ist ja nun nicht ganz und gar ungewöhnlich, dass Gedenkstätten Menschen ehren, die mitnichten eines normalen Todes gestorben sind. Die vielmehr durch besondere Ereignisse aus dem Leben gerissen wurden. Wenn man etwa an das Mahnmal im Gedenken der Toten und Verletzten des Bombenanschlags von Oklahoma City denkt ...«

Sloane hatte sich mit diesem Entwurf befasst.

»Schließlich errichten wir nur sehr selten lebenden Personen ein Denkmal, nicht wahr? Tod ist Tod, unterm Strich, finden Sie nicht, Sloane? Ist es letztlich von Belang, wie diese sechs Menschen gestorben sind?«

Auch sie ließ sich mit ihrer Antwort Zeit. »Also, Patrick«, erwiderte sie bedächtig, »ich denke, ja und nein. In Oklahoma City war es definitiv von Bedeutung.«

Wieder lächelte er. »Ah, eine vorsichtige Antwort auf eine schwierige Frage. Hätte fast von einem Anwalt stammen können. Sie haben mich zwar nicht um Rat gefragt, aber ich gebe Ihnen trotzdem einen. Ich denke, es wäre hilfreicher für Sie, wenn Sie sich darauf konzentrieren würden, herauszufinden, wie genau und wann sich die Lebenswege dieser Menschen mit dem des Auftraggebers kreuzten – unter diesem Vorzeichen sollte Ihre Arbeit stehen. Diese Informationen sollten für Ihre Entwürfe maßgeblich sein, meinen Sie nicht? Und ich würde vermuten, dass dieser Ansatz harte Arbeit mit sich bringt.«

Sloane schwieg.

»Wie sagte noch der Dichter John Donne: ›Tod, sei nicht stolz‹?«

Sloane nickte.

»Geht es letztlich nicht bei allen Denkmälern darum? Dem Tod zu sagen, dass er nicht die letztgültige Antwort ist? Dass das Leben auch über das Dahinscheiden dieser Menschen hinaus eine nachhaltige Wirkung hat?«

»Sie klingen so, als hätten Sie dieselben Dinge studiert wie ich«, antwortete Sloane.

Was der Anwalt mit einem weiteren Grinsen quittierte.

»Ich nehme das als ein weiteres Kompliment.«

Er ging noch einmal die Namensliste durch.

»Fremde«, sagte er. »Du liebe Zeit, wie findet man etwas über einen Fremden heraus? Wie geht man vor? Mit Textnachrichten? Mit einer Internetsuche? Einem Anruf?« Er machte eine schwungvolle Handbewegung. »Sie müssen sich hier wohl auf das Gebiet der vierten Gewalt begeben. Wie eine Journalistin vorgehen. Ein bisschen Woodward oder Bernstein. Auch wenn es hier um kein

Watergate geht. Ich meine, ein Woodward oder Bernstein für eine andere Zeit und einen anderen Job.«

Jede ausholende Geste Tempters war wie jedes Wort, das er sprach, von einer selbstbewussten Leichtigkeit und Eleganz. Das Grinsen spielte immer noch um seine Lippen, als er sich erhob und fast so geschmeidig wie eine Katze streckte.

»Mir scheint, Sie müssen in der höchst ungewöhnlichen Situation, in der Sie sich befinden, wohl oder übel dem jeweiligen Tod dieser sechs Menschen sozusagen unmittelbar ins Auge blicken. Wie sonst sollten Sie ihr Leben verstehen, das Sie ehren wollen?«

Er schwieg, lächelte wieder und fügte hinzu: »Aber ich kann mich natürlich irren.«

Sloane stellte fest, dass der Anwalt sehr genau verstand, worum es beim Entwurf einer Gedenkstätte ging.

»Nein, da irren Sie sich nicht«, antwortete sie.

Tempter blickte zur Decke, sah dann einen Moment lang aus dem Fenster und wandte sich wieder Sloane zu. »Es kommt mir nur gerade in den Sinn, Sloane … haben Sie schon mal über diese kleinen Gedenkstellen am Straßenrand nachgedacht, die man von Zeit zu Zeit sieht, Sie wissen schon, an einer gefährlichen Kurve oder Kreuzung, wo jemand an einem Stoppschild oder bei Rot über die Ampel gefahren ist. Da steht dann so ein jämmerliches, selbst gebasteltes Kreuz, mit welken Blumen, und ein handgeschriebenes Pappschild, vielleicht mit einem Namen und einem Wir werden dich nie vergessen und den Lebensdaten, und wir fahren daran vorbei und wissen, hier ist jemand gestorben, aber es bedeutet uns nichts, weil da lediglich ein Moment festgehalten wird, in dem irgendein armer Tropf zu früh aus dieser Welt gerissen wurde. Mit dem Andenken an diesen einen kurzen Moment schmälert es das Leben, das da zu Ende gegangen ist. Und die ungeheure Tragweite dieses Todes für Familie, Freunde, wen auch immer. Diese Denkmäler sagen nur: ›Hier ist unser Freund, unser Kind, unser Bruder oder unsere Schwester gestorben. Mist. Pech. Und alle, die ihr daran vorbeifahrt, verschwendet keinen Gedanken daran.‹ Genau diese Simplifizierung, so nah am Klischee, genau das, liebe Sloane, möchte der Auftraggeber vermeiden.«

»Wenn er sich mit mir zusammensetzen würde, wäre das alles so viel leichter. Er könnte mir doch einfach erzählen, was ich über jeden ...«

Tempter fiel ihr ins Wort.

»Alles zu seiner Zeit, alles zu seiner Zeit. Er ist der Boss. Auf sein Zeichen hebt und senkt sich der Vorhang, und zwar erst dann, wenn er sagt, es ist vorbei. Und ich glaube, leicht ist ein Begriff, der ihm bei diesem Projekt eher nicht vorschwebt. Immerhin werden Sie für die Schwierigkeiten, mit denen Sie sich konfrontiert sehen, gut bezahlt.«

Er warf einen kurzen Blick auf seine Uhr.

»Ah, ich muss zu einem Termin. Also, unsere kleinen Unterhaltungen bereiten mir großes Vergnügen. Und nicht vergessen, rufen Sie mich an, schreiben Sie mir eine E-Mail, brüllen Sie aus dem Fenster, senden Sie Rauchsignale oder, wenn Sie möchten, Morsezeichen, Pony-Express, ganz nach Ihrem Belieben – mit etwaigen Fragen oder sonstigen Anliegen. Ich bin jederzeit für Sie da.«

Mit wenigen traumtänzerischen Schritten, wie auf dünnem Eis, ohne auf das verräterische Knacken unter den Füßen zu achten, huschte der Anwalt zur Tür hinaus. Sloane blieb allein an ihrem Schreibtisch zurück und beobachtete durchs Fenster, wie sich der Abend niedersenkte.

ZWEI

Auf dem Heimweg besorgte sich Sloane in einer Nudelbar ein Take-away. Das Geräusch ihrer Schritte auf dem Bürgersteig klang ihr wie der Takt einer kleinen Trommel, der ihr vorgab, was als Nächstes anstand. Unterm Strich hatte ihr Patrick Tempter wohl sagen wollen, es sei Zeit, loszuziehen, um das Leben der »sechs toten Namen«, wie sie diese Fremden getauft hatte, unter die Lupe zu nehmen. Auch wenn sie sich für ihre Unterhaltung mit Laura Wilson ein wenig auf die Schulter klopfte, war sie ratlos angesichts der Frage, wo sie anfangen sollte. So was wie bei der kleinen Schwester mal sechs.

Kaum hatte sie angefangen, eine Reiseroute, die Reihenfolge der Toten und das Wie und Was und Wo ihrer Recherchen zu planen, verlor sie sich in ihren Gedanken, sodass alles um sie herum, die Passanten, die Autos auf der Straße und all die vertrauten Hintergrundgeräusche der abendlichen Stadt, in weite Ferne rückte, wie in eine andere Welt. Sie dachte nur daran, nach Hause zu kommen und den nächsten Schritt vorzubereiten.

Sie dachte an die sechs toten Namen und die Frage, was sie miteinander verband.

Sie dachte daran, ihre Lo-Mein-Nudeln zu essen.

Sie achtete darauf, nicht an ihre Mutter zu denken und auch nicht an Kajakfahrer.

Sie dachte daran, rechtzeitig schlafen zu gehen.

Auf diese Weise in ihre Gedanken vertieft, hörte Sloane im Vorbeigehen nicht, wie sich etwa zwanzig Meter vom Eingang zu ihrem Haus entfernt eine Wagentür öffnete. Ebenso wenig drangen ihr die eiligen Schritte hinter ihr ins Bewusstsein, bis sie ihren Namen hörte.

»Sloane! Bleib stehen!«

Sie fuhr herum, und augenblicklich mischte sich Angst in die

Überraschung. Wie jeder, der unerwartet beim Namen gerufen wird, dachte sie: Wer?, obwohl sie die Stimme erkannte.

»Sloane, bitte!«

Es folgte ein Aufruhr der Gefühle, eine Mischung aus Wut, Angst, Misstrauen und Empörung.

»Roger«, sagte sie mit erhobener, ein wenig schrillerer Stimme: »Ich will nicht mit dir reden. Lass mich in Ruhe!«

»Gib mir nur einen Moment, bitte, Sloane.«

Sie wollte ihm den Rücken kehren, mit ein paar schnellen Schritten zur Treppe ihres Gebäudes hinauf und ihm die Tür vor der Nase zuschlagen, doch als sie sich umdrehte, schwankte sie einen Moment, und Roger packte sie mit einem Schraubstockgriff am Arm.

Die Nudeln fielen herunter und lagen wie Würmer auf dem Bürgersteig.

Er war kräftig, seine Finger gruben sich tief in ihre Haut.

»Lass mich los«, sagte sie.

»Erst, wenn du mich angehört hast«, antwortete er.

Sie sah ihm ins Gesicht. Wut. Mangelnde Selbstkontrolle. Ihr erster Impuls: Versuch, dich loszureißen. Was jedoch zur Folge hatte, dass er die Hand noch fester schloss. Wie zu einer Aderpresse.

»Ich muss einfach nur mit dir reden«, beharrte er. »Bitte, Sloane. Gib mir eine Minute.«

Selbst bei dieser flehentlichen Bitte war sein Tonfall kalt, und die Worte schnürten sie mit jeder Silbe ebenso ein wie seine Finger ihren Arm. Nur unterschwellig drang ihr der Schmerz ins Bewusstsein.

Sloane rang um Fassung und nahm ihre ganze Kraft zusammen.

»Roger, du tust mir weh«, sagte sie.

Die Feststellung zeigte keine Wirkung.

»Meinst du wirklich, so bekommst du mich dazu, mit dir zu reden?«

Sie spürte, wie sich der Griff ein wenig lockerte.

»Ich will nur nicht, dass du wegläufst, bevor ich dir sagen kann, was ich dir sagen möchte.«

»Werde ich nicht«, sagte sie, nicht sicher, ob es nur ein Vorwand war, um zu ihrer Wohnung zu rennen, sobald er sie losließ. Immerhin war sie schnell. Sportlich. Aus ihren Crosslauftagen an der Highschool kannte sie sich mit Einzeltempo und Schrittsteuerung aus. Aber auch Roger war schnell. Das würde ein Sprint. Sie bezweifelte, dass sie den Kampf gewinnen konnte.

Sie sah Rogers hochemotionales, angespanntes Gesicht.

»Sloane, seit ich diese Nachricht von dir bekommen habe, geht es mir dreckig. Richtig dreckig. Ich kann nur noch Trübsal blasen. Ich kann mich nicht auf die Arbeit konzentrieren. Ich bekomme kaum noch einen Bissen herunter. Ich schlafe nicht. Ich werf mich nur im Bett hin und her. Ich hab sogar beim Essen einen schlechten Geschmack im Mund. Ich kann nur noch an dich denken und daran, wie ich dich enttäuscht habe. Ich wünsche mir nur eine zweite Chance. Ich verspreche dir, dass es diesmal anders läuft.«

Als ob, dachte sie sarkastisch. Der Griff an ihrem Arm sagte ihr das Gegenteil.

Und so antwortete sie nur: »Lass mich los.«

»Das tue ich, wenn du mir versprichst, mir noch eine Chance zu geben. Ich liebe dich, Sloane. Ich werde es dir beweisen. Sag mir, was du willst, und ich tu's. Egal was. Alles. Du brauchst es nur zu sagen, und ich mach's.«

»Ich sag dir, was ich will: Lass mich los!«, wiederholte Sloane.

Stattdessen packte er wieder fester, bis an die Schmerzgrenze, zu. Und zog sie zu sich heran – sie flog der erschreckende Gedanke an, dass sich ihre Mutter im Sog der Strömung so gefühlt haben musste.

»Ich brauche dich, Sloane. Ich brauche dich mehr als alles andere in der Welt. Alles andere ist mir egal.«

In seinem Blick sah sie eine Mischung aus Wut und unkontrollierbarem Verlangen. Sie begriff, dass Roger kurz davor war, den letzten Rest an Selbstbeherrschung zu verlieren. Er war explosiv, gefährlich, obsessiv – Seiten an ihm, die sie schon immer vermutet, aber nur flüchtig zu sehen bekommen hatte. In diesem Moment wusste sie nicht, wozu er fähig war. Sie konnte nicht vor und nicht zurück. Sie sah, wie er die Linke zur Faust ballte. Gleich schlägt er zu.

»Bitte, Sloane«, sagte er, doch so, wie er seine Worte mit zusammengebissenen Zähnen vorbrachte, war es eine Forderung, keine Bitte.

Ihr lief es eiskalt den Rücken herunter. Ist das etwa der Moment: »Wenn ich dich nicht haben kann, dann soll dich auch kein anderer kriegen«?

»Wenn du mich nicht augenblicklich loslässt«, sagte sie und setzte alles daran, gefasst und rational zu klingen, auch wenn sie hörte, wie sie mit jedem Wort einen Ton höher ging, »rede ich nie wieder mit dir. Lass mich los, und ich werde es mir überlegen.« Es waren starke, entschlossene Worte, nur leider mit wackeliger Stimme vorgebracht.

Er ließ sie nicht los. Er zog sie noch näher an sich.

»Ich glaube dir nicht«, sagte er fast im Flüsterton, bedrohlich. »Ich will eine zweite Chance. Ich will, dass du es mir versprichst, Sloane.«

Seine linke Hand öffnete und schloss sich wieder, als könne er sich nicht entscheiden, ob er zuschlagen oder sie streicheln sollte.

»Lass los, und ich überleg's mir«, zischte sie. An diesem Punkt hätte sie alles gesagt, damit er die Hand von ihr nahm. Sie hatte nur noch den einen Wunsch, wegzurennen, selbst wenn sie nicht gewinnen konnte.

»Ist das ein Versprechen?«

Eine Frage, die nach einer Lüge verlangte.

»Ja.«

»Wieso sollte ich dir glauben? Lade mich ein, mit raufzukommen, und wir reden jetzt.«

Sie glaubte ihm nicht, dass er reden wollte. Jedes Wort, das er in der Wohnung sagen würde, wäre nur das Vorspiel, um sie zu vögeln. Sie spielte mit dem Gedanken: Wenn ich jetzt mit ihm schlafe, lässt er mich dann endlich in Ruhe?

Klare Antwort: Nein.

Sie packte eine so düstere Angst, dass sie keine Worte dafür fand. Sie suchte verzweifelt nach einem vernünftigen Argument.

»Ich will jetzt nicht reden. Nicht heute Abend. Ich bin müde. Ich hatte einen langen Tag. Ich stecke mitten in einem Projekt und bin k. o.« Sie spulte diese Ausreden so schnell wie möglich ab, ganz und gar rationale Erklärungen in einer Situation, die in rasendem Tempo immer irrationaler wurde.

Er ließ sie immer noch nicht los.

»Dann sag mir, wann!«, verlangte er.

Ein Hoffnungsschimmer. Winde dich mit Lügen aus deiner heiklen Lage heraus, sagte sie sich.

»Morgen. Übermorgen. Versprochen. Jetzt lass mich einfach los.«

Ihre Stimme hielt der Angst nicht mehr stand. Sie sah, wie Roger schwankte. Sie sah, dass er ihr nicht glaubte und dass die ganze angestaute Wut, die er nur mühsam beherrschte, jeden Moment die Oberhand gewann.

Sloane begriff. Sobald ihm dämmert, dass ich ihm etwas vormache, schlägt er mich. Einmal. Zweimal. Zehnmal. Hundertmal.

Er bringt mich um.

In diesem Moment hörte sie eine dritte Stimme. Nicht Rogers. Nicht ihre eigene. Sie kam von der anderen Straßenseite, hätte aber ebenso gut aus irgendwelchen himmlischen Höhen kommen können. Die Stimme dröhnte laut und unabweislich herüber: »Hey, ihr zwei! Alles in Ordnung? Miss, alles in Ordnung?«

Und direkt hinterher eine vierte Stimme. Von einer Frau.

»Sie da! Hören Sie auf! Lassen Sie sie los!«

Sloane und Roger drehten sich beide zu den Stimmen um. Sie kamen von einer dunklen Stelle auf dem gegenüberliegenden Bürgersteig zwischen Straßenlaternen, Eingangstreppen und parkenden Autos. Das Gesicht des Mannes konnte sie nicht sehen und auch nicht sagen, ob er jung oder alt, groß oder klein war. Sie hörte einfach nur die Kraft aus jedem seiner Worte heraus. Die Stimme der Frau war durchdringend. Sie trat jetzt in das matte Licht. Sloane sah ihr Gesicht. Sie war groß, ungefähr in ihrem Alter, sehr schön. Für eine Sekunde fühlte sich Sloane an die Fotos von Wendy Wilson erinnert. Diese Frau schien aus demselben exquisiten Holz geschnitzt. Jetzt trat auch der Mann halb vor, und sie sah, dass beide elegante Abendkleidung trugen, als kehrten sie von einer Party zurück. Die Stimme des Mannes drang durch die Nacht. Fest. Gezielt wie eine Degenspitze. Warnend.

»Hör gut zu, Junge, du wirst augenblicklich ihren Arm loslassen, zurücktreten und sie gehen lassen. Wenn sie mit dir reden will, dann wird sie es tun. Zwing mich besser nicht, da rüberzukommen. Und du willst ganz bestimmt nicht, dass ich die Polizei rufe.«

Die Frau hielt ein Handy hoch. In grimmigem Ton sagte sie: »Ich mache einen Notruf.«

»Das hier geht Sie nichts an«, brüllte Roger zurück.

»Ganz recht«, sagte der Mann. Fest und ungerührt. Als habe er mit dieser Antwort gerechnet. »Dann sieh zu, dass es so bleibt.«

»Wenn Sie sie nicht sofort loslassen, rufe ich die Polizei«, sagte die Frau.

»Halten Sie sich da raus«, schnauzte Roger.

»Loslassen!«, wiederholte der Mann. Die Dunkelheit schien seine Stimme noch schärfer zu wetzen.

»Hör zu, Kumpel ...«, fing Roger an.

»Ich bin nicht dein Kumpel«, fiel ihm der Mann ins Wort. »Und so viel ist sicher, wenn wir jetzt die Polizei rufen, sind die auch nicht deine Kumpel.«

»Halten Sie sich da raus«, wiederholte Roger.

»Das will ich von der jungen Dame hören«, erwiderte der Mann.

Sloane erkannte ihre Chance.

»Schon gut«, sagte sie. »Ich möchte nur in meine Wohnung.«

»Nur zu«, ermunterte sie der Mann, mit Betonung auf beiden Silben. »Und vielleicht lässt Ihr Freund da Sie jetzt gehen, um sich den Ärger zu ersparen, den er sonst bekommt.« Sloane hatte den Eindruck, dass der Mann im Halbschatten und die elegante Frau so etwas nicht zum ersten Mal taten. Sie wirkten furchtlos und schienen genau zu wissen, was sie sagten und womit sie drohten.

»Das hier geht Sie nichts an«, wiederholte Roger wie eine hängen gebliebene Schallplatte.

»Das hatten wir schon«, erwiderte der Mann ruhig.

Roger ließ los. Seine Hand glitt von ihrem Arm, als sei er eingeölt. Sie trat ein Stück zurück, dann noch einen, aber nicht weit genug, um zu verhindern, dass er mit einem Satz wieder bei ihr war, sie packte und diesmal vielleicht sogar zuschlug.

»Gut so«, rief der Mann von der anderen Straßenseite. »Jetzt gehen Sie weiter.«

Roger starrte wutentbrannt zu dem anderen Paar hinüber und wirbelte dann wieder zu Sloane herum. Und wechselte wieder in die Bittstellerrolle. Ihm zitterte die Unterlippe.

»Sloane, Liebling, wir müssen reden«, flüsterte er ihr zu.

Sie holte tief Luft.

»Das geht auch übers Handy«, platzte sie heraus.

Im selben Moment kehrte sie ihm den Rücken und rannte, ohne noch einmal über die Straße oder zu Roger zurückzublicken, zu ihrer Haustür. Sie brauchte einen Moment, bis sie mit zittriger Hand die erste Tür und dann die zweite aufgeschlossen hatte. Sie knallte beide hinter sich zu und betätigte mit lautem Klicken die Bolzenschlösser. Sie rannte die Treppe hoch, zwei Stufen auf einmal, war mit einem Satz in ihrer Wohnung und schloss hinter sich ab. Türknauf. Bolzenschloss. Kette. Das einzige schwache Licht in der Wohnung schien durchs Fenster von den Straßenlaternen herein. Doch es reichte, um durchs Wohnzimmer ins Schlafzimmer zu preschen, die Schublade der Kommode aufzureißen und das Geburtstagsgeschenk ihrer Mutter herauszuholen. Sie griff so heftig nach der Halbautomatik .45, dass ihre roten Nylonstrümpfe wie eine tote Motte zu Boden fielen. Sie hatte das Gefühl, als sei ihr Roger dicht auf den Fersen, um ihr jeden Moment ins Gesicht zu schlagen. War er aber nicht. Es herrschte Stille. Trotzdem drückte sie sich mit vorgehaltener Waffe fast eine halbe Stunde lang in eine Ecke. Dabei klingelte wiederholt ihr Handy, doch sie achtete nicht darauf, während sie die Waffe auf die Tür richtete und darauf wartete, dass ihr Puls sich auch nur annäherungsweise normalisierte, dennoch bereit, beim ersten Geräusch abzudrücken.

Ihr dämmerte, dass sie es womöglich nur der Einmischung zweier barmherziger Samariter verdankte, noch am Leben zu sein. Die Frau, die ihr Handy wie eine Waffe schwang und damit drohte, die Polizei zu rufen, hatte sie klar vor Augen. Von dem Mann blieb ihr nur die Autorität und Entschlossenheit seiner Worte und seiner Stimme im Gedächtnis haften.

KAPITEL 8

EINS

Sloane verbrachte eine unruhige Nacht, in der sie sich zwischen Albträumen hellwach im Bett hin und her warf. Drei Mal stand sie auf, um Türen und Fenster zu überprüfen. Einmal fand sie sich im Halbschlaf vor ihrer Kommodenschublade wieder, um ihr Geburtstagsgeschenk herauszuholen. In einem besonders lebhaften Albtraum, aus dem sie mit trockenem Mund und rasendem Herzklopfen aufschreckte, hatte Roger plötzlich im Schlafzimmer gestanden, doch die Schublade mit der Pistole war verschlossen, und während er ihr die Hände um die Kehle legte, tastete sie in wilder Panik nach einem nicht vorhandenen Schlüssel. Als sie schweißgetränkt erwachte, tat ihr der Unterkiefer weh, als habe er sie tatsächlich geschlagen. Sie ging zu ihrer Wohnungstür und klemmte einen Stuhl unter die Klinke. Kurz nach dem Morgengrauen raffte sie sich gerädert, doch froh, dass die Nacht endlich vorbei war, auf, verbrachte zehn Minuten unter der dampfend heißen Dusche und trank zwei Tassen schwarzen Kaffee. Sie beschloss, an diesem Vormittag nach New Hampshire zu fahren, um zu sehen, was sie über den ermordeten Geschichtslehrer und Direktor in Erfahrung bringen konnte.

Dabei gab es eine Menge, was sie hinter sich lassen musste:

Den Ex-Freund, der nicht begreifen wollte, dass es vorbei war; die Samariter, die mit ihrem beherzten Eingreifen wahrscheinlich Schlimmeres vereitelt hatten; den panischen Rückzug in ihre Wohnung. Sie versuchte, das alles wie einen ihrer Albträume abzuhaken. Nebulös. Surreal.

Unmöglich. Sie konnte dringend eine Ablenkung gebrauchen. Am besten stürzte sie sich in die Aufgaben, die ihr der Auftraggeber übertragen hatte. Sie zog sich also an und überprüfte auf dem

Handy die Route. Dabei registrierte sie den Rückstau von über einem Dutzend Nachrichten von Roger, die letzte von 4 Uhr 40 am frühen Morgen. Nachdem sie den Anfang der ersten gesehen hatte – »Sloane, wir gehören zueinander ...« –, löschte sie alle.

Im Treppenhaus vor ihrer Wohnungstür blieb sie wie angewurzelt stehen, als sie eine Woge diffuser Angst überkam und das bisschen Tatkraft, das sie zusammengekratzt hatte, zunichtezumachen drohte. Der Drang, schnell wieder in die Wohnung zurückzukehren, die Türen fest zu verschließen und unter die Bettdecke zu kriechen, war übermächtig.

Sie kämpfte mit sich:

Er steht da draußen und lauert dir auf.

Nein, er ist nicht da.

Dir passiert schon nichts.

Von wegen. Du bist in Gefahr.

Er ist nur ein elender Feigling, der vor Selbstmitleid trieft.

Träum weiter. Er ist gewalttätig und unberechenbar.

Die widerstreitenden Gefühle lähmten sie. Reiß dich zusammen, mahnte sie sich. Doch es kostete sie immer noch einen physischen Kraftakt, die Treppe hinunterzulaufen, vor die Haustür zu treten und auf der Straße zu ihrem geparkten Wagen zu hasten. Dabei blickte sie fortwährend nach links und rechts und rechnete jeden Moment damit, von irgendwo zu hören: »Sloane, warte!« Sie hatte es eilig und ging, wie jemand, der für einen wichtigen Termin spät dran ist, in Laufschritt über.

Kaum saß sie hinter dem Steuer, hatte die Türen verriegelt und fuchtelte mit dem Zündschlüssel im Schloss, blitzte ihr der Gedanke durch den Kopf, er lauerte auf dem Rücksitz, und so fuhr sie herum und überzeugte sich davon, dass das Gefühl nur Einbildung war.

Nichts.

Als sie aus der Parklücke fuhr, hätte sie schwören können, er folge ihr. Im Rückspiegel suchte sie die Straße nach seinem Wagen ab. Es war ein leuchtend roter Protz-BMW, nicht zu übersehen.

Trotzdem zog sie es vor, im Zickzackkurs, chaotisch wie ein Berliner Spion zu Zeiten des Kalten Kriegs, durch Nebenstraßen zu fahren, um schließlich eine breitere Durchgangsstraße und von dort aus die Autobahn zu nehmen. Einmal glaubte sie tatsächlich für eine Sekunde, im Spiegel sein verbissenes Gesicht hinter der Windschutzscheibe zu sehen. Eine Halluzination. Aus der Angst geboren. Trotzdem stellte sich erst nach mindestens zehn Meilen ein Gefühl der Sicherheit ein. Oder etwas, das dem nahekam. Etwas, womit sie leben konnte, solange es nicht nur Selbstbetrug war.

Mit jeder Meile, die sie zurücklegte, wurde sie entspannter.

Sie setzte alles daran, einen klaren Kopf zu bekommen, Roger aus ihren Gedanken zu verbannen, den tiefvioletten Bluterguss an ihrem Arm zu ignorieren, obwohl er immer noch pochte, und die Frage abzublocken, wie sich die Ereignisse der letzten Nacht in den nächsten Tagen auf sie auswirken würden. Stattdessen konzentrierte sie sich ganz auf den beliebten Geschichtslehrer und den Versuch, herauszubekommen, wie genau er sich beim Auftraggeber so beliebt gemacht hatte.

ZWEI

Das Haus des ermordeten Lehrers war schnell gefunden. Es lag keine zehn Meilen von der berühmten Privatschule entfernt, an der er unterrichtet hatte, eine Landstraße entlang, von der eine weitere abbog und dann eine dritte, eine schmaler, abgelegener, ländlicher als die andere. Zu beiden Seiten flogen bewirtschaftete Farmen zwischen sanft gewellten Wiesen vorbei, eine Postkartenidylle einschließlich glücklich und zufrieden wiederkäuender Kühe auf der Weide, die sich in der Sonne wärmten. Kaum vorstellbar, dass es nur neunzig Minuten nach Boston und wenige Meilen von der kleinen Stadt entfernt lag, in die sich die Pendler aus der City in ihre pompösen Vorstadtvillen zurückzogen. Das kernige alte New Hampshire mit seinen Häusern aus Granit wurde langsam, aber sicher von neuem Geld überschwemmt. Lawrence Miner und seine Frau Muriel hatten sich allerdings an einem Fleckchen Erde zur Ruhe gesetzt, das mehr von der Vergangenheit als der unaufhaltsamen Zukunft zeugte. An diesem schönen Sonnentag verströmte ihr Haus mit den strahlend weißen Holzschindeln heiteren, altmodischen Charme. Es lag ein gutes Stück von der schmalen Fahrbahn entfernt, die es mit der Zivilisation verband, hinter Bäumen und Büschen versteckt. Unverkennbar war es bis vor ein paar Hundert Jahren eine Farm gewesen, jetzt jedoch von einem weitläufigen Garten mit Blumen umgeben. Auf dem Rasen vor dem Haus stand eine große, Schatten spendende Eiche. Von der Stelle aus, an der sie hielt, konnte Sloane so gerade eben eine schwarze Plakette mit der Jahreszahl 1789 neben der Haustür erkennen. So alt war das Haus, überaus passend für einen Geschichtslehrer im Ruhestand. Sie fühlte sich an die berühmte Erzählung von Stephen Vincent Benét, *Der Teufel und Daniel Webster,* erinnert. Das Haus des toten Direktors passte zur Beschreibung von Jabez Stones Farm. Der ermordete Lehrer und seine Frau teilten auch gewissermaßen das Schicksal des unglückseligen Farmers, der sich mit Mr Scratch auf seinen unheilvollen Handel einlässt, um zu guter Letzt von dem großen Rhetoriker gerettet zu werden. Sie erinnerte sich an den Ausgang der Geschichte: Als Daniel Webster den Prozess entgegen allen Erwartungen gewann, trotzte er dem Teufel ein Versprechen ab: nie wieder einen Mann oder eine Frau aus New Hampshire zu belästigen.

Der Tod des Lehrers, zumindest nach allem, was sie darüber wusste, sah nun doch nach Teufelswerk aus.

Sloane blieb einen Moment sitzen, bevor sie ausstieg und das Verkaufsschild neben dem Tor zur Einfahrt entdeckte.

Es schien niemand zu Hause zu sein. Es parkten keine Autos auf dem Grundstück. Die Stille kroch ihr unter die Haut.

Der Schauplatz eines Mordes.

Sloane betrat das Grundstück und lief auf der langen geschotterten Einfahrt zum Haus. Sie trat an die Tür und klingelte.

Nichts.

Sie klopfte laut.

Nichts.

Sie trat ein paar Schritte zurück und betrachtete das Haus mit den Augen der Architektin. Der klassische Grundriss des frühkolonialen Stils, mit zentraler Eingangsdiele und Treppe, wie aus dem Geschichtsbuch, derselbe Prototyp in New Hampshire, Massachusetts und Maine. Sie versuchte, es sich im tiefen Winter vorzustellen. Zu beiden Seiten der Zufahrt würden sich Schneewände türmen. Die jetzt üppig grünen Bäume stünden kahl wie Skelette in der Landschaft. Auf den Beeten mit den gepflegten, bunten Blumenrabatten würden nur ein paar tote braune Stängel aus der brachen Erde ragen. An den Dachrinnen hingen Eiszapfen, aus den Kaminfeuern, die drinnen mehr oder weniger vergeblich gegen die gnadenlose Kälte ankämpften, würde der Rauch aufsteigen. Sie klopfte noch einmal, so laut und kräftig, wie sie konnte, an die Tür, trat zur Seite und spähte in ein Fenster.

Niemand da.

Sie sah niedrige Decken mit breiten Sparren, Holzböden, einige davon im Lauf der vielen Jahre ein wenig schief geworden. Weiß getünchte Wände ohne jeden Schmuck. Kein Mobiliar. Keine Teppiche. Kein Lebenszeichen. Keine Todesspuren.

Das ergab keinen Sinn. Der Direktor und seine Frau waren schon seit Jahren tot. Doch das Haus vermittelte den Anschein, als habe darin noch nie jemand gewohnt.

Sie notierte sich den Namen des Maklers auf dem Verkaufsschild, um später dort anzurufen. Sie hatte ihr Notizbuch noch nicht wieder eingesteckt, als sie hörte, wie plötzlich mit einem stotternden Geräusch ein Rasenmäher angeworfen wurde. Sie blickte sich um und sah am anderen Ende der Zufahrt einen Mann, der auf einem kleinen Mähtraktor in ihre Richtung kam.

Mit seinem sonnengebräunten, ledernen Gesicht war er es offensichtlich gewohnt, im Freien zu arbeiten, sich die Hände schmutzig zu machen, sich vielleicht abends ein kaltes Bier mit einem Kurzen schmecken zu lassen, im Fernsehen ein Eishockeyspiel anzusehen. Er mochte irgendwo zwischen fünfzig und hundert Jahren alt sein. Er trug eine blaue Red-Sox-Kappe auf dem Kopf, unter der dunkles Haar mit grauen Strähnen hervorquoll, und seine braune Arbeitshose war verdreckt. Sie winkte ihm zu, er lenkte den Traktor auf einen Rasenstreifen und hielt an.

»Kann ich Ihnen helfen, Miss?«, fragte er. Nicht unfreundlich im Ton.

»Ich hoffe, ja«, erwiderte Sloane. »Ich wüsste gerne Näheres über das ältere Ehepaar – Lawrence und Muriel Miner –, das hier mal gewohnt haben.«

Die hier gestorben sind, genauer gesagt.

»Ja«, antwortete der Mann. »Die hab ich ein bisschen gekannt. Muss allerdings dazusagen, dass sich nur selten Besucher hierher verirren. Was möchten Sie denn wissen?«

»Na ja, zunächst mal, wieso das Haus leer steht.«

Er lächelte auf eine Art, als wolle er ein Geheimnis mit ihr teilen.

»Wer will schon ein Haus kaufen, in dem ein Mord passiert ist. Ganz zu schweigen von einem Mord wie …« Er verstummte, schüttelte den Kopf und fuhr fort: »… Selbst die Reichen aus der City, die nur so mit ihrem Geld um sich werfen, selbst die haben Manschetten davor. Bringt Unglück, schätze ich mal. Meine Kinder würden sagen: schlechtes Karma, aber damit kenne ich mich nicht aus.«

»Aber trotzdem, das ist doch ein schönes Haus …«

»Jau«, sagte er. »Ich lege mich auch ganz schön ins Zeug, damit es so bleibt.«

»Da müssen Sie mir auf die Sprünge helfen.«

»Na ja«, fuhr der Mann fort und lehnte sich auf seinem Sitz zurück, offenbar glücklich darüber, mit einer jungen, hübschen Frau zu sprechen, die nicht von oben bis unten von Grasschnitt bedeckt ist, »was soll ich sagen ... die hinterbliebenen Kinder von Lawrence und Muriel liegen miteinander im Streit. Über ein Testament, denke ich mal. Schätze, der Kampf zieht sich schon seit Jahren hin, die reden nicht miteinander, keiner gibt klein bei, aus Stolz und altem Groll, die Anwälte, die sie eingeschaltet haben, machen alles nur noch schlimmer, und alles, was die alten Herrschaften hinterlassen haben, ist entweder eingelagert und verstaubt oder so wie dieses Haus ebenfalls ein Streitobjekt.«

Er grinste und deutete mir einer ausladenden Handbewegung auf den historischen Bau.

»Und Sie? Sind Sie vielleicht auch eine von diesen Verwandten?«, fragte er Sloane in einer Mischung aus Misstrauen und Humor.

»Nein«, antwortete sie. »Ich bin Architektin. Ich habe nur mit einem Denkmalprojekt zu tun und hatte gehofft, etwas über Lawrence Miner zu erfahren, weil er dabei eine Rolle spielt.«

»Ein Denkmal? So wie da drüben an der Schule? Wie eine Bank aus Granit, mit den Namen eingemeißelt von den Jungs, die in Vietnam oder Korea gestorben sind?«

»Ja, etwas in der Art.«

Die Vorstellung schien ihn noch mitteilsamer zu machen.

»Irgendwie hab ich den alten Lawrence schon gemocht«, sagte der Mann auf dem Mähtraktor. »Ich meine, was man so sagt, wenn man sich über den Weg läuft, hallo und prächtiger Tag und hab gehört, das Wetter schlägt um. Aber ich glaub, da war ich die Ausnahme. Für viele Leute hier in der Gegend war er unnahbar, vielleicht sogar gefühllos und ein sturer Hund, von Anfang an. Natürlich hab ich immer nur den Rasen gemäht und mich um die Beete gekümmert, von Zeit zu Zeit ein bisschen gemulcht und so. Und natürlich im Winter die Zufahrt frei gepflügt. Wahrscheinlich war ich, als ich von den hinterbliebenen Kindern diesen Hausmeisterjob bekam, so ziemlich das Einzige, worauf sie sich einigen konnten, und es macht mir Spaß, hier alles auf Vordermann zu bringen.«

Bei den Worten gefühllos und unnahbar und der Erwähnung des Schneepflugs spitzte Sloane die Ohren.

»Waren Sie das etwa, der die Leichen gefunden hat?«, fragte sie.

»Allerdings«, sagte er und nickte zur Bekräftigung. »Schlimmer Anblick, kann ich Ihnen sagen, ganz übel, wie ein richtig böser Albtraum oder so ein Slasher-Film. Das vergisst man nicht so leicht.«

»Kann ich mir denken.«

»Aber das ist lange her. Mit der Zeit verblasst es dann doch. Nur nicht so, wie die Leute denken.«

Sloane lächelte und nickte. »Sie klingen wie ein Philosoph.«

»Wenn Sie hier draußen genügend Winter hinter sich gebracht haben, kommt das von selbst.« Ein Achselzucken. Ein Grinsen. Ein Blick, der ihr bestätigte, dass ihm ihre Bemerkung schmeichelte.

»Kann ich mir denken. Demnach«, fuhr sie fort, »mochten ihn einige Leute nicht?«

»Das sehen Sie richtig.«

»Wissen Sie, warum? Ich meine, nach allem, was ich bisher weiß, wurde er gemocht und respektiert.«

Der Mähtraktorfahrer zuckte mit den Achseln.

»Man soll nicht schlecht über die Toten reden«, sagte er.

Sloane setzte ihr kokettestes Lächeln auf. Ein älterer Mann kann einer jüngeren Frau nur schwer widerstehen. Mit einer geübten Kopfbewegung schüttelte sie ihre Mähne.

»Wenn man ein Denkmal plant, ist jede Kleinigkeit hilfreich.«

»Da haben Sie wahrscheinlich recht«, erwiderte er. »Also, Lawrence – Sie dürfen nicht vergessen, dass er mal bei den Marines gewesen war. Hatte im Zweiten Weltkrieg im Pazifik gekämpft. Als Offizier, soweit ich mich erinnere. Dem wurde nichts geschenkt. Guadalcanal. Tarawa. Iwo Jima. Schätze mal, was ein Mann da so erlebt, verändert ihn für den Rest seiner Tage.«

Sloane zog ihr Notizbuch heraus und hielt fest, was der Mann erzählte.

»Nur dass er dummerweise etwas von der toughen Haltung, Sie wissen schon, keine Gefangenen zu machen, in seinen Geschichtsunterricht hineingetragen hat. Und dann auch in seine Auffassung von Disziplin an der Schule, als er Direktor wurde. Ich glaube nicht, dass er es für seinen Job hielt, freundlich zu sein.«

Sloane nickte. Das kam unerwartet.

Der Mähtraktorfahrer dachte offenbar intensiv nach und fügte dann hinzu: »Ich hatte von Anfang an den Verdacht, das hat ihn letztlich Kopf und Kragen gekostet. Irgend so ein Junkie bricht bei denen ein, Lawrence und Muriel überraschen ihn, als er gerade versucht, irgendwelchen wertlosen alten Plunder zu stehlen, und statt ihn einfach ziehen zu lassen, lässt ihn Lawrence nicht damit durch. Auch wenn er über achtzig war. Schlechte Entscheidung, aber einmal Elitesoldat, immer Elitesoldat, denke ich mal. Nur dass es auch Muriel das Leben gekostet hat, keine faire Güterabwägung.«

»Nach allem, was ich gelesen habe«, warf Sloane ein, »in der Alumni-Zeitschrift und so, na ja, da steht überall der beliebte …«

Der Mann für alles runzelte die Stirn. In verächtlichem Ton antwortete er: »Das Alumni-Blättchen? Was erwarten Sie denn? Sollten die vielleicht schreiben, herzloser Hurensohn? Aber beliebt? Vergessen Sie's. Allenfalls galt das für Muriel, aber auch das wage ich zu bezweifeln. Nach allem, was man so hörte, haben ihn die Jungs an der Schule gehasst, wenn sie nicht gerade Angst vor ihm hatten. Wer aus der Reihe tanzte, flog von der Schule. Kinder in dem Alter, na ja, die sind ziemlich verletzlich. Muss hart sein, wenn sie bei jedem Fehltritt befürchten mussten, dass es sie ihre Zukunft an der Wall Street oder als Mediziner oder sonst was kosten kann.«

Eine so scharfsinnige Einschätzung hatte Sloane unter den schmutzigen Kleidern nicht vermutet.

»Woher wissen Sie das?«, fragte sie.

Er warf den Kopf zurück, als könne er sich vor Lachen nicht halten. »Also, auch wenn Sie's mir nicht ansehen, aber meine beiden Jungs waren an der Schule. Mit Vollstipendium. Einer als Pitcher in der Baseballmannschaft, der andere als Quarterback. Hab sie beide an gute Colleges gekriegt, und jetzt sind sie um ein Vielfaches besser dran als ihr alter Herr, und so sollte es auch sein.«

»Wie schön«, sagte Sloane.

»Ich hab schon zu viel gesagt«, ruderte er plötzlich zurück. »Viel zu viel. Aber in meinem Job hat man nicht alle Tage Gelegenheit, mit einer hübschen jungen Frau zu reden.« Mit einem Grinsen tippte er sich an den Schirm seiner Kappe. »Wenn das jetzt politisch nicht korrekt war, entschuldige ich mich, aber ist nun mal so, und wir sind hier in New Hampshire, da reden die Leute meistens noch, wie ihnen der Schnabel gewachsen ist, ohne daran zu denken, wohin das führen kann …«

»Ich fühle mich geschmeichelt«, sagte Sloane in der Hoffnung, die Plauderei in Gang zu halten.

»Klar doch«, sagte er lachend, »wer's glaubt, Miss.«

Er verstummte kurz und schlug dann vor: »Hören Sie, soll ich Sie vielleicht durchs Haus führen? Kann ich machen, falls Ihnen das hilft.«

»Ja, sehr gern.« Der Mähtraktorfahrer kramte in seiner Tasche und zog rasselnd einen Schlüsselbund heraus. »Mir nach«, sagte er, während er wie ein Cowboy aus dem Sattel vom Rasentraktor stieg.

Zusammen liefen sie zur Haustür. »Da ist bestimmt seit Monaten niemand mehr drin gewesen. Wenn nicht länger. Wohl eher seit Jahren«, sagte er, während er die Tür aufschloss und Sloane den Vortritt ließ. Selbst mit dem Licht, das durch die Fenster hereinfiel, wirkte es dunkel im Haus. Der Staub breitete sich wie ein Dunstschleier aus. Der muffige Geruch, mit dem Sloane gerechnet hatte, war intensiver als gedacht. Eine Mischung aus Vernachlässigung und Tod. Sie versuchte, sich vorzustellen, wo Stühle, Tische, Bilder gewesen waren, doch es gelang ihr nicht, ein wohnliches Ambiente heraufzubeschwören. Es blieb einfach karg und trostlos.

»Hier lang«, sagte der Mähtraktorfahrer und führte sie in einen Raum zu ihrer Linken. Sie folgte ihm und zögerte an einer großzügigen Flügeltür zu einem Raum mit leeren Bücherregalen aus dunklem Holz zu beiden Seiten eines alten steinernen Kamins.

Das Mordzimmer.

»Da hab ich sie gefunden«, sagte der Mähtraktorfahrer leise und hob den Finger. »Lawrence war da drüben beim Kamin. Gekrümmt auf dem Boden, mit eingeschlagenem Schädel. Von Raureif bedeckt. Muriel lag kaum ein, zwei Meter von der Stelle entfernt, wo wir jetzt stehen. Sie sah wie eine Statue aus, wie aus Marmor oder Porzellan oder so. Als hätte sie versucht, wegzurennen, so sah es für mich aus, nur kam sie nicht weit.«

Sloane versuchte, sich die beiden Leichen auf dem Boden vorzustellen – verfilztes graues Haar in den Lachen ihres Bluts, die in der klirrenden Kälte, die sich durch Eingangs- und Hintertür ungehindert im Haus ausbreitete, zu Eis gefroren waren. Sie wandte sich zum Gehen, aber erst, nachdem sie auf dem dunklen Holzdielenboden einen noch dunkleren Fleck gesehen und sich für einen kurzen Moment gefragt hatte, ob sie einen Rückstand des Mordes vor Augen hatte. Sie hüstelte und räusperte sich.

»Ich glaube, ich habe genug gesehen«, sagte sie.

Der Mähtraktorfahrer nickte. »Tut mir leid«, sagte er. »Muss ganz schön hart sein.«

Sie gingen wieder nach draußen. Sloane sog gierig die klare Frühlingsluft ein, mit dem Duft von den Blumenbeeten, sah jedoch bei einem Blick in den Himmel die ersten dunkelgrauen Wolken aufziehen.

»Da kann man schon auf den Gedanken kommen, dass die beiden hier immer noch als Gespenster herumspuken«, sagte der Mähtraktorfahrer und schüttelte den Kopf. »Im November oder so würde ich hier keine Nacht verbringen wollen. So eine Bluttat, da bleiben Spuren, für immer, schätze ich mal. Ist nicht so wie bei einem Hemd, aus dem man einen Fleck einfach rauswäscht.«

»Da haben Sie sicher recht«, antwortete Sloane. »Ist trotzdem schön hier«, fügte sie hinzu und deutete mit einer ausladenden Geste auf die Blumen und die Hausfront mit der weißen Schindelverkleidung.

»Ich weiß nicht«, erwiderte er. »Sicher, von außen ist es wie aus dem Bilderbuch, oder? Aber von innen ...« – er betrachtete das Haus – »... na ja, die Heizung ist uralt und tut's nicht mehr so richtig. In den Deckenfugen sitzt der Schwamm, und es braucht ein neues Dach. Die Dielenböden sind verzogen, hinter den Wänden gibt es mehr als eine undichte Stelle, wo es sich die Mäuse gemütlich machen, und die Rohre haben auch bessere Tage gesehen. Wer das hier kauft, muss 'ne Menge daran tun, wenn es nicht sogar abgerissen werden muss. Aber das geht nicht, weil es unter Denkmalschutz steht. Von vorne bis hinten nichts als Ärger, will ich damit sagen. Und wenn man dann noch seine jüngste Geschichte dazunimmt ... also ...« Der Mähtraktorfahrer verstummte und dachte kurz nach, bevor er sagte: »Wie nennt man das noch, wenn etwas ganz anders aussieht, als es in Wahrheit ist?«

Sloane fielen mehrere Ausdrücke dazu ein: Chimäre. Täuschung. Trugbild.

Doch sie sprach keinen davon aus. Sie antwortete nur: »Keine Ahnung.«

KAPITEL 9

EINS

Der junge Detective, der Sloane zu helfen versuchte, blickte stirnrunzelnd auf den Computerbildschirm, auf dem mit jedem Mausklick Berichte und Dokumente an ihm vorbeiflogen.

Er schüttelte den Kopf und entschuldigte sich: »Fürchte, da gibt's nicht viel, was Ihnen weiterhelfen könnte.«

»Was haben Sie denn?«, fragte Sloane.

»Na ja, Tatortberichte«, murmelte er. Ein gewaltsamer Tod, ein Cold Case, auf nüchterne Details reduziert, in gleichgültigem Ton abgespult: »Das Übliche: forensische Gutachten. Zeugenaussagen – nur von den Nachbarn, die nichts gesehen und nichts gehört haben, und von dem Mann, der die Leichen gefunden hat. Wir haben auch mit Angehörigen und Leuten in der Schule gesprochen. Auf der Suche nach jemandem mit einem Mordmotiv. Gab so einige, die ihn hassten. Genug, um ihn umzubringen? Sah wohl nicht danach aus. Die Aussagen sind auch hier drin. Und die Autopsieberichte. Tatortfotos – die werde ich Ihnen nicht zeigen, Miss. Tut mir leid. Die Ermittler hätten eigentlich DNA sichern müssen – aber es fanden sich keine verwertbaren Proben, weder an den Leichen noch sonst irgendwie am Tatort. Dann wäre da die Fingerabdruckanalyse – wir mussten von sämtlichen Personen, die das Haus betreten haben könnten, Proben nehmen. Die Kriminaltechniker haben am Tatort ein paar gesammelt, zu denen sich keine Übereinstimmung ergab. Kommt aber auch nicht gerade überraschend. An der Rückseite des Hauses, da, wo eingebrochen wurde, fanden sich keine Abdrücke, und die Mordwaffe, bei der es sich nach übereinstimmender Einschätzung nur um diesen fehlenden Schürhaken handeln konnte, ist bis heute verschwunden. Schätze mal, die liegt irgendwo am

Grund des Exeter River. Dann gibt es hier noch ein paar Zusatzberichte von den Ermittlern des Drogendezernats. Die haben den einen oder anderen Süchtigen aufgescheucht und ein paar kleine Dealer, außerdem haben sie sich bei ein paar verdeckten Informanten umgehört, bei so gut wie jedem in der Szene, der irgendetwas hätte wissen können, aber alles absolute Fehlanzeige. Der Fall kam schließlich zu den Akten mit den ungelösten Fällen. Vielleicht taucht ja doch noch irgendwann irgendetwas auf. Hoffe ich. Der Schule ging die schlechte Publicity natürlich gewaltig gegen den Strich. Aber mit der Zeit geraten solche Sachen in Vergessenheit.«

Der Detective war kaum älter als Sloane, mit vorzeitig ergrauendem Haar, einer gelockerten roten Krawatte um den kräftigen Hals, einer Waffe im Taillenholster und einer freundlichen Art.

»Ich hätte Ihnen gerne weitergeholfen«, sagte er.

Sloane bedankte sich. Sie konnte nicht recht sagen, was die Ermordung des ehemaligen Direktors für ihren Entwurf zu bedeuten hatte. So viel war klar: War der Mann tatsächlich so »beliebt« gewesen, wie sie zunächst angenommen hatte, dann wäre dies der entscheidende Faktor für ihre Planung.

Alle Schüler haben ihn gehasst oder Angst vor ihm gehabt, sagte zweifellos etwas anderes.

»Aus der Zeit von Direktor Miner ist kaum noch jemand da«, erklärte ihr die stellvertretende Direktorin, die ungefähr zehn Jahre älter war als Sloane. »Das liegt ja ungefähr zwei Generationen zurück«, fügte sie hinzu.

Sloane stand in einem gut ausgestatteten Büro. Während sie sprach, läutete in einiger Entfernung eine Glocke.

»Die Pause«, sagte die Frau. Sie zeigte aus einem Fenster, und Sloane sah, wie Türen aufflogen und Jungen und Mädchen auf die Wege zwischen den Gebäudetrakten strömten. Die stellvertretende Direktorin bemerkte offenbar ihren erstaunten Blick und sagte: »Zu Zeiten von Direktor Miner gab es noch keine Mädchen an der

Schule. Die Koedukation wurde erst ein paar Jahre nach seiner Pensionierung eingeführt. Hat die Atmosphäre an der Schule vollkommen verändert. Als er hier noch das Sagen hatte, na ja, ein Haufen pubertierender Jungen mit jeder Menge aufgestauter Frustration und genügend Freizeit, um sich in Schwierigkeiten zu bringen, atemberaubende Schwierigkeiten, dass einem die Luft wegbleibt.«

»Sie haben ihn demnach nicht persönlich gekannt?«, fragte Sloane.

»Ich bin ihm tatsächlich nur ein einziges Mal begegnet, kurz vor seinem Tod«, sagte die Frau.

Tod, registrierte Sloane. Nicht Mord.

»Und wann war das?«

»Etwa ein oder vielleicht auch anderthalb Jahre, bevor er starb ...«

Starb. Nicht getötet wurde.

»... Er bekam eine Auszeichnung, gewissermaßen für sein Lebenswerk, wie sie schon mal jemandem verliehen wird, der ein Leben lang Aktien verkauft oder am Fließband gearbeitet hat. Das Privatschul-Äquivalent zu einer billigen goldenen Uhr. Jedenfalls kam er noch einmal zu der Veranstaltung her, nahm ein wenig höflichen Applaus entgegen – mehr ist für den obersten Zuchtmeister nicht drin, wissen Sie –, und das war's auch schon.«

Sloane überlegte einen Moment. Sie versuchte, sich auszumalen, wie sich der alte Mann vor Hunderten Schülern, die keine Ahnung hatten, wer er war, und denen er von Herzen egal war, erhob. »Haben vielleicht irgendwelche alten Freunde oder Bekannten aus seiner Zeit an der Feier teilgenommen? Jemand, an den Sie mich verweisen könnten?«

Die stellvertretende Direktorin überlegte einen Moment. »Also, die meisten sind verstorben. Aber an einen pensionierten Lehrer aus der Zeit erinnere ich mich. Er hat damals ebenfalls Geschichte unterrichtet.«

Sie zog einen Block mit dem Emblem der Schule, einem steigenden Löwen, und notierte einen Namen und eine Anschrift. »Tut mir leid«, fügte sie hinzu. »Schon ungewöhnlich. Keine Telefonnummer. Keine E-Mail-Adresse. Seltsam.«

Sie reichte Sloane das Blatt. »Mehr habe ich nicht.«

ZWEI

Professor Terrence Garrison wohnte allem Anschein nach allein in einem kleinen Wohnkomplex am Rand der Honky-Tonk-Stadt Hampton Beach, ungefähr zehn Meilen von der Schule entfernt. Die Stadt war ebenso berühmt für ihren breiten, feinsandigen Strand am kalten Atlantik wie für seine Fettgebäck-Cafés und Pizzerien, die sich an der Promenade endlos aneinanderreihten. Es war einer jener typischen Küstenorte, die sich mit Sommerbeginn schlagartig von einem verschlafenen Nest in einen Rummel verwandelten. Ein Ort, an dem die Häuser den langen, trostlosen New-Hampshire-Winter hindurch mit verbretterten Häusern Wind und Wetter trotzten und sich an die Hoffnung klammerten, dass die nächste Feriensaison dank Touristen und den Einnahmen aus Zuckerwatte, »Salzwasser-Toffee« und übertreuerten T-Shirts mit immer neuen Botschaften – Bin mit einem Deppen unterwegs – finanzielle Erleichterung bringen würde.

Sloane betrachtete den Gebäudekomplex. Das Wetter war umgeschlagen. Der Himmel war jetzt bleigrau, und ein steter Nieselregen hatte eingesetzt. Die hellbraunen Betonziegelbauten wirkten darunter kleiner und trostloser, als sie waren. Eine Reihe einstöckiger Reihenhäuser, jeweils mit handtuchbreitem, mit Unkraut und Gras bewachsenem Garten hinter dem Haus, so eben groß genug für ein aufblasbares Kinderplanschbecken oder einen Gasgrill und billige Plastikmöbel. Von tatsächlichen Gärten war nicht viel zu sehen. Es war ein Ort der Übergänge: Ich habe mich gerade scheiden lassen. Ich wurde gerade gefeuert. Ich bin gerade alt geworden. Ihrer Berechnung nach musste der pensionierte Lehrer

Ende siebzig sein. Die Wohnanlage war nur ein paar Schritte von einem trostlosen Seniorenheim entfernt. Sie wusste rein gar nichts über den Mann, außer der offensichtlichen Tatsache, dass er nicht wohlhabend war. Sie würde anklopfen und sehen, ob er ihr weiterhelfen konnte, auch wenn sie wenig Hoffnung hegte. Sie steckte irgendwo zwischen beliebt und verhasst fest und wusste nicht weiter.

Mit diesen widersprüchlichen Gefühlen rannte sie, gegen den Regen einen Notizblock über dem Kopf, zu der Häuserzeile und fand die richtige Tür. Sie klopfte laut an.

Binnen Sekunden hörte sie drinnen schlurfende Schritte.

Dann eine Stimme durch die Tür: »Ja? Wer ist da?«

»Mr Garrison?«

»Wer ist da, bitte?«

»Sloane Connolly mein Name«, sagte sie laut. »Ich stelle Recherchen zu einem ehemaligen Kollegen von Ihnen an und hatte gehofft, Sie könnten mir bei ein paar Dingen Klärung bringen, die für mich verwirrend sind ...«

Diese einleitenden Worte hatte sie sich vorher in etwa zurechtgelegt.

»Kollege? Wer?«

»Direktor Lawrence Miner an der Privatschule drüben.«

Stille.

Sloane wartete.

»Mr Garrison?«

»Ja, ja. Einen Moment, bitte.«

Erneutes Zögern. Sie fröstelte in der Nässe.

Sie hörte, wie die Tür entriegelt wurde. Einmal. Zweimal. Dreimal. Mehrere Bolzenschlösser. Sie rechnete damit, dass er ihr die Tür weit öffnete. Doch nichts geschah.

»Mr Miner? ... Also, herein. Langsam.«

Die Antwort klang gedämpft, leise, als käme sie aus einem hinteren Teil der Wohnung. Sloane griff nach dem Türknauf, machte behutsam auf und trat ein.

Sie schnappte nach Luft.

Sie blickte in die Mündung eines Gewehrs.

Es befand sich in den zitternden Händen des alten Mannes.

Weißes Haar, das ihm wirr vom Kopf abstand. Dicke Brille. Faltige, altersfleckige Haut. Ausgemergelt. Hemd und Hose, beides verfleckt, schlotterten ihm am Leib. Ein wenig vorgebeugt, als stemme er sich gegen kräftig wehenden Wind. Ein Bild der Gebrechlichkeit, mit Ausnahme seiner Augen: Die brannten wild.

Er nahm sie ins Visier.

»Kommen Sie, um mich auch zu töten?«, fragte er in einem zugleich schrillen und kalten Ton. Egal ob Sloane Ja oder Nein sagte, schien er bereit, abzudrücken. Sloane hob beschwichtigend die Hände. Sie hatte eine staubtrockene Kehle. Ihr erster Impuls war, auf dem Absatz kehrtzumachen und das Weite zu suchen, doch sie fürchtete, jede plötzliche Bewegung könne den alten Mann dazu bringen, reflexartig abzudrücken. So schwach und gebrechlich er war, zweifelte sie nicht daran, dass er auf diese kurze Entfernung traf.

»Bitte«, brachte sie heiser heraus. »Ich will Ihnen nichts tun.«

»Halten Sie die Hände so, dass ich sie sehen kann«, erwiderte er.

Sie fühlte sich wie in einer dieser klassischen Krimiszenen. Sie wusste nicht, wie sie reagieren sollte.

»Es tut mir leid, Mr Garrison. Ich wollte Sie nicht stören. Wenn Sie möchten, gehe ich wieder.«

»Bleiben Sie, wo Sie sind.«

Der alte Mann mit seiner Flinte rührte sich ebenso wie Sloane nicht vom Fleck. Es war, als hätte man ihnen beiden die nächste Seite des Drehbuchs nicht gegeben und sie wüssten nicht weiter.

»Wieso interessieren Sie sich für Lawrence?«, brach der alte Mann endlich das Schweigen. Die Flinte blieb unverändert im Anschlag. Sloane sah seinen Finger am Abzug. Seine Hände zuckten von Alterszittern.

»Ein Denkmal«, brachte Sloane heraus. »Ich soll ein Denkmal

entwerfen, und ich versuche, etwas über ihn in Erfahrung zu bringen.«

Der alte Lehrer wirkte ein wenig verdutzt. Seine Brauen hoben sich kaum merklich, dann kniff er die Augen wieder zusammen und zielte.

»Ein Denkmal?«

»Ja. Mein Auftraggeber möchte ihn damit ehren.«

»Lawrence? Sie wollen Lawrence Miner ehren?«

»Ja. Bitte, Mr Garrison. Nehmen Sie das Gewehr herunter. Sie machen mir Angst.«

Der letzte Satz kam ihr unwillkürlich über die Lippen. Er brachte indessen nur das Offensichtliche zum Ausdruck.

»Ein Denkmal? Sie meinen, eine Skulptur oder Büste oder so was in der Art?«

»Ja. Das heißt, ein bisschen anders. Bitte, Mr Garrison. Ich komme wirklich nicht in böser Absicht.«

»Wieso sollte irgendjemand auf der Welt Lawrence ein Denkmal setzen wollen?« Er stieß ein gequältes, beinahe gackerndes Lachen aus.

»Genau das versuche ich herauszufinden«, erwiderte Sloane in flehentlichem Ton.

Die Gesichtsfarbe des alten Lehrers zeigte eine seltsame Mischung zwischen roten Flecken – von der Anspannung, nahm sie an – und gespenstischer Blässe, als stünde er schon mit einem Bein im Grab. Jedes Wort kam in einem beängstigenden manischen Ton heraus.

»Die haben ihn umgebracht«, sagte der alte Lehrer.

Sloane antwortete nicht.

»Im Grunde hatte er den Tod verdient.«

In diesem Moment schien der alte Mann zu schwanken. Der Gewehrlauf neigte sich ein wenig nach unten und hob sich wieder, als sei sich die Waffe selbst nicht schlüssig, was sie machen sollte. Am Ende wechselte der alte Mann das Gewehr in Präsentierstellung und straffte die Schultern wie beim Exerzieren. Der war auch mal beim Militär, dachte Sloane im Stillen. Vor hundert Jahren. »Keine schnellen Bewegungen und die Hände vorne halten«, sagte der alte Mann. »Wenn ich sehe, dass Sie nach einer Waffe greifen, erschieße ich Sie. Ich bin zwar alt, aber ich bin nicht blöd, und ich habe immer noch ein paar Tricks auf Lager.«

»Ganz ehrlich, Mr Garrison. Mir geht es nur um ein paar Informationen, und eine Dame an Ihrer ehemaligen Schule hat mir Ihre Adresse gegeben. Ich wollte Sie wirklich nicht erschrecken.«

»Haben Sie nicht«, antwortete er kalt. »Haben Sie auch einen Namen, junge Frau?«

»Ja. Sloane Connolly.« Sie verkniff sich die Bemerkung *wie ich bereits sagte*.

»Na schön, Sloane, falls das Ihr richtiger Name ist, was ich nicht glaube, stellen wir eins schon mal von vornherein klar: Ich werde mich nicht von Ihnen umbringen lassen.«

Dann lachte er wieder. Derselbe abgehackte gespenstische Laut, der entweder mit Wahnsinn oder Alter zu erklären war – ein König Lear, der sich in einer billigen, schmucklosen Einzimmerwohnung verbarrikadierte. Mit dem Gewehrlauf wies er sie an, in einer winzigen Sitzecke Platz zu nehmen. Sie sah sich um. An den Wänden hingen Fotos von einem weit jüngeren Lehrer, von Reisen quer über den Globus, vor der Sphinx oder dem Louvre oder am Fuß des Parthenon auf der Athener Akropolis, von einer Traube lächelnder Schüler umringt. Mitten über einem mindestens zehn Jahre alten Fernsehapparat hing ein Banner in Weinrot und Grau mit dem Logo der Schule; eine Spielshow, die gerade lief, war auf stumm gestaltet. Das Mobiliar war alt und schäbig. Kein Computer. Bücherstapel in den Ecken. Alles roch nach Alter und dem Lebensende. Aus dem Augenwinkel heraus sah sie das schmutzige Geschirr von mehreren Tagen, das sich auf der Küchenzeile stapelte. Daneben ungefähr ein Dutzend halb leere Flaschen mit unterschiedlichen Spirituosen.

»Direktor Miner wurde in seinem Haus ermordet«, sagte der alte Lehrer. »Ich sehe mehr oder weniger einem ähnlichen Ende entgegen. Schon seit Jahren. Aber, junge Frau, wie Sie sehen, bin ich hundertprozentig darauf vorbereitet. Ich werde meinem Mörder nicht den Rücken kehren.«

Sloane saß auf einem unbequemen Sofa, und der Geschichtslehrer ließ sich in einem Sessel ihr gegenüber nieder und legte sich die Flinte quer über die Beine, während er mit der rechten Hand langsam über den Abzugsbügel strich.

»Ich verstehe nicht ganz«, brachte Sloane mühsam heraus. »Sie glauben, der Junkie, der Direktor Miner ermordet hat, sei auch hinter Ihnen her? Wie kommen Sie drauf?«

Ein zynisches Lächeln huschte über das alte Gesicht.

»Immer vorausgesetzt, es wäre so ein verdammter Junkie gewesen, eine ziemlich einfältige Annahme, die nicht gerade von einer guten Schulbildung zeugt, sonst hätte man Ihnen beigebracht, nachzuhaken und die richtigen Fragen zu stellen«, schnaubte der Lehrer verächtlich. »Was für eine billige Ausrede, mit der sich alle in die Tasche lügen. Ich habe keine Sekunde daran geglaubt.«

So etwas Ähnliches habe ich schon von Laura Wilson über ihre Schwester zu hören bekommen.

»Wieso nicht? Die Polizei glaubt ...«

Weiter kam sie nicht. »Glauben Sie im Ernst, die Polizei in diesem Provinznest wüsste, wie man eine ordentliche Morduntersuchung durchführt? Glauben Sie im Ernst, die zögen noch irgendeine andere Erklärung in Betracht als die einfachste, mit der alle am besten leben können?«

Sie dachte: Ja, tun sie und würden sie selbstverständlich. Aber die Antwort würde sie sich verkneifen. Der alte Lehrer war nicht ganz bei Trost. Ganz offensichtlich paranoid. Sein Blick schien einen Moment zu glühen und im nächsten ins Leere zu gehen. Seine Stimme wechselte fast mit jedem Wort Tonlage und Lautstärke. Sie wusste nicht, unter was für einer Krankheit er litt. Sie wusste nur, dass sie gefährlich war.

»Sie kannten Direktor Miner?«

»Selbstverständlich«, schnaubte er. »Wir wussten alle, dass er ein starrköpfiger, griesgrämiger, zorniger Mann war. Er war grausam. Er schien seine Grausamkeit zu genießen.«

»Aber ...«

»Bevor er Direktor wurde, haben wir beide das Fach Geschichte unterrichtet. Ich und meine Kollegen waren insgeheim hocherfreut, als er in die Verwaltung wechselte. Vor Freude und Erleichterung haben wir ein paar Drinks zusammen heruntergekippt.«

»Aber wieso?«

»Weil alle wussten, dass er schwierig, unehrlich und unfair war. Wenn sie ihn in Geschichte erwischten, versuchten sie alle, zu wechseln. Amerikanische Geschichte ist schwer genug, auch ohne dass man von einem Sadisten unterrichtet wird. Sie hassten ihn. Ich hasste ihn. Alle an der Schule hassten ihn.«

Sloane sah ihn verblüfft an.

Der alte Mann schüttelte den Kopf.

»Und jetzt bin ich alt und ziemlich wirr im Kopf, meine guten Tage sind längst vorbei, ich bin ganz allein und warte selbst nur noch darauf zu sterben. Aber ich werde so sterben, wie ich es will. An Altersschwäche. Oder an einer schlimmen Krankheit. An Lungenentzündung vielleicht. An Krebs. An Herzschwäche. An Nierenversagen. Was weiß ich. Selbstmord, wenn ich es hier so richtig leid bin. Dann puste ich mir einfach die Rübe weg.«

Sloane konnte nicht sagen, ob er mit hier die Wohnung, die nahe gelegene Honky-Tonk-Stadt oder die ganze Welt meinte.

Er hustete zwei Mal, tastete, ohne sie aus den Augen zu lassen, zu einem kleinen Tisch hinüber, öffnete mit einer Hand ein Pillendöschen und schob sich zwei Tabletten in den Mund. Er schluckte sie ohne Wasser.

»Ich will Ihnen mal was sagen, junge Frau. Ich werde nicht zulassen, dass hier bei mir jemand zur Haustür hereinspaziert und mich mit einem Schürhaken erschlägt.«

So irre der alte Mann offensichtlich war, konnte sie seinen Worten eine gewisse Nachvollziehbarkeit nicht absprechen, nur schwer zu beurteilen, ob seine Ängste wahnhaft oder begründet waren.

»Ich verstehe immer noch nicht, wieso«, entgegnete Sloane so einfühlsam wie möglich. »Wie kommen Sie darauf, dass Direktor Miner nicht von einem verzweifelten Junkie ermordet wurde?«

Er stieß ein verächtliches Schnauben aus, als habe Sloane nichts Dümmeres fragen können. Sie sah unwillkürlich vor sich, wie dieser vernichtende Blick und dieses höhnische Lachen einen Schüler traf, der seine Hausaufgaben nicht gemacht hatte.

»Glauben Sie wirklich, jemand käme ungestraft davon, wenn er Jahr um Jahr Jugendliche in einem sensiblen Alter mit drakonischen, diktatorischen und grausamen Verhaltensweisen drangsaliert?«

Mit absoluter Sicherheit, ja. Sloane behielt ihre Antwort für sich.

Garrison schüttelte den Kopf.

»Eine Menge Leute würden wohl sagen, er hat nur bekommen, was er verdiente. Und ich glaube, einer davon hat es ihm gegeben.«

»An der Schule scheint man das anders zu sehen«, wandte Sloane ein. »Ich meine, dort scheint er in hohem Ansehen zu stehen.«

Wieder schnaubte der alte Mann, als erübrige sich bei einer so dämlichen Bemerkung eigentlich jeder Kommentar. »Was denn sonst! Und Sie fallen darauf rein, ja? Sie glauben, jeder, der da mal eine Autoritätsperson war, hätte einen Heiligenschein verdient? Aber sicher doch.«

Der schneidende Ton des alten Mannes war nur schwer zu ertragen. Plötzlich packte er das Gewehr wieder fester und legte erneut auf sie an, mit zitternden Händen genau auf ihre Brust. Erschrocken wich sie zurück. Ihr Atem ging flach, und ihr fiel auf Anhieb keine passende Antwort ein. Sie konnte nur den einen Gedanken fassen: Was passiert hier gerade mit mir? Bringt der mich einfach so um?

»Kommen Sie, um mich zu töten?«, fragte der alte Lehrer mit wackeliger Stimme. Offenbar hatte er ihren gesamten Wortwechsel vergessen und kehrte wieder zum Anfang zurück, als sie in der Tür stand und in eine Gewehrmündung blickte.

»Nein«, sagte sie. »Ich will Ihnen helfen.«

Ihm traten Tränen in die Augen.

»Niemand will mir helfen. Ich bin ganz auf mich allein gestellt.«

Wieder schwankte der Lauf hin und her, doch diesmal senkte er ihn langsam.

»Tut mir leid, junge Frau«, sagte er. »Ich bin manchmal etwas wirr. Ich kann meine Gedanken nicht mehr so ordnen wie früher. Wie hießen Sie noch gleich?«

Sloane nickte. »Sloane«, sagte sie. Zum dritten Mal. Und wieder mit trockener Kehle.

»Und was genau führt Sie her?«

»Direktor Lawrence Miner«, krächzte sie.

»Ah ja«, sagte er lächelnd. »Toller Mann. Brillanter Gelehrter. Unbestrittene Führungspersönlichkeit. Feste Hand. Streng. Jemand, der nicht mit sich spaßen lässt. Von soldatischer Disziplin. Einmal Marine, immer Marine. Als sich sämtliche Jungs die Haare wachsen ließen, trug er Bürstenschnitt. Aber stets ein erstrebenswertes Vorbild, für Generationen von brillanten Hoffnungsträgern in einem Alter, in dem sie sehr beeinflussbar sind.«

Gerade eben hatte er genau das Gegenteil gesagt.

Der alte Mann lehnte sich zurück und blickte zur Decke. »Muriel hatte es nicht verdient zu sterben. Haben Sie ein Foto von ihr gesehen? Sie war außergewöhnlich schön. Und überaus einfühlsam. Liebenswürdig. Hatte ein großes Herz. Die Jungs liebten sie alle. Ich liebte sie. Wenn er Termine hatte, kam sie manchmal zu mir in meine Wohnung. Webster Hall. Das Wohnheim war nach dem großen Redner benannt. Es war schön, da zu wohnen. Sie kam und, na ja, Sie sind zu jung, um sich solche Geschichten anzuhören.« Er schwieg eine Weile. »Ich liebte sie. Sie liebte mich. Es war eine leidenschaftliche Liebe.«

»Er hat sie nie geliebt«, fügte er hinzu. »Nie. Aber er gab sie trotzdem nicht frei. Obwohl sie ihn darum bat. Einmal. Zweimal. Hundertmal. Sie hätte ihn umbringen sollen. Ich hätte ihn umbringen sollen. Habe ich aber nicht. Hätte ich es doch nur. Dann wäre ich jetzt nicht allein.«

Diese Schlussfolgerung war nicht wirklich stimmig, doch das behielt Sloane für sich.

»Die Polizei ...«, fing sie an.

»Ich habe es ihnen gesagt. Alles. Zuerst dachten sie, ich wäre es vielleicht gewesen, aber ich war gar nicht da. Hatte ein Alibi. Sie haben es überprüft, die Idioten.«

Er holte tief Luft. »Sie fehlt mir so sehr.«

Garrison senkte den Blick. »Sie wollen ihn ehren? Aber er war kein ehrenwerter Mensch. Ihr sollten Sie ein Denkmal setzen.«

Sloane merkte, wie ihr die Geduld ausging. Die ganze Unterhaltung brachte offensichtlich nichts. Vielleicht war der alte Lehrer tatsächlich einmal der Liebhaber der Direktorenfrau gewesen. Vielleicht war es aber auch nur ein Hirngespinst, das Ergebnis zusammenhangsloser Erinnerungsfetzen. Am besten trat sie so schnell wie möglich den Rückzug an, bevor der alte Mann in seiner Verwirrung noch tatsächlich auf sie schoss. Immer vorausgesetzt, er hatte nicht ohnehin vergessen, das Gewehr zu laden. Sie verspürte wenig Lust, das herauszufinden.

»Danke, Mr Garrison. Sie waren mir wirklich von großer Hilfe«, log sie. »Aber ich muss jetzt wirklich los, und Sie wollen bestimmt zu Abend essen, und ich möchte nicht, dass Sie meinetwegen Ihre Sendungen verpassen.« Sie deutete auf die lautlos gestellte Gameshow im Fernsehen. Auf dem Bildschirm hüpfte ein junges Paar – eine übergewichtige junge Frau und ein spindeldürrer junger Mann mit Vokuhila-Schnitt – aus Vorfreude auf den Gewinn einer Kreuzfahrt zu den Bahamas wie Springbälle auf und ab.

»Meinetwegen«, sagte er. »Für diesmal lass ich Sie gehen. Stimmt. Sie haben recht. Gleich kommt Wheel of Fortune.«

Sie wollte sich gerade erheben und langsam und bedächtig zur Tür begeben, als ihr doch noch eine Frage einfiel. Sie sah die Liste des Auftraggebers vor sich. Schön war das entscheidende Stichwort, das ihr dabei geholfen hatte, Wendy Wilson zu finden, das Model, das an einer Überdosis gestorben war. Vielleicht versuchte sie es hier mit demselben Dreh. Dred Scott und Die Emanzipations-Proklamation.

Und so fragte sie: »Sehen Sie zwischen Direktor Miner und dem Urteil im Fall Dred Scott sowie der darauf folgenden Emanzipations-Proklamation irgendeinen Zusammenhang?«

Sie rechnete mit Kopfschütteln und einem klaren Nein. Oder auch einem weiteren Wirrwarr an Erinnerungen, das ihr nicht weiterhalf.

Stattdessen zitterte der alte Mann plötzlich von Kopf bis Fuß. Er krallte die Hand um den Gewehrschaft wie ein Fahrer ums Lenkrad, wenn er merkt, dass sein Wagen ins Schleudern gerät. Er keuchte und schnappte nach Luft, brachte aber nur einen kranken, röchelnden Laut heraus.

»Jaja, ich hab's doch gewusst. Der Junkie«, sagte er. »Sie müssen es der Polizei sagen. Die sind die Experten und wissen, was sie tun.« Noch mehr Widersprüche. Seine Stimme war schwach, vor Angst schien es ihm den Magen umzudrehen. Wie von einem Tiefschlag krümmte er sich in seinem Sessel.

»Ich verstehe nicht«, sagte sie.

»Ich habe nie einem Schüler erlaubt, über diese Themen zu schreiben«, sagte er im Flüsterton. »Obwohl es viele wollten. Das waren entscheidende Momente in der Geschichte der Vereinigten Staaten. Zweifellos angemessene Themen für eine Hausarbeit. Und mein eigenes Fachgebiet. Tatsächlich habe ich selbst meine Abschlussarbeit …«, er zögerte, »… über Dred Scott und die Emanzipations-Proklamation geschrieben. Aber nach allem, was passiert war, nein, das konnte ich nicht. ›Suchen Sie sich ein anderes Thema für Ihre Hausarbeit‹, hab ich ihnen dann immer gesagt.«

»Aber wieso?«, hakte Sloane nach. »Was war denn passiert?«

Der alte Mann sprach jetzt so leise, dass sie sich vorrecken musste, um ihn zu hören.

»Hab einen meiner Jungs bei einem Plagiat erwischt. Ein wundervoller Junge. Klassenbester. Diebstahl geistigen Eigentums. Genug, um den Burschen rauszuwerfen. Drei Wochen vor seinem Abschluss. Ist wie eine Bombe in das Leben dieses Jungen geplatzt. Hässliche Angelegenheit. Hat dem jungen Mann das Leben ruiniert, habe ich mir sagen lassen. Harvard hat augenblicklich seine Zulassung widerrufen. Sein Vater wollte nichts mehr mit ihm zu tun haben und sorgte sogar dafür, dass seine Mutter nicht mehr mit ihm reden konnte. Sein Treuhandfonds wurde kassiert. Er wurde mit Schimpf und Schande überhäuft. Als er seinen Einberufungsbefehl bekam, soll er sich umgebracht haben, ob das stimmt, kann ich nicht sagen. Mit Bestimmtheit weiß ich nur, dass er sagte, das werde er Direktor Miner nie verzeihen, und dass er ihm in unzweideutigen Worten drohte, als er seine Sachen packte.«

Sie schweigen beide für einen Moment.

»›Eines Tages bring ich ihn um‹, das hat er gesagt.«

Garrison lehnte sich zurück. Sein Blick wurde klarer, seine Stimme fester, als seien luzide Erinnerungen durch den Wirrwarr in seinem Kopf gedrungen. »Das war seine Abschlussarbeit, Dred Scott und Die Emanzipations-Proklamation. Er klaute jedes Wort, jeden Gedanken, jede Formulierung und jede Schlussfolgerung aus zwei Aufsätzen berühmter Historiker von nationalem Ruf. Es war eine unfassbare Selbstsabotage. Dabei war er ein herausragender Schüler. Er hätte mit Leichtigkeit etwas schreiben können, ohne einen solch eklatanten geistigen Diebstahl zu begehen. Ich war fassungslos. Wozu dieser Betrug? Er hatte es nicht nötig. Er hätte den besten Notenschnitt der Klasse bekommen. Er hätte zehn leere Seiten abgeben können und hätte in Geschichte trotzdem bestanden. Als ich sah, was er getan hatte, wurde mir speiübel. Ich wusste, mir blieb keine Wahl. Es ist mir entsetzlich schwergefallen, ihn zu melden und Direktor Miner für sein Verfahren auch noch die Munition zu liefern. Ich hätte es nicht tun sollen, ich hätte ihn auffordern sollen, es noch einmal neu zu schreiben, oder ihm einfach eine Fünf verpassen und den Mund halten sollen. Das hat mir Muriel geraten. Sie hat mich angefleht, es für mich zu behalten. Hab ich aber nicht. Bringt er mich deswegen jetzt auch um? Ja. Ich denke schon. Ich habe es verdient. Und deshalb habe ich in all den Jahren danach diese Themen nicht mehr zugelassen. Aberglaube, nehme ich an. Passt eigentlich nicht zu mir, wissen Sie, ich glaube nämlich nicht daran, dass die schwarze Katze von rechts oder unter einer Leiter hindurchzugehen und anderes in der Art Unglück bringt. Trotzdem, ich wollte nicht, dass sich je wieder ein Schüler in eine solch schlimme Sache verstrickt. Irrational, sicher. Aber vielleicht auch irgendwie logisch. Keine Ahnung. Keine Ahnung.«

Sloane bewegte sich auf unsicherem Grund: Die Geschichte des Lehrers war ungeordnet, er vermischte Vergangenheit und Gegenwart, Fakt und Fantasie, alles unter dem Einfluss seiner Paranoia.

»Ruiniert, ruiniert, ruiniert«, murmelte Garrison. »Dem armen Jungen hat es das Leben ruiniert.« Immer wieder dasselbe Wort, dabei trübten unterschiedliche Erinnerungen seinen Blick.

»Können Sie sich an den Namen dieses Schülers erinnern? Der von der Schule flog?«, fragte sie mit fester Stimme.

Er musterte sie mit einem seltsamen Blick.

»Wie hießen Sie noch gleich?«

»Sloane. Wie ich bereits sagte. Der Schüler, der von der Schule geflogen ist?«

»Nein, nein, nein«, sagte er hastig und schüttelte zur Bekräftigung energisch den Kopf. »Nein, ich erinnere mich nicht.«

»Aber an die Klasse? Den Jahrgang? Irgendetwas, das mir weiterhilft?« So wie sie es sagte, klang es in ihren eigenen Ohren ein wenig verzweifelt.

»Nein, nein, nein.«

Mit dem, was sie da hörte, war kaum etwas anzufangen.

»Also, als der Direktor ermordet wurde ...«, kam sie zum Wesentlichen zurück.

»Junkie?«, fragte der alte Mann. »Nein. Nein. Das glaube ich nicht.«

Nach kurzem Zögern fügte er hinzu: »Kommt mir eher so vor, als ob ein Geist bei ihnen ins Haus eingebrochen wäre und ihn und die arme Muriel erschlagen hätte. So viele Gespenster. Alle aus der Vergangenheit. Gespenster, die ihn hassten. Aber ich habe Muriel geliebt. Sie war schön. So wie Sie.«

Der alte Mann weinte leise. Sloane hatte noch zig Fragen, doch so, wie er jetzt schluchzte, würde er wohl keine mehr beantworten. Falls er es überhaupt gekonnt hätte. Verwirrt. Sprunghaft. Unzuverlässig. Sie stand auf, und während sie schweigend das Haus verließ, kam ihr der Gedanke, dass der alte Lehrer, nachdem sie die Tür hinter sich schloss, dieses Gewehr gegen sich selbst richten könnte.

KAPITEL 10

EINS

Gespenster. Dieses Wort des alten Geschichtslehrers ging Sloane unablässig durch den Kopf. Dasselbe Wort hatte der Mähtraktorfahrer in dem verlassenen Farmhaus benutzt. Sloane spulte innerlich zwei Listen ab, auf denen sich Dinge vermischten, die nicht zusammengehörten.

Liste Nummer eins:
　Der Auftraggeber.
　Roger.
　Mutter.

Liste Nummer zwei:
　Die sechs toten Namen.

Man konnte wohl alle sechs Tode, stellte sie fest, als hässlich bezeichnen. Da stand kein Sydney Carton oder Robert Jordan oder auch nur ein Maximus Decimus Meridius auf der Liste.

Sloane versuchte eine ganze Weile lang, sich von dem Schüler, der eine Hausarbeit in Gänze abgeschrieben hatte, ein Bild zu machen.

Es konnten kaum Zweifel daran bestehen, dass dieser anonyme Schüler irgendwie mit dem Auftraggeber in Beziehung stand. Vielleicht, dachte sie, ist er der Auftraggeber. Aber wieso sollte der Auftraggeber den Mann ehren wollen, der eine entscheidende Rolle dabei gespielt hatte, dass er die Zulassung der Harvard University verloren und – einen Treuhandfonds in der Hand – wenige Wochen vor der Abschlussprüfung von einer so angesehenen Schule flog? Ein seltsamer Gedanke flog sie an: Vielleicht gehört der Auftraggeber ja zu den Leuten, die glauben, dass ein früher, dramatischer Rückschlag nur umso stärker zu späterem Welterfolg anspornt.

Ein nochmaliger Anruf bei der stellvertretenden Direktorin der Schule hatte einen Haufen Informationen erbracht – wie zielführend, das würde sich zeigen. Über Schulverweise führten sie keine Akte. Die hilfsbereite Frau hatte Sloane auch zu bedenken gegeben, dass Schüler aus den unterschiedlichsten Gründen keinen Abschluss machen: Regelverstöße, Einsamkeit, schlechte Noten, emotionale Probleme, um nur die häufigsten zu nennen. Andererseits könne sie Sloane eine Liste sämtlicher Schüler geben, die in den vielen Jahren, in denen Lawrence Miner Direktor gewesen war, die Schule besucht hätten, falls Sloane dies wünsche. Zweiundzwanzig Jahre. Über zwanzigtausend Namen. Das entsprach nicht ganz Sloanes Erwartungen.

Sie wandte sich wieder ihrer Liste mit den sechs toten Namen zu. Sie hoffte, dass einer der verbliebenen Namen einen klareren Hinweis auf den Auftraggeber erbrachte. Nicht Wendy Wilson, sehr schön. Nicht Lawrence Miner, der ermordete Direktor. Nun gut, sagte sie sich, dann muss mir eben einer der verbliebenen verraten, was ich wissen muss.

Als Nächstes war die passionierte Krankenschwester dran, die mitten in der Nacht überfahren wurde.

Somerville, New Jersey. Eine sechs- bis siebenstündige Autofahrt.

Sosehr sie ihr Tag in New Hampshire erschöpft hatte, war der Wunsch, möglichst schnell dort wegzukommen, stärker. Draußen war es immer noch regnerisch und in ihrem Wagen ein wenig kühl, als sie in die letzten Straßen zu ihrer Wohnung einbog. Trotzdem merkte sie, wie ihr plötzlich der Angstschweiß unter den Achseln ausbrach. Was hat Roger als Nächstes vor?

Sloane fuhr in eine Parklücke einen halben Häuserblock von ihrem Eingang entfernt, stellte den Motor aus und blieb sitzen. Bei dem Gedanken an all das, was sie erfahren hatte, und an das, was sie noch in Erfahrung bringen musste, wurde die Welt ringsum auf einmal sehr still. Sie machte sich hinter dem Lenkrad klein und starrte in die einbrechende Nacht. Als sie einen prüfenden Blick in beide Richtungen warf, wurde ihr bewusst, dass der Ort, an dem sie sich am meisten zu Hause fühlen sollte, aus den Fugen geraten war.

Wo steckst du, Roger?

Lauerst du hinter dem nächsten Baum? Oder in einer dunklen Ecke hinter einem Mauervorsprung? Auf der anderen Straßenseite oder in einem schmalen Durchgang? Wo wartest du auf mich? Wo steigerst du dich in deine Wut hinein?

Sie war sich nicht sicher, ob die Dunkelheit sie vor ihm verbarg oder ihn vor ihr.

Sie wusste, dass sie aussteigen und sich in ihrer Wohnung in Sicherheit bringen musste, um für eine Übernachtung in New Jersey zu packen, war jedoch wie gelähmt und kaum in der Lage, sich zu rühren, sodass sie sitzen blieb und immer nur weiter auf die Straße hinausspähte. Eine Sekunde lang dachte sie: Er ist hier, dann wieder: nein, Unsinn. Es war ein nicht aufzulösender Widerstreit tief in ihrem Innern. Mit der Situation, in die er sie brachte, hatte sie keine Erfahrung. War er von ihr besessen? Ja. War er ein Stalker? Wahrscheinlich. Würde er sie wieder angreifen, würde er sie schlagen, vergewaltigen, töten? Es musste Antworten auf diese Fragen geben, aber sie scheute sich, sie mit einem Ja oder einem Nein zu beantworten. Sie merkte, wie ihr die Hände ein wenig zitterten. Reiß dich zusammen, befahl sie sich. Alles wirkte normal. Alles wirkte so wie immer. Es sah genauso aus wie hundertmal davor. Nur dass es, wie Sloane wusste, nicht mehr dasselbe war. Verfluchter Mistkerl, Roger, dachte sie, ich hasse es, Angst zu haben.

Hatte ihre Mutter ihr vielleicht die .45er geschenkt, weil sie etwas über Roger wusste? Sloane schüttelte den Kopf. Unmöglich. Die beiden waren sich nie begegnet. Woher sollte Maeve von Roger wissen?

Nach einem letzten prüfenden Blick nach links und rechts stieg Sloane aus. Auf dem Bürgersteig blieb sie noch einmal stehen und drehte sich in alle Richtungen um, bevor sie sich in Bewegung setzte und jeden Moment damit rechnete, dass Roger plötzlich vor ihr stand. Sie konnte ihren eigenen Atem hören, flach, beinahe asthmatisch. Sie zog den Kopf ein und lief, so schnell sie konnte, ohne loszurennen, zu ihrer Haustür. Dabei streifte sie der Gedanke: Wird es ab jetzt jedes Mal so sein, wenn ich komme oder gehe?

ZWEI

Eine lange Fahrt. Eine erschöpfende Fahrt. Schlaglöcher in den Straßen. Sattelschlepper auf der rechten Fahrspur. Der Stresspegel so hoch wie das Tempo.

Sloane stieg für die Nacht in einem Holiday-Inn-Motel ab, das sie erst weit nach Mitternacht erreichte. Der Empfangschef im Nachtdienst musterte die American-Express-Karte, die sie von ihrem Auftraggeber hatte, als sei sie gestohlen.

Am nächsten Morgen fand sie sich zur Öffnungszeit bei der Bezirksverwaltung ein. Im Standesamt von Somerset County suchte ihr eine gut gelaunte Angestellte die Sterbeurkunde von Elizabeth Anderson, passionierte Krankenschwester, mit wenigen Klicks auf ihrem Computer heraus. In ihrer Funktion musste sie mit sämtlichen denkbaren Todesumständen vertraut sein: »Wie's aussieht, hat Mrs Anderson bei ihrem Tod kein Testament hinterlassen. In dem Fall geht alles an den nächsten Angehörigen«, erklärte die Amtsperson. »Aber das erfordert jede Menge Papierkram und die Einverständniserklärung des zuständigen Finanzamts, weil sie Opfer eines ungeklärten Falls von Fahrerflucht mit Todesfolge war ... das heißt, die bundesstaatliche Polizei hat das entsprechende Ermittlungsverfahren noch nicht geschlossen ... also, das ist wirklich kompliziert. Nachdem der Gerichtsmediziner die Todesursache bescheinigt, seinen Autopsiebericht abgibt, die Todesursache feststellt und so weiter, ist erst der ganze zivilrechtliche Kram dran, also das Testament, das Erbe und all diese Sachen, und das ist immer noch in Bearbeitung. Obwohl es schon Jahre her ist. Quält sich immer noch durch unsere Bürokratie«, sagte die Beamtin. »Und unsere Bürokratie ist ziemlich langsam. Tut mir wirklich leid.« Die Angestellte sah Sloane an. »Was lernen wir daraus? Egal, wie gesund und optimistisch du bist, stirb nie ohne ein Testament.«

Sloane dachte an den Letzten Willen ihrer Mutter, in dem Umschlag auf dem Bett hinterlegt, zusammen mit dem bunt verpackten Geburtstagsgeschenk, der Handfeuerwaffe.

»Wenn sie geschieden war«, fragte Sloane, »ist dann trotzdem ihr Ex-Ehemann ihr nächster Angehöriger? Ist da noch irgendjemand anders aufgeführt? Und was ist mit der Scheidungsurkunde?« Die Angestellte, eine Frau in mittlerem Alter, mit dem Foto einer lächelnden Familie auf ihrem Schreibtisch und einem zweiten Bild von ihr und einem übergewichtigen Mann im Urlaub an irgendeinem Karibikstrand, starrte auf ihren Computerbildschirm.

»Ja«, sagte sie. Noch ein paar Klicks mit der Maus. »Einvernehmliche Scheidung von Michael Anderson. Keine weiteren Angehörigen aufgeführt. Scheidungsurteil vor sechs Jahren. Vermögenswerte zu gleichen Teilen.« Sie zuckte ein wenig die Achseln. »So läuft es, wenn beide Seiten sich darin einig sind, aus welchem Grund auch immer getrennte Wege zu gehen und sich das Leben nicht unnötig schwer zu machen.« Die Angestellte betrachtete die Dokumente auf ihrem Bildschirm. »Das ist allerdings ungewöhnlich«, sagte sie.

»Was denn?«

»Die Trennungsvereinbarung, Sie wissen schon, da sind die Anwälte der beiden Parteien genannt. Den Namen des Anwalts, der Mrs Anderson vertreten hat, kenne ich ...« Sie griff zu einem Zettel auf ihrem Schreibtisch und schrieb, während sie weitersprach, einen Namen und eine Telefonnummer darauf. »... der ist hier in der Gegend ziemlich bekannt. Spitzen-Scheidungsanwalt. Der andere, der den Ex vertreten hat, also der ist eigentlich nicht darauf spezialisiert.«

»Inwiefern?«, fragte Sloane.

»Der arbeitet als Pflichtverteidiger, Strafsachen. Die übernehmen keine Zivilsachen wie Scheidung. Wie gesagt, ziemlich ungewöhnlich.«

Sie reichte Sloane den Zettel mit den Namen und Kontaktdaten der beiden Anwälte.

Das erste Problem: Als sie in den beiden Kanzleien anrief, war keiner der beiden Rechtsbeistände bereit zu reden.

Der Scheidungsanwalt: »Tut mir leid, Miss, aber ich spreche nicht über die Verfahren meiner Klienten, auch nach ihrem Ableben nicht.«

Aufgelegt.

Der Pflichtverteidiger: »Ja, Sie haben recht, Miss Connolly, es ist tatsächlich ungewöhnlich, dass ein Strafverteidiger eine Scheidung verhandelt. Das kann ich Ihnen bestätigen. Darüber hinaus bin ich nicht bereit, Ihnen zu meiner Vertretung von Michael Anderson irgendwelche Auskunft zu erteilen. Tut mir leid.«

Nummer zwei aufgelegt.

Das zweite Problem: Bei dem Mietshaus, in dem Elizabeth Anderson, passionierte Krankenschwester, gewohnt und das sie zu ihrem letzten Gassigang verlassen hatte, handelte es sich um einen modernen Komplex auf einem Gelände, auf dem früher einmal Tomaten und Mais angebaut worden waren. Sloane hatte vor den Reihen der niedrigen Gebäude gestanden, die sich an ruhigen Straßen in monotoner Einheitlichkeit aneinanderreihten, und gedacht, der Architekt, der das verbrochen hatte, verdiente es, in einem Höllenkreis zu schmoren, in dem sich alles glich und in gnadenloser Banalität endlos wiederholte. Seit dem Tod der Krankenschwester hatte das Reihenhäuschen, in dem sie gewohnt hatte, schon mehrfach den Mieter gewechselt, was natürlich auch für die

Nachbarhäuser galt, sodass Sloane kaum darauf hoffen konnte, dass jemand mit neuen Erkenntnissen über die Krankenschwester weiterhelfen würde. Die tote Krankenschwester hatte sich unaufhaltsam in ein Niemandsland verflüchtigt – dass sie einmal hier gewohnt hatte, war vollkommen in Vergessenheit geraten.

Ihr Leben hatte nicht viele Spuren hinterlassen.

Ebenso wie ihr Tod.

Trotzdem fuhr Sloane zu der Nebenstraße, in der es zu dem Unfall mit Fahrerflucht gekommen war. Noch mehr Einerlei. Ihre Unauffälligkeit war ihr einziges Charakteristikum. Von der gespenstischen Atmosphäre, die ihr im Haus des alten Direktors entgegengeschlagen war, keine Spur.

Mit dem zunehmenden Gefühl, über Elizabeth Anderson und ihrer Verbindung zum Auftraggeber nie und nimmer etwas herauszufinden, beschloss Sloane, zu dem Krankenhaus zu fahren, auf dessen Intensivstation die Schwester tätig gewesen war. Auch wenn sie dort wahrscheinlich im Dunkeln tappen würde.

Als sie im dritten Stock des Hospitals aus dem Fahrstuhl stieg, sah sie, wie falsch sie mit dieser Vermutung lag. Sie tauchte in grelles, steriles Neonlicht, jenes gnadenlos ehrliche Licht, in dem jeder kränklich aussieht. Sie lief den Flur entlang. Auf einer Seite waren Zimmer. Sie waren ausgestattet mit Glasfenstern, die den Blick freigaben über noch mehr Vorstadt-Wiesen – früher einmal landwirtschaftlich genutztes Land, auf dem nur noch Gestrüpp und Unkraut wucherten und das ungeduldig auf einen Bauunternehmer mit Baggern und Bulldozern wartete und auf das nächste Einkaufszentrum, das er aus dem Boden stampfte. An der Innenseite der Zimmer befand sich jeweils ein weiteres Fenster, womit dem Patienten jegliche Privatsphäre genommen war, da jeder, der vorbeikam, das Bett, die Apparaturen – Herzfrequenzmonitore und Atemgeräte – und alle anderen lebenserhaltenden Vorrichtungen sehen konnte. Sloane kam an mehr als einem Bett vorüber, auf dem unter einer weißen Decke die Umrisse einer menschlichen Gestalt zu erkennen waren, reglos und in Rückenlage, im zähen Kampf gegen den Tod an x Schläuche angeschlossen. Es war eine antiseptische Art zu sterben.

Anders als bei meiner Mutter, dachte sie.

Etwa in der Mitte des Flurs befand sich eine Schwesternstation. An einer Wand waren weitere Monitore und Alarmvorrichtungen installiert. Zwei Krankenschwestern waren mit Papierkram beschäftigt, als Sloane an die Theke trat. Eine davon blickte zu ihr auf. Die beiden schwarzen Frauen trugen hellblaue Schwesternkittel.

»Kann ich Ihnen helfen, Miss?«

»Ich hoffe, ja«, erwiderte Sloane. »Ich bin auf der Suche nach jemandem, der noch eine Krankenschwester gekannt hat, die bis vor ein paar Jahren hier gearbeitet hat, bevor sie bei einem Unfall ums Leben kam ...«

»Das kann nur Liz sein«, sagte die eine. Sloane hörte einen leichten Bahama-Akzent heraus. Einen freundlichen Singsang.

»Ja. Elizabeth Anderson.«

Die andere Krankenschwester rückte mit dem Stuhl ein wenig von ihrem Schreibtisch ab. Bei ihr war der Südstaateneinschlag unverkennbar.

»Was wollen Sie denn über Liz wissen?«, fragte sie in scharfem Ton. »Ist doch schon Jahre her.«

»Dann haben Sie beide sie noch gekannt?«

»Ja«, bestätigte die Schwester von den Bahamas.

»Wieso fragen Sie?«, wollte die aus den Südstaaten wissen.

Sloane versuchte es mit einem Lächeln. »Ich bin Architektin«, sagte sie. »Ich bin beauftragt, für mehrere Personen ein Denkmal zu entwerfen. Und Mrs Anderson ist eine davon.«

»Ein Denkmal? Was denn für ein Denkmal?«

»Zum Beispiel eine Statue, wie man sie vor einer Kirche sieht«, erklärte Sloane, auch wenn es das Gegenteil von dem war, was ihr vorschwebte. »Oder auch eine Granittafel mit ihrem Namen und ein wenig Poesie.« Das kam der Sache schon etwas näher, auch wenn ihr Designer-Instinkt ihr sagte, dass so etwas keine angemessene Lösung war. »Oder auch ein Brunnen in einem Park mit den Namen darauf.« Wärmer, stellte sie fest. Die beiden Krankenschwestern tauschten Blicke.

»Liz kriegt einen Brunnen?«, hakte die Schwester mit Südstaatenakzent nach.

»Etwas in der Art. Das Dumme ist nur, dass ich niemanden finde, der mir etwas über sie erzählen kann. Ist ziemlich schwierig, jemandem ein Denkmal zu setzen, über den man nichts weiß.«

Das zumindest leuchtete den beiden ein.

»Sie war ein Schatz«, sagte die Schwester mit Bahama-Singsang. »Sie war um einiges älter als wir, aber mit viel mehr Berufserfahrung, und sie hatte es einfach drauf, neuen Schwestern zu zeigen, wo es langgeht, schließlich gibt es so viel in der Praxis zu lernen, was sie einem in der Ausbildung nicht beigebracht haben.«

»Hat unheimlich hart gearbeitet und für ihre Patienten alles gegeben«, pflichtete die Kollegin aus den Südstaaten bei.

»Gab es vielleicht einmal einen Patienten, dem sie sich besonders aufopferungsvoll gewidmet hat?«, fragte Sloane. »Für den sie sich noch mal extra ins Zeug gelegt hat? Und der dann besonders hoch in ihrer Schuld stand?«

Sloane hoffte so sehr, einen Namen zu hören. Den des Auftraggebers oder seiner Mutter oder seines Vaters, seines Bruders oder seiner Schwester, jemand, der in dieser Intensivstation gelandet war und mit dem Auftraggeber in Beziehung stand. Vor allem aber wollte sie seinen Namen hören.

Beide Frauen schüttelten den Kopf.

»Sie hat alle gleich behandelt«, meinte die mit dem Singsang.

»Sie hat sich für jeden besonders ins Zeug gelegt«, bekräftigte die Kollegin aus den Südstaaten. »Wir halten uns strikt an die Richtlinien, hier in der Intensivstation«, fuhr sie fort. »Jeder bekommt die bestmögliche Behandlung. Ist gar nicht möglich, sich noch mal extra ins Zeug zu legen.«

Sloane nickte und unterdrückte einen Seufzer. »Fällt Ihnen vielleicht noch irgendetwas Besonderes über ihre Persönlichkeit, ihre

Familie oder Herkunft ein, oder können Sie vielleicht beschreiben, was genau sie zu einer so ausgezeichneten Schwester machte?«

Die beiden Schwestern tauschten erneut einen Blick. Einen Moment lang herrschte Schweigen.

»Sie war einfach nur eine richtig gute Pflegekraft«, fasste die Südstaaten-Schwester zusammen. »Aber über ihr Privatleben, was sie sonst so machte, na ja, wir kannten sie nur von der Arbeit, hier von der Station. Nach Feierabend, nach Schichtende, hat sie ziemlich zurückgezogen gelebt. Könnte nicht mal sagen, dass sie richtige Freunde hatte. Sie war eher scheu. Sprach leise. Nicht besonders gesellig, still. Aber super in ihrem Job.«

Ihre Kollegin nickte. »Hat nicht viel über ihr Leben draußen gesprochen«, sagte sie. »Nicht bevor das mit ihr passiert ist und erst recht nicht danach.«

»Ich denke, das gehört nicht hierher«, warf die Kollegin mit Südstaatenakzent hastig ein. »Ich meine, die junge Frau hier interessiert sich nur für positive Dinge, nicht wahr?«

Dabei sah sie Sloane gespannt ins Gesicht.

»Ja, natürlich«, bestätigte Sloane mit Eifer. »Das Positive.«

Und nach kurzem Zögern: »Aber was meinen Sie damit, was mit ihr passiert ist? Ich habe keine Ahnung, wovon die Rede ist.«

Sloane hatte augenblicklich das Gefühl, einen rostigen Zapfhahn geöffnet zu haben, so sprudelten die Worte heraus.

»Die Polizei hat ihr nie etwas zur Last gelegt«, sagte die Südstaaten-Schwester. »Ich meine, wir haben natürlich alle hier ein bisschen geredet, nur ein bisschen Klatsch, vielleicht mal in der Mittagspause oder in der Damentoilette, so was wie: ›Du hast echt nichts davon gewusst?‹, weil immerhin ein paar Artikel dazu in der Zeitung standen. Und, mal ehrlich gesagt, habe ich nie geglaubt, dass sie was damit zu tun hat. Nur ihr Mann. Ich glaube wirklich, sie war genauso überrascht wie wir alle. Muss ein Schock für sie gewesen sein, muss man sich mal vorstellen, im eigenen Haus, vor deiner Nase. Manche Männer? Also echt.«

»Können Sie laut sagen«, sagte Sloane, um die beiden Schwestern weiter aus der Reserve zu locken und – beim Gedanken an Roger – aus einem Gefühl echter Solidarität heraus.

»Ich hab sie wirklich gemocht«, sagte die Schwester mit Bahama-Singsang. »Auch noch, als der ganze Mist passierte. So was Schlimmes von jemandem, der so hart arbeitete und so nett war, tagein, tagaus, wie Liz, das wollte mir einfach nicht in den Kopf. Ich glaube, sie hatte einfach nur richtig Pech. Mit diesem Mann. Und dann auch noch dieser ganze Mist. Und als sie dann versucht, ihr Leben wieder auf die Reihe zu bringen, und sich dafür abschuftet, wird sie überfahren, wo sie nur mal eben mit dem Hund rausgeht. Sie liebte ihn übrigens, diesen Hund. Hatte ein Bild von ihm hier an der Wand hängen. Also, dieser Frau hat das Schicksal wirklich übel mitgespielt.«

»Ja, klingt danach«, pflichtete Sloane bei. »Trauriges Schicksal.«

Was mag da passiert sein?, dachte sie. Wovon redet ihr die ganze Zeit? Sie zermarterte sich den Kopf nach der richtigen Frage, die sie der Wahrheit näherbrachte.

»Tut mir leid«, sagte sie. »Ich weiß nur nichts über ...«

»In der Nacht, als sie überfahren wurde«, fiel ihr die mit Südstaatenakzent ins Wort, »wurde sie hierhergebracht. Aber sie hat es nicht einmal mehr bis in die Intensivstation geschafft. Ist schon unten in der Notaufnahme gestorben. Ein paar von uns waren, als wir davon hörten, schon auf dem Weg nach unten. Aber wir kamen zu spät. Konnten ihr nicht mal mehr die Hand halten, als sie starb. Sie hätte wirklich Besseres verdient.«

»Genau, etwas Besseres«, pflichtete Sloane bei. »Darum geht es mir ja ...«

»Sie hat kein einziges Mal über die ganze Sache geredet, dabei ist sie schließlich nicht die Einzige, die an den falschen Mann gerät ...«

»Ich komme nicht mit«, sagte Sloane. »Was ist denn nun damals passiert?«

Wieder sahen die beiden Krankenschwestern einander an.

Die Schwester mit Bahama-Anklang sagte: »Ich meine, war ja nicht wirklich ein Geheimnis, nachdem der Mann verhaftet wurde. Und ich bin sicher, sie hat ihn dann, so schnell sie konnte, abserviert.«

»Ja. Aber wieso?«

»Ihr Mann. Was für ein mieses Arschloch, entschuldigen Sie meine Ausdrucksweise«, fuhr die aus den Südstaaten fort. »Aber ist doch wahr. Bin bloß froh, dass sie ihn hopsgenommen haben. Widerwärtiger Kerl. Wenn man bloß an die armen Leute denkt, die er in die Finger gekriegt hat. Lassen wir das Thema lieber«, sagte die Südstaatenkollegin. »Ist mir einfach schleierhaft, was manche Männer daran finden. Liz konnte wirklich von Glück sagen, dass sie ziemlich schnell wieder aus der Nummer rauskam, und ich schätze mal, die Polizei ging davon aus, dass sie nichts wusste und auch nicht dabei geholfen hat, auch wenn ich zugeben muss, dass das nur schwer zu glauben ist.« Sie schwieg, schüttelte den Kopf und fügte hinzu: »Aber am Ende verließ sie natürlich doch das Glück, mit dem Unfall und der Fahrerflucht und so.«

»Sie sagten ›widerwärtig‹?«

»Klavierlehrer«, erwiderte die Schwester mit Südstaatenakzent, als sei mit diesem Wort alles geklärt. »Abartig. Wer denkt aber auch an so was? Gütiger Himmel. Der Kerl wird in der Hölle schmoren, wenn er vor seinen Schöpfer tritt.«

Sloane lagen jede Menge Fragen auf der Zunge, doch sie brachte keine davon über die Lippen. Und genau in diesem Moment gab einer der elektronischen Monitore an der Wand einen Piepton von sich, ein beharrliches Warnsignal; zugleich blinkte ein rotes Licht.

»Herzstillstand!«, sagte eine der Schwestern und sprang auf.

»Zimmer 320!«, sagte die andere. »Geh du! Ich trommele das Notfallteam zusammen!«

Beide Frauen ignorierten Sloane und machten sich im Blitztempo an die Arbeit. Sloane fühlte sich in ein Fernsehdrama versetzt. Die Schwester von den Bahamas schnappte sich ein Stethoskop vom Tisch und fegte so schnell an Sloane vorbei, dass die einen Windzug zu spüren glaubte.

Die andere drückte ebenso energisch ein paar Tasten an einem Telefon. »Intensivstation, Herzstillstand, Zimmer 320«, sagte sie in den Hörer. Dann sprang auch sie auf und zischte ohne ein weiteres Wort an Sloane vorbei ihrer Kollegin hinterher. Sloane blieb allein am Empfangstisch zurück. Klavier, dachte sie. Was kann am Klavier abartig sein? Sie blickte in den leeren Flur. Jemand ringt dort gerade mit dem Tod. Als sie sich gerade zum Gehen wandte, spürte sie eine seltsame Unruhe, wie einen leichten Stromschlag, der ihr durch den Körper zuckte. Was für eine Art Klavierlehrer war der Mann? Schon am Fahrstuhl nach unten hatte sie sich die Frage selbst beantwortet und eine recht gute Vorstellung davon, was für ein Mensch der Ehemann war – mit Dur und Moll, mit Ober- und Untertasten hatte das wenig zu tun.

KAPITEL 11

EINS

Der Pflichtverteidiger zierte sich immer noch, ihr zu helfen. Sloane hatte nichts anderes erwartet.

Und so bluffte sie: »Ich arbeite für Patrick Tempter. Ich weiß nicht, ob der Name Ihnen etwas sagt, aber er gehört zu den prominentesten Prozessanwälten hier in Boston ...«

»Der Name ist mir bekannt«, unterbrach sie der Pflichtverteidiger.

»Und wenn ich ihn anrufe und mich über Sie beschwere, wird er natürlich bei Ihrem Vorgesetzten anrufen, und Ihr Vorgesetzter meldet sich wiederum bei Ihnen, und es gibt Ärger«, sagte Sloane.

Während sie mit ihm telefonierte, blickte sie auf ihren geöffneten Laptop. Auf dem Bildschirm prangte ein Zeitungsartikel, der einige Jahre zurücklag: Klavierlehrer in Somerville der sexuellen Belästigung minderjähriger Schüler verdächtigt.

»Schon gut, ich kenne die Masche«, warf er ein. Sein Ton war unterkühlt. Er schwieg, um die Situation abzuwägen.

»Na schön, was wollten Sie denn über Michael Anderson wi–?«

Jetzt fiel ihm Sloane ins Wort.

»Ich interessiere mich für seine verstorbene Frau.«

»Seine Frau?«

»Ja. Für die Sie das einvernehmliche Scheidungsgesuch eingereicht haben.«

»Und wieso?«

»Sie spielt bei einem Projekt, mit dem Mr Tempter und ich befasst sind, eine wichtige Rolle. Sie können uns dabei behilflich sein, es zum Abschluss zu bringen.«

»Ein Projekt? Was für ein Projekt?«

»Ein Denkmal. Unser Auftraggeber hegt den Wunsch, sie dabei zu ehren.«

»Und wofür?«

»Sie war einmal wichtig für ihn.«

»Inwiefern?«

»Das versuche ich gerade herauszufinden.«

»Das klingt alles ziemlich ungewöhnlich, Miss Connolly.«

»Das ist es auch.«

»Und was genau möchten Sie von meinem Klienten wissen?«

»Ich glaube, er kann mir dabei helfen, seine verstorbene Frau besser zu verstehen, was wiederum für dieses Projekt von zentraler Bedeutung ist.« Vielleicht hat sie ja wirklich nicht gewusst, was für ein Mensch er ist, dachte Sloane, aber um zu tun, was er getan hat, muss er umgekehrt sie verdammt gut gekannt haben. In aufgesetzt selbstbewusstem Ton fügte Sloane hinzu: »Ich hege nicht die Absicht, Ihrem Klienten irgendwelche Fragen über seine Straftaten zu stellen. Für mein Projekt sind sie von keinem Belang. Mein Interesse gilt nicht ihm.«

Wieder Zögern in der Leitung. Sloane spürte förmlich, wie der Anwalt blitzschnell im Kopf eine Rechnung aufstellte, eine Schaden-Nutzen-Abwägung für seinen Klienten.

»Meinetwegen. Ich setze mich mit ihm in der Haftanstalt in Verbindung, aber Ihnen ist hoffentlich klar, dass es einigen bürokratischen Aufwand kostet, wenn Sie einen Insassen sehen wollen, und …«

Mit dieser reflexhaften Ausrede hatte Sloane gerechnet.

»Aber Sie können vermutlich jederzeit hinein? Immerhin sind Sie sein Anwalt.«

»Das ist richtig.«

»Dann melden Sie sich einfach bei ihm, und nehmen Sie mich das nächste Mal mit. Ich habe nichts dagegen, dass Sie bei unserem Gespräch dabei sind.«

Diese Zusicherung, so ihr Kalkül, würde es dem Strafverteidiger leichter machen.

Die dritte Pause. Wieder vorsichtige Güterabwägung, diesmal wohl eher für ihn selbst.

»Sie hören zeitnah von mir«, sagte er.

»Ich erwarte dann Ihren Anruf.«

»Eins ist Ihnen aber hoffentlich klar, Miss Connolly. Sollte er Ihre Bitte abschlagen, ohne dass er Ihnen oder mir oder sonst jemandem seine Gründe zu nennen braucht, dann sind mir die Hände gebunden.«

»Verstanden«, sagte sie. Es war ein Spiel mit einem vertretbaren Risiko, dachte sie, das hoffentlich beim Ex-Ehemann der passionierten Krankenschwester Interesse wecken würde. Und sie ließ offen, ob sie ihn nach den Fällen sexueller Belästigung, derer er sich schuldig bekannt hatte, fragen würde. Sie hatte dem Anwalt versprochen, es nicht zu tun. Man würde sehen.

ZWEI

Durch die Windschutzscheibe warf Sloane einen Blick auf das Gefängnis, das vor ihr in den grauen Himmel ragte, auf blitzenden Stacheldraht als Abschluss einer sechs Meter hohen Maschendrahtumzäunung. Sie schauderte ein wenig. Sie war noch nie in einem Gefängnis gewesen, nicht einmal in einem der mittleren Sicherheitsstufe mit dicken Mauern, allgegenwärtigen Kameras und Wachtürmen und Schlössern. Kein sonderlich kreativer Entwurf, urteilte sie. Zweckmäßig und hässlich. Wie nicht anders zu erwarten. Sie saß neben dem Pflichtverteidiger, in seinem kleinen und ein wenig schmuddeligen Pkw und fuhr auf der langen, offenen Straße auf das Gefängnis zu. Im Lauf der letzten Stunde hatte er die eine oder andere Frage gestellt: »Wie lange arbeiten Sie schon an Ihrem Projekt?« und: »Ist Mrs Anderson die einzige Person, der dieses Denkmal gilt?« Fragen, die Sloane allesamt höflich, teils mit Gegenfragen, umschiffte, wie etwa: »Was können Sie mir über die Persönlichkeit Ihres Klienten sagen?« oder: »Ich kann mich nicht entsinnen, je mit einem Mann gesprochen zu haben, dem solche Straftaten zur Last gelegt werden. Was meinen Sie? Gibt es irgendein Thema, auf das er gereizt reagieren könnte?« Doch der Pflichtverteidiger ließ sich nicht darauf ein.

Er war um einiges älter als Sloane, drahtig, ein wenig zu dünn; er hatte etwas von einem asketischen Mönch, der seine Tage mit Gebeten zubringt und sich von Brot und Wasser und gelegentlich von Haferschleim ernährt. Sie vermutete, dass er obsessiv trainierte, sechs oder sieben Meilen täglich auf dem Laufband in einem Fitnesscenter. Er trug einen zotteligen Bart und sah sie mit seinen schwarzen Augen durchdringend an. Sie schätzte, dass er im Büro des Pflichtverteidigers eine Festanstellung hatte. Irgendwie hatte er wohl die Gelegenheit verpasst, bei einem aufsehenerregenden Fall zu gewinnen, einen Freispruch zu erringen, der Schlagzeilen machte, Drogendealer oder auch Wirtschaftskriminelle, vielleicht sogar Großunternehmer zu verteidigen, die bei der einen oder anderen Betrügerei mit dem Gesetz in Konflikt geraten waren. Bei solchen Fällen fielen hohe Honorare ab und früher oder später Tausend-Dollar-Anzüge nebst exklusiven Feriendomizilen mit Meerblick. In dieser Welt hatte sich Patrick Tempter vermutlich seine Kennerschaft in Bezug auf gute Weine und Beluga-Kaviar angeeignet.

Kein Small Talk. Meilenweites Schweigen, nur hier und da von Fragen unterbrochen, die keiner von ihnen beantworten mochte.

Als sie auf einen kleinen Parkplatz unweit des Wachhauses mit mehreren bewaffneten Beamten einbogen, machte der Pflichtverteidiger den Mund auf. Sehr ruhig, in sachlichem, ein wenig rauem Ton sagte er: »Nichts über seine Straftaten. Sonst verstoßen Sie gegen unsere Abmachung, und ich setze der Befragung sofort ein Ende.«

»Ihm steht es frei, von sich aus etwas darüber zu sagen, was er getan hat, falls er es möchte«, antwortete Sloane. »Aber ich werde ihn nicht danach fragen.«

»Sollte er meiner Meinung nach etwas sagen oder sagen wollen, mit dem er sich selbst belastet, schreite ich ein. Wenn Sie trotzdem auf Fragen beharren, die ich unzulässig finde, ist das Gespräch augenblicklich beendet.«

Es schien ihm Spaß zu machen, sich zu wiederholen.

»Verstanden?«

»Verstanden.«

»Er ist intelligent. Ich glaube, er hätte sich nicht bereit erklärt, mit Ihnen zu reden, wenn er sich davon nicht irgendeinen Vorteil versprechen würde.«

Davon ging auch Sloane aus.

»Vielleicht freut er sich aber auch nur über eine Abwechslung in seinem grauen Alltag. Darüber, mit einer hübschen jungen Frau zu reden, die halb so alt ist wie er. Die Gelegenheit bietet sich ihm nicht alle Tage, wovon er zehren kann, um später zu der Erinnerung zu masturbieren.«

Dies sagte er in sarkastischem Ton, und Sloane vermutete, dass der Pflichtverteidiger sie entweder verunsichern oder zu einer Reaktion provozieren wollte. Sie tat ihm den Gefallen nicht. Der Pflichtverteidiger fuhr fort.

»Waren Sie schon einmal in einem Gefängnis?«

»Nein.«

»Es wird Ihren Horizont erweitern«, sagte er. Noch mehr Sarkasmus. »Die Vorschriften im Gesprächszimmer sind ziemlich einfach. Er trägt keine Fesseln, aber im angrenzenden Beobachtungsraum sind Wärter. Die können zwar nicht mithören, aber sehen, was vor sich geht. Da drinnen gibt es einen Tisch, ein paar Stühle. Er sitzt auf der einen Seite, wir gegenüber. Auf unserer Seite ist ein Panikschalter unter der Platte. Nicht dranfassen. Wir dürfen ihm nichts aushändigen und ihn nicht berühren. Sollten Sie ihm zum Beispiel ein Schriftstück geben wollen, müssen Sie es zuerst mir aushändigen. Ich könnte es ihm dann weiterreichen. Da ich sein Anwalt bin, gelten für mich andere Regeln.«

»Okay.«

»Die werden Sie ziemlich gründlich durchsuchen. Sollten Sie irgendetwas dabeihaben, das verboten ist, werfen Sie es jetzt besser aus dem Fenster.«

»Nein, ich hab nichts dabei.«

»Ich kann nur hoffen, dass Sie die Wahrheit sagen«, antwortete er. Das klang wie eine Drohung. Sie mochte den Anwalt nicht, was vermutlich auf Gegenseitigkeit beruhte. Die angespannte, unfreundliche Atmosphäre im Auto stimmte sie auf das Gespräch mit einem Sexualstraftäter ein.

Der Klavierlehrer hatte gestanden, drei Kinder belästigt und sich vor zwei weiteren entblößt zu haben. Obwohl ihn ein unverhohlen erboster Richter zu fünfzig Jahren Haft verurteilt hatte, eröffnete sein Schuldgeständnis die Möglichkeit einer frühen Begnadigung. Schon in zehn Jahren konnte er Antrag auf Hafturlaub stellen. Dann wäre er alt. Vielleicht zu alt, um wieder so weiterzumachen wie früher. Aber er käme raus.

Sloane warf einen verstohlenen Blick auf den Strafverteidiger. Er wirkte unglücklich, fast nervös. Vermutlich wirkte sie selbst nicht viel anders.

Sloane konnte nur mutmaßen, welche Überlegung er vor ihr verbarg: Michael Anderson hatte offiziell fünf Schwerverbrechen auf dem Kerbholz. »Schuldig. Schuldig. Schuldig. Schuldig. Schuldig, Euer Ehren.« Die Dunkelziffer belief sich wahrscheinlich auf ein Vielfaches davon. Zig weitere Verbrechen, wenn nicht gar Hunderte. Über Jahre, wenn nicht Jahrzehnte hin. Und weiß der Himmel, was da sonst noch lauern mochte. Kinderpornografie?

Sie stiegen aus und begaben sich zum Wachhäuschen.

»Und noch eine klare Ansage, Miss Connolly«, sagte er leise, doch in eisigem Ton. »Ich komme nur höchst ungern her. Es ist mir absolut zuwider, diesen Mann zu sehen. Wenn es nach mir ginge, würde ich ihn aus meinem Leben streichen. Haben Sie auch nur die leiseste Ahnung, was mit einem Anwalt passiert, der einen Kinderschänder vertreten muss? Vom selben Tag an werden Sie von Ihren Freunden geschnitten. Ihre Kollegen reden kaum noch mit Ihnen. Wenn Sie abends nach Hause kommen, werden Sie von Ihrer Familie schräg angeschaut. Ihre Frau will nicht mehr mit Ihnen schlafen. Und draußen auf der Straße werden Sie von Passanten angespuckt, auch wenn Sie einfach nur den Job erledigen, den das Gericht Ihnen aufs Auge gedrückt hat. Deshalb – nein, ich erinnere mich nicht gern an meine Zeit als Pflichtverteidiger von Michael Anderson, auch wenn es für unser System wichtig ist, dass auch eine Person wie er den ihm zustehenden Rechtsbeistand erhält. Ich habe mich wacker für ihn geschlagen. Erstklassige Arbeit geleistet. Eins mit Auszeichnung. Habe es geschafft, ein paar überzogene Anklagepunkte abzuschmettern. Habe dafür gesorgt, dass Beweismaterial, das durch illegale Durchsuchungen beschafft worden war, nicht zugelassen wurde. Habe einige Zeugenaussagen entkräftet und ihre Aussagen in der Luft zerrissen. Hab mich, kurz gesagt, wie ein rechtes Arschloch benommen, besonders in Bezug auf seine Opfer, wofür ich mich verdammt mies gefühlt habe, weil ich nämlich Kinder im selben Alter hatte. Und nicht zuletzt, weil nicht die allergeringste Chance bestand, das Verfahren zu gewinnen, egal, wie viele Tricks ich vor Gericht aus dem Hut ziehe, und glauben Sie mir, ich hab einen verdammt guten Deal für ihn herausgeschlagen ...«

Und das möchte er ums Verrecken nicht gefährdet sehen, dachte Sloane.

Der Pflichtverteidiger verstummte für einen Moment, bevor er bitter hinzufügte: »Als ob die Leute je vergessen würden, was ich für Michael Anderson getan habe.«

Er schüttelte den Kopf.

»Und für all die gute Arbeit habe ich einen hohen Preis, einen verdammt hohen Preis gezahlt.«

Er machte keine weiteren Ausführungen, sondern wechselte von unverhohlener Wut in beharrliches Schweigen.

DREI

Michael Anderson schien in das Befragungszimmer hereinzugleiten. Der orangefarbene Gefängnisoverall wirkte an ihm zwei Nummern zu groß. Er war klein, mit silbergrauem, fettig anliegendem Haar und haselnussbraunen Augen. Sein Blick schoss hin und her, bevor er auf Sloane ruhte und sie so aufdringlich musterte, dass sie sich sofort unbehaglich fühlte. Mit seinem schamlosen Blick zog er sie aus. Er hatte zarte Hände mit langen, schmalen Fingern, die aussahen, als seien sie es gewohnt, Tasten zu streicheln. Er war zwar alt, aber im Unterschied zu dem Geschichtslehrer in New Hampshire schien es, als hätten ihn seine Verbrechen jung erhalten. Man spürte eine Nervosität in seinem Verhalten, die er mit einem Lächeln überspielte, bei dem gelbe Zähne zum Vorschein kamen. Ein falsches Lächeln. Er entsprach genau dem Bild, das sich Sloane einerseits von einem Klavierlehrer und andererseits von einem Kinderschänder machte. Sie versuchte, sich Michael Anderson als jüngeren Mann vorzustellen, dynamisch, versiert, zum Beispiel wie er bei einem Konzert, vor einem Orchester, in Frack und gestärktem weißem Hemd, mit Verve Mozart spielte. Falls es diesen Mann je gegeben hatte, war nichts mehr von ihm übrig.

Der Wachmann, der Anderson brachte – doppelt so groß wie er, mit Gewichtheber-Armen, die übersät waren mit verschnörkelten Tattoos von Motorrädern und Drachen, und mit einer Miene, als fürchte er, von Andersons Gegenwart einen üblen Körpergeruch davonzutragen –, versetzte dem kleinen Mann einen Schubs Richtung Tisch.

»Er gehört Ihnen«, sagte der Wachmann mit einer abschätzigen Handbewegung, die dem Pflichtverteidiger galt.

Anderson ließ sich auf einem Stuhl auf einer Seite des Stahltischs nieder. Das gnadenlose Licht der Deckenlampe verlieh seiner weißen Haut einen durchscheinenden Schimmer.

»Hallo, Herr Anwalt«, sagte er und nickte anschließend den Wachleuten hinter der Glasscheibe zu. »Die mögen mich nicht sonderlich. Beruht auf Gegenseitigkeit.« Er sprach leise. »Und das ist die junge Dame, die sich für meine verstorbene Frau interessiert?«

»Sloane Connolly«, sagte Sloane.

»Hallo, Michael«, antwortete der Anwalt. »Sie verstehen die Rahmenbedingungen dieser Unterhaltung?«

»Selbstverständlich, Herr Anwalt. Sagen Sie nichts, was neuen Ärger machen und ein teuflisches juristisches Nachspiel haben könnte.« Spöttischer Ton.

»Richtig«, sagte der Anwalt.

Der Sexualstraftäter wandte sich an Sloane.

»Es geht hier also um meine arme, von mir schlecht behandelte, dahingeschiedene Frau«, sagte er mit beißendem Sarkasmus.

»Ja«, erwiderte Sloane. Sie konnte ihrer Stimme noch nicht ganz trauen. Sie leckte sich über die Lippen und stellte fest, dass selbst diese kleine Geste Anderson nicht entging.

»Jemand möchte meine stille graue Maus Lizzie ehren?«

»Ja.«

»Und wer?«

»Ich bin nicht befugt, darüber Auskunft zu geben«, brachte Sloane heraus.

Er beugte sich vor. Er faltete die Hände und legte sie mitten auf den Stahltisch.

»Sie weigern sich, mir eine einfache Frage zu beantworten, und erwarten trotzdem meine Hilfe?«

»Ja.«

»Also, schauen wir mal. Offen gesagt ...«, antwortete er mit einem schlangenhaften Lächeln um die Lippen, »... ist das kein guter Einstieg, um einander kennenzulernen. Also sagen Sie mir, Miss Sloane Connolly, wieso ich Ihnen helfen sollte?«

Sloane dachte einen Moment lang nach. Sie holte tief Luft, riss sich zusammen und schenkte dem Sexualstraftäter ihr verführerischstes Lächeln.

»Wieso sollten Sie nicht, Mr Anderson? Sie haben nichts zu verlieren. Und vielleicht helfen Sie sich damit ja selbst. Bei meinem Auftraggeber, dem Mann, der mich gebeten hat, ein Denkmal zu entwerfen, das auch Ihrer verstorbenen Frau gilt, handelt es sich um eine einflussreiche, wohlhabende Persönlichkeit. Und wer weiß, ob er sich für den kleinen Gefallen, den Sie ihm tun, nicht seinerseits erkenntlich zeigt.«

Ein besseres Argument fand Sloane auf die Schnelle nicht. Lehnte Michael Anderson ab, war die Befragung damit beendet, und sie würde sich anderswo nach Informationen über Elizabeth Anderson, passionierte Krankenschwester, umsehen müssen. Sloane hatte nicht die leiseste Ahnung, wo.

Anderson saß augenblicklich kerzengerade. Er wandte sich dem Strafverteidiger zu.

»Soll ich ihr helfen, Herr Anwalt?«

Der Verteidiger zuckte mit den Achseln. »Liegt ganz bei Ihnen. Mir egal, ob ich bleibe oder gehe.« Sloane wusste, dass es ihm alles andere als egal war.

Anderson wandte sich wieder Sloane zu.

»Anwälte«, sagte er verächtlich, als sei der Pflichtverteidiger nicht im Raum. »Wischiwaschi. Ratschläge bekommt man von ihnen nur zu den langweiligsten Sachen. Prozessangelegenheiten. Strafsachen. Polizeiliche Belange. Aber psychologisch interessante Fragen? Fehlanzeige. Keine Chance.« Er wippte ein paarmal auf seinem Platz und beugte sich urplötzlich zum Pflichtverteidiger vor. »Wir sind doch Freunde, nicht wahr, Herr Anwalt?«

»Nein«, sagte der Anwalt.

Anderson grinste. »Da haben Sie's, Miss Sloane Connolly. Aber vielleicht können wir ja Freunde sein.«

Ihr lag schon ein keine Chance! auf der Zunge, doch sie beherrschte sich.

»Ich wüsste gerne von Ihnen, ob Elizabeth ...«

»Lizzie«, fiel er ihr ins Wort.

»Ob es vielleicht mal zu einem Patienten eine besondere Beziehung gab. Zum Beispiel bei einer privaten Krankenpflege. Wo sie womöglich mit ihrer Zuwendung jemandem das Leben gerettet hat. Etwas, das über die normalen Pflichten hinausging.«

Er lachte.

»Nein, ganz bestimmt nicht. Sie hat im Krankenhaus gearbeitet. Pünktlich nach der Uhr, Nacht für Nacht. Sie hat einfach ihre Arbeit gemacht. Keine private Krankenpflege. Kein häuslicher Dienst, sie hat sich nicht um irgendeinen steinalten Filmstar oder senilen Millionär gekümmert.«

Sloane war verblüfft. Damit hatte sie nicht gerechnet.

»Dann erzählen Sie mir von Ihrer Frau«, bat ihn Sloane.

Noch ein schiefes Grinsen.

»Meine Frau war eine Heilige. Hat ständig Leben gerettet. Schmerzen gelindert. Sterbende getröstet. Kämpfern Mut gemacht. Mit den Leuten, die ihre Angehörigen sterben sahen, Tränen vergossen, Leute, deren Angehörige Hoffnung auf Heilung hatten, in ihrem Optimismus bestärkt. Sie war wie ein Priester, ein General und ein Hausmeister im Boxring, alles in einem. Weshalb sie, wie ich stark vermute, damals, als sie nach dem Unfall mit Fahrerflucht ihren letzten Atemzug tat, mit dem Fahrstuhl direkt bis in den Himmel raufgesaust ist.«

Anderson wippte wieder ein wenig auf seinem Sitz.

»Glauben Sie all das, Miss Connolly?«

»Ja.«

»Sollten Sie aber nicht.«

Er sah sie eindringlich an.

»Was meinen Sie? Ob sie wohl an der Himmelspforte ein gutes Wort für mich eingelegt hat?«

»Nein«, antwortete Sloane.

Der schmächtige Mann grinste.

»Da werden Sie verdammt richtigliegen.«

Er schwieg, lehnte sich zurück und starrte Sloane weiter ins Gesicht.

»Sagen Sie, Miss Architektin, glauben Sie, da oben im Himmel hat ihr jemand, der dafür zuständig war, eine Frage gestellt, die sie hier auf Erden nicht beantwortet hat?«

»Und was wäre das für eine Frage, Mr Anderson?«

Er lachte. Mit hoher Stimme und in schmeichelndem Ton.

»Na ja, die offensichtliche Frage, Miss Architektin: Wieso hast du die Augen davor verschlossen, was das Scheusal von deinem Ehemann getrieben hat? Wieso hast du nie was gemerkt?«

Sloane antwortete nicht. Der Sexualstraftäter schien auch nicht mit einer Antwort zu rechnen.

Er hob den Blick zur Decke und richtete ihn dann auf den Pflichtverteidiger, der sofort unbehaglich die Stellung wechselte.

»Die Antwort auf diese Frage wüssten wir beide gerne, oder, Herr Anwalt? Und ich wette, die Cops genauso.«

Als eine Reaktion ausblieb, herrschte Schweigen.

»Vielleicht kennen wir die Antwort ja bereits, Miss Connolly.«

»Und wie lautet sie?«, platzte Sloane heraus.

»Lizzie wusste davon. Sie wusste es die ganze Zeit. Sie wusste es jedes Mal. Und vielleicht, nur vielleicht, half sie ja ihrem lieben Ehemann dabei, ein bisschen von dem zu bekommen, was er wollte. Was er brauchte. Was er begehrte. Vielleicht bekam ja auch sie einen Kick davon.«

Die Luft im Zimmer fühlte sich plötzlich schleimig an.

Sloane wurde vor Ekel fast schlecht, zugleich wusste sie nicht, ob sie ihm glauben sollte. Sie mahnte sich, gesunde Skepsis walten zu lassen. Lügen ist die zweite Natur dieses Mannes. Sein ganzes Leben ist eine einzige Lüge. Doch bevor sie etwas sagen konnte, hob der Pflichtverteidiger die Hand. »Verfolgen Sie dieses Thema nicht weiter, Mr Anderson, denn Sie sind nah dran, Straftaten einzuräumen, derer Sie nicht angeklagt wurden.«

»Du meine Güte«, sagte der Sexualstraftäter und riss in gespieltem Erstaunen die Augen auf. »So was aber auch. Das wäre ja furchtbar. Schockierend. Und müssten Sie, Herr Anwalt, dann nicht wieder mit mir vor Gericht? ›Euer Ehren, mir ist zu Ohren gekommen ...‹« Wieder lachte er, als sei dies alles ein nicht ganz stubenreiner Witz. »Und Ihre tollen kleinen Tricks, die Sie im Prozess abgezogen haben, flögen auf?«

Der Pflichtverteidiger antwortete nicht. Er wandte nur den Kopf ab, als könne er sich den Rest von dem, was Anderson zu sagen hatte, dadurch ersparen.

Anderson richtete sich wieder an Sloane.

»Genau so«, sagte er und deutete auf den Anwalt, »hat Lizzie einfach weggesehen. Vom ersten Tag unserer Ehe an. Wissen Sie, wie wir uns kennengelernt haben? Bei einer Kirchengruppe. Ich habe Orgel gespielt. Perfekte Tarnung für mich. Für sie, denke ich, ein Weg, sich hinter fanatischer Frömmigkeit zu verstecken. Sie wissen schon, ›Gott hat einen Plan‹, ›Jesus wird's schon richten‹. Sie wollen also von mir wissen, was für ein Mensch sie war? Ich sag's Ihnen: Sie war eine wunderbare Krankenschwester und ein schrecklicher Mensch, denn sie hätte es verhindern können, hat sie aber nicht. All die Jahre. Immer und immer wieder. Ich hab meiner Neigung gefrönt, sie hat weggeschaut. Und wissen Sie, was das heißt, Miss Connolly?« Die Frage kam in einem zischenden, schlangenhaften Ton. »Jedes Mal, wenn sie mir dabei geholfen hat, indem sie die Augen davor verschloss, na ja, jedes Mal habe ich sie dafür mehr und mehr gehasst. Sie wollen für Lizzie eine Statue entwerfen? Dann legen Sie ihr eine Augenbinde um. Das wäre passend.«

Mit einem Wimpernschlag wandte Anderson sich wieder dem Pflichtverteidiger zu.

»Sehen Sie, Herr Anwalt, alles, was Sie vor Gericht getan haben, all das Beweismaterial, das Sie unterdrückt haben, all diese Kreuzverhöre, und wie Sie die Anklage der Staatsanwaltschaft Punkt für Punkt durchlöchert haben, wie Sie es geschafft haben, dass plötzlich diese Cops als die Fieslinge dastanden und nicht ich ... dies alles diente einem einzigen Zweck: die Zeit zu verkürzen, die ich hier eingebuchtet bin.«

Der Pflichtverteidiger saß stumm und mit versteinerter Miene da. Anderson fuhr erneut zu Sloane herum.

»Dabei hat er nie begriffen ...«, sagte er und deutete mit dem Kopf auf den Verteidiger, »... dass ich vielleicht hierbleiben wollte.«

Er lächelte.

»Hier geht es geordnet zu. Ich bin hier räumlich getrennt, möchte mich an so einem Ort weiß Gott nicht unters Volk mischen. Würde ich nicht lange überleben. Schutzgewahrsam nennen die das. In der Praxis heißt das, ich bin die meiste Zeit allein. Wie in Quarantäne. Als ob meine Begierden ansteckend wären. Infektiös. In meiner Gesellschaft fängst du dir die Kinderschänderpest ein. Aber es lebt sich auf diese Weise gar nicht mal schlecht: Ich kann jeden Tag duschen. Ich darf jeden Tag eine halbe Stunde lang ganz allein auf dem Hof spazieren gehen. Aus der Bibliothek bekomme ich Lesestoff nach Wunsch – solange die Titel nichts mit Sex zu tun haben. Ich könnte jeden Tag jemanden anrufen, wenn es denn auf diesem Planeten jemanden gäbe, mit dem ich gerne reden würde ...« Er verstummte, sah wieder zur Decke, um den Blick im nächsten Moment in Sloanes Gesicht zu bohren. »Na ja, ich könnte ja ein paar von meinen ... ah, Opfern, so hat die Anwaltschaft sie genannt, ich könnte ja von denen jemanden anrufen. Liebhaber wäre ein besseres Wort. Mit ihnen zu reden, würde mir in Erinnerung rufen, wie sie sich angefühlt haben ...«

Sloane hatte den unwiderstehlichen Drang, auf Abstand zu gehen. Wegzulaufen. Ihr brannte die Haut, sie glaubte, einen so widerwärtigen Gestank zu riechen, dass sich ihr davon die Kehle zuschnürte und der Magen zusammenzog. Ihr war fast schwindelig vor Abscheu.

»Na ja, das geht leider nicht. Aber wie gesagt, das Leben hier ist gar nicht so übel. Ich habe meine Erinnerungen. Und hier drinnen, na ja, der Bundesstaat kleidet mich in diesen wunderschönen, ziemlich attraktiven orangefarbenen Overall mit passenden, bequemen Schlappen dazu, sodass jeder auf den ersten Blick weiß, weshalb ich hier bin. Und natürlich drei Zigaretten pro Tag und medizinische Versorgung bei sämtlichen Leiden außer vielleicht Einsamkeit.«

Sloane fiel keine Frage ein. Sie wollte ihn ohnehin nicht unterbrechen.

»Wissen Sie, wie ich das Leben hier drinnen finde?«

Er sah sie an. Seine Knopfaugen blitzten.

»Nein.«

»Sicher.«

»Sie fühlen sich hier sicher?«, entfuhr es ihr.

»Einigermaßen jedenfalls. Auch wenn ich natürlich nie ganz ausschließen kann …« Mit einer ausladenden Armbewegung deutete er zum Plexiglasfenster in der Wand, durch das die Wärter ihn beobachten konnten, und auf das ganze Gefängnis. »… dass jemand hier drinnen zu einer Klinge Marke Eigenbau greift und mich damit aufschlitzt, nur weil ich Kinder geliebt habe oder weil ihnen meine Visage nicht passt oder einfach nur, weil er verrückt und wütend ist oder weil er sich dazu berufen fühlt, all das Unrecht, das ich seiner Meinung nach begangen habe, zu rächen. Aber natürlich muss jeder hier mit einer solchen Bedrohung leben. Aber draußen, na ja, draußen sieht die Wahrscheinlichkeitsrechnung anders aus.«

»Ich verstehe nicht ganz«, sagte Sloane mit unsicherer Stimme. »Wahrscheinlichkeitsrechnung?«

»Das Risiko, umgebracht zu werden.«

Er lachte. »Hier drinnen stehen meine Chancen, dereinst eines natürlichen Todes zu sterben, ungefähr bei achtzig bis neunzig Prozent. Ziemlich gut, wenn man drüber nachdenkt. Wissen Sie, wir haben Kabelfernsehen. Über hundert Sender. Sogar HBO und jede Menge Sport. Reichlich zu essen, auch wenn die Kochkunst recht bescheiden ist. Und in einem der Klassenzimmer steht sogar ein altes Klavier, das ich stimmen durfte, und ab und zu kann ich darauf spielen, wenn ich mich benehme.«

Er lachte. »Und ich benehme mich immer.«

Er musterte sie scharf.

»Aber da draußen in Ihrer Welt? Da gehen meine Überlebenschancen gegen null.«

»Wieso?«, fragte Sloane. »Sie meinen, die Familien der Kinder, die Sie missbraucht haben, hassen Sie so sehr, dass sie –«

Sie kam nicht weiter. Er hielt die Hand hoch und schnitt ihr das Wort ab.

»Wissen Sie, im Gefängnis gibt es eine ganze Bandbreite an, sagen wir, inoffiziellen Wegen und Methoden, jemandem eine Nachricht zukommen zu lassen. Früher nannte man das mal Briefschmuggel. Sie haben doch bestimmt schon mal *Law and Order* im Fernsehen geguckt?« Er wandte sich an den Pflichtverteidiger. »Erklären Sie's ihr«, sagte er.

»Er hat recht«, sagte der Anwalt mürrisch.

»Danke, Herr Anwalt. Sie können sich also meine Überraschung vorstellen, als ich neulich während meines Hofgangs diese Nachricht in meine Zelle bekam, wo doch dort eigentlich niemand etwas zu suchen hatte.«

Anderson griff sich in die Brusttasche seines Overalls. Er zog einen kleinen, verblassten Zettel heraus, der mehrfach gefaltet war, um ihn möglichst klein zu machen. Er entfaltete ihn sorgsam, legte ihn auf den Tisch und strich ihn glatt. Dann drehte er ihn um, sodass Sloane und der Pflichtverteidiger lesen konnten, was in schlichten Druckbuchstaben in Bleistift darauf stand.

Du kommst nie wieder raus. Niemals.
Falls doch, finde ich dich. Und dann bring ich dich um. Es wird kein plötzlicher Tod sein, wie der, der bevorsteht. So leicht wird's dir nicht gemacht. Deiner wird langsam und denkwürdig. Er wird dauern. Stunden. Vielleicht auch Tage. Und unter Qualen, von denen du dir keine Vorstellungen machst.

Weder Sloane noch der Strafverteidiger sagten ein Wort.

Michael Anderson grinste.

»Recht eindeutig, finden Sie nicht?«

Sloane nickte.

»Ich denke, ich bleibe besser hier«, sagte er. »Und am Leben.«

Er legte noch eine wirkungsvolle Pause ein und fuhr dann fast im Flüsterton fort: »Was daran so richtig cool ist«, sagte er leise, »das hier gelangte genau an dem Nachmittag in meine Zelle, an dem meine ach so geliebte, reizende, unschuldige Frau zu ihrer letzten Schicht aufbrach. Das hier kam, bevor sie überfahren wurde. Bevor sie ihren langen, harten, achtstündigen Dienst in der Intensivstation antrat. Davor. Davor. Davor. Sehen Sie? Ich hab mich die ganze Zeit gefragt, was das wohl heißen mag. ›Bevorsteht.‹ Zuerst habe ich natürlich gedacht, ich sollte umgebracht werden. Dann, dass vielleicht irgendein anderer Häftling draufgehen soll. Brauchte 'ne ganze Weile, bis mir dämmerte, dass es die arme Lizzie treffen sollte …«

Sloane war heiß wie von einem plötzlichen Fieber.

»Haben Sie versucht, Ihre Frau anzurufen? Sie zu warnen? Haben Sie das der Polizei gemeldet oder ihrem Krankenhaus oder …«

Anderson prustete los und schüttelte den Kopf. »Nein. Nicht mein Stil. Außerdem wollte ich ja sehen, was da passieren sollte, dieser Nachricht zufolge. Ich hielt also den Mund. Meine Art, dem Absender zu sagen: ›Okay, dann beweis es.‹ War irgendwie faszinierend. Veränderte für einige Stunden mein Leben. Und stellen Sie sich nur vor, wie aufregend es war, als am nächsten Morgen der stellvertretende Gefängnisdirektor, zwei Wärter und ein Priester in meine Zelle kamen, um mich über Lizzies Tod zu informieren. Sie dachten, das würde mich umhauen. Ich würde wahnsinnig vor Trauer. Mir die Augen ausheulen. Mich vor Schmerz am Boden wälzen. Um mich schlagen. Mich Jesus zuwenden.«

Er schwieg eine Weile und fügte hinzu: »Nope. Auch das war nicht mein Stil.« Sloane wurde bewusst, dass ihr die Hände zitterten. Sie versteckte sie auf dem Schoß unter dem Tisch.

»Wer?«, fragte sie. »Haben Sie irgendeine Ahnung, wer Ihnen diesen Zettel …?«

»Ich habe nicht den leisesten Schimmer, Miss Connolly. Aber wer auch immer ihn mir geschickt hat, wer über die Macht, die Beziehungen und Mittel verfügte, diesen Zettel in meine Zelle zu schleusen, und zwar innerhalb eines knapp bemessenen Zeitfensters, na ja, ich würde mal vermuten, dass derjenige auch an dem Abend hinter dem Lenkrad dieses Autos gesessen hat. Oder den Fahrer angeheuert hat. Oder das Ganze sonst irgendwie gedeichselt hat. Was auch immer. Auf jeden Fall steckt da jemand mit beachtlichen Fähigkeiten dahinter. Mit einem sehr langen Arm. Und so jemandem möchte ich nicht in die Quere kommen.«

Sloane holte tief Luft.

»Ich bitte Sie, bestimmt hegen Sie die eine oder andere Vermutung?«

»Nein. Einfach zu viele Möglichkeiten. Zu viele, die mich tot sehen wollen. Ich habe eine zu breite Spur wütender Leute hinterlassen.«

»Wurden Sie sonst schon mal bedroht?«

»Klar. Passiert ständig. Gehört ja wohl zu meinem, ähm, meinem früheren Betätigungsfeld. Mütter. Väter. Onkel, Tanten, Großeltern. Selbst irgendwelche durchgedrehten wildfremden Leute auf der Straße würden mich lieber tot als lebendig sehen. Aber die meisten dieser Drohungen, na ja, die sind nicht so präzise wie die hier.«

»Aber Ihre Frau, ich verstehe nicht, wieso sie?«

»Sagte ich doch bereits.« Und nach kurzem Zögern fügte er hinzu: »Miss Connolly. Wenn man vor dem Bösen die Augen verschließt, kann man sich trotzdem nicht davor verstecken. Es wird zu einem Teil von einem. Man wird zum Tatbeteiligten.« Er zuckte mit den Achseln. »Niemand weiß das besser als jemand wie ich.« Auf diese Bemerkung folgte beredtes Schweigen.

Sämtliche anderen Fragen, die sie dem Kinderschänder noch hätte stellen wollen, waren ihr plötzlich entfallen und in einem Strudel untergegangen, der sich ihr entzog.

In der Stille, die eintrat, veränderte Michael Anderson seine Sitzposition.

»Wenn ich nur wüsste«, sagte er nach einer Weile, »was mit Lizzies kleinem Hund passiert ist. Ich hab den Köter gehasst. Aber an dem Abend, als dieser Wagen, na ja, ihr Leben, sagen wir, unterbrochen hat ...«

»Er ist gestorben«, antwortete Sloane.

KAPITEL 12

EINS

Sloane hätte liebend gern geduscht, fuhr aber weiter. Nach dem Gespräch mit dem Kinderschänder fühlte sie sich, als krabbelte ihr Ungeziefer über den ganzen Körper.

Bei sämtlichen Entwürfen, bei jedem Bauprojekt, das sie sich je ausgemalt hatte – von den Fachwerkhäusern, die sie mit Buntstiften als Kind gezeichnet hatte, bis zu ihrem Diplom –, hatte sie sich immer an ein fließendes Gestaltungsprinzip gehalten, Formen, die sich zu Strukturen zusammenfügten, sodass sie ein harmonisches, einladendes Ganzes ergaben. Doch alles, was sie bisher über die sechs toten Namen in Erfahrung gebracht hatte, war missgestaltet, so wie fehlkalkulierte Winkel und Ecken, die auseinanderklafften. Ein einziger Missklang. Nicht eine der von ihr bislang durchleuchteten Personen hatte die Erwartungen erfüllt, welche ihre Charakterisierung auf der Liste geweckt hatte. Geliebt war in Wirklichkeit gehasst und gefürchtet. Passioniert stand, wie sich herausstellte, für perverse Mitwisserschaft. Sehr schön hieß im Klartext grausame Herzensbrecherin. Zum ersten Mal drängte sich ihr der Gedanke auf: Wo bin ich da hineingeraten?

Sie fuhr Richtung Flughafen Newark und spielte für einen Moment mit dem Gedanken, in eine Maschine nach Miami zu steigen und etwas über einen ehemaligen Drogenabhängigen herauszufinden, oder nach San Diego, um dort zu einem in der Nähe von Tijuana ermordeten Unternehmer zu recherchieren, kam jedoch zu dem Schluss, dass diese Reisen noch ein wenig warten konnten. Zuerst einmal musste sie ihr weiteres Vorgehen neu organisieren und grundsätzlich ihre Herangehensweise überdenken.

Leichter gedacht als getan.

Irgendwann fuhr sie vom New Jersey Turnpike zu einer Raststätte ab, die völlig unpassend nach dem Dichter Alfred Joyce Kilmer benannt war, und griff nach ihrem Handy, um Patrick Tempter anzurufen und zu fragen: »Was zum Teufel ist hier eigentlich los?« Doch nachdem sie schon acht von zehn Ziffern eingetippt hatte, brach sie die Aktion ab.

Während Sloane so dasaß und auf ihr Display starrte, erschien eine neue Nachricht von Roger.

Augenblicklich nahm er ihre Gedanken in Beschlag und verdrängte die Bilder von Kinderschändern und ermordeten Schuldirektoren und Models, die an ihrem eigenen Erbrochenen ersticken. Mit einem Schlag tat ihr der Arm weh, an dem er sie gepackt hatte. Sie spürte wieder, wie er sie wütend zu sich heranzerrte, so als säße er plötzlich neben ihr im Wagen. Das Gefühl schwappte über sie, und die Nachricht löste Wogen der Angst aus. Ihr Verschwinden würde ihn wütend machen. Sie sah vor sich, wie er vor ihrem Eingang die Straße auf und ab marschierte und mit hochrotem Kopf immer wieder vergeblich die Klingel drückte. Sie sah ihn völlig unberechenbar irgendwo in der Nähe ihres Bürogebäudes lauern, zum Beispiel in dem Coffeeshop auf der anderen Straßenseite, von dem aus er stundenlang den Eingang überwachte.

»Du hättest es wissen müssen«, platzte sie heraus. »Du hättest es von Anfang an wissen müssen. Sicher, er sah gut aus, er war intelligent, er hatte Jura studiert, er stammte aus einer reichen Familie und hatte die besten Schulen besucht. Aber tief drinnen hast du es gewusst und hast es ignoriert. Einfach nur dämlich, dämlich, dämlich.« In diesem Moment drängte sich ihr der Gedanke an die Pistole auf, als ob die Waffe unabweislich forderte, in Bezug auf Roger eine wichtige Rolle zu spielen. »Vergiss nicht: Du hast immer noch mich! Mach Gebrauch von mir!« Doch ebenso schnell verwarf sie den Gedanken wieder.

Bist du jetzt völlig übergeschnappt?, fragte sie sich.

Viel zu gefährlich. Ich bin keine Mörderin. Ich zerstöre nicht, ich baue etwas auf.

Aber er ist gefährlich. Würde er töten? Keine Ahnung. Ja. Nein. Vielleicht.

Dabei wurde ihr bewusst, dass sie sich nach dem Verschwinden ihrer Mutter im Fluss dieselbe Antwort gegeben hatte. Ihr brach der Schweiß unter den Achseln aus.

Kann ich mich wehren?

Bin ich eine gute Selbstverteidigerin? Gibt es so etwas überhaupt? Das Wort zumindest nicht.

Sie griff nach dem Schaltknüppel. Geh auf Drive und fahr auf den Highway zurück. Konzentriere dich auf die nächsten Schritte:

Das nächste Ziel war Mystic in Connecticut, um dort Erkundigungen über einen Mann anzustellen, der in Wirklichkeit weder ein leitender Angestellter noch Philanthrop war, als den der Auftraggeber ihn beschrieben hatte, sondern nichts weiter als ein kleiner lokaler Versicherungsvertreter, der unglücklicherweise ertrunken war.

Als sie gerade losfahren wollte, las sie den Anfang von Rogers Nachricht auf dem Handy:

Sloane, ich habe es nicht so gemeint ... ich werde nie wieder ... Hier endet die Vorschau.

Ihr erster Gedanke: Von wegen »Sloane, ich habe es nicht so gemeint« ... erzähl mir nichts. Und ob du es so gemeint hast.

Der zweite Gedanke: Nie wieder ... was?

Sloane öffnete ihr Handy und klickte die Nachrichten an. Nicht weniger als vierundfünfzig Textnachrichten von Roger. Sie las alle von vorne bis hinten. Sie bestätigten ihre Erwartung: eine Entladung ungezügelter Emotionen. Rasend. Fordernd. Drohend. Schmeichelnd. Bettelnd. Alles, womit sie gerechnet hatte und was die eisige Furcht in ihr erneut auflodern ließ. Ihr erster Impuls war, das Handy schnell wieder auszuschalten, als könnten die Nachrichten dadurch verschwinden. Doch sie wirkten wie ein Rauschgift, wie eine Droge aus Angst. Sie konnte nicht anders, als weiterzulesen. Während sie las, nistete sich der Gedanke ein: Ich kann nie wieder nach Hause. Und ihr fiel wieder ein, was ihre Mutter ihr geschrieben hatte:

Lauf weg.

Vielleicht muss ich das. Aber ich kann nicht. Jedenfalls nicht, solange ich an dem Projekt für den Auftraggeber arbeite. Es sei denn, er wäre bereit, mein Büro woandershin zu verlegen. Cambridge ist jedenfalls zu gefährlich. Wäre ich in New York sicher? Oder vielleicht in Philadelphia? Gibt es irgendeinen Ort, an dem mich niemand kennt und Roger mich nie finden kann? Wo wäre das? Alaska? Die Mongolei? Irgendwo im Amazonas-Regenwald bei einem Pygmäenstamm?

Sloane senkte den Blick und las die letzte Nachricht im Thread. Sie war in den frühen Morgenstunden eingegangen, lange nach Mitternacht:

Sloane, ich habe es nicht so gemeint.

Ich werde dir nie wieder wehtun. Konzentrieren wir uns doch auf das Gute in unserer Beziehung. Wir können einen Neuanfang machen.

Du hast von mir nichts zu befürchten. Wenn du dabei bleibst, dass es vorbei ist, dann ist es vorbei. Wir können einfach nur Freunde sein. Bitte schreib mir zurück und sag mir, was ich tun soll, und ich werde deine Entscheidung zu 100 PROZENT RESPEKTIEREN.

Staunend starrte Sloane auf die in Großbuchstaben abgesetzte Botschaft. Einen Moment lang spürte sie eine Woge der Erleichterung. Ich bin in Sicherheit. Er wird mich in Ruhe lassen. Doch augenblicklich wurde ihr klar, dass es gelogen war. Mehr als nur gelogen – es war eine perfide Falle. Er hatte einfach nur seinen Ton geändert, aber nicht seinen Charakter. Diese Worte sahen Roger ganz und gar nicht ähnlich. Sie konnte nur vermuten, dass er sich dafür den Rat von anderen jungen Anwälten in seiner Nobel-Kanzlei eingeholt hatte. Diese Zahl – 100 Prozent – sagte alles. Sie unterstrich nur eine Lüge. Und als sie das begriffen hatte, dämmerte ihr, dass alles Übrige, was er geschrieben hatte, umso bedrohlicher war.

Im Scheinwerferlicht vorbeibrausender Autos spielte sie ein Szenario durch.

Sie würde ihm zurückschreiben: Lass mich in Ruhe.

Er würde antworten: Wenn das deine Entscheidung ist. Dann werde ich mich absolut daran halten.

Sie würde sich entspannen und in ihrer Wachsamkeit nachlassen.

Und dann würde er tun, wozu ihn diese Obsession, dieser Zwang und diese mangelnde Selbstkontrolle verleiteten.

Je mehr sie sich in Sicherheit wog, desto größer die Gefahr.

Sloane legte den Gang ein. Sie versuchte, Roger aus ihren Gedanken zu verbannen, und dachte stattdessen an Michael Anderson, den Kinderschänder, und seine Frau Elizabeth, die Krankenschwester, die ihren Dienst versah und wegschaute. Passioniert, fügte Sloane in Gedanken hinzu. Glaubte sie ihrem perversen Ex-Ehemann, ermöglichte ihre Passion ihm, weiter seinen kranken Neigungen zu frönen. Es war alles krank, böse und ekelerregend. Was er getan und sie zugelassen hatte, das hatte Kinder auf Jahre, wenn nicht fürs ganze Leben gezeichnet. Trotzdem schien es in diesem Moment die sicherere Option zu sein, sich auf dieses Paar zu konzentrieren.

Sloane fuhr auf die Schnellstraße zurück. Sie gab Gas und flog, ohne auf die Lichter ringsum zu achten, durch die Nacht.

Sie führte sich die Krankenschwester und den Kinderschänder vor Augen und ging im Geist noch einmal alles durch, was sie erfahren hatte. Als sie sich vorstellte, wie er diese ihm zugespielte Botschaft gelesen hatte, die Ankündigung seiner eigenen Ermordung – du kommst nie mehr raus –, merkte sie, dass sie mal zu schnell, dann wieder zu langsam fuhr.

Die Meilen flogen an ihren Fenstern vorbei. Sie fuhr wie ein Roboter.

ZWEI

Sloane machte in einem billigen Motel am Rande von Mystic, Connecticut, halt. In einem angrenzenden Zimmer spielte jemand bis Mitternacht Posaune. Die schwermütigen Klänge drangen durch die Wände. Sloane hätte an der Rezeption anrufen und darum bitten können, dass bei dem Musiker an die Tür geklopft würde, doch die Musik passte zu ihrer Stimmung. Und sie verstummte beizeiten. Trotzdem fand sie keinen Schlaf. Ein Uhr morgens. Zwei Uhr, und immer noch warf sie sich hin und her.

Roger-Träume.

Kinderschänder-Träume.

Träume von toten Direktoren.

Am Morgen stürzte sie sich in die Umsetzung ihres einzigen Plans.

Die Versicherung Hillary Insurance fand sie in einer Seitenstraße nur wenige Häuserblocks von der Klappbrücke entfernt, die den Mystic River überspannte und ins Stadtzentrum führte. Das niedrige, würfelförmige Gebäude hätte sich besser in ein Einkaufszentrum eingefügt als in einen der führenden Touristenorte von New England. Mystic war berühmt wegen seiner einstigen Bedeutung als Walfanghafen, für die alte Hafenstadt und für Mystic Pizza, ein kleines Restaurant in Hanglage, oberhalb des Stadtzentrums mit seinen zahllosen Kunstgewerbeläden, Eisdielen und Boutiquen. Mystic Pizza gelangte als Titelgeber für den Film, mit dem Julia Roberts' Karriere begann, zu flüchtigem Ruhm. Sloane hatte keine Ahnung, ob die Pizza, die sie dort servierten, etwas Besonderes war. Sie bezweifelte es. Vor der Eingangstür, neben dem Schaufenster, in dem unter dem Namen der Firma in Anführungszeichen und in Schreibschrift die Dienstleistungen aufgelistet waren: »Spezialisiert auf Auto-, Boots-, Kranken-, Gebäude-, Lebens- und jegliche anderen Versicherungen ...«, warf Sloane einen Blick auf ihre dürftigen Notizen:

Ted Hillary. Versicherungsmanager und Philanthrop. Todgeweihter Schwimmer.

Aber irgendwo musste sie ja anfangen. Entschlossen trat sie ein.

Hinter der Theke lächelte ihr eine Rezeptionistin entgegen. An der Wand in ihrem Rücken hingen zwei stark vergrößerte, in Gold gerahmte Farbfotos von einem Mann in mittlerem Alter. Bei dem einen Bild handelte es sich um ein Porträt im dunklen Anzug, auf dem er mit seinem grau melierten Haar distinguiert in eine wundervolle Welt zu blicken schien, in der Versicherungsabschlüsse keine Grenzen kannten. Auf dem anderen Foto, einem Schnappschuss, war derselbe Mann von einer fröhlichen Kinderschar umringt, alle in Baseball-Trikots, in rotem Hemd mit dem Logo Hillary Hornets Little League darauf und einer Trophäe, die sie in die Höhe reckten. Auf einer Holzplakette unter den Fotos waren die Worte eingeschnitzt und in goldener Farbe ausgemalt: Ted Hillary, 1955–2012, unser Gründer.

»Wie kann ich Ihnen helfen?«, fragte die Rezeptionistin, eine ältere Dame mit grauem Haar und Bibliothekarinnenblick über den Rand ihrer Brille hinweg.

»Ich hätte ein paar Fragen zu Mr Hillary«, antwortete Sloane. »Und ich hatte gehofft, hier vielleicht jemanden anzutreffen, der ihn gut gekannt hat.«

»Wir alle kannten ihn gut«, erwiderte die Rezeptionistin. Dann wurde ihr Gesicht plötzlich verschlossen. »Wieso? Worum geht es denn?«

»Ein alter Freund von ihm möchte ihn ehren, durch ein Denkmal. Oder auch durch eine Spende in seinem Namen«, sagte Sloane. Das entsprach weder ganz den Tatsachen, noch traf es völlig daneben.

Die Rezeptionistin schien kurz nachzudenken.

»Ein alter Freund? Geschäftsfreund? Oder privat?«

»Einfach nur ein alter Freund.«

Nach kurzem Zögern, wohl in Erwartung einer weiteren Erklärung, sagte die Frau: »Da sollten Sie vielleicht mit Ted jr. und Susan reden, seinen Kindern, die das Geschäft übernommen haben.«

Das Wort Kinder kam für Sloane überraschend. Sie versuchte, sich nichts anmerken zu lassen. Laut ihrer Information hatte Ted Hillary bis zu seinem Unfall alleinstehend mit seiner neunzigjährigen Mutter zusammengelebt.

»Gerne«, antwortete Sloane.

Die Rezeptionistin beäugte sie weiterhin misstrauisch, als sei sie eine Ladendiebin, die jeden Moment etwas Wertvolles unter der Bluse verstecken könnte. Schließlich griff sie zum Telefon.

»Mr Hillary? Hier ist eine junge Frau, die nach Ihrem verstorbenen Vater fragt. Offenbar möchte ihn ein alter Freund mit einem Denkmal ehren oder in seinem Namen spenden ...« Während sie dies sagte, sah sie Sloane an, die zur Bekräftigung nickte.

Die Rezeptionistin schwieg. Dabei zog sie die Augenbrauen ein wenig hoch, als staunte sie über etwas, das sie hörte und Sloane nicht.

»Sie können direkt reingehen«, sagte sie und zeigte auf eine Tür ein Stück hinter ihrer Theke.

Sloane hatte den kleinen Bürobereich halb durchquert, als ein Mann, ein wenig älter als sie, in der Tür erschien. Er war hochgewachsen und erinnerte mit seinen eingezogenen Schultern an einen Vogel auf einem Ast. Sloane schüttelte ihm eifrig die Hand. Ted jr. geleitete sie in sein Büro, lud sie ein, auf einem Stuhl an seinem von Papieren übersäten Schreibtisch Platz zu nehmen, und sagte: »Sie interessieren sich also für meinen verstorbenen Vater?«

»Ja«, sagte Sloane. »Ich bin Architektin und wurde damit beauftragt, für eine Reihe von Persönlichkeiten ein Denkmal zu entwerfen. Auch Ihr verstorbener Vater steht auf meiner Namensliste.«

»Jemand will ihn ehren?«

»Ja.«

»Wer?«

Dieselbe Frage, die sie noch von jedem gehört hatte, den sie darauf ansprach. Sie war naheliegend. Ihre Antwort dagegen nicht.

»Oh, er möchte vorerst anonym bleiben.«

»Anonym?«

»Ja.«

Ted jr. wollte etwas sagen, überlegte es sich aber anders. Er griff zu seinem Telefon und wählte eine Nummer, wie Sloane vermutete, hausintern. Während er sprach, wandte er sich auf seinem Drehstuhl von ihr ab, doch im Wesentlichen gab er nur wieder, was sie ihm gerade gesagt hatte. Er legte auf und drehte sich wieder zu ihr um. »Ich habe meine Schwester gebeten dazuzukommen«, sagte er.

Wenig später betrat eine ebenso große, ebenso dünne Frau in Walmart-Haute-Couture das Büro. Zwillinge, vermutete Sloane.

»Ich bin Susan«, sagte die Frau und zog sich auf Sloanes Seite einen Stuhl heran. »Jemand will unseren Vater ehren?«, fragte sie.

Sloane legte mit ihrer nun schon eingeübten Ansprache los. Schon nach wenigen Worten sah Susan Ted jr. an, und die Geschwister wechselten einen vielsagenden Blick.

»Ich verstehe nicht ganz«, sagte sie. »Ein Denkmal?«

»Ja, genau«, erwiderte Sloane.

»Aber wofür?«

»Ich wurde lediglich darüber unterrichtet, dass Ihr Vater irgendwann in der Vergangenheit im Leben meines Auftraggebers einen tiefen, nachhaltigen Einfluss ausgeübt hat. Ich wurde angewiesen, in Erfahrung zu bringen, in welcher Weise.«

Wieder tauschten die Zwillinge einen Blick. Sloane glaubte zu spüren, dass sie auf irgendeine außersinnliche Weise miteinander kommunizierten.

»Also, ehrlich gesagt«, entgegnete Susan bedächtig, »kommt das für uns wie ein Schock.«

Sloane dachte an die Bilder vorne im Laden. Jugendliga. Philanthrop. Ehrenamtlicher beim Nachspielen des kolonialen Lebens im Seehafen.

»Unser Vater war … nun ja, schwierig«, sagte Susan. »Es fällt uns beiden sehr schwer, über ihn zu reden.«

»Über seinen Tod?«

»Nein, über ihn.«

Ted jr. beugte sich vor – beinahe raubtierhaft, während er auf der Tischplatte vor sich die Finger ineinanderkrallte.

»Wollen Sie die Wahrheit über unseren Vater wissen?«, fragte er brüsk.

»Ja, selbstverständlich«, erwiderte Sloane.

»Im Grunde will niemand die Wahrheit wissen«, sagte der Sohn.

»Ich schon«, versicherte Sloane. »Ich kann kein Denkmal schaffen, das eine Lüge ist.«

Woraufhin die Zwillinge wieder Blicke tauschten und zustimmend nickten.

»Nicht, dass wir etwas zu verbergen hätten«, sagte die Schwester zum Bruder. »Jeder weiß, wie wir darüber denken.« Für einen Augenblick beließen sie es bei diesem Satz, und Sloane sah den beiden an, wie jeder für sich überlegte, was nun zur Sprache kommen würde. Der Bruder drehte sich zu Sloane um. Er hüstelte.

»Lassen Sie es mich ganz unverblümt sagen«, erklärte Ted jr. Sein Ton war gemessen und kühl.

»Unser Vater war ein Sadist. Grausam und ganz und gar rücksichtslos. Ein Rüpel übelster Sorte.«

»Von früh bis spät«, pflichtete die Schwester bei. »Wenn er morgens die Augen aufmachte, war er ein Tyrann. Wenn er sie abends schloss, war er ein Tyrann. Wahrscheinlich hatte er auch Tyrannenträume. Er verbrachte viel Zeit damit, unsere Mutter zu schlagen. Und wenn er sie nicht physisch misshandelte, quälte er sie verbal. Bissig. Gemein. Nörgelnd. Erniedrigend. Man konnte es ihm nie recht machen. Nichts war für ihn gut genug. Er hatte nur Vergnügen daran, andere Leute herumzustoßen und mieszumachen.«

Im Raum trat beredtes Schweigen ein.

»Wir hassten ihn«, sagte Susan.

»Alle hassten ihn«, fügte Ted jr. hinzu.

Er schwieg.

»Nein, das trifft es nicht ganz. Alle, die sich von ihm nicht täuschen ließen, hassten ihn. Wer ihm auf den Leim ging, hielt ihn für einen tollen Kerl. Für einen, mit dem man nach Feierabend gern noch ein Bierchen trinkt. Einen, den man sich als Trainer seiner Tochter wünscht. Aber das alles war nur Fassade. Und wenn man dann begriff, was für ein Mensch er wirklich war, und glauben Sie mir, das war wirklich nicht schwer, dann hasste man ihn.«

Kurzes Schweigen im kleinen Büro.

»Wir hassten ihn noch um einiges mehr«, sagte die Schwester. »Es gab Jahre, in denen wir nichts anderes tun konnten, als ihn zu hassen.«

»Aber was ist mit der Jugendliga? Den Kindern, die er trainiert hat? Seiner ehrenamtlichen Arbeit im Seehafen? ...«, warf Sloane ein.

»Was glauben Sie denn, wie ein echter Sadist sich verstellt?«, fragte Ted jr. in einer Mischung aus Wut und eisiger Beherrschung in der Stimme. »Er war ein Lügner und Betrüger und jemand, der Frauen schlug. Was glauben Sie, wie man das alles kaschiert?«

Sloane antwortete nicht, sondern wahrte ihr Pokergesicht. In dem niemand lesen konnte.

Dabei war ihr erster Gedanke: Hab ich's doch gewusst.

DREI

Drei wichtige Dinge hatte Sloane gelernt.

Das Erste vom Sohn: »Richtig. Er war an dieser noblen Privatschule. Wahrscheinlich hat er sich da zum Schulhofrüpel gemausert. Wahrscheinlich hat ihn der Gedanke immer gewurmt, dass aus so vielen seiner Klassenkameraden später etwas geworden ist. Sie haben Karriere gemacht. Eine Klasse voll von bedeutenden Leuten. Aber aus unserem Dad ist nichts Besonderes geworden. Und das hat er gehasst. Deshalb ist er nie wieder hingegangen.«

Die zweite Erkenntnis verdankte sie der Tochter: »Was mir an seinem Tod zu denken gab – er war ein ausgezeichneter Schwimmer. Kannte hier in der Gegend alle Gewässer. Er wäre nie und nimmer an der Stelle schwimmen gegangen, schon gar nicht im Oktober, nicht mal im Neoprenanzug. Er kannte das Risiko. Schließlich war er Versicherungsvertreter! Risiken abzuschätzen, ist unser täglich Brot. Deshalb hab ich immer vermutet, dass ihm am Ende doch seine Gemeinheit und sein Sadismus zugesetzt haben und er sich absichtlich in diese Rippströmung geworfen hat ...«

So wie Maeve, dachte Sloane.

»... Oder dass jemand nachgeholfen hat. Das habe ich auch der Polizei und der Küstenwache gesagt, aber das schien denen egal zu sein. War es mir natürlich auch ...«

Tot ist tot, dachte Sloane, wenn man jemanden hasst. Wie derjenige stirbt, ist dann letztlich egal.

Und die dritte Erkenntnis, von beiden Geschwistern zusammen: »Ich kann mir nicht denken, dass irgendjemand ihn für einen Freund gehalten hat ...«

»... Bestimmt nicht genug, um ihm eine solche Ehre zukommen zu lassen, wie Sie es beschreiben ...«

»... Er mag reichen Leuten Versicherungen verkauft haben, für ihre Jachten oder ihre Ferienhäuser. Aber deshalb waren sie noch lange nicht seine Freunde. Er hat versucht, sich bei ihnen einzuschleimen, an Einladungen im Jachtklub zu kommen, so was in der Art. Aber die Typen sind clever genug, um zu merken, weshalb ihnen jemand in den Arsch kriecht.«

»... Und die einzigen Menschen, auf die er vielleicht einen ... was würden Sie sagen, Miss Connolly, einen nachhaltigen Einfluss ausgeübt hat? Na ja, die wären dann so wie wir. Leute, die er herumgestoßen hat, zu denen er gemein war oder die er um eine Versicherungszahlung geprellt hat, die ihnen zustand. So etwas machte er ständig.«

»Die Fotos vorne im Laden ...«

»Gelogen«, sagte die Tochter.

Kurzes Zögern, bevor der Sohn ergänzte:

»Jedes Lächeln. Jeder warme Handschlag. Jedes leutselige Schulterklopfen – alles Lüge. Der Mann war nur wirklich glücklich, wenn er unsere Mom verprügeln oder einen von uns schikanieren konnte. Wenn er uns mal wieder sagen konnte, wir wären Versager. Überraschung! Du kannst uns mal, Dad. Wir haben was aus uns gemacht. Wir machen doppelt so viel Umsatz, wie er sich je hätte träumen lassen.«

In schockierend bitterem Ton fügte die Tochter hinzu: »Und ich hoffe, irgendjemand in der Hölle sagt ihm das und macht ihm das Leben nach dem Tod noch ein bisschen schwerer.«

Sloane hatte nach Hillarys Ex-Frau, der Mutter der Zwillinge, gefragt.

»Sie ist gestorben. Krebs. Er kam nicht mal zur Beerdigung, der Bastard.«

Sie fragte nach der neunzigjährigen Mutter.

»Schon lange tot. Wahrscheinlich hat er auch sie geschlagen, aber wir haben es nie gesehen, also konnten wir auch nicht Anzeige gegen ihn erstatten. Das haben wir am Ende getan, als er mal wieder gesoffen und unsere Mutter verdroschen hatte. Einmal zu oft. Zur Hölle mit ihm. Wir holten die Polizei und sagten vor Gericht als Zeugen gegen ihn aus. Wir waren gerade mal vierzehn ...« Er lachte leise. »Wie man so schön sagt: Rache ist süß. Noch vor der Scheidung hat Mom ein Kontaktverbot gegen ihn erwirkt. Das alleinige Sorgerecht für uns bekommen. Und wir haben uns wie irre dafür ins Zeug gelegt, dass sie noch ein paar glückliche Jahre hat. Nur dass das natürlich nicht in unserer Macht stand, wie sehr wir es auch versuchen mochten, weil sie immer Angst hatte, er könnte eines Abends zu viel trinken und wiederkommen und sie und uns ermorden. Auch wenn wir wussten, dass er dafür viel zu feige war.«

Ted jr. schüttelte den Kopf. »Außerdem dämlich. Hat nie ein

Testament geschrieben. Und als er dann – der Rippströmung sei Dank! – so unerwartet von uns ging, raten Sie mal, wer da das ganze Geschäft geerbt hat.«

Die Antwort lag auf der Hand, und zum ersten Mal tauschten Sohn und Tochter ein Lächeln.

Sloane ging davon aus, dass die Unterhaltung damit beendet war, doch eine kluge Frage fiel ihr noch ein: »Ist vor mir schon mal irgendjemand, ein Anwalt zum Beispiel, egal wer, zu Ihnen gekommen und hat sich nach Ihrem Vater erkundigt?«

»Nein«, sagte der Bruder.

»Nein«, sagte die Schwester.

Sloane nickte. Die Antwort, stellte sie fest, kam allzu schnell.

KAPITEL 13

EINS

Statt direkt wieder nach Hause zu fahren, kehrte Sloane in das billige Motel am Rande von Mystic zurück, in dem sie die letzte Nacht abgestiegen war. Mit der Kreditkarte des Auftraggebers verlängerte sie ihre Buchung um eine Nacht. Sie bekam dasselbe Zimmer, auch wenn der Posaunenspieler nebenan offenbar ausgezogen war und mit ihm die melancholischen Klänge. Sie duschte und warf sich, nachdem sie an ihrem Handy den Wecker auf 2 Uhr 30 gestellt hatte, angezogen auf das unbequeme Bett. Die einfache Rechnung dahinter: binnen weniger Minuten aufstehen und raus. In zwei Stunden oder etwas mehr nach Cambridge zurück. Nicht viel Verkehr um diese Zeit. Gas geben. Schätzungsweise kurz vor fünf Uhr in ihrer Straße.

Um die Zeit wahrscheinlich kein Roger weit und breit.

So kurz vor dem Morgengrauen würde noch Dunkelheit herrschen. Als Jugendliche hatte ihre Mutter sie einmal gewarnt: »Nach Mitternacht passiert nichts Gutes. Gibt nur Ärger.« Sloane wusste, dass zu nachtschlafender Zeit jede Bewegung in ihrer Straße auffallen würde. Außerdem war Roger von Natur aus faul, viel zu bequem, um sich eine Nachtwache vor ihrer Haustür zuzumuten. Zumindest hoffte sie das. Sie war sich nicht ganz sicher, wie sie seine Obsession ihr gegenüber taxieren sollte. Dafür gab es keinen Algorithmus und keine Tabelle im Internet, in die sie einfach nur ein paar Informationen hätte eingeben müssen, wie Alter, Beruf, Größe, Gewicht, Sternzeichen, Dauer ihrer Beziehung, um einen computergenerierten Plan herauszubekommen, wie sie am besten mit ihm fertigwurde. Keine hilfreiche Website mit dem Titel: Stalking-Opfer? Probleme mit Freund? Oder Freundin? Alles erklärt in kinderleichten Schritten ... wie bei einem Abnehm-Programm.

Sie nahm sich vor, mindestens zwei Mal langsam um den Block zu fahren und nach Rogers auffälligem roten BMW Ausschau zu halten, wenn sie dann erst bei ihrem Wohnhaus angelangt war.

Was sie machen sollte, falls sie ihn entdeckte, wusste sie nicht.

Oder auch, was sie machen sollte, falls er sie zuerst entdeckte.

Die .45er machte wieder auf sich aufmerksam: Ich bin da. Vergiss das nicht. Mit mir sieht die Gleichung anders aus.

Sloane lag auf dem Bett und versuchte zu schlafen, starrte jedoch nur an die weiße Decke. Ein Riss darin sah wie ein Blitzstrahl aus. Sie horchte auf die fernen Geräusche vom Highway, der mehrspurigen Interstate 95, und ging im Kopf noch einmal durch, was sie über vier der toten Namen wusste.

Blieben noch zwei.

Diese zwei waren am weitesten weg und damit am schwersten zu recherchieren.

Immerhin möglich, machte sie sich Mut, dass mir einer davon alles verrät, was ich wissen muss, um die Leerstellen des Auftraggebers zu füllen.

Sie spielte mit der Idee, Patrick Tempter zur Rede zu stellen – wusste aber nicht einmal genau, worüber sie sich beklagen sollte.

Sie sah den eleganten Anwalt vor sich, wie er sagte: »Aber Miss Connolly, meine Liebe, was hatten Sie denn erwartet? Der Auftraggeber hat nur gesagt, diese Leute hätten ihn nachhaltig beeinflusst. Konnten Sie sich nicht denken, dass dieser Einfluss im einen Fall negativ und in einem anderen Fall positiv sein könnte? Spielt das denn überhaupt eine Rolle? Haben Sünder unter Umständen nicht dieselbe Wirkung auf uns wie Heilige?«

Sloane stand auf und trat an das Waschbecken in dem billigen Badezimmer. In ihrem Reisekofferchen hatte sie neben Zahnbürste und etwas Make-up nichtrezeptpflichtige Schlaftabletten dabei. Advil PM. Die empfohlene Dosis waren zwei. Sie nahm fünf.

Sloane schreckte von dem unbarmherzigen Wecker auf. Mühsam rappelte sie sich hoch. Sie spritzte sich Wasser ins Gesicht und starrte in ihr Spiegelbild. Zu ihrer Beruhigung starrte niemand anders als Sloane zurück.

Kein roter BMW.

Sloane umrundete zweimal bedächtig ihren Häuserblock und suchte dabei jedes geparkte Auto ab, nur um sicherzugehen, dass Roger sich nicht irgendeinen unauffälligen Wagen geliehen oder gemietet hatte. Mit einem gewissen kriminalistischen Vergnügen stellte sie fest, dass ein solcher Schachzug nur logisch wäre. Auf diese Weise könnte er unbemerkt in der Nähe ihrer Wohnung lauern. Aber Roger war viel zu stolz und abgehoben, um sich unsichtbar zu machen. Sein Wagen war ein Geschenk seiner reichen Eltern zum College-Abschluss, von Eltern, die auch für die zahlreichen Strafzettel wegen Falschparkens und Geschwindigkeitsüberschreitung aufkamen, und die aus eigener Tasche jede Schramme und noch so kleine Delle, die der Stadtverkehr mit sich brachte, ausbeulen und auspolieren ließen.

Sie spähte in jeden dunklen Winkel.

Dabei wusste sie, dass sich ihre Angst mit jeder Runde nur steigern würde. Irgendwie war es noch schlimmer, Roger nicht zu sehen, als ihn zu entdecken.

Drei Blocks von ihrer Wohnung entfernt fand sie eine Parklücke. Im Schutz der letzten Dunkelheit hastete sie los. Dabei rechnete sie bei jedem Schritt damit, seine Stimme zu hören.

Oder schlimmer noch.

Seine Schritte hinter sich.

Oder schlimmer noch.

Seine Hand an ihrem Arm.

Oder noch Schlimmeres.

Ihr war klar, dass seine Obsession weiter eskalieren konnte. Als die Eingangstreppe zu ihrem Haus in Sicht kam, legte sie noch einen Schritt zu. Sie nahm zwei Stufen auf einmal. Sie hatte schon ihren Schlüsselbund in der Hand und brüllte sich innerlich an: Konzentrier dich, statt in den Schlössern herumzustochern. Die eine Tür ging auf. Sie knallte sie hinter sich zu. Im Eingangsbereich atmete sie ein wenig auf. Beim Öffnen der zweiten Tür fühlte sie sich schon fast in Sicherheit. Sie stapfte die Treppe zu ihrer Wohnung hinauf und hielt mit dem zweiten Schlüsselbund vor der Tür. Eine Schrecksekunde lang fürchtete sie, Roger könne sie drinnen erwarten. Sie sah ihn schon in einem Sessel sitzen und nur darauf warten, dass die Tür aufging – vielleicht wie der alte Lehrer Garrison in Hampton Beach, mit einer auf ihr Gesicht gerichteten Flinte. Sloane versuchte, seine Wut einzustufen: Brüllen? Weinerliches Jammern? Drohungen? Körperliche Gewalt?

Ja. Ja. Ja. Ja.

Und wie stand es mit tödlicher Wut?

Nicht auszuschließen.

Sie nahm ihre ganze Kraft zusammen und schloss auf.

Schnappte nach Luft. Für den Bruchteil einer Sekunde bildete sie sich ein, das Klicken eines Hahns zu hören, den Knall eines Schusses und das gleichzeitige Gebrüll eines blindwütigen, in seinem männlichen Stolz getroffenen Roger.

Doch nicht.

Niemand da.

Stille.

Wie sie sich eigentlich hätte denken können.

Auch wenn sie wusste, dass jede Menge Arbeit auf sie wartete, schloss Sloane sorgfältig ab, ging ins Schlafzimmer, holte ihre Sachen aus dem Köfferchen und warf sie auf einen Haufen. Es kam ihr so vor, als habe alles, was sie getragen hatte, den Gestank eines Kinderschänders und eines grausamen Familientyrannen angenommen. Sie zog sich bis auf die Unterwäsche aus, holte die Pistole hervor und legte ein Magazin ein. Dann streckte sie sich auf dem Bett aus, platzierte die Waffe so wie ein Kind einen Teddybären auf der Brust und schlief augenblicklich wieder ein, obwohl schon der Tag zu den Fenstern hereinflutete und die Stadt draußen vor ihrer Wohnung zu gewohntem Leben erwachte.

ZWEI

Um die Mittagszeit machte sich Sloane auf den Weg in ihr Büro. Sie wusste nicht recht, wozu, aber es schien ihr einfach vernünftig. Der Gedanke, dass Roger ihr auch dort auflauern könnte, machte sie nervös. Sie überlegte einen Moment und hatte eine Idee.

Sie rief bei seiner neuen Kanzlei an.

Die Frau in der Telefonzentrale fragte sie, ob sie zu ihm durchstellen sollte.

»Nein. Hat er eine Sekretärin, die ihm was ausrichten könnte?«

Daraufhin wurde sie mit dem Poolsekretariat verbunden, das in der Kanzlei offenbar für die Referendare zuständig war.

»Ist er in seinem Büro?«, fragte Sloane.

»Nein«, sagte die Frau am Telefon. »Ich glaube, er hat einen Gerichtstermin. Er ist heute noch nicht reingekommen.«

Sloane war erleichtert, auch wenn sie nicht ausschließen konnte, dass er seine Kanzlei belogen hatte. Vielleicht hatte er ja nur behauptet, er sei irgendwo bei Gericht, während er in Wahrheit in ihrem Gebäude im Großraumbüro saß und mit der Managerin in Röhrenjeans Small Talk machte, bis sie zur Tür hereinkäme. Am liebsten hätte Sloane gefragt: »Sind Sie sich ganz sicher?« Doch sie beherrschte sich.

»Bitte richten Sie ihm nur aus, ich hätte angerufen und würde es später noch einmal versuchen, aber ich müsste möglicherweise geschäftlich verreisen und falls ja, für ein paar Tage.«

»Selbstverständlich«, sagte die Sekretärin.

Sloane hoffte, sich damit ein wenig Zeit zu verschaffen. Roger würde die Nachricht bekommen, sich darüber ärgern, dass er ihren Anruf verpasst hatte, vergeblich versuchen, sie auf dem Handy zu erreichen, und darüber spekulieren, was genau Sloane gerade machte und wie sie auf seine Textnachricht reagieren würde.

Sie sah schon das Wort RESPEKTIEREN in seiner Nachricht.

Sie hatte noch eine Idee.

Sie schickte ihm ihrerseits eine Nachricht: Musste kurzfristig geschäftlich verreisen.

Habe eine Nachricht bei deiner Sekretärin hinterlassen.

Melde mich, sobald ich zurück bin.

Letzteres war gelogen. Sloane war nicht versiert darin, sich vor Gefahr zu schützen. Es musste etwas geben, was sie tun konnte, abgesehen vom Gebrauch ihrer Waffe. Aber sie lernte gerade im Schnellverfahren dazu. Sloane war noch nie in Miami oder San Diego gewesen, hoffte jedoch, in beiden Städten mehr zu finden als Informationen über die letzten beiden Namen auf der Liste des Auftraggebers. In Miami konnte sie einige der berühmten, einzigartigen Bauwerke von Arquitectonica sehen, Gebäude mit Eigentumswohnungen rings um einen offenen Platz, mit riesigen Zierelementen in allen Regenbogenfarben außen an den Balkonen. In San Diego hatte sie vielleicht Gelegenheit, die vom viktorianischen Stil inspirierte Ferienanlage des Hotel Del Coronado mit seinem roten kegelförmigen Dach und berühmten Blick über den Pazifik zu besichtigen. Mit einem Anflug von schlechtem Gewissen buchte sie alle Tickets First Class, bevor sie ein paar saubere Sachen in ihren Handkoffer packte. Den Colt .45 musste sie zu ihrem Bedauern in ihrer obersten Schublade lassen, wenn sie am Flughafen nicht mit einem gestrengen Gepäckkontrolleur in Konflikt geraten wollte.

DREI

Der katholische Priester war ganz anders, als Sloane erwartet hatte. Er schien an einer nervösen Unruhe zu leiden, die ihn daran hinderte, auch nur einen Moment lang ruhig zu sitzen. Er blickte zur Decke, dann aus dem Fenster, zu Boden, zur Tür, als hoffte er, jemand käme dort herein und schaffte ihm Sloane vom Hals, bis er endlich ihren Blick erwiderte und mit wackeliger Stimme fragte: »Sind Sie das?«

»Wie bitte?«, fragte Sloane zurück. »Bin ich wer?«

»Die fragliche junge Frau.«

»Tut mir leid«, sagte Sloane, »ich verstehe Ihre Frage nicht ganz.«

»Sagen Sie mir die Wahrheit«, platzte Father Silva heraus. »Sind Sie das?«

Sie saßen in einem karg eingerichteten Büro im Alkohol- und Drogen-Beratungszentrum von St. Luke's, nur mit einem Holzkruzifix an einer Wand. Das Zentrum lag in einem Teil von Miami, der so gar nicht zu den verlockenden Bildern von sonnenüberfluteten Stränden, Bikinis und azurblauem Wasser passte. Auch mit Sloanes Vorstellung von Miami hatte er wenig zu tun – mit schwindelerregenden Wolkenkratzern, eleganten, geschwungenen architektonischen Meisterwerken, einige davon faszinierender Art déco, einige im alten spanischen Stil, mit einer Botero-Skulptur im Eingang, alle in einer Metropole vereint, die sich der Moderne verschrieben hatte. Das Beratungszentrum lag nördlich von Little Haiti an einer staubigen Straße inmitten zweistöckiger Wohnkomplexe, plumper, würfelförmiger Bauten aus verblasstem rosa Betonziegelstein, mit lauten Klimageräten unter den Fenstern, aus denen Versagen, Chancenlosigkeit und die kühle Luft der Hoffnungslosigkeit ratterten.

»Sie müssen es sein«, sagte der Priester mit Schaudern. Und fragte, als ob es doch noch Hoffnung gäbe, ein weiteres Mal nach: »Sind Sie es?«

Sloane überlegte. Sie hatte keine Ahnung, was der Mann meinte. Sie fühlte sich wie jemand, der mitten in eine Unterhaltung platzt, ohne zu wissen, worum es ging.

»Tja, vielleicht, vielleicht auch nicht. Sie müssen sich schon erklären, Father«, erwiderte sie, ohne sich genauer festzulegen.

»Mir wurde gesagt …«, fing er an, hielt inne, schien nachzudenken und fuhr dann fort: »... Mir wurde gesagt, eine schöne junge Frau würde kommen, um mit mir zu sprechen.«

»Na gut«, erwiderte Sloane. Sie lächelte freundlich, um dem Priester die Anspannung zu nehmen. »Das nehme ich mal als Kompliment. Und worum ging ...«

Sie brachte ihre Frage nicht zu Ende.

»Mir wurde gesagt ...«, wiederholte der Priester wie in einer Endlosschleife. Er war blass um die Nase, und jedes Wort, das ihm über die Lippen kam, zitterte wie seine Hände. Er tastete nach einem Rosenkranz und ließ sich die Perlen verzweifelt durch die Finger gleiten. Er war von zarter Statur, in mittlerem Alter und mit dem langen grau melierten Haar, das ihm bis zum Kollar reichte, von fast femininer Erscheinung. Er griff nach einem goldenen Kruzifix, das er an einer Kette um den Hals trug, als hoffe er, damit das Zittern aus seinen Fingerspitzen zu verbannen. Dann blickte er wieder auf und schloss mit gequälter Miene die Augen, bevor er weitersprach. »Es ist mir untersagt ... ich habe es im Beichtstuhl erfahren. Ein Mann hinter dem Beichtstuhlgitter ... hatte lange nicht mehr gebeichtet, sagte er und fügte hinzu: ›Aber deshalb bin ich nicht hier, Father. Ich komme, um Ihnen die Chance zu geben, noch ein Weilchen länger zu leben.‹ Das war also keine Beichte, ganz und gar nicht. Nein, nein. Es war eine Warnung. Ich weiß also nicht, was ich nun sagen darf und was nicht. Ich bin an die Schweigepflicht gebunden, Miss Connolly. Was im Beichtstuhl gesagt wird, ist unverfügbar.«

Es klang wie eine Entschuldigung. Dabei war nicht zu übersehen, dass sich alles in ihm dagegen sträubte.

»Na gut. Michael Smithson«, antwortete sie. »Was können Sie mir über ihn sagen?«

Kaum war der Name gefallen, kam der Atem des Priesters in kurzen, fast asthmatischen Zügen.

»Ja, das war ...«, fing er an und hielt wieder mitten im Satz inne.

Sloane schwieg, statt nachzufragen.

»Sie«, sagte Father Silva leise, »Sie sind also wirklich diejenige, die er mir angekündigt hat.«

Sloane schüttelte den Kopf, wenn auch nicht, um seine Vermutung zu verneinen. »Sie müssen mir schon mehr erzählen«, sagte sie.

»Ich hätte nie erwartet ...«

Erneutes Schweigen.

»Nein, das stimmt nicht. Ich habe immer damit gerechnet, dass Sie eines Tages kommen und nach mir fragen und sich über Michael erkundigen.«

Er verstummte. Er saß so starr da, als hätte ihm jemand eine giftige Schlange auf den Schreibtisch gelegt, die bei der kleinsten Bewegung zuzubeißen drohte.

»Kommen Sie, um mich zu töten?«, fragte er.

»Nein, natürlich nicht«, sagte sie mit Nachdruck. »Wieso fragen Sie mich das?«

Er beugte sich vor.

»Haben Sie Michael umgebracht?«

Sloane fiel die Kinnlade herunter. Der Priester schüttelte den Kopf, als erübrige sich eine Antwort. »Nein, nein, natürlich nicht. Sie sind ja viel zu jung.«

Sloane sagte nichts.

»Er wurde umgebracht, denke ich, aber natürlich nicht von Ihnen, Miss Connolly. Vielleicht von dem Mann, der zu mir kam. Höchstwahrscheinlich war er es. Aber das ergibt keinen Sinn. Er bringt jemanden um und kommt dann später wieder, um mir ein Versprechen abzunötigen? Wozu? Ich habe mir das Hirn zermartert, um mir einen Reim darauf zu machen, Miss Connolly. Aber am Ende steht für mich nur eins mehr oder weniger fest, dass derjenige irgendwann zurückkommt ... und auch mich umbringt.«

Er ließ weiter gehetzt seinen Rosenkranz durch die Finger gleiten. »Father«, sagte Sloane. »Ich weiß nicht, was ich sagen soll. Ich wollte mich lediglich nach ...«

»... nach Michael erkundigen, ja«, schnitt er ihr das Wort ab,

»aber genau deshalb ...« Er musterte Sloane mit einem eindringlichen Blick. »Für wen arbeiten Sie? Raus damit!«

Er schien kurz davor, die Nerven zu verlieren.

»Das kann ich Ihnen leider nicht sagen«, erklärte Sloane geduldig. »Mein Auftraggeber wünscht, anonym zu bleiben.«

Ihre Standardauskunft. Bei der sich das Zittern des Priesters noch verstärkte.

»Aber sicher, aber sicher, was denn sonst ... das leuchtet ein.« In diesem Moment schien Father Silva Selbstgespräche zu führen. »Wieso interessieren Sie sich für Michael?«, fragte er abrupt und sah Sloane gespannt ins Gesicht.

Sloane lag schon ihre übliche Antwort auf der Zunge – Denkmal, Menschen mit nachhaltigem Einfluss –, doch dann überlegte sie es sich anders. Sie konterte mit einer Gegenfrage.

»Wie wär's, wenn Sie mir von ihm erzählen würden?«

»Das soll ich ja auch. Nein, nein, es wurde mir befohlen, also ja, ich werde Ihnen erzählen, was ich über ihn weiß, auch wenn es nicht viel sein mag.«

Sloane war erstaunt. Damit hatte sie nicht gerechnet. Seinem ganzen Verhalten nach hätte sie mit einer Weigerung gerechnet.

»Ausgezeichnet«, sagte sie.

»Ich ...«, stammelte er und fing noch einmal von vorne an. »Der Mann im Beichtstuhl hat mir ein Versprechen abgenommen. Ein Versprechen an einem geheiligten Ort. Ich kann nicht ...«

»Aber ...«

»Aber es war ja keine Beichte im Beichtstuhl«, rief sich Father Silva ins Gedächtnis, »die mich für immer zu Verschwiegenheit verpflichtet hätte, egal, was er mir erzählt. Das ist nun mal die Vorschrift. Die ist unantastbar. Aber was er sagte, war eher eine Forderung. Ein erpresstes Versprechen. Eine Drohung. Das unterliegt vielleicht nicht denselben Regeln.« Seine Überlegungen klangen nach einer philosophischen Erörterung. »Ich bin mir nicht einmal sicher, ob der Mann überhaupt Katholik war. Auch das hat vielleicht Einfluss auf meinen Entscheidungsspielraum. Ja. Ja. Kann man schon sagen.«

Sloane juckte es in den Fingern, den Priester hinter seinem Schreibtisch zu packen und einmal ordentlich durchzuschütteln, um seinem Gestammel ein Ende zu setzen. Doch sie hielt sich zurück. Und fragte sich: Was macht die Angst aus einem Menschen?

Die Antwort hatte sie vor sich.

Sloane riss sich am Riemen und legte einen professionellen Ton an den Tag: »Was meinen Sie, Father? Vielleicht erzählen Sie mir alles von Anfang an …«

Der Priester nickte heftig.

»Von Anfang an. Ja. Ja. Fragt sich nur, womit es angefangen hat.«

Sloane hätte ihm gern auf die Sprünge geholfen, doch wenn sie ehrlich war, brachte sie genau diese Frage her.

»Vielleicht«, sagte sie bedächtig, um ihm mit ihrem nachdenklichen Ton doch noch eine vernünftige Auskunft zu entlocken, »könnten Sie mir ja von Ihrer Begegnung im Beichtstuhl erzählen, die gar keine Beichte war. Bei der Ihnen gesagt wurde, ich würde mich bei Ihnen melden …«

»Ja, ja. Das ist Monate her.«

Ihr lag schon die Frage auf der Zunge: Aber wie …, schluckte sie aber herunter.

»Aber vor Monaten, das wäre ja lange nach dem Tod von Michael Smithson.«

»Ja, ja. Da war er schon fünf Jahre tot.«

Zu der Zeit war ich noch am College und spielte überhaupt erst mit dem Gedanken an ein Architekturstudium, dachte Sloane.

»Also gut«, sagte sie mit fester Stimme, um ihre eigene Verwunderung zu überspielen. »Dann spulen wir doch am besten von dem Moment im Beichtstuhl zurück, in Ordnung, Father? Erzählen Sie mir also zuerst von dem Mann im Beichtstuhl und dann, wie das mit Michael Smithson zusammenhängt.«

Der Priester nickte und dachte offenbar intensiv nach.

»Na ja, es fing eigentlich ganz normal an, es war um die Uhrzeit, zu der ich immer die Beichte abnehme. Eine Menge Leute mit einer Menge Sünden, das Übliche, angefangen damit, am Sonntag nach der Messe nichts in die Kollekte gegeben zu haben, bis hin zu Ehebruch. Ich habe eine Menge Vaterunser und Gegrüßet-seist-du-Maria verhängt. Aber dann, am Ende, nahm es eine ganz andere Wendung. Eine Stimme, die ich nicht kannte. Eine Präsenz auf der anderen Seite des Gitters, die mir Angst einflößte. Es fühlte sich so an, als säße da plötzlich der leibhaftige Satan hinter dem Vorhang. Ich spürte ihn förmlich. Es war nicht herauszuhören, wer das war oder woher er stammte, keinerlei Akzent, nichts, was mir irgendeinen Hinweis gegeben hätte. Ich spürte nur etwas, so eine Kälte im Beichtstuhl. Und eine sehr leise Stimme.«

»War es ein junger oder ein alter Mann? Woran genau erinnern Sie sich ...«

»Nicht jung. Eher in reifem Alter. Ein Mann, der nicht zum ersten Mal im Leben drohte, der wusste, was er tat.«

»Und was sagte er?«

Der Priester schloss für einen Moment die Augen, als rufe er sich die Situation ins Gedächtnis und halte sie sich zugleich vom Leib, um nicht wieder in Panik zu verfallen.

»Er sagte: ›Ist Ihnen Ihr Leben lieb, Father?‹, und ich sagte: ›Natürlich, mein Sohn‹, und er sagte: ›Ich bin nicht Ihr Sohn, Father. Auch wenn ich eine Mutter und einen Vater hatte, bin ich nicht mehr irgendjemandes Sohn. Aber wenn Sie alt werden wollen, dann tun Sie genau das, was ich Ihnen sage.‹ Und dann ...«

Der Priester zögerte.

»Bitte fahren Sie fort«, ermunterte ihn Sloane.

Der Priester holte Luft.

»Dann sagte er mir, eines Tages würde eine junge Frau zu mir kommen und nach Michael Smithson fragen. Und dann sollte ich ihr alles sagen, was ich weiß. Und ich sollte ihr die reine Wahrheit sagen. Nichts verheimlichen. Er fügte hinzu, falls ich ihr nicht die Wahrheit sagte, käme er wieder, und dann würde das, was mit Michael passiert ist, auch mir passieren, nur viel, viel schlimmer, dafür würde er sorgen.«

Dieselbe Drohung wie gegenüber dem Kinderschänder, stellte Sloane fest.

»Michael starb an einer Überdosis ...«

»Ja, ja. An Heroin, das er jahrelang nicht mehr angerührt hatte.«

»Also ...«

Der Priester schüttelte energisch den Kopf. »Aber Michael nahm ja gar nichts mehr«, sagte er. »Er war hundert Prozent clean. Mit Herz und Seele abstinent. Schon viele Jahre lang. Anständig. Offen. Ein leuchtendes Vorbild für andere mit demselben Problem.«

»Aber eine Nadel ...«

»Ich glaube nicht, dass es seine Nadel war. Oder seine Drogen. Oder dass er sich mit eigener Hand diese Überdosis gespritzt hat. Das habe ich auch den Polizisten gesagt, die noch am selben Abend kamen, aber sie haben mir nicht geglaubt. Wieso sollten sie auch? Es schien alles so offensichtlich. Einmal Junkie, immer Junkie, sagten die Cops. Michaels Tod langweilte sie. Und was sollte ich ihnen schon sagen, um sie zu überzeugen?«

»Demnach«, fing Sloane behutsam an, »glauben Sie nicht an einen Rückfall ...«

»Nein, eindeutig nicht. Ich habe ihn ja fast täglich gesehen. Wir haben uns oft abends zum Essen getroffen, und danach hat er dann noch hier im Zentrum eine weitere Sitzung geleitet. Ein Rückfall wäre mir mit Sicherheit nicht entgangen.« Er beugte sich vor und flüsterte: »Ich habe ihn auch an dem Tag getroffen. Und er war bester Laune. Hat Witze gemacht, gelacht. War aufgedreht und glücklich.«

Es trat kurzes Schweigen ein.

Sie brauchte das Wort Mord nicht auszusprechen, es stand dem Priester ins Gesicht geschrieben.

»Aber wieso?«, fragte Sloane einfühlsam.

»Das darf ich Ihnen nicht sagen, andererseits muss ich es«, antwortete er. »Einmal hat er es mir erzählt, Michael, und ich musste schwören, es für mich zu behalten, so wie im Beichtstuhl, er verließ sich auf mein Ehrenwort, mein Gelübde, unsere Freundschaft … es war, als müsste er sich von dieser Last befreien, um dieser wunderbare Drogenberater zu werden, der er war, von einem bleischweren Gewicht, einer Tonne Schuld und Angst und wer weiß, was noch. Es mir anzuvertrauen, war sein Weg nach vorne, und so habe ich es in all den Jahren, in denen ich ihn kannte, für mich behalten …«

Wieder ein kurzer Blick zur Decke, bevor er weitersprach.

»Michael«, sagte der Priester, »hatte einen Mann umgebracht.« Sloane zuckte innerlich wie unter einem Schlag zusammen, ließ sich äußerlich jedoch nichts anmerken.

»Ich glaube, der Mann, der zu mir kam und mir das Versprechen abnahm, Ihnen die Wahrheit zu sagen, wusste davon. Michael wurde nie angeklagt. Nie verhaftet. Ihm wurde nie der Prozess gemacht. Er wurde, zumindest meines Wissens, mit dem Fall nie in Verbindung gebracht. Wie es dazu kam, weiß ich nicht. Wieso er, wenn er einen Mann getötet hatte, nie von der Polizei belangt wurde? Keine Ahnung. Aber deshalb war er weiß Gott kein freier Mann, Miss Connolly. Er stand tagein, tagaus vor einem weit höheren Gericht. Und deshalb war er hier. Um Buße zu tun. Um genügend Leben zu retten und damit das eine, das er genommen hatte, gutzumachen. So wurde er clean. Das trieb ihn an.«

»Aber wann? Wann hat er jemanden umgebracht?«

»Das war Jahre her. In New York. Bevor er nach Miami zog.«

»Aber wer …«

»Ich habe einen Namen.«

Er griff nach einem kleinen Notizblock und einem Stift auf seinem Schreibtisch.

»Der Mann, der zu mir kam – der hat mir eingeschärft, Ihnen diesen Namen zu nennen. Es war ihm offenbar wichtig.« Er schrieb mit zitternder Hand.

Während er ihr den Zettel hinüberschob, sah er auf.

»Das ist alles, was ich weiß«, sagte er fast im Flüsterton.

»Sie haben ihn nicht nach Einzelheiten gefragt?«

»Nein, Miss Connolly. Ich hatte nur erfahren, dass mein Freund in jüngeren Jahren etwas Schreckliches getan hatte und sich jetzt ein Leben aufbauen wollte, mit etwas, das seiner Tat von damals diametral entgegenstand. Dafür habe ich ihn bewundert. Ich liebte den Mann, zu dem er geworden war. Nicht den Mann, der er einmal gewesen war.«

Nun ja, dachte Sloane, wie bequem.

Er sah sie mit einem flehentlichen Blick an.

»Sagen Sie diesem Mann, der zu mir in den Beichtstuhl kam, wenn er sich bei Ihnen meldet, Miss Connolly, dann bitte, dass Father Silva Ihnen alles erzählt hat, was er weiß, die ganze Wahrheit. Ich habe nichts zurückgehalten, so, wie er es von mir verlangte. Sie müssen es mir versprechen. Bitte versprechen Sie mir, ihm zu sagen, ich hätte Wort gehalten.«

Die Antwort fiel ihr leicht. »Natürlich. Versprochen«, sagte Sloane und fragte sich, ob es gelogen war. Sie schwieg eine Weile, bevor sie fragte: »Father, Sie haben offenbar Angst ...«

Der Priester zögerte. Dann sagte er mit gesenkter Stimme: »Ich habe keine Angst davor zu sterben, Miss Connolly ...«

Was Sloane ihm nicht abnahm. Doch sie ließ den Priester reden.

»... Wenn mich Jesus ruft, bin ich bereit. Freudig. Ohne zu zögern. Aber der Mann, der neben mir im Beichtstuhl saß. Der war nicht von Jesus.«

Auch wenn der Priester immer noch nicht stillsitzen konnte, stieß er einen tiefen Seufzer der Erleichterung aus. »Vielleicht kommt er jetzt, wenn er weiß, dass ich seine Anweisung befolgt habe, nicht wieder und tötet mich. Aber wohl eher doch.«

KAPITEL 14

EINS

Der Flug von Küste zu Küste verlief ohne besondere Vorkommnisse, ohne das leiseste Absacken in der Luft, mit stetig dröhnenden Maschinen. Sloane saß auf ihrem Sitz in der First Class und ignorierte den allzu redseligen Geschäftsmann neben ihr, der mit ihr Aktienoptionen diskutieren wollte und wo sie beide sich über einem Drink am besten kennenlernen könnten. Sie nutzte die Stunden dazu, die ganze Bandbreite an Informationen einzuordnen, die sie im Zuge ihrer bisherigen Gespräche gesammelt hatte.

Ein Reporter, nahm sie an, sieht ein Ereignis und interviewt Leute, und in seinem Kopf nimmt der Artikel dann Gestalt an; ein Ermittler sieht ein Beweismuster, das ein Verbrechen erklärt, gleicht Fakten mit der Gesetzeslage ab und entwickelt daraus ein Plädoyer; ein Arzt wertet Symptome und Testergebnisse aus und kommt zu einer Diagnose. Sie hingegen war Architektin, und ihre bescheidene Expertise bestand darin, Emotionen in konkrete Gestalt umzusetzen, ein Konstrukt aus Gefühlen, die sich zu Ideen verdichten und schließlich zu einem soliden Bau.

Sie zog einen Zeichenblock und einen Stift hervor und machte sich an eine Skizze: zuerst ein langes Rechteck, dann ein Obelisk, der gen Himmel ragt. Sie spielte mit Formen. Ein Oval wurde zu einem Wasserring mit einem Springbrunnen in der Mitte. Ein Quadrat stand für einen kleinen Park inmitten von Gebäuden, eine stille grüne Oase in einer City, ein Ort der Ruhe mit sechs unterschiedlich gestalteten Bänken aus Zement, auf denen Besucher verweilen konnten. Auf jeder Bank würde einer der sechs toten Namen stehen und vielleicht auf dem Sitz eingemeißelt eine kurze Charakterisierung der Person, die sie einmal gewesen war.

Die Idee gefiel ihr.

Dann doch nicht mehr.

In den Geschichten, die ihr zu Ohren gekommen waren, hatte sie zu viel unterschwellige Wut herausgehört.

Sie zeichnete ein vertikales Rechteck. Sie sah einen schwarzen Obsidian vor sich, mit einem schlanken Wasserfall, der an der Vorderseite in ein kleines reflektierendes Becken hinunterströmt und dabei über die sechs in den Stein gemeißelten toten Namen fließt. Sie sah ein beständiges rotes Licht, das im Becken leuchtet. Rot und schwarz, dachte sie.

Die Farben der Gewalt. Die Farbe des Todes.

Sie tappte immer noch im Dunkeln, konnte immer noch nicht den gemeinsamen Nenner sehen, den der Auftraggeber ihr vorenthielt, und so pausierte sie mit dem Zeichnen, um sich über den Namen Gedanken zu machen, den der Priester ihr in Miami genannt hatte. Noch ein Toter, in diesem Fall ein Toter, der Michael Smithson dazu gebracht hatte, in die Hitze und die Sonne jener Stadt zu flüchten. Um dort was zu tun? Sich zu verstecken? Mit seiner Schuld allein zu sein? Buße zu tun, wie der Priester nahegelegt hatte? Sloane versuchte, sich einen Mord vorzustellen, der sich mit einem Leben guter Werke wiedergutmachen ließ.

Wie viele Junkies muss man dafür retten?

Wie viele Gegrüßet-seist-du-Maria muss man dafür beten?

Der Pilot kündigte den Landeanflug auf San Diego an. Sie spürte, wie die Maschinen gedrosselt wurden, bemerkte, wie sich die Flugzeugnase ein wenig senkte, und fragte sich, ob sie sich auf derselben Abwärtsspirale befand. Wohl mit dem Unterschied, dass sie nicht wusste, wo sie landen würde.

Der Cop ihr gegenüber war das genaue Gegenteil des Polizisten in der Kleinstadt Exeter, New Hampshire. Der junge Beamte war freundlich und gesprächig gewesen und hatte sich fast dafür entschuldigt, dass der Mord an dem alten Direktor und seiner Frau nie aufgeklärt und der Fall nie offiziell abgeschlossen worden war.

Der Detective in San Diego hatte eine großstädtische, mürrische Art, die ihr sagte: Wozu soll ich mich mit diesem alten Mist herumschlagen?, und Sloane konnte sich des Eindrucks nicht erwehren, dass er ihr nur half, weil sie jung und hübsch war, womit sie leben konnte.

»Tut mir leid, Miss Connolly. Wir haben einfach nicht viel zu diesem Mordfall. Bei grenzüberschreitenden Verbrechen bleibt die Beweislage meist löchrig, egal wie hilfreich die Kollegen da unten sind. Wir haben einen Autopsiebericht und ein paar Tatortfotos sowie einige Befragungsprotokolle aus Mexiko bekommen – die Kripo dort hat mit den Jugendlichen gesprochen, welche die Leiche gefunden hatten, mit den Eigentümern des Spa und mit ein paar Prostituierten, aber nichts, was uns irgendwie weitergebracht hätte. Von hier aus konnten wir auch nicht viel tun.« Er verstummte, schüttelte den Kopf und fügte hinzu: »Und es gab auch niemanden, der uns im Nacken gesessen hätte – wie eine trauernde Witwe mit einem Freund bei einer Zeitung oder Geschäftspartner mit viel Geld und Kontakten nach ganz oben, die nach Antworten verlangt hätten. Barrett lebte allein, genoss das Leben und hatte praktisch keine Angehörigen. Der Fall ist also ziemlich leicht durch die Maschen gerutscht.«

Er beugte sich wieder über die Akte, die er so durchblätterte, dass Sloane den Inhalt nicht sehen konnte, hielt hier und da inne und blätterte weiter.

»Versuche gerade, ein Tatortfoto zu finden, bei dem sich Ihnen nicht der Magen umdreht«, erklärte er.

Genau wie der Cop in New Hampshire.

Kurz darauf zog er ein Hochglanzfoto heraus. Darauf war ein staubiger Graben neben einer unbefestigten Straße zu sehen, die sich meilenweit durch karges Gelände mit wenig struppigem Gebüsch zu schlängeln schien, mit nichts als Staub und nackter Erde weit und breit. Auf diesem Foto verhüllte, innerhalb eines mit gelbem polizeilichem Absperrband markierten Karrees, ein simples weißes Laken eine am Boden liegende Gestalt, und ein Badetuch bedeckte im Abstand von anderthalb bis zwei Metern eine zweite Form.

Der Detective zuckte mit den Achseln.

»Damit Sie zumindest eine Vorstellung bekommen.«

Sloane starrte auf das Bild. Es fiel ihr nicht schwer, sich auszumalen, was sich unter den beiden Tüchern befand. Sie sah einen blutüberströmten Torso, einen makabren abgetrennten Kopf mit hilflos nach oben blickenden, offenen Augen. Mit Schaudern dachte sie nur: noch so ein Albtraum. Der zu den anderen Albträumen passt.

Sloane schluckte, sehnte sich nach einem Glas Wasser und fragte ruhig: »Was ist Ihrer Meinung nach mit Mr Barrett passiert?«

Sie riss sich zusammen, damit sich ihre Stimme nicht überschlug.

Wieder zuckte der Detective mit den Achseln, offenbar ein Tick.

»Er geriet zu spät nachts nach zu viel Tequila und Bier an die falschen Leute, nahm den Mund etwas zu voll, wedelte mit Bargeld und endete mausetot in einem Graben nicht weit von der Stadt.«

Sloane ließ den Blick noch einmal über das Foto schweifen.

»Mehrere Schüsse abgekriegt. Kopf abgeschlagen. Kein schönes Ende«, fügte der Cop hinzu.

Zwischen der Beschreibung und dem Foto hin- und hergerissen, dachte Sloane einen Moment lang angestrengt nach.

»Wieso trennt man jemandem den Kopf ab, nachdem man ihn erschossen hat? Ich meine, mehr als tot kann jemand doch nicht sein?«

Der Cop lächelte. Der erste kleine Riss im mürrischen Gebaren des Polizisten im Morddezernat.

»Jetzt denken Sie wie ein Detective«, sagte er, »ich meine, wozu die Mühe, nicht wahr? Der Kerl ist tot. Es sei denn, die wollen damit eine Botschaft senden. Die Kartelle tun so etwas, wissen Sie, mit Körperteilen Botschaften senden. War früher nichts Besonderes, ist inzwischen eher selten geworden. Ich denke, die Schockwirkung hat nachgelassen. Einfach zu viele kopflose Leichen. Kriegt man ja sogar im Film zu sehen. Man stumpft ab. Außer natürlich, es ist der Kopf des eigenen Bruders oder der eigenen Mutter.«

Es sollte wie ein Witz klingen, auf den er mit einem Lachen oder wenigstens einem Lächeln rechnete. Er sah Sloane eindringlich an.

»Falls man aber einen stinknormalen Mord, bei dem man nur diesen dämlichen Gringo abzocken will, nach einem Verbrechen aus der Drogenszene aussehen lassen möchte, damit die Polizei die Nase gar nicht erst so tief hineinsteckt, dann ergibt so was hier schon Sinn.«

»Und gäbe es die Möglichkeit, das herauszufinden?«

»Sicher. Aber wer sollte das in diesem Fall übernehmen?«

Sloane nickte und sah ein, wie dumm ihre Frage war.

Der Sarkasmus des Detectives schwebte über dem Raum. Es war ein Großraumbüro, nicht viel anders als dasjenige in dem Gebäude, in dem Sloane in Cambridge arbeitete. Im Unterschied dazu trug hier nur jeder eine Dienstwaffe, und auf den Schreibtischen türmten sich Akten, bei denen es ums Ende ging und nicht um einen vielversprechenden Anfang.

Sie gab das Foto dem Detective zurück.

»Haben Sie damals zu Mr Barrett ermittelt? Ich meine, Erkenntnisse darüber gewonnen, was für ein Mensch er war oder was er beruflich machte?«

»Sie meinen, haben wir versucht, herauszufinden, ob ihn jemand so sehnlichst tot sehen wollte, dass er ihm in ein nobles Spa in Mexiko folgt, da ein paar Tage rumlungert, während der Typ sich eine Darmreinigung verpassen lässt, ihm dann in irgendeine Spelunke folgt, während der Typ eigentlich ein Schlammbad nehmen und frische Guacamole essen sollte, dort geduldig wartet, während der Typ mit ein paar Prostituierten rummacht und sich wahrscheinlich einen üblen Tripper einfängt, und ihn dann entführt, erschießt, sich damit aber nicht zufriedengibt und ihm deshalb auch noch den Kopf absäbelt und seine Leiche in den nächstbesten Graben wirft?«

Sloane wurde fast rot.

»Nein«, fuhr der Cop im selben spöttischen Ton fort: »Zu diesem unmöglichen Szenario haben wir nicht ermittelt. Soweit wir es beurteilen können, war er einfach nur einer von diesen Silicon-Valley-Nerds, die eines schönen Tages eine richtig gute Idee haben, sie verkaufen, dafür ein paar Millionen einsacken und beschließen, sich bis ans Ende ihrer Tage ein schönes Leben zu machen. Unser Typ hier, na ja, der liebte offenbar das Risiko. Hat zu nah am Abgrund gelebt, vermute ich mal. Die meisten Jungs, die so richtig absahnen, Miss Connolly, behalten trotzdem den Kopf auf den Schultern, während sie windsurfen oder inselhoppen oder nach Aspen oder Maui jetten. Unser Typ hier eben nicht. So smart kann er dann also doch wieder nicht gewesen sein, oder? Vielleicht algorithmensmart. Aber nicht smart genug für die Straße.«

Noch mehr Zynismus.

»Steht da irgendetwas in Ihren Berichten, das mir zu seiner Person ein bisschen mehr verrät?«, fragte Sloane.

»Die Vorgeschichte der Opfer findet sich normalerweise nicht in unseren Akten. Und ich muss mich entschuldigen, Miss Connolly. Diese Akte hier ist ziemlich schmal. Allzu entgegenkommend sind unsere Freunde auf der anderen Seite der Grenze nämlich nicht. Aber um fair zu sein, wenn die bei uns anrufen, überschlagen wir uns auch nicht gerade.«

»Wie sieht es mit Hinterbliebenen aus?«

Der Detective ging ein paar Seiten durch und machte plötzlich ein erstauntes Gesicht. »Also, das ist ungewöhnlich«, sagte er.

»Was denn?«

»Hier steht nichts von Angehörigen. Aber da ist ein Vermerk, wonach die Leiche an der Grenze angefordert wurde. Wie's aussieht, wurden seine sterblichen Überreste von einem Anwalt hier in der Stadt zurückgeführt.« Der Detective griff zu Stift und Papier und schrieb ihr den Namen und die Adresse auf. Sloane fühlte sich an den Zettel mit dem Namen eines anderen toten Mannes erinnert, den Father Silva ihr ausgehändigt hatte und der sich jetzt neben ihrem Laptop in ihrem Rucksack befand. Der Cop gab ihr das Blatt. »Offenbar hat da jemand keine Kosten gescheut, um Mr Barrett zurückzuholen und ihm einen ordentlichen Abschied zu bereiten. Oder besser, einen ordentlichen zweiten Abschied. Der erste war jedenfalls ziemlich hässlich.«

ZWEI

Die Kanzlei wurde von einem allein arbeitenden Anwalt mit einer Sekretärin geführt und befand sich im zweiten Stock eines unscheinbaren Bürogebäudes, dessen Fahrstuhl auf seinem beschwerlichen Weg nach oben bedenklich schepperte. Beim Betreten der Kanzlei war Sloanes erster Eindruck: schäbig. Alles wirkte abgenutzt, von den altmodischen schwarzen Aktenschränken aus Stahl über ein fadenscheiniges Sofa und das Bücherregal mit juristischen Nachschlagewerken in verblassten Ledereinbänden, die aussahen, als habe er sie auf dem Flohmarkt gekauft. Die Sekretärin, etwa doppelt so alt wie Sloane, kaschierte ihr ergrauendes Haar unter einem bauschigen blonden Haarteil, während ihr die Kleider zu eng an der nicht mehr ganz straffen Figur saßen.

»Kann ich Ihnen helfen, meine Liebe?«, fragte sie. Selbst die Frage wirkte veraltet und hätte besser in ein Seniorenheim gepasst.

»Ja«, sagte Sloane in aufgesetzt selbstsicherem Ton. »Ich würde gerne mit Mr Carson sprechen.«

»Haben Sie einen Termin?«, fragte die Sekretärin.

Nach Sloanes erstem Eindruck von der Kanzlei benötigte niemand einen Termin, um zu Mr Carson vorgelassen zu werden. »Nein«, sagte sie. »Aber ich bin zuversichtlich, dass er mich sehen möchte.«

Die Sekretärin verwandelte sich augenblicklich in die Wächterin an der Pforte. »Nun ja, er ist sehr beschäftigt«, sagte sie mit ungerührter Miene, »er hat wichtige Fälle.«

Was Sloane zu bezweifeln wagte.

»In welcher Angelegenheit kommen Sie denn?«, fragte die Sekretärin.

»Vor ein paar Jahren hat Mr Carson an der Grenze nach Mexiko die Leiche eines gewissen Martin Barrett in Empfang genommen, eines Mannes aus dem Hightech-Sektor, der in Mexiko ermordet wurde. Ich komme wegen dieses Falls.«

Einen Moment lang herrschte bedeutungsträchtiges Schweigen in dem kleinen Raum, und die Sekretärin wand sich auf ihrem Stuhl.

»Ja«, sagte sie, griff nach einem Stift auf dem Schreibtisch und hielt sich daran fest. »Ja. Der Fall. Ja, Mr Carson ...«

Sie verstummte, als bereitete es ihr Qualen, auch nur ein Wort mehr zu sagen.

»Soweit ich mich entsinne, hat Mr Carson eine Bestattung veranlasst ...«

»Ja. Das stimmt, ja, ja«, bestätigte die Sekretärin. Sie ließ den Stift fallen und ordnete einige Papiere, als falle ihr in diesem Moment ein, wie wichtig sie waren, und hielt inne. Etwas linkisch griff sie schließlich zum Telefon. Sie tippte ein paar Zahlen ein – die Durchwahl – und sagte, ohne Sloane auch nur eine Sekunde aus den Augen zu lassen, in den Hörer: »Mr Carson, hier ist eine junge Frau, die sich nach dem Fall Martin Barrett erkundigt.«

Sie hörte einen Moment zu. Legte auf. Zeigte zur Tür.

»Mr Carson erwartet Sie«, sagte sie. Die ersten Worte des Anwalts waren kein Gruß, sondern eine Entschuldigung:

»Tut mir leid, ich weiß eigentlich nicht allzu viel darüber.« Statt Sloanes ausgestreckte Hand zu ergreifen, starrte er nur darauf, als halte sie ihm eine Waffe entgegen, dann bot er ihr endlich einen Stuhl an. Die Art, wie er selbst wieder Platz nahm, erinnerte an einen Soldaten, der sich verschanzt.

»Ich habe in dieser Angelegenheit nur eine sehr begrenzte Rolle gespielt«, sagte Carson mit einer wegwerfenden Handbewegung, als hoffe er, damit jede mögliche weitere Frage beantwortet zu haben.

»Wussten Sie –«, fing Sloane an.

Sie wurde augenblicklich unterbrochen.

»Nein, nein, ich bin dem Herrn nie begegnet. Ich weiß rein gar nichts über ihn. Ich war gewissermaßen nur der Bote, nein, das trifft es nicht ganz. Der Rückführer einer Leiche. So was in der Art. Ich kenne den Fachbegriff dafür nicht. Und ich wüsste auch nicht, inwiefern ich Ihnen ...« Er ließ den Satz in der Schwebe.

»Ich verstehe nicht ganz«, sagte Sloane. »Der fragliche Mann ist tot ...«

»Ihr Besuch wurde mir angekündigt«, sagte Carson. Seine Stimme klang ein wenig schrill.

»Angekündigt? Von wem?«

Der Anwalt schüttelte den Kopf.

»Ich fürchte, das unterliegt dem Anwaltsgeheimnis, Miss Connolly. Ja, der Name wurde mir genannt. Könnten Sie sich wohl bitte ausweisen?«

Sloane holte ihren Führerschein heraus. Während sie ihn dem Mann reichte, fragte sie: »Also, wozu sind Sie zur Grenze gefahren und haben sich den Leichnam herausgeben lassen? Vielleicht dürfen Sie mir das ja sagen.« Der Anwalt dachte über die Frage nach.

»Das geschah im Auftrag eines Klienten.«

Gut pariert, dachte sie. Und allzu offensichtlich. Ich hätte auch nicht angenommen, dass du einer spontanen Eingebung folgst und die Herausgabe eines Mordopfers forderst.

»Also, wer?«

Bei dem Klienten kann es sich nur um den Auftraggeber handeln, dachte Sloane.

»Das darf ich nicht sagen.«

Sloane war perplex.

»Dürfen nicht oder wollen nicht?«

»Beides«, antwortete der Anwalt.

Der korpulente Mann hatte ein rundes Gesicht und Glatze, dafür umso buschigere Augenbrauen, die bei jeder Antwort nach oben schnellten oder sich zusammenzogen. Er lockerte sich den Schlips, während er erklärte: »Ich muss mir nur darüber klar werden, was ich Ihnen mitteilen darf und was nicht«, sagte er in etwas verbindlicherem Ton. Er schwieg und ließ den Blick durch das kleine Kanzleizimmer schweifen.

Sloane folgte seinem Beispiel. Sie sah Kästen, die von Papieren überquollen, ein billiges Landschaftsgemälde an einer Wand, einen Kopierer und ein Faxgerät in einer Ecke. Einzig modern und ziemlich neu wirkte der Computer auf dem Schreibtisch des Anwalts. Er hüstelte. Sloane machte Druck. »Ich bin hier auf Hilfe angewiesen«, sagte sie und versuchte es einmal mehr auf die entwaffnende, beinahe kokette Art. »Ich benötige wirklich ein paar Antworten.«

Carson zögerte. Er hob die Hand und deutete mit einem Wurstfinger nach rechts und nach links.

»Was sehen Sie, Miss …«

»Ich sehe ein Büro.«

»Was für eine Art Büro, Miss Connolly?«

»Ein eher bescheidenes«, erwiderte sie.

»Können Sie laut sagen«, entgegnete er. »Nicht viel dran, stimmt's? Nicht wie bei den namhaften Kanzleien in irgendeiner City, Sie wissen schon, groß und alles vom Feinsten. Konferenzzimmer und reihenweise Referendare und junge Juraabsolventen, die sämtliche Recherchen machen und sich damit die Nächte um die Ohren schlagen. Ich bin nur ein kleiner Fisch, Miss Connolly. Seit Jahren schon und bestimmt für den Rest meines Lebens. Keine Armani-Anzüge. Bin froh, wenn ich über die Runden komme. Ein paar Scheidungen. Ein paar Immobilien-Kaufabschlüsse, aber keine Topklientel, keine Fälle, bei denen auf einen Schlag mehrere Millionen herausspringen. Eher so was in der Art: Sie wollen Ihre Drei-Zimmer-Wohnung mit Küche und Bad verkaufen, fünf Meilen vom Strand entfernt? Ich bin Ihr Mann. Hier und da ein bisschen Strafverteidigung, Kleinkriminalität, Trunkenheit am Steuer. So was fällt für mich ab. Aber alles in allem kann ich für kleine Leute auf meine bescheidene Weise etwas tun und einigermaßen davon leben.«

Seine Ehrlichkeit verblüffte sie.

»Und ich möchte nicht verlieren, was ich habe«, fügte er hinzu.

Sie nickte. Sie suchte noch nach einem Dreh, ihn weiter zum Reden zu bringen.

»Ich möchte nicht pleitegehen.«

»Wer sollte das denn wollen?«, fragte sie zurück.

Er hielt die Hand hoch. »Das werde ich Ihnen nicht sagen.«

»Sie wollen nicht, oder Sie können nicht?«, fragte Sloane noch einmal.

Wieder schwieg er, wieder schien er nachzudenken.

»Haben Sie je gesehen, wie jemand Großes und Wichtiges und Reiches, mit seinem ganzen juristischen Gewicht und dem entsprechenden Geld, jemand Unbedeutenden vernichtet, um seinen Willen durchzusetzen? Elefant gegen Ameise?«

Sie schüttelte den Kopf.

»Das ist nicht schön«, sagte er. »Nur im Film bringt der weiße Ritter in seiner ganzen glorreichen Selbstgerechtigkeit und moralischen Entrüstung im Kampf für die edle Sache die Bösen zu Fall. Glauben Sie mir, im wirklichen Leben geht es nicht so romantisch zu. Da gibt es nur selten ein Happy End.«

Die schnörkellose Offenheit des Anwalts war erstaunlich und hätte, wie Sloane unwillkürlich denken musste, in ihrem Zynismus dem Detective gefallen.

»Ich bin mit dem zufrieden, was ich habe, Miss Connolly. Und ich möchte es gern behalten. Ich stehe gern morgens auf, fahre mit meinem kleinen Wagen zu meiner kleinen Kanzlei und erledige dort meine kleinen Pflichten, um abends wieder heimzufahren, ein Glas Scotch zu trinken, vielleicht den Kindern bei ihren Hausaufgaben zu helfen, mir im Fernsehen ein Spiel anzusehen und einfach nur stinknormal zu sein. Ich möchte nichts tun, um mir das zu versauen.«

Er verstummte wieder, blickte sie mit unerbittlicher Miene über den Schreibtisch hinweg an und fügte hinzu: »Und ich will nicht sterben.«

Sie wusste nicht, was sie sagen sollte, und stammelte nur: »Sie meinen, dieser Fall könnte Sie das Leben kosten?«

»Nicht auszuschließen. Ich weiß es nicht. Immerhin ist schon ein Mann einen Kopf kürzer. Ich bin also nicht darauf erpicht, es herauszufinden.« Er griff in seine Tasche und zog einen Schlüsselbund heraus. Er schloss damit eine Schreibtischschublade auf. Einen Moment lang kramte er darin herum und zog dann einen großen braunen Briefumschlag hervor. Er erinnerte Sloane augenblicklich an den Umschlag, den ihre Mutter ihr auf dem Bett hinterlassen hatte, mit Geld, Urkunden und jeder Menge Fragen.

»Ich glaube, der ist für Sie«, sagte Carson.

Sloane nahm ihn entgegen. Die Vorderseite war in großen schwarzen Lettern mit ihrem Namen versehen.

»Bitte«, sagte sie. »Ich bin verwirrt.«

Wieder schien der korpulente Anwalt mit sich zu kämpfen. Sein Gesicht war etwas gerötet, als habe es ihn angestrengt, die Schublade zu öffnen und ihr den Brief zu übergeben. »Na schön, so viel kann ich Ihnen verraten, Miss Connolly. Vor einigen Jahren bekam ich einen Anruf von einem Anwalt aus Boston …«

Patrick Tempter, dachte sie prompt.

»… Von einem sehr prominenten Anwalt.«

Da haben wir's.

»Er kam mir mit einer höchst ungewöhnlichen Bitte. Er bat mich – ausgerechnet mich –, zur Grenze zu fahren, dort die Herausgabe einer Leiche zu erwirken, den ganzen Papierkram zur Repatriierung gewissenhaft zu erledigen, den Toten zu einem Bestattungsunternehmen zu bringen und dafür zu sorgen, dass er eingeäschert würde. Anschließend sollte ich die Asche an mich nehmen und über dem Meer ausstreuen. Er bezahlte mich großzügig für diesen Dienst. Der beste Zahltag, den ich je hatte. Und Teil der Abmachung war, keine Fragen zu stellen, sondern einfach nur meinen Auftrag zu erfüllen, den Scheck einzusacken und den Mund zu halten.«

»Sie haben also nicht gefragt, wozu?«

Er sah Sloane an und nahm nervös seine Erzählung wieder auf.

»Was ist daran so schwer zu verstehen, wenn ich sage, ›den Mund zu halten‹? Die Leiche, die ich rübergeholt habe, na ja, ein Mordopfer. Also, jedem mit einem Funken Verstand wären da tausend Fragen gekommen, so wie Ihnen jetzt. Und mir wurde unmissverständlich klargemacht, dass mich Neugierde übel zu stehen kommen würde, so übel, dass ich es mir gar nicht ausmalen möchte, auch nur eine einzige Frage davon zu stellen. Und klipp und klar, Miss Connolly, ich habe nicht den blassesten Schimmer, warum ich den Anruf bekam und nicht irgendeine große Kanzlei. Aber so war es nun mal. Ich hab mich also peinlichst nach seinen Vorgaben gerichtet. Und den Mund gehalten. Darin sind Anwälte nämlich richtig gut. Jedenfalls, als alles erledigt und vorbei war, hab ich einfach nur gehofft, dass da nicht noch mal was nachkommt. So war es auch. Jahrelang. Ich hatte schon fast alles vergessen. Nur dass ich vor ein paar Monaten auf einmal ein Fed-Ex-Päckchen mit diesem Brief hier bekomme. Und einer Notiz für mich. Die besagt, dass ich, wenn sich jemand namens Connolly bei mir meldet und nach Martin Barrett und dem Verbleib seiner Leiche fragt, der betreffenden Person diesen Brief aushändigen solle, und das war's.«

Sloane hielt den Umschlag in der Hand. Er hat gelogen, dachte sie. Die Erkenntnis traf sie wie ein Schlag. Patrick Tempter hat mir ins Gesicht gesagt: »Ich kenne keinen der Namen auf der Liste.« Stimmt aber nicht. Zumindest einen kannte er. Und er kannte ihn gut. Sie hatte einen trockenen Hals, sie musste den Hustenreiz unterdrücken. Sie sah sich den Umschlag an. Als sie den Finger unter die Lasche schob, sagte Carson plötzlich: »Bitte öffnen Sie ihn nicht hier.«

Sie sah ihn mit einem fragenden Blick an.

»Egal, was da drin ist, ich will unter keinen Umständen etwas damit zu tun haben. Sehen Sie, Miss Connolly, bis jetzt verstößt nichts von dem, was ich getan habe, gegen das Gesetz. Es mag ungewöhnlich sein, gewiss, aber nicht illegal. Und ich möchte, dass meine Rolle in dieser ganzen Angelegenheit damit endet, Ihnen diesen Brief zu übergeben, weil ich nämlich keine Ahnung habe, was als Nächstes passieren könnte. Was auch immer, ich möchte nichts damit zu schaffen haben. Das können Sie sicher verstehen.«

Konnte sie.

Doch dann stellte sie noch die Frage: »Wann haben Sie das bekommen?«

»Steht auf dem FedEx-Aufkleber. Da finden Sie ein Datum.«

Sloane senkte den Blick.

Das hier wurde verschickt, als ich ins letzte Studienjahr ging. Ich hatte gerade erst mit meinem Abschlussprojekt begonnen. Ich war dabei, die ersten Ideen zu skizzieren. Meine Mutter war noch am Leben. Roger war eine plausible Zukunftsaussicht. Es war ein völlig anderes Leben.

Es rieselte ihr eiskalt den Rücken herunter. Ihr dämmerte: Ich war mitten im Studium, aber der Auftraggeber und Patrick Tempter wussten schon da, dass ich eines Tages in dieser heruntergekommenen Kanzlei sitzen und Fragen über einen enthaupteten Mann stellen würde.

Die Erkenntnis traf sie wie ein Tiefschlag in den Magen. Sloane sah wieder zu dem Anwalt auf. Wenn sie gerade herauszufinden versuchte, ob sie Grund zur Sorge hatte, stand dem Anwalt die helle Angst ins Gesicht geschrieben.

»Das war's, Miss Connolly. Es ist alles gesagt. Also ...«

»Ich hätte da noch ein paar Fragen«, fiel sie ihm ins Wort.

»Offen gesagt, das interessiert mich nicht. Ich kann Ihnen kaum weiterhelfen. Ich habe getan, wozu ich aufgefordert und wofür ich bezahlt wurde. Hiermit ist meine Aufgabe erledigt. Wenn Sie das da jetzt bitte mitnehmen und mein Büro verlassen würden? Diese Unterredung ist beendet.«

Er stand auf und zeigte ihr die Tür.

Sloane überlegte fieberhaft: Er hat mir nicht mal die Hälfte erzählt.

Doch auf die Schnelle fiel ihr nichts ein, wie sie ihn dazu bringen sollte, ihre Wissenslücken zu schließen. Sie wusste immer noch herzlich wenig über Martin Barrett und hatte auf Anhieb auch keine Idee, wo und wie sonst sie etwas über ihn herausfinden sollte. Sie starrte auf den Umschlag in ihrer Hand und hoffte, dass er etwas enthielt, das ihr weiterhelfen würde. Sie warf einen letzten Blick auf den Anwalt, der ihr jetzt mit fahriger Geste zeigte, wo es hinausging. Der Brief, den sie in Besitz genommen hatte, stellte offensichtlich eine Bedrohung dar. Auch wenn sie keine Ahnung hatte, welcher Art. Ein untrügliches Gefühl sagte ihr nur, dass der Anwalt diese Bedrohung jetzt an sie weitergegeben hatte, so wie ein Kind beim Fangenspielen einen Gegner abschlägt.

KAPITEL 15

EINS

In einem Vier-Sterne-Hotel so nah am Flughafen, dass sie das Drosseln der Maschinen beim Landeanflug hören konnte, saß Sloane allein in ihrem Zimmer an einem kleinen Schreibtisch, den ungeöffneten Brief mit ihrem Namen darauf zu ihrer Rechten und den Zettel mit dem Namen des toten Mannes, den sie in Miami von dem Priester bekommen hatte, zu ihrer Linken.

So viel stand fest: Sechs Namen. Sechs widersprüchliche Botschaften.

Überhaupt passte vieles einfach nicht zusammen. Ungeklärte Mord- und Unfälle, mehr oder weniger ausgefallen – eine kopflose Leiche, ein geübter Schwimmer, der sich wider besseres Wissen in tödliche Gefahr begibt, eine tödliche Spritze bei einem Mann, der den Drogen längst abgeschworen hatte, ein Selbstmord nach einem Streit. Sie hatte eine Menge in Erfahrung gebracht, nur dass sich die Informationen nicht zu einem stimmigen Bild zusammenfügten, geschweige denn, einen gemeinsamen Nenner erkennen ließen, die Grundlage für ein Denkmal. Was das alles für den Auftraggeber bedeutete, blieb ihr vorerst schleierhaft.

Sloane blickte zwischen dem Briefumschlag und dem Zettel mit dem Namen des Mannes, den der Drogenberater von Miami Jahre zuvor in New York getötet haben wollte, hin und her.

Der Auftraggeber und Patrick Tempter wussten, dass diese Informationen eines Tages bei mir landen würden. Sie hatten den Priester präpariert und dem Anwalt klare Anweisungen erteilt. Wen hatten sie sich sonst noch vorgenommen? Den alten Lehrer mit dem Gewehr? Die Schwester des Models? Stammte die Nachricht an den Kinderschänder von ihnen? Sie haben meine Beteiligung an diesem Projekt schon vor Monaten vorbereitet.

Die Einsicht verwirrte und beunruhigte sie.

Wie konnten sie so sicher sein, dass ich das Projekt übernehme?, fragte sie sich.

Dämliche Frage.

Geld. Prestige. Ambitionen. Noch mehr Geld. Einmalige Chance. Ein erstklassiger Start in eine Berufswelt, in der sie sich ihren Platz erobern wollte.

War doch klar, dass ich zugreifen würde.

Sloane entfuhr ein reinigender Schwall von Flüchen – von Gottverdammt über Fuck bis hin zu Hurensöhne –, bei denen sie sich wenigstens für den Moment knallhart vorkam, wie ein Kerl, der auf einen Nagel getreten ist. Sie legte sogar ihre Stimme tiefer. Mit einem letzten Verfluchte Scheiße griff sie nach dem Zettel mit dem Namen eines weiteren ermordeten Mannes und faltete ihn auf.

Mitchell Carmichael.

»Also«, sagte sie, auch wenn es außer ihr niemand hören konnte, »wer zum Teufel bist du, Mitchell? Und wieso bist du tot?«

Sie ließ Stille eintreten. Die Frage schwebte in dem kleinen Zimmer.

Schließlich griff Sloane nach dem Umschlag und riss die Versiegelung auf. Sie zog mehrere Fotos und ein Blatt Papier heraus. Auf dem Blatt stand:

Hallo, Sloane. Wenn Sie es bis hierher geschafft haben, sind Sie gut vorangekommen. Glückwunsch. Ich weiß, Sie sind ein visueller Typ. Hier haben Sie ein paar Bilder, die Ihnen bei Ihrem entscheidenden nächsten Schritt weiterhelfen werden.

Sie las die Nachricht zweimal durch und platzte heraus: »Verdammt! Was soll das denn heißen? Nächster Schritt?«

Die deftige Sprache eines Lkw-Fahrers tat gut. Sie las die Botschaft ein drittes Mal.

Wie beim Brief ihrer Mutter fehlte eine Unterschrift.

Anders als der Brief ihrer Mutter war dieser nicht handgeschrieben, sondern auf einem Computer.

Sloane sah sich die erste Aufnahme an. Schwarz-weiß. In die Ecke hatte jemand mit roter Tinte eine große #1 geschrieben:

Zwei junge Menschen, vielleicht in ihrem Alter, die mit dem Rücken zur Kamera auf einem Felsen sitzen und bei Sonnenuntergang in der Ferne aufs Meer blicken. Das Foto war aus beträchtlicher Entfernung aufgenommen, fast wie ein Überwachungsschnappschuss mit Teleobjektiv. Körnig. Durch das Gegenlicht war es ein wenig verschwommen. Die junge Frau hatte sich ihr dunkles Haar mit einem Bandana zu einem Dutt zusammengebunden. Der Mann trug eine Baseballkappe, unter der struppiges Haar zum Vorschein kam. Sie lehnten sich, offenbar zärtlich, mit den Schultern aneinander.

Sloane sah sich das Bild ganz genau an.

Bei dem Meer im Hintergrund konnte es sich entweder um den Pazifik oder den Golf von Mexiko handeln, genau war das nicht zu sagen. Die Sonne geht im Westen unter, und der Fotograf wie auch das Paar blickten in diese Richtung, aber ob das Key West oder irgendwo auf dem Highway an der Pazifikküste war, gab das Bild nicht preis. Zwei junge Leute blicken in romantischer Pose über den fernen Ozean, mehr gab die Aufnahme nicht her. Sloane strengte sich an, irgendein weiteres Detail zu erkennen, doch die Distanz zwischen dem Fotografen und den abgelichteten Personen machte es ihr schwer. Dabei hatte Sloane das deutliche Gefühl, dass der Schnappschuss vor Jahrzehnten entstanden war. Auf der Rückseite war jedoch kein Datum oder sonst irgendetwas, was ihre Vermutung bestätigt hätte. Vielleicht konnte ein Forensiker das Papier und die verwendete Abzugstechnik analysieren und die Entstehungszeit näher bestimmen, sie jedenfalls nicht.

Sie überlegte.

Wer war die dritte Person?

Jemand hatte dieses Foto gemacht. Aber wer? Unmöglich zu sagen. Fremder oder Freund?

»Wer bist du, verflucht? Und wer seid ihr?«

Zentimeterweise suchte sie nochmals das Foto nach irgendeinem Hinweis ab, etwas, das ihr bis jetzt entgangen war: vielleicht etwas am Haar der Frau? An ihrer Sitzhaltung? Kenne ich diese Leute? Soll ich herauskriegen, wo das ist?

Schließlich ließ sie die Aufnahme auf den Schreibtisch fallen, schob sie zur Seite und wandte sich der nächsten zu.

Dieses Bild war in der Ecke mit #2 nummeriert.

Ein verschwommenes Foto von der Titelseite des *San Francisco Examiner*, auf dem nur der Titelkopf und das Erscheinungsdatum zu sehen waren. 14. Februar 1995. Ein Dienstag. Valentinstag. Die Schlagzeilen, Fotos und der Text darunter waren nicht erfasst.

Sie hielt die #1 und die #2 nebeneinander hoch und kam zu dem Schluss, dass das Foto von dem Paar und die Zeitung vom selben Tag stammten. Sie konnte nur raten. Das machte sie wütend.

»Na schön, kapiert. Foto #1 wurde am selben Tag wie Foto #2 gemacht. Aber was ...«, schnaubte Sloane, »... hat das mit dem Ganzen hier zu tun? Shit!«

Sie warf die ersten beiden Fotos auf den Tisch und griff nach dem nächsten.

Dieses war nicht nummeriert.

Auch wenn sie noch nie da gewesen war, erkannte sie sofort, was sie vor sich hatte:

»Ich kenne dich«, sagte Sloane laut, beinahe triumphierend. »Il Labirinto«, sagte sie, mit dem richtigen italienischen Akzent. Erstes Studienjahr: Einer ihrer Professoren hatte beschwingt von seinem Hobby erzählt, der Gestaltung von Labyrinthen. Die besten Entwürfe hatten geheimnisvoll zu sein, mit Sackgassen und verwirrenden Drehungen und Wendungen, aber nur einem einzigen Weg hinaus. Der Professor hatte dem Kurs die herausfordernde Aufgabe gestellt, sich etwas so Schwieriges wie das Labyrinth in Stra, Italien, von 1720, auszudenken, an dem bei einem Besuch selbst Napoleon gescheitert war. Das hielt sie mit dem Foto gerade in Händen. Der Professor hatte ihnen die letzten Szenen aus Kubricks Verfilmung von Stephen Kings *Shining* gezeigt, um die psychologische Wirkung eines gut gestalteten Labyrinths zu unterstreichen. »So wie Jack Nicholson, als er zu Tode erstarrt, können Sie nur wenige Schritte von der Lösung entfernt sein, ohne es zu wissen!«, hatte der Professor mit einem Anflug von sadistischem Vergnügen gesagt. Auf den zweiten Blick sah sie den roten Pfeil im Bild, der auf die Oberseite des Turms in die Mitte zeigte. Neben dem Pfeil standen zwei Worte: Dahin, Sloane.

Das leuchtete ein. Das Labyrinth war berühmt für seinen Schwierigkeitsgrad. Aber wenn man es bis zur Mitte schaffte und auf der Wendeltreppe den Turm bestieg, hatte man von dort den ganzen Irrgarten im Blick. Mit anderen Worten, dachte Sloane, was zunächst teuflisch schwierig erscheint, erweist sich am Ende als unglaublich einfach und glasklar.

Sie legte das Foto weg und griff zum nächsten.

Das war leicht: Der Schauspieler Al Pacino mit stark verfremdender Maske, in schwarzem Talar, mit übertriebener Knollennase und mit Kippa.

Darunter stand: Akt drei, Szene eins.

Sie öffnete ihren Laptop und tippte *Der Kaufmann von Venedig*, 3, 1 ein.

Sofort belohnte sie Google mit Shylocks berühmter Rede: »Hat nicht ein Jude Augen?«

Sie las die Stelle und rezitierte sie im Flüsterton. Zunächst wirft der Monolog die Frage auf, ob Menschen unterschiedlicher religiöser oder ethnischer Herkunft gleich seien – oder auch nicht. Doch am Ende wechselt der Ton.

Da geht es um Rache.

Denn da besteht Shylock, dachte sie, auf seinem Pfund Fleisch.

Sloane zuckte unbehaglich auf ihrem Stuhl und beschloss, noch am selben Abend den Nachtflug nach Hause zu nehmen. Als sie sich über ihren Laptop beugte, um eine Last-Minute-Buchung vorzunehmen, pingte ihr Handy mit einer Nachricht. Ein Blick, und sie stellte fest, dass sie von Roger kam. Die Probleme, die er ihr bereitete, waren auf ihrer Reise in weite Ferne gerückt, doch in dieser Sekunde so nah, als spürte sie seine Berührung auf der Haut.

Sloane las die Nachricht.

Hi, Sloane, tut mir leid, dass ich deinen Anruf bei mir in der Kanzlei verpasst habe. Danke, dass du dich zurückgemeldet hast. Ich möchte mich für mein Verhalten entschuldigen. Wollen wir uns nicht treffen und wie zivilisierte Menschen darüber reden? Aber das liegt bei dir. Wenn du willst, dass ich dich von jetzt ab in Ruhe lasse, dann soll es so sein. Versprochen. Für immer. Dann ist es vorbei, so wie du sagst. Aber ich möchte gerne persönlich Abschied nehmen. Bitte vergib mir. Liebe Grüße, Roger.

Sie las die Nachricht zweimal durch.

So gerne sie ihm getraut hätte, glaubte sie ihm kein Wort, außer, dass es ihm leidtat, ihren Anruf verpasst zu haben. Das Übrige war reines Kalkül. Mach es ihm nicht auch noch leichter, dich umzubringen, warnte sie sich innerlich. Sie beschloss, ihre Vorkehrungen gegen Roger zu verstärken.

Sie buchte ihren Flug und packte eilig ihre Sachen. Während sie die Fotos einsteckte, dachte sie: Im Lauf der Jahre haben einige Leute Il Labirinto gelöst, aber nicht viele. Und diejenigen, denen es gelungen ist, verdanken ihren Erfolg ausschließlich ihrer außergewöhnlichen Geduld, ihrer Fähigkeit, nicht in Panik oder in Klaustrophobie zu verfallen, und darüber hinaus einem Quäntchen Glück.

ZWEI

Sloane war im Wartebereich der First Class online und sah die klein gedruckte Überschrift genau in dem Moment, als für ihren Flug das Boarding angesagt wurde. Sie war bei ihrer Suche nach Mitchell Carmichael gerade auf der vierten Seite – ihre Suche zu Wendy Wilsons Schwester hatte sie gelehrt, dass sie bei ihrer Internetrecherche in die Tiefe gehen musste, um fündig zu werden. Die Überschrift, nicht mehr als eine Pressemeldung, lautete: Eröffnungsvortrag der Carmichael-Reihe von Richard Kessler über Suchtbehandlung. Die Meldung war drei Jahre alt, und in der kurzen Zeit, die ihr verblieb, fand sie nur noch heraus, dass es sich bei Kessler um einen prominenten Psychiater handelte und dass der Vortrag in einem Behandlungszentrum für Suchtkranke in Manhattan stattgefunden hatte.

Sie merkte sich New York und Sucht.

Auf ihrem Flug von Küste zu Küste hatte sie damit gerechnet, von der Erschöpfung übermannt zu werden, doch jedes Mal, wenn sie die Augen schloss, hinderte sie ein unerwartetes Ruckeln oder Absacken daran einzuschlafen. Kurz nach dem Morgengrauen landete sie in Boston, und sie fragte sich, wohin. Sie wäre liebend gern zu ihrer Wohnung gefahren, doch nach der letzten Textnachricht von Roger stand sie wieder auf den Zehenspitzen. Und so checkte sie mit der Kreditkarte des Auftraggebers in das elegante Hotel Charles nahe dem Harvard Square ein, bezog ihr Zimmer mit Blick über den Fluss und warf sich auf das Pfostenbett.

Als sie erwachte, war es schon Spätnachmittag. Nach demselben Muster wie vor ihrer Reise rief sie in Rogers Kanzlei an, diesmal über das Hoteltelefon, und bekam dieselbe Sekretärin an die Leitung.

»Ist Roger im Haus?«

»Nein, tut mir leid, Miss Connolly. Schon seit ein paar Tagen nicht. Hat sich krankgemeldet, soviel ich weiß. Wenn Sie möchten, richte ich ihm gerne wieder etwas aus.«

»Nein, schon gut. Ich habe seine Handynummer.« Blitzschnell ging sie die Möglichkeiten durch.

Er ist nicht krank.

Er ist nicht zu Hause.

Er ist irgendwo in der Nähe meiner Wohnung.

Oder: In der Nähe meines Büros.

Und ich weiß, was er dort tut: Er beobachtet es und wartet.

Sloane konnte sich eines Anflugs von Selbstgefälligkeit nicht erwehren. Fast war sie stolz darauf, dass sie sich von ihrem Misstrauen hatte hinreißen lassen, die Paranoia auszukosten. Je mehr sie darüber nachdachte, desto gerechtfertigter erschien ihr die Angst. Sie packte ihre Sachen wieder ein und begab sich nach unten zum Empfang. Dort wurde sie von einem lächelnden jungen Mann und einer lächelnden jungen Frau in tadellosem grauem Anzug und Kostüm begrüßt. Sie übergab ihren Schlüssel und fragte: »Ob ich Sie wohl um einen Gefallen bitten dürfte?«

»Selbstverständlich«, erwiderte die Frau. »Ich hoffe, Sie hatten einen angenehmen ...«

»Alles bestens«, schnitt ihr Sloane das Wort ab. »Aber würden Sie freundlicherweise für mich bei der Polizei Cambridge anrufen?«

»Handelt es sich um einen Notfall?«, fragte die junge Frau. Auch der junge Mann an ihrer Seite war jetzt interessiert.

»Nicht ganz«, erwiderte Sloane. »Ich möchte einfach nur mit einem Beamten sprechen.«

»Und wir können sonst wirklich nichts für Sie tun?«, schaltete sich der junge Mann ein.

Sie schüttelte den Kopf. Sie sah, wie er bereits eine Nummer wählte. Sie hörte, wie er sich mit seinem und dem Namen des Hotels meldete und erklärte: »Eine Dame, ein Gast hier bei uns im Hotel, würde gerne mit einem Beamten sprechen ...«

»Persönlich«, schaltete sich Sloane ein. »Zum Beispiel draußen vor dem Eingang, wo die Pagen die Autos der Gäste ...«

Der junge Mann nickte und gab den Vorschlag weiter.

»Sie schicken jemanden rüber, dauert höchstens ein paar Minuten«, sagte er. »Auf Anrufe von uns reagieren sie immer sehr schnell. Kann ich Ihnen unterdessen mit Ihrem Gepäck helfen?«

»Ja, gerne«, sagte Sloane und übergab ihm ihren kleinen Koffer, als er auf ihre Seite des Empfangstischs kam. Als ein schwarz-weißer SUV der Polizei vorfuhr, hielt er ihr die Tür auf.

Zu Sloanes großer Erleichterung stieg eine Beamtin aus. Kurzes Haar. Gestrenge Miene. Dienstwaffe hoch auf der Hüfte. Eine unbequeme Panzerweste über der Brust. Muskulöse Arme mit Wüstensturm-Tattoo der U. S. Army. Sloane bedankte sich bei dem Rezeptionisten, nahm ihr Köfferchen in Empfang und ging hinüber. Ungefragt stellte sie sich der Beamtin vor.

»Es tut mir sehr leid, Sie herzubemühen«, sagte sie übertrieben höflich, »ich weiß, dass Sie sehr beschäftigt sind, aber ich hatte vor Kurzem eine unangenehme Trennung von meinem Freund, und er schickt mir Textnachrichten, die mir wirklich Angst einjagen. Fast schon bedrohlich. Meine Wohnung ist nur wenige Blocks von hier entfernt. Könnten Sie vielleicht einfach nur dafür sorgen, dass ich unbeschadet ins Haus komme? In Ihrer Gegenwart würde er sich bestimmt nichts herausnehmen.«

Die Polizistin hörte aufmerksam zu, sah vielleicht schon die Schlagzeilen vor sich, für den Fall, dass sie ihre Bitte ausschlug und etwas Schlimmes passierte – etwa im Boston Globe: Getötete Frau hatte Polizei um Hilfe gebeten. »Wie hat er Sie bedroht?«, fragte die Polizistin.

»Also«, antwortete Sloane nicht ganz wahrheitsgemäß, weil sie den Vorfall auf der Straße verschwieg, »eigentlich nichts Besonderes. Nur der Ton, wissen Sie, der hat mir eine Heidenangst gemacht.«

Die Polizistin nickte. »Verstehe«, sagte sie, als hörte sie das wahrlich nicht zum ersten Mal. »Sicher. Aber möchten Sie auch Anzeige erstatten, ein Kontaktverbot erwirken? Ich könnte Ihnen dabei helfen.«

»Im Moment nicht«, antwortete Sloane. »Könnte aber noch kommen.«

Sie bezweifelte, dass eine richterliche Verfügung auf Roger Eindruck machte.

»Okay«, sagte die Polizistin. »Steigen Sie ein. Ich fahr Sie hin. Aber trotzdem würde ich Ihnen zu einer einstweiligen Verfügung raten. Wenn Sie die haben, sind uns die Hände nicht mehr so gebunden.«

Während Sloane im Wagen Platz nahm, griff die Polizistin nach dem Mikrofon in der Halterung, spulte eine Reihe Zahlen ab und fügte hinzu: »Bin zu einem Bürgerhilfe-Einsatz unterwegs, sollte nur ein paar Minuten dauern.« Sie wandte sich wieder an Sloane und sagte mit dem höchsten Maß an Mitgefühl, das eine altgediente Polizistin aufbringen konnte: »Lassen Sie nicht zu, dass Sie zum Opfer werden. Unterschätzen Sie nicht, wozu manche Männer fähig sind. Sie denken vielleicht, Sie kennen ihn, aber letztlich tun Sie das nicht. Wir erhoffen uns immer das Beste, sollten aber auf das Schlimmste vorbereitet sein.«

»Leuchtet ein«, erwiderte Sloane. Die Polizistin fuhr los, und Sloane entspannte sich.

Vor ihrem Wohnhaus fragte die Polizistin:

»Ist die Luft rein?«

Sloane inspizierte die Straße. Rauf und runter. Nach vorn, über die Schulter. Sie nickte.

»Sehen Sie noch einmal nach. Lassen Sie sich Zeit«, riet die Polizistin.

Sloane folgte ihrer Aufforderung. »Ich glaube, es ist in Ordnung«, sagte sie.

»Ich warte hier ein, zwei Minuten, nur zur Sicherheit«, erwiderte die Polizistin. Sie blickte angestrengt durch die Windschutzscheibe, und Sloane sah, dass sie eine Hand an der Dienstwaffe hatte. Wenig später legte sie an ihrem Armaturenbrett einen Schalter um, und die Blinklichtanlage auf dem Dach ging an und tauchte die Umgebung in rotes und blaues Licht, das sich in den Fenstern der gegenüberliegenden Häuser spiegelte. »Das sollte genügen«, sagte sie.

Sloane zögerte einen Moment und starrte in das Lichterspiel auf der Straße. Als sie gerade tief Luft holte, sah sie, etwa zwanzig Meter voraus, dass ein Wagen aus einer Parklücke fuhr. Klein. Ausländisches Fabrikat. Unscheinbare graue Farbe. Nicht rot. Kein BMW mit der Botschaft Ich komme ganz groß raus. Ein Leihwagen vielleicht.

Eine über das Lenkrad gebeugte Gestalt.

Roger.

Ja. Nein. Unmöglich zu sagen.

Als der Wagen langsam um die Ecke verschwand, sah ihm Sloane mit angespannter Miene hinterher. Die Polizistin neben ihr zog einen Notizblock heraus und schrieb ihr eine Handynummer auf. »Rufen Sie mich einfach an, wenn Sie drinnen sind und die Tür von innen abgeschlossen haben. Sobald Sie in Sicherheit sind, fahre ich los.«

Sloane bedankte sich bei ihr. Sie stürzte die Eingangsstufen hinauf zur Tür hinein. Auf dem kurzen Weg überkam sie wieder die Zwangsvorstellung, Roger könne ihr drinnen auflauern. Auf dem Treppenabsatz vor ihrer Wohnungstür blieb sie abrupt stehen.

An der Tür lehnte ein länglicher, schmaler Karton.

An der einen Seite der Verpackung prangte in schnörkeliger Schrift ein Firmenlogo: Herzblüten.

Blumen. Der Karton war mit einer Karte versehen. Sie machte sie auf.

Ich denke unentwegt an dich.

Die Handschrift war ihr unbekannt. Es war die übertriebene Kursivschrift einer Mitarbeiterin in einem Blumengeschäft. Nicht Rogers. Wer den Gruß geschrieben hatte, war nicht von Belang. Die Botschaft schon. Sie schauderte.

Ihr Atem kam in kurzen, flachen Zügen. Die zwei Dutzend rote Rosen in dem Karton nahm sie nur vage zur Kenntnis. Sie griff zu ihrem Handy und gab die Nummer der Polizistin ein, die draußen wartete.

»Ich gehe jetzt rein«, sagte sie.

»Sehen Sie sich um. Ich bleibe in der Leitung«, antwortete die Frau.

Sloane öffnete die Tür.

Sie ließ den Blick durch die Wohnung schweifen.

Niemand da.

Mit dem Fuß schob sie den Karton mit den Rosen in die Wohnung. Der Deckel löste sich, und drei Blumen fielen heraus.

»Ich bin drinnen«, sagte sie ins Handy. »Niemand da.«

»Gut«, sagte die Polizistin. »Sind Sie auch ganz sicher?«

»Ja.«

»Überprüfen Sie das Bad und die Schränke.«

Sloane befolgte die Anweisung, auch wenn sie dabei der Gedanke nicht losließ, dass die Gestalt, der sie eben in dem kleinen Wagen hinterhergesehen hatte, der wahrscheinlichste Besucher war.

»Alles in Ordnung.«

»Dann schließen Sie jetzt hinter sich ab.«

»Mache ich gerade«, sagte Sloane.

»Okay«, sagte die Polizistin. »Dann bin ich jetzt weg. Aber denken Sie darüber nach, diese Verfügung zu beantragen.«

»Mache ich«, sagte Sloane. Sie trat ans Fenster. Sloane blickte der Polizistin auf der Straße hinterher. Sie trat zurück, ging zu der Kommode, in der sie den Colt .45 versteckte. Sie wickelte die Waffe aus den roten Strümpfen, nahm sie aus der Schublade und wog sie in der Hand. Ihr kam ein seltsamer Gedanke: Ob sie sich wohl leichter oder schwerer anfühlt, wenn man damit auf einen anderen Menschen geschossen hat? Sie widerstand der Versuchung, die Waffe im Anschlag, bei jedem noch so kleinen Geräusch, das zu den Wänden ihrer Wohnung hereindrang, herumzuwirbeln. Und sie fragte sich ernsthaft, ob sie, wenn sie in ihrem Block wieder einmal einen kleinen grauen Wagen in einer Lücke einparken sah, das Feuer eröffnen würde. Sie fand, dass sie triftige Gründe dafür hatte, Angst zu haben, gestand sich aber, als sie ihren Ängsten ein wenig auf den Grund ging, ein, dass sie nicht allein von

Roger ausgelöst wurden. Die sechs toten Namen und nun auch noch ein siebter vermischten sich mit seiner lauernden Präsenz – enthauptete Leichen, Rippströmungen, zerstampfte Amphetamine, Nadeln, Spritzen, Autos, die weit über dem Tempolimit fuhren, und fehlende Schürhaken –, verschworen sich und versetzten sie in einen Dauerzustand der Nervosität. Sloane holte tief Luft und fügte noch den breiten Fluss, in dem ihre Mutter verschwunden war, in das beunruhigende Bild ein.

Sie hob die Blumen auf und warf sie mitsamt dem Karton in den Müll. Werde ich von jetzt an Rosen hassen?, fragte sie sich. Die Blumen waren schlimm genug, dämmerte ihr, viel schlimmer war der Gedanke, dass es jemandem gelungen war, durch die beiden verschlossenen Eingangstüren ihres Wohngebäudes hereinzukommen, die Treppe zu ihrer Wohnung heraufzumarschieren, anzuklopfen und, nachdem niemand kam, die Blumen vor der Tür abzulegen. Dieser Jemand könnte einfach nur ein Lieferant gewesen sein, der seine Arbeit tut. Sie hegte ihre Zweifel. Sie hatte Roger nie einen Wohnungsschlüssel gegeben. Doch das sagte nichts. Sie hatte ihm reichlich Gelegenheit gegeben, sich einen zu stehlen. Bei dem Gedanken, dass sie nicht mehr wusste, welche Schlösser vor ihm sicher waren, wurde ihr eiskalt. Nur die Waffe in ihrer Hand fühlte sich heiß an. Sie legte sie auf den Tisch und zog ihren Laptop heran.

DREI

Sie brauchte nicht lange, um im New Yorker Telefonbuch einen Eintrag zu Kessler, Richard, Dr. med., zu finden. Offenbar teilte er seine Zeit zwischen einer eigenen Praxis und der Behandlung Drogenabhängiger in einem Zentrum namens The New Hope Institute auf, in etwa das Gleiche wie die Einrichtung in Miami, in der Michael Smithson bis zu seinem Tod gearbeitet und sie Father Silva getroffen hatte. Sloane kam der zynische Gedanke: Unterscheidet sich neue Hoffnung wesentlich von alter Hoffnung? Und wie begründet ist sie überhaupt?

Sie hinterließ eine Nachricht auf dem Anrufbeantworter.

In weniger als zehn Minuten rief der Arzt zurück.

»Mitchell Carmichael, ja, Miss Connolly? Sie rufen speziell wegen Mitchell Carmichael an?«

»Ja, genau.«

Am anderen Ende der Leitung herrschte einen Augenblick lang Schweigen.

»Ich darf Ihnen nicht uneingeschränkt Auskunft geben, Miss Connolly«, sagte er. Sloanes erster Eindruck: angenehme Stimme. Nicht unter Stress. Offensichtlich jemand, der normalerweise verzweifelte Nachrichten auf dem Anrufbeantworter empfängt. »Ich wurde eingeladen, diesen Eröffnungsvortrag zu halten, bekam dafür ein ansehnliches Honorar und stellte in den folgenden Jahren fest, dass die Stelle, von der die Fördermittel kamen, finanziell ausgetrocknet war oder zumindest von dort keine Gelder mehr flossen, sodass der erste Vortrag in der Reihe auch der letzte war, ›Reihe‹ war also eine irreführende Bezeichnung.«

»Wie haben Sie Mitchell Carmichael kennengelernt, Herr Doktor?«

Der Arzt ließ sich wieder mit seiner Antwort Zeit, schien aber mit der Frage gerechnet zu haben.

»Normalerweise spreche ich nicht über Patienten oder ihre Behandlung, in diesem Fall allerdings … also, Mr Carmichael ist tot …«

Er schien seine Worte abzuwägen, bevor er weitersprach.

»Ich habe ihn vor einigen Jahren zwei, drei Mal gesehen, vermutlich der Grund dafür, dass ich danach zu diesem Vortrag eingeladen wurde. Aber Carmichael, nun ja, ich müsste in seine Akte sehen, um Ihnen Genaueres zu dem Fall zu sagen. Nach meiner Erinnerung kam er eher widerstrebend. Von einem besorgten Familienmitglied mehr oder weniger angeschleppt. Was allerdings nicht ungewöhnlich ist, Miss Connolly. Sie wissen schon, Familien. Sie möchten sich beim Kampf gegen die Sucht nützlich machen. Ein wohlmeinender Einsatz, der jedoch schnell an seine Grenzen kommt. Wenn dann der Suchtkranke den Familienschmuck stiehlt oder das Auto oder das Konto leer räumt oder einfach nur eines Nachts geht und irgendwo auf der Straße verschwindet, ist meistens das Ende der Fahnenstange erreicht.«

»Erinnern Sie sich vielleicht noch an den Namen dieses Familienmitglieds?«

»Nein.«

Sie machte ein Fragezeichen hinter diese Leugnung.

»Und dann?«

Wieder zögerte der Arzt.

»Na ja, das übliche Prozedere. Die Begleitperson wartete draußen, während ich mich mit ihm unterhielt.«

»Können Sie mir ein bisschen beschreiben, wie so ein Gespräch verläuft?«

Sloane stellte im Stillen fest, dass ihre detektivischen Fragen immer besser wurden.

»Ja, sicher. Der Klassiker.«

»Klassiker? Inwiefern?«

»Der Mensch, der ihn liebte, wollte ihn clean und nüchtern sehen. Er liebte sich selbst nicht genug, um sich die Mühe zu machen.«

»Ich verstehe nicht ...«

»Also, Miss Connolly. Er saß mir gegenüber, war nicht wirklich bereit, die Sucht zuzugeben, ebenso wenig die Probleme, die zu seiner Abhängigkeit beigetragen hatten, weigerte sich sogar, darüber zu reden, und zeigte überhaupt wenig Interesse an einer Behandlung, um die Sucht zu überwinden. Ich glaube, er gefiel sich darin. Er tat so, als sei das amüsant. Oder zumindest die Sorgen, die sich andere um ihn machten. Auf seine Weise irgendwie entwaffnend, Miss Connolly. Erstaunlicherweise legte er kein missmutiges, unwirsches Verhalten an den Tag. Das ganze Gegenteil. Ein sehr eloquenter, humorvoller, überaus gescheiter, liebenswürdiger Bursche, vielseitig talentiert, gut gekleidet, aufgeschlossen, aber mit einem wirklich ernsten Heroinproblem. Dabei schien er sich darüber im Klaren zu sein, dass es ihn eines Tages umbringen würde. Genau das habe ich ihm auch gesagt, aber es war ihm keineswegs neu. Er sagte, das wisse er schon seit Jahren. Und so kam es dann ja auch.«

»Wie genau ist er gestorben?«, fragte Sloane.

»Na ja, das wirft, ehrlich gesagt, einige Rätsel auf.«

Sloane versuchte, sich ihre Überraschung nicht anmerken zu lassen. »Könnten Sie das näher erklären?«, hakte sie nach.

Wieder schien der Arzt eine Sekunde zu zögern, bevor er fortfuhr.

»Also, in der Nacht, in der er gestorben ist, soll er – Ihnen ist schon klar, dass ich nicht dabei war, das ist also lediglich vom Hörensagen ...«

»Schon klar, Herr Doktor.«

»Also, er ging so um Mitternacht aus dem Haus, kaufte sich seine übliche Dosis zum üblichen Preis von seinem gewohnten Dealer, genauso wie in jeder anderen Nacht, und kehrte in seine sehr schöne Wohnung hier in der City zurück – an der Upper East Side mit Blick übers Wasser –, für einen überaus reichen Süchtigen am oberen Ende der Gesellschaft alles so wie sonst. Er hat sich sogar die Zeit genommen, um mit dem Portier ein paar freundliche Worte zu wechseln. ›Schönes Wetter‹, und ›Wie läuft's für die Yankees?‹, so was in der Art. Na, jedenfalls geht er in seine Wohnung rauf, holt sein Drogenbesteck, kocht den Stoff und spritzt sich seine vermeintlich übliche Dosis, nur dass er damit falschlag. Der Stoff, der ihm verkauft worden war, erwies sich als absolut rein, kein bisschen gepanscht, und damit absolut tödlich. Er war tot, bevor er sich die Nadel herausziehen konnte ...«

Genau wie Smithson in Miami, konstatierte Sloane innerlich.

»Rätsel, sagten Sie, was für Rätsel wirft sein Tod auf?«

»Also, in der Drogenszene und überhaupt in der kriminellen Szene ist das geradezu die traditionelle Methode, um jemanden loszuwerden, der entweder seine Schulden nicht begleicht oder im Verdacht steht, zur Polizei zu gehen, oder sonst irgendwie Ärger macht. Eine billige und verlässliche Methode, jemanden zu ermorden, schon seit Jahrzehnten bewährt: Sorg dafür, dass der Junkie sich selbst umbringt. Aber nichts davon traf auf Mr Carmichael zu. Er war auf lange Zeit zahlungsfähig, ohne dass ihn die starken Kursschwankungen auf dem Drogenmarkt aus dem Gleis werfen und ihn zu …«, hier wog er seine Worte wieder sorgfältig ab, »… zu einem Ärgernis machen konnten. So wie es vielen anderen Abhängigen ergehen kann. Von einem Kunden wie Carmichael träumt jeder Dealer. So jemanden will man nicht loswerden. Er war das genaue Gegenteil von den ausgemergelten Heroinsüchtigen, die laufend Nachschub brauchen und ständig bereit sind zu stehlen, zu lügen, zu betrügen oder sogar zu töten, um an ihr High zu kommen. In einem solchen Umfeld ergab die Art, wie Carmichael starb, also eigentlich keinen Sinn. Natürlich zuckte die Polizei nur mit den Achseln und überschlug sich nicht gerade bei den Ermittlungen zu einem Fall, bei dem ein reicher Bengel auf diese Weise gestorben war. Ihr Mitgefühl hielt sich in überschaubaren Grenzen. Die Familie beerdigte ihn in aller Stille, finanzierte den einen Vortrag von mir und zog es schließlich vor, über sein Ableben den Mantel des Vergessens zu breiten. Nur dass das nicht auf diese Weise funktioniert«, fügte der Psychiater mit einem leisen Lachen hinzu. »Tut es nie. Ein solcher Tod fordert seinen Tribut, Miss Connolly. Und wirkt lange nach.«

Sloane beschlich bei diesen Worten der seltsame Gedanke: Wird es mir mit meiner Mutter so ergehen? Beschert auch sie mir jahrelangen Kummer?

Plötzlich jagten sich bei Sloane die Gedanken, als dränge etwas mit Macht an die Oberfläche, das ihr bis jetzt verborgen gewesen war.

»Sie scheinen über seinen Tod sehr genau Bescheid zu wissen …«, fing sie an. Wie zum Beispiel über den freundlichen

Wortwechsel mit dem Portier. »Wie kommen Sie an die Informationen?«

Wieder trat eine vielsagende Pause ein. Als die Antwort kam, merkte Sloane, dass ihre Frage den Tenor der Unterhaltung schlagartig verändert hatte.

»Diese Einzelheiten kamen von einer anderen Quelle«, erwiderte der Arzt. »Nachdem Mr Carmichael verstorben war.«

Plötzlich unterkühlt. Mit monotoner Stimme und einem angespannten Unterton.

»Von wem?«

Wieder kurzes Zögern.

»Tut mir leid«, sagte er wenig überzeugend. »Das darf ich Ihnen nicht sagen. Fällt unter das Arztgeheimnis« – beinahe schroff, als wolle er mit dieser Phrase jeder weiteren Frage den Riegel vorschieben.

In Bezug auf einen anderen Patienten?, fragte sich Sloane.

Sie versuchte, die Aussage einzuordnen.

Priester und ein Beichtstuhl.

Anwalt und ein Klient.

Arzt und ein Patient.

Durch Regeln, Vorschriften, gesetzliche Bestimmungen und Traditionen gesicherte Vertraulichkeit.

»Können Sie mir denn etwas über seine Familie sagen?«, lenkte Sloane die Unterhaltung auf ein anderes Gleis. Hauptsache, dachte sie, er redet weiter.

»Ich weiß eigentlich nicht viel über sie, nur dass sie sehr reich sind. Altes Geld. Neues Geld. Wallstreet oder Silicon Valley oder gewerbliche Immobilien oder Mafia, keine Ahnung. Tut mir leid.« Das war gelogen, jede Wette. Und ob er es wusste! Sie dachte an Father Silva und an den schäbigen kleinen Anwalt in San Diego. Jeder von ihnen hatte mehr gewusst, als er zugab.

»Hat Ihnen jemand angekündigt, dass ich mich bei Ihnen melden würde?«

Der Psychiater schwieg. Zehn Sekunden. Zwanzig Sekunden.

Eine halbe Minute. Das Zögern war Antwort genug. Schließlich sagte er: »Ja. Noch weitere Fragen, Miss Connolly?«

Die liebenswürdige Lässigkeit, die er zu Anfang ihres Gesprächs an den Tag gelegt hatte, war plötzlich in einen schneidenden Ton umgeschlagen. Sloane schluckte ihre Reaktion herunter und suchte verzweifelt nach Worten, wo ihr nur eine einzige Frage auf der Seele brannte. Wer?

Doch bevor sie etwas herausbrachte, sagte der Arzt: »Es war nett, sich mit Ihnen zu unterhalten, Miss Connolly.« Auch wenn sein Tonfall das Gegenteil nahelegte. Wie ein plötzlicher Kälteeinbruch. Um seiner nächsten Aussage Nachdruck zu verleihen, senkte er die Stimme: »Nur noch eines will ich Ihnen sagen, nur eines noch ...«

Schweigen.

»Alles«, sagte der Psychiater vorsichtig, eisig, »alles, was ich Ihnen hier gerade im Lauf unseres Gesprächs dargelegt habe, entspricht der absoluten Wahrheit, nach meinem besten Wissen und Gewissen ... bis auf eine Sache.«

»Und die wäre?«, brachte Sloane heraus.

»Mitchell Carmichael hat nie existiert.«

Sloane schnappte nach Luft. »Was? Ich verstehe nicht ...«

»Der Tote hieß in Wahrheit nicht Carmichael. Dieser erfundene Name wurde nur für den Titel meines Vortrags ausgewählt und später Ihnen genannt, damit Sie sich mit mir telefonisch in Verbindung setzen. Weil ich mich an diesen Namen sofort erinnern würde, damit wir dieses Gespräch führen können.«

Er legte auf.

KAPITEL 16

EINS

Die Stille am anderen Ende traf sie wie ein Hitzeschwall. Ihre Gedanken waren heillos verheddert. Sie zwang sich mit Macht, wieder geradeaus zu denken.

Also.

Carmichael ist nicht der richtige Name des toten, reichen Junkies.

Stimmt das auch? Nein, das kann nicht sein.

Zwischen Wahrheit und Lügen hin- und hergeworfen, ging Sloane zu ihrem Schreibtisch, in dem sie ihre Arbeitsmaterialien aufbewahrte. Sie zog einen großen Zeichenblock hervor, dazu ein paar Kohlestifte, und breitete sie vor sich aus. Sie zeichnete sechs schwarze Xe und ergänzte sie mit weiteren Xen zu so etwas wie einer Kreuzschraffur. Sie erinnerten an Panzersperren aus dem Zweiten Weltkrieg. Sie hatte Fotos davon gesehen, im Juni 1944 von den Deutschen an den Stränden der Normandie errichtet, gegen die erwartete Landung der alliierten Truppen. Auf jedes ihrer Xe setzte sie einen der sechs toten Namen. Bei diesem strengen Entwurf würde sie die Skulptur aus versilberten Stahlträgern konstruieren. In ihrer Zeichnung platzierte sie das Denkmal in eine hügelige Landschaft, sodass die kantigen Formen, ähnlich wie auf dem Foto mit dem anonymen Paar, das ihr der Anwalt übergeben hatte, vor einem Sonnenuntergang aufragen würden.

Sie arbeitete schnell, beinahe fieberhaft. Und zeichnete am Fuß des Hügels noch eine halbkreisförmige Ziegelmauer ein, von der aus der Betrachter hinaufschauen und die schimmernden Xe vor dem schwindenden Licht ihre volle Wirkung entfalten würden. Kurz vor Fertigstellung der Skizze hielt Sloane inne. Sie gefiel ihr nicht mehr.

Zu streng. Zu wütend.

Sie räumte ihr Arbeitsmaterial weg. Ihr war heiß. Ihr nächster rationaler Gedanke:

Hol diesen Arzt wieder ans Telefon.

Bring ihn dazu, sich zu erklären.

Sie griff nach dem Handy, um etwas aus ihm herauszuquetschen, das den Treibsand, in dem sie steckte, in soliden Felsen verwandelte.

Sie schwankte.

Er wird es mir nicht sagen.

Wenn er meine Nummer auf dem Display sieht, geht er nicht einmal ran.

Er hat schon mit meinem Anruf gerechnet, bevor bei ihm auch nur das Telefon klingelte.

Sie dachte angestrengt nach und begriff.

Der Anwalt wusste, dass ich bald bei ihm auf der Matte stehen würde.

Auch der Priester hat mich erwartet.

Der pensionierte, irre Geschichtslehrer mit der Knarre erwartete jemanden. »Kommen Sie, um mich zu töten?« Wusste auch er, dass ich bei ihm an die Tür klopfen würde?

Sie beschwor das Bild der Zwillinge mit der Versicherungsagentur herauf, die ihren Vater hassten. Sie versuchte, sich im Verlauf ihres Gesprächs an irgendeinen Hinweis darauf zu erinnern, dass auch sie im Vorhinein von ihrem Kommen unterrichtet worden waren. Nein, sagten sie, vielleicht war das gelogen. Aber Laura, die Schwester des Models, habe ich mit meinem Besuch überrascht. Oder? Hat auch sie mich angelogen? Ihr geistiges Auge schwenkte zu dem Kinderschänder in seinem orangefarbenen Gefängnisoverall. Sie sah sein Grinsen vor sich, als er sich über den Zettel mit der Drohung ausgelassen hatte.

Hätte jeder, mit dem sie gesprochen hatte, gesagt: Ich habe Sie erwartet, oder: Kommen Sie, um mich zu töten?, könnte sie etwas damit anfangen, fragte sich nur noch, was. Sloane wandte sich wieder ihren vorläufigen Entwürfen sowie mehreren Seiten Notizen zu und breitete sie vor sich auf dem Sofatisch aus. Sie nahm ein Blatt nach dem anderen zur Hand, um sie ebenso schnell wieder neben den Colt .45 fallen zu lassen.

Da prallten nichts als Widersprüche aufeinander. Sie stand auf, zog einen Stuhl in die Nähe des Fensters und spähte gelegentlich hinaus. Jedes Mal, wenn unten auf der Straße jemand in ihr Sichtfeld lief, zuckte sie zurück und machte sich zum unsichtbaren Beobachter. In der Wohnung hinter ihr hatte sie die meisten Lampen ausgeknipst, sodass sie beinahe im Dunkeln saß. Sie hatte das bestimmte Gefühl, dass sie beobachtet wurde. Sie wusste nur nicht, von wo aus.

Noch vor Kurzem hätte sie mit absoluter Sicherheit gesagt: Es ist Roger.

Jetzt war sie sich nicht mehr so sicher.

Sie versuchte, ihre Paranoia abzuschütteln. »Was zum Teufel geht hier eigentlich vor?«, platzte sie heraus. Es fühlte sich ein wenig so an, als böge sie um eine Ecke, hinter der sie den richtigen Weg erwartete, und stünde plötzlich vor einer undurchdringlichen Hecke.

Il Labirinto.

Carmichael ist nicht sein richtiger Name.

Was wurden mir noch für Lügen aufgetischt?

Eine. Nein, zwei. Vielleicht sogar fünf oder sechs? Oder auch zwei Dutzend – die Zahl der Rosen im Papierkorb. Wie wär's mit hundert? Ist das alles hier eine einzige Lüge?

Sie schüttelte den Kopf. Nein, das kann nicht sein.

Durchs Fenster sah sie sich jede Person, die entspannt ihre Straße entlanglief, genau an: Junge, Alte. Paare mit langsamem, schleppendem Gang. Hier und da jemand, der es eilig hatte, vielleicht auf dem Weg zu einem wichtigen Termin. Eine Frau, die auf dem Fahrrad Slalom fuhr. Ein Jogger mit rot blinkendem Stirnband, um Autofahrer auf sich aufmerksam zu machen. Alles normal. So wie immer.

Nur dass sie dem Anschein nicht mehr trauen konnte.

Die sechs toten Namen. Die existierten alle. Die hatten alle gelebt. Die waren alle gestorben. Solange sie noch atmeten und auf der Erde wandelten, waren sie alle mit dem einen oder anderen beschäftigt gewesen. Standen morgens auf. Gingen abends schlafen. Liebten. Hassten. Wurden geliebt. Wurden gehasst. Trafen gute oder schlechte Entscheidungen. Machten etwas richtig oder falsch. Sie führten ein Leben, das an manchen Tagen still, an anderen Tagen hektisch war.

Nur Carmichael hatte nie existiert.

Sie korrigierte sich:

Die Geschichte war real, nur der Name nicht.

Sloane blieb auf ihrem Beobachtungsposten am Fenster und versuchte, zwischen wirklich und unwirklich zu unterscheiden. Nachdem sie eine ganze Weile auf die Straße hinausgeblickt hatte, griff sie nach ihrem Handy und schickte Patrick Tempter eine Nachricht. Sie bemühte sich, klar und professionell herüberzukommen:

> Patrick. Ich habe viel recherchiert und bin vielen Hinweisen nachgegangen, bin landesweit gereist und habe eine Menge über die sechs Namen auf der Liste des Auftraggebers in Erfahrung gebracht. Doch ich verstehe immer noch nicht, was er ehren möchte. Jede dieser Personen scheint mir eindeutig eher unehrenhaft als ehrbar zu sein. Und jede hat auf ungewöhnliche Weise den Tod gefunden. Ich denke, um zu verstehen, was ich entwerfen soll, benötige ich Hilfe.

Die Nachricht war in voller Absicht möglichst unverbindlich gehalten. Sie wollte nicht zu erkennen geben, wie sehr sie ihre Suche verstörte. Dabei bereitete es ihr die meiste Angst, wie Patrick Tempter und der Auftraggeber offenbar von vornherein fest damit gerechnet hatten, dass sie das Projekt annehmen würde, und zwar bereits Monate vor dem ersten Anruf, dem ersten Dinner in dem

Nobelrestaurant, vor dem ersten Geld, dem Büro, das keine Wünsche offenließ, der American-Express-Karte – dass diese beiden Männer das Labyrinth, in dem sie sich jetzt befand, von langer Hand vorbereitet hatten. Doch anders als Il Labirinto, aus Büschen und Gras, bestand das Labyrinth, in dem sie herumirrte, aus zusammenhangslosen, rätselhaften Todesfällen.

Es juckte ihr in den Fingern, ihm zu schreiben: Was ist hier wirklich Sache?

Doch sie beherrschte sich. Stattdessen fing sie an, die Autos zu zählen, die in ihrem Blickfeld vorüberglitten.

Es war eine Nebenstraße, von Bäumen gesäumt und nie sonderlich belebt. Sie war gerade bei sieben, als ein Ping auf ihrem Handy eine Textnachricht meldete:

Meine liebe Sloane, ich hatte schon erwartet, von Ihnen zu hören. Die mangelnde Klarheit, die Sie hinsichtlich der Wünsche des Auftraggebers bemängeln, überrascht mich nicht. Vielleicht wäre es das Klügste, wir würden uns über Ihre Probleme persönlich unterhalten. Ich bin recht zuversichtlich, dass der Auftraggeber Ihnen Ihre weitere Arbeit erleichtern kann. Er ist sehr gut darin, Schwierigkeiten aus dem Weg zu räumen. Können wir uns morgen Mittag vor der Harvard Law School treffen? Langdell Library. Die Bibliothek ist ein ziemlich imposantes Bauwerk. Eine architektonische Perle.

Wie zuvor war die Nachricht des Anwalts weitaus förmlicher gehalten als bei Textmitteilungen üblich. Mittag, nicht zwölf Uhr. Nichts von den üblichen Kürzeln. Sie schrieb prompt zurück.

Ja. Harvard Law. Langdell. Ich werde da sein.

Ihr Blick wanderte zu dem Colt .45 neben ihren Zeichnungen, dem Abschreckungsmittel gegen Roger. Abrupt drehte sie sich wieder zum Fenster um, und diesmal reckte sie den Hals, um möglichst weit nach rechts und links zu blicken. Die Straße war jetzt leer. Es bewegte sich nichts. Es war niemand da, keine Autos, keine Passanten. Zu ihrer Verwunderung traute sie plötzlich ihren eigenen Augen nicht. Es schien nicht mehr zu zählen, was sie sehen konnte oder nicht.

Ein letzter Blick hinaus. Das achte Auto fuhr langsam unter dem Fenster vorbei.

Rot.

Nein.

Eine andere Farbe.

BMW.

Nein.

Ein anderes Fabrikat.

Aus dieser Entfernung konnte sie keine klare Aussage treffen. Sie ging ein wenig auf Abstand von der Fensterscheibe. Der Wagen schien für einen kurzen Moment anzuhalten, bevor er Gas gab und umso schneller um die nächste Ecke verschwand.

Roger.

Nein. Könnte jeder andere gewesen sein.

Sloane konnte nur hoffen, dass sie sich nicht selbst in die Tasche log.

ZWEI

Am Morgen fuhr Sloane mit der Subway nach Charlestown, um das Bunker Hill Monument zu besuchen. Die Subway war wahrscheinlich das umständlichste, zeitraubendste Verkehrsmittel, um zum Park zu kommen – vom Harvard Square fuhr sie mit der Red Line nach Beacon Hill, von dort mit der Orange Line zum Bunker Hill Community College, und das letzte Wegstück legte sie in einem zehnminütigen strammen Fußmarsch zurück. Mit dem Taxi oder einem Uber, sogar mit dem Bus, hätte sie es in der Hälfte der Zeit bis zum Monument geschafft. Doch die Route entsprach ihrer

Verfassung: zuerst in entgegengesetzter Richtung quer durch die City, dann wieder zurück und schließlich nach Norden zum Denkmal. Dabei packte sie an drei Stellen die Angst: das erste Mal, als sie mit gesenktem Kopf und zügigen Schritten ihre Wohnung verließ, jederzeit bereit, loszurennen, falls sie irgendwo Roger hörte oder sah; das zweite Mal beim Betreten des Harvard Square, wo sie versuchte, sich in der Menschenmenge unsichtbar zu machen, und jeden Moment befürchtete, aufzublicken und ihm direkt in die Arme zu laufen; das dritte Mal, der schlimmste Moment, als sie auf dem Bahnsteig hinter der Warnlinie stand, auf die Einfahrt der Bahn wartete und von dem Gefühl überwältigt wurde, dass sich ihr sein Blick in den Rücken bohrte. Sloane spannte sämtliche Muskeln an, um einen plötzlichen Stoß von hinten zu parieren. Erst als sie den Wegweiser zum Denkmal sah, entspannte sie sich ein wenig.

Zum ersten Mal seit Tagen, dachte sie, mache ich etwas ganz Normales.

Der Besuch des Denkmals beruhigte sie und half ihr dabei, ihre Gedanken zu ordnen. Sie konnte vor dem Obelisken sitzen, der die Stelle markierte, an der die Kolonialisten einst gestanden und den Reihen der Rotröcke entgegengeblickt hatten, die mit blitzenden Bajonetten in ihre Richtung stürmten. Sie hörte William Prescott brüllen: »Nicht schießen, bevor ihr das Weiß in ihren Augen seht!«, und sie konnte darüber lächeln, dass die Zuschreibung dieses berühmten Befehls strittig war. Es war ein Tag im Juni. Genau wie damals. Trotzdem, dachte sie, ein guter Rat. Nicht schießen, bevor ich das Weiß in Rogers Augen sehe.

Sloane lehnte sich zurück. Wenn sie die Lider schloss, konnte sie das Knattern des Musketenfeuers hören und den Schießpulvergeruch riechen, der an diesem Ort seit über zweihundertfünfzig Jahren in der Luft lag. Das brachte ein gutes Denkmal fertig, stellte sie mit Bewunderung fest, während sie zu Prescotts Statue emporblickte und an die zweihundertvierundneunzig Stufen dachte, die einen zur Spitze des Obelisken brachten. Wie bei Il

Labirinto verschaffte einem auch hier eine besondere Anstrengung den Überblick.

Eine Gruppe asiatischer Touristen kam vorbei und machte Fotos – ein Verhaltensklischee, das auf Erfahrung gründete. Auch eine Gruppe lachender Kinder aus einem Ferienlager strebte zum Besucherzentrum neben dem Obelisken. Drei gestresste jugendliche Begleiter hatten ihre Mühe damit, sie in Reih und Glied zu halten. Sloane betrachtete ein junges, Händchen haltendes Paar mit Redsox-Kappen und Trikots, das vor der Statue stand. Die beiden schlugen die Zeit tot, bevor sie zu einem Spiel im Baseballstadion Fenway Park weiterzogen. Ein Parkwächter in grünem Hemd, mit breitkrempigem Smokey-Bear-Hut hastete an ihr vorbei. Männer in Shorts, Frauen in Caprihosen, Kinder, die zwischen ihnen hin und her flitzten – ein typischer Frühsommertag an einem Nationalmonument.

Sloane schloss die Augen und fühlte sich einen Moment lang entspannt.

Kein Roger.

Keine verschwundene Mutter.

Keine sechs toten Namen.

Ein Labyrinth diente dem Zweck, zu verwirren und zu irritieren. Unübersichtlich. Rätselhaft.

Ein Denkmal hingegen diente als Blickfang. Bunker Hill war einfach nur ein stiller Ort zum Gedenken an einen einzigen Tag in der Geschichte. An dem Menschen gestorben waren. Doch über seine konkrete historische Bedeutung hinaus erfüllte das Denkmal noch zwei weitere Kriterien: Einfachheit und Stimmigkeit.

Sloane sah sich noch einmal um. Touristen. Besucher. Jung. Alt. Schüler. Amateurhistoriker. Sie überlegte, mit was für Personengruppen an einem Denkmal wie diesem zu rechnen war. Ihr Blick schweifte noch einmal zu dem Händchen haltenden Paar in Red-Sox-Aufmachung. Sie sah, wie die junge Frau über etwas lachte, was der junge Mann zu ihr sagte, sich dann zu ihm umdrehte und ihn auf die Wange küsste. Es wäre schön, verliebt zu sein, dachte sie. Die Chancen dafür gingen gegen null. Sie erhob sich von der Bank und machte sich auf den umständlichen Rückweg zum Harvard Square. Mit jedem Schritt schien die Welt um sie her enger zu werden.

DREI

Acht lateinische Zitate sind in die Fassade rings um die Langdell Library an der Harvard Law School eingemeißelt. Sloane saß der größten Inschrift, über dem Eingang, direkt gegenüber:

Non Sub Homine Sed Sub Deo et Lege.

Nicht unter dem Menschen, sondern unter Gott und dem Gesetz.

Sloane wartete auf einer Bank. Auf den Fußwegen in ihrer Umgebung waren nicht allzu viele Menschen unterwegs, nachdem die meisten Studenten über den Sommer abgereist waren. Es war warm und sonnig. Wie immer verströmte die Universität einen Duft von Intellekt und Privileg, der mit dem Wind herüberwehte. Für Sloane gab es nur wenige Orte auf der Welt, die buchstäblich nach großen Chancen rochen, wie der Campus der Harvard University. Süß und kräftig wie Zimt, dachte sie.

Von Zeit zu Zeit blickte sie zum Bibliotheksbau auf, maß die Fassade, betrachtete die hohen Fenster und würdigte einen architektonischen Entwurf, der den Eindruck vermittelte, dass in den endlosen Bücherreihen im Innern dieses Gemäuers alles wahrhaft wichtige Wissen vereint war. Dagegen erschienen ihr die Informationen, mit denen die anderen berühmten Bibliotheken der Universität aufwarten konnten, so wie die Widener oder die Cabot, ganz respektabel, aber vollkommen bedeutungslos. Die Langdell war kraftvoll, ein schnörkelloser, ernsthafter Bau, so wie die Gesetze, die er beherbergte.

Sie zählte die Minuten. Zwölf Uhr kam und verstrich.

Sie wartete.

Aus fünf Minuten wurden zehn. Aus zehn wurden zwanzig.

Von Patrick Tempter weit und breit keine Spur.

Sie blieb auf der Bank sitzen. Sie wechselte ein paarmal die Stellung, fühlte sich aber zunehmend wie geschmolzenes Blei, das mit dem Abkühlen zu einer festen Form aushärtete. Immer wieder drehte sie sich in alle Richtungen, um nach dem Anwalt Ausschau zu halten. Jede Gestalt sah von ferne wie er aus, veränderte sich aber, sobald sie näher kam, wie ein Chamäleon zu einer anderen Person. Auf der Uhr ihres Handys liefen die Zahlen unerbittlich weiter. Aus *er verspätet sich* wurde *er kommt nicht*. Und daraus schließlich *ich bin allein*. Sie öffnete ihr Postfach. Nichts. Sie überprüfte ihre Textnachrichten. Nichts. Nicht einmal eine neue, penetrante Lüge von Roger. Sie klickte die Lautstärke an ihrem Klingelton an, um sicherzustellen, dass sie ihn nicht versehentlich auf leise gestellt hatte. Sie überprüfte verpasste Anrufe. Nichts.

Nach einer halben Stunde schickte sie Tempter eine Nachricht aufs Handy: Ich bin da. Ich warte.

Keine Antwort.

Nach fünfunddreißig Minuten stand sie auf. Sie wollte gehen, doch stattdessen ließ sie sich wieder auf der Bank nieder und wartete weiter.

Nach fünfundvierzig Minuten beschloss sie, aufzugeben.

Sie rührte sich nicht vom Fleck.

Nach einer Stunde erhob sie sich und sah sich um. Ein Mann in Shorts mit einem Basketball. Eine Frau mit einer Aktentasche. Ein Paar, jünger als sie, kam mit Fahrrädern, in ein lebhaftes Gespräch vertieft, an ihr vorbei.

Sloane versuchte, die Sache leichtzunehmen, sagte sich, dass es sich nur um ein Missverständnis handeln konnte. Sie ging im Kopf die üblichen Erklärungen durch, vor allem elektronischer Natur. Sie atmete langsam aus, um Frust abzulassen. Sie beschloss, zu Fuß zu ihrem Büro zu gehen, auch wenn sie nicht sicher war, ob dort Roger auf sie wartete. Im Geist sah sie das Gebäude vor sich. Schräg gegenüber dem Eingang befand sich auf der anderen

Straßenseite ein Parkhaus. Mit dem Blick der Architektin für Winkel und Räume schätzte sie ab, dass das Treppenhaus vom dritten Stockwerk aus einen guten Überblick über die Straße bot. In der Nähe war ein Café. Dort würde er auf sie warten: großflächige Fenster, die Tische direkt dahinter, der ideale Ausguck über einem Becher übertreuertem Kaffee. Doch vom Parkhaus aus hätte sie nach ihrer Schätzung einen guten Einblick in das Café. Einen halben Häuserblock davon entfernt befand sich ein Restaurant mit Tischen im Freien. Sie plante eine Wegstrecke, auf der sie sehen konnte, wo ihr Roger möglicherweise auflauerte, ohne dass sie selbst zu sehen wäre.

Sie überprüfte ihr Outfit danach, ob es sie allzu leicht zu erkennen gab – Jeans, T-Shirt, Laufschuhe, leichter dunkler Blazer –, auf den Straßen rings um ihr Büro Standardkleidung, mit der auch Roger vertraut war. Ihre Umhängetasche allerdings, vollgestopft mit Zeichnungen und Notizen, die würde er wiedererkennen. Schon am auffälligen blassblauen Leder. Ihr Haar. An der Farbe konnte sie nichts ändern. Sie brauchte ein wenig Tarnung.

Sloane wurde bewusst, dass sie ein bisschen wie ein Scharfschütze dachte.

Sie durchquerte zügig den Campus Richtung Harvard Coop, das Campus-Warenhaus in der Nähe des Subway-Eingangs, direkt außerhalb der Tore zum Universitätsgelände. Drinnen kaufte sie mit der Kreditkarte des Auftraggebers ein braunrotes Kapuzensweatshirt mit dem Namen der Universität auf der Vorderseite, eine schwarze Baseballkappe mit einem riesigen H, eine Leinentasche in Hellbraun und mit dem Wappenschild und dem darin eingeschriebenen Veritas darauf und schließlich eine billige große Sonnenbrille. Ihre auffällige blaue Umhängetasche schob sie in die Leinentasche. Sie zog sich das Sweatshirt über den Kopf, stopfte, so gut es ging, ihr Haar unter die Kappe und versteckte die heraushängenden Strähnen unter der hochgezogenen Kapuze. Dann lief sie mehrere Häuserblocks in die falsche Richtung, über eine schmale Straße wieder zurück, um sich an einen der Tische vor dem Restaurant zu setzen, ohne dass er sie von den Fenstern des Cafés aus hatte kommen sehen können.

Sie suchte die Straße ab.

Kein Roger.

Während sie den Blick misstrauisch von Person zu Person wandern ließ, jeden Meter des Bürgersteigs inspizierte und in jeden Winkel spähte, an dem jemand lehnen und den Eingang zum Büro beobachten konnte, kam eine Kellnerin und fragte sie nach ihrer Bestellung.

Sloane stand auf.

»Ich werde wohl doch nichts essen«, sagte sie.

Mit gesenktem Kopf lief sie zum Parkhaus auf der anderen Straßenseite. Keuchend hastete sie die Treppe zum dritten Stock hinauf.

Mit dem Rücken an der Ziegelwand sah sie hinaus.

Wie vermutet, konnte sie die Tischreihe hinter den Fenstern des Cafés sehen. Ein Tisch. Zwei. Drei. Sie ging sie alle durch.

Kein Roger.

Sie spielte mit dem Gedanken, nochmals in seiner Kanzlei anzurufen, hatte aber Angst, diesen Trick überzustrapazieren. Sie fühlte sich wie ein Schwimmer, der sich über einem tiefen Abgrund im Wasser treiben ließ. Ihr Blick reichte nur wenige Meter hinunter. Hinter sich hörte sie eine Wagentür zuschlagen und einen Motor aufheulen. Sie drehte sich um und rechnete damit, Rogers roten BMW zu sehen. Dann wies sie sich zurecht: Mach dich nicht verrückt.

Sie wartete, bis sich ihr Atem beruhigt hatte. Ein letzter Blick ins Café, dann zum hundertsten Mal die Straße herauf und herunter. Sie kehrte wieder zur Treppe zurück und eilte sie hinunter. Weit vornübergebeugt lief sie zu ihrem Büro und schlich sich so unauffällig wie möglich zur Eingangstür hinein.

Die Rezeptionistin saß hinter ihrem Empfangstisch.

»Hallo, Sloane«, sagte sie freundlich, als Sloane die Sonnenbrille abnahm und sich das Haar ausschüttelte. Die junge Frau ließ Sloanes Erscheinung unkommentiert.

»War vielleicht jemand hier und hat nach mir Ausschau gehalten?«

Die junge Frau überlegte einen Moment. »Ach ja«, sagte sie. »Ich seh mal eben in den Einträgen nach.« Sie drehte sich zu ihrem Computerbildschirm um und ging eine Tabelle durch. »Da haben wir's«, sagte sie. »Vier Mal, derselbe Herr. Wollte seinen Namen nicht nennen. Sagte nur, Sie erwarteten ihn.«

Das stimmt. Allerdings nicht so, wie du denkst.

»Ex-Freund«, erklärte Sloane. »Hören Sie, falls er, wenn ich in meinem Büro bin, wieder aufkreuzt, rufen Sie mich doch bitte an. Und es kann sein, dass Sie die Polizei holen müssen. Haben Sie auch noch eine Art Sicherheitsdienst?«

»Sicherheitsdienst? Nein. Nur mich. Ihr Ex?«, fragte die Rezeptionistin mit überraschter Miene. »Okay ...«, sagte sie gedehnt. »Meinen Sie ...«, fing sie an und überlegte es sich dann offenbar anders. »Müssen wir uns Sorgen machen?«, fragte sie stattdessen.

»Weiß ich nicht«, sagte Sloane.

Und ob sie es wusste.

»Habe ich auch schon mal erlebt«, sagte die Rezeptionistin. Sie lächelte mitfühlend. »Ich halte Ihnen, so gut ich kann, den Rücken frei. Aber ansonsten müssen Sie selbst auf sich achtgeben.«

»Danke«, sagte Sloane.

»Vielleicht könnte ich sein Foto hier am Empfang aufhängen«, sagte sie. »Mit der Anweisung, ihn nicht reinzulassen?«

»Nicht nötig«, sagte Sloane, obwohl sie das Gegenteil dachte.

»Er ist doch nicht bewaffnet? Man liest ja schon mal von Männern, die entweder aus Liebe oder aus Hass so verrückt sind, dass sie um sich schießen ...«

Sie verstummte.

»Nein, ist er nicht«, sagte Sloane. Sie sah, dass die Halbwahrheit die Rezeptionistin einigermaßen beruhigte. In Wirklichkeit wusste sie nicht, ob Roger eine Waffe hatte. Rezeptionistin, dachte sie, ist normalerweise ein ziemlich langweiliger Job, bei dem man Leute hierhin oder dorthin geleitet, Anrufe entgegennimmt und in der Zwischenzeit Kreuzworträtsel löst. Nur dass ab und zu die Person am Empfang die Erste ist, die in die Mündung einer Waffe blickt. In Amerika muss man damit leben. Eine Sekunde lang überlegte Sloane, ob sie der Frau ihren Colt .45 überlassen sollte. Ich könnte ihn ihr geben, wenn ich reinkomme, und beim Verlassen wieder an mich nehmen. Ich könnte zu ihr sagen: »Hören Sie, sind Sie wohl so freundlich, Roger, wenn er das nächste Mal reinkommt und nach mir fragt, ein paar Schüsse ins Herz zu verpassen?«

Sie begab sich in ihr Büro.

Setzte sich an den Schreibtisch.

Sie drehte eine Runde auf ihrem Stuhl und sah sich die Bilder von berühmten Gebäuden an.

Wandte sich dem Computer zu.

Wieder starrte Sloane auf den Bildschirmschoner mit der von dunkelgrünen Fichten bewachsenen Felseninsel, die sich aus den Nebelschwaden über einem See erhob, und wieder befiel sie das vage Gefühl, als habe sie dieses Bild schon einmal gesehen, ohne es aber wie zum Beispiel Il Labirinto einordnen zu können. Es wurmte sie. Sie wusste, dass dies keiner der gängigen Bildschirmschoner von Apple war.

Sie googelte. Bilder Insel See.

Die Eingabe erbrachte Hunderte Bilder, von den Adirondacks bis nach Japan, von Russland bis Kapstadt. Keine Hilfe.

Sie überlegte einen Moment. Der Auftraggeber wollte, dass ich dieses Bild sehe.

Sie ergänzte ihre Suche durch das Wort Denkmal.

Und bekam eine andere Auswahl von Bildern auf den Bildschirm.

In der zweiten Reihe war, wonach sie suchte. Dieselbe Insel. Dieselben Bäume. Derselbe See. Sloane klickte es an. Es vergrößerte sich zu fast derselben Ansicht wie auf dem Bildschirmschoner. Rechts davon stand eine kurze Beschreibung: »Die norwegische Regierung überprüft verschiedene Pläne für ein Denkmal im Ferienlager auf der Insel Utoya, wo das Massaker am 22. Juli 2011 neunundsechzig Opfer gefordert hat, darunter viele unter achtzehn Jahren ...«

Sloane musste schlucken.

Wieso ausgerechnet dieses Bild?

Eine harmlose Erklärung könnte lauten: Auf dieser Insel haben sie ein eindrucksvolles Denkmal errichtet, das die Opfer ehrt und in die Zukunft weist, ohne die Vergangenheit zu leugnen.

Eine weniger harmlose Erklärung: Massenmord.

Während Sloane zwischen diesen beiden Möglichkeiten schwankte, sah sie, wie das Zählwerk ihres Postfachs um eine Ziffer hochging. Sie öffnete die Mail sofort.

Meine liebe Sloane ... ich wurde unerwartet von einem juristischen Notfall aufgehalten, daher entschuldige ich mich aufrichtig für die Unhöflichkeit, Sie ohne eine Nachricht vor der Langdell warten zu lassen. Eine überaus interessante Inschrift da an der Fassade, nicht wahr?
Vielleicht darf ich Ihnen mit einer Empfehlung weiterhelfen: der eine Name, den Sie nicht kennen, ist ohne Zweifel der Name, der Ihnen erschließt, was die sechs, die Sie kennen, bedeuten. Ich möchte Ihnen ans Herz legen, dieser Spur nachzugehen. Und darüber hinaus: Wie viel wissen Sie wirklich über den guten Dr. Kessler?
Bitte bedenken Sie, dass der Auftraggeber das größte Interesse daran hat, dass Sie dieses Projekt zum Abschluss bringen. Er wird nicht zulassen, dass Sie irgendetwas von der Erfüllung dieser Aufgabe ablenkt. Behalten Sie immer das Ziel im Auge: Er wird sein Denkmal bekommen. Sie werden Karriere machen. Alle Seiten werden davon profitieren, da bin ich mir ganz sicher.
Patrick

Sloane las die E-Mail zwei-, dreimal durch. In ihr stieg Wut hoch, sie griff nach einem Bleistift auf ihrem Schreibtisch, zerbrach ihn und warf die beiden Hälften in einen Papierkorb. Und was mache ich jetzt? Wieder starrte sie auf die Nachricht und stellte fest, dass er ihr diese Frage beantwortet hatte: Der Psychiater in New York. Sie klickte in ihrem E-Mail-Programm auf Antworten und schrieb:

> Patrick ... Danke für Ihre Nachricht. Nicht nötig, sich zu entschuldigen. Ich werde Ihren Rat befolgen. Dennoch glaube ich, dass wir uns auch persönlich treffen sollten, um über meine Anliegen zu sprechen.
> Sloane

Sie hätte gerne das Wort Labyrinth verwendet, tat es aber nicht. Sie hätte gerne gefragt: Wie lange planen Sie und der Auftraggeber schon meine Beteiligung an dem Projekt? Doch sie tat es nicht. Sie klickte auf Senden, und mit dem gewohnten zischenden Geräusch entwich die Mail aus ihrem Postfach. Fast zeitgleich kündigte der Computer mit einem Ping eine neu eingegangene Mail an. Sie klickte das Mail-Symbol an und stellte fest, dass ihre Antwort an Patrick Tempter zurückgekommen war: eine ganze Seite mit seltsamen Computersymbolen unter den Worten: Übermittlung fehlgeschlagen. Empfänger unbekannt.

KAPITEL 17

EINS

Was soll an Patrick Tempter unbekannt sein, hätte Sloane gern gewusst.

Sie schickte ihm eine Nachricht aufs Handy:

Meine Antwort auf Ihre E-Mail konnte nicht übermittelt werden. Stimmt was nicht?

Keine Antwort.

Sie harrte einige Minuten vor dem Display ihres Handys aus. Um das mulmige Gefühl mit Frust zu besiegen, wählte sie schließlich die Nummer an, die sie von ihm hatte, und fragte sich, warum sie das nicht sofort getan hatte.

»Die gewählte Rufnummer ist zurzeit nicht vergeben.«

Sloane saß senkrecht. Sie ging die üblichen möglichen Erklärungen für die elektronische Wand durch, gegen die sie plötzlich rannte. Zuerst schrieb sie den seltsamen Fehlschlag mit der E-Mail einem Computerdefekt zu. Das Problem mit der Telefonnummer erklärte sich vielleicht durch ein einfaches Missgeschick; er könnte das Handy fallen gelassen und beschädigt haben und war gerade dabei, es zu ersetzen. Eine andere plausible Erklärung fand sie nicht. Doch sosehr sie sich gut zuredete, konnte sie den erdrückenden Gedanken nicht verdrängen: Ich bin allein.

Und den noch schlimmeren Gedanken: Wenn es doch nur so wäre.

Sloane begriff um alles in der Welt nicht, wo sie da hineingeraten war. Der Anwalt war charmant, freundlich, begeisterungsfähig, und er unterstützte sie. Der Auftraggeber war geheimnisvoll, hielt sich verborgen und tat doch alles, um sie bei ihrer Arbeit anzuspornen. Ganz zu schweigen von der fürstlichen Bezahlung. Beide Männer hatten lange im Voraus gewusst, dass sie das Denkmalprojekt annehmen würde. Sie hatten für ihre Beteiligung umfangreiche Vorbereitungen getroffen. Hatten Fotos verschickt. Namen erfunden. Informationen bereitgehalten. Und, was Sloane am meisten Kopfzerbrechen bereitete: hatten Menschen bedroht.

Der Weg, den sie eingeschlagen hatte, war für sie und keinen anderen vorgezeichnet.

Sie sammelte hastig ihre Sachen ein. Im Eilschritt durchquerte sie das Gemeinschaftsbüro, an der Rezeptionistin vorbei. Wie gegen einen heftigen Wind lief sie mit gesenktem Kopf. Als sie das Gebäude verließ, klingelte ihr Handy.

In der Hoffnung, dass sich Patrick Tempter meldete, griff sie danach.

Fehlanzeige.

Es war Roger.

Sie drückte ihn weg.

Fast im selben Moment klingelte es wieder.

Roger.

Sie drückte ihn zum zweiten Mal weg.

Als sie sich draußen vor der Tür gerade auf den Weg zu ihrer Wohnung machen wollte und die Angst vor Roger mit der Verwirrung über Patrick Tempter verdrängte, kam eine Textnachricht herein.

Sie blieb stehen, um nachzusehen. Es war nicht der elegante Anwalt.

Es war Roger.

Sie wollte die Nachricht so wie Dutzende davor gerade löschen, doch was sie sah, war kurz und bündig, im Teenager-Nachrichten-Jargon:

ICU

Ich sehe dich.

Nichts weiter. Sloane blickte auf und fuhr mit dem Kopf nach links und rechts. Auf den Bürgersteigen waren Menschentrauben auf dem Heimweg von der Arbeit. Andere strebten in die Coffeeshops, die Restaurants und Bars. Alles war in Bewegung, ein Meer von Menschen, die alle irgendwohin wollten. Roger sah sie nirgends. Ihr fielen x Möglichkeiten ein, wo er lauern könnte, darunter solche, an denen sie selbst sich vor ihm versteckt hatte. Während sie in die Menge spähte, hatte sie plötzlich das Gefühl, er könnte hinter ihr stehen, und drehte sich in die Richtung um. Nichts. Dann wieder zurück. Kein Roger.

Sie überlegte:

Das war gelogen. Er ist gar nicht hier.

Und dann schon wieder ihr Handy mit der nächsten Nachricht, als hätte er ihre Gedanken gelesen.

Ich bin ganz in deiner Nähe.

Ich werde immer in deiner Nähe sein.

Sloane wollte weglaufen.

Sie konnte nicht. Sie stand wie angewurzelt da.

Die dritte Nachricht:

Wieso redest du nicht mit mir? Du weißt, ich liebe dich.

Das Handy in der Hand, kostete es sie einen gewaltigen Kraftakt, loszugehen. Wie ein General auf dem Schlachtfeld gab sie sich den Befehl zum Rückzug: Beweg dich! Sofort! Es war ein bisschen wie Wasser, das durch einen gebrochenen Damm strömt. Sie lief Richtung Harvard Square, mit jedem Schritt ein wenig schneller. Sie versuchte, in der Menge unterzugehen und sich im Rushhour-Strom unsichtbar zu machen.

Die vierte Nachricht:

Welche Optionen lässt du mir?

Aus diesen Worten sprach der junge Anwalt. Sie hasste die elegante Einkleidung einer Drohung. Optionen? Du meinst, was du mit mir machen sollst? Sie fühlte sich wie in einem Schraubstock, der langsam, aber stetig zugedreht wurde. Wieder blieb sie auf der Straße ruckartig stehen und sah sich um. Nichts. Nur unbekannte Menschenmassen auf den Bürgersteigen. Stoßstange an Stoßstange auf den Straßen. Als es hupte, zuckte sie heftig zusammen. Ringsum herrschten Ungeduld und Hast. Sie redete sich gut zu, dass sie draußen, mitten im Gedränge des Feierabendverkehrs, vollkommen sicher sei. Vor so vielen Zeugen würde es niemand, nicht einmal Roger, wagen, etwas Verrücktes zu tun oder sie anzugreifen. Rechts von ihr lief eine Gruppe etwas ungepflegter Studenten, langes Haar, ausgefranste Jeans, Rock-'n'-Roll-T-Shirts. Links von ihr entdeckte sie einen Polizisten. Geistesabwesend starrte er auf den Stau, gegen den er nichts ausrichten konnte. Geschäftsleute im Anzug überholten sie. Eine Mutter mit Kinderwagen und ein Mann mit einem Pudel an der Leine warteten an einer Ampel. Ich bin hier sicher, oder etwa nicht? Doch die Logik richtete nur wenig gegen ihre Ängste aus; zu viele Schlagzeilen in zu vielen Zeitungsartikeln bewiesen das Gegenteil. Besessene Liebe. Er wird die Menschenmenge einfach ignorieren. Er sieht nur mich. Sie legte einen Schritt zu und wand sich wie ein Betrunkener am Steuer im Slalom zwischen den Menschengruppen hindurch. Statt auf dem schnellsten Weg zu ihrer Wohnung, lief sie zum Subway-Eingang am Harvard Square. Am Zeitungskiosk vorbei sauste sie die Treppe hinunter und blieb an den Fahrkartenautomaten und den Drehkreuzen abrupt stehen. Ein Zug fuhr gerade los, und das Echo hallte von den weiß gekachelten Wänden wider. Sloane drückte sich seitlich an einen der Automaten und drehte sich zur Treppe um.

Falls er mich verfolgt, kommt er von dort.

Sie keuchte so heftig wie nach einem Wettlauf.

Eine Minute. Zwei.

Dabei wusste sie nicht, was sie tun sollte, falls Roger tatsächlich die Stufen hinunterkäme. Wegrennen? Schreien? Um Hilfe rufen? Nichts tun?

Drei Minuten. Vier.

Sie suchte die Gesichter ab. Von ihrem Posten aus konnte sie die Menschen beim Betreten des Eingangs sehen. Jeder konnte Roger sein. Sie versteckte sich. Sie war in die Enge getrieben.

Sie hätte nicht mehr sagen können, wie lange sie so dagestanden und gelauert hatte.

Erneut pingte ihr Handy.

Sie riss sich von der Eingangstreppe los und starrte auf das Display. Nachricht Nummer 5:

Wie soll ich dir beweisen, wie sehr ich dich liebe, wenn du nicht mit mir sprichst?

Sie holte tief Luft und überlegte, was sie antworten sollte. Es gab keine Antwort. Mit jeder Reaktion hätte sie ihn ermutigt, weiter Kontakt zu suchen. Nicht zu antworten, konnte ihn andererseits weiter provozieren. Ihr fiel keine zweckdienliche Lüge ein, und auch die Wahrheit half nicht weiter. Jeder Täuschungsversuch konnte bei ihm zum Vulkanausbruch führen. Eine ehrliche Ansage würde er missverstehen.

Nachricht Nummer 6:

Ich warte, Sloane.

Ich werde nie aufhören zu warten.

Auch diese ließ sie unbeantwortet.

Es machte Ping. Nummer 7:

Ich liebe dich. Ich liebe dich. Ich liebe dich. Ich liebe dich ...

Sie zählte nach, wie oft er die Phrase geschrieben hatte: Zweiundzwanzig Mal. Es folgte:

Was auch immer jetzt passiert, Sloane, hast du allein dir zuzuschreiben. Du bist diejenige, die mir diese Qualen bereitet.

Bei dieser Nachricht kroch in ihr blanke Panik hoch. »Qualen« hieß im Klartext Bereitschaft zur Gewalt. Die Gewissheit, mit der sie dies begriff, ging über Zeitungsartikel und Fernsehberichte und Bücher renommierter Soziologen weit hinaus. Die irre Logik: Was kann ich dafür, dass ich dich töten muss? Ein letzter Blick die Treppe hinauf. Leer. Eine vorübergehende Ebbe im Menschenstrom. Sie packte ihre Tasche und holte ihre CharlieCard heraus, die Mehrfahrtenkarte der Bostoner Subway. Unter dem kreischenden Crescendo eines einfahrenden Zugs stürzte sie durch das Drehkreuz zum Bahnsteig. Aus Angst, Roger könnte sich plötzlich wie ein Gespenst hinter ihr materialisieren und sie vor die Räder stoßen, trat sie weit von den Gleisen zurück und drückte sich mit dem Rücken an die Wand. Sie sah, wie sich die Türen der Subway-Waggons öffneten und die Fahrgäste in dichten Trauben herausquollen. Die Woge der Passanten ergoss sich über den Bahnsteig, und mit einem letzten ängstlichen Blick nach links und rechts sprang Sloane in letzter Sekunde durch die sich schließende Tür in die Bahn.

Nur bis zur nächsten Station hielt sie sich an einer Metallstange fest. Sie zitterte am ganzen Körper. Sie hoffte, dass es von der Vibration des rasenden Zugs kam.

Drei Minuten. Porter Square.

Der Zug bremste ab. Zischend gingen die Türen auf, Sloane drängte sich an anderen aussteigenden Passanten vorbei, rannte die Treppe hoch und durch die breite Glastür nach draußen. Normalerweise wäre sie kurz stehen geblieben, um das riesige, rot-weiß geflügelte Mobile vor dem Subway-Eingang zu bewundern, doch diesmal machte sie sich im Schnellschritt auf den Weg und musste an sich halten, um nicht loszusprinten. Die Massachusetts Avenue entlang flüchtete sie von der Subway-Station. Etwa in der Mitte des zweiten Blocks sah sie eine luxuriöse Damenmode-Boutique und huschte im letzten Moment hinein. Sie duckte sich hinter den erstbesten Ständer mit Kleidern und Seidenblusen und spähte aus ihrem sicheren Versteck heraus durch die Scheibe. Er kann mir unmöglich gefolgt sein, war ihr erster Gedanke. Ruf die Polizei. Dies wiederholte sie wie das Mantra eines Yogi: Ruf die Polizei. Ruf die Polizei. Ruf sofort die Polizei.

»Kann ich Ihnen helfen?«

In ihrem Rücken war eine Verkäuferin herangetreten. Unter ihrer Anrede zuckte Sloane zusammen. Erst als sie sich umdrehte und in das lächelnde Gesicht der Frau sah, entspannte sie sich. Die Angst macht mich noch verrückt, dachte sie, holte tief Luft und setzte ein Lächeln auf.

»Ich schau mich nur um«, erwiderte Sloane. Ihre Stimme klang angespannt und schrill in ihren eigenen Ohren. Sie grapschte wahllos nach bunten Seidenblusen an einem Ständer.

»Die würden Ihnen sehr gut stehen«, ermunterte sie die Verkäuferin.

Sloane hatte eine Idee. »Ja«, sagte sie und griff wahllos nach drei Bügeln mit Blusen, ohne auch nur die Größe zu überprüfen. »Haben Sie eine Umkleidekabine?«

Mit hochgezogenen Augenbrauen deutete die Verkäuferin zum hinteren Ende des Ladens.

Nach einem letzten misstrauischen Blick auf die Straße lief Sloane wie ein Wiesel zur Umkleidekabine. Die Tür ließ sich von innen verschließen, auch wenn sie einem kräftigen Tritt kaum etwas entgegenzusetzen hätte. Würde er das wagen? Mir in den Laden zu folgen und die Tür einzutreten? Inmitten von Donna-Karan- und Vera-Wang-Kreationen auf mich losgehen? In der kleinen Kabine waren eine schmale Bank und ein bodentiefer Spiegel an der Wand. Sie ließ sich auf die Bank fallen und wartete.

Die Zeit zerrte an ihr.

Das Handy kündigte mit einem Ping Nachricht Nummer 8 an.

Wieso versteckst du dich vor mir?

Wir gehören zusammen.

FÜR IMMER.

Es wurde unerträglich heiß in der Umkleidekabine. Sie wusste, was für immer zu bedeuten hatte. Die zwei Worte in Großbuchstaben vermittelten ihr eine einzige Botschaft: Ich bring dich um. Sie legte den Kopf zurück. Ihr kam der seltsame Gedanke: Ich komme hier nie wieder raus. Für den Rest meines Lebens bin ich in dieser Umkleidekabine gefangen.

Erneutes Ping vom Handy. Sie starrte darauf.

Unbekannter Anrufer.

Das kann nur Roger sein, dachte sie.

Es klingelte weiter.

Sag ihm, er soll dich in Ruhe lassen. Diese Stimme in ihr ließ nicht locker. Dabei wusste sie, dass es illusorisch war. Egal, wie nachdrücklich sie flehte, bettelte oder ihn mit falschen Versprechungen belog, würde er sie nie in Ruhe lassen.

Es ist zwecklos. Ich kann nichts dagegen machen.

In der Enge der Umkleidekabine schrumpfte ihre Welt noch enger zusammen.

Erneut klingelte ihr Handy.

Unbekannter Anrufer.

Sie war ausgeliefert. Die Panik hatte sie völlig im Griff. Sie war schweißgebadet. Sie fühlte sich wie ein Bergsteiger, der mit blutigen Fingern an einem scharfen Felsvorsprung hing und nichts als Leere unter sich wahrnahm. Sie dachte: Mir bleibt keine Wahl. Sie drückte auf Annehmen.

»Bitte, Roger, bitte, bitte hör auf ...«, sagte sie, ohne abzuwarten, was er ihr zu sagen hatte, und versuchte – wie sie wusste, vergeblich –, entschlossen zu klingen.

Schweigen.

»Ah, meine liebe Sloane, Patrick Tempter am Apparat. Roger? Wer ist Roger? Ich rufe an, um mich bei Ihnen zu entschuldigen. Tut mir leid, wenn Sie mit jemand anderem gerechnet haben. Und wenn ich mich nicht täusche, haben Sie schon den Namen Roger genannt, als wir das erste Mal telefonierten?«

Sie schnappte nach Luft und hüstelte.

»Ja«, sagte sie mit krächzender Stimme.

Er schien ihr Unbehagen sofort zu registrieren, fast, als kauerte er neben ihr in der engen Umkleidekabine.

»Stimmt etwas nicht?«

»Ich hab ein Problem mit meinem Ex-Freund«, platzte sie mit wackeliger Stimme heraus. Indem sie es aussprach, traten ihr die Tränen in die Augen.

»Problem? Was für ein Problem?«, hakte Tempter nach.

»Er will einfach nicht wahrhaben, dass es aus ist. Ich fürchte, er stalkt mich. Ich weiß zwar nicht, was er vorhat, aber ich habe Angst. Richtig Angst.«

Tempter schwieg einen Moment.

»Also«, sagte er bedächtig und wechselte gleitend in den geübten Ton des Rechtsberaters: »Das ist nicht in Ordnung. Ganz und gar nicht. Sie glauben also, der junge Mann ist gefährlich? Haben Sie ihn angezeigt? Eine Kontaktsperre gegen ihn erwirkt? Sich mit seinem Arbeitgeber oder seiner Familie in Verbindung gesetzt? Welche Schritte haben Sie schon unternommen?«

»Nichts Amtliches. Ich habe einfach gehofft, er hört irgendwann ...«

»Also, meine Liebe, das ist leider nur selten der Fall. Wer weiß sonst noch von diesem Problem?«

Sie überlegte. »Niemand. Das heißt, warten Sie, vielleicht seine Freunde, vielleicht haben die etwas mitbekommen ...«

»Das wage ich zu bezweifeln«, fiel ihr Patrick Tempter ins Wort. »Und selbst wenn sie irgendetwas von seiner Obsession Ihnen gegenüber mitbekommen hätten – das trifft es doch, nicht wahr, Obsession?«

»Ja, ich denke schon.«

»Also, selbst wenn, würden sie wahrscheinlich trotzdem nichts unternehmen. Und wie steht es mit seinem Arbeitsplatz?«

»Er ist Anwalt, wie Sie. Das heißt, nicht wie Sie, er hat gerade erst bei einer großen Kanzlei angeheuert.«

»Dann könnte ich ihn ja möglicherweise zur Vernunft bringen. Von Anwalt zu Anwalt, wir sprechen dieselbe Sprache. Aber wie sieht es auf Ihrer Seite aus, ich meine, Familie oder Freunde? Haben Sie mit jemandem gesprochen?«

»Nein.«

»Sicher? Nicht mal mit einer Freundin oder ehemaligen Kommilitonin?«

»Nein. Ich bin allein.«

»Bruder? Schwester? Eltern?«

»Ich bin Einzelkind, und meine beiden Eltern sind tot.« Was sie sagte, klang ihr in den eigenen Ohren fremd. Meine Mutter ist verschwunden. Doch, sie ist tot. Nein, vorerst nicht. Jedenfalls nicht offiziell. Nicht, bis dieser wundersame Kajakfahrer ihre Leiche entdeckt. Jeder dieser Gedanken traf sie wie ein Faustschlag.

»Also, in dem Fall erlauben Sie mir bitte, Ihnen behilflich zu sein«, sagte Patrick Tempter eifrig. »Ich verfüge auf diesem Gebiet über einige Erfahrung. Und der Auftraggeber, nun, ich bin mir sicher, dass auch er Ihnen in der Sache beistehen will, wenn er davon erfährt. Würden Sie sagen, dass dieser Roger den Fortschritt Ihrer Arbeit am Denkmal behindert?«

»Ja.«

»Also, in dem Fall bin ich mir sicher, dass er Ihnen helfen will.«

»Das wäre schön«, sagte Sloane.

»Können Sie mir ein paar Daten zu diesem Roger senden? Anschrift. Familiärer Hintergrund. Seine Kanzlei. Ja, das würde schon mal helfen. Telefonnummer. E-Mail-Adresse. Etwas über Ihre Beziehung zu ihm – wie lange sie gedauert hat, wo Sie sich kennengelernt haben, nur so viel, wie Sie uns mitteilen möchten, natürlich liegt es mir fern, mich über Gebühr in Ihr Privatleben einzumischen…«

»Nein, kein Problem«, antwortete sie prompt.

»Und ein Foto von Roger. Das würde ebenfalls helfen. In Farbe. En face. Ein Porträt. Das beste, das Sie haben.«

Sloane hatte immer noch Fotos von Roger auf ihrem Handy. Sie fragte sich, warum sie die Bilder nicht längst gelöscht hatte. »Ja, kann ich machen«, sagte sie.

»Ausgezeichnet. Dann wollen wir doch mal sehen, ob wir diesen Roger nicht überreden können, Sie in Ruhe zu lassen. Ich kann bei so etwas sehr überzeugend sein. Warten Sie, ich gebe Ihnen eine andere Nummer, unter der Sie mir dieses Material schicken können.«

Er diktierte ihr eine neue Telefonnummer.

»Jetzt klingen Sie schon deutlich besser, meine liebe Sloane. Eben habe ich bei Ihnen richtige Angst herausgehört.«

»Ich glaube, er verfolgt mich hierhin und dorthin. Und alles, was er mir an Nachrichten schickt, klingt nach einer Drohung.«

»Das muss wirklich beunruhigend sein. Sonst noch etwas? Ist er schon mal handgreiflich geworden?«

»Er hat mich auf meiner Straße angepöbelt, vor meiner Wohnung. Mich gepackt. Ich dachte, er schlägt mich jeden Moment …«

»Hat er aber nicht?«

»Nur weil Passanten auf der anderen Straßenseite eingeschritten sind und gedroht haben, die Polizei zu rufen.«

»Ah, gute Samariter. Haben Sie zufällig deren Namen?«

»Nein.«

»In jedem Fall haben die beiden das gut gemacht. Und hat er Ihnen wehgetan?«

»Ein bisschen. Ja.«

»Tja«, sagte der Anwalt mit einem deutlich hörbaren Schnauben, »das ist nun wirklich nicht in Ordnung. Dem sollten wir am besten sofort und nachdrücklich Einhalt gebieten, denke ich.«

»Und Sie meinen wirklich, Sie können …«, fing Sloane an.

»Ich kann Ihnen nicht mit absoluter Sicherheit versprechen, was ich da ausrichten kann. Auf jeden Fall tue ich mein Bestes, und wir sehen dann, wie es weitergeht und wie wir dann verfahren. Zuweilen entspringen solche zwanghaften Verhaltensweisen einer ernsten Persönlichkeitsstörung, in dem Fall kommt man mit Überzeugungsarbeit oder Bestechung oder sogar mit der Androhung polizeilicher Intervention nicht dagegen an, egal wie schlau man es als Anwalt angeht. Unser guter Doktor Kessler in New York müsste sich dagegen mit solchen Problemen auskennen. Aber das ist jetzt eine wilde Spekulation, und wir wollen ja nicht Äpfel mit Birnen durcheinanderwerfen. Lassen Sie mich erst mal sehen, was ich ausrichten kann. Informell natürlich.«

Tempter schien einen Augenblick zu überlegen.

»Und«, sagte er bedächtig, »wo genau stecken Sie gerade?«

»In einer Umkleidekabine in einer Luxusboutique an der Massachusetts Avenue, nahe Porter Square.«

Er lachte leise.

»Das ist wirklich genial. Bleiben Sie, wo Sie sind. Ich schicke

Ihnen meinen Fahrer vorbei, um Sie abzuholen. Können Sie eine halbe Stunde oder so Kleider anprobieren?«

Die Frage sollte ein Scherz sein, um Sloane zu beruhigen.

Sie zwang sich zu einem Lachen. Sie merkte, wie die Anspannung ein wenig von ihr abfiel. Dankbar. »Ja«, sagte sie.

»Ausgezeichnet«, erwiderte Tempter. »Dann schicke ich Ihnen jetzt sofort den Fahrer, an den Sie sich gewiss noch von unserem Dinner erinnern. Er ist sehr fähig, nicht nur als Autofahrer. Er bringt Sie sicher nach Hause.«

»Danke«, antwortete Sloane.

»Dann also wieder an die Arbeit, an Ihre Recherchen«, sagte Tempter. »Denn ich – da spreche ich auch für den Auftraggeber – bin fest davon überzeugt, dass Ihre Recherchen zu einem wahrhaft denkwürdigen Entwurf führen werden.«

Bei diesem Stichwort fielen ihr wieder all die Fragen über die Recherche ein, die sie ihm hatte stellen wollen. Labyrinthe und kopflose Leichen, Überdosen und verängstigte Priester und bei einem kleinen Anwalt hinterlegte Fotos und Kinderschänder und ein tödlicher Hundespaziergang mit Fahrerflucht, Eliteschulen und Plagiate. Doch die Erleichterung in Bezug auf Roger drängte sie alle in den Hintergrund, und sie brachte keine einzige zur Sprache.

KAPITEL 18

EINS

Die Verkäuferin in der Boutique hörte sich Sloanes geflüsterte Erklärung an – unangenehme Trennung, ich glaube, mein Ex verfolgt mich – und erlaubte es Sloane, außer Sichtweite hinter der Kasse zu warten, von wo aus sie durch die Schaufenster die Straße im Blick hatte. Zu ihrer großen Erleichterung dauerte es nicht lange, bis die lange schwarze Limousine ins Blickfeld kam. Der Fahrer parkte in der zweiten Reihe und stieg aus. Sie beobachtete, wie er gewissenhaft nach links und rechts sah, bevor er den Laden betrat.

»Miss Connolly?«, begrüßte er sie mit einem Lächeln. »Freut mich, Sie wiederzusehen. Alles in Ordnung?«

»Ja«, sagte Sloane wenig überzeugend.

»Dann mal los.«

Ihr entging nicht, dass der Fahrer die rechte Hand unter den Aufschlag seiner schwarzen Anzugjacke schob. Schulterholster, nahm sie an. Die Hand an der Waffe.

Sloane bedankte sich überschwänglich bei der Verkäuferin und folgte dem Fahrer zur Ladentür hinaus. Er hielt ihr den Schlag auf.

»Rotes BMW-Coupé, richtig?«, fragte er. Sie streifte der Gedanke, ihn zu fragen, woher er das wisse. Die Frage lag ihr schon auf der Zunge, doch sie schluckte sie hinunter. Stattdessen antwortete sie einfach nur: »Ja.«

»Kein Problem«, sagte er. Sein Ton zeugte von maskuliner Selbstgewissheit – damit werde ich schon fertig. Als er sich hinters Lenkrad setzte, fügte er hinzu: »Keine Sorge.« Er lächelte sie an. Sie sah sein Gesicht im Rückspiegel. »Ehemaliger Soldat. Ehemaliger Polizist«, erklärte er, als sagte dieser Lebenslauf in vier Worten alles. »Hab schon Schlimmeres gesehen«, fügte er hinzu wie einen Doktorgrad in Gewaltbewältigung.

Er fuhr langsam zu ihrer Wohnung. So wie zuvor an der Boutique hielt er direkt an ihrer Tür und parkte in zweiter Reihe neben einem weißen Lieferwagen, an dem ein Arbeiter in mittlerem Alter stand.

Seitlich am Lieferwagen sah Sloane ein Logo, mit einem altmodischen Schlüssel und einem aufschnappenden Schloss, darunter stand:

Cambridge Rund-um-die-Uhr-Schlüsseldienst.
»Sie kriegen die Tür nicht auf? Wir schon!«

»Ich soll Sie sicher ins Gebäude und in Ihre Wohnung bringen«, sagte der Fahrer. »Und dieser Mann hier kommt, um an Ihrer Wohnungstür neue Schlösser anzubringen. Das Schloss an der Haustür darf er nicht wechseln, das steht nur dem Eigentümer zu. Aber er kann dafür sorgen, dass Ihre Tür absolut sicher ist. Er wird der Gebäudeverwaltung einen neuen Bund Schlüssel zu Ihrer Wohnung schicken – so schreibt es das Gesetz vor, sagt Mr Tempter. Aber er kann sich ein bisschen Zeit damit lassen.« Letzteres sagte er mit vielsagendem Grinsen.

Er winkte dem Schlosser zu, während er ihr die Wagentür öffnete. Sie führte die beiden Männer ins Haus und die Treppe hinauf zu ihrer Wohnung. Der Fahrer hielt die Hand hoch, damit sie, nachdem sie aufgeschlossen hatte, nicht als Erste hineinging. Die Hand nun wieder unter dem Jackett, ging er vor. Sie vermutete, dass er zügig die kleinen Zimmer, einschließlich Schrank und Bad, überprüfte und auch unter dem Bett nachsah. Kein Roger. Der Schlosser, der mit seinem Werkzeugkasten neben ihr stand, sah sie freundlich an.

Nach wenigen Minuten kehrte der Fahrer zurück.

»Essen Sie Süßigkeiten, Miss Connolly?«, fragte er.

Er hielt eine kleine herzförmige rote Pralinenschachtel in der Hand.

Sie schüttelte den Kopf.

»Dann ist wohl jemand drinnen gewesen und hat die hier auf Ihrem Bett hinterlassen. Auf dem Kopfkissen. Mit einem Gruß.«

Er reichte ihr die Karte. Sie war mit Putten und Herzen geschmückt. Sie las: Ich denke immer an dich.

Kein Name darunter. Die Handschrift war ihr unbekannt.

Der Schreck war Sloane wohl anzusehen, denn bevor sie etwas sagen konnte, kam ihr der Fahrer zuvor: »Wer auch immer das war, kriegt von heute ab diese Wohnungstür nicht erneut auf. Sein Schlüssel bringt ihm nichts mehr.«

Er nickte dem Schlosser zu. »Legen Sie los«, wies er ihn an. Der Mann griff sofort zu einem elektrischen Bohrer.

»Ich bau Ihnen das beste Schloss ein, das wir im Angebot haben«, sagte der Mann. »Wer von jetzt an unbefugt in Ihre Wohnung will, Miss, der braucht schon einen Rammbock oder ein paar Dynamitstangen. Vielleicht sogar ein bisschen Nitroglyzerin.«

Der Fahrer drehte sich zu Sloane um.

»Sie können reinkommen, während er den Job erledigt. Ich warte hier, bis dieser Herr fertig ist.« Er entfernte eine goldene Schleife von der Schachtel. »Ich mag am liebsten die mit Nüssen«, sagte er und steckte sich eine dunkle Praline in den Mund. »Und Sie?«, fragte er und hielt ihr die Schachtel hin. »Was für Feinschmecker.« Sloane schüttelte den Kopf. »Dann bringe ich die hier, wenn Sie nichts dagegen haben, meiner Frau und meinen Kindern mit.«

Sloane nickte.

Der Fahrer kaute. »Also, er mag ja ein Fiesling sein, aber wenigstens ein Kenner guter Schokolade.« Dabei lachte er. Sloane starrte auf die Schachtel. Was eigentlich zum Fürchten war, erschien ihr plötzlich recht harmlos.

Nach einer Weile fügte der Fahrer hinzu: »Hey, hab einen Blick auf ein paar von Ihren Skizzen geworfen. Die sehen toll aus. Richtige Profiarbeit.«

Erst jetzt merkte Sloane, dass ein paar von ihren Zeichnungen, die sie wieder verworfen hatte, noch auf ihrem Schreibtisch ausgebreitet lagen. »Danke«, sagte sie. »Bin immer noch auf der Suche nach dem richtigen Ansatz.«

Dann wurde sie verlegen. Ihr wurde bewusst, dass im Spülbecken schmutziges Geschirr war und sie an mehreren Stellen im Zimmer leere Limonadendosen und Kaffeetassen stehen gelassen hatte. Auf dem Bett lag Unterwäsche, in sexy schwarzer Spitze. Bei dem Gedanken, dass Roger die dort gesehen hatte, als er die Pralinenschachtel auf ihr Kissen legte, schauderte sie. Wenn er nicht sogar daran gerochen, sich daran aufgegeilt hatte. Oder Schlimmeres. Bei der Vorstellung wurde ihr fast übel, und sie beschloss, die Wäschestücke wegzuwerfen. Sie erinnerte sich aber ebenso daran, dass der Colt .45 gut versteckt in der obersten Kommodenschublade lag. Sie konnte nur hoffen, dass ihn Roger nicht gefunden hatte, indem er ihre Sachen durchwühlte. Sie überlegte, ob sie die Pistole gegenüber dem Fahrer erwähnen sollte. Er schien mehr als kompetent, ihr zu zeigen, wie man damit umging, zweifellos eine schnellere, effizientere Lektion als ein Youtube-Video. Doch sie verwarf den Gedanken. Er sollte nicht sehen, wie dumm sie sich mit einer Waffe anstellte. Mit einem surrenden Geräusch machte sich der Bohrer ans Werk und holte die alten Schlösser heraus.

ZWEI

Zum ersten Mal seit Tagen fühlte sie sich sicher. Ihre neuen Schlösser waren eingesetzt, die Kette vorgelegt, die Straße draußen unter ihrem Fenster ruhig, während das letzte Tageslicht verblasste und die Nacht sich über die Häuser senkte. Seit Stunden hatte Roger ihr keine Nachrichten mehr geschickt – nicht mehr seit der letzten Aufregung – ICU –, wegen der sie in die Umkleidekabine der Modeboutique geflüchtet war. Doch sie hütete sich vor allzu großem Optimismus. Roger war immer noch irgendwo da draußen. Aber, hielt Sloane dagegen, jetzt hat sich Patrick Tempter eingeschaltet. Er wird ihn mir endgültig vom Hals halten, damit ich die Arbeit erledigen kann, für die ich eingestellt wurde.

Sie malte sich aus, was für ein erschrockenes Gesicht Roger machen würde, mit dem betretenen Blick eines begossenen Pudels, wenn er erfuhr, mit wem er es am anderen Ende der Leitung zu tun hatte und dass seine berufliche Laufbahn und seine Zukunft von seiner Reaktion abhingen.

In Jogginghose und einem verwaschenen roten Lucinda-Williams-Tour-T-Shirt legte Sloane mitten in ihrem kleinen Wohnzimmer ein Tänzchen hin und sagte laut: »Na, wie gefällt dir das, Roger?«

Sie verzog das Gesicht zu einem breiten Grinsen.

»Nimm's sportlich, wenn du kannst«, fuhr sie fort. Schadenfroh.

Sloane klemmte sich hinter ihren Schreibtisch, schnappte sich einen Kohlestift und einen Zeichenblock und legte los: sechs Mobiles mit Flügeln, von dem an der Subway-Station Porter Square inspiriert, an dem sie heute vorbeigehastet war, nur viel kleiner und jedes in einer anderen Farbe. Sie standen in einem nicht allzu großen Stadtpark, wo sie sanft im Wind rotieren und sechs Holzbänke beschatten würden.

Dieser Entwurf strahlte Ruhe aus.

Womöglich zu viel, überlegte sie. Es sei denn, genau so wollte der Auftraggeber die sechs toten Namen in Erinnerung behalten – nicht ihren gewaltsamen Tod, sondern ihr Leben.

Leben, Tod und Lügen. Sie waren nicht voneinander zu trennen.

Dabei stand nur eine Lüge mit absoluter Sicherheit fest, der Name des ermordeten drogensüchtigen Jungen aus reichem Hause in New York.

Carmichael.

In diese Richtung hatte Patrick Tempter sie gedrängt. Sie nahm das Foto von Il Labirinto zur Hand, ließ es aber schnell wieder auf ihren Schreibtisch fallen. Sie warf einen zweiten Blick auf das Pendant, die Rückenansicht des Pärchens mit Blick auf den Sonnenuntergang über dem Meer. Es frustrierte sie. Es war als Verständnishilfe gedacht, doch sie kam nicht dahinter, was es ihr sagen sollte.

Sie schob ihre Entwurfsskizzen beiseite. Dann die Fotos. Dann ihre sämtlichen Notizen. Für den Augenblick vergaß sie die sechs toten Namen und zog ihren Laptop heran.

Richard Kessler, Dr. med., Psychiater, Experte für Suchterkrankungen.

Sie holte sich sein Foto und seine Kurzbiografie auf den Bildschirm.

Darunter fand sich auch eine Telefonnummer für neue Patienten. Sie rief ihn unter dieser Nummer an. Ein Terminservice meldete sich.

»Dr. Kesslers Service. Was kann ich für Sie tun?«

»Ich brauche Hilfe«, brachte Sloane keuchend heraus. Eine Schauspielerin auf einer Telefonbühne.

In der Rolle eines Junkies.

Sie ließ sich unter falschem Namen einen Dringlichkeitstermin noch für die laufende Woche geben. Sie nannte sich Carmen Mitchell. Sloane schätzte, dass dem Doktor die Ironie entging. Um die Notlage zu unterstreichen, erklärte sie der Frau von der Terminvergabe, sie stecke bei ihrer eigenen Sucht in einer schweren Krise. »Ich habe Angst, ich schaffe es vielleicht ... ich meine ... ich kann nicht mehr ... ich tu mir vielleicht was an ...« Statt Heroin nannte sie Opioide, seit einiger Zeit die angesagte Drogenwahl. Zahllose Zeitungsartikel, Sondersendungen im Fernsehen und Warntafeln an den Highways kündeten von dieser Epidemie.

Nachdem sie den Termin abgemacht und der Telefonistin versichert hatte, nichts Dramatisches zu unternehmen, bevor sie mit Dr. Kessler gesprochen habe, ging Sloane dem Doktor im Internet noch ein wenig weiter auf den Grund. Dabei stellte sie sich vor, wie sie ihm gegenübersaß und ihn nach seinem richtigen Namen fragte.

Und wenn er sich nun weigert, ihn mir zu nennen?

In ihrer Fantasie zog sie an diesem Punkt wie ein Filmstar die .45er aus der Handtasche und drohte ihm mit vorgehaltener Waffe: »Nennen Sie mir Ihren Namen, oder ich schieße Ihnen ins Bein.«

Eher unwahrscheinlich.

Eher würde sie betteln: »Bitte, bitte, bitte nennen Sie ihn mir, sonst fange ich an zu heulen.«

Wohl auch das nicht.

Gemäß einer anderen Taktik sah sie sich herausfordernd über den Tisch lehnen und in einer lasziven Geste langsam die Bluse aufknöpfen. »Geben Sie mir den Namen, und ich werde mich erkenntlich zeigen.«

Ganz bestimmt nicht.

Sie führte sich so viele Szenarien vor Augen, bis ihr die Fantasie ausging. Nichts davon versprach, dass sie den richtigen Namen aus dem Arzt herauskitzeln würde.

Als sie sich gerade dieser deprimierenden Erkenntnis stellte, entdeckte sie einen Eintrag unter seinem Namen, zu einem Artikel in einer angesehenen medizinischen Fachzeitschrift:

»Eine Untersuchung zu Übereinstimmungen zwischen Serienmord und den geläufigen Suchtformen.«

Sloane klickte den Eintrag an und las den ersten Absatz:

»Diagnostizierbare Verhaltensauffälligkeiten von Serienmördern und valide psychologische Muster der suchtanfälligen Persönlichkeit weisen eine Reihe von Gemeinsamkeiten auf, die mittels evidenzbasierter Testverfahren zur Diagnose Suchtgefährdeter zum Verständnis psychopathischer Mörder beitragen und als Grundlage für spezifische Behandlungsstrategien Haftentlassener dienen können.«

Ihr erster Gedanke war: Der gute Doktor kann nicht schreiben. Der Rest des langatmigen Artikels erging sich in Fallstudien und den allgemein anerkannten Behandlungsmethoden von Drogen- und Alkoholabhängigen und dem Versuch, diese therapeutischen Ansätze auf die Verhaltensanomalien zu übertragen, die von einer Reihe berühmter Serienmörder bekannt waren. Die Abhandlung war in einem gedrechselten, kaum verständlichen Wissenschaftsjargon gehalten, der vermutlich beim Fachpublikum auf den Gebieten der Psychopathologie und Sucht Eindruck schinden sollte. Sie fand einige ihr bekannte Namen darunter: Ted Bundy. Kenneth Bianchi. John Wayne Gacy. Jack the Ripper. Zodiac.

Unterm Strich lief der Artikel des Doktors auf eine einzige naheliegende These hinaus: Serienmörder waren so süchtig nach Mord wie ein Alkoholiker nach Alkohol und ein Junkie nach Drogen.

Mehr brauchte sie dazu nicht zu wissen.

DREI

Am nächsten Tag sah Sloane immer wieder auf ihrem Handy nach. Nichts von Roger.

Keine Nachricht. Nichts auf der Mailbox. Keine E-Mail. Kein Snapchat oder Instagram.

Keine gottverdammten Pralinen. Keine gottverdammten Rosen.

Beim Blick aus dem Fenster in beide Richtungen der Straße keine Spur von seinem Wagen. Nichts Verdächtiges zwischen den Gebäuden.

Auch nichts von Patrick Tempter.

Am späten Vormittag verließ sie ihre Wohnung mit einem Reiseköfferchen, nachdem sie eine Zug- und eine Hotelbuchung vorgenommen hatte. Ihr erster Impuls war es, wie in den letzten Tagen den Kopf zu senken und zügig zu laufen, doch sie kämpfte gegen diesen Instinkt an. Sie straffte die Schultern und sog die frische Frühsommerluft ein. Ein wenig feucht. Schon ein wenig warm, wohlig, träge, obwohl ein Gewitter in der Luft lag, das sich im Lauf des Tages zusammenbrauen würde. Zum ersten Mal seit Wochen fühlte sie sich nicht beobachtet.

Sie machte einen Schritt vor.

Wenn nun doch?

Einen zweiten Schritt.

Wohl eher nicht.

Sie schüttelte die letzte Unsicherheit ab und schob sie auf das Gefühl, dass sich dank Roger ihr Leben im Lauf der letzten Tage immer weiter eingeengt hatte. Sie wies alle Zweifel und Ängste zurück und begab sich Richtung South Station.

Acela, der Hochgeschwindigkeitszug nach Manhattan, drosselte auf dem Weg durch die Vororte der Stadt das Tempo und schaukelte ein wenig, als er sich durch die Außenbezirke der City bahnte. Mit jeder Minute wurde die Welt, die an Sloanes Fenster vorbeizog, urbaner. Auf adrette Häuser mit gepflegten Gärten folgten umgebaute Lagerhäuser, Industriegebiete und Parkplätze. Plakatwände traten an die Stelle von Wohnalleen, jede freie Wand war von Graffiti verschandelt. Als der Zug schließlich ein Einerlei von Mietskasernen hinter sich ließ, tauchte er in das dunkle Gespinst unterirdischer Schienenstränge. Mit kreischenden Rädern fuhr er in die Station ein. Sloanes Termin unter falschem Namen war auf den Spätnachmittag angesetzt. Sie nahm ein Taxi zu einem Hotel an der Upper West Side, nur zwei Blocks von Dr. Kesslers Praxis entfernt. Sie meldete sich an und bezog ihr kleines Zimmer. Abgesehen davon, pünktlich zur verabredeten Zeit zu erscheinen, sich dem Psychiater gegenüberzusetzen und die Wahrheit von ihm zu fordern, hatte sie keinen wirklichen Plan.

Einen Namen.

Sie schätzte, das würde genügen. Es wäre der Schlüssel, um zu verstehen, was die sechs toten Namen miteinander verband und weshalb der Auftraggeber sie ehren wollte.

Während sie auf ihren Termin wartete, überprüfte sie ihr Handy. Eine einzige wütende Nachricht von Roger:

Ich fasse es nicht, dass du mir das antust.

Sie konnte sich ein Lächeln nicht verkneifen. Patrick ist mit seiner Botschaft also zu ihm durchgedrungen.

Sie sagte sich, dass ihre endgültige Befreiung aus dieser Beziehung kurz bevorstand. Für einen Moment gab sie sich einer Tagträumerei darüber hin, was für einen Mann sie hoffentlich in naher Zukunft finden würde. Sie verfiel augenblicklich in die vorhersehbaren Klischees: groß, gut aussehend, feinfühlig und intelligent.

Um Viertel vor sechs verließ Sloane das Hotel und lief das kurze Stück die Columbus Avenue entlang. Wie in so vielen Wohngegenden in Manhattan quälte sich auch hier ein dichter Strom aus Pkws und Lastfahrzeugen durch die Straße, um, egal auf welcher Route, einen Hauch schneller auf den Highway Richtung Westen zu kommen. Mehr als eine Hupe ertönte, während Busse und Lkws Abgase ausstießen. Die City, musste sie unwillkürlich denken, war ein Ort, an dem jeder glaubte, in just diesem Moment woandershin zu müssen, sodass dieser ständige Zeitdruck auf dem Weg von A nach B jeden müßigen Gedanken und jede Tagträumerei zunichtemachte.

Die Praxis des Psychiaters fand sie mühelos in einem alten Brownstone-Gebäude mit einem eleganten schmiedeeisernen Zaun. Unterhalb der Treppe, die zu einem halben Dutzend Wohnungen darüber führte, lag der Eingang zu Dr. Kesslers Räumlichkeiten. Links von der Tür stand auf einem Messingschild sein Name, rechts befand sich die Klingel.

Sloane drückte den Knopf und wurde dreißig Sekunden später in ein ausgebautes großzügiges, helles Souterrain eingelassen.

Sie trat in einen kleinen Eingangsbereich mit leuchtender moderner Kunst an den weißen Wänden und zwei Armlehnstühlen.

Sloane nahm Platz und wartete.

Binnen Minuten ging eine Tür auf. Ein Mann, vielleicht gerade einmal fünf oder sechs Jahre älter als sie, erschien. Er trug einen teuren Anzug und hatte langes Haar. Wortlos drängte er an Sloane vorbei und, als sei jemand hinter ihm her, ohne jeden Augenkontakt zur Straße hinaus. Mit einem Knall wie von einem Schuss schlug die schwere Tür hinter ihm zu. Erschrocken blickte sie sich danach um, als jemand sagte: »Miss Mitchell?«

Sie drehte sich um und sah Dr. Kessler, der ihr die Tür zu seinem Sprechzimmer aufhielt.

Kein Handschlag.

Keine Vorstellung.

Keine freundlichen Begrüßungsworte: Wie geht es Ihnen heute?

Sloane war mit wenigen Schritten in dem kleinen Zimmer. Sie sah einen Stuhl vor einem Schreibtisch und ließ sich darauf fallen. Noch ein paar moderne Gemälde an einer Wand, an einer anderen ein Bücherregal mit Literatur über Sucht und ihre Behandlung, mit Memoiren wie Bill Cleggs Porträt eines Süchtigen als junger Mann und Romanen, darunter Nelson Algrens *Der Mann mit dem goldenen Arm*. Sie hatte nicht die Zeit, die gerahmten Diplome zu lesen. Der Psychiater ging um den Tisch und nahm dahinter Platz. Er beäugte sie kritisch, wie ein Baumeister die Maße einer geplanten Wand.

»Nun, Miss Mitchell«, fing er in gesetztem Tonfall an. »Was ist Ihr Problem, und wie kann ich Ihnen dabei helfen?«

Bei ihrer Antwort betonte sie jedes Wort.

»Ich habe nur eine einzige Frage an Sie, Herr Doktor«, sagte sie kalt. Provozierend.

»Und die wäre?«

»Dieselbe Frage, die ich Ihnen schon beim letzten Mal hätte stellen sollen.«

Sloane ließ die Stille, die darauf folgte, wirken. Der Psychiater zuckte sichtbar zurück. Als er das Wort ergriff, vibrierte jede Silbe wie eine Stimmgabel auf einer Klaviersaite.

»Wir hätten demnach schon einmal miteinander gesprochen?«, fragte er.

»Ja«, sagte Sloane. Sie wollte fortfahren, doch der durchdringende Blick des Psychiaters ließ sie verstummen.

»Natürlich, in der Tat. Wissen Sie, Miss Mitchell, mit Klarnamen Sloane Connolly, ich erwarte Sie schon seit einigen Tagen«, sagte er.

Und dann sah sie den Revolver in seiner Hand, den er unter dem Schreibtisch hervorzog und genau auf ihr Herz richtete.

KAPITEL 19

EINS

Sloane erstarrte.

Die Angst stürzte wie ein Wasserfall über sie herein.

Ich sterbe.

Hier.

Jetzt.

Und ich habe keine Ahnung, warum.

Wie Stromschläge durchzuckten sie ihre Gedanken, kribbelnde Schockwellen, Angstschweiß treibend. Sie schnürten ihr die Kehle zu, jagten ihr heiße Wogen durch den ganzen Körper. Sie war am Rande einer Panik: Sie stellte sich vor, wie sie aufsprang und weglief. Sie stellte sich vor, wie sie sich gleich einer Hollywood-Heldin aus der Schusslinie wegduckte. Sie stellte sich vor, wie sie plötzlich schwebte, nach oben, als ob es im Zimmer keine Decke und darüber kein Dach gäbe, hoch über die Skyline von Manhattan hinaus. Dies alles erschien ihr in der Woge der Urangst, die sie erfasste, möglich und doch auch wieder nicht. Es kostete sie all ihre Willenskraft, sich der Realität zu stellen: Ich kann mich nicht rühren. Ihre Muskeln versagten ihr in diesem Moment den Dienst. Die einzige Bewegung, zu der sie fähig war, auf die sie aber keinen Einfluss hatte, war das Zucken ihrer Hände. Sie spürte es nicht, aber wahrscheinlich zuckte auch ihre Unterlippe. Für den Bruchteil einer Sekunde dachte sie: Ich bin schon tot. Er hat abgedrückt. Die Kugel hat mir die Brust zerfetzt. Mein Herz ist explodiert. In Wahrheit liege ich schon am Boden und verblute. Und bringe nur noch ein letztes Wort heraus: Mutter.

In dieses entsetzliche Chaos der Zwangsvorstellungen hinein hörte sie den Psychiater fragen: »Kommen Sie, um mich zu töten, Miss Connolly?«

Die Frage holte sie in die Wirklichkeit zurück.

Es war dieselbe Frage, die ihr der Geschichtslehrer in Hampton Beach gestellt hatte, in dem Fall war ihr Blick auf die Mündung eines Gewehrs gerichtet gewesen, jetzt war es die einer Pistole. Eine Alice-im-Wunderland-Frage. Alles war falsch herum. Sloane fühlte sich benommen.

»Nein. Wie gesagt. Ich komme nur, um Sie nach einem Namen zu fragen.«

Zögern auf der anderen Seite.

Sie fügte hinzu: »Nach dem richtigen Namen.«

Einen Moment lang trat zwischen ihr und dem Psychiater Schweigen ein, ein lautes Schweigen, solange er weiter die Waffe auf sie richtete. Kreischende Riffs einer voll aufgedrehten Elektrogitarre in ihren Ohren, dann fragte er: »Sind Sie bewaffnet, Miss Connolly?«

Sie schüttelte den Kopf und starrte dem Doktor ins Gesicht. Kessler war ein zart gebauter, kleiner Mann, vielleicht fünf Zentimeter kleiner als sie, mit Stirnglatze, Ziegenbart und einer Lesebrille, die ihm an einer Kette um den Hals hing. Er erinnerte sie an einen Bantamgewicht-Boxer, allerdings ohne das Draufgängertum eines kleinen Sportlers, der es allen zeigen will. Und sie begriff, dass er genauso viel Angst hatte wie sie, nur dass er die Waffe hielt.

Sieh zu, dass er dich nicht aus Versehen erschießt.

»Bitte legen Sie die Hände hinter den Kopf, mit verschränkten Fingern«, sagte der Doktor in demselben nervösen Ton, in dem er vielleicht einen gefährlichen Patienten am Rande eines Nervenzusammenbruchs fragte, ob er seine Medikamente nahm, obwohl er die Antwort vor sich hatte.

Sie gehorchte.

»Stehen Sie jetzt bitte auf und drehen Sie sich mit dem Gesicht zur Wand.«

Sie gehorchte.

Der Psychiater kam um den Tisch herum. Sie spürte, wie sich

der Pistolenlauf plötzlich in ihr Kreuz drückte. Sie hörte ihren eigenen flachen Atem. Am Rande bekam Sloane mit, wie der Doktor mit der freien Hand in ihrer Schultertasche wühlte. Irgendwo in ihrem Kopf gab die rationale Sloane der vor Angst halb verrückten Sloane Befehle: Nicht bewegen. Stillhalten. Du darfst nicht einmal zucken, sonst könnte er, nervös, wie er ist, versehentlich abdrücken.

»Tut mir leid, aber ich muss das tun«, sagte er.

Sie fühlte, wie er sie von oben nach unten abtastete. Erst rechts, dann links. Es war übergriffig. Seine Berührung brannte ihr auf der Haut, besonders als seine Hände über ihre Brüste und den Schritt hinunterglitten.

Ihr Gesicht fühlte sich heiß an, doch sie hielt still.

»Okay«, sagte er mit einem Anflug von Erleichterung in der Stimme, als habe er tatsächlich damit gerechnet, unter ihrer Kleidung oder auch in ihrer Tasche gut versteckt ein Arsenal an Messern, Pistolen und Handgranaten zu finden. »Bitte setzen Sie sich wieder. Und Sie können die Hände herunternehmen.«

Sobald der Psychiater zurückgetreten war, gehorchte sie. Die Waffe zielte erneut auf ihre Brust. Doch als sie sich wieder setzte, trat er an ihr vorbei zur Eingangstür, die er mit einem laut vernehmlichen Klicken verschloss, bevor er wieder hinter den Schreibtisch glitt.

»Sind Sie allein, Miss Connolly?«

»Ja, selbstverständlich.«

Zum ersten Mal schlich sich ein wenig Ärger in ihren Ton ein, von der Zumutung, gefilzt zu werden. Im selben Maß, wie sich ihr Puls beruhigte, merkte sie, dass sie langsam wieder klar denken konnte.

»Ich glaube Ihnen nicht.«

»Glauben Sie, was Sie wollen«, erwiderte Sloane kalt, »ich kann Sie ja doch nicht vom Gegenteil überzeugen.«

Der Psychiater beugte sich vor. Die Waffe in seiner Hand bewegte sich nicht.

»Habe ich Grund, Sie zu erschießen, Miss Connolly?«

Bei der Frage verschlug es ihr den Atem.

Nein!, lag es ihr auf der Zunge, doch sie beherrschte sich. Räusperte sich. Sie konnte nur hoffen, dass ihre Stimme nicht vor Angst zitterte und heiser klang.

»Ich verstehe nicht, Herr Doktor. Wieso sollten Sie mich erschießen wollen? Was habe ich Ihnen denn getan?«

Kessler beugte sich vor – in seinem Gesicht spiegelte sich eine Mischung aus wilder Entschlossenheit und Ratlosigkeit.

»Um mich zu schützen.«

»Vor mir? Ich komme wirklich nur, um diesen Namen zu erfahren, wie ich Ihnen bereits sagte.«

»Ich glaube Ihnen nicht, Miss Connolly. Ich glaube nicht, dass irgendetwas in Verbindung mit diesem Namen stimmt.«

Der Blick des Psychiaters zeugte von Misstrauen und überwältigender Angst. Die Waffe in seiner Hand schien ihn auf ein Territorium geführt zu haben, das für ihn Neuland war. Sie begriff, dass er ebenso wenig mit einer Waffe vertraut war wie sie, als sie das Geburtstagsgeschenk ihrer Mutter ausgepackt hatte. Er hätte mal auf Youtube nachsehen sollen. Sie begriff auch, dass der Doktor es gewohnt war, Menschen mit Problemen gegenüberzusitzen und sich ihre Kümmernisse und Leiden anzuhören. Und dabei immer Herr der Lage zu sein.

In diesem Moment ist er das jedoch nicht. Er hat nicht einmal die Waffe in seiner Hand unter Kontrolle.

Aber du auch nicht, warnte sie sich. Vielleicht hat hier nur der Auftraggeber Kontrolle.

Mit Blick auf die Waffe fügte sie hinzu: »Würden Sie die bitte weglegen, damit wir uns vernünftig unterhalten können? Die Waffe macht mich sehr nervös.«

»Nein«, antwortete er. »Noch nicht. Erst muss ich mir sicher sein.«

Sie hatte keine Ahnung, wie sie ihm diese Sicherheit vermitteln sollte. Wie sie dem Doktor die offensichtliche Angst nehmen sollte. Wovor sie selbst Angst hatte, war dagegen leicht zu sagen: vor einer auf ihre Brust gerichteten Pistole in zitternden Händen. Der Grund für seine Furcht war die große Unbekannte.

»Wer hat Sie hergeschickt?«, fragte er.

»Niemand«, antwortete sie viel zu hastig. Wahrheitsgemäß hätte sie antworten müssen: Patrick Tempter. Oder auch: der Auftraggeber, der mit Ihrem Patienten in Verbindung stand. Vielleicht lautete die richtige Antwort ganz einfach: der Job, für den ich angeheuert wurde. Sie sagte nichts dergleichen.

Der Psychiater rückte ihr mit der Waffe näher auf den Leib.

»Miss Connolly«, sagte er unterkühlt, doch mit einem gequälten Unterton. »Bitte sagen Sie mir endlich die Wahrheit. Denn falls nicht, lassen Sie mir keine andere Wahl ...«

Als mich zu töten, dachte Sloane den Satz zu Ende.

Doch im selben Moment ging ihr ein Licht auf:

Das wird er nicht. Das kann er nicht. Nicht hier und nicht jetzt. Das ist nur ein Bluff. Er hat nur zu viele Krimis gesehen.

»Ich sage die Wahrheit, Herr Doktor«, beharrte sie. Dabei war ihre Tonlage immer noch ein wenig schrill und angespannt. Sie atmete einmal tief ein.

»Ich halte Sie nicht für einen Mörder, Herr Doktor. Und ich kann mir auch nicht denken, dass Sie zum Mörder werden wollen.«

Das war riskant. Aber die Rechnung schien aufzugehen.

»Bin ich auch nicht«, platzte er heraus, als habe sie ihn beleidigt.

»Wozu dann die Pistole?«

»Das wissen Sie sehr genau«, erwiderte er, und seine Stimme klang plötzlich wütend.

»Nein, das weiß ich nicht«, entgegnete sie nicht weniger empört. »Ich komme, weil mir ein falscher Name genannt wurde und ...«

»Sie haben diesen Termin unter falschem Namen gemacht«, fiel ihr der Psychiater ins Wort.

»Stimmt. Weil ich ihn sonst wohl kaum bekommen hätte.«

Gegen seinen Willen nickte er, weil er die Logik ihres Arguments nicht leugnen konnte.

»Ich wende mich wegen Mitchell Carmichael an Sie.«

»Habe ich Ihnen doch schon am Telefon gesagt. Er hat nie existiert.«

»Nicht unter dem Namen.«

Er nickte wieder. »Ja. Aber ich kann Ihnen nicht …« Der Doktor brachte den Satz nicht zu Ende. »Was geht hier eigentlich vor, Miss Connolly?« Es lag ein beinahe flehentlicher Ton in der Frage. »Ich bin Arzt, Miss Connolly. Ich behandele Menschen mit Suchterkrankungen. Ich versuche, mit Anstand durchs Leben zu kommen. Ich versuche, Menschen zu helfen, die Hilfe brauchen. Die meiste Zeit ist mir das auch gelungen. Aber das hier …«, er wedelte mit der Waffe in der Luft, »Sie, diese falschen Namen, diese Lügen und Drohungen und das alles. Ich habe nichts Unrechtes getan. Ich habe das nicht verdient. Wo bin ich da hineingeraten?«

Sie beschloss, aufs Ganze zu gehen.

»Dieselben Fragen, Dr. Kessler, habe ich, ehrlich gesagt, auch.«

Einen Moment lang wippte er auf seinem Stuhl ein paarmal vor und zurück. Dann endlich ließ der Psychiater den Revolver sinken und legte ihn wenige Zentimeter von seiner Hand entfernt auf den Tisch.

»Na schön, Miss Connolly, wenn Sie wirklich nicht kommen, um mich umzubringen … dann tragen wir mal zusammen, was wir beide wissen. Zunächst mal – Ihr Interesse an dem Namen, von dem wir beide wissen, dass er erfunden ist.«

Sloane ordnete ihre Gedanken, bevor sie etwas erwiderte.

»Ich wurde beauftragt, zu Ehren von sechs Menschen ein Denkmal zu entwerfen …«

»Sie sind Architektin? Oder Designerin? Aber ich dachte …«

Er verstummte, das Satzende ließ er in der Luft.

»Ja. Und die Person, die mir den Auftrag erteilt hat, bleibt anonym …«

»Anonym? Und dieser Anonymus wünscht sich ein Denkmal?«

»Richtig.«

»Im öffentlichen Raum?«

»Ja. Er betont, dass diese Menschen im Lauf seines Lebens von nachhaltiger Bedeutung für ihn waren. Jede dieser sechs Personen ist unter ungewöhnlichen Umständen gestorben. Durch Mord oder suspekte Unfälle, Herr Doktor. Bei einem dieser sechs handelt es sich um einen ehemaligen Drogensüchtigen namens Michael Smithson ... sagt Ihnen dieser Name etwas, Herr Doktor?«

Der Psychiater verzog den Mund, während er offenbar gleichzeitig in seiner Erinnerung kramte und sacken ließ, was Sloane gesagt hatte. Er murmelte das Wort »Trophäen?«, als dächte er laut nach und hätte vergessen, dass Sloane im Raum war und ihm gegenübersaß. Schließlich schüttelte er energisch den Kopf.

»Nein. Ich meine, ich bin natürlich schon mit vielen Menschen in Berührung gekommen, die Suchtprobleme haben, aber der Name ... um ganz sicher zu sein, müsste ich natürlich genauer in meinen Akten nachsehen ... das wären Jahrzehnte an Patientenkarteien, aber auf Anhieb ...«

Sloane unterbrach ihn.

»Smithson hat einmal sowohl selbst Drogen konsumiert als auch gedealt. An gut situierte Kunden.«

»Ja. Ein Dealer. Sicher. Aber, Miss Connolly, über die Jahre habe ich buchstäblich Hunderte Namen von Dealern gehört, da kommt man an einen Punkt, an dem sie einem nicht mehr im Gedächtnis haften bleiben. Echte Namen. Decknamen. Falsche Namen. Der Dealer gehört nicht zu meinen Patienten. Meine Behandlung zielt darauf ab, ihn zu meiden.«

Sloane überlegte einen Moment, bevor sie fragte: »Und wenn er nun einen von Ihren Patienten umgebracht hätte ...«

»Unabsichtlich?«

»Nein. Mit Absicht.«

Der Psychiater schüttelte den Kopf. »Das wäre dann vorsätzlicher Mord, Miss Connolly. Ein Fall für die Polizei. Und natürlich hätte ich, falls mir in meiner Praxis etwas Derartiges zu Ohren gekommen wäre, unverzüglich Anzeige erstattet und der Polizei alles dazu gesagt, was ich weiß...« Von einer Sekunde zur anderen wechselte der Psychiater in ein bürokratisches Vokabular. »Und ich könnte mich sehr wohl an jeden Namen und jede Einzelheit erinnern. Aber in meiner gesamten Berufspraxis habe ich mich kein einziges Mal dazu veranlasst gesehen...«

Sloane ließ nicht locker.

»Nach meinen Informationen handelt es sich bei ihm um einen Mann, der Mitchell Carmichael eine tödliche Dosis verkauft hat. Mord durch reines Heroin. Der falsche Name Ihres früheren Patienten. Diese Verbindung bringt mich hierher. Ich denke, der wirkliche Name dieses Patienten wird mir entscheidend dabei helfen, herauszubekommen, wie alle diese Namen mit meinem Auftraggeber und seinem Denkmal in Verbindung stehen.«

Sloane schwieg. Sie klang unglaublich logisch und entschlossen, auch wenn es nur aufgesetzt war. Sie warf einen verstohlenen Blick auf die Waffe. Plötzlich erschien sie ihr fast wie ein Raumaccessoire, ebenso harmlos wie eine Blumenvase oder eine Obstschale auf einem Tisch.

Der Arzt wippte wieder auf seinem Stuhl herum.

»Soll das heißen, dieser Mann, den ich einmal behandelt habe, wurde ermordet?«

»So stellt es sich mir dar.«

Der Psychiater hob den Blick zur Decke, als suche er dort nach Klärung. Dann senkte er den Kopf und sah Sloane durchdringend an.

»Was für ein Motiv gab es für diesen Mord?«

»Wenn ich das wüsste.«

»Mord ohne jeden Grund? Klingt das für Sie plausibel, Miss Connolly?«

»Ich verstehe nicht genug vom Töten, um diese Frage zu beantworten, Herr Doktor«, erwiderte Sloane und machte sich bewusst, wie treffend die Bemerkung war.

Der Psychiater kämpfte mit sich. Dann sagte er unterkühlt: »Ich weiß eine Menge darüber. Und glauben Sie mir, es gibt immer einen Grund. Manchmal schlicht und einfach Geldbedarf – deshalb der Raubüberfall im Laden an der Ecke, der aus dem Ruder läuft – oder auch ein Streit, der in Gewalt ausartet, das trifft es bei vielen Morden im häuslichen Bereich. Wir können auch psychologisch ein bisschen in die Tiefe gehen und die Morde von Serientätern bis zu ihrer Gewalterfahrung in der Kindheit zurückverfolgen. Aber ...« Er hielt inne.

Sloane nickte. Angelesenes Wissen, stellte sie fest. Akademisches Wissen. Kein Erfahrungswissen.

Der Psychiater war in Gedanken versunken. Sloane brachte ihn mit ihrer nächsten Frage in die Gegenwart zurück.

»Wer war Mitchell Carmichael, Herr Doktor?«, wiederholte sie in unerbittlichem Ton. Hart wie Granit.

Der Doktor schüttelte den Kopf.

»Ich fürchte«, sagte er sehr bedächtig, »wir könnten in erheblicher Gefahr sein, Miss Connolly.«

Zum zweiten Mal seit Betreten der Praxis fuhr Sloane die Angst in die Glieder. Diesmal fühlte es sich so an wie in dem Moment, in dem man zu nah am Bordstein steht und ein Wagen vorbeirast und einen fast streift.

»Was soll das heißen?« Ihr Mund fühlte sich plötzlich trocken an, sie brachte die Frage nur mühsam über die Lippen.

Der Psychiater schien sich sorgsam zu überlegen, was er sagen sollte, und als er wieder das Wort ergriff, sprach er mit einer Betonung, als habe jedes Wort sein eigenes Gewicht.

»Ich will Ihnen eine Geschichte erzählen, Miss Connolly ...«

Sie beobachtete, wie er mit den Fingern den Revolver auf dem Schreibtisch streifte.

»Gut«, sagte sie. »Ich höre.«

»Vor vielen Jahren kommt ein Mann zu mir. Macht einen Termin, so wie Sie. Sitzt genau da, wo Sie jetzt sitzen. Sagt zu mir: ›Mein Bruder ist drogensüchtig, Herr Doktor. Schon seit Jahren.

Ich bin verzweifelt und entschlossen, ihm zu helfen. Ich liebe ihn, Herr Doktor. Aber wenn er so weitermacht, bringt er sich mit Drogen um. Wir haben alles versucht. Andere Ärzte. Andere Therapien. Keine hat etwas gebracht. Nun komme ich also zu Ihnen. Helfen Sie ihm. Retten Sie ihn.‹ Ich habe es mit all den üblichen Beschwichtigungen versucht: ›Sie wissen schon, es gibt keine Garantie. Ich kann keine Wunder vollbringen …‹, all das, was man so sagt und worauf keiner hört. Am Ende sagt er nur: ›Retten Sie ihm das Leben, Herr Doktor. Retten Sie ihn.‹ Und so habe ich es versucht.«

Der Psychiater legte eine Pause ein. Es war Sloane, als würde seine Stimme mit jedem Satz zittriger.

»Ich lasse mich schließlich auf einen Termin mit besagtem Bruder ein. Und es war genau so, wie ich es Ihnen bei unserem Telefonat beschrieben habe. Man konnte ihm nicht helfen, weil er sich nicht helfen lassen wollte. Keine Therapie, keine Medikamente, kein Zwölf-Schritte-Programm. Keine Gebete an eine höhere Macht. Kein Appellieren an seine bessere Natur. Von seiner Sucht war er weder mit Überredungskünsten noch mit Drohungen oder inständigen Bitten abzubringen, mehr oder weniger so, wie ich befürchtet hatte. Das gehört nun mal zur traurigen Wahrheit bei der Behandlung von Sucht. Ohne Motivation … ich meine, ohne eine starke Motivation …«

Er schwieg. Sloane beobachtete, wie sich der Doktor verspannte.

»Und so war ich machtlos. Ich erklärte dem verzweifelten Bruder, es gebe kaum Aussicht auf Erfolg. Er bestand darauf, dass ich es weiterhin versuche. Weitere Termine. Weitere Gespräche. Es ging einem an die Nieren, Miss Connolly. Einmal sagte der drogensüchtige Bruder zu mir: ›Jeder, den ich je geliebt habe, hat mich verlassen. Jeder, den ich je gehasst habe, hat mich ausgenutzt.‹ Ich habe tief in die therapeutische Trickkiste gegriffen. Alles versucht, nichts half. Und so kam es, wie es kommen musste. Der Gentleman kommt zu einer letzten Sitzung in die Praxis und sagt zum Abschied: ›Das war sehr aufschlussreich, aber ich bin nun mal, wie ich bin, Herr Doktor ...‹ Ungerührt. Wenige Wochen später stirbt er an einer Überdosis. Das ist keineswegs ungewöhnlich, Drogenabhängige greifen häufig zur Überdosis. Sie schicken sich in das, was kommt. Es ist ein Unfall nach Wunsch. Einige wenige haben Glück – wenn man es so sehen mag, Miss Connolly, ich bin mir da nicht ganz sicher – und überleben. Die anderen haben nicht so viel Glück, wie man es nimmt. Einige meiner Kollegen sehen in der Sucht eine Form des langsamen Suizids. Ich weiß nicht. Ich kenne mich mit mörderischen Dosierungen nicht aus. Ebenso wenig kann ich Ihnen sagen, aus welchem Grund irgendjemand meinen Patienten hätte töten wollen. Aber es gibt einen Grund, glauben Sie mir. Ich weiß nur nicht, welchen.«

»Aber«, fing Sloane an, verstummte jedoch, als der Psychiater die Hand hob.

»Die Geschichte geht noch weiter. Einige Zeit, aber nicht allzu lange nach seinem Tod sitzt der überlebende Bruder wieder hier auf diesem Stuhl. Er ist niedergeschlagen, vom Tod seines Bruders offensichtlich tief getroffen. Aber unter Tränen bittet er mich, den Vortrag zu halten, von dem Sie gelesen haben. Ich stimme zu. Das Honorar war ... nun ja ... überaus großzügig und floss, wie Sie wissen, über die Universität. Alles vollkommen korrekt.«

»Aber der Name im Titel Ihres Vortrags ...«

»Sicher, Sie haben recht. Ein Pseudonym. Das habe ich erst später erfahren. Den wahren Namen der Familie oder von sonst jemandem habe ich nie erfahren. Jede Menge Lügen. Jede Menge Täuschungsmanöver. Nur die Sucht, die war echt.«

Eigentlich war Sloane das, was er ihr da erzählte, nicht wirklich neu, und doch fühlte es sich so an.

»Und so habe ich diesen Vortrag gehalten. Der Bruder kam und setzte sich zu den Erstsemestern in die letzte Reihe. Hinterher schüttelte er mir die Hand und ging. Ich hakte die ganze Episode unter gut gemeinter, aber von vornherein illusorischer Versuch ab und vergaß die Sache allmählich. Das war ein Fehler. Jahrelang hörte ich von den Betroffenen nichts mehr. Bis vor wenigen Monaten wieder ein Termin gemacht wurde und besagter Bruder erneut auf dem Stuhl saß, auf dem Sie jetzt sitzen. Er fragte, ob ich zu seinem toten Bruder noch meine Notizen aus der Therapie und eine Akte hätte. Was ich bejahte. Er wollte sie einsehen. Ich gab sie ihm. Ich gab ihm meine vollständige Patientenakte. Auch das war ein Fehler. Er dankte mir und steckte sie in seine Aktentasche. Ich protestierte, wies ihn darauf hin, dass ich keine Kopie davon hätte – ich führe über diese persönlichen Dinge keine Computerdateien, wo sie in falsche Hände geraten könnten –, und bat ihn, sie mir zurückzugeben, doch er ignorierte mich einfach. Stattdessen händigte er mir das hier aus, zusammen mit genauen Anweisungen ...«

Der Doktor griff in eine Schreibtischschublade, kramte einen Moment darin und zog einen großen braunen Umschlag heraus, der dem des kleinen Anwalts in San Diego zum Verwechseln ähnlich sah. Er übergab ihn Sloane.

»Nur zu«, ermunterte er sie. »Machen Sie ihn auf.«

Was sie tat. Es befand sich nur ein einziges Foto darin, in Hochglanz und Polycolor.

Sie starrte auf das Bild.

Nicht schreien! Keine Panik!, bläute sie sich ein.

Es war mit einem Mal unerträglich warm im Raum. Alles in ihr spannte sich an, als drehte jemand eine Schraube immer tiefer und tiefer in ein Stück Holz. Eine langsame Drehung nach der anderen.

Es war ein Foto von ihr.

ZWEI

Sloane fürchtete, ohnmächtig zu werden.

»Aber ...«, stammelte sie. Bis auf das eine Wort brachte sie nichts heraus.

Auf dem Foto stand sie vor einem ihrer Übungsräume am Institut. Sie starrte auf ihre Kleider und ihren Gesichtsausdruck, den Haarschnitt und die Bücher in ihren Armen und stellte fest, dass es im Lauf des letzten Jahres entstanden sein musste.

Ein ganz gewöhnlicher Schnappschuss, an dem aber absolut nichts normal war.

Sie blickte zu dem Psychiater auf.

»Der Herr trug mir auf, mir genau einzuprägen, wie Sie aussehen, denn höchstwahrscheinlich würden Sie hier in meiner Praxis erscheinen. Er versicherte mir, Sie würden sich mindestens telefonisch bei mir melden. Und er trug mir auf, was genau ich in beiden Fällen sagen sollte. Ich kam mir dabei vor, als drückte mir ein Regisseur meinen Text in die Hand, ohne dass ich das Stück dazu kenne.«

»Und wieso haben Sie sich darauf eingelassen, ich meine ...«, fing sie an, doch Kessler fiel ihr ins Wort.

»Mir wurde unmissverständlich klargemacht, dass es sehr ernste Konsequenzen für mich hätte, wenn ich mich weigerte.«

Offensichtlich sah der Psychiater Sloanes nächste Frage voraus, denn er fuhr fort: »Welcher Art, das ließ er offen«, ergänzte er und verfiel bei der Erinnerung an die Begegnung einen Moment in Schweigen. »Was wissen Sie darüber, wie Drohungen funktionieren, Miss Connolly?«

»Eine Drohung, also ...«

»Drohen kann man auf vielfältige Art und Weise. Die meisten Drohungen sind einfach gestrickt: Wenn du dies oder das tust, werde ich dir wehtun. Schulhof-Szenario. Einschüchterung. Drohungen, gegen die man sich zur Wehr setzen, oder Drohungen, die man ignorieren kann. Aber dieser Mann schien zu verstehen, dass Drohungen am besten funktionieren, wenn sie subtil sind, wenn sie die Vorstellungskraft des Opfers auf Touren bringen. Bei den besten Drohungen, Miss Connolly, füllt die bedrohte Person mit ihrer Fantasie all die Lücken selbst und malt sich aus, was ihm oder ihr passieren könnte.«

Kessler biss sich auf die Unterlippe, bevor er fortfuhr: »Als Erstes ratterte er Zahlen herunter ...«

»Zahlen? Wieso?«

»Meine Sozialversicherungsnummer. Die Nummern meines Bankkontos. Meine sechsstellige PIN dazu. Die Straße und Hausnummer von meinem Ferienhaus. Meine Wohnungsnummer. Die Wohnungsnummer meiner geschiedenen Frau. Die Nummer und Route des Schulbusses, mit dem unsere Kinder fahren. Die Girl-Scout-Gruppennummer meiner Tochter. Die Nummer, die mein Sohn bei Fußballspielen auf seinem Trikot trägt, und die Uhrzeit, zu der er regelmäßig zum Training geht. Jede Menge Zahlen und Nummern, Miss Connolly. All die Zahlen und Nummern, die uns als Individuen definieren. Die unseren Alltag begleiten. Beruflich und privat. Und solche, die naturgemäß geheim sein sollten. Er kannte sie alle.« Wieder zuckte der Psychiater. »Er hatte einen kleinen Notizblock in der Hand. Er warf einen beiläufigen Blick darauf und fragte mich, ob er mir meine sämtlichen Passwörter vorlesen sollte, die ich mir im Lauf der Zeit zugelegt hatte. Ich verzichtete darauf, ich wusste auch so, dass er sie wirklich hatte. Und dass er auch die neuen sofort in Erfahrung bringen würde, wenn ich sie alle änderte.«

Bei der Erinnerung wechselte der Psychiater unruhig die Sitzposition.

»Ich fühlte mich wie nackt«, sagte er.

Er schwieg. Dann fragte er: »Können Sie sich vorstellen, was eine solche Aufzählung mit einem macht?«

Sloane sagte nichts.

»Zuerst war ich wütend. Dann war ich erstaunt. Es war eine

Drohung. Er brauchte gar nicht erst zu sagen, dass er in der Lage war, meine Konten leer zu räumen. Es verstand sich von selbst, dass er meine Kinder entführen konnte. Man kann einen Menschen auf vielfältige Weise ruinieren, Miss Connolly.« Wieder holte er tief Luft. »Und er sagte mir, Sie seien sehr gefährlich.«

»Er sagte was?«, platzte Sloane heraus.

»Er sagte, ich solle jederzeit vor Ihnen auf der Hut sein.«

Der Doktor senkte den Blick auf den Revolver.

»Den hat er mir dagelassen«, sagte er. »Hatte ihn in der Aktentasche dabei. Zog ihn raus und reichte ihn mir. Mal eben so.« Der Psychiater schluckte. »Psychologisch schon recht interessant, Miss Connolly. Er sagte, Sie seien gefährlich. Aber ganz offensichtlich ist er gefährlich.«

Er schüttelte den Kopf.

»Sind Sie eine Mörderin, Miss Connolly?«

»Nein«, erwiderte sie.

»Schon seltsam«, sagte der Psychiater.

Nichts von alledem ergab für Sloane irgendeinen Sinn.

Nur eins wurde ihr absolut klar: Der Mann, der da gesessen hatte, wo sie jetzt saß, konnte nur der Auftraggeber sein.

»Kennen Sie den Namen des Mannes, der wollte, dass Sie seinem Bruder helfen?«, fragte sie.

»Ja, aber genau wie der andere Name war er falsch.«

»Wer war er wirklich? Bestimmt jemand von der Universität, an der Sie den Vortrag gehalten haben ...«

»Ich habe versucht, dem nachzugehen. Die Honorarzahlung kam aus wohlgehüteten Quellen. Aber das habe ich erst Jahre nach meinem Vortrag erfahren, nach dem Besuch des Mannes bei mir.«

»Der Bruder, der gestorben ist, seinen Namen müssen Sie doch kennen ...«

»Der Name, der mir bekannt war, war nicht echter als der, mit dem Sie den Termin bei mir gemacht haben.«

Der Psychiater zuckte jetzt so nervös auf seinem Stuhl herum, als sei irgendwo ein Feuer ausgebrochen und der Raum fülle sich rasend schnell mit Rauch. »Was soll das alles, Miss Connolly? Was geht da vor?«

Es ist ein Irrgarten, lag es ihr auf der Zunge.

Man biegt um eine Ecke, dann die nächste. Es sieht vielversprechend aus. Man glaubt schon, den Ausweg gefunden zu haben. Doch genau an der Stelle erhebt sich eine Wand. Und verzweifelt kehrt man zurück, weil es nach vorne nicht weitergeht.

Ein Irrgarten aus Menschen.

Aus Erinnerungen.

Aus Toten.

Sloane ließ die Frage des Psychiaters unbeantwortet. Stattdessen sagte sie: »Ich muss den Namen dieses Drogensüchtigen wissen. Sie haben doch bestimmt etwas …« Sie sprach nicht weiter. Sie sah, wie sich der Psychiater wand.

»Ja, ja, ja«, sagte er und wippte wieder heftig. »Mir wurde auch gesagt, Sie würden danach fragen. Sie würden darauf bestehen …«

Kessler war blass. Er wirkte angeschlagen. Es sah so aus, als machte ihn alles, was er wusste, alles, was er sagen, und alles, woran er sich erinnern konnte, physisch krank.

»Mir wurde eine vorgefertigte Antwort übergeben …«, sagte er zögerlich.

Sloane schwieg.

»Wie gesagt, ein paar Seiten Text aus einem unbekannten Stück.« Wieder wechselte er die Sitzposition. Er schien mit sich zu kämpfen. »Ich fürchte, wenn ich Ihnen sage, was ich Ihnen sagen soll, bringt es Sie in Gefahr.«

»Vielleicht auch nicht«, hielt Sloane dagegen.

»Doch, ich glaube schon.«

Er verfiel in Schweigen. Seine inneren Widerstände zu überwinden, schien ihn große Anstrengung zu kosten. »Ich fürchte, wenn ich Ihnen sage, was ich Ihnen sagen soll, bringt es Sie um«, sagte er. »Aber ich fürchte, wenn ich es nicht tue, bin vielleicht ich als Nächster tot.«

Sloane starrte den Psychiater einfach nur an. Nach einer Weile zuckte er kaum merklich mit den Achseln, als habe er in Gedanken verschiedene Möglichkeiten durchgespielt und jede verworfen. Sloane kam es fast so vor, als sei der kleine Mann in den letzten Minuten noch einmal geschrumpft.

»Ich soll Ihnen Folgendes sagen«, begann er.

Sloane schwieg.

»Dass Sie den Namen bereits kennen.«

Jetzt zuckte Sloane heftig zurück. Unmöglich, dachte sie. »Aber das stimmt nicht ...«, brachte sie schließlich heraus.

Und genau in dem Moment, bevor er antworten konnte, ertönte ein Klingeln im Raum.

Der Doktor zuckte zusammen.

»Da stimmt etwas nicht«, sagte er. »Ich habe heute keine Termine mehr.«

Es klingelte weiter. Der Ton schien lauter zu werden, als halte derjenige, der draußen an der Haustür stand, einfach den Daumen auf den Knopf gedrückt.

Der Psychiater griff nach dem Revolver. Er wirkte wütend und verängstigt zugleich.

»Sie haben behauptet, Sie kämen allein«, sagte er. In anklagendem Ton.

»Das bin ich auch.«

Das Klingeln hörte plötzlich auf.

Beide starrten auf die verschlossene Tür. Eine Schrecksekunde lang rechnete Sloane damit, dass sie barst. Im Geist sah sie Holzsplitter durch das Zimmer fliegen, tödliche Schrapnells von der Explosion.

Nichts.

Kein Laut.

Kein Klopfen.

Keine Schritte draußen vor der verriegelten Tür.

Keine Stimme.

Nicht das geringste Geräusch außer dem fernen Hintergrundrauschen der Stadt, das gedämpft hereindrang.

Zuerst richtete Kessler mit zitternder Hand die Waffe auf die Tür, um auf denjenigen, der einbrach, zu schießen. Nach einer Weile schwenkte er den Lauf zu Sloane – ein dunkles Loch, das ihr wie ein Auge ins Innerste starrte.

Und wieder ging die Klingel los. Ein ungeduldiges Stakkato erfüllte den Raum.

Neun Mal. Drei mal drei.

Dann hörte es auf. Die plötzliche Stille, die eintrat, war so ungeduldig und wütend wie das Geklingele davor. Der Psychiater krallte die Finger fester um den Griff des Revolvers.

»Gehen Sie«, sagte er steif. »Auf der Stelle. Und kommen Sie nie wieder her, egal aus welchem Grund. Und falls Sie danach gefragt werden, dann sagen Sie dem Mann, ich hätte mich haargenau an die Anweisungen gehalten. Wort für Wort. Seine Botschaft übermittelt. Ich hätte hundertprozentig meinen Teil der Abmachung erfüllt, es gebe also nicht den geringsten Grund für ihn, mich in das, was da vorgeht, auf irgendeine Weise weiter hineinzuziehen.«

Genau dieselbe Botschaft wie bei den anderen, konstatierte Sloane.

Er fuchtelte mit der Pistole Richtung Tür.

»Auf der Stelle«, wiederholte er mit Nachdruck.

Sie wollte weder bei dem Mann mit der Waffe bleiben noch auf die Straße hinaus, wo derjenige wartete, der so energisch geklingelt hatte. Sloane stand unschlüssig auf.

Und in dieser Sekunde des Zögerns spürte sie das Vibrieren ihres eigenen Handys und hörte ein kurzes Ping.

Eingehende Nachricht.

Sie zog das Handy aus ihrer Tasche, ohne den Pistolenlauf aus den Augen zu lassen. Ihr entging nicht, dass der Doktor immer nervöser wurde. Ihm stand der Schweiß auf der Stirn. Ihm zitterten die Hände. Er machte den Mund auf, um etwas zu sagen, presste dann aber die Lippen zusammen. Der Inbegriff eines Menschen im Griff einer diffusen, namenlosen Angst.

Sie senkte den Blick auf das Display ihres Handys.

Womit sie rechnete: die Person, die an der Tür zur Praxis geklingelt hatte. Wer auch immer das war.

Die Nachricht kam von Patrick Tempter:

Habe mit Roger gesprochen und dafür gesorgt, dass er mit dem Auftraggeber in Kontakt kommt. Seine Gefühle schienen ziemlich heftig zu sein, offen gesagt, aber seine Einsicht, wie Sie sich dabei fühlen, hat Fortschritte gemacht. Ich glaube, er wird sich dazu durchringen, Sie nicht mehr zu belästigen. Aber eine weitere Unterredung kann diese Einsicht vielleicht festigen. Ich denke, Sie können sich jetzt ganz auf Ihre Arbeit konzentrieren.

Wir können es kaum erwarten, Ihre ersten Entwürfe zu sehen.

KAPITEL 20

EINS

Als Sloane die Praxis des Psychiaters verließ, jagte ihr ein Wirrwarr widerstrebender Gedanken durch den Kopf. Kaum glaubte sie, der Nebel lichte sich allmählich, machte der nächste Gedanke ihre Hoffnung zunichte. Von allen Seiten stürzten beängstigende Fragen und Zweifel auf sie ein.

Indem sich hinter ihr die Tür schloss, hakte sie wenigstens eine unmittelbare Gefahrenquelle ab – den nervösen Doktor mit der geladenen Pistole. Die verbliebenen Ängste türmten sich umso mächtiger und verwirrender vor ihr auf.

Ich kannte den Namen des toten Drogensüchtigen bereits?

»Nein, verdammt.«

Roger würde mich von jetzt ab nicht mehr belästigen?

»Wer's glaubt.«

Sloane trat vorsichtig auf den Bürgersteig und ließ den Blick über die Straße schweifen. Alles ganz normal. Klassisches Manhattan: Ein Wohngebäude reihte sich ans andere. Irgendwo dazwischen ein Parkhaus. Am Ende des Blocks eine Wäscherei. Sie sah ganz genau hin: Aus keinem dunklen Durchgang spähte ein Augenpaar zu ihr herüber. Nirgends drosselte ein Wagen das Tempo, um langsam neben ihr herzufahren. Auf dem gegenüberliegenden Bürgersteig war keine vorgebeugte Gestalt in Regenmantel und mit tief heruntergezogener Kopfbedeckung zu sehen, die ihr in gleichmäßigem Abstand folgte. Weit und breit kein Fernglas und keine Videokamera, die sich hinter einer Fensterscheibe auf sie richteten.

Wer hat die Klingel gedrückt?

Es wurde Abend.

Halte dich im Schatten, mahnte sie sich.

Für eine Sekunde kam Sloane der verrückte Gedanke, Roger

habe bei Dr. Kessler Sturm geläutet. Ganz auszuschließen wäre das nicht, bis auf die schlichte Tatsache, dass Roger unmöglich hätte wissen können, wohin sie an diesem Abend wollte. Schließlich ließ sie die Sache mit der Türklingel auf sich beruhen: Vermutlich war es einfach nur einer seiner Patienten in Not gewesen. Sein Problem. Nicht meins.

Du hast keinen Grund, dir deswegen Angst zu machen. Entspann dich.

Nichtsdestotrotz schritt Sloane über mehrere Kreuzungen hinweg zügig aus, machte dann plötzlich kehrt und eilte dieselbe Straße zurück, bog nach rechts ab, legte einen halben Block in gemächlichem Schritt zurück und rannte von dort aus mit ständigem Wechsel der Straßenseite quer durch den Verkehr bis zum Ende der Straße weiter, nur um an der nächsten Ampel den gleichen Weg zurück zu nehmen. Während dieses ganzen Manövers fuhr sie unablässig mit dem Kopf hin und her, damit ihr auf beiden Straßenseiten niemand entging, der mit ihr mitzuhalten versuchte. Sie hatte keine Ahnung, ob ein Profi, der sie beschattete, sich von ihrem unsinnigen Zickzackkurs täuschen lassen würde.

ZWEI

Ihr Hotelzimmer war mit zwei Schlössern gesichert, und Sloane sperrte beide sorgfältig von innen ab. Sie wurde das Gefühl nicht los, dass sie jemand verfolgte, es machte sie wütend – jemand mit einer bipolaren Störung verhielt sich so.

Sie setzte sich auf die Bettkante und starrte auf die Nachricht von Patrick Tempter. Sie überlegte, ob sie ihm eine einfache Antwort schicken sollte: Gott sei Dank.

Oder etwas Gemeines: Hoffentlich hat es ihm so richtig wehgetan.

Wohl doch besser ein Zeichen ihrer Dankbarkeit: Danke. Jetzt kann ich wieder mit dem Denkmal weitermachen.

Oder vielleicht die Wahrheit? Er hat mir höllische Angst gemacht. Er macht mir immer noch Angst. Ich will ihn nie im Leben wiedersehen. Können Sie mir das garantieren? Sind Sie sicher, dass er Ihnen die Wahrheit gesagt hat? Er ist übergeschnappt, und er macht mich verrückt.

Sie griff nach dem Handy, um ihm die ehrliche Nachricht zu senden. Bevor sie den Impuls in Worte fassen konnte, kehrten ihre Gedanken jedoch zu den Dingen zurück, die sie in der Praxis des Psychiaters gehört hatte.

Sie versuchte, die neuen Erkenntnisse in eine Art mathematische Formel einzufügen: X = ein toter ehemaliger Drogenabhängiger in Miami, und Y = das Opfer einer Überdosis in New York. Als weitere Größen in der Gleichung kamen ein ermordeter Professor hinzu, ein ermordeter Unternehmer, ein ertrunkener Versicherungsvertreter, eine Krankenschwester, Opfer eines Unfalls mit Fahrerflucht, sowie ein möglicherweise ermordetes ehemaliges Model.

Wie in aller Welt fügte sich das nur zusammen?

Ihr war danach, mit den Fäusten an die Wand zu trommeln.

Ich kenne den gottverdammten Namen nicht.

Um den Aufruhr ihrer Gedanken zu beruhigen, ging Sloane zu ihrer Tasche und holte Skizzenblock und Stift heraus. Das Zeichnen versetzte sie an einen anderen emotionalen Ort, und binnen weniger Minuten war sie dabei, um einen kreisrunden kleinen Park sechs Säulen zu zeichnen. Das Pflaster in der Mitte stellte sie sich in rotem Ziegelstein vor und die Säulen als Gegensatz dazu in stumpfem grauem Beton. Die Säulen entsprechend der unterschiedlichen Bedeutung der jeweiligen Person für den Auftraggeber in unterschiedlichen Größen. Die höchste vielleicht eins achtzig. Die niedrigste vielleicht die Hälfte davon. In der Mitte eine runde Eisenbank, sodass jeder, der sich innerhalb des Kreises befand und auf der Bank saß, mindestens eine der sechs Säulen vor sich hatte und darüber nachdenken konnte, was jeweils eine Person für die andere getan hatte. Sie dachte an eine eingemeißelte

Botschaft auf jeder dieser Säulen, die festhielt, in welcher Weise die jeweilige Person dem Auftraggeber geholfen hatte, durchs Leben zu kommen. Krankenschwester. Freund. Gefährte. Unterstützer. Geliebte. Lehrer. Wie Grabsteine, aber mit einer positiven Inspiration.

Sie vergaß alles um sich her und kam mit ihrer Zeichnung zügig voran.

Nach weit über einer Stunde lehnte sich Sloane zurück und betrachtete ihren Entwurf. Er hatte durchaus etwas für sich. Doch die Botschaften auf den Säulen fühlten sich nicht richtig an. Sie waren positiv, erbaulich, dynamisch. Das Problem war nur, dass keiner der sechs toten Namen in diese Kategorien passte.

Sie ging mit dem Zeichenblock zum Bett und ließ sich darauf fallen. Sie schielte zu ihrem Handy hinüber.

Keine neuen Nachrichten.

Zurück zu ihren Zeichnungen. Sie fügte ihrem Entwurf ein weiteres Detail hinzu. Einen Gehweg. Einen Fußgänger darauf. Sie zeichnete so lange, bis ihr das Blatt vor den Augen verschwamm und die Erschöpfung sie übermannte.

Als sie die Augen schloss, merkte sie es kaum.

Als sie erwachte, hörte sie das Ping auf ihrem Handy.

Halb wach blickte sie sich verwirrt im Zimmer um und merkte, dass es schon Morgen war. Sie war immer noch angezogen. Sie hatte einen trockenen Mund und einen Geschmack wie Kleister auf der Zunge. Ihr Haar war zerzaust. Links und rechts neben ihr waren ihr Skizzenblock und jede Menge Farbstifte auf dem Bett verstreut. Sie rappelte sich auf, zwang sich, nicht auf ihr Handy zu achten, und sah auf der Hoteluhr, dass es bereits nach acht Uhr morgens war. Sie tappte ins Bad, zog sich aus und trat in die Dusche. Das dampfend heiße Wasser spülte den gestrigen Abend und die Nacht herunter. Sie brachte gut fünf Minuten mit Zähneputzen zu und noch einmal dieselbe Zeit damit, ihre Haare zu bürsten.

Das mulmige Gefühl, das sie von ihrem Besuch bei dem Psychiater mitgenommen hatte, war beinahe verflogen. Nichts weiter als noch eine Wand im Labyrinth, sagte sie sich.

Sloane fasste zusammen: Ich bin in New York. Einer der Metropolen der Welt. Im Big Apple. Was für eine Gelegenheit! Die Freiheitsstatue. Grants Grab. Das Museum of Modern Art. Der Central Park. So viele bedeutsame Orte. Mit einer Geschichte. Die darin verewigt wird. Doch sie wusste auch, wohin es einen als Erstes führte, wenn man mit aller Leidenschaft ein Denkmal entwirft, und genau dort würde sie ihren Tag verbringen. Sie griff zum Haustelefon und sagte dem Empfangsportier: »Ich bleibe noch einen Tag.« Übers Internet kaufte sie mit der Kreditkarte des Auftraggebers eine Eintrittskarte für das Museum.

Erst jetzt sah sie auf dem Handy nach, um festzustellen, wer sie geweckt hatte.

Roger.

Ihr erster Gedanke: Mist. Verdammt.

Sie las weiter:

Wollte mich nur entschuldigen, Sloane. Ich sehe ein, dass ich mich danebenbenommen habe. Ich wollte dir nur noch für deine Zukunft alles Gute wünschen, und ich verspreche dir, dich nie wieder zu belästigen. Du kannst nach vorne blicken und brauchst dir meinetwegen keine Gedanken mehr zu machen.

Sie schüttelte den Kopf. Gelogen, dachte sie. So wie davor.

Sie würde sich wohl nachher mit Patrick Tempter in Verbindung setzen und ihn bitten müssen, ein zweites Mal mit Roger Tacheles zu reden und vielleicht den Druck auf ihn einen Tick zu erhöhen. Allein schon der Gedanke verschaffte ihr Genugtuung. Wollen doch mal sehen, wie dir das schmeckt, Roger. Sie griff zu ihrem Skizzenblock und verließ das Hotel.

DREI

Wie in vielen Großstädten fühlt sich der Einzelne in Manhattan inmitten der Menschenmassen allein. Sloane wusste, dass ihr Blicke folgten, aber jeweils nur für Sekunden, im Vorübergehen auf dem Bürgersteig oder wenn sie jemand überholte. Dieses Sehen und Gesehenwerden, die flüchtigen, sofort vergessenen Begegnungen im unablässigen Kommen und Gehen, begleiteten sie auf ihrem Weg downtown. Sie schwamm mit dem Strom, überquerte eine Straße, spähte, während sie zur Subway strebte, flüchtig in ein Schaufenster und hielt sich in dem Zug Richtung Süden an einer Halteschlaufe fest. In der Menschenmenge verflüchtigte sich das Gefühl, jemand könnte sie beschatten. Die schmalen Straßen rings um ihre Wohnung in Boston waren überschaubar und vertraut. Diese breiten Avenues hingegen standen für Anonymität.

Als sie ihr Ziel erreichte, war es Mittag.

Es war ein prächtiger Tag. Warm. Strahlend. Selbst die Stadtluft wirkte sauberer als sonst.

Sie lief bis zum Rand der zwei riesigen spiegelbildlichen Wasserbecken – quadratische Vertiefungen, wo sich einmal Fundamente aus Stahl und Beton erhoben hatten. Sie fand eine Stelle am Rand, von der aus sie in die Wasserkaskaden blicken konnte, die an den dunklen Seiten hinunterströmten und mit ihrem Rauschen den Lärm der Stadt in ihrem Rücken übertönten. Sie kam nicht zum 9/11-Mahnmal am Ground Zero, um über den Verlust eines Angehörigen zu trauern, sie kam, um die architektonische Gestaltung zu würdigen.

Sloane beobachtete die Menschen in ihrer Umgebung, ihre Reaktionen. Einige waren offenbar von der gigantischen Größe der Becken schier überwältigt. Einige wenige suchten offenbar nach einem spezifischen Namen unter den 2983, die in Bronzeplatten eingefräst waren – das hatte sie schon ganz ähnlich am Vietnam Veterans Memorial in Washington beobachtet, wo ein einziger

Name unter den 55.000 für Trauernde eine magnetische Anziehungskraft entfaltete. In New York war darüber hinaus zu spüren, wie die Menschen den Tod Tausender zu fassen versuchten, die nicht im Lauf von Jahren, sondern binnen weniger Minuten ihr Leben gelassen hatten.

Sie bemühte sich, alles, was sie sah, mit dem Blick der Architektin zu sehen. Die Löcher in der Erde vermittelten die Tragik der Toten. Das Denkmal, das sich der Auftraggeber von ihr erwartete, musste, so viel war ihr klar, eine Quelle der Inspiration sein, also auch positive Emotionen hervorrufen.

Sie konnte nicht sagen, wie viel Zeit sie draußen verbracht hatte, bevor sie sich in die Schlange vor dem Eingang zum Museum einreihte. Anders als die meisten Museen, die in die Höhe gebaut sind, ist das 9/11-Memorial-Museum versenkt. An diesem Ort werden dem Betrachter herzzerreißende Tragödien neben Beispielen unfassbarer Tapferkeit auf vielfältige Weise vor Augen geführt, angefangen mit den von der Hitze verbogenen Eisenträgern und Stahlpylonen bis zum heroischen Symbol eines zerschmetterten Feuerwehrhelms. Beim Betrachten eines Stahlträgers versuchte Sloane, sich vorzustellen, was für unglaubliche Kräfte nötig waren, sie derart zu verbiegen, und gleichzeitig hatte sie den Feuerwehrmann vor Augen, der selbstlos in das einstürzende Gebäude rennt, um von den Tausenden darin eingeschlossenen Menschen zu retten, wen er kann. Die vielen kleinen heroischen Akte, ging es ihr durch den Sinn, legten mehr Stärke an den Tag als tonnenweise Destruktion.

Unter den Exponaten zog es sie mehr als zu jedem anderen Exponat – mehr als zu der riesigen, imposanten Schlitzwand, die nicht eingestürzt war, oder zu dem mit derselben Staubschicht bedeckten Wrack des Löschfahrzeugs Nr. 3, Ladder 3 – zur Treppe der Überlebenden hin.

Die ursprünglich mit Granit verkleidete Treppe und die Rolltreppe hatten einmal an der Außenseite vom World Trade Center zur Plaza an der Vesey Street geführt. Über diese Treppen hatten sich Hunderte Büroangestellte in Sicherheit gebracht. Sie gehörten zu den wenigen ursprünglichen Bauelementen, die unbeschädigt blieben, als die Türme fielen. Millionen von Dollar an Spendengeldern wurden gesammelt, um sie ins Museum zu überführen, wo die Besucher handgreiflich vor Augen sahen, wie nah Tod und Überleben beieinanderliegen.

Auf ihrem Weg zu diesem Exponat hörte Sloane ein Ping auf ihrem Handy. Sie scherte aus der Traube der Besucher aus, die sich von den Museumsführern jedes Ausstellungsstück erklären ließen.

Sie warf einen Blick auf ihr Display und sah eine einzige Nachricht von einer Nummer, die sie nicht auf Anhieb wiedererkannte. Sie sah ein zweites Mal hin, und der Groschen fiel. Es war die Nummer eines von Rogers Freunden, die er vor Wochen verwendet hatte, kurz nachdem sie mit ihm Schluss gemacht hatte. *Was du offenbar immer noch nicht begriffen hast, verdammt!*

Sloane stieg die blanke Wut auf.

Du kannst mich mal, Roger!

Eine Woge der Verzweiflung.

Lass mich endlich in Ruhe! Sie widerstand dem ersten Impuls, die Nachricht sofort zu löschen, um sie lieber an Patrick Tempter weiterzuleiten und ihm eine Vorstellung von dem zu geben, was von Rogers Sinneswandel zu halten war und wie wenig eine einzige Konfrontation ihn offensichtlich davon abbringen konnte, wirklich aus ihrem Leben zu verschwinden. Also klickte Sloane die Nachricht an.

Sloane, was hast du getan?

Der Boston Globe von heute.

Nichts weiter. Sloane war verwirrt. Sie las die Nachricht mehrmals hintereinander. *Was ich gemacht habe? Gar nichts, verdammt noch mal.*

Sie wollte sich gerade wieder in die Menschenmenge auf dem Weg zu den Treppen einreihen, als sie ruckartig stehen blieb. Sie klickte den Internetbrowser an und tippte Rogers Namen sowie Boston Globe ein.

Sie sah eine einzige Schlagzeile:

»Junger Anwalt nach mutmaßlichem erweiterten Suizid tot aufgefunden«

Sie taumelte zurück. Ihr Mund und ihre Haut fühlten sich so trocken an, als wäre ihrem Körper von einer Sekunde auf die andere alle Flüssigkeit entzogen worden. Sie konnte keinen Gedanken fassen, bevor eine Welle unkontrollierbarer Emotionen über ihr zusammenstürzte. Unter einem Foto von Roger, das aussah, als sei es einem Studienjahrbuch entnommen worden, und einer ähnlichen Aufnahme von einer jungen Frau, die ihr entfernt bekannt vorkam, auch wenn Sloane sie nicht auf Anhieb einordnen konnte, folgte ein Artikel. Ich kenne dich. Oder nicht? Doch. Aber woher? Sie starrte auf das Bild von Roger und hatte beinahe dieselben Gedanken: Ich kenne dich nicht. Tue ich doch. Sie begann, den Text auf dem winzigen Display zu lesen, dabei zitterte ihr die Hand aber so heftig, dass die Buchstaben vor ihren Augen verschwammen.

Mit weichen Knien lief Sloane die Treppe zum Untergeschoss hinunter. Jede Stufe schien sie weiter hinabzuziehen. Sie wollte fliehen. Sie fürchtete zu stolpern und zu stürzen, doch so wie die Menschen, die am elften September mit der Panik kämpften, trieb es sie weiter hinunter.

Auf halber Höhe der Treppe blieb Sloane stehen.

In diesem Moment glaubte sie, bis ins Innerste zu Eis zu gefrieren.

Mit offenem Mund wollte sie schreien. Sie konnte nicht. Sie merkte, wie ihr das Blut aus dem Gesicht entwich, und suchte an einem Geländer Halt. Ihr war schwindelig. Sie fürchtete, ohnmächtig zu werden. Ihr Puls schnellte in die Höhe. Sie glaubte, ihre Beine hätten nachgegeben, stellte aber fest, dass sie stockstarr an Ort und Stelle stand.

Am unteren Ende der Treppe erwartete sie ein Geist.

Ein Ding der Unmöglichkeit.

Maeve O'Connor winkte sie zu sich.

Sloane sah, wie ihre Mutter mit den Lippen die Worte formte: Beeil dich!

Sloane stolperte die restlichen Stufen hinunter.

Sie konnte nicht glauben, dass die Frau vor ihr am Leben war. An einem Ort, der dem plötzlichen gewaltsamen Tod so vieler Menschen geweiht war, erschien es nur natürlich, dass dort ein weiteres Phantom erschien.

Maeve begrüßte sie mit einem matten Lächeln.

»Habe ich dir nicht gesagt, dass du weglaufen sollst?«, fragte sie.

TEIL ZWEI

EINE ANDERE VERGANGENHEIT …
EINE UNERWARTETE GEGENWART …
… UND EINE MÖGLICHE ZUKUNFT

ALLES IN EINEM HOTELZIMMER VEREINT

John Fowles schrieb in *Der Magus:*

»*In jedem Leben kommt eine Zeit wie ein Dreh- und Angelpunkt. Wenn es so weit ist, musst du dich akzeptieren. Es geht dann nicht mehr darum, was du werden willst. Es geht darum, wer du bist und immer sein wirst.*«

KAPITEL 21

Ohne ein weiteres Wort zog Maeve Sloane die Treppe zur Straße ans Sonnenlicht hinauf. Mit zügigen Schritten ließen sie das Museum und die Geschichte eines schrecklichen Tags hinter sich, und erst draußen auf der Plaza drehte sich Maeve zu Sloane um. Dabei hielt sie die Hand ihrer Tochter in ihrem festen Griff, genauso wie vor zwanzig Jahren bei gelegentlichen Ausflügen in einen Park oder eine Galerie.

»Hör zu«, sagte sie, nachdem sie sich misstrauisch in ihrer Umgebung umgesehen hatte. »Was haben sie dir gegeben?«

In Sloanes Kopf drehte sich alles. Die Frage verblüffte sie. Sloane bestürmten zu viele andere Gedanken, als dass sie auf Anhieb eine Antwort finden konnte.

»Ich dachte, du wärst tot ...«, stammelte sie.

»Jaja, ich weiß. Ich werde dir alles erklären. Aber was hat er dir gegeben?«

In einer Flutwelle der Verwirrung, in der sie unterzugehen drohte, konnte Sloane nur einen einzigen Gedanken fassen: Woher weiß sie, wer er ist?

»Woher wusstest ... ich meine, woher weißt du ... ich verstehe nicht ...«

Maeve schwieg einen Moment, dann änderte sich ihr Ton. »Sloane«, flüsterte sie, »mein Liebling, mein Herz, bitte sag mir, was er dir gegeben hat?«

Sloane sah wieder den Brief vor sich: Vergiss nicht, was dein Name bedeutet. Sie sah das Taucherteam vor sich und den breiten glitzernden Fluss. Sie hatte wieder das gründlich geputzte und uncharakteristisch aufgeräumte Haus vor Augen, in dem sie aufgewachsen war. Sie sah das Testament, das Geld und die Versicherungspolice. Wie ein Freitaucher, der sich bei Wellengang an die Oberfläche kämpft, schnappte sie nach Luft und versuchte, sich zu fassen, obwohl ihre ganze Welt unkontrollierbar ins Wanken geraten war. Sie hob die freie Hand und berührte ihre Mutter an der Wange, als müsse sie sich erst noch davon überzeugen, dass sie aus Fleisch und Blut war. Schließlich brachte sie keuchend eine Antwort über die Lippen.

»Ein funkelnagelneues Atelier, mit allem Pipapo. Neuer Computer. Kunst an den Wänden. Alles, was ich brauche. Alles, was man sich nur wünschen kann. Jede Menge Geld. Einen unterschriebenen Vertrag. Ein neues Handy. Eine Kreditkarte ... American Express ...«

Maeve kniff die Augen zusammen. »Verdammt«, sagte sie. Resigniert. »Somit hat er die ganze Zeit genau gewusst, wo du bist, was du gerade machst und mit wem du dich triffst. Jedes Mal, wenn du dieses Handy und diese Kreditkarte benutzt hast ...« Als sie den Schock im Gesicht ihrer Tochter sah, verstummte sie für einen Moment, bevor sie weitersprach. »Nimm dieses Handy und schalte es vollständig aus, sofort. Was noch?«

Sloane gehorchte und überlegte, was ihr der Auftraggeber sonst noch gegeben hatte, doch bevor sie antworten konnte, stellte Maeve eine weitere Frage.

»Er weiß, welchen Wagen du fährst?«

»Ja.«

»Und er weiß, wo du wohnst?«

»Ja.«

»Was noch?«

»Roger«, brachte Sloane mühsam heraus.

»Und wer, bitte schön, ist Roger?«, fragte Maeve.

»Roger ist tot«, erwiderte Sloane.

WAS MAEVE ALS KIND LERNTE

Maeve war neun Jahre alt, als sie mit ihrem Vater in Maine im Wald spazieren ging, am Ufer eines schimmernden Sees, der abends, wenn sie hinter den Bergkämmen aus dunklem Granit der fernen White Mountains unterging, jeden Sonnenstrahl einfing. Als ihr Vater nach vielen Jahren bei der Militärstrafverfolgungsbehörde sowie nach zwei Einsätzen in Vietnam und drei Jahre nach dem Tod ihrer Mutter in den Ruhestand ging, hatte er sich in die Wälder zurückgezogen und angefangen, English Setter zu Vogeljagdhunden auszubilden. Aus ihrer kindlichen Sicht war ihr Vater draußen inmitten einsamer Wiesen, an einem kalten Novembertag oder in der Sommerhitze hinter ihrem kleinen Farmhaus, ja sogar, wenn er im Winter auf der Straße durch den Schnee stapfen musste, am glücklichsten, wenn er einem jungen Hund beibrachte, bei Fuß zu gehen, wachsam zu sein, Witterung aufzunehmen, zu apportieren und vor allem bei einem lauten Schuss nicht zu scheuen. Wenn er den Tieren diese Fertigkeiten antrainierte, war ihr Vater weniger verdrießlich und neigte weniger zum Trinken. Sie genoss jede Minute, in der er sie in diese Arbeit einbezog, so als bringe er ihr dieselben Dinge bei wie den Hunden.

Es war einer der ersten Frühlingstage, als sie bei gutem Wetter einen der Junghunde mit nach draußen nahmen. Maeve hatte zugesehen, wie der einjährige Hund auf ihrem Weg freudig durchs Unterholz vorausrannte, neugierig Witterung aufnahm und immer wieder zu ihr und ihrem Vater zurückkam. Ein Setter kann mühelos meilenweit laufen und sich an jedem neuen Duft erfreuen. Dazu war er gezüchtet worden, und sein Instinkt sagte ihm, er gehörte genau hierher und war genau dazu da. Sie sah, wie ihr Vater, offenbar stolz darauf, wie gut es mit der Abrichtung des Hundes lief, dessen Jagdtauglichkeit genau beobachtete. Maeve wusste, dass ihm nichts so viel Freude bereitete wie die Entwicklung eines Welpen zu einem Jäger.

Sie liefen nicht weit vom Seeufer durch den Kiefernwald, als der Hund, ihnen ein gutes Stück voraus, ein lang gezogenes Jaulen anstimmte.
»Er hat einen Vogel aufgetrieben«, sagte ihr Vater.
Sie beschleunigten ihre Schritte und schlossen zu dem Hund, der jetzt heftig bellte, auf. Der Pfad machte vor ihnen eine Biegung und führte zu einer Ausbuchtung im See, etwa achtzig, neunzig Meter breit, ein Becken mit spiegelglattem Wasser.
»Oh!«, keuchte Maeve. »Die Ente hat sich einen Flügel gebrochen!«
Vater und Tochter sahen im gleichen Moment dasselbe. Der Setter hatte in den hohen Binsen am Ufer eine Ente aufgebracht. Der Vogel war keine zwei Meter von dem aufgeregten Hund entfernt in die Bucht geflattert, einen Flügel seitlich schlaff ausgebreitet. Der Hund sprang augenblicklich hinter der Ente ins Wasser und paddelte wild unter lautem Gebell.
Zunächst lächelte ihr Vater. »Pass auf, was passiert«, sagte er.
Der gebrochene Flügel schlug gegen das Wasser, der Hund kam auf knapp einen Meter heran. Doch dann nahm der Vogel in einem heroischen Kraftakt seinen ganzen Überlebensinstinkt zusammen, erhob sich aus dem Wasser und flog mit Schlagseite ungefähr drei Meter weit. Der Hund schwamm unbeirrbar hinterher und hatte sie, mit einem über viele Generationen geerbten Jagdinstinkt im Blut, erneut fast eingeholt, als die Ente zum zweiten Mal aufflatterte und weitere drei Meter schaffte.
»Jetzt schnappt er sich die Ente«, sagte Maeve.
»Nein«, erwiderte ihr Vater leise.
»Ihr Flügel ist gebrochen, Dad. Der macht nicht mehr lange mit. Er schnappt sie sich und beißt sie tot«, sagte Maeve mit erhobener Stimme. Den Anblick wollte sie sich ersparen. Mit einem Mal ging es bei dem Schauspiel, das sich ihr bot, um Mord. Teil der Natur, so viel war ihr klar, fressen und gefressen werden, trotzdem Mord.
»Nein«, wiederholte ihr Vater. Jetzt hörte sie eine gewisse Sorge in

seinem Ton. Er griff nach seiner Hundepfeife, während er den Hund beim Namen rief und dann brüllte: »Bei Fuß! Bei Fuß!« Maeve sah, wie der Hund sich umdrehte, offensichtlich zwischen dem überwältigenden Wunsch, die verwundete Ente zu jagen, und den beharrlichen Befehlen seines Herrn hin- und hergerissen. In dieser Sekunde schlug die Ente mit dem gebrochenen Flügel ins Wasser, als ob sie sich geschlagen gäbe. Der Hund war offenbar immer noch unschlüssig.
»Verdammt!«, sagte ihr Vater. Er war mit wenigen Schritten am Ufer und rief abwechselnd seine Befehle und blies so laut die Pfeife, dass es quer über die ruhige Wasserfläche schrillte. Maeve sah, wie der junge Hund wieder zu seiner Beute abdrehte. Doch jetzt bewegte er sich langsamer, er bellte auch nicht mehr, und sie begriff, dass er Mühe hatte, den Kopf über Wasser zu halten, während ihn sein langes durchtränktes Fell nach unten zog. »Dad!«, rief sie. Plötzlich lauerte überall der Tod, nur dass er sich aus einer Laune heraus soeben ein anderes Opfer gesucht hatte.
Ihr Vater streifte seine Schuhe ab, zog Hemd und Jeans aus, stürzte sich, nur noch in der Unterwäsche, ins eisige Wasser, schnappte, als er mit der Brust auftraf, nach Luft und hatte in sechs oder sieben kräftigen Zügen die Stelle erreicht, an der ihr Hund jeden Moment unterzutauchen drohte. Sie beobachtete, wie das Tier seine letzten Kräfte mobilisierte, um zu seinem Herrn zu schwimmen, und wie ihr Vater, den Kopf unter Wasser, wie wild mit den Beinen austrat, um den Hund am Halsband zu packen. Schließlich kämpften sich beide zum Ufer zurück, wo Maeve wartete. So wie sie mit dem dunklen Wasser kämpften, hatte sie Angst, sie könnten beide ertrinken. Schließlich ging ihr Blick zu der Ente zurück, die sich zu ihnen umgedreht hatte. Erneut schlug der Vogel mit dem gebrochenen Flügel auf das Wasser, doch dann erhob er sich plötzlich wie durch ein Wunder aus dem See, flog mühelos empor und zog einen weiten Kreis um die Bucht, indes ihr Vater und der Hund aus den Binsen gekrochen kamen. Der Hund

schüttelte sich und brach erschöpft neben Maeve zusammen. Ihr Vater, dem es nicht viel besser erging, rollte sich auf den Rücken und starrte in den verblassenden Abendhimmel. Er hatte eine lange rötliche Narbe direkt unter der Schulter, ein paar weitere am Rücken, die er von Schrapnellverwundungen zurückbehalten hatte. Schließlich richtete er sich mit einem tiefen Seufzer auf und schlüpfte schlotternd in seine Sachen. Auch der Hund zitterte am ganzen Leib. Ihr Vater sah Maeve lächelnd an. »Ab, marsch nach Hause«, sagte er. »Zu kalt. Könnte mich unterkühlt haben. Muss den Kreislauf in Gang halten.«

»Die Ente«, sagte Maeve. »Sie ist weggeflogen.«

Ihr Vater lächelte wieder. »Aber natürlich. Der Flügel war nicht gebrochen. Eine Mutterente. Sie hat nur so getan, als sei sie verletzt. Muss irgendwo in der Nähe ihr Nest mit den Küken haben. Sie hat uns auf eine falsche Spur geführt. Sie hätte so lange weitergemacht, bis unser Kleiner hier ertrunken wäre. Jedes Mal, wenn er sie fast erwischt hätte, wäre sie zwei Meter weitergeflattert. Wäre ich hinter ihr her gewesen, hätte sie das auch mit mir gemacht.«

Auf dem Heimweg liefen sie, so schnell sie konnten. Ihr Vater wirkte nicht unglücklich, auch wenn er immer noch ein wenig zitterte und mit den Armen ruderte, um sich warm zu halten. Der junge Hund wich ihm nicht von der Seite. »Er hat heute eine wertvolle Lektion gelernt«, erklärte ihr Vater, als ihr Farmhaus in Sicht kam und er stehen blieb, um dem Setter die Ohren zu kraulen.

Nicht nur eine Lektion, *dachte Maeve.*

Lektionen, die sie nie vergessen würde.

»Also«, kam Maeve auf den Punkt. »Dieser Roger ist tot. Wer war das?«

Sloane beantwortete die Frage nicht. »Ich dachte, du wärst tot. Es sah alles danach aus. Einfach alles. Die Bankkonten. Das Geld. Das Testament. Dein Brief. Ich war mir sicher, dass du mir ...«

Sloane war bewusst, dass sie sich wiederholte. Aber sie konnte keinen anderen Gedanken fassen.

Maeve fiel ihr wieder ins Wort. »Ich weiß, Liebes. Es ging nicht anders. Ich werde es dir erklären. Aber Roger, wer war das?«

Sloane hatte immer noch größte Mühe, sich wieder zu fangen. Ihr war zum Heulen. Zum Lachen. Zugleich stieg blanke Wut in ihr hoch. Und dann wieder konnte sie ihr Glück nicht fassen. »Wir waren eine Zeit lang zusammen. Als ich versuchte, mit ihm Schluss zu machen, ist er ein bisschen durchgeknallt. Er fing an, mich zu stalken.« Sie zögerte. »Nicht nur ein bisschen. Er hat mich bedroht.«

Maeve schien angestrengt nachzudenken.

»Ernsthaft bedroht? Dass du es mit der Angst bekamst?«

»Ja. Er war wie besessen.«

»Gefährlich?«

»Ja. Ziemlich. Einmal hat er mir wehgetan. Ich wusste nicht mehr, wozu er noch alles imstande ist.«

»Aber jetzt ist er tot? Wie ist er gestorben?«

»Ich hab etwas von Selbstmord gelesen. Ein erweiterter Suizid, hieß es in der Zeitung. Ich hab nur die Überschrift gelesen.«

Maeve schien jedes Wort, das sie von Sloane hörte, abzuwägen.

»Was auch immer mit diesem Roger, wer auch immer er gewesen sein mag, passiert ist, war mit Sicherheit kein Selbstmord«, sagte Maeve. Ihr Ton wurde hart. »Armer Junge. Hätte wahrscheinlich Besseres verdient. Oder auch nicht. Wahrscheinlich nicht. Komm«, sagte sie, nahm Sloane beim Arm, zog sie zur Straße und winkte gleichzeitig ein Taxi heran.

WAS MAEVE ALS JUGENDLICHE LERNTE

Eines Abends, kurz nach ihrem dreizehnten Geburtstag, rief ihr Vater Maeve in sein kleines Arbeitszimmer. Er hatte dort einen Schrank mit Spirituosen und gewöhnlich vor sich auf dem Schreibtisch eine Flasche Johnny Walker Black Label und ein Schnapsglas. Oft schlief er spätestens um zehn Uhr abends vor der geleerten Flasche in seinem Sessel und murmelte Worte aus verdrängten Erinnerungen, wie »feindliches Feuer!« *oder* »Feuer erwidern!«.
An diesem Abend nicht. Er bat sie, sich ihm gegenüberzusetzen, und sie rechnete mit so etwas wie einem Vater-Tochter-Gespräch. Doch die erwartungsgemäßen Ratschläge über Jungen und Drogen oder Alkohol und sonstige Gefahren, die einem jungen Mädchen drohen könnten, oder gar ein peinliches Gespräch über Menstruation oder Sex blieben aus. Eine Weile wippte ihr Vater nur auf seinem Bürostuhl hin und her und schwieg, schließlich sagte er wehmütig: »Ich wünschte, deine Mutter wäre noch am Leben.«
Maeve antwortete nicht. Das wünschte sie sich auch.
Ihr Vater fasste sich an die Stelle mit der Narbe, eine geistesabwesende Geste, die Maeve vertraut war, und sagte dann: »Mehr als einmal haben Leute versucht, mich zu töten. Bei meinem Beruf nicht weiter verwunderlich.«
Es schwang fast ein wenig Nostalgie mit.
Sie saß immer noch schweigend da.
Dann zog er eine Schublade in seinem Schreibtisch auf und holte eine riesige Handfeuerwaffe heraus. Schwarz. Schimmernd. Eine Waffe mit einer einzigen Botschaft: Ich bin da, um dich zu töten.
Er legte sie vor ihren Augen auf den Tisch.
»Schrotflinten sind Vogelflinten. Selbst das .30-06, das Jagdgewehr, mit dem ich dich manchmal schießen lasse, ist mit der hier

nicht zu vergleichen. Eine Waffe wie die hier dient nur einem einzigen Zweck.«

Sie konnte den Blick nicht davon abwenden.

»Das hier ist ein Colt Modell 1911, eine halbautomatische Pistole, Kaliber fünfundvierzig. Es ist nicht die schlagkräftigste Handfeuerwaffe, aber nah dran. Genau so eine hatte ich als Dienstwaffe beim Militär. Auf große Distanz nicht besonders gut. Aber im Nahbereich haut sie einen Elefanten um.«

Er grinste.

»Ich übertreibe. Aber nicht sehr.«

Er nahm die Pistole in die Hand, entfernte das Magazin, schnippte jede glänzende Messingpatrone auf den Tisch und betätigte am Ende den Verschluss, um sich zu vergewissern, dass die Kammern wirklich leer waren. Dann reichte er Maeve die Waffe über den Tisch. Sie lag ihr wie ein Zentnergewicht in den Händen.

Er lächelte.

Als er zusah, wie seine Tochter sich mit dem Vorderschaft der Pistole abmühte, wurde er ernst. Er beugte sich vor und nahm ihr die Waffe wieder ab. »Ich werde dir beibringen, sie zu benutzen«, sagte er. Im selben Atemzug händigte er ihr einen Stoß Papiere aus, die zusammengeheftet in einem braunen Umschlag steckten und sich nach einem Stapel Fotos anfühlten.

»Was ist das?«, fragte Maeve.

»Also«, fing ihr Vater zögernd an. »Du hast die Wahl. Heute Abend. Oder auch irgendwann in Zukunft. Oder nie, wenn dir das lieber ist.«

»Die Wahl?«

»Ja.« Er hielt einen Moment inne, als legte er sich erst zurecht, was er ihr als Nächstes sagte, dann beugte er sich zu ihr vor. »Ich weiß, wie schwer begreiflich das für dich sein muss, aber im Krieg war ich ein alter junger Mann. Später einmal wirst du verstehen, was ich damit meine. Jedenfalls, die Papiere, die du da in Händen hältst, das sind Fallnotizen und Ermittlungsmaterial – all die Vernehmungsprotokolle und rechtsmedizinischen Gutachten –

von einem meiner schwierigsten Fälle. 1968. Ein Leutnant, der sechs Monate in Feindesland verbracht hatte, das heißt, im Kampfeinsatz, Schatz, Tag für Tag in wirklich schwierigen Situationen, und in einem Bordell in Saigon erschossen wurde. Es war die erste Nacht seines ersten Fronturlaubs seit seiner Ankunft in Vietnam. Der Junge war gerade mal zweiundzwanzig, also nicht allzu viel älter als du jetzt. Der Mörder benutzte diese Waffe hier und setzte alles daran, dass es nach Selbstmord aussah, was es aber nicht war. Ich dürfte die eigentlich nicht haben, weil sie damals ein Beweisstück vor dem Kriegsgericht war. Aber ich hab sie behalten. Kann nicht mal so genau sagen, wieso ich sie nach Hause geschleppt habe, rechtswidrig sogar, aber ich hab's getan, und da ist sie nun.«

»Und weshalb hat ihn jemand umgebracht?«

»Nun, Schatz, schwer zu sagen, aber ein paar Jungs unter seinem Kommando fürchteten, er brächte sie um Kopf und Kragen. Im Busch war er zu risikofreudig. Kam von West Point, war ehrgeizig und ging unnötige Risiken ein. In den Augen der Männer, die ihn töteten, stellte er eine ernste Bedrohung dar. Sie wollten ihn töten, bevor er sie in den Tod schicken konnte.«

Maeve starrte auf die Pistole. Eine Waffe, mit der jemand getötet worden war, dachte sie, sollte irgendwie gekennzeichnet sein, etwas an sich haben, das einem sagt: Ich weiß, ich bin gefährlich. Ich habe schon einmal jemandem das Leben genommen.

Er schwieg und musterte den Ausdruck in Maeves Gesicht.

»Die Fotos sind ziemlich brutal«, sagte er, »brutal und furchterregend. Eine Menge Blut, und alles in Farbe.«

Sie schwieg eine Minute lang, bevor sie fragte: »Und worin besteht nun meine Wahl?«

»Na ja«, antwortete er. »*Du brauchst nichts davon zu lesen. Und du brauchst dir auch nicht diese Fotos anzusehen. Du kannst mir das alles wieder zurückgeben. Oder auch nicht. Oder du kannst sie dir zu einem späteren Zeitpunkt von mir geben lassen. Oder auch nicht. Du kannst sie aber auch nehmen, dir ansehen und jedes Wort lesen, dann weißt du, was ich damals gemacht habe und wie ich es gemacht habe. Du kannst auch einfach alles vergessen. Die Entscheidung liegt ganz bei dir.«*

Selbst mit dreizehn Jahren begriff Maeve, dass es bei der Entscheidung, vor die er sie stellte, in Wahrheit um etwas anderes ging: Du kannst entweder alles verstehen, was deinen Vater zu dem Menschen gemacht hat, der er ist, all das Gute, all das Schlechte, oder eben nicht.

»Ich behalte sie«, antwortete sie beinahe trotzig. Obwohl ihr klar war, dass sie nur so und nicht anders entscheiden konnte, weder an diesem noch an irgendeinem anderen Abend, machte diese Wahl ihr Angst. Noch in derselben Nacht las sie jedes Wort in der Akte.

Auf dem Rücksitz des Taxis öffnete Maeve ihre Handtasche und zog eine teure schwarze Perücke heraus, dazu einen zerknitterten Hut mit breiter, weicher Krempe – Woodstock 1969 ließ grüßen – und eine Sonnenbrille. Sie nahm ihr rotbraunes Haar – dieselbe Farbe wie bei Sloane, nur kürzer, mit Grau durchsetzt und etwas stumpfer – hoch, setzte sich die Perücke auf und zupfte sie zurecht.

Sie drehte sich zu Sloane um. »Nicht leicht, unter diesem Mummenschanz deine Mutter zu erkennen, oder?«, sagte sie.

Sloane nickte.

»Ich bin mehr als einmal neben dir hergelaufen«, fügte Maeve hinzu.

Sloane lag auf der Zunge: Das glaube ich nicht. Oder: Wieso hast du das getan? Doch sie biss sich auf die Lippen. Die Verwandlung ihrer Mutter war schwindelerregend.

Maeve beugte sich vor und nannte dem Fahrer den Namen eines Hotels.

»Ich bin in Zimmer 222«, flüsterte sie Sloane zu. Dann drückte sie ihrer Tochter eine elektronische Schlüsselkarte in die Hand.

Durch die Plexiglas-Trennscheibe wies sie den Fahrer an: »Halten Sie bitte an der nächsten Kreuzung. Sie steigt aus. Ich fahre noch acht Blocks weiter.«

Der Fahrer nickte. Er schien zu sehr in die orientalische Musik vertieft zu sein, die er über Ohrstöpsel auf seinem Handy hörte, als dass er sich sonderlich für seine Fahrgäste interessiert hätte.

»Also, wenn du zum Hotel kommst, begib dich zu Zimmer 222 und warte dort auf mich«, sagte Maeve zu Sloane. »Sieh zu, dass dir niemand folgt. Ich brauche ungefähr zwanzig Minuten. Wir sehen uns dort. Man weiß nie, wer einen beobachtet.«

Das Taxi fuhr an den Straßenrand, und Sloane stieg aus, nachdem ihre Mutter ihr einmal kräftig die Hand gedrückt hatte. Sie sah dem Taxi hinterher, das sich wieder in den Verkehr einfädelte und verschwand. Einen Moment lang fühlte sie sich wie in einer Traumwelt, einem Paralleluniversum. Sie sah und hörte die Realität ringsum, die belebte Straße, die Fußgänger, die an ihr vorbeieilten, das bunte Treiben der Stadt. Aber irgendwie schwebte sie darüber. Eine hartnäckige Stimme flüsterte ihr ein, ihre Mutter sei eine Halluzination. Eine andere überlegte: Vielleicht sind wir ja alle Gespenster, und ich bin gestorben, als Dr. Kessler seine Waffe auf mich gerichtet hat. Oder Roger hat mich doch auf offener Straße vor meiner Wohnung umgebracht. Ich bin mir nicht mehr ganz sicher. Mit einem tiefen Seufzer senkte Sloane den Kopf und lief zum Eingang des Hotels. Sie sprach mit niemandem im Foyer oder an der Rezeption. Sie vermied den Augenkontakt mit dem Paar, das mit ihr in den Fahrstuhl stieg. Sie fuhr bis zum dritten Stock, stieg aus, versicherte sich, dass niemand im Flur war, fand den Notausgang zum Treppenhaus und begab sich ein Stockwerk tiefer. Zu ihrer Erleichterung begegnete sie auch hier niemandem im Flur. Sie schloss sich in das Zimmer ein und zählte die Minuten. Von Fragen überwältigt, saß sie still da, ohne einen klaren Gedanken fassen zu können. Nach genau zwanzig Minuten stand sie auf.

Sloane trat in den Flur.

Niemand da.

Sie wartete einen Moment, horchte auf Schritte.

Nichts.

Sie blickte nach rechts und nach links.

Kein Mensch.

Sie trat wieder in das Zimmer ihrer Mutter zurück und fragte sich, ob sie vielleicht in das Zimmer eines Fremden geraten war, sodass womöglich jeden Moment ein wütender Gast die Tür aufmachte und sie dort stehen sah. Sloane ging zum Fenster und suchte die Straße ab. Als sie sich umdrehte, bemerkte sie einen Laptop auf einem kleinen Tisch. Sie klappte ihn auf und sah, dass der Bildschirmschoner ein Bild von ihrem Abschlussprojekt an der Uni war.

Es war genau dasselbe Bild, das ihren eigenen Laptop schmückte und in ihrem eigenen Hotelzimmer drei Blocks entfernt auf sie wartete. Eine Sekunde lang kam ihr der Gedanke, ihre Mutter sei in ihr Hotelzimmer eingebrochen und hätte dort ihren Computer entwendet, doch das war nicht nur unwahrscheinlich, sondern unmöglich.

Sloane starrte auf das Bild. Sie wusste noch genau, wie sie es vor drei Monaten mit ihrem Handy aufgenommen und auf ihren Computer übertragen hatte.

Dieses Bild hatte ihre Mutter unmöglich sehen können.

Weil sie tot war.

Nur dass sie in Wahrheit lebte.

Hinter sich hörte sie das Geräusch einer Schlüsselkarte im Schloss.

Sie klappte den Laptop zu und wirbelte genau in dem Moment herum, als ihre Mutter zur Tür hereintrat. Maeve überprüfte, an ihrer Tochter vorbei, blitzschnell, ob noch jemand im Raum war, was Sloane nicht entging. Sie wusste nicht, ob sie ihre Mutter umarmen oder ohrfeigen sollte.

Maeve trug immer noch die Perücke, den Hut und die Sonnenbrille.

»Du hast, wie ich vermute, ein paar Fragen«, bemerkte sie in sachlichem Ton.

Das war der Tropfen, der für Sloane das Fass zum Überlaufen brachte. Wut und Tränen waren stärker als ihre Ratlosigkeit. Doch ihre erste Bemerkung war eiskalt.

»Tu all diese Sachen weg. Jetzt, sofort.«

Ihre Mutter nahm die Verkleidung ab.

»Besser«, sagte Sloane. Sie holte tief Luft und fuhr fort: »Du hast mich verlassen. Ich musste glauben, du wärst tot«, brachte sie mühsam heraus. »Wieso?« Sie fürchtete, wenn sie auch nur ein weiteres Wort sagte, könnte ihr etwas Schreckliches über die Lippen kommen.

Maeve legte den Kopf zurück. Sloane sah ihrer Mutter an, dass auch sie mit einem Ansturm der Gefühle kämpfte.

»Die einfachste Antwort lautet, dass ich hoffte, uns auf diese Weise zu beschützen. Offensichtlich lag ich damit falsch.«

Sie hielt die Hand hoch und zeigte Sloane damit an, dass sie ihr zwar weitere Erklärungen schuldig war, diese aber warten mussten.

»Zuerst einmal muss ich ein paar Dinge wissen.«

»Ich denke«, erwiderte Sloane in grollendem Ton, »ich bin hier diejenige, die die Fragen stellt.«

»Stimmt. Aber zuerst einmal muss ich sichergehen ...«

Sie stockte.

»Mir ist klar, was für ein Schock das für dich ist ...«

»Schock! Mehr hast du dazu nicht zu sagen, Mom?«

Wieder hielten sich Wut und Tränen die Waage.

Ihre Mutter beugte sich vor.

»Der Mann, der dich angeheuert hat ...«

»Der Auftraggeber.«

»Weißt du, wer das ist?«

»Nein, das gehörte zu meinem Job. Herauszufinden, wer er ist ...«

Maeve zuckte heftig zusammen. Sie senkte den Kopf und murmelte: »Na klar, sicher, ich hätte es wissen müssen.« Dann sah sie Sloane mit zusammengekniffenen Augen eindringlich an.

»Was genau wollte er von dir?«

»Ein Denkmal.«

»Ein Denkmal? Du meinst, so etwas wie ein Ausstellungsstück oder eine Statue oder so?«

»Ja. Er hat mein Abschlussprojekt an der Uni gesehen ...«

»Natürlich ...«, antwortete ihre Mutter mit zusammengebissenen Zähnen.

»... für sechs Personen«, fuhr Sloane fort. »Die Menschen, die ihm, wie er sagt, im Leben weitergeholfen haben. Aber ...«

»Aber was?«

»Die sechs Personen auf seiner Liste waren in Wirklichkeit keine bewundernswerten Menschen. Ich meine, ich weiß bis heute nicht, wie auch nur einer dieser Leute von besonderer Hilfe gewesen sein sollte, erst recht in Bezug auf den Auftraggeber. Das war mit Händen zu greifen. Ein paar von ihnen ... ein paar waren richtig grausam. Bösartig. Hart. Ein paar waren Opfer. Einige haben andere drangsaliert, es sind Kriminelle darunter. Ich sehe einfach nicht, womit sich diese Leute ein Denkmal verdient hätten. Wie soll ich sagen, sie ...«

Maeve nickte. »Kannst du mir die Liste zeigen?«

Sloane zuckte mit den Achseln und holte das Handy heraus. Darauf hatte sie die Liste gespeichert.

»Nein, benutz das nicht«, sagte Maeve.

Dann lächelte sie. »Ich klinge ein bisschen paranoid, oder?«

»Ja.«

»Aus triftigem Grund«, sagte sie beinahe kalt. »Hast du die Namen auf der Liste vielleicht im Kopf?«

»Sloane nickte. Sie notierte sie auf dem Schreibpapier des Hotels und reichte ihrer Mutter das Blatt.

Maeve starrte darauf.

»Da fehlt noch ein Name auf der Liste«, sagte sie.

»Wessen Name?«

»Meiner.«

WAS MAEVE AN DEM TAG ERFUHR,
AN DEM SIE ERWACHSEN WERDEN MUSSTE

Maeve war achtzehn, und sie und ihr Vater waren dabei, das Gepäck in seinen Kombi zu verfrachten, um zu ihrer Universität zu fahren, als das Telefon klingelte. Ihr Vater schleppte gerade einen Karton mit ihren Schallplatten, einem Lautsprecherpaar, ihrem altmodischen Tuner-Verstärker und dem Plattenspieler zuoberst, während er mit dem Fuß die Fliegengittertür aufhielt, und so rief er ihr zu, sie solle rangehen. Sie griff zu einem Telefon im Flur, und er lief unterdessen zum Wagen.

»Hallo?«

»Hallo. Mein Name ist Walter Richards. Ich bin Reporter bei der Washington Post. *Ich hätte gerne mit dem ehemaligen Captain der U. S. Army Liam O'Connor gesprochen. Ist er da?«*

»Ja«, sagte Maeve. »Ich hol ihn an den Apparat.«

»Dad!«, rief sie. »Da ist jemand von einer Zeitung am Telefon, der dich sprechen will!«

Dann sagte sie zu dem Anrufer: »Warten Sie einen Augenblick.«

Ihr Vater kehrte zur Haustür zurück. Er wirkte erschrocken. Sein Gesicht war bleich, als sei ihm plötzlich übel. So hatte sie ihn noch nie gesehen.

»Ein Reporter?«

»Von der Washington Post.*«*

»Leg auf«, sagte er schroff und schüttelte sofort den Kopf. »Nein, nein, schon gut. Ich geh in meinem Arbeitszimmer ran. Leg du auf, sobald ich in der Leitung bin.«

Maeve hatte genickt.

Er ging an ihr vorbei in sein Arbeitszimmer und zog hastig die Tür hinter sich zu.

Sie hörte seine Stimme in der Leitung.

»Liam O'Connor«, meldete er sich.

»Captain O'Connor?«

»Ja. Früher einmal. Lange her. Ich bin im Ruhestand.«
Dann fügte er hinzu: »Maeve, Liebes, du kannst jetzt auflegen.«
Was sie nicht tat.
Stattdessen hörte sie mit. Sie hörte, wie sich der Reporter vorstellte und diesmal hinzufügte, er sei für investigative Reportagen zuständig.
»Verstehe«, sagte ihr Vater. »Worum geht's?«
»Um einen Fall, mit dem Sie während des Vietnamkriegs betraut waren.«
»Ich habe viele Fälle bearbeitet. Das ist eine Ewigkeit her. Ich werde mich wohl kaum an irgendwelche Einzelheiten erinnern ...«
Diese Ausrede klang lahm. Maeve wusste, dass ihr Vater zu seinen Ermittlungen im Lauf all der Jahre umfangreiche Unterlagen und eigene Notizen aufbewahrt hatte, weil Maeve sie selbst gelesen hatte. Und wenn er nicht gerade getrunken hatte, erinnerte er sich noch genau, denn sie hatte ihm viele Fragen gestellt. Daraufhin hatte er verkündet, eines Tages wolle er ein Buch darüber schreiben, doch irgendwie war es nie dazu gekommen. Zu viel Johnny Walker. Sie lauschte weiter.
»Sie waren der leitende Ermittler bei einem Vorfall im Juli 1967 in der Provinz Quang Tri. Er betrifft den Alpha-Platoon der Delta Kompanie, 101erster Luftlandetrupp. Erinnern Sie sich an diesen Vorfall?«, fragte der Reporter in einem Ton, der deutlich machte, dass er die Antwort bereits wusste.
Ihr Vater schwieg.
»Nein«, sagte er nach einer Weile linkisch. »Ich glaube nicht.«
Sie wusste, dass er log.
»Den Militärakten nach waren Sie jedenfalls der zuständige Ermittler«, beharrte der Reporter. Es klang wie der Anfang eines Kreuzverhörs.
»Hören Sie. Tut mir leid, aber es passt gerade nicht. Ich bin auf dem Sprung, ich muss meine Tochter zum College fahren.«
Der Reporter hatte sich jedoch nicht abschütteln lassen.
»Bei dem Vorfall kamen siebzehn unbewaffnete Zivilisten ums

Leben. Sechs Mitglieder des besagten Platoon wurden des Mordes angeklagt. Nach Aktenlage ging die Initiative zu einem Mordprozess von Ihnen aus. Aber wenige Wochen, bevor sich die Tatverdächtigen in einem Kriegsverfahren verantworten sollten, wurden die Anklagen fallen gelassen. Über diesen Fall arbeite ich an einem Artikel ...«
»Das ist alles so lange her«, sagte ihr Vater. »Ich kann mich wirklich nicht an Einzelheiten erinnern.«
Maeve wurde bei seinen Worten eiskalt, denn sie ertappte ihn bei einer zweiten Lüge.
»Beweismaterial ging verloren. Zeugenaussagen wurden widerrufen, der Stoppelhopser, der die sechs Männer seines Platoon den Vorgesetzten meldete, kam unter fragwürdigen Umständen ums Leben. Erinnern Sie sich an diesen Fall?«
Sie hörte, wie ihr Vater hüstelte.
»Haben Sie gedient, Mister ...«
»Richards. Walter Richards. Und ja, habe ich. Bei den Marines. Ich war in Hue.«
»Okay«, erwiderte ihr Vater. »Dann will ich Ihnen den ›Stoppelhopser‹ für den Infanteristen durchgehen lassen. Sonst ...« *Er brachte den Satz nicht zu Ende.*
»Erinnern Sie sich an diesen Vorfall und die Ermittlungen?«, wiederholte der Reporter seine Frage.
Es trat Stille ein.
Maeve hörte den Atem ihres Vaters. Er keuchte wie ein Raucher nach einem Gewaltmarsch. Maeve wartete.
Endlich eine Antwort:
»Ja. Wie könnte irgendjemand das alles vergessen?«
Maeve wusste, dass er diesmal die Wahrheit sagte.
»Ich hätte da eine Menge Fragen«, sagte der Reporter.
»Zweifellos.«
»Ich würde gerne zu Ihnen kommen. Ein Interview mit Ihnen führen. Es sei denn, Sie würden meine Fragen lieber jetzt am Telefon beantworten.«

»Nein. Ich möchte meine Tochter zum College bringen. Wie ich bereits sagte. Wir waren gerade dabei, den Wagen zu bepacken. Wir müssen in ein paar Minuten los.«
»Also, dann morgen. Oder übermorgen.«
»Nein. Hören Sie, wie wär's mit nächster Woche? Ende nächster Woche. Freitag? Würde Ihnen das passen? Dann stehe ich Ihnen zur Verfügung.«
»Ich muss einen Artikel schreiben.«
»Der Fall wartet schon seit vielen Jahren«, hielt ihr Vater dagegen. »Da kommt es auf ein paar Tage mehr gewiss nicht an?«
»Sicher«, räumte der Reporter ein. »Aber ...«
Ihr Vater fiel ihm ins Wort. »Wenn Sie erfahren wollen, was bei dem Fall damals passiert ist, also, ich bin der Mann, der es weiß. Alles. Aber Ende nächster Woche.«
»Freitag. Okay. Ich werde da sein«, sagte der Reporter.
Maeve legte fast im selben Moment wie ihr Vater auf. Sie eilte nach draußen und machte sich hektisch daran, Koffer im Heck des Kombis zu verstauen. Als ihr Vater in der Tür erschien, kehrte sie ihm den Rücken.
Ihre erste Frage war eine Lüge.
»Hey, Dad, ein Reporter aus Washington! Cool. Was wollte er von dir?«
»Ach, nichts«, sagte er in aufgesetzt beiläufigem Ton. »Der Bursche will sich mit mir über einen alten Fall aus dem Krieg unterhalten. So wie die Fälle, die ich dir gezeigt habe. Mehr oder weniger dasselbe. Zeugen und Beweise und Aussagen, so was in der Art. Keine große Sache. Ich hab ihn für einige Tage vertröstet. Können wir dann los? Wo ist dein dicker Wintermantel? Und diese komischen Gummistiefel, die du immer trägst, wenn es schneit. Ich meine, jetzt ist es schön, aber bald wird's ungemütlich, und vergiss nicht, es geht in den Norden von Vermont. Da kommt der Winter schnell und bleibt lange.«
Sie rang sich ein falsches Lächeln ab. »Alle meine Wintersachen hab ich oben gelassen. Ich dachte, du spendierst mir vielleicht in

ein paar Wochen eine Fahrt nach Hause, und wenn ich dich besuche, nehme ich die Sachen auf dem Rückweg mit ...«
»Besser, du nimmst jetzt schon mal alles mit, was du brauchst, nur für den Fall, dass es mit dem Besuch nicht klappt.«
Maeve lachte wieder, nur dass sie sich mit jedem Lachen schlimmer fühlte. »Okay, ich hol sie«, sagte sie.
Sie rannte die Treppe hoch, holte ihren Wintermantel und die Stiefel, die sie erst in zwei Monaten brauchen würde, und brach in Tränen aus. Zum ersten Mal hatte sie ihren Vater bei einer Lüge ertappt. Der Anfall von Verzweiflung ging vorüber, sie rannte ins Bad, spritzte sich Wasser ins Gesicht und trocknete sich die Augen ab, um die Spuren ihres Kummers zu tilgen.
Ihr Vater rief von unten nach ihr. »Hey, Maeve, Schätzchen, wo bleibst du? Wir müssen los!« Und dann ein Witz: »Hochschulausbildung und unnützes Wissen warten auf dich!«
Sie schnappte sich ihre Wintersachen und spähte über das Treppengeländer nach unten.
Dort stand ihr Vater mit einer großen braunen Aktenmappe in der Hand, nicht viel anders als die vielen, die er ihr seit der ersten Akte, als sie dreizehn war, gezeigt und über die sie ausführlich gesprochen hatten.
»Hier«, sagte er und schob ihr die Akte hin. »Dazu hat er angerufen. Das ist die einzige, die ich dir niemals zeigen wollte.«
Ihr Vater zögerte. »Du kannst sie lesen. Du solltest sie lesen, wenn du Zeit hast. Ich meine, nicht heute Abend und auch nicht morgen. Vielleicht, wenn du dich am College eingewöhnt hast und dir ein bisschen Luft bleibt ...« Wieder lächelte er. »Zum Beispiel an einem Samstagabend, wenn du gerade mal kein Date hast.« Auch das sollte ein Witz sein. »Genauer gesagt«, fügte er hinzu. »Geh am besten zu gar keinen Dates. Damit sich dein alter Herr besser dabei fühlt, dich ziehen zu lassen ...«
Darüber lachten sie beide, wenn auch gequält.
»Jedenfalls, wenn du die Akte gelesen hast, wirf das alles weg.« Er verzog das Gesicht zu einem traurigen Lächeln. »Ich hab das lie-

ber nicht im Haus, wenn dieser Reporter nächste Woche hier auftaucht. Ich meine, wahrscheinlich hat er von sämtlichen Unterlagen Kopien, außer von meinen persönlichen Notizen, aber ich will ihm die Arbeit nicht leichter machen. Andererseits will ich ihn auch nicht belügen. Wenn er mich fragt, ob ich irgendwelche Dokumente dazu dahabe, kann ich jetzt sagen: ›Nope. Tut mir leid.‹ Und es ist nicht mal ganz gelogen, oder?«
Maeve nahm die Mappe.
In beinahe wehmütigem Ton sagte er: »Ich bin nicht stolz darauf.«
Sie stopfte die Akte zusammen mit dem Fehlverhalten ihres Vaters in einen Koffer, der vor lauter Kleidungsstücken bereits aus allen Nähten platzte. Maeve betrachtete ihren Vater, als er auf der Fahrerseite einstieg. Er wirkte kleiner. Alles, was an ihm so stark und fest gewesen war, erschien ihr plötzlich geschwächt. Wie ein Tau, das vor ihren Augen ausfranst. Zuerst fragte sie ihn stumm: Was hast du vor Jahren getan, sodass Männer, die getötet hatten, davonkamen? Und dann traf sie die Erkenntnis wie ein Schock: Man kann seiner Vergangenheit nicht entkommen, sosehr man es auch versucht.
Dieser Gedanke wurde bekräftigt, als ihr Vater seine Verabredung mit dem Reporter von der Washington Post nicht einhielt. Er hatte die Woche mit seinen geliebten Hunden verbracht und sie den ganzen Tag über, von frühmorgens bis zum Sonnenuntergang, intensiv trainiert. Jeden Abend rief er dann bei ihr an, einfach nur, um zu plaudern, ohne irgendetwas von Belang zu sagen, außer ich liebe dich. Sobald ihr Gespräch beendet war, hängte er sich stundenlang ans Telefon, um für jeden der neun einjährigen Hunde eine geeignete Jäger-Familie zu finden. Wenn dann ein schicker Mercedes vorfuhr, wartete er draußen, bis das Tier auf dem Rücksitz war, oder im Falle eines alten Pick-ups auf der Ladefläche, aber, wie Maeve später erfuhr, ließ er sich nur auf Leute ein, die er kannte und von denen er wusste, dass sie sich genauso gut um die Hunde kümmern würden wie er. Eigentlich

war jedes der abgerichteten Tiere mehrere Tausend Dollar wert, doch er verschenkte sie alle. Als am Abend vor dem Tag, an dem der Mann mit den harten Fragen kommen sollte, der letzte Junghund auf der langen Einfahrt verschwunden war, lief Liam O'Connor am frühen Morgen auf eine Wiese hinter ihrem Farmhaus, und als ihm die erste Sonne in die Augen schien, erschoss er sich mit der alten .45er. Mit der freien Hand drückte er sich ein Foto von Maeve an die Brust.

Sloane fühlte sich zwischen Gegenwart und Vergangenheit hin- und hergeworfen. Ihr schwirrten zig Fragen durch den Kopf, doch sie schob alle beiseite, um die wichtigste zu stellen: »Du weißt, wer der Auftraggeber ist? Und Patrick?«, fragte sie energisch.

»Wer ist Patrick?«

»Patrick Tempter, der Anwalt des Auftraggebers.«

»Interessanter Name. Nein, den kenne ich nicht. Aber den Mann, den du als den Auftraggeber bezeichnest …«

»Den kennst du?«

»Ja und nein. Ich weiß, wer er ist, das heißt, ich wusste zumindest, wer er einmal war. Ich bezweifle, dass er immer noch den Namen trägt, unter dem ich ihn kannte.«

Es schien, als schauderte Maeve bei der Erinnerung.

»Ja, und?« Sloanes Stimme klang in ihren Ohren fast eine Oktave höher. Wut und Empörung drängten mit Macht an die Oberfläche. Sie hatte das Gefühl, sich an sturmgepeitschte Gewitterwolken zu klammern.

»Ich kenne ihn, weil er seit vielen Jahren versucht, mich umzubringen.« Als Maeve mit der Antwort herausplatzte, straffte sie den Rücken und stand plötzlich so aufrecht und beinahe stolz vor ihrer Tochter, als wollte sie damit sagen: Aber es ist ihm nicht gelungen.

KAPITEL 22

Schweigen. Nach dieser Reaktion schien bei Maeve wieder die Angst zu siegen. Ihr Blick huschte nervös im Hotelzimmer hin und her, als rechnete sie jeden Moment damit, dass jemand aus einem Schrank, hinter dem Duschvorhang oder dem Bett hervorkam. Sie sagte hastig: »Wir müssen hier raus. Sofort.« Sie griff schon nach der Perücke und der Sonnenbrille und hielt inne.

»Versucht, dich umzubringen? Ich verstehe rein gar nichts. Wieso?«

Ihre Mutter wich ihrem Blick aus und hob schließlich den Kopf zur Decke, als koste es sie die größte Überwindung, Sloanes Frage zu beantworten. Schließlich begann Maeve: »Vor vielen Jahren ...«

Sie stockte.

Sloane warf gereizt ein: »Schon gut. Wie wär's damit: Wieso hast du mich verlassen? Wieso hast du deinen Selbstmord vorgetäuscht? Wieso hast du mich in dem Glauben gelassen, du wärst tot?«

»Mir blieb nichts anderes übrig«, entgegnete Maeve mit Nachdruck. »Ich habe eine Menge Erfahrung darin, am Leben zu bleiben«, fügte sie hinzu. »Jahrelange Erfahrung. Du fängst damit gerade erst an.«

Wieder herrschte Schweigen.

Nach einer Weile sagte Maeve: »Dann will ich dir eine Geschichte erzählen, die Geschichte, die ich dir im Lauf der letzten Jahre schon hundert Mal erzählen wollte. Aber dann doch nicht über die Lippen brachte. Ich hasse diese Geschichte. Man könnte auch sagen, ich hasse mich dafür, sie gelebt zu haben.«

»Und was du mir erzählen willst, ist die Wahrheit?«, fragte

Sloane bitter. Sie sollte, dachte Sloane in diesem Moment, ein Blatt Papier vor sich haben und es in zwei Spalten aufteilen, die eine mit der Überschrift WAHRHEITEN und die andere für die LÜGEN. Welche würde wohl länger werden?

»Ja.«

Also gut, dachte Sloane, etwas für die linke Spalte.

»Als vor vielen Jahren dein Großvater starb …«

Maeve stockte. Schüttelte den Kopf. Fing noch einmal an:

»Als sich dein Großvater, den du nie kennengelernt hast, das Leben nahm …«

MAEVES ERSTER FEHLER UND WOZU ER FÜHRTE

Am Tag der Trauerfeier schüttete es. Eine ländliche Gegend in Maine. Oktoberkälte lag in der Luft, und der triste graue Himmel war ein Vorbote des Wintereinbruchs. Seit Liam O'Connors Selbstmord waren Wochen vergangen, in denen die Polizei langsam das Offensichtliche amtlich machte. Die Feier war spärlich besucht. Ein paar ehemalige Militärs, die sagten, sie seien während des Kriegs mit ihrem Vater befreundet gewesen, auch wenn Maeve ihnen bis dahin nie begegnet war und noch nie ihren Namen gehört hatte. Einer von ihnen trug einen alten abgewetzten Kampfanzug und Dschungelstiefel, und sein Blick schien ins Leere zu gehen. Auch ein paar Nachbarn kamen vorbei. Sie sah die alten Conroys. Er trug es mit Fassung, während sie in Tränen aufgelöst war. Ein paar betuchte, gut gekleidete Ehepaare, die von ihrem Vater ausgebildete Jagdhunde bekommen hatten, saßen verstreut in den hinteren Bänken. Die überschaubare Zahl der Trauergäste machte Maeve unmissverständlich klar, dass sie ganz allein auf der Welt war.

Was Maeve in Erinnerung blieb: Die Flagge auf dem Sarg – sie war an den Kanten ausgefranst. Sie spürte noch immer den harten Holzsitz und dass es ihr war, als grübe er sich in ihren Kummer.

Sie kehrte, so schnell sie konnte, an ihr College zurück.
Sie erzählte niemandem – keinen Freunden, keinem Dozenten, keinem Therapeuten, keinem psychologischen Berater, keinem Fremden, mit dem sich ihr Weg auf dem Campus kreuzte –, was passiert war. Wie ein Darsteller auf einer Bühne in einer schwierigen Rolle behielt sie für sich, wie sich ihr Leben verändert hatte. Sie studierte. Stürzte sich in die Arbeit. Wusste, wie sehr ihr Vater sich das gewünscht hatte. Ihr Hauptfach war Psychopathologie – dabei war sie sich darüber im Klaren, dass sie mit jedem Buch, das sie aufschlug, mit jeder Hausarbeit, die sie schrieb, jeder Vorlesung, die sie besuchte, den Versuch unternahm, den Tod ihres Vaters zu begreifen. Immer lauerte die Frage dahinter: Wieso hat er sich das Leben genommen, wenn er mich liebte? *Sie las Wissenschaftler wie Durkheim und Memoirenschreiber wie A. Alvarez. Sie verschlang Camus und Sartre und andere Existenzialisten, die sich mit Selbstmord auseinandersetzten. Den Abschnitt über »Selbst-Mord« in Whitbournes und Halgins Standardwerk zur Klinischen Psychologie konnte sie fast auswendig herunterspulen. Sie ging es genauso an wie einst ihr Vater Verbrechen beim Militär: verbissen. Hartnäckig. Systematisch.*
Der Reporter von der Post *rief bei ihr an und wollte wissen, ob sie irgendwelche Informationen über die berufliche Arbeit ihres toten Vaters habe. Sie sagte Nein und legte auf. Sein Artikel erschien und löste einen Skandal aus, der jedoch schnell durch andere Skandale, die in Washington kommen und gehen, abgelöst wurde.*
Maeve führte ein gespaltenes Leben.
Wenn sie sich nicht in der Bibliothek zwischen Bücherstapeln verschanzte, wurde sie leichtsinnig und ignorierte alles, was sie über Depressionen und die Kurzschlusshandlungen gelernt hatte, zu denen sie führen konnten. Sie sagte sich: Sechs Trauerphasen? Scheiß drauf. Sie war ein wandelnder Widerspruch: An den Wochentagen studierte sie mit Fleiß das Wie und Warum menschlicher Verhaltensweisen, brachte es zu glanzvollen Noten; die Samstagabende waren für spontane wilde Trinkgelage reserviert,

für Experimente mit einer Reihe von Drogen, die auf dem Campus kursierten, und mit zügellosem, freudlosem Sex. Sonntagmittag ging es dann wieder in die Bibliothek zurück, ohne einen Gedanken an den zurückgelassenen Partner zu verschwenden. Einmal zählte sie die verflossenen Partner ab, von denen sie nur den Vornamen kannte, und hörte mit dem Zählen auf, als ihr bewusst wurde, dass sie von einer ganzen Reihe überhaupt keinen Namen mehr kannte.
Jede Menge Gefahr.
Jede Menge Risiko.
Wenig Befriedigung.
Die Erkenntnis brachte sie zur Besinnung.
Und so hörte sie eines Morgens ganz damit auf.
Keine Drogen mehr. Kein Alkohol mehr. Keine Jungen oder Mädchen mehr. Überhaupt kein Sex mehr. Sie warf ihre Anti-Baby-Pillen weg, ebenso ihr Haschisch, Marihuana und die eine oder andere Amphetamintablette und leerte sämtliche Flaschen Alkohol in den Ausguss. Nach dieser puritanischen Läuterung bewarb sie sich für Masterprogramme und zog nach Kalifornien. Sie glaubte, sich den Weg zu einem neuen, erfolgreichen Leben zu bahnen, frei nach Horace Greeleys wahrscheinlich fiktionalem Aufruf in den 1850er-Jahren: »Go West, Young Man!« Dies fiel unter die Rubrik »Neubeginn«. Als sie es so weit geschafft hatte, redete sie sich ein, glücklich zu sein. Sie arbeitete gewissenhaft. Machte sich allmählich in akademischen Kreisen einen Namen. Sie bewohnte ein kleines, schäbig möbliertes Apartment außerhalb des Campus, obwohl sie sich Besseres hätte leisten können, zog, zusätzlich zu ihren bescheidenen Bezügen, ein Stipendium für ihr Masterstudium an Land. Damit nicht genug, verfügte sie noch über ein stattliches Grundeigentum, Aktieninvestments in Hightech-Firmen, deren Wert gerade explodierte, und bezog eine Veteranenpension, alles aus väterlichem Erbe.
Ihre Routine war für sie maßgeschneidert und ließ für keine andere Person in ihrem Leben Platz. Sie war ganz die Tochter ihres

Vaters, von dem sie, nicht zuletzt durch die Dokumente, die sich ihr ins Gedächtnis eingebrannt hatten, viel gelernt hatte, und sie verbrachte alle verfügbare Zeit damit, ihre Kenntnisse auf dem eigenen Spezialgebiet zu perfektionieren. Dabei wechselte sie tagtäglich zwischen unterschiedlichen Pathologien: War es an einem Morgen Pädophilie, so nahm sie sich am nächsten Nachmittag Zwangsneurosen vor; am Abend drehte sich alles um narzisstische Persönlichkeitsprofile, an einem Montag um paranoide Schizophrenie; dienstags stand frontotemporale Demenz auf dem Stundenplan, mittwochs affektive Störungen, und so ging es die ganze Woche durch. Sie studierte Mörder und Betrüger, Depressionen und Autismus. Die ganze Bandbreite an psychischen Leiden füllte ihr Leben in einem Maße aus, dass ihr keine Zeit blieb, sich über ihre Einsamkeit Sorgen zu machen.
Und dann lernte sie jemanden kennen.

»Es war ganz und gar Zufall. So etwas wie ein Hollywood-Moment. Ich saß in einem Coffeeshop und ließ ein Buch und ein paar lose Blätter fallen. Er half mir dabei, alles wieder einzusammeln. Er sah die Überschrift auf einem Forschungspapier, an dem ich gerade arbeitete – Probleme beim Erkennen verdrängter Missbrauchserfahrungen bei Insassen von Hochsicherheitsgefängnissen –, und sagte: ›Das klingt interessant. Einer der Algorithmen, an denen ich gerade arbeite, bietet Anwendungsmöglichkeiten bei der Identifizierung krimineller Neigungen und potenzieller Verbrechen ...‹ Und so fragte ich ihn danach, wir setzten uns zusammen, tranken unseren Kaffee und unterhielten uns. Mir kam es nicht in den Sinn, dass daraus mehr werden könnte, aber am Ende bat er mich um meine Telefonnummer und fragte, ob ich Lust hätte, mal mit ihm essen zu gehen. Oder ins Kino. Es klang so alltäglich, so normal.«

Maeve schwieg einen Moment, bevor sie hinzufügte: »Ich hätte ihm nicht meine Nummer geben sollen.«

Sie stockte wieder, fing noch einmal an.

»Ich hätte nicht rangehen sollen, als er anrief.«

Sie stockte, sprach dann weiter.

»Das war Kalifornien. Alles war für mich so neu. Die Sonne schien, es war warm. Mein toter Vater in Maine, die eisige Kälte, die guten und die schlechten Erinnerungen, das alles trat in weite Ferne. Es kam mir so harmlos vor, so sicher, ein Moment, der mir zu sagen schien: Die Welt hat dich wieder, Maeve. Bei unserem ersten Date sahen wir uns in einem Retro-Programm Arthur Penns Bonnie und Clyde an. Warren Beatty und Faye Dunaway. Es ging um Liebe und Gewalt, beides im Extrem. Er war ein Gentleman. Und er war brillant. Klug. Witzig. Scharfsinnig. Und er sah gut aus. Wir tranken wieder Kaffee und setzten unsere Unterhaltung fort. Danach fuhr er mich nach Hause, brachte mich bis an die Haustür, schüttelte mir die Hand und fragte mich, ob wir uns wiedersehen könnten. In einer Phase in meinem Leben, in der ich mich nach nichts so sehr sehnte wie nach Normalität, fühlte sich das wunderbar an.«

Maeve stockte. Nahm ihren Faden wieder auf. Fing an zu stammeln, wie peinlich berührt.

»Ich konnte es ja nicht ahnen. Woher hätte ich wissen sollen … Aber ich …«

Sie stockte. Nahm einen neuen Anlauf.

»Als ich sagte: ›Ja, ruf mich an‹, änderte es alles, von dem Tag an.«

MAEVES ZWEITER FEHLER UND WOZU ER FÜHRTE

Maeve erfuhr schon bald, dass Will – die Kurzform von Wilfred, gelegentlich auch liebevoll Willy genannt – Crowder, der Dritte, einer alten wohlhabenden Familie entstammte und emsig damit beschäftigt war, das viele alte Geld durch noch mehr neues zu mehren. In einem südlichen Kalifornien, das von Start-ups, Innovation und den neuesten Technologien nur so strotzte, hatte er sich der Wissenschaft des Unmöglichen verschrieben. Für Maeve war er das ganze Gegenteil von ihr. War sie verkrampft und angespannt, wirkte er locker mit seinem federnden Gang. Wenn er sprach, sprudelte er, seine Wortwahl war blumig, sein Ton begeistert, ihm entging keine Komik, er konnte herzhaft lachen und kam über diese seltsame, unglaubliche Welt nicht aus dem Staunen. Wo ein Tempolimit angezeigt war, fuhr er zu schnell. Kreiste ihr Leben um die Erforschung anomaler Verhaltensweisen, schien er unablässig seine Grenzen auszureizen. Er war ein junger Mann, der ohne die Einschränkungen durch normale, alltägliche Verpflichtungen seine Ziele immer nur höher und weiter zu stecken schien. Das machte ihr Angst und zog sie gleichzeitig unwiderstehlich an. Nach ihrer ersten Begegnung und nach jedem Date mahnte sie sich stets, lieber die Finger von ihm zu lassen. Sechs Mal missachtete sie ihren eigenen Rat. Wie von einem Magneten fühlte sie sich zu ihm hingezogen.

Und so …

Das siebte Date: ein vornehmes Dinner, zu viel Wein. Zu viel gelacht. Vertraut. Ungezwungen. Entspannt. Eine Berührung ihrer Hand. Ein Streicheln am Unterarm. Ein Arm um ihre Schulter. Seine Hand in ihrem Haar. Viel zu viel Wein, unsicher auf den Beinen, sodass sie einander hielten, abgehoben, schwebend, als sei die Welt ein Song, den nur sie beide hören konnten.

Sie konnte sich hinterher nicht mehr erinnern, was genau er gesagt oder getan hatte, sodass der Abend in einer langen leidenschaftlichen Nacht in seiner Wohnung endete. Es schien sich schlicht ganz natürlich zu ergeben. Sie war aus den Angeln gehoben. Offen. Begierig. Atmete schwer. Sie ertasteten, erforschten einander. Zungen und Berührungen. Heftig und zärtlich. All ihre selbst auferlegte Enthaltsamkeit war dahin, als sie sich an ihn klammerte und in ihrem benebelten Kopf der Wunsch nach mehr und immer mehr über jeden anderen Gedanken siegte. Ihre Strenge gegen sich selbst zerfloss. Eine Tür ging auf. Ein Sprung. Ein Schritt von einer Klippe. Waghalsig. Wunderbar. Es

machte ihr Angst, und sie ließ sich mit Haut und Haaren darauf ein.
Sie liebten sich in der Dunkelheit. Einmal. Zweimal. Dreimal, bis zur Erschöpfung. Als sie im ersten Morgengrauen erwachte, sah sie ihn zum ersten Mal nackt. Er schlief neben ihr. Erst da bemerkte sie die Nadelspuren an seinem Arm.
Unmöglich, sagte sie sich.
Sie sah genauer hin.
Rote Punkte in seiner hellen Haut.
Narben.
Nicht viele.
Eine leicht infizierte Stelle.
Aber ...
... unverkennbar.
Ihr erster Gedanke: Wecke ihn auf. Stelle ihn zur Rede. »Was ist das da?«
Doch sie tat es nicht.
Stattdessen war Maeve leise aufgestanden. An eine Kommode im Schlafzimmer getreten, obwohl sie dachte: viel zu offensichtlich. War es nicht. Sie öffnete die oberste Schublade und sah zwischen Socken und Unterwäsche ein Stauband aus Gummi sowie ein Behältnis mit Spritze, gebogenem Löffel, Butanfeuerzeug und einem kleinen Pergaminbriefchen mit weißem Pulver, ein zweites mit braunem. Außerdem fand sich darin ein Tütchen mit Pillen und ein zweites mit einer Unze Marihuana. Sie streckte die Hand nach der Nadel aus, zog sie aber zurück. Sie drehte sich zu der schlafenden Gestalt im Bett hinter ihr um. In ihrem Kopf schrillte eine Kakofonie widerstreitender Gedanken, die letztlich auf eins hinausliefen: Und ich dachte, ich kenne dich.
Die schreckliche Vorhersagbarkeit war wie eine eiskalte Dusche. Möglichst lautlos sammelte sie ihre Kleider dort vom Boden auf, wo sie in der Nacht gefallen waren, und huschte aus dem Schlafzimmer, um sich im Wohnzimmer anzuziehen und aus dem Haus zu kommen, bevor sie in Tränen ausbrach.

Nackt zog sie die Tür sachte hinter sich zu, ohne sich noch einmal zu Will umzusehen, dem fremden Mann, der ihr binnen wenigen Wochen ganz und gar vertraut erschienen und binnen wenigen Sekunden wieder gänzlich fremd geworden war.
Da plötzlich hörte Maeve eine Stimme.
»Hure.«

Anfänglich genervt, dann mit zunehmender Faszination hatte Sloane sich angehört, wie sich ihre Mutter in einer unheilvollen Beziehung verfangen hatte, und was sie da erfuhr, passte so gar nicht zu der Frau, die sie kannte. Sie fühlte sich wie jemand, der sein ganzes Leben lang farbenblind gewesen war und plötzlich, wie durch ein Wunder, sämtliche Regenbogenfarben auf einmal sieht. Und darüber staunt, was Blau bedeutet oder wie sich Rot anfühlt.

Ihr lagen zig Fragen auf der Zunge.

Sie hielt sie alle zurück.

»So hatte mich noch nie jemand genannt«, sagte Maeve leise. »Es tat weh. Ich drehte mich zu der Stimme um – es war ein Mann, etwas älter als Will. Er starrte mich an, aber nicht etwa, um meine Brüste zu begaffen oder meinen Schritt oder sich an der Vorstellung aufzugeilen, was Will und ich gerade miteinander getan hatten. Es war Wut. Und zwar die schlimmste Art von Wut, unter eisiger Selbstkontrolle in kleinen Dosen freigesetzt. So wie man dieses quietschende Geräusch erzeugen kann, indem man nach und nach die Luft aus einem Ballon entweichen lässt.

Maeve schwieg.

»Sloane, Liebling, hast du schon einmal in die Augen eines Mannes geblickt und darin nichts als Wut gesehen?«

Sloane schüttelte den Kopf, obwohl sie dabei an Roger dachte.

Maeves Stimme zitterte ein wenig.

»Das habe ich in dem Moment gesehen. Aber dann sah ich noch etwas Schlimmeres. Mein Vater – dein Großvater – hätte es auch auf Anhieb erkannt.«

Maeve brauchte eine kurze Pause.

»Ich weiß auch nicht, wie. Oder warum. Nicht einmal, was genau es war. Das lange Studium. All die Lehrbücher. Die unzähligen Stunden in der Bibliothek. Im Seminarraum. Im Hörsaal. Und dann die Praktika. Und das alles, nachdem ich seit meinem dreizehnten Lebensjahr all diese Akten gelesen hatte, die dein Großvater mir gegeben hatte, ganz zu schweigen von den vielen Gesprächen über die Jahre: ›Wieso hast du dies getan?‹, ›Wie kamst du auf den Verdacht?‹, ›Wie hast du dieses Rätsel geknackt?‹ Ich weiß auch nicht, aber es kam mir fast so vor, als ob er mir ins Ohr brüllte: ›Was siehst du, Maeve?‹«

Sloane schwieg.

»Die meisten Menschen hätten nur die Wut gesehen. Die war mit Händen zu greifen.«

Sloane äußerte sich immer noch nicht.

»Aber ich sah darin den Tod.«

ZWEI WOCHEN SPÄTER, ALS MAEVE AUS IHREM SEMINARGEBÄUDE KAM

Nach diesem einen Wort sagte er nichts weiter.
Und sie antwortete nicht.
Mit hochrotem Gesicht, unter seinem gnadenlosen Blick, zog sie sich an, obwohl sie sich in seiner Gegenwart auch bekleidet immer noch nackt vorkam.
Sie hatte das Bedürfnis, irgendetwas zu entgegnen, doch ihr fiel nichts ein. Sie wollte einfach nur so schnell wie möglich raus. In Jeans und BH – Pullover und Schuhe in der Hand – rannte sie aus der Wohnung. Erst unten im Eingangsbereich schlüpfte sie in den Pullover, und erst draußen auf der Straße hielt sie einen Moment an, um in die Schuhe zu steigen, bevor sie die zwei Häuserblocks bis zur nächsten Bushaltestelle weiterlief. Erst da stellte sie

sich die Frage, wer dort im Wohnzimmer gesessen und auf sie gewartet hatte. Dass sich die beiden nahestanden, war ihr auf Anhieb klar, nur dass Will diesen Mann nie erwähnt hatte. Sie sahen sich ähnlich. Selbst dieses eine Wort, das er zu ihr sagte, klang wie bei Will. In der folgenden Nacht, hinter verriegelten Türen, mit Stapeln auf dem Schreibtisch, die ihre Aufmerksamkeit erforderten, starrte Maeve in einem Buch mit dem Titel Enzyklopädie des Mordes auf alte, körnige Schwarz-Weiß-Fotos von Mördern. Auf eins nach dem anderen. Dutzende davon. Von den 1880er-Jahren bis in die Gegenwart. Mehr als einmal glaubte sie, die Augen, den Mund und den Gesichtsausdruck des Mannes, der in Wills Wohnung gesessen hatte, auf diesen Seiten wiederzuerkennen. Er war William Bonney, er war Al Capone und Babyface Nelson. Er war Charles Manson. Er war Ted Bundy.

Sie sagte sich, du bist verrückt.

Nein, bist du nicht.

Dabei wusste sie nicht, was schlimmer gewesen wäre, richtigzuliegen oder falsch.

Tagelang und nächtelang: Maeve ging nicht ans Telefon, das unablässig klingelte. Sie ignorierte jede Nachricht auf dem Anrufbeantworter.

Sie reagierte nicht auf wiederholtes Klopfen an ihrer Wohnungstür.

Tägliche Briefe in ihrem Briefkasten wanderten ungelesen in den Papierkorb.

Blumen wurden ihr an die Tür geliefert, mit einem Kärtchen: Bitte, bitte, bitte ruf mich an.

Allein in ihrer Wohnung, konnte sie sich auf nichts konzentrieren, sondern störte sich an jedem alltäglichen Geräusch, vom tropfenden Wasserhahn bis zu einer fernen Sirene. Gegen ihren Willen saß sie stundenlang da und spulte immer wieder jeden Moment mit Will vor ihrem inneren Auge ab, bis zu ihrer Entdeckung der Nadelspuren an seinen Armen.

Sie wollte ihn nie wiedersehen.

Dabei hätte sie nicht einmal präzise sagen können, wieso. Alles an seiner Persönlichkeit, seine Intelligenz, seine Begeisterungsfähigkeit, alles an ihm, was bei ihr die Dämme zum Einsturz gebracht hatte, war immer noch da. Sie war, so hatte es sich angefühlt, dabei gewesen, sich zu verlieben. Aber die Lust und Leidenschaft ihrer Nacht miteinander hatte sich in dem Schock verflüchtigt, die Nadel und den sonstigen Inhalt seiner Kommodenschublade vor sich zu sehen und den Blick in den Augen des Mannes, der sie so übel beleidigt hatte.
Zwei Wochen lang war sie Will aus dem Weg gegangen, als sie eines Tages aus dem Seminargebäude kam und ihn auf der breiten Eingangstreppe sitzen sah. Bei seinem Anblick wurde ihr heiß und kalt. Ihre Gefühle liefen Sturm. Maeve merkte, dass sie ihm nicht einfach den Rücken kehren und die Flucht ergreifen konnte oder auch nur wollte.
»Maeve«, sagte er traurig, »ich habe die ganze Zeit versucht ...«
Er führte den Satz nicht zu Ende, mit versucht war alles gesagt.
»Was ist los? Was habe ich getan?«, fragte er schließlich.
Sie ließ sich ein Dutzend Antworten durch den Kopf gehen, dabei konnte es nur eine geben.
Sie nahm zwei Finger und tippte sich auf die Innenseite ihres linken Unterarms.
Will sah sie traurig an. »Das ist nur so etwas wie ein Hobby, eine Art Experiment. Einfach nur, um etwas anderes zu sehen und zu fühlen. Ich war einsam. Deprimiert. Und dann haben wir uns kennengelernt. Soll ich dir die Wahrheit sagen? Ich hatte schon irgendwie vergessen, dass ich all das Zeug habe. Seit wir uns kennen, haben ich es nicht mehr angerührt ...«
Sie sagte nichts.
»... Ich kann damit jederzeit aufhören. Wenn du willst, sofort, in dieser Sekunde, ich werf es weg, wenn du es willst und wenn uns das wieder zusammenbringt. Ich bin nicht süchtig. Ich mach das nur zum Vergnügen.«
Er belügt mich. Er belügt sich selbst, stellte sie fest.

Sie wusste, sie hätte nur mit dem Kopf schütteln und weggehen sollen. Tat sie nicht. Sie stand einfach nur weiter schweigend da.
»Also gut, ich hör auf«, sagte er. Seine Stimme klang entschlossen, zeugte aber nicht von allzu großem Selbstvertrauen. »Du bist mir unendlich viel wichtiger als die blöden Drogen. Ich mache einen kalten Entzug, wie man so schön sagt. Spül den Stoff die Toilette runter. Werf die Sachen weg. Werde wahrscheinlich ein paar Tage brauchen. Aber sobald ich da durch bin, ruf ich dich an. Bitte leg nicht auf. Ich versprech dir, ich tu's. Und dann können wir sehen, wie es mit uns weitergeht. Es wird wieder so sein wie davor. Es wird besser sein. Ich weiß es. Da ist etwas zwischen uns. Etwas Besonderes. Ich weiß, du empfindest das genauso wie ich.«
Womit er recht hatte, doch sie versuchte, die Ruhe zu bewahren, während sie eine Flut der Gefühle überwältigte. Sie hoffte, dass sie ihm wichtiger war als eine Droge. Sie bezweifelte es. Schließlich sagte sie: »Das war dein Bruder, stimmt's? Der an dem Morgen…«
Er lächelte. Ein vertrautes Lächeln mit dieser Unbekümmertheit und Energie, die sie vom ersten Moment an bei ihm so attraktiv gefunden hatte. »Klar. Mein etwas älterer Bruder. Joseph. Ich weiß, er kann auf den ersten Blick ein wenig Furcht einflößend sein, aber das ist nur seine Masche. Er kehrt gerne den Macho raus. Tut mir leid, wenn er dir einen Schrecken eingejagt hat. Im Grunde ist er ein richtig netter Kerl, und er passt auf mich auf. Schon immer. Wir sind nur elf Monate auseinander. Er wird mir dabei helfen, hundertprozentig clean zu werden. Und dann mache ich euch miteinander bekannt, wie es sich gehört. Du wirst ihn mögen, bestimmt.«
Sie glaubte kein Wort von dem, was er sagte.
Nicht, dass er clean würde, und erst recht nicht die Charakterisierung seines großen Bruders.
Wenn sie an diesen Mann dachte, fielen ihr nur all diese Fotos mit Mörderaugen ein.

»Ich ruf dich an«, sagte Will. »In einer Woche oder so.«
»Okay«, antwortete Maeve. Kaum war ihr das Wort über die Lippen gekommen, bereute sie es.
»Wir gehören zueinander, du und ich«, sagte Will.

Als ihre Mutter die Worte des längst verstorbenen Mannes wiedergab, schnürte es Sloane die Kehle zu. Dasselbe hatte sie von Roger gehört. Von dem Toten Nummer 2 oder vielleicht Nummer … Sie zählte die Toten ab. Drei. Vier. Es zog ihr die Eingeweide zusammen.

Ihre Mutter erzählte weiter: »Ich glaubte zu ahnen, wo das alles enden würde, andererseits wollte ich es gar nicht so genau wissen. Ich rechnete mit Enttäuschung. Mit Depressionen. Vielleicht ein paar Tränen. Anders gesagt: mit dem Naheliegenden. Dann würde ich nach vorne blicken. Ich lag vollkommen falsch.«

WEITERE ZWEI WOCHEN SPÄTER, DER UNERFREULICHE MOMENT, ALS MAEVE IHRE TÜR AUFMACHTE

Tagelang hörte Maeve nichts von ihm. Eine Woche verging. Dann eine zweite. Dann endlich kam der Anruf von Will Crowder. Er hatte ihr auf den altmodischen Anrufbeantworter gesprochen, während sie den ganzen Nachmittag in der Bibliothek gesessen und es nicht geschafft hatte, auch nur eine einzige Seite zu lesen. Alles, was sie sich vorgenommen hatte, löste sich in einer Woge der Gefühle auf.
Er hatte unbeschwert geklungen. Sorglos.
»Absolut clean. Es war ein Leichtes. Hab ein paar Pfund abgenommen. Hatte ein, zwei unangenehme Nächte. Aber sonst, wirklich kein Problem. Von jetzt ab bin ich sittenstreng, picobello. Lass uns heute Abend was miteinander unternehmen. Wollen wir

essen gehen? Oder ins Kino? Im Programmkino läuft eine Retrospektive, mit Bogie und Bacall in Haben *und* Nichthaben. *Ich hab Karten für uns besorgt. Ich hol dich kurz nach sieben ab.«*
Lebhaft. Zuversichtlich.
Er klang ganz nach dem Mann, in den sie verschossen war.
Maeve sah auf eine Uhr an der Wand.
Kurz vor 17 Uhr.
Sie hörte sich die kurze Nachricht vier Mal hintereinander an und versuchte, aus jedem Ton die Wahrheit herauszuhören, auch wenn sie wusste, dass das alles vielleicht nur Wortgeklingel war. Sie griff nach dem Telefon, um zurückzurufen und ihm zu sagen, er solle nicht vorbeikommen, schaffte es aber nur bis zur dritten Ziffer. Während sie noch mit sich kämpfte, klopfte es an ihre Tür. Sie drehte sich um und hatte nur den einzigen Gedanken: Will ist schon da. Er kommt früher. Was soll ich zu ihm sagen?
Sie ging hin. Sie machte auf und sah, womit sie nicht gerechnet hatte:
Nicht Will. Der Bruder.
»Hallo, Hure«, sagte Joseph Crowder, während er sich an ihr vorbei in die Wohnung drängte und ungefragt auf das abgewetzte Sofa fallen ließ. Er hatte eine gelbe Segeltuch-Sporttasche dabei, trug eine unscheinbare, schmuddelige kakifarbene Hose, High-Top-Basketball-Sneaker, ein eingerissenes Kapuzensweatshirt und eine abgetragene Baseballmütze, die er abnahm, um sein struppiges Haar auszuschütteln, während er ihre Wohnung inspizierte. Er sah halb nach Student, halb nach Obdachlosem aus, ganz gewiss nicht reich, obwohl er genau das war. »Ziemlich schäbige Bude«, sagte er. Sein Tonfall war so kalt wie seine Augen. »Billig. Hatte ich mir so ähnlich gedacht, weil ich genau weiß, worauf du aus bist.«

»Ich war absolut sauer«, sagte Maeve, »ich schäumte vor Wut. Er hatte mich wüst beleidigt. Ich hatte schon mehrere bissige Antworten auf Lager, die alle darauf hinausliefen: ›Du kannst mich mal, ich brauch euer Geld nicht, und sieh zu, dass du hier rauskommst.‹ Ich hätte dem Mistkerl du weißt schon wohin treten können.«

»Hast du aber nicht, oder?«, fragte Sloane.

Ihre Mutter schüttelte den Kopf. »Hätte ich vielleicht tun sollen. Vielleicht wäre dann alles anders gekommen. Keine Ahnung. Woher soll ich das wissen?«, wiederholte sie. »Darüber habe ich mir schon tausendmal den Kopf zerbrochen. Die Situation immer wieder durchgespielt. Das ganze Hätte, Wäre, Wenn. Vielleicht hätte er mich auf der Stelle umgebracht. Vielleicht wäre er auch einfach nur gegangen, und ich hätte Will, wenn er wenig später aufgetaucht wäre, sagen können: nein danke. Es war ganz schön, aber es ist vorbei und mit ein bisschen Glück auf Nimmerwiedersehen. Keine Ahnung. Oder auch: Komm rein, Will, wir sollten reden. Bist du wirklich der Richtige? Schließlich war ich jung und hatte wenig Lebenserfahrung. Wie ein Bild auf der Staffelei, das sich mit jedem Pinselstrich verändert.«

Sie legte eine Pause ein.

»Er war ruhig. Beherrscht. Er meinte, was er sagte. Beinhart.«

Sie holte tief Luft.

»Ich hörte ihm zu. Als säße der Tod vor mir. Nur dass ich das damals noch nicht wusste. Nicht so ganz. Ich sollte es schon bald herausfinden.«

»Hören Sie auf, mich zu beleidigen. Wenn Sie mich noch einmal so nennen, dann …«
»Dann was?«
Schweigen. Dicke Luft.
»Raus«, sagte sie. Sie bemühte sich um einen grimmigen Ton. Worüber er nur grinste. Sie hasste dieses Grinsen. Es setzte sie herab, sagte ihr, dass sie nicht zählte.
»Nein, Miss O'Connor.« Aus seinem Mund klang ihr Name wie eine Beschimpfung. »Erst, wenn wir ein paar Takte miteinander geredet haben.«

»Ich will aber nicht mit Ihnen reden. Was wollen Sie von mir?«
»Nur eins: Ich will meinen kleinen Bruder glücklich sehen. Deshalb bin ich hier. Und genau dafür werde ich sorgen.«
»Ich mache ihn glücklich.«
Erneutes Schweigen.
Dann: »Das sehe ich anders. Vielleicht in der Nacht, in der Sie mit ihm gevögelt haben. Aber nicht heute. Und nicht morgen. Sehen Sie, Miss O'Connor, ich gehe die Dinge vorausschauend an, immer. Früher oder später werden Sie ihm wehtun. So wie jeder andere in seinem Leben. Einschließlich mir.«
»Ich würde ihm nie wehtun«, platzte sie heraus.
»Und ob. Sie würden und Sie werden, wie wir beide sehr wohl wissen. Streiten wir uns also nicht über etwas, das unvermeidlich wäre.«
Sie erwiderte nichts, weil sie nicht leugnen konnte, dass er damit möglicherweise richtiglag. Stattdessen sagte Maeve: »Er möchte, dass wir wieder zusammenkommen.«
»Und ich glaube, das ist keine gute Idee.«
»Er will heute Abend mit mir ins Kino.«
»Ist mir bekannt. Aber nein, daraus wird wohl nichts.«
»Wahrscheinlich ist er schon auf dem Weg hierher.«
»In dem Fall müssen wir diese Unterhaltung schnell zu Ende bringen.«
»Sie können mir nicht vorschreiben, was ich zu tun und zu lassen habe.«
»Und ob ich das kann.«
»Meinen Sie nicht, er kann selbst entscheiden, mit wem er ausgeht und wann?« Die Frage kam in aggressivem Ton, nichts von dem, was sie sagte, gab etwas von den Zweifeln zu erkennen, die sie gerade noch geplagt hatten, bevor der Bruder an die Tür klopfte.
»Nein. Hat er nie, könnte er nie und wird er auch nie.«
»Machen Sie sich nicht lächerlich«, erwiderte Maeve bissig, »er ist ein erwachsener Mann. Er kann seine eigenen Entscheidungen treffen.«

Der Bruder schüttelte den Kopf.
»Er ist ein Kind. Er wird immer ein Kind bleiben. Er kann nichts dafür. Er wird nie erwachsen werden. Tut mir leid. Das ist traurig. Aber so ist es nun mal.«
Die Bemerkung alarmierte sie. Es war, als hätte sich eine Tür einen Spaltbreit geöffnet und sie sähe lieber nicht hinein.
»Woher nehmen Sie das Recht …«, fing Maeve an, doch der Bruder hob die Hand.
»Was wissen Sie über Will?«
Ihr fielen eine Menge Dinge ein, doch sie behielt sie für sich. Er lächelte. Ein dünnes Lächeln. Ein düsteres Lächeln.
»Ihnen ist klar, dass er ein Genie ist?«
»Ja.«
»Sie wissen auch, dass er von Erfolg zu Erfolg schreitet und das nur der Anfang ist?«
»Ja.«
»Und deshalb haben Sie ihn verführt, richtig? Geld, Geld, Geld. Er ist Ihr Freifahrtschein. Aber ich fürchte, daraus wird nichts.«
Maeve hatte mit dem Kopf geschüttelt. »Sie sehen das alles völlig falsch. Ich ihn verführt? Er hat mich angebaggert.«
»Hatte damit gerechnet, dass Sie das sagen würden.«
»Und ob er reich ist oder nicht, interessiert mich nicht.«
»Auch mit dieser Behauptung hatte ich gerechnet. Ziemlich vorhersehbar, finden Sie nicht?«
Seine Worte kamen ungerührt und schroff heraus.
Maeve sagte nichts. Am liebsten hätte sie auf ihr Zimmer gezeigt und gesagt: Das hier erweckt einen völlig falschen Eindruck. Ich habe eine Menge Geld. Doch sie verkniff sich die Bemerkung.
Der Bruder lehnte sich zurück. »Wissen Sie, wie er …«, fing er an, stockte und führte den Satz zu Ende: »… was ihn kaputtgemacht hat?«
Maeve schüttelte den Kopf.
»Wissen Sie, was er durchgemacht hat?«
Maeve schüttelte den Kopf.

»*Demnach wissen Sie im Grunde gar nichts, nicht wahr, Miss O'Connor?*«

»*Ich weiß, dass er ...*«, *unternahm sie einen schwachen Versuch. Sie ließ die Bemerkung in der Schwebe.*

»*Demnach*«, *sagte der Bruder in kaltem und zugleich selbstgefälligem Ton*, »*hat er Ihnen im Grunde nicht allzu viel von sich erzählt, oder? Ich sag Ihnen was: Meinem Bruder wurde Schlimmes angetan, Miss O'Connor. Er hat das Böse am eigenen Leib erfahren.*«

Maeve versuchte, diplomatisch und dennoch forsch aufzutreten.

»*Sie wissen, dass Will ein Drogenproblem hat?*«

Wieder dieses Grinsen. Diesmal niederträchtig.

»*Ein Problem? Wie putzig. Natürlich hat er das, und natürlich weiß ich davon.*«

Diese Selbstverständlichkeit, mit der er die Frage abtat, verblüffte sie.

»*Er sagt, er hätte damit aufgehört.*«

Schulterzucken. Blick zur Decke.

»*Das sagt mein Bruder jedes Mal.*«

Sachlich. Eiskalt. Wie selbstverständlich.

»*Soll das heißen ...*«

»*Ich will Ihnen damit sagen, ich mache das hier nicht zum ersten Mal mit. Und wohl auch nicht zum letzten Mal. Glauben Sie im Ernst, er hört je damit auf? Falls Sie sich das eingeredet haben, kennen Sie ihn wirklich nicht gut. Nicht so wie ich.*«

Maeve machte schon den Mund auf, um etwas zu entgegnen, doch wieder brachte er sie zum Schweigen.

»*Das können Sie sich schenken*«, *sagte er*. »*Das habe ich alles schon viel zu oft gehört.*«

Er sah auf seine Armbanduhr.

»*Uns läuft die Zeit davon. Sie werden Folgendes tun, und das ist nicht verhandelbar ...*«

Er sah sie unverblümt an. Mit zusammengekniffenen Augen.

»*Gehen Sie. Auf der Stelle. Nehmen Sie seine Anrufe nicht an.*

Versuchen Sie nicht, sich unter irgendeinem fadenscheinigen Vorwand doch mit ihm zu treffen, und sei es auch nur, um sich persönlich von ihm zu verabschieden. Und ganz gewiss werden Sie ihm nichts von unserer kleinen Unterhaltung hier erzählen. Nein, verschwinden Sie einfach augenblicklich aus seinem Leben. Beenden Sie die Beziehung, brechen Sie jede Verbindung zu ihm ab. Packen Sie dann Ihre Sachen in den Wagen und gehen Sie woandershin. Es gibt jede Menge gute Universitäten und Masterprogramme, zu denen Sie wechseln können. Ich spreche hier von einem radikalen Neubeginn. Legen Sie keine Spur, auf der er Ihnen folgen könnte, weil Sie an Märchen glauben, an ein Aschenbrödel-Happy-End. Das wird es definitiv nicht geben.«
Er schwieg, um zu sehen, welche Wirkung seine Worte zeigten.
»Ich will es auf den Punkt bringen, Miss Maeve O'Connor, Mädchen vom Lande, aus Andover in Maine: Ab nach Hause. Sagen Sie denen da einfach, Kalifornien wäre doch nichts für Sie. Und gehen Sie auf Start zurück. Fangen Sie das Leben, das Sie sich erträumt haben, woanders an, Hauptsache, weit genug weg von meinem Bruder, Hauptsache, er kommt darin nicht vor. Wisconsin? Oregon? Florida? Europa? Nur zu. Hauptsache, Sie verschwenden keinen Gedanken mehr an meinen Bruder. Und sollte er Ihnen doch mal in den Sinn kommen, sehen Sie es einfach als einen Traum, der mit dem Aufwachen verblasst ist. Für Sie existiert er nicht. Und umgekehrt Sie nicht länger für ihn.«
Sein Vortrag klang auf widersinnige Weise vernünftig.
»Und noch ein Rat von mir: Wenn Sie hier Ihre Zelte abgebrochen haben, dann suchen Sie sich jemand Neues. Verlieben Sie sich. Ziehen Sie zusammen. Heiraten Sie. Von mir aus im weißen Kleid, auch wenn Sie mal eine Hure gewesen sind, und erzählen Sie niemandem von dieser kleinen Affäre, die Sie einst in Ihrer Vergangenheit hatten. Gründen Sie eine Familie. Ziehen Sie in ein hübsches Haus in der Vorstadt, legen Sie sich einen Kombi zu, in dem Sie die Hosenscheißer herumkutschieren, und engagieren Sie sich im Eltern-Lehrer-Verband.«

Er sah auf die Uhr.
»Ihnen bleiben ungefähr achtunddreißig Minuten, um diese Entscheidung zu treffen. Um Ihre Wahl zu treffen. Die einzige Wahl, sollte ich hinzufügen, die ich Ihnen lasse. Ist nur für alle Beteiligten netter, wenn Sie glauben, Sie hätten sie selbst getroffen.«
Maeve war wie versteinert. Dass der Bruder wusste, wo sie herkam, war ein Schock. Sie schwankte zwischen Wut und Angst.
»Sie können mir nicht vorschreiben, was ich mit meinem Leben mache«, fuhr sie ihn an.
»Und ob ich das kann«, sagte er.
»Woher nehmen Sie Ihren Optimismus, ich würde ...«, fing sie an, stockte aber, als der Bruder wieder dieses Grinsen auflegte.
Sie sah, wie er tief in seine gelbe Schultertasche griff.
Er zog einen Stoß Blätter heraus, Klebestreifen und einen schwarzen Tintenschreiber. Dies alles warf er ihr hin.
»Schreiben Sie: Tut mir leid, Will, aber ich möchte nicht mehr mit dir zusammen sein und nichts mehr mit dir zu tun haben. Leb wohl ...« Joseph Crowder schien einen Moment zu überlegen. Dann ergänzte er mit einem schiefen Lächeln: »Fügen Sie für immer hinzu. Für den dramatischen Effekt. Und dann unterschreiben Sie. Das kleben wir dann an Ihre Wohnungstür.«
»Ich weigere mich.«
»Brechen Sie ihm das Herz, Miss O'Connor. Und zwar so, dass er Sie nie wiedersehen will. Seien Sie grausam. Rücksichtslos. Boshaft und gemein. Wie auch immer, aufs Ergebnis kommt es an. Sie. Er. Aus und vorbei. Das ist Ihre einzige Wahl.«
»Ich denke nicht dran.«
»Doch, werden Sie«, sagte er zuversichtlich.
Mit einem Achselzucken drehte er sich wieder zu seiner Tasche um. Diesmal entnahm er ihr einen großen braunen Umschlag. Er öffnete ihn und leerte den Inhalt auf den Tisch. Geld. Bündel mit großen Scheinen. Mehrere Tausend Dollar. Zigtausend Dollar. Er stapelte die Bündel ordentlich zu einem Würfel und schob sie ihr wie ein Pokerspieler, der alles auf eine Karte setzt, hin. »Hier«,

sagte er. »Ich habe mir außerdem erlaubt, Ihnen ein Hotelzimmer zu reservieren.« Er reichte ihr eine Karte. »Bleiben Sie ein paar Tage da. Ist schon bezahlt. Machen Sie einen kleinen Urlaub. Und das hier ...«, er deutete auf den Stapel Geld, »... also, kommen Sie nach ein paar Tagen heimlich wieder her, packen Sie Ihre Sachen, und mit dem hier richten Sie sich da, wo Sie hingehen, häuslich ein. Es ist genug für einen Neubeginn. Für die Miete, für die gesamten Studiengebühren bis zu Ihrem Abschluss. Möglicherweise darüber hinaus. Ich wollte mich großzügig zeigen.«

Maeve konnte kaum noch an sich halten. Vor Wut. Angst. Nervosität. Und Schock.

»Sie wollen mich per Bestechung dazu bringen, Ihren Bruder zu verlassen?«

»Bestechung ist so ein hässliches Wort. Sagen wir doch lieber, mit einem finanziellen Anreiz.«

»Und wenn ich es nicht nehme?«, fragte sie trotzig.

Der Bruder schüttelte nur müde den Kopf.

»Werden Sie«, antwortete er. »Die Alternative zu meiner Großzügigkeit ist, offen gesagt, nicht sehr erstrebenswert.«

Zur Erklärung zog er eine schallgedämpfte halbautomatische Pistole aus der Schultertasche, in der er auch das Geld mitgebracht hatte. Er legte die Waffe behutsam auf den Sofatisch zwischen ihnen. Als Nächstes holte er ein Jagdmesser mit gesägter Klinge hervor. Das zog er aus der Scheide, sodass es im Licht von einem der Fenster blitzte. Zuletzt legte er noch ein altmodisches Rasiermesser darauf. Und damit nicht genug: In schneller Abfolge förderte er noch einen Taser und einen mit braunem Leder überzogenen Totschläger zutage. Als sei das nicht genug, zauberte er wie aus einer Wundertüte noch ein schwarzes Lederetui hervor und machte den Reißverschluss auf. Es enthielt allerlei chirurgische Instrumente, einschließlich einer Auswahl unterschiedlicher Skalpelle und einer Knochensäge. Ein Paar Handschellen aus Stahl, einen Strick, eine Rolle silbernes Isolierband; ein roter Ball und ein schwarzes Hundehalsband, in der Bondage-Szene als Knebel dem unterwürfigen Partner zugedacht, rundeten das Sortiment ab. Zur Demonstration der sachgerechten Verwendung hielt er sich den Knebel einen Moment lang selbst vor den Mund. Dann lehnte er sich zurück und betrachtete den mörderischen Gabentisch. Nach einer kurzen, wirkungsvollen Pause griff er nochmals in sein Füllhorn und entnahm ihm ein Paar schwarze Lederhandschuhe. Die zog er an. Mit einem letzten Griff barg er eine große Orange.

Maeve rührte sich nicht. Wie hypnotisiert starrte sie auf das Stillleben, das er vor ihr ausgebreitet hatte.

Der Bruder schien das Arsenal zu überprüfen, um die Wahl der Waffen zu treffen. Seine Hand schwebte eine Weile über dem Messer, dann dem Operationsbesteck, bis er sich zuletzt für das altmodische Rasiermesser entschied. Mit einer geübten, kräftigen Bewegung klappte er es mit der rechten Hand auf und nahm die Orange in die linke. Er sah Maeve eindringlich an.

»Nur, um Ihnen eine Vorstellung zu geben«, sagte er. Dann setzte er mit dem Messer langsam einen Schnitt und öffnete in der Schale eine klaffende Wunde. Mit der linken Hand zerquetschte er die Frucht, bis sich der gesamte Saft auf die Couch und den Boden verteilt hatte und von der Orange nur noch zermatschtes Fruchtfleisch übrig war. Das Demonstrationsstück legte er neben den Geldstapeln auf den Tisch.

»Es ist für Sie nicht wünschenswert, Teil von seinem Leben zu sein, Miss O'Connor. Denn dann wären Sie Teil von meinem Leben ...«

Er starrte sie an. Er durchbohrte sie mit seinem Blick. Maeve schwieg. Ihre Augen waren auf die Überreste der Orange fixiert. Eine tote Orange, begriff sie.

»Ich will Ihnen zeigen, wie es in meinem Leben aussieht, Miss O'Connor«, sagte der Bruder und fuchtelte dabei mit der Klinge seines Rasiermessers herum. »Zumindest das sollte Sie überzeugen.« Mit der freien Hand brachte er plötzlich ein Farbfoto im

Format 20 mal 30 hervor und legte es auf die gebündelten Scheine. »Sehen Sie genau hin«, *sagte er.*
Was sie tat.
Sie konnte sich nicht auf Anhieb einen Reim darauf machen, obwohl es eindeutig war. Fast kam es ihr so vor, als sei es mit einem Mal dunkel im Zimmer geworden und ihre Augen müssten sich erst daran gewöhnen. Auf dem Bild war eine Leiche zu sehen.
Eine junge Frau ungefähr in ihrem Alter, mit einer wilden, dunklen Mähne. Das Haar war nass und verfilzt. Sie lag offenbar in einem vom Regen durchnässten Wald. In Laub und Schlamm. Bei Nacht. Die bleiche Haut glänzte im Blitzlicht der Kamera.
Nackt.
Tot.
Sie sah rote Schnitte quer über ihre Brüste. Von oben bis unten an ihren Armen. Aufgeschlitzte Kehle. Eine große dunkelrote Lache hatte sich auf ihrem Bauch, bis zum Schritt hinunter gebildet. Ein Finger schien abgetrennt zu sein. Der glasige Blick der Frau ging ins Leere. Doch ihr Mund war ein wenig geöffnet, als habe ihr der Tod den letzten Hilfeschrei abgeschnitten.
Neben ihr waren eine Schaufel und die ersten Spatenstiche zu einem Grab erkennbar.
Mord.
Der Bruder beugte sich vor, nahm im Zeitlupentempo das Foto und steckte es wieder in die Tasche.
»Überlegen Sie mal«, *sagte er kalt.* »Wie komme ich wohl an dieses Foto? Na? Erraten, Miss O'Connor?«
Nicht schwer. Doch sie wehrte sich gegen den Gedanken.
»Das ist kein Polizeifoto, nicht wahr? Auch keine gestellte Szene aus einem Film, nicht wahr? Keine Schauspielerin. Kein falsches Blut. Das hier ist ganz und gar echt, nicht wahr, Miss O'Connor?«
Wieder schwieg sie.
»Und um wen mag es sich wohl bei der jungen Dame handeln? Vielleicht um eine Person genau in Ihrer Situation? Eine Blutsaugerin im Leben meines Bruders?«

Es schnürte ihr die Luft ab.
»Vielleicht«, fuhr der Bruder fort und sprach dabei betont langsam, »vielleicht war sie ja so dumm, das Geld nicht zu nehmen, das ihr angeboten wurde. Vielleicht dachte sie, wenn sie ihm noch ein Weilchen länger etwas vormacht, springt für sie noch ein bisschen mehr heraus.«
Der Bruder wirkte ganz entspannt. »Was meinen Sie, Miss O'Connor? Ob die Frau auf diesem Foto wohl je gefunden wurde? Oder ob sie eine Zahl in der Vermisstenstatistik ist, vollkommen bedeutungslos, außer für die armen Menschen, die abends schlafen gehen und morgens aufwachen und keinen anderen Gedanken zu fassen in der Lage sind, als sich zu fragen, wo sie nur sein mag? Obwohl sie im Grunde längst wissen, dass sie nie wiederkommt?«
Maeve sagte nichts.
Er griff noch einmal in die Tasche. Wie durch einen Kartenspielertrick hatte er plötzlich ein halbes Dutzend weiterer Fotos in der Hand. Mit weiteren nackten Leichen. Noch mehr Blut. Er breitete sie fächerförmig vor ihr aus, um sie anschließend wieder zu stapeln und wegzustecken.
»Muss ich Ihnen die auch noch zeigen, Miss O'Connor, oder hat Sie schon das erste überzeugt?«
Eine Antwort erübrigte sich.
»Vielleicht hieß sie Sandra. Rufname Sandy. Meine Welt ...«, sagte er. Und nach einer kurzen Pause: »Mit absoluter Sicherheit keine Welt, zu der Sie gehören wollen.«
Einen Augenblick lang starrte er sie an, bevor er hinzufügte: »Das wissen Sie recht gut, oder? Sie haben genug Zeit mit diesen Büchern zur Klinischen Psychologie zugebracht und Fallstudien gelesen, um genau zu wissen, mit was für einem Menschen Sie es bei mir zu tun haben.«
Er unterstrich seine Worte mit einem betonten Blick auf das Rasiermesser in seiner Hand. Er hielt es so, dass die Klinge im Licht aufblitzte.
Maeve konnte keinen Finger rühren. Plötzlich beugte sich Joseph

Crowder über den Tisch und setzte ihr die stumpfe Seite des Messers an die Wange. Sie wollte nach Luft schnappen. Den Kopf wegziehen. Aus der Wohnung rennen. Doch sie konnte sich nicht bewegen. Joseph Crowder strich ihr mit dem stumpfen Ende bis zum Kinn. Sie spürte den Druck der Klinge an der Haut.
»Maeve. Maeve. Maeve.« Er dehnte den Namen so, als mache er sich über jeden Buchstaben lustig. »Was für ein hübscher Name. Ich denke, von jetzt an sind wir per Du. Du kannst mich Joey nennen. Weißt du, eigentlich scheinst du eine ganz nette Hure zu sein. Geh einfach und treib's woanders mit jemand anderem. Und zwar genau jetzt, ohne zu zögern.«
Diesmal drang ihr das Wort Hure *kaum ins Bewusstsein.*
Er lächelte. Sie dachte: wie Satans Grinsen, wenn er eine verlorene Seele im Hades willkommen heißt.
»Weißt du, eine Menge Leute von meinem Schlag würden dir diese Gelegenheit nicht gewähren. Du wärst schon jetzt mausetot. Aber weil mein Bruder dich so gernhat, bekommst du genau eine Chance, lebendig hier wegzukommen. Und dafür …« – er deutete mit dem Rasiermesser auf den Stapel Geld – »… wirst du auch noch gut bezahlt. Also, ich an deiner Stelle würde die Gelegenheit ergreifen, ohne einen Blick zurückzuwerfen.«
Sie konnte nicht sagen, ob sie dazu nickte oder nicht.
»Im Moment, Maeve, sind wir beide Freunde. Aber weißt du, wie schnell sich das ändern würde?«
Sie antwortete nicht.
»Wenn du jemals irgendwem von dieser Unterhaltung erzählst.«
Er beobachtete ihre Reaktion.
»Weißt du, Maeve, ich bin meines Bruders Hüter. Das ist meine einzige Aufgabe auf Erden, und ich nehme sie äußerst ernst. In der Vergangenheit mag ich hier und da versagt haben, aber das passiert mir nie wieder.«
Er wartete, bis er sah, dass sie begriff, was er ihr damit sagen wollte. Dann klappte er das Rasiermesser seelenruhig zu und machte sich daran, sämtliche Waffen und Instrumente wieder in

seine Tasche zu stecken. Nur die aufgeschlitzte Orange und das Geld ließ er auf dem Tisch. Er stand auf, räkelte sich wie ein fauler Kater und sagte: »Es war nett, mit dir zu plaudern, Maeve. Aber dir läuft die Zeit davon. Lass dir das, was ich gesagt habe, durch den Kopf gehen. Triff die naheliegende Wahl, denn eine andere hast du nicht. Dass es da keine Missverständnisse zwischen uns gibt. Klar, Maeve?«
Der pure Hohn.
Sie nickte.
»Ausgezeichnet. Dann haben wir uns also verstanden. Klarheit ist eine Tugend, findest du nicht?« *Er lachte.* »Und jetzt empfehle ich mich. Ich finde allein hinaus. Das Geld gehört dir. Und vergiss nicht, diesen Zettel zu schreiben und außen an deine Tür zu kleben. Unter uns, Maeve, nennen wir es doch einfach Schritt Nummer eins.* Die *Schritte Nummer zwei, drei* und vier *sollten jetzt sehr schnell folgen.«*
Sie blieb stumm.
»Leb wohl, Maeve. Sorg dafür, dass es für immer ist.« *Er lupfte in übertriebener Höflichkeit die fadenscheinige Baseballkappe und deutete eine kleine Verbeugung an, bevor er sich zur Tür wandte und Maeves Wohnung verließ, die gelbe Tasche mit den Mordwerkzeugen lässig über die Schulter geworfen. Ein paar der Waffen schepperten ein wenig. Er schlug die Tür hinter sich zu.*

Der erste Gedanke, der Sloane an dieser Stelle kam:
»*Was wissen Sie darüber, wie Drohungen funktionieren?*«
Diese Frage hatte Kessler, der Psychiater, ihr gestellt.
»Nur dass ich«, tastete sich Maeve in ihrem Bericht voran, während ihr Tränen in die Augen traten, »nicht einfach so weggehen konnte, wie er das von mir erwartete. Ich hatte schreckliche Angst. Aber ich konnte nicht.«
»Und wieso nicht?«, fragte Sloane. Kaum war ihr die Frage über die Lippen gekommen, wusste sie die Antwort.
»Wegen dir«, erwiderte ihre Mutter.

KAPITEL 23

Die beiden Frauen im Hotelzimmer verfielen erneut in unbehagliches Schweigen.

Eine Sekunde dachte Sloane, ihre ganze Lebensgeschichte sei wie von einem Blizzard blank gefegt, im nächsten Moment drohte ihre Welt überzukochen und zu verdampfen. Die wenigen Geschichten, die sie im Lauf ihrer Kindheit und Jugend zu hören bekommen hatte – »*dein Vater wurde sehr krank und starb, bevor du zur Welt kamst*« –, waren gelogen. Das wenige, was sie von ihrer Mutter über ihn wusste, hatte ihn in ihren Augen zu einer beinahe mythischen Gestalt gemacht. Rätselhaft. Unbegreiflich. Nichts davon entsprach der Wahrheit.

Maeve stand auf. Sie starrte aus dem Fenster im zweiten Stock, als sei das Urteil über die Entscheidungen, die sie ein Vierteljahrhundert zuvor getroffen hatte, auf der anderen Seite der Scheibe zu finden.

Maeve fiel es schwer, weiterzusprechen. Sie holte tief Luft.

»Und so beging ich einen Fehler. Einen dummen Fehler. Es war ein Versehen. Nach Freud gibt es natürlich keine Zufälle, weil immer das Unterbewusstsein am Werk ist. Wer weiß das schon? Jedenfalls unterlief mir, dieses einzige Mal, ein richtig dummes Missgeschick. Es wäre weiter nichts dabei gewesen. Aber es sollte alles ändern.«

Maeve verstummte und lehnte den Kopf an die Wand, als sei er ihr zu schwer.

WAS MAEVE TAT, BEVOR SIE
IHREN EINEN GROSSEN FEHLER BEGING

Eine Minute lang stand Maeve wie versteinert in ihrer Wohnung. Vielleicht auch zwei. Oder drei. Sie glaubte, immer noch den Knall der zugeschlagenen Tür zu hören. Als der Nachhall verebbte, erschrak sie bei dem Gedanken, dass ihr die Zeit entglitt. Sie grapschte sich einen Teil des Bargelds auf dem Tisch und stopfte es sich in eine Jeanstasche, mit dem Rest lief sie ins Schlafzimmer und verstaute ihn in einer Nachttischschublade. Dann holte sie hastig ein paar frische Sachen aus dem Schrank und warf sie in einen alten Rucksack.

Sie hastete ins Wohnzimmer zurück, schnappte sich den Schreibblock, den der Bruder ihr hingeschoben hatte, und schrieb ihre erste Lüge: Will, ich habe versucht, dich zu erreichen ...

Sie fühlte sich entsetzlich dabei. Ihr wurde übel. Sie ließ den Stift fallen und rannte ins Bad, um sich, über die Kloschüssel gebeugt, zu erbrechen. Es war, als würgte sie ihr Innerstes heraus. Als es aufhörte, stand sie auf, spritzte sich Wasser ins Gesicht und kehrte zu dem Schreibblock zurück. Sie schrieb ihre zweite, dritte, vierte und fünfte Lüge:

Ich habe gerade einen Anruf von einem Professor bekommen, wegen eines Forschungsprojekts, an dem wir arbeiten, und musste extrem kurzfristig zu einem angesetzten Treffen.

Das mit den Kinokarten tut mir leid. Ich würde diesen Film gerne sehen.

Kann man die vielleicht gegen eine Vorstellung nächste Woche eintauschen?

Komme erst spät von dem Termin zurück. Ich ruf dich so bald wie möglich an, und wir verabreden was.

Ich kann es kaum erwarten, mit dir zu reden. Bin so froh, dass du dein Problem unter Kontrolle hast.

Und noch eine letzte große Lüge:

In Liebe, Maeve.
Mit dem größten Unbehagen griff sie zu der Rolle Klebeband, steckte die Nachricht in einen Umschlag und klebte ihn zu. In großen Blockbuchstaben schrieb sie Wills Namen darauf und heftete ihn wie angewiesen außen an ihre Tür. Nur dass der Brief nicht die Nachricht enthielt, die sie hatte schreiben sollen. Sie malte sich aus, wie statt Will Joseph wiederkäme und ihn fände. Fand ihn der eine Bruder, verschaffte sie sich auf diese Weise etwas Zeit, las ihn der andere, fing er vielleicht an, Vorkehrungen für ihren Tod zu treffen.
Falls er das nicht ohnehin bereits tat.
Maeve warf sich ihr bescheidenes Reisegepäck über die Schulter, rannte die Treppe hinunter und stürmte durch die Tür hinaus auf die Straße. Auf dem Weg zu ihrem Wagen war sie schon halb bis zur nächsten Kreuzung gelangt, als sie sah, wie Wills Fahrzeug in die Straße einbog. Ihr blieb das Herz stehen. Ihr drehte sich alles im Kopf.
Einen Augenblick lang war sie hin- und hergerissen. Ihr erster Gedanke war: Erzähl ihm alles. Mit der Wahrheit fährt man immer am besten.
Ihr zweiter Gedanke: in diesem Fall vielleicht nicht.
Maeve trat in den Schatten zwischen zwei Gebäuden zurück und drückte sich an eine Ziegelwand. Kaum war Wills Wagen an ihr vorbeigefahren, erfasste sie eine Woge der Schuldgefühle, und sie wäre um ein Haar aus ihrem Versteck hervorgekommen. Sie hob schon die Hand zum Winken. Doch im letzten Moment hielt sie sich zurück. Ohne einen klaren Gedanken fassen zu können, hastete sie durch die hereinbrechende Nacht. Sie lief schnell, versuchte, unerkannt zu bleiben. Ihr Weg führte sie von einer greifbaren Gefahr zu einer unbekannten.
Innerhalb der nächsten Stunden hatte sie in ein überaus schickes Hotel eingecheckt, wie der Bruder gesagt hatte, war die Rechnung für einen dreitägigen Aufenthalt bereits bezahlt.
Hatte einige Zeit – zwischen zehn Minuten und einer Stunde, sie

wusste nicht, wie lange – auf dem Hotelbett in die Kissen geheult, bis der weiche Baumwollbezug durchnässt war.
War ins Bad gegangen, um sich wieder zu übergeben.
Begriffen, dass ihre Periode überfällig war.
Laut gesagt: »Unmöglich.« Dabei sich selbst nicht geglaubt.
Und schließlich hatte sie sich nackt ausgezogen und im Spiegel betrachtet. Nach rechts und nach links gedreht, um eine Veränderung zu sehen.
Nichts. Sie legte sich die Hände auf den Bauch. Nichts. Sie strich sich mit den Handflächen langsam im Kreis und hatte das überwältigende Gefühl, etwas anderes in sich zu spüren. Sie blickte erneut in den Spiegel und brach wieder in Tränen aus, hielt sich seitlich am Waschbecken fest, um nicht auf den gefliesten Boden zu fallen. Immer noch schluchzend, verließ sie das Bad, immer noch nackt, warf sie sich aufs Bett. »Nein, nein, nein, nein«, murmelte sie immer und immer wieder.
Als sie sich schließlich aufsetzte, schien sich das Zimmer zu drehen.
»Und was mache ich jetzt?«, fragte sie laut.
Die Frage schien von den Wänden zurückzuhallen. Und in diesem Moment war es, als stünde plötzlich ihr Vater im Raum. Sie zog sich die Decke bis zum Hals und hörte seine Stimme. Die Stimme des ehemaligen Kriminalisten.
Du musst sehr vorsichtig sein.
Stimmt, dachte sie. Ganz offensichtlich.
Als Zweites hörte sie: Versuche, so zu denken wie ich.
Im ersten Moment wusste sie nicht, was gemeint war. Dann dämmerte ihr: wie ein Ermittler. Nicht *wie ein Vater.* Nicht *wie ein Hundetrainer.* Nicht *wie jemand, der sich das Leben nimmt. So ergab es irgendwie Sinn.*
Ans Kopfende des Betts gelehnt, platzte sie heraus: »Kann sein, dass ich schwanger bin!«
Bist du sicher?
»Nein.«

Dann geh logisch vor. Präzise. Wohlüberlegt. Von diesem Moment an musst du dir bei allem, was du tust, deiner Sache sicher sein. Mach dir Fakten zunutze.
»Dann sollte ich mir erst einmal ein paar von diesen Tests in der Apotheke besorgen. Das schon mal als Erstes.«
Richtig.
»Aber was ist mit Will? Und seinem Bruder?«
Sollen sie es erfahren?
»Will hat ein Recht darauf, es zu erfahren. Ich denke schon. Vielleicht. Ich bin mir nicht sicher. Aber Joey? Der macht mir Angst.«
Mit gutem Grund. Du weißt, wie er einzuordnen ist. Muss ich Klartext reden?
»Nein. Aber sollte ich nicht die Polizei einschalten?«
Um ihnen was zu sagen?
»Dass er ein Mörder ist.«
Hat er dich nicht davor gewarnt?
»Schon. Aber vielleicht wäre es trotzdem ratsam.«
Und meinst du, die glauben dir?
»Nein, vermutlich nicht.«
Und was könnte die Polizei für dich tun?
»Mich beschützen?«
Maeve war auf seine Antwort gespannt. Sie ließ nicht lange auf sich warten.
Wie denn? Und unter welcher Maßgabe? Ist die Erwartung nicht ein wenig naiv? Und was glaubst du, was er mit dir machen wird, wenn er mitkriegt, dass du zur Polizei gegangen bist?
Sie hörte ihn klar und deutlich. Seine Stimme dröhnte durch den Raum. Ihre Antwort kam nur im Flüsterton:
»Er hat diese Frau umgebracht, die auf dem Foto.«
Und was für Beweise hast du für diesen Mord?
»Keine. Nur sein Wort.«
Solche Fotos sind dir nicht neu. Hältst du es für echt?

»Ja.«
Dann sieh zu, dass du nicht so endest wie diese Frau. Nur du selbst kannst dafür sorgen. Verlass dich auf niemanden sonst.
Maeve nickte. Und sagte: »Verstehe. Ja.«
Glaubst du, Will weiß, was für ein Mensch sein Bruder ist?
Maeve antwortete nicht. Sie wartete auf die nächste Frage ihres toten Vaters, bevor sie sich unruhig hin und her warf und zur Decke starrte. Seine Stimme verstummte plötzlich, als müssten für den Augenblick diese wenigen Warnungen genügen.
Sie mahnte sich, mit den Halluzinationen aufzuhören.
Sie wusste nicht, ob sie es konnte. Oder auch nur wirklich wollte.
Doch obwohl sie nicht mehr glaubte, dass er noch an ihrem Bett stand und sie hörte, fragte sie leise: »Soll ich abtreiben?«

»Stop, Moment mal«, sagte Sloane und saß auf dem Hotelbett senkrecht. »Du wolltest mich abtreiben?«

»Ich musste es in Erwägung ziehen«, erwiderte ihre Mutter, jetzt plötzlich in ausdruckslosem, sachlichem Ton. »Ich hab's aber nicht getan.«

Auf die spontane geballte Wut folgte etwas anderes. Erleichterung brachte es vielleicht nicht auf den Punkt. Auch nicht Überraschung. Dankbarkeit? Es war ein Wechselbad der Gefühle.

»Aber du hast zumindest darüber nachgedacht?«

Maeve holte wieder tief Luft.

»Mir blieb nichts anderes übrig. Aber ...« Sie schwieg einen Moment, nahm einen neuen Anlauf und fuhr fort: »Erstens warst du damals schließlich noch gar nicht du, um das mal klarzustellen. Du warst ein Häufchen Zellen, in meinem Körper verschmolzen. Ich kann beim besten Willen nicht sagen, wieso ich mich in dem Moment für dich entschieden habe. Die Logik sprach eindeutig dagegen.«

»Ich verstehe nicht.«

»Du ... ich meine, dich zu erwarten ... wie soll ich es ausdrücken, das veränderte schlagartig alles. Es war eine Sache, alleine abzuhauen, etwas vollkommen anderes, es zu tun, während ich mit dir schwanger war. Und meine Entscheidung, dich zu behalten, also, das war keine Frage der Moral oder der Religion. Auch wenn ich von Haus aus Katholikin war, spielte das in dem Moment nicht die geringste Rolle.«

»Okay«, sagte Sloane gedehnt, während sie sich bemühte, die Situation, die Maeve da beschrieb, zu verstehen, vor allem, in was für einer schrecklichen Zwickmühle ihre Mutter vor all den Jahren gesteckt hatte.

Maeve erzählte weiter.

»Sieh mal, du warst die große Unbekannte in meinen Abwägungen. Wäre die Maeve, die diese beiden Brüder kannten, einfach verschwunden, hätte ich mir eine relativ klare Vorstellung von meinem weiteren Leben machen können. Zurück an die Uni. Mit dem Abschluss in der Tasche eine eigene Praxis aufmachen. Mehr oder weniger das, was mir der Mörderbruder vorausgesagt hatte. Ich würde nicht ständig über die Schulter hinter mich gucken müssen, weil ich genau das Leben geführt hätte, das seinen Vorgaben entsprach. Und es hätte gut sein können, dass sie mich irgendwann beide vergessen und sich der nächsten jungen Frau zugewandt hätten, die sich in Will verliebte oder auch nicht und das nächste Opfer des Bruders geworden wäre. Ich wollte nichts davon wissen. Ich wollte nicht daran denken. Ich wollte einfach nur mein Leben – irgendein Leben – zurück. Wenn sie aber nun das mit dir herausfänden ... sag du's mir: Was hätten sie wohl deiner Meinung nach mit mir gemacht?«

Sloane schüttelte den Kopf.

»Genau«, sagte Maeve grimmig. »Du weißt es nicht. Genauso wenig wie ich damals. Niemand hätte es wissen können.«

Es folgte betretenes Schweigen. Maeve seufzte, streckte die Hand nach ihr aus und fuhr fort: »Aber du wurdest mein Ein und Alles. Du bist das Beste in meinem Leben ...«

Sloane war skeptisch. *Ein und Alles. Das Beste.* Die üblichen Klischees. Eine Wut, die sie nicht recht begriff, und ein Mitgefühl, das sie ebenso wenig einordnen konnte, hielten sich die Waage.

»Also gut, erzähl weiter. Was hast du getan, statt mich abzutreiben?«

An jenem Nachmittag besorgte sich Maeve vier Schwangerschaftstests in der Apotheke. Der Angestellten, die ihren Kauf in die Kasse eintippte, sah sie nicht in die Augen. Sie kehrte in das teure Hotel zurück und reihte die Packungen mit den Tests auf dem Bett auf. Ohne eine davon zu öffnen. Sie hoffte inständig, ihre Übelkeit sei der panischen Angst und unkontrollierbaren Anspannung geschuldet und nicht einer Schwangerschaft. Die Möglichkeit war nicht auszuschließen.

Sie verbrachte eine unruhige Nacht in dem Hotelzimmer und rang sich nicht dazu durch, auch nur einen einzigen Test zu machen. Am Morgen bestellte sie sich Frühstück ans Bett, rührte aber von der üppigen Mahlzeit auf dem Tablett kaum etwas an. Kurz vor Mittag verstaute sie die Tests in ihrem Gepäck und ging nicht einmal zur Rezeption, um sich abzumelden. Statt in ihre Wohnung zurückzukehren, fuhr sie weiter zu einem viel billigeren Motel, das am Stadtrand dicht an einem Highway lag, und nahm sich dort ein Zimmer. Es gehörte zu einer Kette, war einigermaßen sauber und mit ein bisschen Glück auch sicher. Sie ging davon aus, dass ihr niemand gefolgt war, meldete sich unter einem falschen Namen an und zahlte mit dem Geld, das ihr der Mörder in bar gegeben hatte. Der Mann am Empfang sah sie nur flüchtig an, als er ihr den Zimmerschlüssel reichte.

Auf eine weitere schlaflose Nacht folgte ein schrecklicher Tag.

Sie aß nichts. Sie trank nichts.

Musste sich zweimal übergeben. Mehr als zweimal folgte leeres Würgen.

Wenn sie nicht gerade zur Kloschüssel hastete, lag sie einfach nur benommen auf dem Bett und ging im Kopf ihre Möglichkeiten durch.

Dreimal griff sie zum Telefon, um Will anzurufen. Jedes Mal legte sie nach den ersten Ziffern auf. Mindestens ebenso oft griff sie nach den Schwangerschaftstests, ließ sie jedoch ungeöffnet.
Von Zeit zu Zeit stand sie auf und ging ans Fenster. Sie sah die Autos auf dem Highway. Strahlenden Sonnenschein. Die leichte Brise in den Bäumen. Gelegentlich überquerte jemand den großen Parkplatz, meist mit einem Koffer, oft mit gehetztem Gesichtsausdruck. Dann kehrte sie zu dem harten Bett zurück und legte sich wieder hin.
Irgendwann am Nachmittag hörte sie vom nahen Highway herüber das Geräusch von quietschenden Reifen, dann das Kreischen von Metall gegen Metall. Als sie ans Fenster trat, sah sie einen Unfall auf der Straße. Zuerst war es nur verwirrend, wie ein zum Stillleben gefrorenes Desaster. Zwei ineinander verkeilte Fahrzeuge, verbogen und aufgerissen, blockierten die Straße. Aus einem stieg auf der Fahrerseite ein Mann aus, stand hilflos da und starrte auf das Blut, das ihm aus einer Platzwunde an der Stirn hinunterlief. Nach einer Minute brach er auf dem schwarzen Asphalt zusammen und blieb liegen. Andere Autos hielten an, Fremde eilten zur Unfallstelle. Sie wedelten mit den Armen. Spähten in die Wracks. Entsetzte Blicke. Binnen weniger Minuten war die erste Sirene zu hören. Über eine Stunde lang betrachtete sie die Szene, an der zuerst Streifenwagen eintrafen, wenig später auch zwei Ambulanzen sowie ein Löschzug der Feuerwehr und zuletzt mehrere Abschleppwagen. Hinter den verbeulten und verkeilten Wracks und all den Hilfsfahrzeugen bildeten sich Autoschlangen. Als die Krankenwagen mit den Opfern losfuhren, drangen ihre schrillen Sirenen zu ihr herein, dann das dröhnende Motorengeräusch der hydraulischen Rettungsspreizer, die eines der Unfallfahrzeuge aufschnitten. Sie sah, wie eine sehr kleine Gestalt auf eine Bahre gelegt wurde und zwei Sanitäter damit zu einem Krankenwagen hasteten, der augenblicklich mit Blinklicht davonraste. »Das muss ein Kind sein.« Sie konnte die Tränen nicht zurückhalten, die ihr hinunterliefen. Sie sah so lange hin,

bis der Fahrer des letzten Abschleppwagens zu einem eisernen Besen griff und unter dem kritischen Blick des letzten verbliebenen Bundespolizisten Glassplitter und scharfkantige Bruchstücke von roten Reflektoren von der Straße fegte.
Sie fragte sich, ob es Tote gegeben hatte.
Sie glaubte, dass einem der Fahrer ein einfacher Fehler unterlaufen war und er, ohne hinzusehen oder mit der Hand am Skalenknopf des Radios, die Spur gewechselt hatte. Ein unachtsamer Moment mit unabsehbaren Folgen.
Auch das hier hat etwas von einem Autounfall, ging es ihr durch den Kopf. Und mit einem Schlag ist alles anders.
Sie führte sich Joseph Crowder und Will Crowder vor Augen. Mörder und Drogensüchtiger. Intelligent und noch intelligenter. Sie ging im Geist alles durch, was sie im Lauf ihres Psychologiestudiums über Persönlichkeitsstörungen gelernt hatte, auf der Suche nach einer Antwort, zu der sie nicht einmal die Frage formulieren konnte, und nur wusste, dass alles ein einziges großes Rätsel war. Sie sagte sich:
»Du willst nicht, dass dich ein Drogenabhängiger liebt. Und du willst dich nicht von einem Psychopathen ermorden lassen.«
Es war wie eine Gleichung.
Addition. Subtraktion. Sie drehte sich im Kreis.
Versteck dich. Verschwinde.
Nur weg von beiden Brüdern.
Fang noch mal von vorne an. Tu genau das, was dir der Killerbruder gesagt hat.
Die beste Lösung, *redete sie sich gut zu.*
Die schlechteste Lösung, *gab sie sich selbst zu bedenken.*
Die einzige Möglichkeit.
Maeve legte sich die Hand auf den Bauch, als könne sie das Leben in sich spüren.
»Du musst ein Geheimnis bleiben«, *flüsterte sie.*
Und so traf sie auf der Kante eines billigen Betts in einem billigen Motel diese Entscheidung.

Und sagte laut ins Zimmer hinein: »Dad«, *in forderndem Ton:* »*Dad, bitte. Ich bin's, Maeve. Sag du's mir! Ist das die richtige Entscheidung?*«
Und sie hörte seine Antwort:
Vielleicht, Maeve. Hoffen wir mal.

Sloane fand die Geschichte ihrer Mutter packend, auch wenn sie das Gefühl beschlich, sie könne sie in den Wahnsinn treiben.

Maeve hatte sich wieder gesetzt, mit heruntergezogenen Mundwinkeln wie ein Kind, das jeden Moment in Tränen auszubrechen droht, mit eingezogenen Schultern und zitternder Unterlippe. Vor Sloanes Augen traten die Lügen vieler Jahre plötzlich an die Oberfläche. *Notgedrungene Lügen?* Schwer zu sagen.

»Also, was …«, fing Sloane an. Bevor sie weiterkam, fiel ihr Maeve ins Wort.

»Es ist nicht so einfach zu verschwinden.«

Nun biss sich Sloane auf die Lippen. Etwas von dem alten Groll schwang in ihrer Antwort mit. »Und ob. Pack ein paar Bündel Scheine und eine Waffe in einen Karton und wickele ihn in hübsches Geschenkpapier ein und …«

Maeve verzog das Gesicht.

»Du siehst die Schwierigkeiten nicht.«

»*Happy Birthday? Verflucht, Mom, hast du auch nur die leiseste Ahnung …*« Sie brachte den Satz nicht zu Ende, denn ihr wurde klar, dass ihre Mutter in dem Moment, als sie diese Waffe einpackte, genau wusste, was sie tat und was es bei Sloane anrichten würde.

Für einen Moment machte Maeve eine gequälte Miene, dann fasste sie sich wieder und antwortete: »Wir sind hier nicht in Hollywood. Das hier ist das echte Leben. Manchmal muss man harte Entscheidungen treffen. Also Schluss mit dem Selbstmitleid. Auch ich brauche dein Mitleid nicht. Dem, was ich getan habe, ging akribische Planung voraus. Es hat Wochen gedauert, jedes einzelne Detail zu bedenken. Der Anwaltstermin für das Testament und die Eigentumsüberschreibung, dann der Gang zur Bank, die Geldtransfers und schließlich die Frage nach der geeigneten Stelle, um aus diesem Leben zu treten. Wo ich am besten meinen Wagen abstelle. Die Probeläufe. Das Üben, das Timing.«

»Wie hast du das angestellt, das zum Schluss?«, wollte Sloane wissen.

Ihre Mutter lächelte ein wenig. »Mit dem Fahrrad. Ich hab's am Vortag im Gebüsch versteckt. Und ein paar andere wichtige Sachen, wie zum Beispiel ein zweites Paar Schuhe.«

»Du bist aus meinem Leben *geradelt?*« Sloane wusste nicht recht, ob sie darüber wütend sein oder lauthals lachen sollte.

»Nur ein paar Meilen, bis zu der Stelle, an der ich einen zweiten Wagen geparkt hatte. Den ich außerhalb des Bundesstaats unter falschem Namen gekauft hatte.«

»Die haben Taucher runtergeschickt, um nach dir zu suchen …«

»Keine ungewöhnliche Stelle für einen Selbstmord …«

»Meinten auch die Cops.«

»Dann war's also eine gute Wahl. Außerdem wusste ich, dass oberhalb dieses Kraftwerks, wo die Turbinen jede Sekunde riesige Wassermengen einsaugen …«

Sie unterbrach sich, hob, als sei ihr gerade ein Gedanke gekommen, den Kopf und fügte hinzu: »Dieses *Happy-Birthday-Papier, das du so …* geschmacklos findest? Dann sag du mir mal, wie ich dir all das sonst hätte zukommen lassen und sicherstellen sollen, dass es sich nicht irgendein neugieriger kleiner Dorfpolizist unter den Nagel reißt?«

Sloane beugte sich vor, und ihre Mutter verstummte. Sloane ließ sich all das, was Maeve über die Planung gesagt hatte, durch den Kopf gehen. Nie im Leben hätte sie ihrer Mutter ein so organisiertes Vorgehen zugetraut. Ihre Mutter hatte immer im Augenblick gelebt. War ihren spontanen Launen gefolgt, ihren Hirngespinsten. Aber vielleicht stimmte das Bild, das sie von ihr hatte, am Ende nicht. Sie hatte das Gefühl, einer völlig anderen Frau gegenüberzusitzen als der, bei der sie aufgewachsen war.

»Die Taucher haben einen roten Parka mit ...«

»... mit meinen Initialen gefunden, ja. Den habe ich in den Fluss geworfen. Mit ein paar Steinen in den Taschen, aber nicht so vielen, dass die Strömung ihn nicht mitgerissen hätte. Den haben sie also gefunden?«

»Ja.«

Maeve wirkte zufrieden.

»Es ist eine Kunst, vom Erdboden zu verschwinden«, sagte sie mit Nachdruck. »Manche Dinge dürfen nicht allzu offensichtlich sein, andere müssen ins Auge springen. Vieles muss nach etwas anderem aussehen, als was es ist. Täuschungsmanöver und falsche Fährten. Desinformation. Und es muss ganz und gar überzeugend aussehen. Ich denke, ich habe das alles zur Kunst erhoben. Hatte reichlich Übung darin. Nur dass ich beim ersten Mal, damals, als du noch in meinem Bauch warst, noch nicht wusste, was ich tat. Da bin ich einfach meiner Intuition gefolgt. Habe überstürzt gehandelt und die Dinge nicht zu Ende gedacht.«

»Und ...«

»Und so habe ich diesen Fehler gemacht. Vor siebenundzwanzig Jahren habe ich etwas liegen gelassen, das ich besser mitgenommen hätte.«

MAEVES GROSSER FEHLER

Maeve verbrachte eine weitere schreckliche Nacht in dem billigen Motel. Mit ihren vom Schlafmangel überreizten Nerven hörte sich jedes Geräusch aus dem Flur oder benachbarten Zimmern oder von draußen zehnmal so laut an: die Klimaanlage, wenn sie ansprang; ein Betrunkener, der laut einen Namen rief; der unverkennbare Rhythmus eines Betts, das unter bezahltem Sex gegen die Wand stößt. Weit nach Mitternacht stand sie auf, trat ans Fenster und starrte zu der Stelle hinüber, an der es Stunden zuvor

zu dem Unfall gekommen war, immer mit dem bangen Gedanken, wenn sie lange genug dort hinsah, müsse es früher oder später erneut dazu kommen, mit einem weiteren Krachen und Reißen, weiteren Toten.
Ungefähr um drei Uhr morgens kroch sie wieder unter die grobe Decke und zog sie sich über den Kopf. Für ein paar Stunden döste sie ein, ohne sich beim Erwachen frisch zu fühlen, immer noch mit einer nagenden Angst, so stark wie der Kaffee, den sie später an diesem Morgen trank.
Sie hatte nur einen rudimentären Plan.
Sie rief die Sekretärin im Psychologieinstitut an und erklärte ihr, aus persönlichen Gründen könne sie nicht bis zum Semesterende an den Seminaren und den Forschungsprojekten teilnehmen. Zwar wusste Maeve, dass auf diese Auskunft eine Reaktion einiger der Professoren, für die sie gearbeitet hatte, zu erwarten wäre, doch wie alles in der akademischen Welt würde das nicht allzu schnell passieren.
Sie rief im Büro ihres Vermieters an, kündigte die Wohnung und erklärte ihm, sie sei dabei, auszuziehen. Sie kündigte ihre Strom- und Telefonanbieter. Sie rief bei Goodwill Services an und verabredete einen Entrümpelungstermin für den späten Nachmittag.
Sie ging zur Bank und hob alles Geld von ihrem Girokonto ab. Natürlich führte sie noch andere Konten – für die Pension ihres verstorbenen Vaters; ein Sparkonto bei einer Bank in Maine; ein Brokerkonto, in das sie ihr Erbe investiert hatte, ihre Autoversicherung, Kreditkarten, sowie ein fast abgezahltes Autokaufdarlehen, mit deren Abwicklung sie sich später befassen musste.
Wie in aller Welt, fragte sie sich, radiert man sich binnen weniger Stunden aus?
Sie ging in einen Discountladen und kaufte sich ein paar billige Reisetaschen sowie ein gebrauchtes Kofferset. In einem großen Lebensmittelladen beschwatzte sie den Händler, ihr ein paar Kisten mit Resten zu überlassen. Dies alles verstaute sie in ihrem kleinen Wagen, fuhr damit zum Parkplatz eines nahe gelegenen

Einkaufszentrums, wo sie sich in eine Ecke stellte und das Kommen und Gehen der Fahrzeuge auf der Zufahrt beobachtete. Eine ganze Stunde lang blickte sie geduldig hinüber. In diesem dunklen Winkel, der genauso düster war wie ihre Stimmung, fiel sie, wie sie hoffte, nicht weiter auf.

So wartete sie bis zum Nachmittag. Um diese Zeit arbeitete Will Crowder, wie sie wusste, regelmäßig im Computerlabor. Natürlich wusste sie nicht, ob er heute käme. Die Chancen waren wohl fünfzig-fünfzig. Ebenso gut konnte er in diesem Moment auf der Eingangstreppe zu ihrer Wohnung sitzen.

Dann fuhr sie langsam, während sie prüfend in alle Richtungen spähte, zu ihrer Wohnung. Sie holte ein paarmal tief Luft, merkte, wie ihr wieder übel wurde, sprang aus ihrem Wagen und rannte ins Haus.

Der Brief, den sie an ihre Tür geklebt hatte, war weg.

Einen Moment lang blieb sie draußen stehen, so als könnte sie Witterung aufnehmen oder auf dem Fußboden Spuren lesen und daran erkennen, welcher Bruder ihn mitgenommen hatte.

Drinnen sah sie sich um.

Und fing sofort wieder an, mit ihrem toten Vater zu reden.

»*Was soll ich mitnehmen?*«

Nur das Nötigste.

»*Aber das hier ist mein Leben.*«

Jetzt nicht mehr.

»*Das hier sind meine Sachen.*«

Die lassen sich ersetzen.

Sie wartete einen Moment, vielleicht darauf, dass er hinzufügte: Das ist meine Tochter *oder* Du tust das Richtige *oder* Ich stehe dir bei. *Irgendetwas zu ihrer Beruhigung. Zu ihrer Ermutigung. Etwas von früher.*

Sie redete sich selbst gut zu: Häng dich nicht an Sachen. Mach dir die Entscheidung leicht. Sei herzlos. Du brauchst dieses Foto von deiner toten Mutter und deinem toten Vater und dieses komische Seidentuch, das er dir mal zu Weihnachten geschenkt hat. Diese

Töpfe und Pfannen in der Küche brauchst du nicht. Erst in dem Moment, in dem sich Will, wie sie hoffte, drüben an der Universität auf einen Stuhl in diesem Computerlabor setzte, legte sie beim Packen eine Pause ein. Maeve rief Wills Netzanschluss in seiner Wohnung an. Zu ihrer großen Erleichterung schaltete sich der Anrufbeantworter ein.

Mr Sorglos meldete sich mit der aufgesprochenen Nachricht: »Hi, Will hier. Nicht zu Hause. Mach wahrscheinlich gerade was Tolles. Aber sprich trotzdem was aufs Band.« *Maeve brachte ihr ganzes schauspielerisches Talent zum Tragen.*

»Will, Schatz, tut mir so leid, dich wieder zu verpassen. Ich weiß, dass du versuchst, mich zu erreichen ...«

Das war zwar geraten, aber so gut wie sicher.

»Ich bin wegen eines Notfalls in der Familie unter Druck. Du erinnerst dich an diese entfernte Cousine, von der ich dir erzählt habe?«

Von vorn bis hinten gelogen. Keine Cousine, nichts dergleichen erzählt. Doch vielleicht würde er denken, sie hätte ihm beim letzten Dinner, vor dem Alkohol und vor dem Sex und bevor seine heimliche Sucht herauskam, von dieser erfundenen Verwandten erzählt.

»Jedenfalls scheint sie wegen irgendwas völlig ausgerastet zu sein ...«

Ausgerastet *war schön schwammig, es konnte so gut wie alles bedeuten.*

»... und ich musste nach Sacramento fahren, weil sie sonst niemanden hat ...«

Sacramento *hatte sie aus dem Hut gezaubert. Sie war noch nie da gewesen, hatte es noch nie erwähnt. Meilenweit in die falsche Richtung.*

»Und jetzt hänge ich hier in einem Hotel fest ...«

Das zumindest traf zu, das heißt, bis letzte Nacht. Nur die Ortsangabe stimmte nicht.

»So ist das bei angehenden Psychologen – jeder meint, du wüss-

test alles über verrücktes menschliches Verhalten und könntest jedem seine Probleme lösen, Simsalabim!«
Beschwingt. Unbeschwert. Keine Schwangerschaft. Keine Drohungen. Alles gelogen.
»... ich bleibe also noch ungefähr einen Tag hier, aber zum Wochenende muss ich wieder zurück, weil dieses verdammte Forschungsprojekt noch ziemlich chaotisch ist und alle denken, ich sei die Einzige, die es auf Vordermann bringen kann ...«
Ein weiterer Wortschwall aus Lügen.
»Also, üb dich noch ein bisschen in Geduld und lass mir ein bisschen Zeit. Ich fass das nicht, ausgerechnet jetzt, wo wir so viel zu besprechen haben. Sobald ich kann, ruf ich wieder an, und wir können ins Kino gehen ...«
Und im aufrichtigsten Ton, den sie sich abringen konnte, fügte sie hinzu:
»Tut mir wirklich schrecklich leid. Ich weiß, du hast dir wegen mir sämtliche Beine ausgerissen, und ich möchte für dich da sein, aber gerade jetzt, wo ich an deiner Seite sein will, schreien sie alle nach mir. Ich hoffe auf dein Verständnis. Bis bald.«
So viel Falschheit machte sie ganz krank. Er wird mich dafür ewig hassen. *Sie legte auf, rannte ins Bad und verbrachte mehrere Minuten mit dem Kopf über der Toilette, in die sie pure Galle spuckte. Als es vorbei war, dachte sie:* Wird wohl Zeit, sich der Wahrheit zu stellen. *Sie nahm die vier Schwangerschaftstests, kehrte ins Bad zurück und machte von allen Gebrauch.*
Sie sagten alle das Gleiche.
Die Bestätigung machte ihr Angst. Sie musste an sich halten, um nicht zu schreien. Um nicht in Tränen auszubrechen. Um nicht auf den Badezimmerfliesen zusammenzubrechen. Sie ließ einfach nur die vier Tests ins Waschbecken fallen und machte sich wieder ans Packen.

Vor Sloanes Augen durchlief ihre Mutter mehrere Verwandlungen. War sie eben noch einsilbig und verschlossen gewesen, so wurde sie im nächsten Moment lebhaft und mitteilsam, als ob sie die Geschichte, die sie zu erzählen hatte, in einem ständigen Wechsel aus der Bahn warf und dann wieder aufrichtete. Sloane ihrerseits fröstelte immer mehr, wie unter einem plötzlichen Wintereinbruch bei geöffneten Fenstern. Mit jedem neuen Element in der Erzählung ihrer Mutter spürte Sloane, wie ihr eigenes Leben mit einem hörbaren Klick eine weitere Veränderung durchlief. Als treibe die Vergangenheit unaufhaltsam ein Räderwerk an.

Für kurze Momente drängte sich ihr die Frage auf, ob all das, was sie da hörte, wirklich so geschehen war. An einer Stelle blickte sie wild umher, weil sich ihr der Gedanke aufdrängte, mit einem Wimpernschlag säße sie wieder in der Praxis von Dr. Kessler, der mit seinem Revolver gleich abdrücken würde, und Rogers Tod, das plötzliche Erscheinen ihrer Mutter, kurz nachdem sie bei der Treppe der Überlebenden gewesen war, und all das, was sie gerade hörte, seien nur die Halluzinationen in dem Bruchteil der Sekunde, bevor sie die Kugel ins Herz traf.

Sie grub sich die Fingernägel in die Handflächen. Der Schmerz machte ihr klar, wo sie war und dass dies alles ganz und gar real war.

Maeves Zeitfenster für ihre Flucht war eng – nicht lange, und es würde sich schließen. Sie wünschte, es wäre schon Abend und sie könnte im Schutz der Dunkelheit ihre Sachen packen und im Wagen verstauen. Doch bis Sonnenuntergang zu warten schien riskanter, als Hals über Kopf zu türmen. Mit jeder Minute, die verstrich, fürchtete sie zu hören: »Was treibst du da?«

Dabei wusste sie nicht, von welchem Bruder die Frage kommen würde.

So vergingen die Nachmittagsstunden wie im Flug. Sie wehrte sich standhaft gegen die Versuchung, ihre Entscheidungen noch einmal zu überdenken, und wies die widerstreitenden Gefühle mit dem Gebot der Eile in die Schranken. Wie eine Schallplatte,

bei der die Nadel in derselben Rille festhängt, wiederholte sie immer wieder: »*Bloß weg hier, bloß weg, bloß weg.*«
Sie fühlte sich schmutzig.
Nicht nur vom Staub, den sie beim Packen aufwirbelte. Sondern vom Angstschweiß. Jeder Weg mit einem gepackten Karton zu ihrem Wagen war wie ein Gang durch einen Dschungel. So ähnlich musste sich auch ihr Vater gefühlt haben, wenn er auf feindlichem Boden die eine oder andere Straftat zu untersuchen hatte. Dabei musste er sich in eine Welt begeben, in der er keine Verbündeten hatte. Nur Feinde. Wo von Männern, die dieselbe Uniform trugen wie er, die gleiche Gefahr ausging wie von einem Scharfschützen in schwarzer Tarnkleidung, der in einer Baumkrone lauerte. Maeve arbeitete fieberhaft, um nur ja wegzukommen.
Als sie gerade den letzten Karton auf den vollgestopften Rücksitz ihres Kleinwagens zwängte, blickte sie auf und sah einen Lieferwagen von Goodwill ankommen.
Der Fahrer entdeckte sie und ließ die Scheibe herunter.
»*Haben Sie uns bestellt, um die Sachen abzuholen?*«, *fragte er.*
»*Ja.*« *Maeve zeigte zum Hauseingang.* »*Apartment 302. Die Tür steht offen. Nehmen Sie alles mit, was noch da ist.*«
Er nickte. »*Soll ich Ihnen eine Liste mit den Spenden geben? Das ist steuerlich absetzbar.*«
»*Nein*«, *erwiderte sie und schüttelte den Kopf.* »*Ich muss los. Ich bin schon spät dran.*«
»*Okay*«, *sagte der Fahrer in gleichgültigem Ton.*
Auf dem Beifahrersitz saß ein zweiter Mann, offensichtlich, um beim Tragen und Beladen zu helfen.
»*Sollen wir abschließen, wenn wir fertig sind?*«
»*Nein*«, *sagte Maeve.* »*Das erledigt die Hausverwaltung. Ziehen Sie einfach nur die Tür zu.*« *Sie händigte ihm die Schlüssel aus.* »*Die lassen Sie am besten auf der Küchentheke liegen.*«
Der Fahrer und sein Gehilfe nickten.
Maeve zögerte einen Moment, als hätte sie etwas vergessen. Sie sah noch einmal in der billigen Tasche nach, die sie im Koffer-

raum eingeschlossen hatte, mit dem Geld, das ihr der Mörderbruder dagelassen hatte. Sie hatte es nicht einmal gezählt.
Einen Augenblick lang blieb Maeve neben ihrem Wagen stehen und spähte in beide Richtungen der Straße. Mit einem Mal erschien ihr diese Welt vollkommen fremd, wie eine Mondlandschaft, in der nichts mehr so war, wie es sein sollte. Und dann durchzuckte sie der Gedanke:
Er ist hier irgendwo und beobachtet mich.
Observiert mich, um sicherzugehen.
Sie erstarrte vor Angst. Sie musste die Panik niederkämpfen. Sie ließ sich auf den Fahrersitz fallen und fuhr aus ihrem Leben. Sie ging es langsam an, bis zur ersten Kreuzung im Schneckentempo. Bis zur zweiten schon ein wenig schneller. Erst danach gab sie Gas und steuerte den nächsten Freeway an. So machte sie sich quer durchs Land auf den Heimweg, zu einem leer stehenden Farmhaus, in dem sie Trauer und Gespenster erwarteten. Ein anderer Ort fiel ihr nicht ein. Sie fuhr zurück und hoffte, dass es ein Schritt nach vorne war.

»Verstehe«, sagte Sloane, auch wenn sie bezweifelte, dass irgendjemand, der so etwas nicht selbst erlebt hatte, auch nur annähernd verstehen konnte, was Maeve in diesem Moment durchmachte. »Du bist also losgefahren. Niemand hat dich gesehen, außer diesen Leuten von Goodwill, und die hatten keine Ahnung, wo du hinwolltest. Du bist einfach ...«

Sie verstummte abrupt. Sie wollte sagen *weggelaufen*, genau der Rat, den ihre Mutter ihr zusammen mit ihrem Geburtstagsgeschenk hinterlassen hatte. Maeve saß ihr gegenüber und schüttelte mehrmals den Kopf.

»Ich hab's erst viel später gemerkt. Tage später. Erst da ist mir mit Schrecken bewusst geworden, was ich liegen gelassen hatte. Dabei war es so offensichtlich. Ich war einfach nur in Panik, und in der Hetze konnte ich nicht klar denken. Zumindest nicht klar genug.«

Sloane sah im Geist ihre Mutter am Lenkrad sitzen, den Fuß auf dem Gas, um nur ja wegzukommen. Nur so war zu erklären, dass sie außer nutzlosem Mobiliar, nicht mehr benötigten Büchern, Krimskrams und abgelegten Kleidern noch etwas anderes in der Wohnung zurückgelassen hatte.

Vier positive Schwangerschaftstests im Waschbecken des Badezimmers.

KAPITEL 24

Einen Moment lang schien Maeve sich in der Vergangenheit zu verlieren. Mit gesenktem Kopf saß sie da, bis sie plötzlich hochfuhr, als könne die abrupte Bewegung verkrustete Erinnerungen lösen.

»Wo ist die Pistole von meinem Dad?«
Das Geburtstagsgeschenk.
»In meiner Wohnung in Boston.«
In schwarze Spitzenwäsche und rote Strümpfe eingewickelt.
»Du hast sie also nicht dabei?«
»Sagte ich gerade.«
»Du wirst sie aber brauchen.«
»Wieso?«
»Hast du mir nicht zugehört?«

Maeve stand auf, ging an den Schrank des Hotelzimmers, in dem sie auf einer Ablage einen kleinen Koffer abgestellt hatte. Sie öffnete ihn und wirbelte plötzlich halb gebückt, mit ausgestreckten Armen herum und zielte mit einem Revolver, den sie in den Händen hielt, auf die Wand über Sloanes Kopf. »Ich bin bereit«, sagte sie betont. »Beim Militär heißt das: *geladen und entsichert.*« Sie ließ die Waffe sinken. »Das musst du auch sein.«

Sloane versuchte mit staubtrockener Kehle, eine Antwort herauszuwürgen.

»Wo hast du die her?«, fragte sie schließlich.

»Das tut nichts zur Sache«, antwortete Maeve. »Jedenfalls habe ich sie immer in der Nähe.«

Maeve sprach in Rätseln. Sloane sah ihrer Mutter dabei zu, wie sie die Waffe wieder in ihrem Köfferchen verstaute.

»Du verstehst nicht«, sagte Maeve leichthin, über die Schulter.

»Das ist alles siebenundzwanzig Jahre her. Damals war alles ganz anders.«

»Was willst du damit sagen?«

Maeve zeigte auf das Handy, das Sloane ausgeschaltet und neben sich aufs Bett gelegt hatte. »Die zum Beispiel gab es noch nicht«, sagte sie. »Zumindest nicht solche. Die ersten, die es damals schon gab, waren klobig und funktionierten nicht besonders gut. Du nimmst so vieles selbstverständlich, was wir heute haben, wie zum Beispiel diesen Laptop, den du überall mit dir herumtragen kannst und der für dich zaubern kann. Und das Internet steckte auch noch in den Anfängen, man ahnte gerade erst, welche Möglichkeiten es eröffnet.«

Maeve verstummte für einen Augenblick und atmete tief ein.

»Es war eine andere Welt, als du geboren wurdest. Der genetische Fingerabdruck steckte noch in den Kinderschuhen. Krebstestverfahren waren kompliziert und häufig ungenau. Die Sowjetunion war gerade zusammengebrochen, in Berlin die Mauer, der Balkan stand in Flammen, Clinton wurde Präsident. Die *Klick Klick Klick*-Welt, mit der du so vertraut bist, fing gerade erst an. Du bist mit all diesen Dingen groß geworden, aber damals konnte man von alledem nur träumen. Hast du eine Vorstellung vom ersten IBM-*Think-Pad* oder einer *Diskette*? Oder eine *Beige Box*? *Napster*? Als ich klein war, haben Menschen die ersten Schritte auf dem Mond gemacht – die Zukunft steckte voller Möglichkeiten. Als du zur Welt kamst, war die Stimmung so, als fände jeden Tag irgendeine neue Mondlandung statt, nur nicht auf einem anderen Planeten, sondern hier vor unseren Augen, in einer seltsamen Parallelwelt der Technologie. Alles veränderte sich rasant.«

Sloane nickte. *Eine Geschichtslektion,* dachte sie trocken.

In beinahe wütendem Ton fuhr Maeve fort: »Genau deshalb war ja Will Crowder in Kalifornien, weil es dort tagtäglich neue, bahnbrechende technologische Fortschritte gab, die den einen in den Ruin trieben und den anderen zum Milliardär machten. Ich weiß sehr wohl, dass Kalifornien schon immer gut dafür war, reich zu werden oder Menschen umzubringen. Facebook. Instagram. Whatevergram und Instabook. Von der Schwarzen Dahlie über Charles Manson zum Zodiac und dem Golden-State-Killer. Geld von A bis Z. Mord von A bis Z.«

Maeve sah ihre Tochter an.

»Ich vermute mal, du hast dich nie sonderlich mit Mord befasst.«

Sloane dachte nur: *Roger*. Doch sie schüttelte den Kopf.

»Wäre vielleicht ganz nützlich gewesen. Ich jedenfalls habe es umso mehr getan. Vielleicht meine Schuld, dass ich das bei deiner Erziehung vernachlässigt habe. Wir hätten weniger Zeit mit Design und Architektur und dafür etwas mehr Zeit mit Ted Bundy verbringen sollen.« Der Sarkasmus dieser Bemerkung hing im Raum. Nach einer Weile sagte sie: »Ich brauchte drei Wochen zurück nach Maine.«

»Weshalb so lange?«

»Ich versuchte, unterwegs eine Zukunft für mich zu finden. Ich machte Abstecher zu Universitäten in Wyoming und Montana, Wisconsin und Chicago und Pennsylvania. Ich war naiv. Ich war dumm. Ich dachte damals noch, ich könnte tatsächlich tun, was mir dieser Killerbruder aufgetragen hatte. Mich woanders zum Studium einschreiben. Da weitermachen, wo ich aufgehört hatte, und mein Leben nach meinen Vorstellungen gestalten. Eine neue Maeve, aber ohne unter die alte einen Schlussstrich zu ziehen. Als ich dann aber zu Hause in Maine eintraf, sah ich meine Zukunft. Glasklar. Und nicht das, was ich mir vorgestellt hatte.«

Sloane beugte sich vor. Als ihre Mutter von Zukunft sprach, wurde ihr bewusst, dass *sie* gemeint war.

Maeve hielt die Hand hoch.

»Ich war nicht allein, wie sich zeigte.« Sie lachte bitter. »Neugierige Nachbarn«, fügte sie hinzu. »Gott segne neugierige Nachbarn. Hätte ich mir auch nicht träumen lassen.«

WAS MAEVE ERFUHR, ALS SIE NACH HAUSE KAM

Statt direkt vor dem verlassenen Farmhaus vorzufahren, hielt Maeve am Straßenrand, in der Nähe des alten verwitterten Briefkastens, an dem sich in die verblasste schwarze Farbe der Rost gefressen hatte. Ein Wunder, dass er noch stand. Der Holzpfosten war krumm und zersplittert. Jahrelang war es ihre Aufgabe gewesen, diesen Briefkasten zu leeren. Kataloge und Reklame. Rechnungen und Kontoauszüge. Nie ein Brief. Irgendwie hatte sie den Impuls, ihn jetzt zu öffnen und nachzusehen, ob etwas darin war. Doch als sie schon die Hand ausstreckte, zögerte sie. Sie blickte zur Scheune hinüber, als müsse ihr Vater dort wie vor Jahren irgendwo zu sehen sein, mit ein oder zwei Hunden, die ihm um die Knie liefen und auf einen Befehl von ihm warteten. Die Jungtiere lernten schnell, dass das Quietschen der Bremsen, wenn der gelbe Schulbus am Briefkasten hielt, Maeve ankündigte. Auf ein Handzeichen von ihrem Vater kamen sie dann den langen Weg vom Haus heruntergerannt, um sie zu begrüßen.
Mit wedelnden Schwänzen. Manchmal auch freudigem Gekläff.
Hundegedanken. Auch wenn es jeden Tag genau dasselbe ist, musste sie denken, für sie ist es immer wieder einmalig und etwas Besonderes.
Sie betrachtete das verwahrloste Haus.
Leer. Still. Ganz und gar vertraut. Unendlich geheimnisvoll.
Sie war dankbar dafür, dass von ihrer Warte aus die Wiese, auf der sich ihr Vater erschossen hatte, hinter Haus und Scheune verborgen lag. Nur einmal, unmittelbar vor ihrer Abreise nach Kalifornien, war sie zu dieser Stelle gegangen, als hoffte sie, der Ort könne ihr irgendetwas erklären. Was nicht geschah. Oder sie hatte es nicht verstanden.
Eine Kugel kann eine solche Wirkung haben, *begriff sie.* Alles verändern.
Sie blickte in den grauen Himmel. Hier und da drang ein Sonnen-

strahl durch. Am Straßenrand zeugten noch dreckverkrustete Schneehaufen vom Winter. Ebenso die kalte, feuchte Luft. Das ganze Gegenteil von Kalifornien.

Zwischen ihren Gefühlen hin- und hergeworfen, hörte sie hinter sich einen Laster die Straße entlangkommen. Eine alte Klapperkiste mit schnaufendem, dröhnendem Motor. Maeve sah sich um und blickte in zwei lächelnde Gesichter, mit einer Hundeschnauze dazwischen.

»Hallo, Mrs Conroy«, sagte sie. »Mr Conroy.« Sie lächelte. »Und hallo, Athena.« Die alte Setterhündin hockte zwischen den beiden älteren Leuten. Sie wedelte heftig. Maeve lehnte sich zum Führerhaus hinein und streichelte ihr den Hals. Ihr Vater hatte die Tiere, die er abrichtete, gerne nach Helden und Göttern aus der Mythologie benannt. Und so hatte es im Lauf der Jahre einen Zeus, einen Apollo und zwei beinahe identische Welpen, Achilles und Hector, gegeben, eine Loki, einen Odin und eine Freya. Einmal sogar einen Buddha, was bei Maeve eher wie Buddy klang. Athena hatte sie wahrscheinlich sieben Jahre nicht gesehen. Für den Hund machte das offenbar keinen Unterschied, er trommelte genauso freudig mit dem Schwanz, als wäre es gestern gewesen.

»Was für eine freudige Überraschung, dich zu sehen. Was führt dich zurück?«, fragte Mrs Conroy.

»Alle hier sind davon ausgegangen, dass du da drüben im schönen, warmen Kalifornien bleibst«, stimmte ihr Mann ein.

Sie waren inzwischen beide ergraut. Faltige Haut, von vielen strengen Wintern wettergegerbt. Wollmantel, dicke Flanellhemden und ebenso dicker Nordost-Akzent. Ihr Haus lag ungefähr eine Meile entfernt, doch ihr letzter Morgen Land grenzte an das Grundstück ihres Vaters.

Maeves Grundstück.

Das sie verkaufen musste. Was sie immer noch nicht über sich brachte. Maeve gab dem Hund noch eine Streicheleinheit. Athena war ein Geschenk gewesen. Mrs Conroy war zur Krebstherapie ins Krankenhaus gekommen und ihr Mann in dem baufälli-

gen Farmhaus zurückgeblieben, daher hatte ihn Liam O'Connor eines Abends mit einem seiner besten Hunde besucht. »Dachte mir, du könntest ein bisschen Gesellschaft gebrauchen, bis Sally wieder zu Hause ist«, *hatte er seinem Nachbarn gesagt und für den Hund kein Geld angenommen. Maeve hatte vom Beifahrersitz ihres Trucks aus zugesehen. Athena war so etwas wie ein Therapiehund geworden, wie man das inzwischen nannte. Zuerst für den Mann. Dann, als sie nach dem chirurgischen Eingriff wieder heimkam, für die Frau. Als Vogelhund war Athena sehr wertvoll. Als Gefährtin nicht mit Gold aufzuwiegen. Statt Moorhühner aufzubringen, spürte Athena nun Depressionen im Gefolge der Chemotherapie auf und tat ihr Hundebestes, um sie zu verjagen.*

»Nein«, *sagte sie.* »Es war nicht so ganz das Richtige für mich da drüben.«

»Die meisten Leute, die dich kennen, dachten, du hättest inzwischen deinen Doktor in der Tasche und einen wahnsinnig interessanten Job. Du würdest Millionen damit verdienen, all die Spinner im Silicon Valley zu behandeln. Und keine zehn Pferde brächten dich je wieder zurück.«

»Kurz davor. Bald«, *erwiderte sie. Lächelte.* »Muss bald wieder ran.«

»Und hast du vor, eine Weile hierzubleiben?«, *fragte die alte Frau. Ihr Blick fiel auf Maeves bis unter die Decke beladenen Wagen.* »Kannst wahrscheinlich ein bisschen Hilfe beim Saubermachen und beim Einzug brauchen.«

»Nein, ich glaube nicht«, *antwortete Maeve. Womit sie sich selbst ein wenig überraschte. Eigentlich hatte sie sich noch gar nicht entschieden – dachte sie wenigstens –, als es ihr über die Lippen kam.*

»Also, wenn du irgendetwas brauchst, ruf einfach an«, *sagte der Mann. Er überlegte. Nahm plötzlich eine besorgte Miene an.* »Aber vielleicht können dir ja die beiden, die letzte Woche hier waren, zur Hand gehen?«

Maeve gefror.
»Jemand war hier?«
»Ja. Zwei junge Männer. Ungefähr in deinem Alter. Nicht hier aus der Gegend. Das wüssten wir.«
»Zwei Männer?«
»Ja, wir kamen vorbeigefahren und sahen, wie sie ums Haus liefen, an die Tür klopften, in die Fenster spähten. Nicht unbedingt verdächtig. Versuchten eindeutig nicht, sich zu verstecken oder so. Trotzdem, sind uns aufgefallen.«
»Und haben Sie mit ihnen geredet?«
»Nur kurz. Sie müssen wohl gesehen haben, dass ich genau hier angehalten und zu ihnen rübergesehen habe. Deshalb kam einer von ihnen her und hat mich gefragt, ob ich dich zufällig in den letzten Tagen gesehen hätte.«
Maeve verschlug es die Sprache.
»Sind das Freunde von dir?«
»Ja. Nein.«
Ein Wiedersehen würde sie nicht überleben, *dachte sie.*
Maeve schüttelte den Kopf.
»Die waren nicht von hier, so viel stand fest«, fügte der alte Mann hinzu. »Sahen irgendwie nach Großstadt aus.«
»Und haben sie gesagt, was sie von mir wollen?«
»Nicht gleich. Ich hab demjenigen, der rüberkam, nur gesagt, es sei schon ewig keiner mehr hier gewesen. Wie der junge Mann mich ansah, hat mir nicht gefallen. Auch der Ton, in dem er die Fragen stellte. Ich wollte mich auf kein längeres Gespräch mit ihm einlassen, muss ich gestehen.«
»Das tut mir leid«, sagte Maeve. »Wie zum Beispiel welche Frage, Mr Conroy?« *Der alte Mann schien seine Antwort abzuwägen.*
»Er wollte wissen, wo du bist, etwas herrisch, nicht besonders höflich, so wie er fragte. Ich hab ihm gesagt, ich hätte keine Ahnung und selbst wenn, würde ich es ihm kaum sagen, solange er mir nicht erklärte, was ihn das anging. Die Antwort schien ihm nicht zu passen.«

»*Verstehe. Was noch?*«
»*Er sagte, ich sollte ihm nicht blöd kommen, nur dass er ein anderes Wort dafür benutzte, das ich unter höflichen Menschen nicht wiederholen möchte.*«
»*Und was haben Sie darauf gesagt?*«
»*Ich hab ihm erklärt, ich sei hier zu Hause und ließe mir nicht von ihm vorschreiben, was ich zu tun und zu lassen hätte ...*«
Die klassische Antwort eines Mannes aus Maine. Keinen Zentimeter weichen. Sich nicht einschüchtern lassen. Du kannst von Glück sagen, dass du diese Antwort überlebt hast, *dachte Maeve.*
»*Und ich hab ihm gesagt, ich überlegte, ob ich die Polizei rufen sollte. Er meinte nur, das wäre ein Fehler. Ziemlich frech von ihm, würde ich sagen. Also habe ich ihn noch mal gefragt, weswegen sie nach dir suchten, und der Bursche sagt doch glatt zu mir:* ›*Weil sie meinem Bruder was gestohlen hat und wir es haben wollen.*‹ *Und natürlich habe ich geantwortet, das klänge ganz und gar nicht nach der Maeve O'Connor, die ich kenne, und es wär wohl besser, wenn er jetzt ginge.*«
Maeve begriff sofort: Was sie gestohlen hatte, war nicht in ihrem Wagen, weder im Kofferraum noch auf dem Rücksitz.
Es war in ihr.
Sie holte tief Luft.
»*Und was war dann?*«
»*Er wirkte nicht besonders glücklich. Er musterte mich mit einem langen Blick, und ich erwiderte die Höflichkeit. Aber dann fuhren er und der andere – sah wirklich so aus, als wäre das sein Bruder, wie er behauptete, aber ich hab kein Wort mit ihm gesprochen –, dann fuhren sie ziemlich schnell weg. Zwei Feiglinge, wenn du mich fragst.*«
Nein. Da liegen Sie falsch. Sie sind alles Mögliche, aber nicht feige.
»*Was für einen Wagen fuhren sie?*«
»*Was Protziges. Großen schwarzen Mercedes. Typischen Ban-*

ker-Schlitten. Die Karosse hat mehr gekostet, als ich im ganzen Jahr verdiene. Wenn mir der Bursche noch mal mit Fragen kommt, kann er ewig auf eine Antwort warten.«

Der Tonfall, aus dem die beinharte Entschlossenheit des Neuengländers sprach, ließ keinen Zweifel aufkommen.

Das ist gut, *dachte Maeve.*

»Na, jedenfalls hatte ich das Gefühl, es passte dem Burschen nicht, dass ich ihm die Stirn geboten habe.«

Nein, bestimmt nicht.

Mrs Conroy musterte Maeve mit einem langen forschenden Blick.
»Hast du irgendwelchen Ärger, Schätzchen? Können wir dir helfen?«

Ja. Nein. Wenn ich das wüsste.

Ob ich Hilfe brauche? Das kannst du laut sagen!

Ich werde nur nicht darum bitten.

»*Schätze, alles in Ordnung*«, sagte sie. Hoffentlich.

»Also, wenn wir irgendetwas für dich tun können, weißt du ja, unsere Tür steht dir immer offen«, sagte die Frau.

»Oder wenn du Hilfe dabei brauchst, mit jemandem fertigzuwerden«, wurde der Mann konkreter. So nachdrücklich, wie er es sagte, war offensichtlich, an wen er dabei dachte. Schließlich fügte er lächelnd hinzu: »Und dabei spreche ich mit Sicherheit auch für unsere Athena.« Er streichelte der Hündin den Kopf.

Athena, *dachte Maeve.* Göttin der Weisheit. Vielleicht war das hier ja gerade ihr weiser Rat.

Ihr fiel nur ein einziger Grund ein, was beide Brüder hierher ins ländliche Maine führte und wieso sie zu den Fenstern ihres leer stehenden Hauses hineingespäht hatten. Sie wussten es.

Woher?

Sie ließ die letzten Wochen noch einmal Tag für Tag Revue passieren. Sie hatte es niemandem gesagt. Sie hatte es niemandem gezeigt. Gegenüber keinem Menschen war ihr etwas herausgerutscht. Sie war bislang nicht einmal beim Arzt gewesen, um sich letzte Gewissheit zu verschaffen. Und in diesem Moment sah sie

ihren Fehler vor ihrem inneren Auge. Die Tests, die sie im Waschbecken zurückgelassen hatte. Das musste es sein. Der einzige Beweis für ihren Zustand. Sie stellte sich vor, wie die beiden Brüder in ihrer Wohnung eintrafen, gerade, als die Männer von Goodwill die letzten Sachen ausgeräumt hatten. Sie sah, wie die beiden die leeren Zimmer betraten. Vielleicht über die letzten Sachen stolperten, die noch am Boden lagen. Will musste sich den Kopf darüber zermartert haben, wo sie sein könnte. Joseph würde ihn zu beschwichtigen versuchen: »Sei lieber froh, dass du die Schlampe los bist.« Und dann ein einschneidender Moment, als Will diese Tests entdeckt – Grund genug, um augenblicklich zu einer Überlandfahrt aufzubrechen.
Ein Bruder: auf der Suche nach der verlorenen Liebe.
Der andere Bruder: ein Magier in Sachen Gewalt und Tod.
Maeve wollte sich gerade von den Conroys verabschieden, als sie plötzlich die Stimme ihres Vaters zu hören glaubte. Irgendwo aus dem bleigrauen Himmel über ihr. Eindringlich.
Sei auf der Hut, Maeve.
Sie wandte sich nochmals an die Nachbarn.
»Ich müsste unbedingt ein paar Sachen aus dem Haus holen. Ob Sie währenddessen vielleicht ein Auge auf mich haben könnten? Dauert nur ein paar Minuten.«
»Aber natürlich, Schätzchen. Walter, fahr einfach bis vors Haus.«
Der Mann folgte ihrem Rat.
»Nur ein paar Minuten«, wiederholte Maeve.
»Nimm dir ruhig Zeit«, sagte der Mann. »Wir haben es nicht eilig. Wenn ich hupe, heißt das, jemand kommt. Und ich werde ihn nicht in die Nähe lassen.«
Maeve nickte dankbar. Sie drehte sich um und begab sich im Laufschritt zum Haus. An der Verandatür bückte sie sich. Links und rechts davon war ein verblasstes weißes Holzspalier.
Sie wusste: drittes Panel. Das oberste rechte Teilstück herunterdrücken. Das links unten ist lose und springt dann heraus. Dann an der Kante den Schnee wegschaben und darunter grei-

fen. Mit Isolierband ist dort ein Ersatzschlüssel für die Haustür befestigt.

Sie fand den Schlüssel genau da, wo sie ihn in Erinnerung hatte, auch nach mehreren harten Wintern und heißen Sommern. Sie öffnete die Haustür und trat ein. Es war kalt. Die Heizung war nur so weit heruntergeschaltet, dass die Rohre nicht einfroren.

Es war still.

Tod und Erinnerungen, dachte Maeve.

Sie wusste genau, was sie holen wollte. Das Büro ihres Vaters. Obere linke Schublade. Dort hatte er sie immer aufbewahrt, und dorthin hatte Maeve sie wieder gelegt, nachdem sie die Waffe von der Polizei zurückbekommen hatte, vor ihrem Aufbruch nach Kalifornien.

Da hatte sie den Revolver zum letzten Mal angefasst.

Nie damit geschossen.

Ihres Wissens war damit überhaupt nur zwei Mal geschossen worden. Ein Mal in Saigon, um jemanden zu ermorden.

Ein Mal in Maine, um damit Selbstmord zu begehen.

Sie bildete sich nicht etwa ein, dass die Waffe sie mit Joseph Crowder auf Augenhöhe brachte. Schließlich war er mit einem ganzen mörderischen Arsenal in ihrer Wohnung aufgekreuzt. Trotzdem, die .45er war ein Anfang. Sie wollte nicht wehrlos sein, auch wenn sie die Frage streifte, ob das alles nur einer Art Schwangerschaftshysterie entsprang.

Sie öffnete die Schublade und holte die Waffe heraus. Sie lag ihr leichter in der Hand, als sie es in Erinnerung hatte. Sie führte sich wieder vor Augen, wie ihr Vater ihr das Lösen der Trommelarretierung gezeigt hatte. Sie probierte es aus, und die Patronen landeten scheppernd auf der Schreibtischplatte. Voll geladen – nur eine einzige Kugel fehlte. Sie betätigte den Verschluss genau so, wie sie es mit dreizehn Jahren getan hatte, um sicherzugehen, dass keine Kugel mehr in einer Kammer verblieb. Ganz unten in der Schublade fand sie ein volles Ersatzmagazin. Sie nahm es und steckte es zusammen mit der Waffe ein.

Als sie sich zum ersten Mal richtig umsah, fühlte sie sich von der Vergangenheit fast erdrückt. Eine Boa Constrictor der Erinnerungen. Sie kämpfte gegen ein Schluchzen an. Am liebsten hätte sie sich hingesetzt oder sogar auf den Boden gelegt und einfach alles geschehen lassen. Er ist hier gestorben, dachte sie. Wieso nicht auch ich? Doch ebenso schnell verwarf sie die Idee. Er wollte, dass ich lebe, also werde ich alles daransetzen. Sie strich sich über den Bauch. Und du willst auch, dass ich lebe, also werde ich alles daransetzen. Als sie dem Haus Lebewohl sagte, war ihr zum Heulen, doch dann machte sie sich klar: Dazu hat er dich nicht erzogen. Militär. Maine. Hart im Nehmen. Und auch du wirst das Kind in dir so erziehen müssen.
Sie tupfte sich die Augen trocken, drehte sich um und ging. Draußen versteckte sie den Schlüssel wieder an derselben Stelle. Ich werde dieses Haus nie wiedersehen, dachte sie.
Die Conroys warteten wie versprochen am Ende der Einfahrt, sie winkte und lief ihnen entgegen, ohne sich ein einziges Mal umzusehen, denn sonst, fürchtete sie, brächte sie es vielleicht nicht fertig, nur noch nach vorne zu sehen. Wie Orpheus, der mit seiner Lyra Eurydike aus dem Hades führt. *Zwei Namen, die ihr Vater nie einem seiner Junghunde gegeben hatte, vielleicht ein Fehler.*

»Du siehst«, sagte Maeve, »ich musste handeln. Zwei Menschen hatten auf dem Anwesen herumgeschnüffelt. Einer gut und einer böse. Nur dass der Gute, na ja, nicht gerade ein strahlendes Vorbild war, nicht wahr? Der Böse dagegen durch und durch schlecht.«
Ihre Stimme klang jetzt wieder fest und entschlossen.
»Ich versuchte, mit kühlem Kopf einzuschätzen, was das für mich bedeutete. Die Sache ließ nur einen Schluss zu: Sie wussten von dir – und sie handelten schnell, weil sie sich nicht sicher waren, was ich in Bezug auf dich unternehmen würde.«
Sloane hatte das Gefühl, unmerklich in ein seltsames Paralleluniversum einzutauchen, in dem Tatsachen und Wahrheiten plötzlich nicht mehr galten.

Und sie kam kaum noch mit. Was sie hörte, machte sie zunehmend nervös, gereizt, benommen.

»Und dann hast du ...«, fing sie an.

»Mein erster Instinkt war, mich zu verstecken.«

WAS MAEVE ALS NÄCHSTES ZU TUN BESCHLOSS

Maeve setzte sich hinters Lenkrad ihres Wagens. Sie warf einen Blick in den Rückspiegel und hätte sich nicht gewundert, wenn dort plötzlich ein großer schwarzer Mercedes aufgetaucht wäre und sich hinter sie gesetzt hätte. Sie legte den Gang ein und dachte: Keine Krumenspur hinterlassen!

So wie Joseph Crowder es ihr befohlen hatte. Bevor sich die Sachlage geändert hatte.

Sie fuhr langsam. Sie konnte sich keine Geschwindigkeitsübertretung leisten. Oder bei Rot über eine Ampel zu fahren. Sie hatte eine nicht registrierte, illegale Waffe dabei und Bargeld, dessen Existenz sie nur schwer hätte erklären können, und sie war gut beraten, Maine so unauffällig und spurlos wie möglich zu verlassen. Keine Kreditkarten. Niemand außer den Conroys sollte davon erfahren, dass sie zu Hause gewesen war.

Sie blickte über die Schulter und versuchte, sich die Strecke unauslöschlich ins Gedächtnis einzuprägen. Im Geist sah sie die Landschaft im Wechsel der Jahreszeiten. Strahlender Sommer. Eisiger Winter. Leuchtende Herbstfarben. Frisches Frühlingsgrün. Mit jedem Meter, den sie zurücklegte, ließ sie ihre Kindheit hinter sich. Wenn ihr zum Heulen zumute war, hörte sie sofort die Stimme ihres Vaters, die ihr befahl: weiter, Maeve, nicht anhalten. Fast eine Meile lang schickte sie ihrem Zuhause Bye-byes hinterher. Doch dann gewann ihre praktische Seite die Oberhand über ihre Gefühle.

Bloß weg, befahl sie sich.

KAPITEL 25

Der Befehl *bloß weg* schien durch das Hotelzimmer zu hallen.

Laut. Schrill. Wie ein Düsentriebwerk.

Genau dieselben Worte, die sie siebenundzwanzig Jahre später mir gegenüber verwendet hat, musste Sloane unwillkürlich denken.

Maeve sagte: »Ich sah gar keine andere Möglichkeit. Ich wusste nicht einmal so recht, was das hieß ... einfach so davonzulaufen. Mir war nur klar, ich musste verschwinden. In der Psychologie spricht man von Kampf- oder-Fluchtreaktion. Oft heißt es dann: ›Mein Bauchgefühl sagte mir ...‹. Ich musste einen sicheren Unterschlupf finden. Aber was war schon *sicher*? Ich hatte mich mit Frauen befasst, die als Missbrauchsopfer aus schrecklichen Beziehungen geflüchtet waren. Hatte im Zuge meines Studiums persönlich Befragungen durchgeführt. Und ich hatte Aufsätze und Analysen über Stalking gelesen. Mich mit Jähzornausbrüchen befasst. Mit den akademischen Theorien zu Mord. Und seit meinem dreizehnten Lebensjahr hatte ich all diese Fallakten gelesen, die ich von deinem Großvater hatte. Auf dem Papier war ich Expertin. Aber das hier war eben nicht nur auf dem Papier ...«

Sloane schwieg. Ließ ihre Mutter weiterreden.

»Ich war naiv. Ich glaubte, ich könnte mich verstecken und gleichzeitig derselbe Mensch bleiben, der ich war.«

An diesem Punkt befiel Sloane das unbehagliche Gefühl, einsam und allein im Ozean umherzupaddeln, ohne zu wissen, was in der Tiefe unter ihr lauerte. Sie konnte nach rechts schwimmen. Nach links. Die Luft über ihr verhieß Leben. Das Wasser unter ihr den Tod. Sie fragte sich, ob sich ihre Mutter vor all den Jahren am Lenkrad ihres kleinen Wagens genauso gefühlt hatte, als sie den einzigen Ort, der ihr ein Zuhause gewesen war, für immer verließ. *Leb wohl, Maine. Ich werde dich nie wiedersehen.* Sie kramte in ihren Erinnerungen nach der einen oder anderen Erwähnung dieses Bundesstaats. Sloane sah ihrer Mutter hinterher, als sie nervös aufstand und zum Fenster ging. Der Anblick rührte bei ihr selbst an eine noch allzu lebendige Erinnerung: wie ihre Mutter x-mal aus dem Fenster gestarrt hatte. Als halte sie nach etwas Ausschau. Oder nach jemandem. Die sechsjährige Sloane oder auch die zehnjährige, die fünfzehnjährige oder einundzwanzigjährige Sloane hatte sich nichts weiter dabei gedacht. Jetzt war es etwas anderes.

Sie stellte sich neben ihre Mutter.

»Wonach hältst du Ausschau?«, holte Sloane die Frage nach, die sie schon vor Jahren hätte stellen sollen.

Ihre Mutter zuckte nur mit den Achseln, als liege die Antwort auf der Hand:

»Nach dem Tod, der da unten die Straße entlangkommt und zu uns will.«

Maeve verzog den Mund zu einem trockenen Lächeln. »Natürlich ist der Tod inzwischen älter. So wie ich auch. Graue Haare und Falten im Gesicht. Entzündete Muskeln, Schmerzen in den Knien, schlechte Augen, schlimmer Rücken, vielleicht ein Herzproblem. Auch für ihn tickt die Uhr. Aber er ist immer noch der Tod.«

MAEVES ERSTE SCHRITTE UND WAS DANN GESCHAH

Die normalste und zugleich unnormalste Schwangerschaft:
Zwei Wochen lang zog Maeve ziellos durch die Lande. Sie setzte sich spontan ins Flugzeug. Nach Süden. Nach Norden. Osten. Westen. Chicago. Dallas. New Orleans. Nie buchte sie im Voraus, weder den Flug noch ein Hotel noch einen Leihwagen. Sie sorgte einfach dafür, dass sie in den Weiten des Subkontinents unterging. Unzählige Abende, an denen sie ihre Mahlzeiten alleine ein-

nahm. Mal in billigen Motels, dann in Luxushotels. Nie länger als zwei Nächte an einem Ort. Als sie zu guter Letzt hoffte, dass die Brüder ihre Verfolgung frustriert aufgegeben hatten, kehrte sie zum internationalen Flughafen in Baltimore zurück, wo sie ihren Wagen geparkt hatte. Wieder setzte sie sich ans Steuer, und diesmal ging die Fahrt Richtung Süden. Drei Tage auf der Straße. Öde, trockene Landschaften wurden nach und nach grün. Maryland. Virginia. Die Carolinas. Georgia. Das nördliche Florida. Dann das südliche Florida – wo sie noch nie gewesen war. Erst kalt, dann heiß. Erst trübe, dann blendend hell. Und schließlich: flimmernde Hitze über schwarzem Asphalt.
Gleißende Sonne durch die Windschutzscheibe.
So landete sie in der einstigen Hippie-Hochburg Coconut Grove.
Es war warm. In den Nächten feucht.
Es war gesetzlos.
Das Miami, in dem sie Zuflucht suchte, war noch fest im Griff der halbseidenen Unterwelt, der Ferrari-, Rolex-, Goldkettchen-, Neun-Millimeter-, Drogen-Welt aus Miami Vice. *Morde waren noch an der Tagesordnung, von Exekutionen mit einem gezielten Schuss in den Hinterkopf –* »Hola, mi hermano, du hast es voll vergeigt ...« *– bis zum Blutbad wie in der Schlussszene von* Scarface. *Die ungezügelte, allgegenwärtige Bandenkriminalität war der Nährboden für vielerlei andere Verbrechen. Es gab Serienvergewaltiger und Serienmörder. Betrüger und Schneeballsystemschwindler. Korrupte Politiker und Polizisten, die mit Auftragsmorden ihr Gehalt aufbesserten. Es war ein Ort, an dem sich Bootsflüchtlinge und Anhänger der Santería Tür an Tür wiederfanden. Killer im Blutrausch vereinten sich mit ehemaligen CIA-Mitarbeitern, mit Exilkubanern, mit Veteranen der Brigade 2506, mit ehemaligen internationalen Waffenschiebern. Und alle existierten mehr oder weniger glücklich nebeneinander. Es war ein Ort, der sowohl Touristen willkommen hieß als auch Menschen auf der Flucht – vor Diktaturen, vor schlecht gelaufenen Drogendeals und vor der Eintönigkeit des Lebens im Rest der Nation.*

Ein guter Ort für einen Killer, *stellte Maeve fest.*
Ein noch besserer Ort, um sich vor einem zu verstecken.
Sie fand eine kleine Wohnung nahe der Grand Avenue in einer Gegend am Rande jener Viertel, die für städtische Gewalt, für Raubüberfälle auf kleine Läden und aufgebrochene Autos berüchtigt waren. Auf einem auf lokale Künstler spezialisierten Flohmarkt, bei dem auf einer improvisierten Bühne eine Immigranten-Band mit Dreadlock-Locken Reggae spielte, kaufte sie sich eine große Schultertasche aus mehrfarbigem Webstoff, wie sie die Leute üblicherweise als Strandtasche benutzten. Die .45er stopfte sie ganz nach unten, wo sie dennoch jederzeit greifbar war.
Anfänglich führte sie die Waffe immer mit sich. Sie hatte etwas Beruhigendes.
Als sich das Leben in ihr immer stärker regte, begab sie sich in die örtliche Filiale von Planned Parenthood. Damit bezweckte sie zweierlei: Zum einen vermittelten die Mitarbeiter Maeve eine Ärztin, die sie gegen geringe Bezahlung durch die restlichen Monate ihrer Schwangerschaft begleitete. Außerdem hatten sie eine Stelle für eine psychologische Beraterin ausgeschrieben. Zwar war sie schlecht bezahlt, und ihre Aufgabe bestand mehr oder weniger darin, Händchen zu halten und verzweifelten Teenagern ihre dahinschwindenden Optionen zu erklären – jungen Mädchen, die sich mit Blendern eingelassen und mit ihnen nichts anderes getan hatten als Maeve in ihrem Alter auch. Im Einstellungsgespräch hatte Maeve nicht alle ihre Befähigungen genannt, doch ihre neuen Arbeitgeber waren offenbar mit ihrem Bachelorabschluss in Klinischer Psychologie mehr als zufrieden. Von einem endlosen Zustrom junger Frauen bekam Maeve immer wieder dasselbe zu hören: Ich weiß, dass er mich verprügeln wird. Wieder. Und wieder. *Oder:* Obwohl ich ein Baby erwarte, glaube ich nicht, dass ich vom Koks loskomme. Oder vom Meth. Oder vom Heroin. *Unterm Strich lief es immer darauf hinaus:* Was kann ich nur tun? *Und die Antwort lautete für gewöhnlich:* Nicht viel. *Je-*

des Mal, wenn sie mit den Mädchen zu diesem Schluss gelangte, dachte sie im Stillen: Ich bin anders.
Als sich Maeve bei ihren Arbeitgebern nach etwa einem Monat bereits unverzichtbar gemacht hatte, eröffnete sie ihnen, dass sie abgetaucht war. Dabei brauchte sie nicht einmal ihre Fantasie zu bemühen. Sie hatten schon zu viele Variationen zu dem immer gleichen Thema gehört, um nach Einzelheiten zu fragen. Sie rieten ihr, sich einer Selbsthilfegruppe anzuschließen. Sie ging zu einigen dieser Treffen und hörte sich dieselben Geschichten an, die sie von ihrer Arbeit her kannte, ohne ihre eigene preiszugeben. Die behielt sie für sich.
Nach etwa fünf Monaten hatte Maeve wieder Zuversicht gewonnen. Mit ihrem Selbstvertrauen wuchs auch ihr Körperumfang. Maeve wollte daran glauben, dass die Irrfahrt aufs Geratewohl ihr die Freiheit gebracht hatte. Die .45er wanderte von ihrer bunten Leinentasche unter ihre Matratze.
Der Gedanke an die Brüder ging allmählich in Alltagsaktivitäten unter. Mit jedem Tag erschienen ihr die beiden unwirklicher. Sie schrumpften in ihrem Gedächtnis. Sie erschienen ihr nicht mehr real.
Gleichzeitig steigerte sich das Gefühl von etwas Neuem, der freudigen Erwartung. Sie wagte es, wieder Pläne zu schmieden. Sie beabsichtigte, sich nach der Geburt des Babys an der Universität von Miami einzuschreiben, um ihren Abschluss zu machen. Beim Studiensekretariat leistete sie mit dem Bargeld des Killers eine Anzahlung und autorisierte die Universität, sich ihre Zeugnisse kommen zu lassen. Sie erkundigte sich nach Kindertagesbetreuung, nach all dem, was ihr als alleinstehender werdender Mutter ein normales Leben versprach. Endlich wagte sie wieder, sich etwas vorzunehmen und sich auf die Zukunft zu freuen. Sie machte sich auf die Suche nach einer schöneren Wohnung in einer sichereren Gegend unweit der vielen städtischen Parks, mit guter Verkehrsanbindung an die Universität. Auf einem privaten Flohmarkt kaufte sie ein gebrauchtes Kinderbett,

brachte es nach Hause und gab ihm einen frischen weißen Anstrich.
Dann Babysachen. Einen Beißring.
Ein recht abgegriffenes Exemplar von Dr. Spock's Dein Kind – dein Glück.
Sie stellte eine Namensliste zusammen. Im neunten Monat fühlte sie sich so bauchig wie ein Schlachtschiff. Drei Stunden, nachdem ihre Ärztin ihr gesagt hatte: »Es kann jetzt jeden Tag so weit sein«, und ihr geraten hatte, schon einmal die Fahrt zum Krankenhaus zu organisieren und eine Tasche fertig gepackt bereitstehen zu haben, schaute Maeve noch einmal in ihrem Sprechzimmer vorbei, um sich ein paar unbearbeitete Fallakten zu holen.
Sie plauderte mit Kollegen. Bekam jede Menge Sprüche und Neckereien mit auf den Weg sowie Ratschläge für die Gewöhnung an ein vollkommen neues Leben. Die Hoffnung auf Schlaf kannst du als Erstes begraben. Haha. *Alles drehte sich darum, was die Zukunft für sie bereithielt. Um das neue Leben, das bevorstand. Und Maeve dachte zuweilen:* Wir werden beide neu geboren.
Und mitten in dieses kameradschaftliche Geplänkel hinein betrat eine der Vorgesetzten von Planned Parenthood den Raum. Mit eisigem Blick. Schockiert. Ihr Blick richtete sich auf Maeve, und sie sagte in furchterregendem Ton:
»Vorhin waren zwei Männer hier. Sie haben nach Ihnen gesucht.« Die Worte trafen sie wie ein eisiger Strahl. Ihr brach der Schweiß aus. Sie verfiel in Panik. Wurde leichenblass. Stammelte. Mit rasendem Puls. Die Angst schnürte ihr die Luft ab.
Der Schmerz, von dem sich ihr das Herz zusammenzog, fuhr ihr im nächsten Moment durch den Bauch. Maeve stöhnte laut, krümmte sich, spürte, wie ihr eine Flüssigkeit die Beine herunterlief, und brach fast auf dem Boden zusammen, als die Wehen begannen.

KAPITEL 26

Sloane war von der Erzählung ihrer Mutter jetzt ganz und gar gefesselt.

Noch nie hatte sie an die Umstände ihrer Geburt einen Gedanken verschwendet. Wie die meisten Kinder hatte sie einfach im Hier und Jetzt gelebt. Zum ersten Mal dämmerte ihr, dass sie das exzentrische Benehmen, die Einsamkeit, das zurückgezogene Leben ihrer Mutter in einem völlig falschen Licht gesehen hatte. Ihre Mutter war in all den Jahren von dem *Davor* verfolgt worden.

»Und was hast du gemacht?«, flüsterte Sloane.

Maeve richtete sich auf. Wie ein Soldat, der strammsteht, um einen Befehl entgegenzunehmen.

»Was ich gemacht habe? Was denkst du denn?«

MAEVES ENTSCHEIDUNGEN

Einige richtig.
Einige falsch.
Einige übereilt.
Einige durchdacht.
Alle unverzichtbar.

South Miami Hospital. Schon seit acht Stunden. Wehen in kurzer Folge. Schweißgebadet. Tränen in den Augen. Zerknüllte Laken, in die sie vor Schmerzen die Finger verkrallt hatte. Wogen aus Schmerzen, die sie erfassten, gefolgt von Hecheln und Sekunden der Erleichterung. Jedes Mal, wenn sich eine neue Wehe ankün-

digte, versuchte Maeve verzweifelt, nicht den Verstand zu verlieren. Sie streckte die Hand nach der Entbindungsschwester aus, einer Frau zehn Jahre älter als sie, ruhig und erfahren. Maeve packte sie am Arm und hielt sie wie in einem Schraubstock fest, fester, als Maeve jemals zuvor zugepackt hatte. Die Schwester versuchte sanft, ihre Finger zu lösen, um ihr stattdessen die Hand zu halten, damit ihr Maeve nicht länger die Fingernägel in die Haut grub. Sie redete ihr mit beruhigenden Worten zu: »Halten Sie durch, Maeve. Das Baby ist bald da. Sie schaffen das. Seien Sie stark.«

Die letzte Wehe verebbte, Maeve fürchtete, dass dies ihre letzte Chance war.

»Nein, nein«, stöhnte sie. »Ich brauche Hilfe. Ich brauche Hilfe ...«

Die Schwester beugte sich zu ihr vor. »Wir schaffen das schon«, sagte sie.

Die nächste Kontraktion bahnte sich an. Maeve krallte sich an den Bettrahmen und halluzinierte, sie könne ihn mit bloßen Händen verbiegen.

»Nein«, sagte Maeve. Biss die Zähne zusammen. Mit ausgetrockneten Lippen. »Es ist nicht das Baby. Es ist der Vater.«

»Wie meinen Sie das?«, fragte die Schwester nach. Plötzlich klang sie alarmiert.

»Er jagt mich.«

Diese letzten Worte brachte sie unter Qualen heraus.

Ihr war klar, dass sie beide Brüder zu einem verschmolzen hatte. Doch dies war nicht der Moment, etwas zu erklären.

Die Entbindungsschwester beugte sich noch näher zu ihr vor.

»Was sagen Sie da? Wie meinen Sie das?«

»Er wünscht mir den Tod. Er könnte das Baby töten. Oder es entführen. Ich weiß es nicht.«

Jedes Wort kam unter Stöhnen heraus, doch ihre Augen unterstrichen, was sie sagte.

Für einen Moment musterte sie sie mit einem ungläubigen Blick.

Als sie für einen Moment durchatmen konnte, sah Maeve der Schwester an, was sie dachte: Wahnvorstellungen. Durch die Schmerzen und die schwere Entbindung hervorgerufen. Eine geburtsbedingte Psychose. Nicht real. Nein, nur ihrem Zustand zuzuschreiben. Aber Moment mal. Wieso setzt sie alles daran, es mitzuteilen? Jedes Wort fällt ihr schwer. Also doch. Dann muss es wahr sein. Zumindest nicht auszuschließen.
Maeve nahm ihre letzten Kräfte zusammen und legte sie in ihre Stimme. Dabei sagte sie sich: Du musst vernünftig klingen. Ruhig. Du musst diese Schwester davon überzeugen, dass du die Wahrheit sagst. Jedenfalls ungefähr.
»Ich weiß, das klingt verrückt«, *sagte Maeve so ruhig und fest, wie sie konnte.* »Aber das ist es nicht. Der Vater. Ich glaube, er verfolgt mich. Ich musste untertauchen. Verschwinden. Ich dachte, er findet mich nicht, hat er aber doch. Ich weiß nicht, wie, aber er hat mich gefunden. Ich weiß nicht, was er diesmal tun wird. Er hat eine Waffe. Er ist verrückt. Besessen. Ich flehe Sie an, bitte helfen Sie mir. Helfen Sie dem Baby. Ich habe sonst niemanden, an den ich mich wenden kann.«
Dies alles war möglicherweise stark übertrieben.
Vielleicht aber auch nicht.
Unmöglich zu sagen.
Doch bei ihren letzten Worten setzte eine weitere Wehe ein. Maeve schnappte laut nach Luft, biss die Zähne zusammen und versuchte zu atmen. Sie gab sich Mühe, in dem Ansturm des Schmerzes nicht unterzugehen, hechelte und keuchte. Was wenig half. Doch kaum verebbte die Woge, brachte sie heraus: »Bitte. Bitte. Sie müssen mir glauben ...«
Zuerst sah sie den Schock im Gesicht der Frau. Dann änderte sich ihr Gesichtsausdruck. Mehr als die meisten anderen Menschen wissen Krankenschwestern, wann sie die Ruhe bewahren und wann sie augenblicklich den Gang wechseln müssen. Sowie die Wehe verebbte, versuchte Maeve, sich halb aufzurichten. In Panik.
»Bitte helfen Sie mir«, *bettelte sie.* »Bitte ...«

Dann sackte sie wieder erschöpft auf das schweißgetränkte Kissen. Die Entbindungsschwester kämpfte immer noch mit sich. Dann nahm sie behutsam Maeves Hand von ihrem Arm und legte sie aufs Bett.
»Okay, Schätzchen. Entspannen Sie sich. Vorsicht ist besser als Nachsicht, ist meine Devise.« Maeve sah, wie sie nach dem Telefon griff und ein paar Nummern eintippte.
»Security?« Die Schwester ließ Maeve nicht aus den Augen. Eine Pause.
»Hören Sie, wir haben hier ein ernstes Problem im Entbindungsraum Nummer sieben. Es darf unter keinen Umständen jemand erfahren, wer in diesem Raum ist. Schon gar nicht irgendwelche Männer, die behaupten, der Vater zu sein. Verstanden?«
Wieder eine Pause.
»Nein, verdammt! Ich sagte, niemand. Absolùtamente nadie! Haben Sie gehört? Möglic58herweise bewaffnet. Sehr gefährlich. Und geben Sie auch an der Rezeption und an der Aufnahme Bescheid. Niemand darf irgendwelche Informationen rausgeben. Sie kennen die Regeln. Alles klar?«
Die nächste Kontraktion bahnte sich an.
Die Schwester wandte sich wieder Maeve zu. »Die Security ist für so etwas ausgebildet, die simulieren Situationen, in denen ein Mann mit einer Waffe ins Krankenhaus kommt.« Sie lächelte. »Wir sind hier schließlich in Miami.«
»Danke«, flüsterte Maeve.
»Dauert jetzt nicht mehr lange, Schätzchen. Ich ruf die Ärztin. Konzentrieren Sie sich. Ist bald Zeit zum Pressen. Und machen Sie sich keine Sorgen. Ich hab noch ein paar Tricks auf Lager.«
Maeve ließ ein langes Stöhnen heraus. Sie sah, wie die Schwester die Kontraktionen auf der Armbanduhr stoppte. »Ja«, sagte sie. »Es ist definitiv Zeit.«
Wieder griff sie zum Telefon. Sekunden später kamen zwei weitere Schwestern mit einer rollbaren Krankentrage herein. »Auf geht's, Schätzchen«, sagte die Entbindungsschwester.

Maeve lehnte sich zurück. Von zweierlei Angst gequält. Vor der Steigerung der Schmerzen und vor dem, der unterdessen irgendwo da draußen seine Kreise enger zog.
»Mein Name«, flüsterte sie. »Der kennt meinen Namen.«
»Ich kümmere mich drum«, versprach die Schwester. Das Letzte, was sie im Entbindungszimmer von ihr sah, bevor sie in den sterilen Kreißsaal gefahren wurde, war das Namensschild an ihrem weißen Kittelhemd: Connolly.

»Ich weiß noch, wie ich dich zum ersten Mal gehalten habe«, sagte Maeve.

Sie sah ihre Tochter lächelnd an.

»In einer Mischung aus Liebe und Panik. Panik einerseits vor der Verantwortung als Mutter. Und dann natürlich …«

»Versteh schon«, meinte Sloane. »Die waren also gefährlich nahe. Und du musstest etwas unternehmen. Also. Was hast du getan?«

»Schon seltsam«, antwortete Maeve. »Du warst nur etwas über eine Woche vor dem Termin. Normalerweise ist es bei dem ersten Kind umgekehrt. Vermutlich haben die Wehen wegen des Schocks eingesetzt, als diese Vorgesetzte plötzlich reinkam und mir sagte, die zwei Männer, vor denen ich auf der Flucht war, seien nicht mehr weit. Die Angst hat die Natur gesteuert, nehme ich an. Aber das erwies sich als Vorteil. Im Einzugsgebiet von Miami gab es ein gutes Dutzend Krankenhäuser. Alle mit Entbindungsstationen. Dann rechne mal aus. Wie viele Geburten kommen da wohl in jeder beliebigen Nacht zusammen? Von North Miami, sogar bis Forth Lauderdale rauf, bis runter zu den oberen Keys. Die Nadel im Heuhaufen. Sicher, kein allzu großer Heuhaufen. Aber groß genug für einen gewissen Zeitvorsprung.«

»Und was glaubst du, wie sie dich gefunden haben?«

Maeve zuckte mit den Achseln.

»Ich habe immer noch meinen Namen benutzt. Dumm von mir, ich weiß. Anfänglich wollte ich nicht einfach darauf verzichten, wer ich war. Ich glaubte, Maeve könnte sich verstecken und trotzdem Maeve bleiben, als frischgebackene Mutter, als Masterstudentin, als die verwaiste Tochter eines Vietnamveteranen. Ich fühlte mich wohl in meiner Haut. Ich wollte niemand anders sein. Aus heutiger Sicht ist es schwer zu erklären, wie viel mir das damals alles bedeutete. Die harte Arbeit. Die Bindungen. Beziehungen. Erinnerungen. Und so stand mein echter Name immer noch auf meinem Mietvertrag. Bei Planned Parenthood arbeitete ich unter meinem Namen. Unter meinem eigenen Namen habe ich bei der Universität den Antrag auf mein Graduiertenstudium gestellt. Mein Name stand auf meiner Sozialversicherungskarte. Ebenso wie auf meinem neuen Führerschein des Bundesstaates Florida und auf meiner Wählerregistrierung. Auch nur ein einziges davon hätte sie auf meine Spur gebracht ... sie waren reich. Sie waren wild entschlossen. Sie verfügten über Ressourcen, von denen ich erst später erfuhr.«

Maeve schüttelte den Kopf, als sei ihr die eigene Naivität von damals immer noch ein Ärgernis.

»Was ich als Erstes hätte tun müssen, kam mir nicht in den Sinn. Wenn ich heute zurückblicke, kann ich mich nur über meine eigene Dummheit wundern. Aber ich hatte noch nicht kapiert, wozu Obsession einen Menschen treiben kann. Und wie weit Unerbittlichkeit gehen kann. Beides begriff ich in der Nacht, in der du zur Welt kamst. Ich war jung und dumm.«

Jung und dumm, den Schuh konnte auch sie sich anziehen, räumte Sloane innerlich ein. Ihre Mutter war damals ungefähr genauso alt gewesen wie sie jetzt. Vielleicht hatte auch sie aus Dummheit Fehler begangen.

Doch diese Überlegung behielt sie für sich.

Nach Mitternacht und siebenundzwanzig Stunden nach der Geburt.
Ein bisschen Schlaf und unvergessliche Momente.
Ein Wechselbad der Gefühle. Von himmelhochjauchzend bis zu den abgründigsten Ängsten. Jedes Mal, wenn die Tür zu ihrem

Krankenhauszimmer aufging, fuhr sie mit beiderlei Gefühlen im Bett herum. Ihr blieb das Herz stehen, oder es ging ihr auf.
Das Kind schlief in einem Stubenwagen neben ihr. Von Zeit zu Zeit versank sie in der Betrachtung des schlafenden kleinen Mädchens. Und wurde von all den Gefühlen überwältigt, an die wehrloses, unschuldiges neugeborenes Leben rührt. Der Beschützerinstinkt, den es mehr als alles andere weckte, erfüllte sie mit ungeahnter Energie. Auch wenn ihr Körper so erschöpft war wie in der zehnten Runde im Ring, war sie noch für die elfte Runde und darüber hinaus bereit. Sie sah sich in dem kleinen Zimmer um. Auf einem Nachttisch stand ein Wasserkrug aus Metall. Es war der einzige Gegenstand in Reichweite, um sich damit zu wehren. Eine dürftige Waffe. Sie wünschte sich, sie hätte ihren Colt griffbereit, doch der lag in ihrer Wohnung unter der Matratze.
Die Tür ging behutsam auf. Maeve spannte sämtliche Muskeln an. Sie war bereit, aus dem Bett zu stürzen und zu kämpfen. Als sie sah, dass es die Entbindungsschwester war, ließ sie sich erleichtert wieder in die Kissen fallen.
Die Schwester trat lautlos ein.
»Wie geht es Ihnen?«, fragte sie im Flüsterton.
»Ganz gut«, antwortete Maeve.
»Und sind Sie bei Kräften?«
Maeve schüttelte den Kopf. »Wie ausgewrungen.«
»Ich frage Sie noch einmal: Fühlen Sie sich einigermaßen stark?«
Jetzt begriff Maeve, worauf die Frage hinauslief.
»Stark genug, um zu tun, was nötig ist«, erwiderte sie. Mit Trotz in der Stimme.
»Gut. Also, können Sie laufen?«
»Ja.« Maeve war schon dabei, aufzustehen, doch die Schwester schüttelte den Kopf.
»Jetzt noch nicht«, sagte sie. »Schonen Sie Ihre Kräfte.« Sie musterte Maeve mit einem eindringlichen Blick. »Also«, sagte sie bedächtig, »zwei Männer waren unten an der Information. Sie haben sich nach Ihnen erkundigt«, sagte sie.

Maeve fühlte sich plötzlich, als sei das Zimmer überheizt.
»Das sind ...«
Die Schwester hob die Hand.
»Ich will nicht wissen, wer sie sind. Oder weshalb sie kommen. Ich weiß genug. Also, niemand – weder die Security noch die Rezeption noch sonst irgendwer – hat ihnen bestätigt, dass Sie in diesem Zimmer sind. Aber wahrscheinlich hat die Auskunft: ›Wir können Ihnen nicht sagen, was Sie wissen wollen‹ indirekt bestätigt, dass sie hier richtig sind.«
»Ja.« Was sie sagte, leuchtete Maeve ein.
»Ich weiß nicht, wie lange die Security sie uns vom Hals halten kann. Möglicherweise warten sie im Foyer. Oder in der Cafeteria. Oder in einem Wagen auf dem Parkplatz. Oder sie stehen vielleicht am Morgen mit einem Anwalt auf der Matte ...« Sie verstummte.
Anwalt. Waffe. Maeve wusste nicht, was davon beängstigender war.
»Einer von ihnen, der Vater, hat immerhin gewisse Rechte ...«
Maeve antwortete nicht.
»Aber die brauchen nicht einmal einen Anwalt«, fuhr die Entbindungsschwester fort. »Morgen früh um acht beginnt die Besuchszeit. Die brauchen nur mit einem Blumenstrauß und einem freundlichen Winken an der Rezeption vorbeizumarschieren und wie selbstverständlich hier in die Entbindungsstation zu kommen ...«
Maeve schloss die Lider. Als sie die Augen Sekunden später öffnete, beugte sich die Schwester über den Stubenwagen und betrachtete das Baby. »Wunderschön«, sagte sie. Sie berührte das Kind an der Stirn. »Hallo, Schwester. Willkommen in der Welt.« Und an Maeve gewandt: »Perfekt. All die Schmerzen wert, stimmt's?«
Maeve sagte nichts.
Die Schwester sah sie an. »Ich hab das auch mal durchgemacht, nicht genau dasselbe, aber nicht weit davon entfernt. Musste zusehen, von einem üblen Burschen wegzukommen. Scheidung.

Kontaktverbot. All die rechtlichen Möglichkeiten ausgeschöpft. Dann hat er sich eines Nachts volllaufen lassen, vor meinem Haus die Straßenlaterne zerschossen und mich laut beschimpft. Die Cops haben ihm die Waffe abgenommen. Hat mächtig was gebracht: Zu Hause hatte er noch sieben andere. Nach noch ein paar Drinks hat er dann einem seiner Kumpane erzählt, an allem, was in seinem Leben schiefgelaufen sei, wäre ich schuld. Und unsere beiden Kinder. Wer auch sonst. Also konnte ich entweder drauf warten, bis er wiederkommt und etwas Schreckliches tut. Oder mich Hals über Kopf aus dem Staub machen. Ich wollte keine Schlagzeilen machen. Die Entscheidung fiel mir also nicht schwer.«
Die Schwester streichelte mit dem Finger das schlafende Baby.
»Haben Sie sich schon einen Namen überlegt?«
»Ich bin mir noch nicht sicher«, antwortete Maeve.
Mit einem Lächeln sagte die Schwester: »Also, ich bin Irin, durch und durch. Gibt hier unten in Südflorida nicht viele von uns. Boston, New York, in meiner Heimatstadt Chicago ... Sie auch, nicht wahr?«
»Ja.«
»Also, Shannon, nach dem Fluss, es bedeutet alt und weise. Würde vielleicht passen. Und Fiona bedeutet schön, oder wie wär's mit Callie? Das sind hübsche Namen. Und Sloane bedeutet Kriegerin ...«
Maeve nickte.
Die Schwester sprach weiter: »Es steht Papierkram an. Amtliche Dokumente. Geburtsurkunde und Sozialversicherung. Versicherungsformulare.« Sie lächelte. »Niemand kommt auf diese Welt, ohne dass ihm die Bürokratie dicht auf den Fersen ist.«
Maeve schwieg.
»Wenn Sie nun zum Beispiel die Geburtsurkunde mit einem Namen ausfüllen würden, aber die Versicherungsformulare mit einem anderen und die Entlassungspapiere aus dem Krankenhaus wieder mit einem anderen? Und wenn die dann für ein paar Tage

in einem Schreibtisch verschwinden oder eins der Formulare verlegt würde und sich jemand aus der Buchhaltung einen Reim auf das Durcheinander machen müsste und Sie aber nicht mehr da wären, um entsprechende Fragen zu beantworten, und auch die Adressen und Telefonnummern nicht mehr stimmten ...«
Maeve verstand, was die Schwester ihr sagen wollte. »Ein bisschen Verwirrung stiften.«
»Genau. Und nicht nur ein bisschen. Das würde Ihnen einen gewissen Vorsprung verschaffen. Und es wäre ziemlich schwer, bei dem bürokratischen Wirrwarr durchzusteigen. Andererseits ist es auch gefährlich.«
»Inwiefern?«
»Na ja, falls Ihnen jemand das Baby wegnehmen würde, wäre es ziemlich schwer zu beweisen, dass Sie wirklich die Mutter sind.«
Maeve nickte. So oder so ein großes Risiko.
Die Entbindungsschwester beugte sich erneut über den Wagen und flüsterte: »Also, junge Dame. Wir müssen dir die bestmöglichen Chancen verschaffen.«
Sie wandte sich wieder an Maeve. »Stimmt doch, oder?«
»Ja.«
»Sie werden dabei einige Gesetze brechen.«
»Ja.«
»Sind Sie sich ganz sicher?«
»Ja.«
»Das wird Sie viel Kraft kosten. Haben Sie die?«
Maeve zögerte, als müsste sie, um zu antworten, erst einmal eine Bestandsaufnahme machen.
»Ich hoffe, ja«, antwortete sie.
»Das ist die richtige Antwort«, sagte die Schwester. »Denn wissen tun wir es alle erst, wenn wir es wissen müssen.« Die Schwester zeigte auf eine Uhr an der Wand. »Um fünf kommt die Schwester zum Temperatur- und Pulsmessen und um nach dem Baby zu sehen. Drei Stunden später, um acht, ist Schichtwechsel hier auf der Station, und bei der Security und in der Notaufnahme. Bis zu

dem Schichtwechsel kommt dann höchstwahrscheinlich niemand mehr zu Ihnen rein.«

Maeve dämmerte, worauf sie hinauswollte.

»Haben Sie Freunde? Wen können Sie anrufen, um sich helfen zu lassen?«

Maeve schüttelte den Kopf. »Ich bin ganz allein.«

Die Schwester deutete auf das Baby und lächelte. »Jetzt nicht mehr.« Sie schien einen Moment zu überlegen. »Okay. Bin gleich wieder da«, sagte sie.

Ohne ein weiteres Wort verließ sie das Zimmer.

Maeve betrachtete die winzige Gestalt in dem Bettchen. Sie wurde von einer Woge der Gefühle überspült.

»Hallo, Shannon, Fiona, Callie ...«, sagte sie ganz leise. Dann schüttelte sie den Kopf. »Nein, tut mir leid. Hallo, Sloane.«

Sie holte tief Luft und flüsterte dann dem Baby zu: »Ist das richtig?«

Und beantwortete sich die Frage im Stillen selbst: Klingt nicht falsch.

Was es noch lange nicht richtig machte.

Sloane beäugte ihre Mutter.

»Also *Kriegerin*, ja?«

»Ja.«

Jetzt fiel es ihr wieder ein: *Vergiss nicht, was dein Name bedeutet ...*

»Und Connolly?«

»Die Schwester. Ihren Vornamen habe ich nie erfahren. Schon seltsam, nicht wahr, wie sich ein Mensch in einem anderen wiederfindet. Oder sich zumindest bei deinen Problemen an eigene aus der Vergangenheit erinnert und beschließt zu helfen? In früheren Zeiten, aber warum nicht auch heute, hätte man sie für einen Engel gehalten. Vom Himmel herabgesandt. Ungefähr so, wie Joseph Crowder direkt aus der Hölle kam. Ich glaube nicht an solchen Quatsch. Aber dass sie mit dieser Idee kam, mit den Papieren

Verwirrung zu stiften, und dir dann auch noch den Namen gab, in dem Moment war es jedenfalls genau das Richtige.«

Wie schon die ganze Zeit durchlief Maeve übergangslos die unterschiedlichsten Gemütszustände. In ihrer plötzlich kerzengeraden Haltung und dem ironischen Lächeln sah Sloane Stolz.

»Von der Nacht an habe ich gelernt, wie man sich wirklich versteckt.«

»Wie meinst du das?«

»Na, überleg doch mal: Jede Verbindung in der Welt, jede Beziehung mit anderen Menschen. Und jede Verbindung, die durch dich zustande kam. Ich musste alles verwischen, denn hätte ich irgendeinen Teil meiner eigenen Biografie bewahrt, wie unbedeutend auch immer, hätten sie da vielleicht einhaken und uns finden können. Maeve verließ Kalifornien. Maeve floh aus Maine. Maeve hatte sich in ihren Wehen in dieses Krankenhaus begeben, doch eine andere Person wurde daraus entlassen. Es fing tatsächlich alles an, als du gerade einmal einen Tag alt warst. Du warst ein neuer Erdenbürger. Aber ich hatte begriffen, dass auch ich einer werden musste.«

Aus ihrer Stimme war eine besondere Energie herauszuhören. *Manche Menschen blicken mit Stolz auf ihre geschäftlichen Erfolge zurück oder auf den entscheidenden Treffer, den sie gelandet haben, oder auf einen errungenen Preis oder auf herausragende akademische Leistungen. Solche Dinge machen uns zu dem Menschen, der wir sind. Aber meine Mutter,* dämmerte es Sloane, *wurde durch eine andere Art von Erfolg zu dem, was sie ist.*

»Ich wurde zur Kriminellen«, sagte Maeve. »Durch Verschleierung.«

Etwa um ein Uhr morgens kehrte die Entbindungsschwester leise in Maeves Zimmer zurück, mit einem Stoß Papiere. Einige davon waren teilweise ausgefüllt, andere leer. Kann man sich mit einem Federstrich unsichtbar machen?, fragte sich Maeve.
Hintereinanderweg füllte Maeve die Spalten aus:

Eine Geburtsurkunde: Sloane Connolly. *In der Spalte mit dem Namen des Vaters und der entsprechenden Sozialversicherungsnummer setzte sie eine fiktive Figur ein:* Hemingways Nick Adams. *Diese Geschichten hatte sie als Studentin gelesen und gehofft, dass sich vielleicht etwas vom unabhängigen Charakter dieser Gestalt auf das Neugeborene in dem Stubenwagen übertrug. Hinter den Namen schrieb sie:* verstorben.
Als Nächstes eine Geburtsurkunde mit ihrem Namen, Will Crowders *Namen, mit je einer erfundenen Sozialversicherungsnummer für sie und für ihn und einem falschen Namen für das Baby. Versicherungsformulare. Wiederum für drei Personen. Sie erfand Namen und Adressen für die ersten beiden. Benutzte ihren richtigen Namen und ihre korrekte Adresse auf dem letzten. Die Entbindungsschwester sammelte alles ein, mischte die Formulare wie ein Deck Karten, die richtigen mit den falschen. Schließlich händigte sie Maeve noch einen weiteren Bogen aus.*
»Lesen Sie«, *forderte die Schwester sie auf.*
Das Formular hatte einen schwarzen Rand.
Ein Totenschein, *stellte Maeve fest.*
Mit der Unterschrift eines Arztes.
Sie sah die Schwester an.
»*Natürliche Todesursache trifft es nicht wirklich. Junge Frau. Etwa in Ihrem Alter. Sehr traurige Begebenheit. Autounfall. Sie war mit Freunden unterwegs, um ihr Jura-Examen zu feiern, und hatte offenbar in all den Semestern nicht genug gelernt, um einen nüchternen Fahrer ans Steuer zu setzen. Fuhren zu schnell und wickelten sich um einen Baum. Sie war als Einzige nicht angeschnallt und flog durchs Fenster. Schlimme Sache. Dieses Formular, also, sehen Sie die Sozialversicherungsnummer? Die Adresse? Und dass die nächsten Angehörigen zwischen einem Wohnsitz auf Key Biscayne und einem in Venezuela wechseln?«*
Maeve sagte nichts.
»*Sie ist diese Nacht gestorben. Ein Glücksfall, nehme ich an. Für Sie. Nicht für die Frau. Was für eine Vergeudung an Talent.«*

Maeve sah nicht, was daran ein Glücksfall *sein sollte. Bis der Groschen fiel.*
»*Das ist die amtliche Kopie. Es an mich zu nehmen, war eine Straftat. Sollte jemals herauskommen, dass ich es entwendet und Ihnen gegeben habe, kann mich das meinen Job kosten. Ich muss es binnen Minuten zurücklegen, bevor es jemand merkt.*«
Maeve sah sich den Totenschein an.
»*Lernen Sie alles auswendig. Nicht die Todesursache oder die Unterschrift des Chirurgen. Sondern wer diese Frau war. Sozialversicherung. Geburtsdatum. Adresse.*«
Maeve starrte auf den Namen.
»*Sie könnten zu dieser Frau werden*«*, sagte die Schwester.*
Maeve begriff. Sie flüsterte: »*Hallo, Consuela Garcia.*« *Sie gab der Schwester das Formular zurück. Sie griff sich ins rote Haar.*
»*Ich weiß nicht, ob das …*«
»*Färben Sie es. Und wenn nötig, wechseln Sie wieder.*«
Maeve nickte. Werde brünett. Blond. Rabenschwarz.
»*Gut*«*, sagte die Entbindungsschwester.* »*Bin gleich wieder da.*«
Nach wenigen Minuten kam sie wieder. Sie brachte einen marineblauen, mit dem Krankenhaus-Logo geschmückten Rucksack und ein paar Kleidungsstücke.
»*Die werden Sie brauchen*«*, sagte sie.*
Die Entbindungsschwester händigte Maeve ein Paar OP-Handschuhe, eine Gesichtsmaske und eine Kopfbedeckung aus, wie sie OP-Personal trägt. Eine Verkleidung. Sie zeigte auf das schlafende Baby im Bettchen. »*Es fällt nicht auf, wenn ein Neugeborenes in so einer Krippe zwischen Stationen hin und her gefahren wird. Man sieht ständig Schwestern damit in den Fluren.*«
Schließlich öffnete sie den Rucksack.
»*Das hier ist ein Geschenk, wie es alle Mütter zur Entlassung von uns bekommen. Windeln. Babynahrung, auch wenn die da besser sind …*« *Sie zeigte auf Maeves geschwollene Brüste.* »*Eine kleine rosa Decke. Ein Spielzeug. Ein Schnuller. Nichts Besonderes.*«
Maeve nickte.

»Sie befinden sich auf dem zweiten Stock. Rezeption und Notaufnahme sind im Erdgeschoss. Beide haben Ausgänge zum Parkplatz. Um diese Zeit ist die Rezeption nur mit einer Person besetzt, die hat allerdings nicht viel zu tun, sie könnte also wachsam sein, und Sie können nicht wissen, wer da im Empfangsbereich sitzt. In der Notaufnahme ist mehr los, da ist auch immer jemand von der Security. Meistens sitzt er neben der Schwester, die die Erstaufnahme macht, und die achten beide vor allem darauf, wer reinkommt und wer rausgeht … das heißt, an einem Ausgang ist nicht viel los. An einem anderen Ausgang herrscht möglicherweise Betrieb, sodass man leichter zwischen den Menschen untertauchen kann, andererseits ist dort wie gesagt auch ein Wachmann, der die Augen aufsperrt. Bin mir nicht sicher, welchen Ausgang ich nehmen würde. Das müssen Sie entscheiden.« Die Schwester legte eine Pause ein. »Diese letzten Schritte bergen ein Risiko. Da könnten Sie am ehesten angehalten werden.«
Die Schwester zeigte zur Tür. »Hier oben liegt das Schwesternzimmer und die Stationstheke rechts. Zu den Fahrstühlen geht es nach links.«
Zu guter Letzt fragte Maeve: »Und was ist mit Ihnen?«
Die Entbindungsschwester lächelte. »Ich hab vor drei Stunden Feierabend gemacht. Ich bin längst zu Hause bei meinen Kindern und schlafe.«
Sie nahm Maeves Hand. Drückte sie fest.
»Viel Glück«, sagte sie.
Die Schwester ging zur Tür. Dort drehte sie sich noch einmal zu Maeve um.
»Blicken Sie nie zurück«, fügte sie hinzu.

»Ist nur so«, sagte Maeve. »Was sie sagte, war gut gemeint. Sehr positiv, beinahe romantisch. Nur dass ich mein ganzes Leben lang zurückgeblickt habe. Mir blieb nie etwas anderes übrig.«
Sloane schwieg.
»Was ich damals getan habe, heute könnte ich das nicht mehr«,

fügte Maeve mit einem Achselzucken hinzu. »Heute sind überall Überwachungskameras. Egal, wo du hingehst, bist du auf irgendeinem Video. Und das Personal passt besser auf. Aber vor siebenundzwanzig Jahren waren die Türen nicht immer verschlossen. Wer kam und wer ging, erst recht an einem Ort mit viel Publikumsverkehr wie in einem Krankenhaus, wurde nicht registriert, zumindest nicht so wie heutzutage.«

Sloane dachte nach. Dann fragte sie: »Was ist aus der Schwester geworden, die dir geholfen hat?«

Sie sagte nicht, *die mir geholfen hat.*

»Deine gute Fee und Patin? Keine Ahnung«, antwortete Maeve. »Ich kann nur hoffen, dass die sie nicht umgebracht haben.«

KAPITEL 27

Sloane fühlte sich mit einem Mal erschöpft. Sie sank auf das Hotelbett und legte sich, um das Licht abzuschirmen, für einen Moment die Hände über die Augen. Überwältigt.

Ihre Mutter räusperte sich.

»Nur keine Schwäche«, sagte Maeve. »Die kannst du dir nicht leisten. Nicht heute Abend. Nicht morgen. Niemals. Du darfst niemals zögern. Du musst immer kampfbereit sein, selbst wenn deine Chancen schlecht stehen.«

Sloane richtete sich auf. Dieselben Befehle hatte sie jahrein, jahraus gehört. Sie waren ihr genauso vertraut wie *Zeit, ins Bett zu gehen* oder *Essen ist fertig*.

Maeve lächelte. »Weißt du, in der Nacht warst du noch so klein, du hast in meine bunte Webstofftasche gepasst. Dieselbe, in der ich so lange den Colt deines Großvaters mit mir herumgetragen habe.«

FLUCHT

Als die diensthabende Schwester der Entbindungsstation kurz nach fünf Uhr morgens zum routinemäßigen Temperatur- und Pulsmessen kam, stellte sich Maeve schlafend. Durch einen Augenspalt sah sie, wie sich die Schwester das Baby ansah und dann zu ihr ans Bett trat. »Wie geht's?«, fragte sie, als Maeve so tat, als wache sie gerade auf.

»Ganz gut«, sagte sie mit schläfriger Stimme.

Die Schwester legte ihr eine Blutdruckmanschette an, hörte sie durch ein Stethoskop ab. »Leicht erhöht«, sagte sie. »Auch der Puls ein bisschen schnell. Aber das ist vermutlich normal. Sie haben einiges hinter sich.«

Nicht so viel, wie ich vor mir habe, *dachte Maeve im Stillen.*

»Ruhen Sie sich noch ein, zwei Tage aus, dann werden Sie vermutlich entlassen. Dem Baby geht's gut. Der Mutter geht's gut.« Sie lächelte. In ihrem Bettchen fing Sloane erst zu wimmern, dann zu schreien an. »Stillzeit«, sagte die Schwester. Sie hob Sloane hoch und brachte sie Maeve. »Brauchen Sie Hilfe?«, fragte sie. Maeve schüttelte den Kopf und legte Sloane an.

Die Schwester lächelte wieder. Wohlwollend – das hier war ein Anblick, dachte Maeve, der sich ihr wahrscheinlich schon wer weiß wie viele Jahre lang tagein, tagaus unzählige Male geboten hatte, das Normalste auf der Welt und doch jedes Mal unvergleichlich. »Dann lasse ich Sie beide mal allein«, sagte sie. »Sollten Sie doch Hilfe brauchen, drücken Sie nur den Knopf, und ich komme.«

Maeves Blick ging zwischen dem Säugling und der Uhr an der Wand hin und her. Sie sammelte sich. Sie fühlte sich wie ein Läufer am Start zu einem Marathon: mit angespannten Muskeln, sprungbereit, zugleich in dem Bewusstsein, viele Meilen vor sich zu haben, auf denen die größten Schwierigkeiten vielleicht erst kurz vor der Zielgeraden warteten. Als Sloane gestillt war, wickelte Maeve sie fest in eine dünne Decke. Dann legte sie das Baby in die Krippe zurück. Maeve schwankte bei den ersten Schritten, ihr wurde schwindelig, und sie wäre beinahe gestürzt. Sie fing sich, rappelte sich auf und ging zügig ans Werk.

Die Kleider, die sie bei ihrer Einlieferung getragen hatte, waren nicht mehr da, als sie ihre bunte Schultertasche ausleerte. Stattdessen stopfte sie den Rucksack hinein, den sie vom Krankenhaus bekommen hatte. Dann schlüpfte sie in die limonengrüne OP-Kleidung, welche die Entbindungsschwester ihr überlassen hatte, legte sich den Mundschutz an und stopfte sich das Haar unter die Haube. Zuletzt zog sie ihre Schuhe an und legte sich

wieder ins Bett. Auf dem Nachttisch war ein Telefon. Sie wählte die Auskunft und ließ sich die Nummer eines durchgängig geöffneten Taxiunternehmens geben.
Es meldete sich ein mürrischer Fahrdienstleiter.
»Ja?«
»Ich hätte gerne so schnell wie möglich ein Taxi draußen am South Miami Hospital. Wie lange wird es dauern?«
»Ich kann Ihnen jemanden in einer Viertelstunde rüberschicken.«
»Super.«
»Name?«
Maeve zögerte. Biss sich auf die Lippen. »Garcia«, sagte sie. »Ich bin Krankenschwester. Arbeite hier.«
»In einer Viertelstunde«, wiederholte der Fahrdienstleiter.
Maeve legte auf. »Okay, Sloane, mein Schatz, los geht's.«
Sie schob das Bettchen bis zur Tür, holte tief Luft und sammelte sich. Dann schob sie es in den Flur.
Ein Blick nach rechts.
Ein Blick nach links.
Aus der Richtung des Schwesternzimmers waren gedämpft Stimmen zu hören, doch im Flur war sie allein. Das Neonlicht an der Decke war gedimmt. Das Kinderbettchen quietschte ein wenig auf dem Weg zum Fahrstuhl. Jeder Schritt, den sie machte, schien ihr viel zu laut, wie ein Alarm, der plötzlich losging. Was tust du da?, brüllte sie sich innerlich an.
Und die prompte Antwort: Ich stehle mein eigenes Kind. Ich stehle einer Toten den Namen. Ich versuche, mein Leben zu stehlen, bevor es mir jemand anderes nimmt.
Sie drückte auf den Knopf nach unten.
Komm schon. Komm schon. Schnell.
Sei bitte leer.
Die Tür öffnete sich mit einem pneumatischen Zischen. Es war niemand darin.
Sie schob das Bettchen hinein. Drückte auf den Knopf zum Erdgeschoss.

Bitte halte nicht auf Eins. Bitte.
Dass bloß keiner einsteigt. Bitte.
In diesen späten Nacht- oder frühen Morgenstunden lag Stille über den Stationen. Maeve schickte Stoßgebete an wer weiß welchen Gott, der vielleicht ihre Angst bemerkte und für einen Moment andere göttliche Pflichten vernachlässigte, um über ihnen beiden zu wachen. Der Schutzpatron für Neugeborene? Der Schutzgott für flüchtige Mütter? Oder für die, die schlicht das Richtige taten?
Sie betrachtete Baby Sloane.
Sie hatte das Gefühl, ihr eine Erklärung schuldig zu sein, wusste nur nicht, welche. Etwas Beruhigendes wie: »Alles wird gut, Sloane, mein kleiner Liebling«, *erschien ihr nicht ganz passend.*
Es braucht ja nicht wahr zu sein.
Ruckelnd hielt der Fahrstuhl an, und sie schob das Bettchen ins Erdgeschoss. An der Wand war ein Wegweiser mit Pfeilen. Notaufnahme. Rezeption. Aufnahme. Kardiologie. Chirurgie. Ambulanz. Reha.
Wie von der Entbindungsschwester beschrieben, ging es durch eine breite Doppeltür in die eine Richtung zur Notaufnahme, in die andere Richtung zur Rezeption.
Maeve zögerte. Sie blickte zu einer großen Uhr an der Wand auf. Der Mann von der Taxileitstelle hatte fünfzehn Minuten veranschlagt. Acht davon waren um.
Nach rechts.
Nach links.
Eine schwierige Wahl. In beide Richtungen ging es nach draußen, in beide Richtungen konnte es gefährlich werden. Innerlich hörte sie schon jemanden rufen: »Hey! Sie da! Halt! Was soll das werden?« *Sie spürte Hände nach ihr greifen, um sie aufzuhalten und ihr das Baby wegzunehmen.*
In diesem Moment des Zögerns heulte eine ferne Sirene auf.
Kam näher.
Dann eine zweite.

Gefolgt von einer dritten.

Von Sekunde zu Sekunde dröhnte es lauter, wie eine sich auftürmende Welle, kurz bevor sie an die Küste brandet. Im Flur herrschte mit einem Mal eine Alarmbereitschaft, die sich ausdehnte wie ein Ballon kurz vor dem Platzen. Noch eine Sirene. Vielleicht die vierte. Eine fünfte. Sie kam nicht mehr mit. Die Nacht dort draußen füllte sich mit Getöse. Hinter der Tür zur Notaufnahme waren jetzt laute Stimmen zu vernehmen, auch wenn Maeve nicht verstehen konnte, was sie sagten. Jedenfalls herrschte plötzlich irgendwo nicht weit von ihr rege Geschäftigkeit, und an der Wand vor ihr flackerten rote und gelbe Lichter, deren Schein durch die Fensterreihen drang. Während sie noch so dastand, flog eine Doppeltür am anderen Ende, unter einem Schild mit der Aufschrift OP-TRAKT, *auf, und zwei Schwestern sowie ein Arzt in weißem Kittel rannten den Flur entlang zur Notaufnahme. Als sie an ihr vorbeikamen, würdigten sie Maeve keines Blickes.*

Maeve war wie versteinert.

Noch mehr laute Sirenen. Unter einer Vollbremsung quietschende Reifen.

Lautes Stimmengewirr.

Die unverwechselbare Geräuschkulisse eines beherrschten Chaos. Sie schwankte. Lauf in die andere Richtung. Dann doch: Nein, mitten ins Getümmel.

Mit trockenem Mund und rasendem Puls nahm Maeve den Rucksack, schnallte ihn sich auf den Rücken und machte in ihrer großen, bunten Schultertasche gerade genug Platz für das Baby. Sloane schlief und rührte sich nur ein wenig, als sie aus dem Bettchen in die Tasche verfrachtet wurde.

»Bitte, Sloane«, *flüsterte Maeve.* »Keinen Muckser. Bitte. Du darfst auf gar keinen Fall schreien.«

Sie nahm die Tasche an die Brust und bewegte sie so wenig wie möglich. Das Krankenhausbettchen schob sie weg. Sie sah zweifellos lächerlich aus in der grünen OP-Kleidung, mit der Gesichts-

maske und Kopfbedeckung, dazu den blauen Rucksack auf dem Rücken und die farbenfrohe Webstofftasche an die Brust gedrückt. Sie sah nicht wie eine Krankenschwester aus. Ebenso wenig wie eine Mutter. Auch nicht wie eine Kriminelle. Vielleicht wie eine Mischung aus allen dreien. Wenn ich beim Sicherheitsdienst wäre und mich sähe, würde ich mich anhalten. Sie hatte keine Wahl. Sie holte tief Luft und strebte mit unsicheren Schritten Richtung Notaufnahme. Sie drückte den Knopf für den Rollstuhl-Einlass, die Türen schwangen in ihre Richtung auf, und sie trat in einen Mahlstrom der Aktivität.

Auf den ersten Blick sah sie mindestens ein Dutzend Polizisten. Mit angespannten Gesichtern. Es lag höchste Alarmbereitschaft in der Luft. Manche Beamten hatten die Hand an der Seitenwaffe.

Drei Reihen rote Plastikstühle, die Hälfte davon mit einem wilden Haufen von Leuten besetzt, die, schniefend, hustend oder zitternd, darauf warteten, dass ihr Name aufgerufen wurde. Sie wirkten alle mitgenommen. Doch egal, wie elend sie sich fühlen mochten, wurden sie hintangestellt, als sich der Raum mit anderen Menschen füllte. Die übliche Klientel, die spätabends mit allen möglichen größeren oder kleineren Problemen die Notaufnahme aufsuchte, weil sie sich nicht anders zu helfen wusste, war mit einem Schlag unwichtig und musste warten.

Sie zählte mindestens sechs Rettungssanitäter im blau-orangefarbenen Overall.

Ärzte und Krankenschwestern – alle in der einheitlichen grünen OP-Tracht, die sie selbst trug – scharten sich um fahrbare Tragen, auf denen Menschen lagen, und dirigierten sie in durch Vorhänge getrennte Abteile. Jede liegende Gestalt hatte eine schwarze Tasche mit Ausrüstung zu ihren Füßen.

Noch mehr Uniformen – diesmal an zwei Männern, die auf Tragen lagen.

Einer davon hielt die Hand eines anderen Polizisten fest.

Der andere zuckte wild und bäumte sich auf. Er hatte eine Sauerstoffmaske über dem Gesicht.

Blutflecken an verknäulten weißen Laken.
Beim Lockern eines Druckverbands schoss arterielles Blut in die Höhe. Es spritzte auf den Boden und einem der wenigen Ärzte in Weiß auf den Kittel. Eine Schwester winkte mit einer versilberten Klemme und reichte sie der Ärztin, die sich über die Wunde beugte und die Blutung stillte.
Jede Trage war augenblicklich von medizinischem Personal umringt. Sauerstoffflaschen, Defibrillatoren, sterilisierte Instrumente auf einem Zureichetisch kamen zum Einsatz.
Sie sah, wie einer der Ärzte mit einem Satz auf eine der Tragen sprang und rittlings auf dem Polizisten saß, der sich plötzlich nicht mehr wand. Der Arzt begann mit der Herzdruckmassage.
Sie hörte: »Eins! Zwei! Drei! Vier!«
Weitere Befehle:
»Platz machen!«
»Notfallwagen!«
Polizisten, die den zwei Männern auf den Tragen gut zuzureden versuchten.
»Halt durch, Junge!«
Sanitäter, die Leute brüllend aufforderten, aus dem Weg zu gehen. Schwestern, die mit lauten Rufen den Ärzten antworteten, um sich Gehör zu verschaffen.
In Maeves Augen herrschte allseits Chaos, in dem die einen versuchten, den anderen das Leben zu retten.
Noch mehr Blut.
Noch mehr Lärm.
Eine dritte Trage wurde hereingeschoben.
Noch ein blutiges weißes Laken, weitere zwei Sanitäter, die im Eilschritt die Trage hereinfuhren.
Einer der Polizisten brüllte: »Das ist der verdammte Schütze!«
Heftiges Gedränge, so als wollten die Polizisten dem Verletzten den Weg versperren.
»Sofort in den OP!«
»Aus dem Weg!«

»*Machen Sie Platz!*«

Und inmitten des Dramas stand Maeve mit Sloane in der an die Brust gedrückten Tasche und sagte, durch die Maske gedämpft, zu zwei uniformierten Polizisten, die ihr den Weg verstellten: »*Darf ich bitte mal?*« *Ohne sich ein einziges Mal umzusehen, ging sie durch die Doppeltür, durch die gerade eben die zwei verwundeten Polizisten und der verletzte Schütze hereingekommen waren, in die Nacht hinaus. Sie rechnete damit, dass ihr irgendjemand hinterherbrüllte, dass eine barsche Stimme fragte:* »*Wo zum Teufel wollen Sie hin?*« *Doch nichts geschah.*

Und sie sah, warum: Im Zufahrtsbereich unter dem riesigen roten Neonschild EINGANG NOTAUFNAHME *parkten dicht an dicht und kreuz und quer Kranken- und Streifenwagen und Zivilfahrzeuge der Polizei und tauchten die Szene in blitzendes rot-gelb-blaues Licht. Zwei Übertragungswagen, das jeweilige Logo des Senders an der Seite, kamen mit quietschenden Reifen angebraust. Sie sah sich um und entdeckte ein einsames Taxi, das, leicht zu übersehen, ein wenig abseitsstand.*

Sie ging hinüber. Der Fahrer ließ die Scheibe herunter.

»*Sind Sie Garcia?*«*, fragte er und beugte sich über den Beifahrersitz.*

»*Ja*«*, sagte sie, während sie die hintere Tür öffnete und einstieg.*

»*Mann, das ist der Wahnsinn*«*, sagte er.* »*So was hab ich noch nie gesehen. Und? Wo soll's hingehen?*«

Sie nannte ihm ihre Wohnungsanschrift.

Bevor er losfuhr, sah er sich noch einmal um.

»*Zwei Cops angeschossen. Kam überall im Radio. Nicht allzu weit von hier, auf dem South Dixie Highway. Haben wohl versucht, einen Porsche wegen Geschwindigkeitsübertretung anzuhalten. War wohl mit satten hundert Meilen unterwegs. Wahrscheinlich mit Koks abgefüllt, und er hatte eine Uzi auf dem Sitz neben sich.*«

Der Fahrer schüttelte den Kopf.

»*Wollte sich wohl keinen Strafzettel einhandeln.*«

Maeve schwieg. Sie nahm Sloane aus der Beuteltasche und hielt sie fest in den Armen. Das Baby schlief seelenruhig, als ginge es das Chaos, das sie gerade hinter sich gelassen hatten, nichts an. Obwohl draußen die typische Schwüle der Nächte in Miami herrschte, hatte Maeve das Bedürfnis, Sloane warm zu halten. Sie sah, wie am Himmel der erste zarte Streifen der Morgendämmerung den Kampf gegen die Neonlichter der City antrat. Doch in den Straßenschluchten gab sich die Dunkelheit nicht so leicht geschlagen. Musste heute Nacht jemand sterben, damit wir überleben?, fragte sie sich.
»Was für eine Nacht«, bemerkte der Taxifahrer.

KAPITEL 28

Sloane versuchte, sich ihre Mutter vorzustellen, wie sie, kaum älter als sie selbst jetzt, kurz vor Morgengrauen auf dem Rücksitz des Taxis saß. *Und hoffte, dass ich in dieser Tasche weiterschlafen würde. Wie sie durchs Seitenfenster in die Straße starrte, in der sie wohnte. Wo ihr die Stille Angst einjagen musste. Wo sie nicht wissen konnte, ob die beiden ihr in ihrer Wohnung auflauerten oder auf der Straße hinter einem Baum, zwischen zwei Gebäuden oder auch nicht. Mit der Angst im Nacken: Die bringen mich um. Und nehmen mir mein Baby weg.*

Das klingt ganz und gar paranoid, dachte Sloane.
Vielleicht aber auch nicht.
Hätte ich das an ihrer Stelle fertiggebracht?, überlegte sie.
Ich glaube nicht.

Als sie weitererzählte, machte sich in Maeves Stimme ein triumphierender Ton bemerkbar.

»Ich rechnete damit, dass sie in meiner Wohnung waren. Doch ich hatte Glück. Niemand da. Vielleicht sind sie später gekommen. Ich weiß es nicht. Ich begriff nur, dass ich – dass wir – ihnen einen winzigen Schritt voraus waren und jede Sekunde zählte. Ich hatte einiges dazugelernt. Ich sprach mit keinem Menschen. Packte einfach nur ein paar Sachen zusammen, unter anderem die .45er, und platzierte dich in einer Babyschale auf den Rücksitz – als wäre nichts weiter, als wollten wir nur mal eben an die frische Luft. Und so fuhren wir davon. Bye-bye, Miami. Nach meinem Bye-bye, Kalifornien und Bye-bye, Maine.«

»Hast du dich nie gefragt, ob sie an dem Punkt vielleicht aufgeben? Nachdem sie merkten, dass du ihnen wieder entwischt warst? Spurlos verschwunden?«

»Ich konnte es nicht drauf ankommen lassen. Jedes Mal, wenn ich dich an die Brust nahm, wusste ich, dass nichts in meinem Leben je wieder normal sein würde. Aber ich musste es für dich so normal wie möglich machen. Ich musste für uns ein Zuhause finden, in dem wir in Sicherheit leben konnten. An dem Morgen, an dem wir Miami verließen, mussten wir vom Erdboden verschwinden. Ich ging vorsichtshalber davon aus, dass wir ihnen vielleicht um Minuten oder auch ein paar Stunden voraus waren. Diesen Abstand musste ich zu Tagen, Wochen, Monaten, Jahren verlängern.«

»Und so …«

»Nun ja, Consuela Garcia erfüllte für kurze Zeit ihren Zweck. Sie blieb nur ungefähr eine Woche. In Tampa. Dann an der Golfküste, Alabama. Und in New Orleans. Dort habe ich mich von Consuela verabschiedet und sie begraben. Ich hatte Angst, dass sie den Namen nach Miami zurückverfolgen könnten. Ein Mädchen, das in derselben Nacht, in der sie mich verfehlt hatten, im selben Krankenhaus, in dem ich lag, gestorben war? Man brauchte kein detektivisches Genie zu sein, um eins und eins zusammenzuzählen. Ich benutzte sie also nur für die kurze Zeit, die ich brauchte, um Informationen einzuholen und einen Plan zu entwickeln, wie ich erneut eine andere Identität annehmen konnte. So wurde aus mir Martha Riggins in Oxford, Mississippi, eine blonde Kellnerin, die unweit von Baton Rouge, Louisiana, an einer Überdosis gestorben war. Ein trauriges Leben, schätzte ich.«

Maeve legte eine Pause ein. Sie ging wieder zu ihrem Köfferchen und holte wieder die Waffe heraus. Sie hielt sie einen Moment lang wie eine lieb gewordene, zerbrechliche Antiquität in der Hand.

»Das war Martha«, fuhr sie dann fort. ».357 Magnum, Colt Python. Die Pistole hat sie in der Bar gestohlen, in der sie arbeitete. Da lag sie unter der Kasse. Der Barkeeper war an dem Abend krank. Es war seine Waffe. Er nannte sie seinen Streitschlichter.

Na, jedenfalls, nachdem sie – ich – die geklaut hatte, flohen wir wieder, und ich verwandelte mich in Lucy Lawrence in Asheville, North Carolina. Schwarzes Haar. Fünf Zentimeter größer und sechs Jahre älter als ich, es blieb also eine recht kurze Freundschaft. Sie arbeitete in einer Bibliothek und hatte den Darmkrebs, an dem sie starb, nicht verdient. Und dann ...«

Sie verstummte, als falle es ihr schwer, über diese Erinnerung zu sprechen.

Sloane beschlich ein unbehagliches Gefühl, doch sie unterdrückte es, so gut sie konnte.

»Ich schätzte, dass ich in kurzer Folge mindestens sechs verschiedene Identitäten annehmen musste. Eine Zufallsauswahl an beliebigen Orten. Auf diese Weise hoffte ich, meine Spur zu verwischen. Deshalb ging ich so vor. Du warst ja noch ganz klein – aber Gott sei Dank ein pflegeleichtes Kind. Es stellte sich eine gewisse Routine ein. Ich fand einen passenden Namen und einen Gelegenheitsjob, Bezahlung bar auf die Hand, eine billige Einzimmerwohnung, die ich auf Monatsbasis mieten konnte. Ich ließ mich an Orten nieder, an denen ich eine einigermaßen vernünftige Tagesbetreuung fand oder zumindest eine Krippe, der ich dich anvertrauen konnte, während ich mich daranmachte, wieder jemand anders zu werden ...«

Maeve schwieg einen Moment.

Und so wurde ich für einige Zeit Consuela, dann Martha, Lucy und Sally ...«

Sloane zählte. Das waren vier.

»Wie gesagt, ich habe in einer Bar gejobbt. Ich habe in einem kleinen Lebensmittelladen gearbeitet. Habe in einer Raststätte Burger gebraten. Ich habe an meinem Wagen die Nummernschilder getauscht. Ich habe mir ein, zwei, drei Mal einen neuen Führerschein besorgt. Bankkonten eröffnet und wieder gekündigt. Hatte Kreditkarten auf unterschiedliche Namen, jeweils nur einmal verwendet und dann weggeschmissen. Um neue Identitäten zu finden, bin ich die Todesanzeigen in den Zeitungen durchgegangen. Ich hab mich ziemlich clever dabei angestellt«, sagte Maeve, »hab alles gelernt, was man können und wissen muss, um jemand anders zu werden.«

Maeve sah Sloane an.

»Ich habe die Kunst studiert, sich in nichts aufzulösen.«

Sloane wurde immer mulmiger zumute.

»Zwei, vielleicht drei Monate an einem Ort. Dann weg mit dem Namen und her mit einem neuen. Ich habe keine Freundschaften geschlossen. Keine Spuren hinterlassen – höchstens ein paar offene Rechnungen, sodass mir der Manager eines Imbiss-Restaurants hinterhergeflucht hat, wenn ich verschwand. Überall, wo wir waren, kam ich an den Punkt, an dem es zu behaglich wurde, an dem die Leute versuchten, nett zu mir zu sein, oder an dem sie mir auf der Straße zuwinkten oder mich auf ein Bier einluden, und an dem Punkt schrillten bei mir jedes Mal die Alarmglocken. Ich brach meine Zelte ab und zog weiter. Meistens mitten in der Nacht. Ohne irgendjemandem auch nur ein Wort zu sagen. Byebye, Lucy. War schön mit dir, Martha. Ich würde sie nicht länger in ihrer ewigen Ruhe stören. Ruhet in Frieden. Früher oder später waren wir beide, du und ich, wieder unterwegs in die Anonymität, weil das allein Sicherheit brachte.«

Maeve lächelte.

»Ich wurde eine ziemlich gute Kriminelle.«

Alles, was Sloane bis dahin gehört hatte, klang logisch und völlig absurd zugleich.

»Weißt du«, nahm Maeve ihren Faden wieder auf, »als Studentin, in Klinischer Psychologie, hatte ich ein Buch gelesen, das war damals sehr bekannt, von einer Psychiaterin über eine ihrer Patientinnen. *Sybil*. Sie war eine multiple Persönlichkeit und hatte sich in sechzehn verschiedene Identitäten aufgespaltet, die ihr alle dabei halfen, mit unterschiedlichen Aspekten ihres Kindheitstraumas fertigzuwerden. Ein anderes Buch, *Die 3 Gesichter Evas*, befasste sich mit einer ähnlichen Thematik, aber mich faszinierte *Sybil*. Sybil kämpfte mit aller Macht gegen das an, was ihr zugefügt worden war. Ich kämpfte mit aller Macht gegen das, was mir zugefügt werden *könnte*. Ich glaube, sie hatte es leichter.«

Sloane war anderer Meinung, doch sie sagte es nicht. Ihr fiel auf, dass Maeve jedes Mal, wenn sie ein Wort betonte, die Hand zur Faust ballte und erhob.

»Ich war der Fuchs. Die waren die Jäger. Wie schaffst du es, der bellenden Meute und den Jagdhörnern und den Pferdehufen immer wieder zu entkommen? Deine Mutter hat das geschafft.«

Es machte ganz den Eindruck, als gebe es Maeve Kraft, Sloane alles zu erzählen.

»So habe ich mich langsam wieder an New England herangepirscht«, sagte Maeve. »Ich wusste, dass ich irgendwann wieder nach Maine heimkehren kann. Aber ich wollte einen Ort finden, der mir vertraut war, einen Ort, der mich an meine Heimat erinnerte, an die Gegend, in der ich aufgewachsen war. Wo niemand allzu viele Fragen stellt und die Leute einen mehr oder weniger in Ruhe lassen.«

Maeve lächelte.

»Aber das Raffinierte dabei war die letzte Person, deren Identität ich angenommen hatte, bevor wir in die Stadt zogen, in der du aufgewachsen bist – Laura Johnson, die war einfach perfekt, auf einer Urlaubsreise nach Südamerika ermordet. Das heißt, ich ging davon aus, weil sie nämlich mit einem Freund in den Anden wandern war und von keinem der beiden je die Leiche geborgen worden war – es gab jede Menge Spekulationen darüber, sie könnten unterwegs vielleicht über eine Kokainfabrik gestolpert sein. Jedenfalls, nachdem ich ihr die Identität gestohlen hatte, behielt ich sie bei. Es war einfach praktisch, dass sie einen solchen Allerweltsnamen hatte. Ich brauchte eigentlich nur noch an ihre Sozialversicherungsnummer zu kommen. Und sobald ich die hatte, erstand Laura Johnson wieder von den Toten auf und richtete sich in der Kleinstadt Rhinebeck im Bundesstaat New York ein. Ich erhielt sie am Leben. Jahrein, jahraus. Kreditkarten. Bankkonto. Anfänglich eine Postfachadresse. Und von Zeit zu

Zeit ließ ich dich dann zu Hause, um in die Stadt zu fahren und etwas als Laura Johnson zu unternehmen. In dieser modernen Welt des Cyber-Stalking und -Shaming war ich auf eine Identität angewiesen, über die ich auch im Netz wachen konnte. Von Zeit zu Zeit ging ich, als Laura, zum Beispiel wählen. Oder ich bekam ein Ticket wegen Geschwindigkeitsübertretung. Ich zahlte Steuern. Alles Dinge, die in Datenbanken eine Spur hinterlassen würden. Und ich konnte recherchieren, ob es irgendwo Anzeichen dafür gab, dass mir Will oder Joseph Crowder auf die Spur gekommen waren. Für diesen Fall, für den Fall, dass ich irgendetwas Verdächtiges entdeckte, könnte ich einfach wieder nach Hause fahren, für kurze Zeit Maeve O'Connor sein, um dich ins Auto zu packen und erneut zu verschwinden. Für einen solchen Notfall hatte ich immer einen Plan B, C oder D, jeweils mehr oder weniger entwickelt. Das Problem war nur, dass ich in den letzten paar Jahren nicht mehr daran gearbeitet habe, weil ich inzwischen glaubte, wir seien endlich frei.«

Sloane bekam den Mund nicht mehr zu. Einerseits bewunderte sie ihre Mutter für ihren Einsatz. Andererseits machte es sie wütend.

Lügen, dachte sie. Korrigierte sich aber im selben Moment. *Notlügen* traf es wohl eher. *Überlebensstrategien.*

Ihr schwirrte der Kopf.

Vor Wut lag ihr auf der Zunge: *Wie konntest du mich nur so hinters Licht führen!*

Vor Dankbarkeit: *Wie gut, dass du jedem anderen etwas vorgemacht hast.*

Sie wusste nicht, welchem dieser widerstrebenden Gefühle zu trauen war.

Sloane unterbrach ihre Mutter: »Aber Will Crowder – der Mann, der …« Sie stockte.

Sie bekam eine trockene Kehle, als hätte es ihren Hals ausdörren lassen, dass sie seinen Namen aussprach. Es kostete sie Überwindung, mit heiserer Stimme fortzufahren: »… der Mann, der mein Vater war ... der ist gestorben. An einer Überdosis. In New York City. Schon vor Jahren.«

Maeve zuckte mit den Achseln.

»Das wusste ich nicht. Aber nach so vielen Jahren Drogensucht war abzusehen, dass es ihn eines Tages umbringen würde. Es ist sehr schwer, clean zu werden. Manche schaffen es. Bei ihm hatte ich von Anfang an keine Hoffnung.«

Maeve sagte dies in einem Ton, als sei damit alles gesagt, was es dazu zu sagen gab. Sloane versuchte, ihre Gedanken zu ordnen, doch ihre Gefühle gewannen immer wieder die Oberhand.

»Aber Mom«, sagte sie bedächtig, »woher hättest du das wissen können? Wenn er nun doch von den Drogen losgekommen wäre? Wenn aus ihm nun doch der Mann geworden wäre, in den du dich damals verliebt hast? Wäre immerhin möglich gewesen, oder?«

»Ich konnte kein Risiko eingehen, verstehst du? Er hatte schließlich immer noch diesen Bruder. Nehmen wir an, Will hätte mich tatsächlich geliebt, dann hätte mich Joseph trotzdem umgebracht. Darauf wäre das Wagnis hinausgelaufen.«

Maeve ließ nicht den Hauch eines Zweifels an ihrer Entschlossenheit, dies unter allen Umständen zu verhindern. Sloane fühlte sich wie am Rand einer Klippe.

»Aber aus welchem Grund sollte der Bruder – Joseph, der Mörder – immer noch nach dir suchen, nachdem sein geliebter Bruder längst tot ist?«

»Ich weiß es nicht.«

Eine dünne Antwort. Sie weiß es sehr wohl. Oder etwa doch nicht?

Sloane sah Maeve unerbittlich an, und ihre Mutter nickte. »Ich frage mich«, sagte sie schließlich sehr langsam, »ob die Jagd auf mich und der Wunsch, mich zu töten, nicht bei ihm zur Sucht geworden ist.«

Bei diesen Worten wurde es Sloane eiskalt.

Ein Bild drängte sich ihr auf:

Il Labirinto.

Sie wollte schon etwas über Irrgärten und Erkundigungen erzählen, die im Kreise verliefen, doch stattdessen fragte sie nur: »Und wie ging es weiter?«

»Na ja, wir hatten einige Jahre zusammen. Du wurdest größer. Nach fünf Jahren war ich zuversichtlich. Nach zehn Jahren glaubte ich, wir hätten es endlich geschafft. Nach zwanzig Jahren hatte ich die beiden Brüder fast vergessen. Nicht ganz, aber fast. Denn all diese Jahre, die waren der schlagende Beweis dafür, dass wir am Ende gesiegt hatten. Ich war bereit, mir auf die Schulter zu klopfen, einfach nur älter zu werden und zuzusehen, wie du glücklich wirst und Erfolg hast und all das erreichen kannst, was mir nicht vergönnt war. Bis …«

»Bis was?«

Maeves Schultern sackten herunter. Sie machte ein gequältes Gesicht.

»Vor etwas über einem Jahr stellte ich fest, dass jemand Erkundigungen nach Laura anstellte. Das kam völlig unerwartet. Laura lebte in einer kleinen Einzimmerwohnung. Billig. So was wie ein Hotelzimmer, in dem ich immer mal wieder untergeschlüpft bin, du erinnerst dich? Wenn ich überraschend für ein paar Tage wegmusste …«

Und ob sich Sloane erinnerte. Sie saß stocksteif da.

»Laura war mir ans Herz gewachsen«, sagte Maeve unbeschwert. »Ich denke, ich fühlte mich wohl in ihrer Haut. Jedes Mal, wenn ich dort hinfuhr und eine Weile Laura war, fühlte ich mich wie in einem Abenteuerurlaub.«

»Aber wie hast du erfahren, dass …«, fing Sloane an.

In bitterem Ton fuhr ihre Mutter fort: »In der Kleinstadt tauchte auf einmal so ein verdammter Privatdetektiv auf und fing an, herumzufragen. Fünfundzwanzig Jahre lang waren wir sicher gewesen. Länger. Aber da war dieser Kerl auf einmal. Ein verfluchter Privatdetektiv. Schnüffelte bei der Post. Bei meiner Hausverwaltung. Bei den Wohnungsnachbarn. Der örtlichen Bank. Der Bursche sprach sogar mit der Polizei. Das Problem war nur, dass es zwischen Laura und mir ein paar Verbindungen gab. Liams Tochter hatte das Farmhaus in Maine verkaufen müssen. Liams Tochter musste an seine Militärrente kommen. Das musste über eine Bank laufen und von dort auf Lauras Konto überwiesen werden. Ich glaubte, diese Transaktionen seien sicher. Schließlich lief das alles schon seit Jahren, aber es war andererseits eine Spur, die sich nicht verwischen ließ. Ich konnte mir ausrechnen, dass dieser Detektiv nicht lange brauchen würde, um zwischen Laura und Maeve eine Verbindung herzustellen.«

Sie schwieg einen Augenblick.

»Wer sonst hätte einen Privatdetektiv anheuern sollen, um mich zu finden?«

Sloane zuckte zusammen wie unter einem elektrischen Schlag.

Maeve lachte bitter. »Ich hätte nicht geglaubt, dass ein Mörder einen Privatdetektiv anheuern könnte, um jemanden zu finden, den er umbringen will.«

Sie verstummte erneut für einen Moment.

»Hat er aber«, sagte sie leise.

Sloane fühlte sich bemüßigt, etwas zu sagen, doch ihr fehlten die Worte.

»Ich hatte gehofft«, erzählte ihre Mutter weiter, »wenn ich Maeve sterben lasse, könnte ich ihn erneut in eine Sackgasse führen, und du könntest weiterhin du sein, ohne dir irgendwelche Sorgen zu machen. Immerhin hast du einen anderen Namen. Du hattest das Haus verlassen und wohntest allein in Boston. Ich dachte, niemand in unserer kleinen Stadt könnte diesem Detektiv sagen, wo du bist und was du machst, jedenfalls nicht, dass ich wüsste. Ich tilgte also so viele Spuren, wie ich konnte, die dich mit mir verbanden. Offensichtlich haben sie dich trotzdem aufgespürt. Ich hätte es wissen müssen. Mit einigen Annahmen lag ich falsch.«

Und ob er mich aufgespürt hat, stellte Sloane fest. *Er ist zu meinem Institut gekommen und hat mich fotografiert und das Bild dem Auftraggeber geschickt.*

Und dann wurde ich angeheuert, um ein Denkmal zu entwerfen.

Sloane brummte der Schädel. Es wäre jetzt an ihr gewesen, ihrer Mutter einiges zu erzählen.

»Ich glaube, er will mich immer noch umbringen. Das heißt, wenn er herausfindet, dass ich noch lebe.«

»Du hast doch die Formalitäten erledigt, oder? Mich für tot erklären zu lassen?«

Sloane nickte. »Ich habe es gemeldet, ja …«

»Und dich so verhalten, als sei ich tot?«

Wie verhält sich jemand, der jemanden verloren hat?, überlegte Sloane. Aber sie sagte: »Ja.« *Gegenüber der Polizei. Den Banken. Immobilienmaklern.*

»Ich hoffe, das genügt.«

Sloane beschlich in diesem Moment die bange Frage, ob die Geschichte ihrer Mutter dabei war, sie um den Verstand zu bringen. Umgekehrt war aber auch womöglich ihre Mutter vollkommen durchgeknallt.

Ist das alles wirklich passiert?

Sloane wurde übel. Sie versuchte, ihre Gedanken und Gefühle wieder unter Kontrolle zu bringen, als ihr eine brennende Frage kam. Sie zögerte, weil sie nicht sicher war, ob sie die Antwort wirklich hören wollte.

»Mutter«, sagte sie langsam. »Ist Maeve dein richtiger Name?«

Maeve lächelte.

»Natürlich nicht.«

KAPITEL 29

Sloane erstickte fast an all ihren Antworten. Doch sie schluckte sie alle herunter.

Sie sprang auf und starrte ihre Mutter an. *Wie heißt du wirklich?*, war die nächstliegende Frage. Doch wie eine bittere Pille schluckte sie auch diese Frage herunter.

Vielleicht will ich es gar nicht wissen.

»Ich muss aufs Klo«, sagte sie am Ende nur.

Ohne eine Antwort abzuwarten, durchquerte sie das Hotelzimmer und zog die Tür zum Bad hinter sich zu. Sie schloss ab, trat ans Waschbecken und ließ sich kaltes Wasser über die Handgelenke laufen. Jemand hatte ihr einmal gesagt, so könne man sich am besten abkühlen, besonders nach einem langen Lauf. Es wirkte nicht. Sie war erhitzt. Wie von einem Fieber. Sie betrachtete sich im Spiegel.

»Ich bin Sloane Connolly«, flüsterte sie sich zu. »So heiße ich. Das bin ich. Das bin ich schon immer gewesen. Das werde ich bis in alle Zukunft sein.«

Es klang wie der Sprechgesang eines Mönchs. Dabei war sie sich in keinem einzigen Punkt sicher.

Nach einer Weile betätigte sie die Spülung.

Als sie wieder ins Zimmer trat, saß ihre Mutter ihr gegenüber und wartete auf sie, die Hände auf dem Schoß gefaltet, wie eine alte Jungfer im neunzehnten Jahrhundert in der guten Stube.

»Bist du wütend?«, fragte Maeve.

Sloane antwortete nicht.

»Ich weiß, dass du wütend bist«, sagte Maeve.

»Ach ja?«, erwiderte Sloane sarkastisch.

Maeve zuckte mit den Achseln. »Egal«, sagte sie. Offenbar

machte es ihr keine Mühe, von einem Moment zum anderen die Rolle zu wechseln. Jetzt erinnerte sie an eine Managerin mit einer Powerpoint-Präsentation bei einem Verkaufstermin. »Wir müssen immer noch verschwinden. Uns auf die Socken machen. Du und ich, wir brauchen ein neues Versteck. Zunächst einmal das Geld, das du auf der Bank hast. Das müssen wir irgendwo anders hin überweisen, auf ein neues Konto. Dann deinen Wagen holen ... falls du den nicht aufgeben willst. Was eigentlich sinnvoll wäre. Unter einem neuen Namen kannst du dir einen neuen kaufen. Was hält dich noch in Boston?«

Nichts. Alles.

»Ich hab dir ein Foto geschickt«, fuhr Maeve fort. Von mir an einem Strand nicht weit von einem Leuchtturm. Das ist in Oregon. Ein wirklich schöner Bundesstaat, auch wenn es da ein bisschen zu viel regnet. Aber ich denke, da könnten wir unterschlüpfen und uns wohlfühlen.«

Sloane stand einfach nur kerzengerade da und sagte nichts.

In der Stille, die eintrat, schien ihre Mutter intensiv nachzudenken.

»Wahrscheinlich wäre es das Beste, wenn du stirbst«, sagte sie. In sachlichem Ton.

»Was?«

Maeve kam in Fahrt, halb sprach sie mit Sloane, halb dachte sie einfach laut nach. »Was wäre wohl die praktischste Todesart? Ich glaube nicht, dass wir allzu viele Optionen haben. Krankheit fällt schon mal flach – die haben dich gesehen und wissen, dass du vor Gesundheit strotzt. Dein Ex – Roger –, der wäre hilfreich gewesen, aber der scheidet jetzt auch aus ...«

»Er *scheidet nicht aus*«, fauchte Sloane. »Er ist tot.«

»Bleibt praktisch nur entweder Selbstmord oder ein Unfall«, spann Maeve ihren Faden fort, als habe sie Sloanes Bemerkung gar nicht gehört. »Und etwas allzu Naheliegendes kauft dein Auftraggeber uns nicht ab, zum Beispiel, dass du in denselben Fluss gesprungen bist. Wir müssen uns einen plausiblen Tod einfallen lassen. Etwas Plausibles. Wo es aber keine Leiche zu geben braucht.«

»*Plausibles?*«, fragte Sloane. Sie fasste es nicht.

»Vielleicht draußen im Golfstrom?« Maeve ging mit sich selbst zurate. »Vielleicht auf dem Appalachian Trail? Oder in den Wäldern rings um den Mount Washington in New Hampshire. Da verirren sich alle naselang Leute, wenn sie die markierten Wege verlassen.«

Ich bin noch nie wandern gegangen. Ich habe auch kein Angelboot, um damit aufs Meer rauszufahren.

»Er wird es uns trotzdem nicht abnehmen, egal, was wir uns einfallen lassen«, sagte Maeve und schüttelte den Kopf. »Aber er wird Tage brauchen, um dahinterzukommen, genügend Zeit für uns, zu verschwinden und dir eine neue Identität zu geben, sodass er wieder von vorn anfangen muss.«

»Verschwinden?«

»Überleg doch mal, Sloane, Liebes. Bücher. Filme. Die sind nicht aus der Luft gegriffen. Da stehen wahre Geschichten dahinter. Solche Geschichten, wie ich sie dir gerade erzählt habe. Meine Realität. Wie oft müssen Frauen verschwinden, um sich in Sicherheit zu bringen und zu überleben? Ich habe es damals getan, und wenn du es nicht tust – ich glaube, du weißt, was dann passiert. Jetzt ist es an dir.«

Sloane war sprachlos.

»Wie willst du sonst wirklich frei sein?«, fragte Maeve.

Mit Freiheit hat das nichts zu tun, dachte Sloane. *Hatte es noch nie. Wird es auch nie.*

»Ich muss an die frische Luft«, sagte Sloane.

»Wir müssen Pläne machen«, erwiderte ihre Mutter.

Nein, müssen wir nicht. Oder doch?

Was hätte Sloane nicht für eine klare Antwort gegeben!

»Die Köpfe zusammenstecken«, fuhr Maeve fort. »Konkret abstecken, wie wir verfahren. Alles genau durchdenken. Wir müssen entschlossen vorgehen. Du und ich, zusammen können wir diesem Mann die Stirn bieten. Egal, wie viele Menschen er umgebracht hat.«

Das Leben als Spiel. Bei dem man Figuren auf einem Brett hin und her bewegt.

Der Gewinner überlebt.

Der Verlierer stirbt.

Die Wände schienen sich auf Sloane zuzubewegen. Ihr war so heiß, als sei das Zimmer in Flammen aufgegangen und sie müsse ersticken. Ihr raste das Herz wie wild. Ihr schwirrte der Kopf. Der Schweiß trat ihr aus allen Poren. *So kann und darf das nicht laufen,* sagte sie sich.

Sie sah Maeve an. Ihre Mutter machte ein Gesicht, als rechnete sie als Nächstes mit einer einfachen logischen Frage, zum Beispiel: *Wie komme ich an so eine Perücke?*

Ich bin nicht meine Mutter, dachte Sloane. *Will ich auch gar nicht sein.*

»Ich muss wirklich mal an die Luft. Ich muss nachdenken«, sagte sie.

Es trat Schweigen ein.

»Ja, gut …«, sagte Maeve, um das Schweigen zwischen ihnen zu brechen, und es schwang Enttäuschung mit. »Ist ja nur allzu verständlich. Also gut«, sagte sie. »Machen wir eine Runde um den Block. Und besprechen, was immer du auf dem Herzen hast.«

Sie griff nach Perücke und Hut.

»Allein«, sagte Sloane.

Ihre Mutter hielt mitten in der Bewegung inne.

»Ich denke, das ist keine gute Idee. Ich habe dir erklärt, womit wir es zu tun haben. Er ist ein rücksichtsloser Killer. Ich habe keine Ahnung, warum er das alles tut – dieses alberne Monument und das Geld und dieser Vertrag und dieser Anwalt –, aber vertrau mir, es ist bestimmt etwas komplett anderes, als du denkst.«

Zwei Gedanken drängten sich Sloane auf.

Der erste: Ihre Mutter sagte, *vertrau mir.*

Ganz sicher nicht.

Der zweite: *Welche Absicht der Auftraggeber tatsächlich verfolgen mag*, albern *ist mit Sicherheit das falsche Wort.*

Sloane schüttelte den Kopf und sagte: »Du beobachtest mich jetzt schon seit Wochen. Da kannst du auch noch ein bisschen warten, bis ich mir die Sache überlegt habe.«

Dabei ging ihr Vertrauen in ihre eigene Fähigkeit, dies alles – oder überhaupt etwas – zu Ende zu denken, gegen null.

»Sloane, Liebes, ich weiß, wie schwer es für dich sein muss, das zu begreifen, aber ...«

Wieder legte Maeve eine Pause ein, bevor sie fortfuhr. Zeigte sich geduldig, als sei Sloane noch ein Kind. Ihr ganzer Tonfall erinnerte Sloane an ihre Kindheit, und es war keine glückliche Erinnerung.

»Sieh mal, Sloane, ich glaube zwar nicht, dass er da draußen auf uns lauert, auf der Straße vor dem Hotel, und damit rechnet, dass du genau in dem Moment da rauskommst. Aber wer weiß es ganz genau? So oder so ist er uns auf den Fersen. Jedenfalls näher, als du wissen kannst. Einen Block entfernt? Eine Meile? Eine Autostunde? Oder zehn Minuten? Und was er vorhat, kannst du genauso wenig wissen wie ich. Sicher ist nur so viel: Es ist nichts Gutes. Und wessen er fähig ist ... das solltest du keinen Moment lang unterschätzen. Das habe ich jedenfalls nie getan, und ich werde es auch nicht in Zukunft.«

Es war ein Appell, sich in dieselbe Ungewissheit zurückzuziehen, die Maeve ihr ganzes Leben als Erwachsene wie zu enge Kleider getragen hatte.

Mit erhobener Hand gebot Sloane ihrer Mutter Einhalt, bevor sie sich weiter in ihren Überlegungen erging.

Es war, als ob sich in ihrem Kopf plötzlich ein Schalter umlegte und sie zwang, eine Frage zu stellen, die auf der Hand lag. Eine Frage, die sie als Erstes hätte stellen sollen, die jedoch, seit ihre Mutter ins Hotelzimmer getreten war, in der langen Vorgeschichte untergegangen war. Die unabweisliche Erkenntnis, dass sie diese Frage schon längst hätte stellen müssen, machte sie wütend. Wütend auf sich selbst.

»Mutter«, begann sie und sprach dabei sehr langsam und betont: »Woher wusstest du, dass ich heute am 9/11-Memorial-Museum sein würde?«

Maeve machte den Mund auf, um spontan zu antworten, überlegte es sich dann aber anders. Sie rutschte auf ihrem Platz herum.

»Na ja, ich bin geübt darin, Menschen zu beschatten ...«

»Blödsinn. Woher hast du es gewusst?«

»Na ja, ich wusste ja, wie sehr du dich für Denkmäler interessierst, also dachte ich mir ...«

»Wieder Blödsinn. Sag mir die Wahrheit, oder ich gehe.«

»Das wäre dumm von dir, nach allem, was du jetzt weißt«, entgegnete Maeve brüsk. »Ein richtig dummer Fehler.«

Bei dem Wort *dumm* kochte Sloane innerlich vor Wut, doch sie beherrschte sich. »Mag sein«, sagte Sloane. »Aber es wäre meine Entscheidung, ob dumm oder nicht.«

Sie musterte ihre Mutter mit einem durchdringenden Blick. »Beantworte meine Frage: Woher wusstest du, wo ich heute sein würde?«

Sie hatte die Stimme erhoben. Ihr Ton war fordernd, schroff. Dabei beschlich sie zunehmend das Gefühl, die Antwort bereits zu kennen. Sie wollte sie nur noch laut und deutlich von ihrer Mutter hören.

Maeve wand sich. Dann schnappte sie nach Luft und sagte: »Du hast deine Eintrittskarte zum Museum auf deinem Laptop online gekauft, bevor du downtown gefahren bist.«

»Sicher.«

»Auf dem Laptop, den ich dir vor einem Jahr geschenkt habe.«

»Ja, aber ...«

Sloane sprach nicht weiter.

Ihr Blick fiel auf den Laptop ihrer Mutter.

Derselbe Hersteller, dasselbe Fabrikat wie ihr eigener.

Dasselbe Foto als Bildschirmschoner. Sloanes Architekturprojekt.

Ein Bild, das sie nicht hatte sehen können, weil sie tot war. Die Augen ihrer Mutter folgten Sloanes Blick.

»Es tut mir leid«, fing sie an. Stockte. »Das heißt, nein, eigentlich nicht. Die einfache Erklärung: Als ich dir diesen Computer kaufte, habe ich ein Spiegelprogramm installieren lassen. Ist nicht weiter kompliziert. Das übernimmt der Apple Store. Auf Geschäftscomputern ist das üblich, damit die Angestellten sehen können, was die anderen machen, die am selben Projekt arbeiten. Ich konnte also alles sehen, was du auf deinem Computer machst, ohne dass du es wusstest. Ich gehe davon aus, dass der Mann, den du *der Auftraggeber* nennst, mit dem Laptop, den er dir für dein neues Büro zur Verfügung gestellt hat, genau dasselbe gemacht hat. Und dieses schicke Smartphone, das du von ihm hast – dito. Die kleine Kamera da oben drin? Lässt sich so einstellen, dass sie in beide Richtungen funktioniert. Darüber kannst du observiert werden. Und diese Eintrittskarte zum Museum, ich wette, die hast du mit der Kreditkarte gekauft, die du von ihm hast.«

»Ja.«

Maeve schwieg, als schätzte sie erst einmal ab, ob bei ihrer Tochter der Groschen gefallen war.

»Auf diese Weise wusste ich, wo du bist, wo du hinwolltest, und ziemlich genau, wann. Dasselbe gilt für ihn. Dank dieser Kamera am Laptop wusste ich sogar, was du anhast. Hab dir ja gesagt, du würdest nie allein sein«, sagte sie nachdrücklich.

Sloane lehnte sich zurück. Ihr war zum Heulen. Das Offensichtliche war niederschmetternd.

SLOANES NÄCHSTER SCHRITT

Vielleicht ihr erster ...
Vielleicht ihr letzter ...
Vielleicht der erste von den letzten.

Nach einer Weile stand Sloane auf. Aus irgendeinem Winkel in ihrem Innern, von dem sie nicht einmal wusste, dass es ihn gab, holte sie die Kraft, wieder Haltung anzunehmen.

Sie ging zu dem kleinen Schreibtisch. Sie riss einen Bogen von dem Schreibblock mit Anschrift, Telefonnummer und Website-Information des Hotels ab und steckte ihn ein.

»Warte hier«, sagte sie zu ihrer Mutter und deutete auf das Telefon, Zimmer 333. »Ich melde mich bald.«

»Sloane, Schatz, das ist keine gute Idee.«

»Mag sein«, antwortete sie. »Aber das ist mir egal.«

»Du solltest nicht rausgehen. Wir müssen doch ...«, fing Maeve an, verstummte jedoch, als sie das Gesicht ihrer Tochter sah. »Also gut, verstehe«, sagte sie, wenn auch in einem Ton, der das Gegenteil suggerierte. »Und wo willst du jetzt hin?«

Wenn ich das nur wüsste.

Sie wusste nur, dass sie es keine Sekunde länger in diesem Hotelzimmer hielt, dass sie ersticken würde, wenn sie jetzt nicht ging. Sie schüttelte einfach nur den Kopf und wiederholte: »Warte du hier. Ich melde mich.«

»Und wann?«

»Sehr bald.«

Nicht wirklich eine Antwort. Es war Sloane egal.

Ihrer Mutter standen widerstreitende Gefühle ins Gesicht geschrieben. Vor Jahren hätte Maeve einfach verlangt, dass Sloane tat, was sie ihr sagte, und ihre Tochter hätte gehorcht. Mutter und Kind. Anweisung und Befolgung. *Du tust es, weil ich es dir sage.* Die Gleichung stimmte nicht mehr. *Ein Geist kann keine Befehle erteilen.*

»Na schön. Wenn du meinst, du brauchst ein Weilchen für dich ... dann halte dich aber von der Straße fern. Unterlaufe seine Erwartungen. Bewege dich im Zickzack – so wie du es getan hast, als du aus der Praxis von diesem Kessler kamst. Das funktioniert tatsächlich. Verwende nicht dein Handy. Verwende nicht diese Kreditkarte. Rede mit niemandem. Finde irgendein Plätzchen, an dem du für dich sein kannst, um nachzudenken und dich zu entscheiden – obwohl dir gar nichts anderes übrig bleibt. Dann komm wieder her, damit wir hier wegkommen.«

Sloane entging nicht, dass ihre Mutter ihr gegenüber genau dasselbe Argument ins Feld führte, mit dem sie der Mörderbruder vor vielen Jahren konfrontiert hatte: die einzige Wahl. Während ihre Mutter sprach, rührte sich Sloane nicht vom Fleck.

»Und wenn du schon anrufen musst, dann geh in einen Drugstore oder ein Computergeschäft, egal wo, und besorg dir ein Wegwerfhandy. Bezahl nicht mit der Kreditkarte. Warte, hier ...« Maeve ging zu ihrer Handtasche und zog mehrere Hundert-Dollar-Scheine aus ihrem Portemonnaie. »Hier, nimm.«

Nach kurzem Zögern nahm Sloane das Geld.

Maeve nickte. »Also dann. Ich warte hier so lange«, sagte sie.

Richtig, dachte Sloane. *Dir bleibt gar nichts anderes übrig.*

Für mich muss es eine Wahl geben. Ich sehe sie nur nicht. Noch nicht.

Wieder trat eine kurze Pause ein.

»Und Sloane, nimm dir nicht allzu viel Zeit. Ich weiß nicht, wie viel Vorsprung wir haben. Vielleicht weniger, als wir hoffen.«

Es klang halb wie eine Warnung, halb wie eine Drohung. Sloane sah, dass ihre Mutter sie umarmen wollte – aber genau das konnte Sloane in dem Moment nicht brauchen. Und so sagte sie zum dritten Mal: »Ich melde mich.«

Ohne sich auch nur ein einziges Mal zu ihrer Mutter umzudrehen, verließ sie das Zimmer.

Schloss die Tür hinter sich.

Lief durch den Flur.

Stieg in den Fahrstuhl.

Durchquerte die Lobby.

Trat auf die Straße.

Es war, als überschreite sie eine Grenze. Der Anblick der Treppe der Überlebenden vor wenigen Stunden hatte sie in einen anderen Daseinszustand geführt, und seitdem wusste sie nicht mehr, was real war und was nicht. Sie lief schnell, drosselte ihr Tempo, blieb stehen und lief wieder los.

Geräusche, die aus der Nähe kamen, hallten plötzlich wie von ferne. Das städtische Hintergrundrauschen kam näher und trat wieder zurück. Ihr war zum Heulen und zum Lachen. Ihr war danach, sich auf dem Bürgersteig in eine Ecke zu kauern und nicht mehr vom Fleck zu rühren. Sie wusste, dass sie Angst hatte, aber nicht länger, *wovor*. Plötzlich erschien ihre Mutter ihr ebenso furchterregend wie der Auftraggeber. So wie in ihren Albträumen überschwemmten sie Bilder vom Tod, zuletzt eine bizarre Version von Roger, der auf dem Boden eines Hotelzimmers verblutete. *Wie hat er sich umgebracht? Mit einer Schusswaffe? Wo hatte er die her? War die für mich gedacht?* Sie verstand rein gar nichts mehr. Sie versuchte, eine Situation zu begreifen, die sich jeder Logik widersetzte.

TEIL DREI

RÄCHER ALLEN UNRECHTS

Ein berühmtes Zitat des ehemaligen Straflager-Häftlings Fjodor Dostojewski:

>*Um einen Gefangenen vom Ausbruch abzuhalten, stelle man sicher, dass er seine Gefangenschaft gar nicht wahrnimmt.*

Eine mörderische Variation des Zählreims für Kinder:

>*One dead, two dead, three dead, four.*
>*Five dead, six dead, seven dead, more …*
>*Eight dead, nine dead …*
>*Count them up to ten.*
>*Let's put our dead back,*
>*And count them up again.*

Ene mene miste
Es rappelt in der Kiste.
Ene mene muh
Und tot bist du …

KAPITEL 30

EINS

Im elften Schuljahr hatte ihr Englischlehrer ihnen Richmond Lattimores Übersetzung von Homers *Die Odyssee* aufgegeben. Er sagte der Klasse: »Ihr werdet sicher nicht alles verstehen, wegen der poetischen Sprache, weil es in Hexametern geschrieben ist, aber es ist eine wirklich gute Geschichte darüber, wie schwer es manchmal sein kann, heimzukehren, wenn man es unbedingt will.«

Das war bei ihr haften geblieben: *heimzukehren.*

Das Wort konnte vieles bedeuten.

Viele Episoden aus dem Epos hatte sie in lebhafter Erinnerung behalten – die Blendung des Zyklopen im Lotophagenland des Vergessens oder, wie Odysseus, an den Mast gefesselt, dem Gesang der Sirenen lauscht. Als der alte Hund nach zwanzig Jahren seinen Herrn begrüßte und dann starb, hatte sie geweint. Sie liebte Penelopes Trick, das Totenhemd ihres Mannes, an dem sie jeden Tag webte, nachts wieder aufzudröseln. Und beim Niedermetzeln der Freier hatte sie innerlich gejubelt. Doch was ihr jetzt, auf einer Straße in Manhattan, am stärksten in Erinnerung kam, war die Episode, in der Odysseus sein Schiff zwischen zwei großen Gefahren, den Meeresungeheuern Skylla und Charybdis, durch die strömungsreiche Meerenge hindurchlenkte.

Sie starrte zu dem Hotel zurück, in dem ihre Mutter wartete. Dann senkte sie den Blick auf die Textnachricht des Auftraggebers auf ihrem Handy.

Wir sind uns schon begegnet.

Sloane ballte die Hände zu Fäusten und mahnte sich selbst: *Nicht raten. Nicht spekulieren. Zermartere dir nicht den Kopf in der Hoffnung, dich zu erinnern, wann und wo. Beschränk dich auf das, was du weißt, was du sehen kannst und was Fakt ist. Der Rest findet sich. Früher oder später.*

Sloane trat vom Bordstein zurück und entdeckte, als sie sich umdrehte, einen Duane-Reade-Drugstore. Schnell fand sie in einem Regalfach zwischen Schmerztabletten, Erkältungsmitteln und Haarpflegeprodukten billige Wegwerfhandys. Sie zählte das Bargeld ab, das ihre Mutter ihr mitgegeben hatte, und kaufte ein Dutzend. Zwar hatte sie keine Ahnung, wie viele sie tatsächlich brauchen könnte, aber ein paar mehr konnten nicht schaden.

Die Kassiererin wickelte den Einkauf kommentarlos ab. Sloane war bereits im Gehen begriffen, als sie noch eine Bitte hatte: »Gibt es hier irgendwo in der Nähe einen Computerladen?«

»Keine Ahnung«, sagte die Frau. »Denke mal schon.«

»Haben Sie ein Smartphone zur Hand?«

Die Kassiererin sah Sloane, die gerade einen Beutel voll Handys entgegengenommen hatte, verwundert an. Doch sie nickte.

»Würden Sie mal eben für mich nachschauen?«, fragte Sloane und bemühte sich dabei um den geschäftigen Tonfall der New Yorker. Die Kassiererin zog ein Handy aus der Gesäßtasche, tippte ein paar Worte ein, wartete einen Moment und fragte dann: »Meinen Sie so einen Laden?«

Sie hielt Sloane ihr Handy hin. Auf einem Stadtplan, den sie aufgerufen hatte, waren mehrere Läden mit grünen Punkten markiert.

Sloane prägte sich zwei Adressen ein. »Danke«, sagte sie, drehte sich um und ging.

Niemand wird mich mehr observieren, dachte sie. *Von dieser Minute an.*

Jedenfalls nicht, solange ich es nicht will.

Sie strotzte wahrlich nicht vor Selbstvertrauen, machte sich aber Mut, indem sie sich ins Gedächtnis rief, dass sie bereits zweimal Männern mit Knarren getrotzt, mit Anwälten und Polizisten und Kinderschändern klargekommen war und dass seit dem augenscheinlichen Selbstmord ihrer Mutter und seitdem der Auftraggeber in ihr Leben getreten war, ihr nur ein Mensch wirklich Angst eingejagt hatte, nämlich Roger.

Der nunmehr tot war. *Wenigstens hat er nie Nacktfotos von mir ins Internet gestellt. Jedenfalls nicht dass ich wüsste.*

Sie straffte die Schultern und machte sich zügig auf den Weg. Bis zu einem Block mit drei Banken und dazugehörigen Geldautomaten war es nicht weit und von dort noch einige Blocks bis zu einem Apple Store. An jedem Automaten hob sie mit ihrer eigenen Karte den maximalen Geldbetrag ab. *Danke, aber nein danke, Mutter. Danke, aber nein danke, Auftraggeber. Das hier geht auf mich.* Sie steckte die Geldscheine ein und begab sich zu der Computerfiliale. Sie betrat den Laden eine Viertelstunde vor Geschäftsschluss. Ein junger Mann gab sich redlich Mühe zu verbergen, dass er von Kundschaft in letzter Minute nicht beglückt war.

»Gerade noch rechtzeitig«, sagte er, als er vorbei an den Auslagen mit den neuesten Geräten in vornehmem Silber und Grau zu ihr hinüberkam. »Wonach suchen Sie?«

Sie zeigte auf einen kleinen Laptop.

»Dem da«, sagte sie. »Mit zusätzlichem Speicher und der besten Grafik, die Sie haben. Mit allem Drum und Dran.«

»Möchten Sie vielleicht ein paar Modelle vergleichen, wir ...«, fing der junge Mann an.

»Nein.«

»Verstehe«, sagte er. »Wollen Sie alle Ihre Daten von Ihrem älteren Modell rüberladen?«

»Nein«, sagte sie. »Ganz sicher nicht. Ich möchte neu anfangen.«

Er lächelte. »Das ist ungewöhnlich«, sagte er. »Nicht mal Musik oder Dokumentendateien?«

Sie holte ihr Bargeld heraus.

»Sofort, bitte«, erwiderte sie. »Ich habe es eilig.«

Stimmte bei Licht betrachtet gar nicht, oder doch?

Der nächste Starbucks war schnell gefunden. Sie besorgte sich einen übertreuerten Becher Kaffee und setzte sich an einen Ecktisch, um den neuen Computer auszupacken. In der Zeit, die sie brauchte, um den extragroßen Latte auszutrinken, hatte sie ein neues Log-in und eine E-Mail-Adresse generiert, sich neue Passwörter zu Bank- und Kreditkarten-Konten gegeben und die entsprechenden Zugriffsdaten. Wahrscheinlich waren sie letztlich vor Hackerangriffen nicht sicher, aber dazu musste jemand erst einmal wissen, dass dieser Computer existierte und sie darin eingeloggt war. Zumindest für den Augenblick also konnte nichts passieren. Als dies erledigt war, holte sie eins der Wegwerfhandys heraus und rief ihre Mutter im Hotelzimmer an.

»Sloane, Liebling, wo steckst du? Ich habe mir allmählich schon Sorgen gemacht.«

Sloane ignorierte die Bemerkung.

»Ich gehe nach Boston zurück.«

»Das wäre nicht klug.«

Sloane ignorierte die Bemerkung.

»Und wann willst du los? Ich komme mit. Wir müssen zusammenhalten.«

Keine gute Idee. Also ...

»Ich geb dir jetzt die Nummer zu einem Wegwerfhandy«, sagte sie. »Und eine neue E-Mail-Adresse. Unter beidem kannst du mich erreichen, und ich melde mich zurück.«

In der Stille, die folgte, waren die Bedenken ihrer Mutter mit Händen zu greifen. Und sie sprachen aus dem kurz angebundenen Ton, in den Maeve augenblicklich verfiel und der Sloane von früher nur allzu vertraut war.

»Sloane, was hast du vor? Wir müssen untertauchen. Sofort. Nicht zurück zu dir, sondern so weit weg es geht, und dabei so wenig Spuren wie nur möglich hinterlassen.«

Oregon, dachte Sloane. *Ohne mich.*

»Gib mir die Nummer zu dem Handy durch, das du benutzt. Kann ich davon ausgehen, dass es sicher ist? Nicht kompromittiert?«

»Ja. Es ist unter dem Namen Mary Wilcox registriert. Sie ist vor neun Monaten in Seattle gestorben. Aber Sloane ...«

»Bist du derzeit Mary Wilcox?«

»Sloane, Liebes ...«

»Die Nummer?«

Ihre Mutter schwieg einen Moment, dann diktierte sie ihr die zehn Ziffern. Und fügte in selbstgewissem Ton hinzu: »Liebling, ich glaube, du hast, nach allem, was ich dir gerade erzählt habe, immer noch nicht ganz begriffen. Der Mann, den du als Auftraggeber kennst, ist ein Mörder. Du darfst ihn unter keinen Umständen weiter in dein Leben lassen. Du hast an einer Liste gearbeitet, die er dir gab. Was, glaubst du, wird passieren, wenn er dich auf eine weitere Liste setzt?«

Insgeheim dachte Sloane: *Roger kam auf eine Liste. Eine Liste mit genau einem Namen. Den er von mir bekommen hat.*

Diesem Gedanken gebot sie Einhalt, um sich zu überlegen, was sie ihrer Mutter antworten sollte. Während dieses kurzen Zögerns befiel sie das Gefühl, dass ihr ein Magentiefschlag bevorstand.

Ihr Instinkt hatte sie nicht getrogen.

»Sloane«, sagte ihre Mutter und legte eine vielsagende Pause ein, um zum Schlag auszuholen: »Willst du allen Ernstes behaupten, du hättest damals nicht so gehandelt wie ich? Haargenau wie ich? Schritt für Schritt?«

Keine Antwort. Und weiter:

»Was ich in der Nacht nach deiner Geburt getan habe?«

Zweite Pause.

»Und in der ersten Nacht unserer Flucht?«

Dritte Pause.

»Und jede Nacht danach, bis du größer warst, bis du erwachsen warst und ich erfuhr, dass dieser Mann immer noch hinter mir her ist? Hinter uns?«

Vierte Pause.

»Du willst doch nicht etwa sagen, du hättest nicht genauso reagiert?«

Eine unmögliche Frage, die Sloane, wie sie genau wusste, niemals würde beantworten können.

»Meinst du nicht, du hast das Leben, das ich dir ermöglicht habe, verdient?«

Noch eine unmögliche Frage.

Wieder trat zwischen ihnen Stille ein. Zehn Sekunden lang. Dreißig Sekunden lang. Vielleicht auch eine Stunde lang, Sloane hatte jedes Zeitgefühl verloren, doch sie fühlte sich unversehens wieder wie ein Kind. Und sie klammerte sich an ein rutschiges Seil, um sich daran hochzuziehen und erwachsen zu werden.

»Sloane«, sagte Maeve zugeknöpft, »du musst Folgendes tun ...«
»Sag mir nicht, was ich zu tun habe«, fiel ihr Sloane ins Wort.
Eine weitere Schweigepause.
»Oder zu lassen habe.«

Sie verkniff sich, hinzuzufügen: *Das Recht hast du verwirkt, als du dich nicht in den Connecticut River gestürzt, aber mich in dem Glauben gelassen hast.*

Auch einen anderen Gedanken behielt sie für sich: *Ich stehe bereits auf einer Liste. Ich weiß nur noch nicht, auf was für einer.*

Ihre Mutter lenkte ein. »Na gut«, sagte sie. Und nach kurzem Zögern: »Bitte, Sloane, Liebes ...«

Sie brauchte den Satz nicht zu Ende zu führen. Sie hatte Sloane mehr als klargemacht, was ihr vorschwebte: die Rückkehr in ein Leben, das Sloane nicht führen wollte. Eine Rückkehr in die Geheimniskrämerei, die über Sloanes ganzer Kindheit gehangen hatte? Vielleicht. Wollte sie für sich und Sloane eine neue Geheimwelt schaffen? Wahrscheinlich. Für sie beide eine neue Stadt aussuchen, um dort bis in alle Ewigkeit sicher und in seliger Anonymität zu leben?

Kannst du vergessen. Ich denk nicht dran.

Wenn du das willst, mache ich dir einen Strich durch die Rechnung.

Und wenn ich es nicht tue, dann der Auftraggeber.

Sloane wusste, was sie ihrer Mutter zu sagen hatte. Ihr war klar, dass es grausam war. Sie sah keine Alternative und bemühte sich daher nur, es ihr schonend beizubringen.

Ein Labyrinth besteht aus einer Ansammlung von Sackgassen. Aus Pfaden, die an einer Wand enden. Aber egal, wie verworren und kompliziert es ist, gibt es immer den einen Pfad, der hinausführt. Ich muss ihn nur finden.

»Mutter«, sagte sie in behutsamem Ton. »Du musst einfach in der Nähe bleiben.«

»Ist gut«, sagte Maeve mit einem tiefen Seufzer der Frustration.

»Und noch etwas«, fügte Sloane hinzu.

»Was denn?«

»Bleib tot.«

ZWEI

Nachdem Sloane die Verbindung getrennt hatte, verließ sie das Starbucks und trat in die nächtliche Stadt – halb Licht, halb Dunkel, ein Kampf zwischen grellen Neonlichtern und schwarzen Schatten. Sie ließ das erste Wegwerfhandy auf den Bürgersteig fallen und trat fest darauf, bevor sie die Überreste in den nächsten Abfalleimer warf. Dann schaltete sie das teure iPhone des Auftraggebers wieder ein. Wie erwartet, war darauf eine Nachricht von Patrick Tempter eingegangen. Auf dem Bildschirm las sie: *Anweisungen für das Treffen.*

Sie öffnete die Nachricht nicht, sondern schaltete das Handy aus.

Sloane wusste, dass sie einen sicheren Ort finden musste, um diese Nachricht zu lesen. Zweifellos würde eine Antwort erwartet. Und es würde nicht bei einer Antwort bleiben. Gut möglich, dass beide Männer, während sie las und schrieb, ihr Gesicht beobachteten und versuchten, in ihrer Mimik und ihren Augen verräterische Anzeichen dafür zu finden, dass sich etwas geändert hatte. Sie konnten nicht wissen, dass sie von der Vergangenheit erfahren hatte. Und somit von der Verbindung zwischen ihr und ihnen. Vorerst jedenfalls nicht. Ihr dämmerte, dass sie diesen Wissensvorsprung zu ihrem Vorteil nutzen musste. Der Gedanke überstieg zwar einerseits ihre Vorstellungskraft. Andererseits war klar: Sie musste dem Auftraggeber und Patrick Tempter für einen Augenblick den Eindruck vermitteln, alles sei ganz normal, obwohl gerade alles aus den Fugen geraten war. Sie setzte nicht allzu viel Vertrauen in ihr Schauspieltalent. Dafür vertraute sie umso mehr auf eine andere Fähigkeit: *Darin bin ich richtig gut,* redete sie sich gut zu. *Was ist mein Beruf? Ich gebe Hoffnungen, Wünschen und Gefühlen eine konkrete, greifbare Form. Die kreative Umsetzung von Ideen, das macht die Kunst des Architekten aus.*

Dasselbe kann ich mit meinem eigenen Leben machen.

Tote Mutter. Lebende Mutter. Junger Mörder. Alter Mörder.

Und irgendwo damit verbunden: Toter Drogensüchtiger. Toter Vater.

Ein ziemlich wackeliges Fundament, um darauf ein Gebäude zu errichten.

Ein Gang auf des Messers Schneide. Von unverhofften Böen aus dem Gleichgewicht gebracht, während sie mit seitlich ausgestreckten Armen einen Fuß vor den anderen setzte. Unbekannte Gewässer, voller Gefahren. Skylla. Charybdis. Und mit ziemlicher Sicherheit auch irgendwo tückische Sirenen, die nur darauf warteten, dass ihr Schiff ihnen nahe genug kam, damit sie sie mit ihrem betörenden Gesang anlocken und dann töten könnten. Nicht weniger gefährlich als die Herausforderungen, die Odysseus zu meistern hatte. Davon abgesehen, dass er zehn Jahre brauchte, um heimzukommen. Und auf der Irrfahrt alle seine Gefährten starben.

DREI

Sloane schlug ein unverwechselbarer Dieselgeruch entgegen, als sie sich am Schalter in bar ein Ticket für den Expressbus von New York City nach Boston kaufte, der in midtown Manhattan losfuhr. Der Busbahnhof lag nicht weit von Hell's Kitchen und von der Stelle am Hudson entfernt, an der Chesley »Sully« Sullenberger mit seinem flugunfähig gewordenen Jet eine Notwasserung hingelegt und sämtliche einhundertfünfundfünfzig Passagiere sowie Crew-Mitglieder an Bord gerettet hatte. Die Boulevardpresse nannte es seinerzeit *das Wunder vom Hudson*. Sloane konnte nur hoffen, dass sie nicht auf ein ähnliches Wunder angewiesen war, um am Leben zu bleiben.

Oder auch der Mensch bleiben zu können, der sie war.

Während sie in dem kleinen, schmuddeligen Warteraum auf die Ansage zur Abfahrt ihres Busses wartete, holte sie ihren alten Laptop heraus und buchte mit der Kreditkarte des Auftraggebers einen Flug von New York nach Boston. Nur dass sie nicht die Absicht hegte, in den Flieger zu steigen. Sie glaubte nicht, dass der Auftraggeber sie beschatten ließ – ohne es ganz ausschließen zu können. Sollte sie tatsächlich jemand beschatten, führte sie ihn mit ihrer Buchung auf eine falsche Fährte. Der Logan Airport lag von der South Station, an der sie in Boston aussteigen würde, weit entfernt.

Sie sah auf und ließ den Blick über die bunte Schar der Passagiere schweifen, die auf den Expressbus warteten. Studenten. Familien. Paare. Ein paar Männer in schäbigen Anzügen, wie sie Geschäftsmänner tragen, die möglichst billig reisen, um die Differenz zwischen dem Flug, den sie bei ihrer Firma unter Spesen abrechnen, und dem Bus in die eigene Tasche zu stecken. Sie atmete tief durch. Niemand schien in auffälliger Weise auf sie zu achten.

Sie lehnte sich auf dem unbequemen Plastiksitz zurück und

mahnte sich zur Vorsicht: *Du kannst dir bei nichts und niemandem sicher sein, alles könnte anders sein, als es scheint.*

Das hatte sie bei ihren Recherchen zu den sechs toten Namen gelernt.

Über den Lautsprecher wurde die Abfahrt ihres Busses angezeigt, und Sloane stand wie die anderen Fahrgäste auf. Sie fand einen Sitz ziemlich weit hinten, zwei Reihen vor der winzigen Toilette, hoffentlich weit genug von dem Geruch entfernt.

Der Bus war nur zu zwei Dritteln besetzt.

Die Plätze hinter ihr blieben leer. Sie nahm es als Bestätigung dafür, dass ihr niemand gefolgt war. Mit einem Ruck und dem hörbaren Schleifen der Gangschaltung manövrierte sich der Bus aus seiner Haltespur und fuhr uptown zum Knotenpunkt George Washington Bridge, von dem aus die Menschen von den südlicher gelegenen Busstationen der Stadt zur 95 North streben. Erst einmal auf dem Highway, ließ der Expressbus die City zügig hinter sich. Immer auf der linken Fahrspur. Immer zwanzig Meilen über dem jeweiligen Tempolimit. Immer dicht an die Stoßstange eines Pkws heran, der es wagte, ihn aufzuhalten. Rücksichtslos.

Es passte zu ihrer Stimmung.

Sie ließ ihre Sachen auf ihrem Sitz und schloss sich mit dem Handy in die Toilettenkabine ein. Um die Nachricht zu öffnen.

Nicht zu wissen, ob sie observiert wurde oder nicht, war ein mulmiges Gefühl. Deshalb hatte sie sich für die Toilette entschieden. Sie glich denen in Zügen oder Flugzeugen aufs Haar, und das Motorengeräusch war gedämpft. Außerdem hielt sie es zumindest für wahrscheinlich, dass es Patrick Tempter – mit seiner Eleganz und seinen tadellosen Manieren – geschmacklos finden würde, sie in einer Toilette zu observieren.

Ob dasselbe auch für den Auftraggeber galt, stand in den Sternen.

Sie bezweifelte es.

Ein paar Klicks, und die Nachricht erschien auf dem Display:

Hallo, Sloane, der Auftraggeber und ich möchten liebend gerne sehen, was Sie bis jetzt herausgefunden haben, und mit Ihnen darüber sprechen.
Fahren Sie von Woods Hole aus bis zur Fährstation Vineyard Haven Steamship Authority, das Schiff legt Mittwoch, 17.00, ab. Es trägt den Namen The Islander.
Bei ihrer Ankunft werden Sie am unteren Ende der Ausgangsrampe in Empfang genommen.
Richten Sie sich mit Ihrem Gepäck auf mehrere Tage ein. Es gibt einen Swimmingpool. Es ist Sommer, der Auftraggeber verzichtet daher beim Dinner auf förmliche Kleidung. Gibt es irgendwelche Speisen, die Sie meiden möchten?
Bitte halten Sie Ihre Entwurfsskizzen bereit. Auch wenn dies selbstverständlich noch nicht das Geringste mit der Präsentation eines favorisierten Entwurfs zu tun hat, möchte er sich mit Ihnen darüber unterhalten, wie Sie zu Ihren jeweiligen Ideen gelangt sind.
Er ist ein Mann mit Sinn fürs Detail.
Bis dahin,
mit der Bitte um Antwort,
Patrick

Mittwoch. Das ließ ihr mehrere Tage, um sich vorzubereiten. Sie schrieb zurück:

Wunderbar. Ich war noch nie auf Martha's Vineyard. Dann bis Mittwoch am Kai.

Sie schaltete das Handy aus und kehrte zu ihrem Sitz zurück.

Auch wenn sie es am liebsten vergessen würde, hielt sie es für klug, in Erfahrung zu bringen, wie Roger gestorben war.

KAPITEL 31

»Wie schön, dass Sie sich bei uns melden, Sloane. Wir hätten uns sonst unsererseits mit Ihnen in Verbindung gesetzt. Es gibt immer noch offene Fragen zum Tod des jungen Mannes, vielleicht können Sie uns ein paar davon beantworten.«

Die aufgesetzt freundliche Art des Detectives von der Mordkommission der Massachusetts State Police konnte, wie Sloane sofort erkannte, jederzeit umschlagen.

Er war älter als sie, mit zurückgegeltem schwarzem Haar und drahtigem Körperbau, ganz anders als die Cops in New Hampshire oder San Diego, mit denen sie gesprochen hatte, um in das Labyrinth des Auftraggebers ein wenig Licht zu bringen. Dabei war sie nicht so naiv zu glauben, nur weil sie unterschiedlich aussahen, seien sie nicht alle vom selben Schlag.

»Sie haben doch nichts dagegen, dass ich diese Befragung aufnehme?«

»Nein«, sagte sie und wünschte sich im selben Moment, Patrick Tempter säße jetzt in dem kleinen Dienstzimmer neben ihr. Ohne Zweifel hätte er gesagt: *Und ob wir etwas dagegen haben, das stecken Sie mal ganz schnell weg.* »Nur zu«, sagte sie. Spielte er hier den Menschenfreund, dann sie die Unschuld vom Lande.

Der Detective drückte an einem altmodischen Aufnahmegerät eine Taste und lächelte. Dann fuhr er fort.

»Seine Familie ist, wie Sie sich wohl vorstellen können, vollkommen am Boden zerstört. Dem jungen Mann winkte eine vielversprechende Zukunft, und es ist entsetzlich für sie, dass all ihre Hoffnungen von einer Sekunde zur anderen zunichtegemacht wurden, einfach so.«

Er schnippte mit den Fingern. Etwas an dieser Geste machte sie argwöhnisch. Er beugte sich zu ihr vor. Wie zwischen alten Freunden, die sich nach langer Trennung wiedersehen. Ihr war klar, dass der Detective alles andere als ihr Freund war und es auch nie werden würde.

»Sie haben doch sicher Mitleid mit den Leuten, oder? Sie finden sicher auch, dass sie Antworten verdient haben?«

»Natürlich«, erwiderte sie, »aber ich habe seine Familie eigentlich so gut wie gar nicht gekannt.«

»Das überrascht mich jetzt aber«, sagte der Detective und gab sich erstaunt. »Ich meine – er war bis über beide Ohren in Sie verliebt. Sagt die Familie. Da hätte ich angenommen, dass er Sie ihnen mal vorgestellt hat.«

»Wir waren nicht allzu lange zusammen«, erwiderte sie und sah dem Polizisten an, dass er ihr nicht glaubte.

»Also, na schön. Sicher«, sagte er und betonte jedes Wort, um seine Skepsis hineinzulegen. »Also, Sloane, dann helfen Sie mir bitte auf die Sprünge: Weshalb hat er sich Ihrer Meinung nach umgebracht?«

»Ich weiß es nicht. Ich war völlig schockiert.«

»Sie haben vor Kurzem mit ihm Schluss gemacht.«

»Ja.«

»Und er war darüber sehr betrübt?«

»Ich weiß nicht, ob *betrübt* das richtige Wort ist.«

»Dann suizidal?«

»Nein. Nicht, dass ich wüsste. Es fiel ihm einfach nur schwer, die Trennung zu akzeptieren.«

»Was genau meinen Sie damit, es fiel ihm *schwer*?«

Sloane wog ihre Antwort sorgfältig ab. Schärfte sich ein, *vernünftig* zu klingen.

»Nun ja, er benahm sich, man könnte sagen, unberechenbar. Er bombardierte mich mit Textnachrichten und versuchte unentwegt, mich anzurufen. Er spannte Freunde ein, um mich zu erreichen, solche Dinge.«

Was sie nicht aussprach: *Stalking. Konfrontation. Angst.*

»Und was haben Sie getan, wenn er versuchte, mit Ihnen Kontakt aufzunehmen?«

»Ich habe ihm immer wieder gesagt, es sei vorbei.«

»Was hat Sie dazu bewogen, mit ihm Schluss zu machen? Nach allem, was wir hören, war er ein netter junger Mann.«

Klar doch, dachte sie bitter. Sloane ließ sich ihre Gefühle nicht anmerken.

»Ich hatte einfach nur den Eindruck, dass er nicht zu mir passt. Andere Interessen. Andere Zielvorstellungen. Ich wollte nach vorne schauen. Wollte nicht, dass etwas Ernstes draus wird.«

Eine ausweichende Antwort.

Was sie für sich behielt: *Er hat mich betrogen. Er war ausfällig. Er hat mich bedroht.*

»Na schön«, antwortete der Detective. »Ihr Recht, nehme ich an, sich so zu entscheiden.«

Nimmst du an? Sie biss die Zähne zusammen. Bevor der Detective weiterfragen konnte, warf sie ein: »Können Sie mir sagen, was passiert ist? Bis jetzt weiß ich nicht mehr als das, was in der Zeitung stand, und das war nicht besonders viel.«

»Das ist alles, was Sie wissen?«

Er wirkte ungläubig.

»Ja.«

»Also, er hat sich erschossen.«

»Das habe ich gelesen. Ich wusste nicht einmal, dass er eine Schusswaffe besaß.«

»Seine Familie auch nicht. Keiner weiß, wo er sie herhat. Sie war nicht registriert, und er hatte keine Lizenz dafür. Hat er je erwähnt, dass er sich eine Waffe kaufen will?«

»Nein.«

»Wer von seinen Freunden könnte ihm eine beschafft haben?«

»Tut mir leid, da muss ich passen. Keine Ahnung. Ich kann mich nicht erinnern, dass er mir gegenüber je etwas davon erwähnt hätte.«

Der Detective schien über ihre Aussage nachzudenken. Seine nächste Frage war gezielter: »Besitzen Sie eine Waffe?«

Die Lüge ging Sloane glatt über die Lippen: »Nein, natürlich nicht. Wozu sollte ich eine Waffe brauchen?«

Er antwortete nicht, sondern fragte weiter. »Kennen Sie irgendjemanden, der hochwertige Waffen unter der Hand verkauft?«

»Ganz sicher nicht.«

»Falls doch, würden Sie es mir sagen, nicht wahr?«

»Ja.«

Er überlegte einen Moment. »Okay«, sagte er. »Wissen Sie, was ein Schalldämpfer ist?«

»Ein Schalldämpfer? Aus dem Fernsehen oder dem Kino, ja.«

»An seiner Waffe war einer befestigt. Sehr professionell. Die sind illegal. Und in unserem Bundesstaat schwer zu kriegen. Selbst auf dem Schwarzmarkt. Ist Ihr Ex in letzter Zeit vielleicht mal in den Süden verreist? Zum Beispiel nach Georgia oder Alabama? Da unten kommt man leichter an so was heran. Oder ist er vielleicht hier im Nordosten schon mal zu Gun Shows gegangen, wo er jemanden getroffen haben könnte, von dem er eine nicht registrierte Waffe hätte kaufen können? Eine sehr teure Waffe noch dazu? Wir sprechen hier von einer Ruger Automatik, Kaliber zweiundzwanzig. Solche Waffen verwenden gewöhnlich Profikiller.«

Sloane nahm die Auskunft schweigend auf.

»Davon weiß ich nichts«, sagte sie nach einer Weile und bemühte sich um eine feste Stimme.

»Sie sagen mir doch die Wahrheit, oder?«, hakte der Detective nach.

Alte Masche, witterte Sloane. *Nagele die Person auf eine Aussage fest und komm später wieder darauf zurück, wenn du ihr beweisen kannst, dass es gelogen war.*

»Selbstverständlich«, sagte sie. *Dreh den Spieß um, sodass du rauskriegst, was du wissen willst.* »Das ist mir alles ein absolutes Rätsel, Detective«, beteuerte sie. »Ich versuche mir, genau wie Sie, einen Reim darauf zu machen.«

Wahrscheinlich glaubte er ihr nicht. Dessen ungeachtet fuhr sie fort: »Seitdem lasse ich ständig unsere Beziehung Revue passieren, gehe alles noch mal durch. Und ich kann immer nur wieder sagen, zu keinem Zeitpunkt habe ich Roger als niedergeschlagen oder depressiv erlebt. Und ganz gewiss nicht als selbstmordgefährdet.«

Sie hegte selbst ihre Zweifel am Wahrheitsgehalt dieser Behauptung.

Mit traurigem Lächeln fuhr Sloane fort, bevor der Detective antworten konnte. »Eins verstehe ich schon gar nicht«, sagte sie. »Bitte helfen Sie mir weiter. In der Zeitung stand, es wäre ein Mord und ein Selbstmord gewesen, und sie brachten ein Foto von einer jungen Frau, die ebenfalls tot aufgefunden wurde. Diese Frau hatte ich noch nie gesehen. Und keine Ahnung, wer sie war, er hat nie eine andere Frau erwähnt …«

»Eine solche junge Frau hätte er wohl auch kaum erwähnt«, erwiderte der Detective in beinahe spöttischem Ton. »Es handelt sich um eine Escort-Dame, ein beschönigendes Wort für ein exklusives Callgirl, ein beschönigendes Wort für eine teure Prostituierte. Nach unserem Wissensstand traf Ihr Ex-Freund in einer Suite im Ritz-Carleton auf dem Beacon Hill ein, bezog dort eine Suite, bestellte sich ein Dinner für zwei und empfing die junge Frau. Wir haben sein Handy noch nicht finden können – haben Sie eine Ahnung, wo es sein könnte?«

Sloane schüttelte den Kopf.

»Na ja, wenigstens haben wir die Daten zu seinem Smartphone gezogen. All die Textnachrichten an Sie und die Anrufversuche springen ins Auge. Aber ein Anruf beim Dienstleister, bei dem die Frau tätig war, findet sich nicht darauf, was uns überrascht hat. Offenbar hatten die beiden ziemlich heftigen Sex – die Leute im Nachbarzimmer konnten sie hören – und Gourmet-Essen, das wissen wir vom Zimmerservice. Er hat es nicht quittiert. Hat dem Kellner zugerufen, es vor die Tür zu stellen. Daran konnte sich der Kellner erinnern. Und einige Zeit später, nachdem sie sich den

Bauch vollgeschlagen und noch eine Runde Sex eingelegt hatten, richtete er die Waffe auf sie und drückte ab – sauberer Doppelschuss, sehr professionell, einer in die Brust und einer in die Stirn ...« Der Cop sagte dies langsam und bedächtig, um Sloanes Reaktionen zu taxieren. »... setzte sich dann an einen Schreibtisch, steckte sich den Lauf in den Mund und drückte ab. Schnell und effizient, aber hässlich.«

Sloane fröstelte. Sie war erstaunt, wie abgebrüht sie innerlich reagierte.

»Wir versuchen, die Waffe zurückzuverfolgen, aber im Moment ...« Er hielt mitten im Satz inne und wechselte ohne Vorwarnung den Gang: »Hatte Ihr Ex je Probleme mit dem Akt?«

»Mit dem Akt?«

»Dem Geschlechtsverkehr.«

»Nein. Habe ich nie erlebt.«

Vermutlich wurde sie ein bisschen rot.

»Dem vorläufigen Autopsiebericht nach fanden sich nirgends Spermaspuren. Auch nicht im Bett. Und nirgends Verhütungsmittel oder Packungsreste. Schon seltsam. Meinen Sie nicht?«

Sie wollte dazu keine Meinung haben. Sie antwortete nicht.

»Also, schon möglich, dass er die junge Frau deshalb getötet hat. Konnte es nicht zu Ende bringen und war wütend ...«

Peinliche Betroffenheit war ein dürftiger Grund dafür, jemanden umzubringen, fand sie. Doch auch das behielt sie für sich.

Der Detective beugte sich wieder zu ihr vor. »Sagt Ihnen der Name Michael Forrest etwas?«

»Nein«, antwortete sie und schüttelte den Kopf.

»Unter dem Namen wurde die Suite gebucht. Hat er diesen Namen Ihnen gegenüber mal erwähnt?«

»Nein.«

»Wie sieht es mit seinen Freunden aus? Könnte das der Name eines ehemaligen Klassenkameraden oder Kumpels sein oder so was in der Art ...«

»Nein, tut mir leid. Sagt mir nichts. Aber wenn er mal seine alten Klassenkameraden und Kommilitonen erwähnte – vom ersten Schuljahr an bis zum College und zum Jurastudium –, hat er immer nur ihre Vornamen genannt. Seine Familie müsste aber doch ...«

An dieser Stelle schüttelte der Detective den Kopf und unterbrach sie. »Die konnten uns auch nicht weiterhelfen.«

»Ich versteh das alles nicht«, sagte Sloane.

»Nun ja, es wurde eine Buchung vorgenommen und zur Abdeckung sämtlicher Kosten eine Kreditkartennummer hinterlegt. Wie sich zeigte, war die Kreditkarte gestohlen, was das Hotel erst am nächsten Tag feststellte. Und das Seltsame dabei: Es war eine goldene Karte, über die bei der ersten Transaktion, für die sie verwendet worden war, eine stattliche Summe gelaufen war. Und Roger kam nicht einmal zum Empfang, als er in der Lobby eintraf, sondern fuhr sofort zur 930 rauf. Wir haben auch keinerlei Toilettenartikel oder frische Sachen oder sonst irgendetwas in der Suite gefunden. Alles sieht danach aus, dass er dort mit jemandem verabredet war und nicht etwa mit diesem Mädchen und nicht zu einer Sex-Party oder zu einem Mord.«

Sloane wechselte unruhig die Stellung. Es war zu hell in dem kleinen Dienstzimmer, die Sonne, die durch die Fenster hereinschien, blendete. Es kam ihr so vor, als hätte sie sich von allem, was sie hörte, einen Sonnenbrand geholt.

»Waren Sie schon mal in dem Hotel?«, fragte der Detective.

»Nein.«

»Sind Sie sicher?«

»Ja, ich bin mir sicher«, erwiderte sie gereizt.

»Der Name Erica Lewis? Sagt der Ihnen was?«

Wieder schüttelte sie den Kopf.

»So hieß die Escort-Dame. Mit richtigem Namen. Geschäftlich hat sie vielleicht einen anderen benutzt. Wäre nicht ungewöhnlich. Sie hatte ein, wenn auch bescheidenes, Vorstrafenregister – ein, zwei Festnahmen in Vegas. Wegen illegalen Drogenbesitzes. Trunkenheit am Steuer. Wann oder wie genau sie nach Boston kam, wissen wir noch nicht. In Vegas kostete sie einen Tausender pro Nacht. Hier vermutlich ungefähr dasselbe, auch wenn der Markt hier mit Sicherheit umkämpfter ist. Laufen nicht so viele Touristen rum, die nur darauf warten, sich das Fell über die Ohren ziehen zu lassen. Aber vielleicht war sie es ja wert. Keine Ahnung. Ihre Familie stammt aus Minnesota, aber die hatten schon seit vier Jahren nichts mehr von ihr gehört, seit sie die Schauspielschule geschmissen und gesagt hatte, sie ginge nach L. A. Um Filmstar und berühmt zu werden. Wurde nichts draus. Jetzt ist sie hier in Boston aus dem falschen Grund berühmt geworden. Ziemliches Opfer für einen Moment im Rampenlicht, was?«

Diesen Zynismus ließ Sloane unkommentiert.

»Jedenfalls sind wir auf der Suche nach zusätzlichen Hintergrundinformationen, aber bislang noch nicht sehr weit gekommen. Also, Miss Connolly. Ich denke, Sie sehen jetzt, wieso wir zu diesem Vorfall eine Menge Fragen haben.«

Diesmal nickte sie.

»Nur dass die ganze Sache wahrscheinlich ...«, fuhr der Detective fort, »... mit einem von diesen Familienrätseln enden wird, die nie abschließend gelöst werden. Pech für Rogers Mom und Dad. Pech für Ericas Geschwister.«

Sloane entging nicht, dass er sich verkniff: *Pech für Sie.*

Außerdem entging Sloane nicht, dass der Detective jedes Mal, wenn er etwas halbwegs Provozierendes sagte, genau beobachtete, wie sie reagierte, entweder auf das, was sie erfuhr, oder auf den Tonfall, in dem er es sagte. Warum er sich so verhielt, konnte sie nur ahnen. Er gab ihr das Gefühl, eine Tatverdächtige zu sein, obwohl er wissen musste, dass dies unmöglich war.

Wieder durchbohrte der Detective sie mit seinem Blick. Sloane rührte sich nicht. Etwas Besseres fiel ihr nicht ein. *Wie wirkt jemand, deren Freund zum Stalker geworden ist und sich dann umbringt? Wie soll man sich verhalten, nachdem sich jemand, den man mal gekannt und gevögelt hat, bevor man merkte, dass er ein egoistischer, gewalttätiger reicher Bengel ist, eine Knarre in den Mund gesteckt hat?*

Der Detective musterte sie immer noch mit diesem Blick.

»Da wäre noch etwas, das uns Kopfzerbrechen bereitet«, sagte er. »Vielleicht können Sie uns da weiterhelfen.«

Dabei verfiel er wieder in den freundlichen Ton.

Sie traute ihm keine Sekunde über den Weg.

»Erinnern Sie sich daran, ihm diese Textnachricht geschickt zu haben?«, fragte der Detective.

Er schob ihr ein Blatt Papier hin. Es war der Ausdruck von einer Nachricht. Sie sah, dass sie allem Anschein nach von ihrer Handynummer kam. *Wie?*, wunderte sie sich. Sie konnte sich denken, dass ihr die Überraschung ins Gesicht geschrieben stand. Sie las:

Roger, du weißt, dass es unwiderruflich vorbei ist.
Aber wenn du um 19.00 zum Ritz-Carleton, Suite 930, kommst, können wir uns vielleicht unterhalten, um als Freunde auseinanderzugehen.

Sloane hob den Blick und sah den Detective an.

»Diese Nachricht habe ich nie verschickt.«

»Nicht?«

»Nein.«

»Hatte jemand anders Zugang zu Ihrem Handy?«

»Nicht, dass ich wüsste.«

Was gelogen war. Der Auftraggeber hatte Zugang. Einen Moment lang geriet sie ins Wanken: *Schenk diesem Cop reinen Wein ein und erzähl ihm alles.* Doch so schnell, wie sie der Gedanke anflog, verwarf sie ihn. *Er würde es nicht verstehen.*

»Okay«, sagte der Detective.

»Ich war in New York.«

»Ja, wissen wir«, bestätigte der Detective.

Die Bemerkung bereitete Sloane ein mulmiges Gefühl. Sie hatten demnach schon ihr Alibi überprüft, bevor sie auch nur ahnte, dass sie eins brauchte. Wie sie das angestellt hatten, war ihr ein Rätsel.

»Glauben Sie, er dachte, Sie würden sich mit ihm treffen, um vielleicht, sozusagen zum Abschied, in einem Superluxushotel noch einmal Sex zu haben?«

Knallhart. Konfrontativ. Sloane war froh, dass sie dem Detective nichts gesagt hatte. *Find's selbst raus, Arschloch,* dachte sie.

»Nein. So etwas mache ich nicht. Würde ich nie. Und wieso sollte ich Roger schreiben, er soll sich in Boston mit mir treffen, wenn ich in New York bin?«

»Und können Sie mir dann vielleicht erklären, wie es zu dieser Nachricht kam?«

»Nein. Sie sind der Ermittler. Sagen Sie's mir.«

Der Polizist wechselte die Sitzposition. »Okay«, sagte er nur.

Er wartete einen Moment, dann bückte er sich und zog eine dicke Akte hervor. Dies rührte bei Sloane eine Saite an: Sie musste unwillkürlich an all die Unterlagen denken, die ihr Großvater, den sie nie gekannt hatte, ihrer Mutter in jungen Jahren gezeigt hatte. Der Detective blätterte in der Akte und zog ein paar Dokumente heraus, einige Aufzeichnungen des Gerichtsmediziners und ungefähr zehn große Hochglanzfotos. Die Fotos breitete er falsch herum auf der Tischplatte aus. Es waren Tatortfotos. Er legte sie so aus, dass sie einen Blick darauf werfen konnte, ohne dass er sie ihr tatsächlich zeigte. Er hoffte auf den Schockeffekt. Vielleicht platzte sie ja mit etwas heraus, das ihm weiterhalf.

Als sie seine Hoffnung enttäuschte, drehte er sie langsam, eins nach dem anderen, in ihre Richtung.

Sie sah Blut.

Sie sah nackte Gliedmaßen.

Sie sah gekrümmte Körper.

Sie sah, was von Roger übrig geblieben war.

Zur Unkenntlichkeit entstellt.

Hässlich war stark untertrieben.

Er hing schlaff auf einem Hotelstuhl, der Kopf, mit weit geöffnetem Mund, war nach hinten gekippt, der weiße Hotel-Bademantel blutbefleckt und vorne halb geöffnet. Die Gardine in seinem Rücken war von Blut und Gehirnmasse bespritzt.

Sloane keuchte.

Der Detective sah sie wortlos an. Nach einer Weile drehte er das nächste Foto zu ihr um und schob es ihr hin.

Es war ein erkennungsdienstliches Foto von der jungen Frau. Mit einer Nummer. Polizei Vegas.

»Erkennen Sie die Frau?«

»Nein.«

Es folgte ein weiteres Foto vom Tatort. Die Frau lag nackt auf dem Bett, die Beine provozierend gespreizt, ihr rasiertes Geschlecht entblößt. Es gab eine kleine Wunde zwischen ihren Brüsten und eine in der Stirn. Das Blut war an perfekter Porzellanhaut verkrustet. Sie war schön, stellte Sloane fest. *Schön tot.*

»Sicher, dass Sie diese Frau noch nie gesehen haben?«, fragte er. Und schob ihr ein drittes Foto hin.

Es war eine Nahaufnahme vom Gesicht des toten Mädchens.

Wieder schüttelte Sloane den Kopf.

Aber sie war wohl blass geworden. Vielleicht zitterte sie auch ein wenig – denn in diesem Moment erkannte sie das Mädchen doch. Sie kannte Erica Lewis nicht. Aber Sloane wusste genau, wo sie dieses Gesicht schon einmal gesehen hatte.

Die Erkenntnis traf sie wie ein Stromschlag.

Lass es dir nicht anmerken, schärfte sie sich ein.

Ich kenne dich.

»Wollen Sie ein Glas Wasser?«, fragte der Detective.

Sloane sah von den Bildern auf. Sie lächelte schwach. »Nein danke.«

»Und Sie sind sich absolut sicher, dass Sie diese Frau nicht kennen?«

»Ja.« Wieder gelogen.

»Also, da wäre noch etwas, Miss Connolly.«

»Ja?«

Plötzlich hatte der Detective einen Umschlag in der Hand.

»Den hier hat Ihr Ex für Sie hinterlassen. Die Kollegen, die als Erste am Tatort waren, haben ihn gefunden.«

Sie sah, dass ihr Name darauf stand. In Rogers Handschrift. *Für Sloane Connolly*. Sie nahm den Umschlag und stellte fest, dass er geöffnet war. Es waren Blutspritzer darauf.

»Wir mussten nachsehen«, erklärte der Detective, »ob vielleicht eine Erklärung darin war, die uns weiterhelfen könnte. Es ist der einzige Abschiedsbrief, den er hinterlassen hat.«

Er schwieg. »Wir gingen davon aus, dass es Ihnen nicht recht wäre, wenn seine Familie davon erführe.«

Bei dem Umschlag handelte es sich um Hotel-Briefpapier. Sie blickte zu dem Polizisten auf. »Soll ich?«, fragte sie. Er antwortete mit einer stummen Geste. Und so zog sie den Brief heraus und faltete ihn auf.

Er enthielt eine einzige Zeile:

Das hier ist ganz und gar deine Schuld.

KAPITEL 32

EINS

Sloane stand vor ihrer Wohnung, auf der gegenüberliegenden Straßenseite, und wartete geduldig darauf, dass es dunkel wurde. Sie war für jeden Schatten dankbar. Von Zeit zu Zeit sah sie auf ihre Handyuhr, um die richtige Zeit abzupassen, während sie in Gedanken immer wieder zu dem Gespräch bei der Polizei zurückkehrte und abspulte, was sie im Morddezernat erfahren hatte.

Der tote Roger und frisch gekürte Mörder.
Als hätte ich es nicht gewusst.
Der tote Roger, der Selbstmörder und Feigling.
Als hätte ich nicht auch das gewusst.
Wieso ist er in diese Hotelsuite gegangen?
Sex? Sicher.
In den Tod? Sähe Roger nicht ähnlich. Wäre nicht sein Stil. Dafür hielt er viel zu große Stücke auf sich selbst.

Sie versuchte mit aller Macht, diese widerstreitenden Gedanken beiseitezuschieben.

»Verflucht, Roger«, sagte sie, »ich kann nichts dafür.«

Sie hoffte, dass sie damit richtiglag. Sloane sah sich um, verbannte, so gut sie konnte, alle quälenden Gedanken und taxierte die Gebäudewinkel, die fortschreitende Dunkelheit und die Tiefe der Schatten. Sie musste sich auf eine andere Nacht konzentrieren.

Ich habe mein Büro nach Sonnenuntergang verlassen.
Bin mehrere Blocks gelaufen.
Hab mir die Nudeln besorgt, die ich dann gar nicht gegessen habe.
Das hat ein paar Minuten gedauert.
Dann bin ich nach Hause gegangen.
Bin nicht besonders schnell gelaufen. Ich habe nicht auf die Umgebung geachtet.

Ich war fast da, als er meinen Namen rief. Die nächste Straßenlaterne war zwanzig Meter entfernt. Das Gebäude da lag im Dunkeln. Hier und da Scheinwerferlicht von vorbeifahrenden Autos. Ein bisschen Licht, wenn jemand nach Hause kam.

Roger muss in der Nähe geparkt haben, aber ich habe ihn nicht gesehen. Ich hätte ihn eigentlich sehen müssen. Habe ich aber nicht.

Ziemlich genau an der Stelle hat er mich gepackt.

Er hat mich bedroht.

Und dann hörte ich diese beiden barmherzigen Samariter. Lagen Sekunden dazwischen? Oder Minuten? Die standen genau hier. Genau da, wo ich jetzt stehe.

Sie drehte sich ein wenig nach links und nach rechts, um sich darüber klar zu werden, aus welcher Richtung die Samariter gekommen waren. Sie stellte fest, dass sie möglicherweise genau wie Roger an der Straße geparkt hatten, als sie in ihren Block einbog, aber aus einem Auto ohne Licht ausgestiegen waren. Ebenso gut konnten sie ihr schon den ganzen Weg von ihrem Büro aus gefolgt sein. Ihr wurde bewusst, dass das Paar von der Stelle aus, an der sie jetzt stand, die gegenüberliegende Straßenseite überblicken und alles, was sich dort abspielte, wie auf einer Theaterbühne verfolgen konnte.

Sie hielt einen Moment in ihren Überlegungen inne und versetzte sich wie in einen dunklen Zuschauerraum, um sich in Erinnerung zu rufen, was sie in jener Nacht auf dem gegenüberliegenden Bürgersteig hatte sehen können. Sie erinnerte sich an ihre Stimmen. Sie erinnerte sich an ihre eigenen, angstverzerrten Wahrnehmungen.

Ich dachte, er schlägt mich jeden Moment.

Nein, ich dachte, er bringt mich jeden Moment um.

Und dann schalteten sich diese Stimmen ein. Sie bewahrten mich vor dem, was Roger jeden Moment mit mir hätte machen können.

Die Frau trat so weit vor, dass ich ihr Gesicht sehen konnte.

Sloane setzte einen Fuß vor und stellte fest, dass sie mit dem Gesicht und einem Teil ihres Körpers in das Licht von der Eingangsbeleuchtung des nächstgelegenen Wohnblocks tauchte. Sie nickte und sagte zu einem Geist: »Hallo, Erica Lewis. Jetzt bist du ein totes Callgirl. Wahrscheinlich meinetwegen, nur dass ich keine Ahnung habe, wieso. Trotzdem, tut mir leid. Aber danke, dass du mir in der Nacht geholfen hast und ich dir möglicherweise verdanke, dass ich noch lebe«, flüsterte Sloane.

Der Mann hielt sich etwas im Hintergrund. Wo er kaum zu sehen war. Im Dunkeln. Den könnte ich nicht wiedererkennen.

Sloane blickte hinter sich ins Dunkel. Sie murmelte die letzte Zeile aus der Textnachricht des Auftraggebers:

»Wir sind uns schon begegnet.«

Sloane nickte.

Begegnet, nicht wirklich kennengelernt. Wir wurden uns nicht vorgestellt und haben uns nicht die Hand geschüttelt.

Eine Sekunde lang fragte sie sich, wie knapp Roger an dem Abend dem Tod entgangen war. *Sie haben ihm damit gedroht, die Polizei zu rufen. Aber das war nur ein Bluff. In Wahrheit drohte ihm, unausgesprochen, weitaus Schlimmeres.* Bei dem Gedanken an Erica Lewis rieselte es ihr kalt den Rücken hinunter: Sie hatte mit Sicherheit keine Ahnung, in was sie da hineingezogen wurde, als sie den Anruf des Auftraggebers entgegennahm und an seiner Seite, parallel zu Sloane und ihren Nudeln und auf dem Callgirl-Weg zu eintausend Dollar die Nacht, den Bürgersteig entlanglief. Leicht verdientes Geld. Schmeiß dich in ein offenherziges, sexy Abendkleid. Mach ein bisschen Small Talk. Augenweide am Arm eines älteren Mannes. Möglicherweise wurde sie in jener Nacht sogar ohne eine Runde Sex bezahlt. Vielleicht brauchte Erica Lewis dafür nur einmal kurz eine dunkle Straße entlangzulaufen und etwas Schreckliches, das sich dort anbahnte, zu verhindern.

Und jeder Schritt brachte dich deinem eigenen Tod näher.

Sloane sprach stumm mit dem ermordeten Callgirl.

Denn als er sich ein paar Tage später erneut bei dir meldete, hast du wahrscheinlich gedacht, du könntest dir noch einmal tausend auf die Schnelle verdienen. Du klopfst an die Tür einer luxuriösen Ho-

telsuite und hast Sex mit einem energiegeladenen jungen Mann. Was sollte daran falsch sein?

Es tut mir wirklich schrecklich leid, Erica. Das hast du bestimmt nicht verdient.

Dabei mischten sich Erinnerungen an die eigene Angst, die sie bei diesem nächtlichen Vorfall ausgestanden hatte, in ihre Gedanken, weil in dem Moment, als die zwei barmherzigen Samariter einschritten, ihr Leben auf dem Spiel zu stehen schien.

Bei dem Wort *barmherzig* wurde ihr fast übel.

Wie sie so dastand und sich vor Augen führte, was sich in der Nacht an dieser Stelle wirklich zugetragen hatte und wie es für Erica und Roger ausgegangen war, geriet sie in den Sog einer Angst, schlimmer als alles, was sie je gefühlt, wovon sie je gelesen oder gehört hatte, schlimmer als jeder Albtraum, ob im Schlaf oder im Wachzustand. Sie versuchte, diesen Zustand zu benennen. Es fühlte sich an, als sei jeder ihrer Atemzüge nur geborgt, ihr langsamer Tod beschlossene Sache. Sie wehrte sich gegen den Gedanken, versuchte, einen klaren Kopf zu bekommen, während sie gleichzeitig spürte, dass sie den Boden unter den Füßen verlor, auf einem vereisten Weg ins Rutschen gekommen und unfähig zu bremsen oder gar anzuhalten. Ihre Mutter, kam ihr der Gedanke, hatte ihr ganzes Leben als Erwachsene damit zugebracht, vor dem Tod wegzulaufen, sich vor dem Mörder zu verstecken – und sie selbst hatte das, ohne es zu wissen, ihre gesamte Kindheit und Jugend hindurch auch getan. Von dem Gefühl beinahe erdrückt, sich an einem Ort wiederzufinden, an dem nichts von dem mehr galt, was sie noch bis vor Kurzem für vernünftig und nachvollziehbar gehalten hatte, überquerte Sloane zwischen zwei Fahrzeugen hindurch die Straße und ging zu ihrer Wohnung hinauf.

Als sie den neuen Schlüsselbund herausholte, den ihr der vom Auftraggeber bestellte Schlosser ausgehändigt hatte, zog es ihr den Magen zusammen.

Wer kann noch in meine Wohnung?

Die Antwort erübrigte sich.

Sie wusste auch, dass sie darauf keine Rücksicht nehmen konnte.

Sie fragte sich, wer sie in diesem Moment beobachtete. Ihr war, als bohrten sich ihr mehr als ein Augenpaar in den Rücken. Die Augen von Unbekannten. Die Augen ihrer Mutter. Die Augen des Killers.

Mit zittriger Hand steckte sie den Schlüssel ins Schloss. Bevor sie ihn umdrehte, versuchte sie, ohne Erfolg, ihre Ängste zu ersticken. *Wieso sollte mich jemand umbringen wollen? Was habe ich denn getan?* Wieder hatte sie ihre Mutter vor Augen. *Ich bin nicht Maeve. Oder doch?* Statt sich auf diese Frage eine halbwegs beruhigende Antwort zu geben und diese Nacht einigermaßen schlafen zu können, kam ihr nur ein einziger, sehr kurzer Satz in den Sinn.

Lerne, damit umzugehen.

ZWEI

Am nächsten Morgen fuhr Sloane, kurz bevor es hell wurde, von ihrer Wohnung in Cambridge nach Concord, ein paar Meilen außerhalb der Stadt. Sie fuhr vorsichtig, um zu dieser frühen Stunde keine Aufmerksamkeit zu erregen. Auf dem Beifahrersitz lag die .45er ihres Großvaters. Sie hatte das Magazin entfernt, so, wie sie es aus dem Youtube-Video gelernt hatte, und die Patronenkammer geleert. Das zweite Magazin hatte sie, in dieselbe Reizwäsche gewickelt, zurückgelassen. Sie nahm an, dass sie kaum mehr als ein paar Patronen würde verfeuern können, und sie wollte ohnehin sparsam sein, denn sie hatte keine Ahnung, wie sie an Munitionsnachschub kommen sollte, ohne sich bei einem lizenzierten Waffenhändler zu registrieren. Sie wusste also, dass sie sich mit ein paar Schuss zur Probe begnügen musste. Hoffentlich reichte das, um sich mit der Waffe vertraut zu machen. Sie hegte den leisen Verdacht, sich damit selbst etwas vorzumachen.

Es ist nicht dasselbe zu wissen, wie man eine Waffe lädt, und sie tatsächlich abzufeuern.

Und es ist noch einmal etwas ganz anderes, sie auf einen Menschen zu richten. Und abzudrücken.

Dabei wusste sie nicht einmal, ob sie sich in einer solchen Situation befand.

Soll ich umgebracht werden?

Werde ich gezwungen sein, aus Notwehr jemanden zu töten?

Ihre Mutter hätte darauf klipp und klar erwidert: *Ich kenne die Antwort. Auf beide Fragen.*

Sloane nicht.

Sie wusste nur eins: Falls sie sich jetzt daranmachte, ihre Skizzen und Entwurfsideen zu sammeln, um sie dem Auftraggeber für sein Denkmal zu Ehren der sechs toten Namen zu überreichen, dann würde sie auch mit ihrer Waffe kommen. Für den Fall, dass ihm ein Denkmal ganz anderer Art vorschwebte.

Sie fuhr an der Einfahrt zum Minute Man National Historical Park vorbei, weil am Parkplatz die Schranke heruntergelassen war. Sie fuhr hundert Meter weiter in eine Lücke an der Straße, schnappte sich die .45er und kehrte im Laufschritt zurück. Der Park machte erst um 9 Uhr 30 auf, doch sie schätzte, dass das Personal schon eine Stunde früher kam. So wäre sie eine Stunde lang ungestört. Im Osten ging gerade die Sonne auf und bahnte sich einen Weg durch die dicht belaubten Baumkronen, unter deren Dach sie über den Parkplatz lief. Der Battle Road Trail, der durch das Gelände führte, ist etwas über neun Meilen lang. Er windet sich durch Wäldchen und offenes Wiesengelände an einigen historischen Villen und Farmhäusern vorbei. Sloane gefiel dieses Fleckchen Erde. Kaum hat man diesen Pfad betreten, wispern einem die Gespenster aus über zweihundertfünfzig Jahren Geschichte ins Ohr. Am 19. April 1775 versuchten die britischen Rotröcke, auf der Route nach Boston zurückzumarschieren, wo sie jedoch ein ums andere Mal von kolonialen Milizen aus dem Hinterhalt angegriffen wurden. Sie hatte noch ein paar der Gedichte aus ihrer Schulzeit in Erinnerung. Jedes Kind in Massachusetts bekommt sie früher oder später zu hören.

Longfellow zum Beispiel schrieb:

»*Hinter jedem Zaun und Farmgemäuer hervor ...*«

Emerson schrieb:

»*Der Schuss, der um die ganze Welt gehört wurde.*«

Der Park verfügt über sehr gepflegte Wanderwege. Sloane joggte weiter, bis einer der Pfade am Waldrand endet. Sie verließ ihn und bahnte sich zwischen Bäumen, Brombeersträuchern und anderem Gestrüpp einen Weg, bis sie eine kleine Lichtung vor sich hatte.

Dort zog sie ein Blatt weißes Papier unter ihrem Shirt hervor. Sie hatte zwei schwarze Kreise in der Mitte gezogen. Dieses Blatt heftete sie an einen Eichenstamm und trat zwanzig Schritte zurück.

Sie kniff die Augen zu und ging im Geist die Instruktionen des Youtube-Videos durch.

Sie legte das Magazin ein.

Sie lud durch. Mit einem lauten *Klick* schnappte es ein.

Sie nahm die .45er in beide Hände, grätschte die Beine, ging leicht in die Hocke, holte einmal tief Luft, zielte und drückte ab.

Der Rückstoß war so heftig, dass er sie fast niederwarf. Nur mit Mühe konnte sie die Waffe festhalten. Ihr kribbelten die Hände, die Fingerspitzen fühlten sich taub an und ihr Unterarm wie nach einem Stromschlag. Ihr klingelten die Ohren, und sie hielt die Luft an.

Es kostete sie enorme Kraft, sich zu fangen. Sie nahm ihre provisorische Zielscheibe in Augenschein.

Vom Blatt war eine Ecke abgerissen, und die Baumrinde hatte eine Narbe. Die Kugel hatte die Mitte deutlich verfehlt.

Sie holte wieder Luft.

Sammelte sich. Ging wieder in Stellung. Zielte. Murmelte leise vor sich hin.

»Eins.«

Pause.
»Zwei.«
Pause.
»Drei.«

Sie versuchte, so wie in dem Video vorgemacht, den Abzug zu drücken. Die Sekunden vergingen im Zeitlupentempo.

Der zweite Schuss war ohrenbetäubend. Obwohl sie die Finger fest um den Griff krallte, wäre ihr die Pistole beinahe aus den Händen gesprungen.

Immerhin schlug dieser Schuss etwas näher an der Mitte ein.

Gut.

Aber glaubst du im Ernst, dir bleibt so viel Zeit, um dich vorzubereiten?

Vielleicht.

Keine Ahnung.

Komm schon, mach dir nichts vor.

Nie im Leben.

An diesem Punkt wäre Sloane am liebsten auf schnellstem Weg zurückgelaufen. Sie zwang sich aber zu bleiben.

Sie hob die Waffe zum dritten Mal, kniff ein Auge zu und zielte.

Sie versuchte, sämtliche Muskeln anzuspannen, um einen festen Stand zu bekommen. *Diesmal nicht zählen,* sagte sie sich. *Es muss schnell gehen.* Auf die Plätze. Fertig. Los.

Sie drückte fünf Mal hintereinander ab.

Die .45er erwachte in ihren Händen zum Leben, wie ein untrainierter großer Hund, der nach links und rechts, nach oben und nach unten an der Leine zerrte. Die Kugeln durchsiebten die Zielscheibe, schlugen in den Boden und in benachbarte Bäume ein oder zischten wer weiß wohin davon.

Sie fürchtete, taub zu sein.

Ihre Hände fühlten sich an, als hätte sie in eine Steckdose gefasst.

Mit rasendem Puls entfernte sie das Magazin aus dem Griff. Es waren noch ein paar Schuss übrig, doch sie fühlte sich plötzlich schwach. Statt, wie erhofft, gestärkt aus der erfolgreichen Übung hervorzugehen, fühlte sie sich vollkommen erledigt. Sie kam sich klein und ungeschickt vor. Sie wagte kaum, ihre Zielscheibe zu inspizieren.

Ohne nachzudenken, drehte sich Sloane um und eilte auf demselben Weg zurück, durch das Brombeergebüsch, an den Bäumen vorbei, wieder auf den Wanderweg Richtung Parkplatz, von dort zu der Straße, an der ihr Wagen stand. Sie dachte nicht einmal daran, die Waffe in ihrer Hand wegzustecken. Sie blickte auf und wartete darauf, den Tagesanbruch zu hören. Ein wenig Vogelgezwitscher vielleicht. Oder auch den Pendelverkehr in der Ferne. Doch ihre Ohren waren immer noch von den Schüssen taub, und so konnte sie nicht einmal ihre eigenen Schritte auf dem schwarzen Schotter des Parkplatzes knirschen hören.

DREI

Sloane blieb bis spät in die Nacht hinein auf und begutachtete ihre Skizzen und Entwürfe. Die Beschäftigung mit ihrer Arbeit half ihr dabei, die Panik in den Griff zu bekommen. Sie starrte auf ihre Ideen: geflügelte Mobiles. Obelisken, Eisenkreuze und Parkbänke mit Namen – nichts davon erschien ihr richtig. Nichts davon war so gründlich und systematisch geplant und entworfen wie ihr Denkmalprojekt an der Universität. Rein architektonisch betrachtet, erkannte sie, war nichts davon auch nur annähernd so ausgereift, dass sie es schon hätte präsentieren können. Vielmehr planlos und unklar. Hektisch ging sie bei jedem Entwurf die einzelnen Elemente durch und machte sich jeweils zu den Stärken und den Schwächen, die sie sah, Notizen.

Sie wusste nicht recht, was sie sonst noch tun sollte. Am späten Nachmittag holte sie eins der Wegwerfhandys heraus und rief ihre Mutter an.

Maeve meldete sich auf der Stelle.

»Sloane, Liebling, alles in Ordnung? Ich habe mir Sorgen gemacht.«

»Ja, mir geht's gut.« Was sie bezweifelte.

Sloane wartete nur darauf, dass Maeve augenblicklich mit ihrem Mantra *Wir müssen schleunigst weg*, kam, doch zu ihrer Überraschung sagte Maeve nur: »Okay. Was liegt an?«

»Ich soll nach Cape Cod fahren und dort eine Fähre nach Martha's Vineyard nehmen, um meine ersten Entwürfe vorzulegen. Die sind noch längst nicht so weit. Es sind noch vorläufige Skizzen. Ich weiß nicht ...«

Sie sprach nicht weiter. Ihr wurde bewusst, dass sie wie eine unvorbereitete Designerin klang. Sie wusste auch nicht mehr, was sie nun eigentlich war: Eine Architektin? Eine Tochter? Eine Zielscheibe? Sie fühlte sich wie eine Spielerin in einer Pokerrunde, bei der plötzlich die Spielregeln geändert wurden – egal, wie hoch die Wetteinsätze waren und was die anderen Spieler für Karten hatten, durfte sie nicht passen, auch wenn ihr die Mittel ausgingen.

Maeve schwieg.

»Mehr haben sie mir nicht gesagt«, führte sie den Satz zu Ende.

Die Sache mit dem *Wir sind uns schon begegnet* sparte sie aus.

Auch das mit dem toten Roger. Und der toten Erica.

Das mit der .45er Halbautomatik.

Maeve dachte wohl angestrengt nach.

»Die wissen nicht, dass ich am Leben bin, oder?«

»Nein, ich glaube nicht.«

»Hast du ihnen gesagt ...«

»Es war eine Textnachricht«, fiel ihr Sloane ins Wort. »Daher nein.«

»Glaubst du, sie könnten dich in New York beschattet haben?«

Du meinst, so wie du, dachte Sloane.

»Nein, aber ganz sicher bin ich mir natürlich nicht. Scheint nicht der Fall zu sein, allerdings wussten sie, dass ich in der City bin ...«

»Weil sie dein Handy und deinen Laptop überwacht haben.«

So wie du, dachte sie wieder.

»Jedenfalls können sie es, soweit ich es beurteilen kann«, sagte Sloane gedehnt, »nur darüber wissen.«

Unausgesprochen blieb: *Wahrscheinlich denken sie, du wartest am Grund des Connecticut River auf den wundersamen Kajakfahrer, der deine Leiche findet.*

So wie ich bis vor Kurzem auch.

»Okay, dann müssen wir es wohl drauf ankommen lassen«, sagte Maeve. Sie klang wie ein Soldat, der auf ein Angriffsziel starrt und nicht weiß, was er von den geheimdienstlichen Berichten, die ihm vorliegen, halten soll, ob der Feind, der sich da vorne verbirgt, schwach oder stark ist, ob da viele oder wenige lauern. »Wann sollst du kommen?«

»Morgen. Um siebzehn Uhr. Mit der Islander.«

Wieder kurzes Zögern.

»Willst du wirklich auf diese Fähre und dich mit diesem Mann treffen?«, fragte Maeve langsam und in einem Ton, der ihr sagte, dies sei das Dümmste auf der Welt.

Statt herauszuplatzen: *Was bleibt mir denn anderes übrig?*, sagte sie nur: »Ja.«

»Und du hast keine Angst?«, fragte Maeve.

»Nein«, log Sloane. Sie sah ein, dass es zwecklos war, ihrer Mutter darin etwas vorzumachen. »Doch«, räumte sie ein.

»Na schön«, sagte Maeve. »Ich denke, dazu hast du allen Grund. Aber vielleicht täusche ich mich ja auch. Ich kann es nicht mit Sicherheit sagen. Noch nicht. Aber Sloane, Liebling, du musst für deine Sicherheit sorgen. Ich muss dich beschützen. So wie ich es in der Vergangenheit getan habe. Der Mann ist ein Killer.«

»Vielleicht ist er aber auch einfach nur ein reicher Mann, der nichts weiter als ein Denkmal von mir will.«

»Stimmt. Aber ich wage das zu bezweifeln.«

Sloane zappelte nervös auf ihrem Stuhl. »Ich weiß nur, falls ich nicht hingehe …«

Sie ließ den Satz in der Schwebe.

Sie hatte mit einem Schlag die Tatortfotos von Roger und Erica in einem Hotelzimmer wieder vor Augen. Sie konnte sich nicht dagegen wehren.

Während sie schwieg, konnte Sloane nur vermuten, dass Maeve sich an ähnliche Fotos erinnerte, die ihr Jahrzehnte früher vorgelegt worden waren.

»Also gut«, sagte Maeve. »Du weißt, ich bin in der Nähe, und …«

»Nein«, fiel Sloane ihr ins Wort. »Sag mir nicht, wo du bist oder was du vorhast. Oder sonst irgendwas.«

Erneutes Schweigen.

»Das ist klug«, bescheinigte ihr Maeve. »Okay. Ich behalt's für mich.«

Wieder trat zwischen Mutter und Tochter eine Pause ein, bevor Maeve sagte: »Du hast noch ein anderes Wegwerfhandy?«

»Ich hab ein paar von den Dingern.«

»Gut. Dann aktiviere das GPS zu einem, das du noch nicht verwendet hast, und gib mir diese Nummer per Textnachricht durch. Aktiviere die *Find-my-Phone*-Funktion. Dann steck das Handy in die Tasche und hab es immer dabei, aber verwende es nicht, um mich anzurufen. Dafür benutze ein anderes Handy.«

Sloane verstand, was ihre Mutter vorschlug. Auf diese Weise konnte sie verfolgen, wo Sloane sich gerade befand.

»Okay«, sagte sie.

»Und ruf mich immer an, sobald du allein bist. Sag mir, wo du bist. Sag mir, was sie von dir wollen. Sag mir, was der nächste Schritt ist. Wie unbedeutend es auch sein mag, egal was – lass es mich wissen. Halte nichts vor mir zurück. Halte mich so genau wie möglich auf dem Laufenden. Dann können wir jeweils auf die Situation reagieren und uns den nächsten Schritt überlegen. Gemeinsam.«

Gemeinsam könnte das Richtige sein. Vielleicht aber auch nicht, dachte Sloane.

»Aber du musst dir immer absolut sicher sein, dass du allein und ungestört bist. Keine Abhörvorrichtungen. Keine Videoüberwachung. Das alles wäre möglich.«

»Okay, verstanden«, sagte Sloane, auch wenn sie sich dabei alles andere als sicher war.

»Ich habe mich nicht zum ersten Mal erfolgreich umgebracht«, sagte Maeve. »Ich bin darin Expertin. Wenn nötig, kann ich es noch mal tun.« Sie zögerte eine Sekunde, dann fügte sie hinzu: »Sloane, unterschätze die Situation nicht.«

Nichts, dachte Sloane, lag ihr ferner, als die Situation zu *unterschätzen*.

VIER

Eine halbe Stunde nach Beendigung des Gesprächs mit ihrer Mutter und nachdem sie ihr die Nummer des Wegwerfhandys durchgegeben hatte, klingelte Sloanes Handy wieder, doch diesmal war es das iPhone, das sie von ihrem Auftraggeber hatte. Die Nummer, die auf dem Display erschien, erkannte sie nicht auf Anhieb.

»Sloane Connolly«, meldete sie sich.

»Miss Connolly, entschuldigen Sie die Störung außerhalb der Geschäftszeiten«, sagte jemand am anderen Ende. Sie erkannte augenblicklich die Stimme wieder. Der Pflichtverteidiger aus Somerville, New Jersey, der Anwalt von Michael Anderson, Kinderschänder, Klavierlehrer, Ehemann der Krankenschwester und rechtskräftig verurteilter Sexualverbrecher.

»Kein Problem«, sagte sie. »Worum geht's?«

Er klang genauso, wie sie ihn von ihrer ersten Begegnung in Erinnerung hatte: ein gereizter Unterton, mehr schlecht als recht durch überzogene Förmlichkeit kaschiert.

»Ich wollte Sie nur davon in Kenntnis setzen, dass mein ehemaliger Klient, Michael Anderson, der Mann, für den Sie sich im Zuge Ihres Denkmalprojekts so lebhaft interessierten, vor etwas über fünf Stunden beim Hofgang in der Haftanstalt, in der wir ihn besucht haben, ermordet wurde.«

Sloane holte tief Luft.

Ihr lag schon eine Bemerkung auf der Zunge, doch sie hielt sich zurück. Diese Nachricht verdiente keine übertriebene Reaktion, allenfalls einen milden Schock. Ein Mann, der den Tod verdiente, war ermordet worden. Eigentlich keine allzu große Überraschung.

»Ermordet?«, brachte Sloane schließlich heraus.

»Ja. Gewiss erinnern Sie sich, wie Mr Anderson erklärte, er sei damit zufrieden, den Rest seines Lebens im Hochsicherheitstrakt in Einzelhaft zu verbringen.«

Zufrieden war wohl nicht das richtige Wort. Als sie im Geist die Unterredung noch einmal durchging, standen ihr die Haare zu Berge.

»Ich erinnere mich sehr gut an das, was er mir erzählt hat.«

»Dann wissen Sie wohl auch noch, dass er sagte, er würde bedroht, und uns diesen Zettel zeigte.«

»Ja, durchaus.«

»Schon seltsam, finden Sie nicht, Miss Connolly, dass es nicht lange nach diesem Treffen, bei dem wir uns angehört haben, was er zu sagen hatte, in der Anstaltsverwaltung zu einer Verwechslung kam? Trotz seiner entsprechenden Anträge wurde er vor ein paar Tagen für kurze Zeit in den allgemeinen Trakt verlegt. Er rief, sobald er konnte, bei mir an. Er war völlig aufgelöst. Bis dahin hatte ich ihn noch nie wirklich ängstlich erlebt, Miss Connolly. Aber diesmal war ihm die blanke Panik anzuhören ...«

Er wusste, was ihn erwartete. Er wusste nur noch nicht, wie. Und wann. Und wo genau.

»Eine Verwechslung, sagen Sie?«

»Ja. Kommt schon mal vor. Nicht allzu ungewöhnlich. In den Haftanstalten gibt es eine Menge Hin- und Hergeschiebe. Sie müssen zum Beispiel Gangs trennen. Oder ein Insasse ist von einem anderen genervt. Man muss sie auf Abstand halten. Und die Vergewaltiger dürfen nicht mit den Mitgliedern von Motorradgangs zusammentreffen. Leute von der MS-13 dürfen nicht im selben Trakt mit Leuten der Aryan Brotherhood untergebracht werden. Das ist Alltag in einem Gefängnis, aber in diesem Milieu kann es auch zu ungewöhnlichen Allianzen kommen, Miss Connolly. Natürlich habe ich mich, sobald er sich deswegen bei mir meldete, an die Arbeit gemacht. Hab mich an die Strippe gehängt und den stellvertretenden Gefängnisdirektor angefleht, den offensichtlichen Fehler zu erkennen und zu korrigieren, Mr Anderson also unverzüglich wieder in den Einzelhaft-Flügel zurückzuverlegen, wo er hingehörte. Das kostete nochmals einiges an Papierkram, Miss Connolly. Da ist eine Menge Bürokratie am Werk. Und deren Mühlen mahlen langsam, selbst wenn sie erkennen, dass es sich um einen Irrtum handelt. Trotzdem war seine Rückverlegung auf mein Drängen hin bereits in Arbeit, als er mit Hunderten anderen Insassen zum Hofgang rausgelassen wurde.«

»Und was ist da passiert?«

»Jemand hat ihm die Kehle aufgeschlitzt.«

»Und wer?«

»Die Gefängnisverwaltung überprüft gerade das Filmmaterial von den Überwachungskameras. Aber wie ich höre, ist der Vorfall darauf nicht festgehalten.«

»Nicht festgehalten?«

»Genau. Die Insassen wissen natürlich, wo die Kameras sind. Sie wissen auch, wie sie für Ablenkung sorgen können, sodass sich der Fokus darauf richtet, wenn ein Mord passiert. Und was glauben Sie, wer sich hinter Gittern meldet und sagt: ›Ich hab gesehen, wie dieser Kinderschänder ermordet wurde‹? Ich will es Ihnen sagen: niemand.«

»Ver–«, fing sie an, sprach jedoch nicht weiter. Sie würde nicht sagen: *verstehe.* Treffender wäre: *lose Enden. Viele lose Enden, die da gerade festgezurrt werden.*

»Denen – der Gefängnisverwaltung – ist das egal«, sagte der Pflichtverteidiger in unverhohlen bitterem Ton. »Der Staatsanwaltschaft genauso.« Kurzes Zögern. »Und den anderen Häftlingen erst recht.« Mit einem Mal klang er resigniert. »Und ehrlich gesagt, ist es auch mir egal. Wahrscheinlich sind die einzigen Menschen, denen es nicht ganz und gar egal ist, seine Opfer und die Familien der geschändeten Kinder. Höchstwahrscheinlich hat jemand von ihnen dieses Arrangement getroffen, Sie wissen schon, jemand, der jemanden kennt, der jemanden kennt, der die Papiere manipulieren kann. Oder jemanden kannte, der sowieso lebenslänglich und somit nicht viel zu verlieren hat, wenn er noch mal lebenslänglich obendrauf bekommt. Aber das ist alles äußerst schwer zu beweisen, und es gibt wohl kaum einen Cop oder einen Staatsanwalt in diesen unseren Landen, der auch nur zehn Sekunden an dieses Verbrechen verschwendet, doch selbst dann, selbst wenn herauskäme, wer es war, welche Geschworenen würden denjenigen wohl verurteilen? In diesem Bundesstaat würde eine Jury dem Mörder von Mr Anderson zweifellos lieber einen Orden verleihen. Und all die anderen Familien werden in Jubel ausbrechen, wenn sie es aus der Zeitung und auf Webseiten und aus Blogs erfahren. Mir fällt also beim besten Willen niemand ein, den es auch nur im Geringsten schert, dass Michael Anderson in einem Gefängnishof mit einer selbst gebastelten Klinge die Kehle aufgeschlitzt wurde und er verblutet war, bevor der nächste Wärter – der nicht etwa rannte, sondern sich langsam hinüberbequemte – bei ihm war und ihm helfen konnte.«

Wieder eine Pause, dann die Frage:

»Macht es Ihnen etwas aus, Miss Connolly?«

Sloane überlegte sich die Antwort gut. *Ja,* dachte sie, *weil ich jemanden kenne, dem Michael Andersons Ermordung ein Herzensanliegen gewesen sein könnte.* Stattdessen antwortete sie: »Nein.«

»Dachte ich mir«, sagte der Pflichtverteidiger mit einem hörbaren Seufzer und legte auf.

KAPITEL 33

EINS

Links von ihr fuhren in langen Reihen die Autos auf die Fähre. Die Fußgängerschlangen gingen über mehrere Rampen hinauf, um beim Betreten des Schiffs einem Kontrolleur ihre Tickets auszuhändigen. Er klickte jeden Fahrgast ab. Als sie das Passagierdeck erreichte, blendete Sloane, selbst noch am späten Nachmittag, das grelle Licht, das von der Wasserfläche reflektiert wurde, und sie hielt sich die Hand über die Augen. Sie sah das Städtchen Woods Hole mit seinen malerischen Holzhäusern im Cape-Cod-Stil und seinen Restaurants, in denen am Rande des Honky-Tonk-Viertels frittierte Muscheln angeboten wurden. Die Anlegestelle der Fähre war unmittelbar neben dem weltberühmten Oceanographic Institution – einem kompakten, modernen Bau. Nicht weit davon lag eins seiner schnittigen Forschungsschiffe am Kai, wie eine Rakete, die auf den Countdown wartete. Direkt hinter der Bucht mit der Anlegestelle für die Fähre fuhren teure Kabinenkreuzer gegen die Flut hinaus und das ein oder andere elegante Segelboot in die leichte Brise, alle in Richtung Vineyard Sound. Weiter östlich und die ganze Cape-Küste entlang tuckerten Fischkutter und Schwertboote zur Georges Bank und zum Golfstrom hinaus. Auf dem Fährdeck hinter ihr hörte sie aufgeregtes Stimmengewirr. Gestresste Familien, die Koffer dabeihatten, junge Leute mit Handy-Headsets und energiegeladene kleine Kinder im Schlepptau von Hunden, die an der Leine zerrten. Sie alle strebten zu den Reihen hellblauer Deckstühle aus Plastik. Allesamt Ausflügler und Feriengäste. Unbeschwert. Idyllisch. Behütet. Glücklich.

Sloane war nichts von alledem.

Sie hatte eine Mappe mit ihren vorläufigen Entwurfsskizzen unter dem Arm und eine kleine schwarze Reisetasche für ein paar

Tage zu ihren Füßen. Zuunterst waren, in einen Badeanzug gewickelt, ihre .45er-Pistole und ihre drei noch unbenutzten Wegwerfhandys, darunter auch dasjenige, über dessen GPS Maeve sie ortete. Vermutlich war sie die einzige Person auf der Fähre, die eine Waffe mitführte. Ihre Zweifel und Ängste hatte sie anderswo verstaut.

Sie sah sich um.

Die gehen an den Strand.

Ich gehe zu einem Mörder.

Als die Fähre ihr Nebelhorn ertönen ließ, fuhr Sloane heftig zusammen. Mit einem Ruck und einer dunklen Rauchschwade setzte sich die Fähre in Bewegung und ließ die mächtigen Holzpoller hinter sich.

Das Nebelhorn schreckte einen braunen Labrador in ihrer Nähe auf, der anschlug und sich dann wieder in den Schatten unter einem Sitz zurückzog, hinter den Beinen eines jungen Mädchens, das in einem Roman mit einem eng umschlungenen jugendlichen Paar auf dem Cover las.

Ein zum Familienhund dressierter Jagdhund, dachte Sloane im Stillen.

Sie fühlte sich an die Erzählung ihrer Mutter erinnert, über den Großvater und die Vogeljagdhunde, die er trainierte. Namen aus der griechischen Mythologie. Bei dieser Erinnerung wanderten ihre Gedanken zu den Abenteuern der *Odyssee* zurück: Am Styx verlangte der Fährmann eine Münze, bevor er eine tote Seele in die Unterwelt übersetzte. *Egal ob klassische Schönheit, blutüberströmter Held oder einfach nur gewöhnlicher Bauer – wenn dein Leben endete, hattest du seinen Lohn zu zahlen.*

Meine Rückfahrkarte hat zweiundzwanzig Dollar gekostet.

Sie trat an die Reling und starrte wie hypnotisiert in das blaugrüne Wasser, durch das der schimmernde weiße Bug der Fähre pflügte.

Die Überfahrt nach Vineyard Haven dauerte fünfundvierzig Minuten. Sie reihte sich in die Schar der Fußgänger auf den Gangways zur Fährstation ein. Dahinter sah sie Eis- und Süßigkeitenstände, Schmuckläden und Kleiderboutiquen, Kunstgalerien und schmale, zugeparkte Straßen. Es war ein Ort der kakifarbenen Cargo-Shorts und grellbunten T-Shirts, an dem sich betuchte Leute leger kleideten und zwanglos unter die Tagesausflügler mischten, die sehen wollten, wo *Der weiße Hai* gedreht wurde und wo sich der berühmte Unfall zutrug, als Ted Kennedy von der Dyke Bridge auf Chappaquiddick abkam. In kurzer, doch sicherer Entfernung von der Stadt drängten sich die klassischeren weißen Schindelhäuser die Küste entlang, mit Blick über den Hafen und das Meer dahinter. Sie hatte einen Mischmasch aus historischen und modernen Häusern vor sich, Letztere wahllos zusammengewürfelt und scheinbar zu dem einzigen Zweck konzipiert, einen Blick auf den Ozean zu gewähren. Als Sloane die Fähre verließ, entdeckte sie auf Anhieb Patrick Tempter, der im Schatten unter einem kleinen Sonnendach wartete.

Er winkte.

Er lächelte.

Er unterschied sich in nichts von den anderen Leuten, die Besucher abholten – nur dass er eine hellbraune Leinenhose mit Bügelfalte trug und dazu ein weißes *Guayabera*-Hemd. Seine Füße steckten in teuren handgewebten *Huarache*-Schuhen. Als er Sloane sah, lupfte er einen breitkrempigen Panamahut.

»Ah, meine liebe Sloane«, sagte Tempter, als sie zu ihm kam. Er schüttelte ihr freudig die Hand. »Wie schön, Sie wiederzusehen. Ich bin so froh, dass Sie wohlbehalten angekommen sind.«

Die Frage ist wohl eher, dachte Sloane, *ob ich hier heil wieder wegkomme.*

»Hallo, Patrick«, sagte sie. Eine Schauspielerin auf der Bühne.

Als er nach ihrer Tasche fasste, sagte sie: »Nicht nötig.«

»Meine Generation wurde dazu erzogen, einer Dame stets das Gepäck zu tragen«, erwiderte er. »Bitte gestatten Sie.«

Sloane überließ ihm die Reisetasche, behielt jedoch ihr Portfolio mit ihren Skizzen. Sie fragte sich, ob er wohl etwas von der .45er auf dem Boden ihrer Tasche ahnte.

»Der Wagen steht gleich da drüben«, sagte Tempter und manövrierte sie nach links. »Bitte entschuldigen Sie dieses hektische Durcheinander, aber so ist es hier nun mal im Sommer. Diese Insel ist ein einmaliges Fleckchen Erde. Die kleinen Städte sind überlaufen, aber wie Sie gleich sehen werden, ist man ziemlich schnell aus all dem Trubel heraus.«

Sloane sah, wie der Chauffeur aus einem teuren, großen schwarzen SUV stieg und dabei den Motor im Leerlauf ließ. Er nickte ihr zu. Ähnlich wie Tempter war er im Unterschied zu seinem dunklen Anzug in Boston weniger förmlich gekleidet, in adretter Kakihose und rosafarbenem Sporthemd. Sloane entging nicht, dass das Hemd zu eng saß, um darunter eine Waffe zu verbergen.

Dann wohl im Handschuhfach, vermutete sie.

Er nahm Patrick Tempter ihre Tasche ab und verstaute sie im Kofferraum.

»Schön, Sie wiederzusehen, Miss Connolly. Für den Rest des Tages ist, glaube ich, gutes Wetter angesagt, aber im Lauf der Nacht droht ein Gewitter aufzuziehen. Das Wetter schlägt wahrscheinlich schnell um.« Die ganze Begrüßung war so alltäglich und normal, dass Sloane am liebsten laut geschrien hätte. Sie stieg hinten ein. Kurz hinter der Fährstation stand ein Polizist mitten auf der Straße und dirigierte den Verkehr. Er war jung. Das lockige braune Haar fiel ihm über den Kragen, und er blies immer wieder energisch in seine Trillerpfeife, während er mit den Händen wie ein Matrose mit Signalflaggen winkte. *Für den Sommer angeheuerter Ordnungshüter,* dachte Sloane. *Ein Collegestudent, der zwei Wochen lang ausgebildet wird, eine Waffe um die Hüfte geschnallt bekommt, die wahrscheinlich nicht geladen ist und unter keinen Umständen gezogen werden darf. Sie diente einzig als Dekorationsstück, um ihm Autorität zu verleihen.*

Natürlich musste es irgendwo auf der Insel auch echte Polizisten geben. Nicht, dass sie ihr von irgendeiner Hilfe wären.

Sie betrachtete Patrick Tempter und den Chauffeur.

Habt ihr Roger umgebracht?

Wer hat Erica getötet?
Was ist in diesem Hotelzimmer passiert?
Sie vermutete stark, dass die beiden Männer Bescheid wussten. Sie vermutete auch, dass sie es ihr verraten würden.

ZWEI

Patrick Tempter nahm neben ihr Platz.

Sie vermochte nicht zu sagen, ob seine Gegenwart beruhigend oder beängstigend war.

»Los geht's«, sagte er gut gelaunt. »Der Auftraggeber wartet schon. Er ist begierig, Ihre persönliche Bekanntschaft zu machen.«

Wir sind uns schon begegnet.

Sloane glaubte nicht, dass Patrick Tempter davon wusste.

Aber sicher war sie sich keineswegs.

Der SUV kämpfte sich durch zäh fließenden Verkehr über mehrere Kreuzungen, bevor er aus der Stadt herauskam. Unwillkürlich nahm Sloane alles in sich auf, zuerst die überfüllten Bürgersteige und schon bald Gebüsch und Pinienwald zu beiden Seiten der Straße. Hier und da wurde das üppige Grün von einer Bäckerei oder einem bäuerlichen Verkaufsstand unterbrochen. Dann und wann entdeckte sie, ein gutes Stück von der Straße zurückgesetzt, ein Haus. Der Chauffeur manövrierte auf der schmalen, kurvigen Straße um Mopeds und Fahrräder herum.

»Wo fahren wir hin?«, fragte sie.

»Nach Norden«, antwortete Tempter. »An West Tisbury und Chilmark vorbei Richtung Aquinnah. Das ist der ursprüngliche Name der Wampanoag-Indianer für diesen Teil der Insel. Viele Jahre lang nannte man ihn nach dem berühmten Leuchtturm am Ende Gay Head ...«

Sloane erinnerte sich, dass sie auf Gay Head gestoßen war, als sie sich im Internet Bilder von Leuchttürmen angesehen hatte, um denjenigen auszumachen, vor dem ihre Mutter fotografiert worden war.

»Den oberen Zehntausend, denen die meisten Anwesen hier gehören, Hollywood und Wall Street, war der ursprüngliche indianische Name natürlich viel lieber. So viel romantischer. Sei's drum.«

Sie nickte.

»Ich glaube, an den exklusiven Privatschulen in New York und L. A. heißen nicht wenige Kinder *Aquinnah*«, sagte er achselzuckend. »Wer käme schon auf die Idee, sein Kind *Gay Head* zu nennen. Da vorne kommt gleich das Anwesen von Jackie Kennedy Onassis. Steht zum Verkauf, falls Sie gerade ein paar Milliönchen flüssig haben. Sehr abgeschieden, dieser Teil der Insel. Gibt da so einiges an schöner und origineller Architektur, das Sie interessieren dürfte. Aber davon werden Sie nicht allzu viel sehen ...«, sagte er mit einem Grinsen. »Genauer gesagt, bekommen Sie von der Straße aus so gut wie gar nichts zu sehen. Den Leuten geht ihre Privatsphäre in den Sommermonaten über alles.«

Tempter legte eine Pause ein und fügte mit einem Lächeln hinzu: »Das gilt auch für den Auftraggeber.«

Sie fuhren weiter. Der Chauffeur hüllte sich in Schweigen. Tempter erging sich weiter in so etwas wie einem Reisebildungsbericht, indem er auf Feldwege deutete und mit berühmten Namen um sich warf: von Filmstars, Hedgefondsmanagern und Regierungsbeamten. Als der SUV das Tempo drosselte, bog er auf eine der vielen unbefestigten, einspurigen Straßen ab. Sie zogen eine braune Staubwolke hinter sich her. Die Straße wand sich in Serpentinen durch das Gelände. Zugleich wurde das Gebüsch zu beiden Seiten wilder und dichter. Obwohl sich der Chauffeur bemühte, ihnen auszuweichen, wurde der SUV immer wieder von Zweigen gestreift. Streckenweise holperte der Wagen über Gelände so uneben wie ein Waschbrett sowie durch zwei große Pfützen, die den blauen Himmel und die Sommerhitze Lügen straften. Nach Sloanes Schätzung waren sie auf dieser schmalen Straße bereits ungefähr eine Meile unterwegs, ohne irgendwo ein Haus gesehen zu haben, als sie an eine gelb lackierte Schranke gelangten. Daran prangte ein großes Schild: *Kein Strandzugang. Zutritt verboten. Zuwiderhandeln wird geahndet.* Mit leichtem Schlittern hielt der SUV an. Der Fahrer gab in ein Bedienfeld einen Nummerncode ein, und die Schranke öffnete sich. Er fuhr hindurch, tippte erneut den Code ein, sodass sie sich hinter ihnen wieder schloss. Sloane versuchte, die Zahlenfolge zu erfassen, konnte aber nicht alle Ziffern sehen.

Nun ging es nochmals mehrere Hundert Meter weit unter überhängenden Zweigen durch den Wald, der sich schließlich zu einem Steilufer öffnete. Vor ihr dehnte sich endlos der Atlantik im letzten Tageslicht.

»Bei einem Unwetter ist es noch spektakulärer«, sagte Tempter und deutete mit einer ausholenden Armbewegung übers Meer. »Da erwacht es zum Leben. Das Wasser wechselt dann von diesem schönen einladenden Blau zu wütendem, gefährlichem Grau. Schaumkronen überall. Der Atlantik schlägt in furiosen Wellen an die Felsen. Falls der Wetterbericht stimmt, haben Sie vielleicht morgen Gelegenheit, sich das Schauspiel anzusehen. Die Leute werden von der Sonne und dem Sand hergelockt, dabei ist die Natur in derart aufgewühltem Zustand noch weitaus interessanter.«

Die Straße führte jetzt wieder von der Klippe und der prächtigen Aussicht fort, und sie kamen um eine Ecke, hinter der sie das einzige Haus weit und breit entdeckte. Die Lage war, wie Sloane auf Anhieb sah, so gewählt, dass das Domizil den Blick übers Meer gewährte, aber hoch genug auf einer Erhebung stand, um der Erosion, einem Hurrikan oder dem scharfen Nordostwind zu trotzen. Es war ein elegantes Gebäude. Ihr entging nicht, dass die mit grauen Schindeln verkleideten Wände eine Dachlinie stemmten, die dem Rumpf eines Segelboots nachempfunden war, was dem Ganzen eine nautische Anmutung gab. *Der Architekt hat sich mit diesem Entwurf eine goldene Nase verdient,* kam es Sloane unwillkürlich in den Sinn.

»Das hier ist nicht das teuerste Anwesen auf der Insel«, sagte Tempter. »Hier sind einige richtig große und richtig hässliche Häuser versammelt. Aber nach meinem Geschmack ist das hier in Bezug auf die Aussicht und darin, wie es sich in die natürliche Schönheit der Landschaft einfügt, unübertroffen. Und es bietet, wie Sie sehen, größte Privatsphäre.«

Die Art, wie er das Wort betonte, ließ Sloane annehmen, dass auf *Privatsphäre* größter Wert gelegt wurde.

Der Fahrer hielt auf einer kreisrunden Schottereinfahrt direkt vor dem Eingang zum Haus.

Er blieb hinter dem Lenkrad sitzen.

Patrick Tempter öffnete die Tür und stieg aus. Er kam um den Wagen herum und öffnete Sloane den Schlag. In dieser Sekunde brach eine Woge der Panik über sie herein.

Was mache ich hier nur?

Ich hätte auf meine Mutter hören sollen.

Lauf weg.

Ihr schlug das Herz bis zum Hals. Ihr brach der Schweiß aus. Alles Blut wich ihr aus dem Gesicht, als habe sie die Fahrt in eine andere Welt geführt und sie sei gerade dabei, vollkommen unbekanntes und beängstigendes Terrain zu betreten. Sie fummelte am Schnappverschluss ihres Sitzgurts herum, als sei er zu glatt und rutsche ihr immer wieder durch die Finger. Am liebsten hätte sie gebettelt.

Ich kann nicht.

Ich will nicht.

Holen Sie mich hier raus.

Helfen Sie mir.

Doch Sloane traute ihrer Stimme nicht. Sie fürchtete, nur ein unverständliches Gestammel herauszubringen.

Am liebsten hätte sie gefragt:

In was renne ich da gerade blindlings hinein?

Hat er vor, mich umzubringen?

Alle diese Fragen hämmerten auf sie ein. Sloane blickte auf. Im

Westen brauten sich unheilvolle dunkle Wolken zusammen. Doch der Himmel über ihr war noch blau. Alles in ihr sträubte sich gegen die Vorstellung, hier draußen, auf dieser Insel, ihr Leben zu lassen. Sie hatte das Gefühl, im Sog der Ereignisse, der Wünsche, der Passionen und des Hasses unterzugehen und dagegen machtlos zu sein. Einiges davon stammte aus der Vergangenheit, anderes war gegenwärtig oder lauerte noch in der Zukunft.

Sie rutschte von ihrem Sitz.

Als sie mit den Füßen den Schotter berührte, drohte sie wie eine Betrunkene zu stolpern.

Sie war benommen und unsicher auf den Beinen. Hatte einen trockenen Mund. Die Angst raubte ihr die Sinne. Sie wollte sich an Tempter festhalten. Sie wollte dem Fahrer etwas zurufen.

Hilfe!

Sie fühlte sich wie ein Kind, das vor dem Dunkeln Angst hat, vor dem Unbekannten, das sie weder sehen noch fühlen, noch begreifen konnte. Die Woge traf sie ohne Vorwarnung mit großer Wucht.

Hilfe!

Tempter hatte ihre Tasche in der Hand. Doch statt sie zur Haustür zu tragen und sie dorthin zu begleiten, drückte er sie ihr in die Hand.

»Hier, meine Liebe«, sagte er. »Wie schön, dass Sie Ihr Portfolio mit Ihren Entwürfen dabeihaben.«

Sie nickte.

»Und haben Sie auch einen Laptop im Gepäck?«

»Nein«, sagte Sloane.

»Perfekt. Und haben Sie das Handy mitgenommen, das Ihnen der Auftraggeber zur Verfügung gestellt hat?«

»Ja«, sagte Sloane. Selbst dieses Wörtchen blieb ihr fast im Halse stecken.

»Ob ich es wohl einmal sehen kann?«

Sloane griff in ihre Hosentasche und reichte Tempter das Handy.

»Danke«, sagte er und steckte es, ohne auch nur einen Blick darauf zu werfen, zu ihrer Verwunderung ein, während er auf die Vorderseite des Hauses zeigte.

»Auf Wiedersehen, Sloane«, sagte er. »Aber an dieser Stelle habe ich meine Aufgabe bei diesem Projekt erfüllt. Viel Glück.«

Dann drängte er sich an ihr vorbei und ließ sich eilig auf den Beifahrersitz des SUV fallen. Kaum hatte Tempter die Tür zugeschlagen, legte der Chauffeur den Gang ein und brauste mit durchdrehenden Reifen davon, während Sloane fassungslos dastand und hinter ihr am Haus die Tür aufging.

KAPITEL 34

EINS

DAS IST ER ALSO:
DER MANN VON STETER TRAUER

Sloane schaffte es nicht, sich umzudrehen. Sie schloss für einen Moment die Augen, presste die Lippen zusammen und atmete heftig durch die Nase ein, als ginge es darum, ihre letzten Atemzüge alle auf einmal zu nehmen. Da sie aber nun einmal keine andere Wahl hatte, drehte sie sich schließlich langsam zu dem Mann um, der vor dem Eingang stand.

Er war kaum größer als sie, vermutlich etwas unter eins achtzig, mit dem drahtigen Körperbau eines Langstreckenläufers.

Er trug eine fleckige, verwaschene und ausgefranste Kakihose, ein zerschlissenes schwarzes Sweatshirt mit Cut-off-Ärmeln, altmodische Tennisschuhe mit ein paar Löchern darin.

Sein Haar war grau gesprenkelt, lang, zum Pferdeschwanz gebunden und ungepflegt.

Er stand in der Taille ein wenig vorgebeugt da, als zögerte er, etwas vom Boden aufzuheben. Seine faltige Gesichtshaut wirkte blass, doch seine grünen Augen durchbohrten sie mit ihrem hellwachen Blick. Um den Hals hing ihm an einer Kette eine Brille. Buschige Augenbrauen. Altersflecken an den Händen. Lange, klauenartige Finger.

Er sah nicht reich aus.

Er sah nicht wie ein Mörder aus.

Er hatte nicht die geringste Ähnlichkeit mit dem Bild, das bei ihr entstanden war, nachdem sie stundenlang der Erzählung ihrer Mutter zugehört hatte, von einem Mann, der mühelos und unerbittlich Angst einflößte, der Tod und Schrecken verbreitete. Auch mit der Stimme, die in jener Nacht, in der Roger sie auf dem Bürgersteig in Cambridge gepackt hatte, über die Straße donnerte, und dem Bild, das sie sich von ihrem anonymen Retter gemacht hatte, konnte sie ihn nicht in Einklang bringen. Diese beiden Fantasiegebilde – in der Erinnerung ihrer Mutter und in ihrer eigenen Vorstellung – waren energiegeladen, übermächtig, gebieterisch. Dynamisch. Muskulös. Ihr erster Eindruck von dem Mann, der ihr gegenüberstand, war das genaue Gegenteil. Dieser Mann wirkte, als habe ihn das Alter unerwartet schnell eingeholt.

»Hallo, Sloane«, sagte er. Sein Lächeln wirkte echt. »Ich habe mich so auf diesen Moment gefreut.«

Er streckte ihr die Hand entgegen, und sie überquerte die Einfahrt, um sie zu schütteln. Sein Handschlag war fest.

»Herzlich willkommen, endlich«, sagte er. »In meinem Refugium.«

Er hielt ihr die Tür auf, und sie trat ins Haus. Drinnen war es kühl, und Sloane fröstelte sofort ein wenig.

»Vielleicht zuerst eine kurze Führung, bevor wir zum geschäftlichen Teil kommen? Nur damit Sie sich zurechtfinden.«

»Das wäre nett«, sagte sie und hüstelte ein wenig. Sie blickte zur Seite und sah, dass in der Eingangsdiele nur ein einziges Kunstwerk an der weiß getünchten Wand hing: ein berühmtes Schwarz-Weiß-Foto von einem Matrosen, der am Tag der Beendigung des Zweiten Weltkriegs auf dem Times Square eine junge, in der Hüfte zurückgebeugte Frau im Arm hält. Und leidenschaftlich auf die Lippen küsst. Es war ein Bild rückhaltloser Freude. Das Foto hatte 1945 Alfred Eisenstaedt gemacht. Sloane sah die Signatur des Fotografen über dem Passepartout. Der Auftraggeber zeigte darauf.

»Bis zu seinem Tod kam er oft auf die Insel. Die Gallery at the Red Barn in West Tisbury hier hat die Rechte auf seine Arbeit. Überwältigend, oder? Am meisten an dem Bild liebe ich, wie viel es in einer einzigen Sekunde einfängt. Es zerstreut all die Schrecken und das Sterben und die Ungewissheit des jahrelangen Kriegs in diesem einen Moment und setzt Hoffnung und unbegrenzte Möglichkeiten an ihre Stelle. Haben Sie gewusst, dass der Matrose und die junge Frau sich gar nicht kannten? Und sie auch sonst nichts weiter miteinander verband außer diesem einen Augenblick und dieser überschwänglichen Umarmung. Aber dank dem Fotografen und seinem schnellen Finger am Auslöser leben sie für immer weiter.« Er schwieg einen Moment. »Ganz gewöhnliche Menschen. Aber unsterblich gemacht.«

Wieder legte er eine kurze Pause ein.

»Bringt nicht genau das auch uns in diesem Moment hier, an diesem Ort, zusammen?«

Bevor Sloane antworten konnte, sagte er lächelnd: »Hier entlang, bitte. Folgen Sie mir.«

Sloane zögerte. »Wie soll ich Sie anreden?«, fragte sie. Schließlich kannte sie nur einen Namen, den er früher einmal verwendet hatte. Und sie kannte eine Verwandtschaftsbeziehung: *Onkel*. Doch Sloane hatte nicht vor, ihm zu verraten, was sie wusste und was nicht. Sie schärfte sich ein: *Zeig ihm nur, was du bei deinen eigenen Recherchen zu den sechs toten Namen herausgefunden hast. Nichts von dem, was du von deiner Mutter weißt. Denn wenn du etwas rauslässt, das du nur von Maeve wissen kannst, verrätst du ihm, dass sie noch lebt.*

Möglicherweise. Natürlich kann er nicht wissen, was sie mir vielleicht in den Jahren, in denen sie mich vor ihm versteckt hat, über meine Vergangenheit erzählt hat.

Es war unglaublich schwer, diese Unterscheidungen zu treffen. Aber es hing viel davon ab.

»Ah, interessante Frage«, erwiderte er. »Für Sie bin ich wohl *der Auftraggeber*, soweit ich von Patrick weiß. Aber im Zuge unserer Geschäftsbeziehung können Sie mich auch gerne Joseph nennen. Beides ist mir recht.«

Sie nickte. Er fügte hinzu:

»Altes Testament, der Bruder, den es nach Ägypten verschlägt, wo er sich recht gut macht. Oder auch Neues Testament, der Mann der Maria, Mutter Jesu. Von Gott gehörnt, könnte man sagen, auch wenn das vielleicht eine nicht besonders freundliche Lesart seiner Rolle ist. Und eine etwas peinliche Art, heilig zu werden.«

Er lachte leise über seinen eigenen Witz.

Sloane folgte dem Auftraggeber in einen großen, offenen Wohnbereich. Eine Wand bestand vollständig aus Glasschiebetüren mit Meeresblick. An einer anderen Wand hing ein Sammelsurium von Gemälden und Fotografien, alle mit Inselmotiven, einige impressionistisch, in strahlenden Farben, andere in Farb- und Formgebung eher gedeckt, um Nebel, Wasserspiegelungen, eine baufällige Scheune oder auch nur zwei rot-blaue Hummerbojen einzufangen.

Er zeigte darauf: »Lokale Künstler. Stan White und Mary Sipp-Green, Wendy Weldon und Alison Shaw. Das Problem ist nur, dass sie sich gegen die beiden hier behaupten müssen …«

Als Erstes deutete er durch die Glastüren aufs Meer, dann auf ein großes Gemälde über einem Kamin, auf dem eine Blume in Gelb und Blau in einer weißen Vase zu sehen war. Auch dieses Kunstwerk erkannte Sloane wieder. David Hockney. Ein Millionen-Dollar-Gemälde. Sie starrte es an. Was dem Auftraggeber nicht entging.

»Ein ähnliches Gemälde hängt in New York im Museum of Modern Art. Sagen Sie, Sloane: Finden Sie es nicht auch bemerkenswert, dass derart wenig Pinselstriche und Farbtupfer derart viele Emotionen hervorrufen können?«

Eine Testfrage.

»Ja«, beeilte sich Sloane.

»Ich bewundere Einfachheit, Sloane«, sagte er. »Und was sind Ihrer Meinung nach die einfachsten Dinge von allen?«

Die zweite Testfrage.

»Ich bin mir nicht sicher, ob ich Ihre Frage richtig verstanden habe«, erwiderte sie ausweichend.

»Der Moment, in dem wir geboren werden. Und der Moment, in dem wir sterben«, sagte der Auftraggeber.

Sloane schätzte, dass sie den Test nicht bestanden hatte. Und so schob sie hastig hinterher: »Aber sind wir nicht auch das, was wir hinterlassen?«

»Ah, weit weniger einfach. Viel komplexer«, antwortete der Auftraggeber. »Und eine Feststellung, wie ich sie von jemandem, der ein Denkmal entwerfen soll, erwarten würde. Vielleicht ist das eine gute Basis für unsere Besprechungen.«

Ihr Blick fiel an ihm vorbei auf eine schimmernde Küche aus Edelstahl und dunklem Marmor. Sie ließ ihn weiterschweifen und sah draußen auf einer Veranda einige Teak-Deckstühle um einen Tisch, direkt daneben einen Teil von einem Infinity-Pool. Dunkle Ledersofas vor dem Kamin. Ein handgeschmiedeter Kandelaber. Ein maßgefertigtes Bücherregal aus Roteiche, von oben bis unten mit kostbar gebundenen Büchern bestückt, an einer anderen Wand. Der Auftraggeber schwieg einen Moment.

»Mir gefällt es«, sagte er bedächtig und deutete dabei zuerst auf die Gemälde an den Wänden und dann auf die Schiebetüren aus Glas, »die Kunst, die wir hervorbringen, mit der Kunst der Natur in Einklang zu bringen.«

Sloane nickte.

»Meinen Sie nicht auch, dass das, was wir im Leben tun, eine Art Kunstform ist?«, fragte er.

»Könnte man so sagen«, erwiderte sie. *Schwach*, räumte sie im Stillen ein.

»Wenn Sie sich das Leben als eine Art Bild oder Gemälde vorstellen, gilt dann nicht dasselbe für den Tod?«

Diese Frage jagte ihr einen kalten Schauder ein, doch bevor sie antworten konnte, lachte der Auftraggeber.

»Aber was denn sonst«, sagte er. »Und auch das führt uns heute hier zusammen. Das Leben, das einige Menschen geführt haben, gegen ihren Tod abzuwägen, der unvermeidlich war. Und aufgrund bestimmter Umstände beschleunigt wurde.«

Dann wies er in Richtung eines Korridors.

»Das Gästezimmer – Ihr Zimmer – die zweite Tür links. Direkt hinter dem Heimkino. Möchten Sie sich ein bisschen frisch machen und danach vielleicht einen Happen essen?«

»Ja, gerne, das wäre nett«, erwiderte Sloane.

Sie nahm noch einmal alles, was sie sah, in sich auf. Alles zeugte von Reichtum und Überfluss. Auf den zweiten Blick erkannte sie, was sie nicht sah: Sie sah niemanden sonst.

Keinen Koch.

Kein Hausmädchen.

Keine Sekretärin oder Assistentin.

Keinen Fahrer.

Keinen Gärtner.

Die Stille machte ihr Angst.

»Dort entlang«, sagte er und zeigte auf ihr Zimmer. »Lassen Sie sich ruhig Zeit«, fügte er mit einem verhaltenen Lächeln hinzu. »Packen Sie aus. Nehmen Sie eine Dusche, wenn Ihnen danach ist. Oder auch ein Bad im Pool, eine Option, die später, angesichts des Wetterumschwungs, der sich da anbahnt, vermutlich nicht mehr so verlockend ist. Entspannen Sie sich. Wir haben Zeit. Wir haben es nicht eilig.«

Sloane nickte. Doch der Auftraggeber schüttelte plötzlich den Kopf.

»Nein, das stimmt gar nicht«, korrigierte er sich. »Die Zeit sitzt uns immer im Nacken. Ist immer begrenzt. Verfolgt uns geradezu. Und früher oder später bringt sie uns um. Die Zeit hat diese tödliche Wirkung.«

Er drehte sich zur Glasfront um und blickte übers Meer. »… behaupten zumindest The Poets.«

Sie hatte ihn wohl verdutzt angesehen, denn der Auftraggeber fügte hinzu: »Aber Sie sind jung und empfinden das noch nicht so stark wie ich. Tun Sie also, wonach Ihnen ist, und wenn Sie so weit sind, bin ich es auch.«

Sie nahm ihre Mappe und ihre Tasche und lief in die Richtung, in die er zeigte. Sie spürte bei jedem Schritt die Augen des Auftraggebers in ihrem Rücken. Sie bemerkte eine kleine Kamera in einer Ecke, so eingefügt, dass sie kaum auffiel – genau das, wovor Maeve sie gewarnt hatte. Ihr wurde klar, dass es im ganzen Haus eine Überwachungsanlage geben musste, nicht weniger teuer als der Hockney an der Wand.

Sie schlüpfte in das Zimmer, zog die Tür hinter sich zu und atmete gegen die Angst und die Ungewissheit ein paarmal tief durch. Wieder sah sie sich um: Es war ein weitläufiges Zimmer, ebenfalls mit Meeresblick. Das große Bett stand so, dass man im Liegen auf die Wellen blicken konnte. Die Ausstattung war exklusiv – Kommode, Nachttisch und Kopfteil, alles Thomas-Moser-Designermobiliar. An einer Seite befand sich ein Bad mit goldenen Armaturen und einem Boden aus importierten Fliesen, mit Fußbodenheizung.

Als Erstes suchte Sloane in jedem Winkel nach Überwachungskameras, konnte aber keine entdecken. Was nicht hieß, dass es keine gab. Vielleicht einfach nur weniger offensichtlich. Es hingen zwei große Gemälde an den Wänden – auch hier Insellandschaften ähnlich denen, die sie schon gesehen hatte. In einer Ecke war eine weiße Marmorskulptur von einem springenden Wal im Boden verankert.

Sloane machte sich klar: *Für den Fall, dass ich beobachtet werde, muss ich die Waffe versteckt halten.*

Unter der Matratze.

In der obersten Schublade.

Oder auf einem Schrankfach.

Das brächte alles nichts.

Sie begriff, dass sie die Waffe nicht aus der Reisetasche holen konnte, ohne dass es wahrscheinlich von einer unsichtbaren Kamera festgehalten wurde. Dasselbe galt für die drei verbliebenen Wegwerfhandys, die sie zusammen mit der Pistole in der Tasche hatte, darunter auch das, über dessen Nummer ihre Mutter sie per GPS verfolgte. Sie fürchtete nicht, beobachtet zu werden, als sie sich bis auf die Unterwäsche auszog. Nur die Waffe musste unsichtbar bleiben, sonst flöge alles auf. Sie holte ihre wenigen Sachen heraus und räumte sie in eine Schublade. Dann verstaute sie die Tasche im Schrank und schob sie in eine Ecke, wo sie hoffentlich, zusammengedrückt, wie sie war, vollkommen harmlos aussah. Sie versuchte, praktisch zu denken, auch wenn sie nicht so recht wusste, was in ihrer Situation *praktisch* hieß. Sie sah sich plötzlich den Flur entlangrennen, um in einem Kugelhagel in ihr Zimmer zu kommen und die .45er zu holen. *Unmöglich. Ein frommer Wunsch, falls es wirklich hart auf hart käme.* Sloane fühlte sich wehrlos, auch wenn sie offenließ, wogegen.

Sie fühlte sich verlassen.

Allein.

Und Alleinsein machte ihr Angst.

Sie trat an die Terrassentür und blickte über das Meer. Der Vorhersage gemäß herrschte schon jetzt stärkerer Wellengang, und die ersten Schaumkronen tanzten auf der Oberfläche. Die Brandung gegen die sichelförmige Bucht mit dem goldenen Sand schien immer lauter zu tosen, und das Wasser wechselte von Tiefblau zu unheilvollem Grau, so weit das Auge reichte. Die Büsche am Rand des Anwesens schwankten im Wind. Der spürbare Wetterwechsel setzte ihr zu und machte sie noch nervöser.

Sie versuchte, sich zusammenzureißen, ging ins Bad, um sich Gesicht und Hände zu waschen, kämmte sich und schlüpfte in frische Sachen, bevor sie zu ihrer Mappe griff und das Zimmer verließ. In der Nähe spielte Musik, die sie kannte. Sie folgte ihr und sah, dass die Tür zum Heimkino offen stand. Auf der großen Leinwand sang George Clooney: *Man of Constant Sorrow* – »Der Mann von steter Traurigkeit«, aus dem Film der Coen-Brüder *Oh Brother, Where Art Thou? – Eine Mississippi-Odyssee*.

Der Auftraggeber stand vor zwei Klubsesseln und starrte auf die Leinwand.

Er drehte sich zu ihr um.

»Einer meiner Lieblings-Songs«, sagte er. »Mit dem Titel kann ich mich identifizieren.« Er lächelte wieder und sagte in leichtem Singsang: »›*I am a man of constant sorrow. I've seen trouble all my day.*‹ Ärger jeden Tag. Clooneys Stimme wurde für den Kinostart per Playback als Tonspur hinzugemischt. Was man da also zu sehen und zu hören glaubt, ist nicht real. Oder vielleicht doch real, aber nachträglich zusammengeführt. Im zweiten Vers gibt es eine wunderbare Zeile: ›*No pleasures here on Earth I've found – Wenig Freuden fand ich hier auf Erden.*‹ Ich habe viel über diese Zeile nachgedacht. Sie spricht mich an. Wissen Sie, worauf der Film beruht?«

Sie wusste es, wollte es aber nicht aussprechen und antwortete daher: »Nein, bin mir nicht ganz sicher.«

»Dann überlegen Sie mal«, sagte er. Er hatte eine Fernbedienung in der Hand. Er richtete sie auf die Leinwand und hielt Clooney und die Soggy Bottom Boys mitten im Song an.

Der Auftraggeber klickte die Fernbedienung ein zweites Mal.

Die Soggy Bottom Boys verschwanden von der Leinwand.

An ihrer Stelle entstand eine riesige Vergrößerung jenes Fotos, das Sloane von dem Anwalt in San Diego bekommen hatte: von dem jungen, nicht identifizierbaren Paar, das übers Meer hinausblickt. Von hinten aufgenommen.

In der Mitte war der allgegenwärtige Play-Pfeil. Sloane begriff, dass dieses Bild nur der Anfang war. Sie vermutete, dass eins von *Il Labirinto* folgen würde. Der Auftraggeber taxierte ihre Reaktion.

»Das ist …«, fing Sloane an.

Der Auftraggeber ließ sie nicht ausreden. »Ich sehe mir oft dieses Bild an«, sagte er. »Machen wir uns also daran, uns besser kennenzulernen.«

Er ging den Flur entlang voraus Richtung Wohnbereich und warf die Bemerkung über die Schulter: »Aber sind wir nicht gerade schon dabei?«

Sloane antwortete nicht.

Sie hatte nicht die geringste Ahnung, was passieren würde.

ZWEI

EINE UNTERHALTUNG MIT DEM PHILOSOPHEN DES TÖTENS.

Der Auftraggeber führte Sloane durch den Wohnbereich in ein Speisezimmer. An einem Ende des Tischs war für eine Person gedeckt. Er zog Sloane einen Stuhl zurück und lud sie stumm ein, Platz zu nehmen.

»Sie essen nichts?«, fragte sie, während sie sich setzte.

»Nein.«

Kein Wort zu viel.

Während sie es sich bequem machte, ging der Auftraggeber in die Küche und kehrte nach einer Sekunde mit einem Teller zurück. Er stellte ihn vor sie hin. Ein Salat, dazu Kartoffeln und ein großzügiges Stück Fisch.

»Bitte«, sagte er und nahm ihr gegenüber Platz. »Schwertfisch. Ich koche gern.«

Sie nahm einen Bissen.

»Harpuniert«, sagte er.

»Wie bitte?«

»Dieser Fisch wurde harpuniert. Nicht an einer Langleine gefangen und ein paar Tage in Eis frisch gehalten, bevor er auf den Markt kam. Er wurde noch lebendig aus dem Meer geholt und direkt an Land gebracht. Daher der andere Geschmack, die andere Textur, die Festigkeit. Eben noch ist er an die Oberfläche geschwommen und hat die Wärme der Sonne genossen, und im nächsten Moment findet er sich an Bord eines Schwertboots wieder, mit einem Spieß im Rücken. Ein bisschen teurer im Fischgeschäft, aber ich denke, er ist es wert. Humanere Methode, einen Fisch zu töten, oder? Bin mir nicht sicher. So ein Schwertboot hat einen langen Bugkorb, der übers Wasser ragt, und der Kapitän fährt von hinten so dicht an den ahnungslosen Fisch heran, dass der Maat mit der Harpune genau zielen kann. Den Tod muss man nur mal mit der Panik eines Fischs vergleichen, der in der Tiefe des Ozeans plötzlich einen Haken im Kiefer hat und sich nicht mehr davon befreien kann. Die Welt, die er kannte und in der er sich so wohlgefühlt hat, kehrt sich mit einem Mal gegen ihn und bereitet ihm Angst und Schrecken. Er zappelt mit seinem ganzen Gewicht und mit dem Schmerz in der Lippe hilflos an der Leine. Kämpft um sein Leben, obwohl ihm ein Instinkt irgendwo tief in seinem Innern sagt, dass sein Schicksal besiegelt ist.«

Sloane hatte die Gabel gehoben und führte sie nicht zum Mund.

»Nein, essen Sie weiter«, ermunterte sie der Auftraggeber.

Das tat sie. Trotz des bleischweren Gefühls im Magen schmeckte der Fisch köstlich.

»Sagen Sie, Sloane, was finden Sie besser? Einen plötzlichen Tod oder einen, der sich hinzieht? Der eine reißt einen unerwartet aus dem Leben. Der andere gibt einem Gelegenheit, über alles nachzudenken, während man auf das Ende wartet.«

»Ich weiß nicht, ob ich die Frage beantworten kann«, sagte Sloane.

»Nicht?« Das kleine Wörtchen klang amüsiert. »Aber Sie wissen inzwischen einiges mehr über den Tod als noch vor Kurzem, nicht wahr?«

»Ja.«

»Ich für meinen Teil ertappe mich dabei«, fuhr der Auftraggeber fort, »dass ich oft über den Tod nachdenke. Ich glaube, ich bin ein Philosoph des Tötens geworden. Der Tod ist einerseits etwas Alltägliches und andererseits auch in jedem Fall etwas Einmaliges, nicht wahr?«

Sloane nickte.

Er sah ihr zu, wie sie ihre Mahlzeit aufaß.

Der Auftraggeber brachte den leeren Teller in die Küche. Sie hörte für einen Moment Wasser laufen, dann verstaute er Teller und Besteck in einem Geschirrspüler. Sloane beschlich das unbestimmte Gefühl, als schwinge bei allem, was er tat – selbst bei etwas so Banalem wie dem Abwasch –, eine symbolische Bedeutung mit. Sie fröstelte, wenn auch nicht von Kälte.

Der Auftraggeber deutete mit einer ausladenden Bewegung auf den nunmehr leeren Tisch.

»Vielleicht reicht Ihnen der Platz, um mir ein paar von Ihren Entwürfen zu zeigen?«

Sloane griff nach ihrem Portfolio. Sie brauchte einen Moment, um alle ihre Skizzen von Obelisken und Windmühlen und Parks auf der Tischplatte auszubreiten.

Der Auftraggeber sah sie sich an und blickte zu ihr auf.

»Bevor Sie mir darlegen, welche Überlegungen Sie zu den jeweiligen Konzepten geführt haben, wüsste ich gerne, was Sie bei Ihren Recherchen zu jedem dieser Todesfälle in Erfahrung gebracht haben.«

»Also«, fing Sloane zögernd an, »jeder Tod ist anders ...«

Der Auftraggeber schüttelte den Kopf.

»Anderer Stil, ja, andere Methode, ja. Aber wieso mussten sie sterben? Wo ist der Zusammenhang zwischen ihnen? Haben Sie das nicht in Erfahrung gebracht?«

Sloane wurde von einer Bilderflut überschwemmt – von Leichen in den unterschiedlichsten Zuständen, einige verstümmelt, manche in ihrem eigenen Blut, jeder Fall anders.

Der Auftraggeber zeigte auf die Hockney-Blume an der Wand.

»Einfache, doch bedeutungsträchtige Pinselstriche«, sagte er.

Sie sah, wie in seinem Gesicht Wut aufflackerte und sich seine Züge wie unter einer dunklen Wolke verdüsterten. Es passte zum Himmel draußen und den ersten Regentropfen, die mit dem Wind auf die Veranda prasselten.

»Haben Sie die Leute getötet?«, würgte sie heraus. Sie konnte nicht an sich halten.

Er lächelte.

»Selbstverständlich«, sagte er.

»Und wieso?«, fragte sie.

»Sie wissen, wieso.«

Sie schüttelte den Kopf, doch es war eine reflexartige Reaktion. Ihr schwante, dass sie es im Grunde wusste.

»Sie wissen es«, beharrte er. In eisigem Ton.

Ihr zitterten die Hände. Sie war wie erstarrt. Sie wäre am liebsten weggelaufen, blieb jedoch wie angewurzelt sitzen.

»Weil sie ...«, fing sie an und verstummte.

»Weil sie für das, was sie dem einzigen Menschen auf dieser Welt, der mir je etwas bedeutet hat, angetan haben, den Tod verdient hatten.«

In ihrem Kopf drehte sich alles.

»Ihrem Bruder«, sagte sie.

Kaum war ihr das Wort *Bruder* über die Lippen gekommen, geriet sie in Panik. *War das etwas, was sie nur von ihrer Mutter wusste? Oder auch von ihren Recherchen? Plötzlich erinnerte sie sich nicht mehr.*

Der Auftraggeber bedachte sich einen Moment lang. Er nickte.

»Meinem Bruder«, sagte er.

Kurzes Schweigen.

»Deinem Vater.«

Das wusste sie. Das Zittern wurde heftiger.

»Mein Vater ist tot«, brachte sie leise heraus.

»Ja.«

»Er starb vor meiner Geburt.«

Das war die erste Lüge ihrer Mutter.

»Nein. So hat man es dir zweifellos erzählt. Aber das stimmt nicht. Und du weißt, wie er gestorben ist. Du hast es bei deinen Recherchen erfahren. Eine Nadel im Arm, nachdem er etwas so Reines bekommen hat, dass es ihn umbrachte. Eine Nadel, die nach meiner festen Überzeugung nicht da gewesen wäre, wenn es dich in seinem Leben gegeben hätte.«

Das war es also.

Ihr krampfte sich alles zusammen. Ein Mörder, der ihr die

Wahrheit sagte. Eine liebevolle Mutter, die sie unablässig belogen hatte. Es zog ihr den Magen zusammen.

Der Auftraggeber stand auf, ging zu einem Beistelltisch und öffnete eine Schublade. Er holte einen Schnellhefter heraus und kam wieder an den Tisch. Dem Schnellhefter entnahm er ein einziges großes Foto und ließ es mit Schwung über die Platte gleiten, sodass es auf einem ihrer Entwürfe liegen blieb. Sie starrte darauf.

Ein junger Mann. Mitte zwanzig. In ihrem Alter.

Langes, dunkles Haar mit wilden Locken. Breites Grinsen übers ganze Gesicht. Mit der einen Schulter zur Kamera geneigt. Augen, die ihr forsch und unbekümmert entgegenstrahlten. Gut aussehend. Mit einem Ausdruck festgehalten, als sei ihm die Welt eine unerschöpfliche Quelle des Vergnügens. Sie sah genau hin. *Sind das meine Augen? Mein Kinn? Mein Lächeln? Was habe ich von ihm?*, fragte sich Sloane.

»Dieses Foto habe ich vor Jahrzehnten gemacht. Er sieht glücklich aus, oder?«

»Ja«, sagte Sloane.

»War er nur leider nicht. War er nie. Er litt Qualen. Aber er war brillant.«

Das wusste Sloane bereits. Doch sie zeigte es nicht. Sie wusste nicht, wie sie reagieren sollte. Sie wusste nur, dass sie sich überrascht zeigen sollte, schockiert. Etwas in der Art. Sie dachte krampfhaft über die richtige Verhaltensweise nach, doch vergeblich.

Der Auftraggeber zog jetzt ein Blatt Papier aus dem Schnellhefter und schob auch das Sloane hin. Sie hatte eine mehrzeilige Folge aus Buchstaben, Zahlen und mathematischen Zeichen, die nach einer Gleichung aussahen, vor Augen.

»Damit ist er reich geworden. Es gibt keinen Laptop auf der ganzen Welt, der nicht mit einer Variation von diesem Algorithmus arbeitet. Auch wenn er es eigentlich nicht nötig hatte, noch reicher zu werden, als er es schon war, wurde er es. Und danach hat er zusammen mit einem Freund an weiteren Anwendungen gearbeitet. Mit jemandem, den du kennst.«

Sie antwortete nicht. *Jemand, den ich kenne? Wer soll das sein?*
Sie konnte entweder gar keinen klaren Gedanken fassen oder verrannte sich.

»Es hat ihn nicht glücklich gemacht.«

»Was meinen Sie?«, fragte Sloane, doch jedes einzelne Wort schien von jemand anderem zu kommen.

»Du schon, du hättest ihn glücklich gemacht«, sagte der Auftraggeber.

Sloane bekam eine trockene Kehle.

»Deshalb haben wir unter jedem Stein nach dir gesucht.«

Sloane wusste nicht, was sie darauf sagen sollte.

»Er hat nie aufgegeben«, sagte der Auftraggeber. »Es war das Einzige, was ihn im Leben noch interessierte. Seine Suche, seine Jagd, sein Bedürfnis, dich zu finden, das war seine Passion. Abgesehen vom Heroin, versteht sich. Er setzte alles, absolut alles daran, dich zu finden. Er hat Tausende, nein, Millionen von Dollar investiert. Profis angeheuert. Hat sich an seriöse Privatdetektive und an durchgeknallte Wahrsager gewandt. Ist jeder Möglichkeit nachgegangen. Ich habe ihm bei seiner Suche geholfen. Es ging nach Maine. Miami. Kalifornien. Texas. Oft Sackgassen. Manchmal gab es Hoffnung, die aber ein ums andere Mal mit einer Enttäuschung endete. Mehr als einmal war er dann, wenn wieder einmal alles vergeblich war, in Tränen aufgelöst. An seinem Entschluss hat das nicht gerüttelt. Du warst ein Teil von ihm. Er wollte ein Teil von dir sein. Er hat sich vorgestellt, wie ihr euch das erste Mal begegnet. Wie ihr eine Beziehung zueinander aufbaut. Mit Voranschreiten der Jahre versuchte er verzweifelt, sich vorzustellen, wie du aussiehst, wenn du größer wirst. Einmal hat er einen pensionierten Polizeizeichner beauftragt, Phantombilder von dir zu machen, mit sechs, elf, vierzehn Jahren …«

Der Auftraggeber erhob sich, ging zu einem Sideboard und kehrte mit mehreren großen weißen Blättern zurück.

»Die hab ich behalten«, sagte er und schob sie Sloane hin. »Erkennst du dich darin wieder?«

Sie sah sich jedes Bild an. Ihr blickte ein fremdes Mädchen entgegen. Sie sah einen Anflug von Ähnlichkeit. Es war ein seltsames Gefühl. *Das bin ich und auch wieder nicht,* dachte sie.

Der Auftraggeber fuhr fort: »So ging das immer weiter. Es war unglaublich zermürbend. Jede verlorene Minute lastete auf ihm. Und als er starb – die Drogen hatten, neben vielen anderen Dingen, mit gebrochenem Herzen zu tun –, da beschloss ich, meinerseits nicht aufzugeben.«

Er schwieg.

»Das war ich ihm schuldig. Es war das Mindeste, was ich in seinem Andenken tun konnte. Mir half es, ihn für mich lebendig zu halten. Genauso wie diese Morde.«

Der Auftraggeber zuckte müde mit den Achseln.

»Über keinen dieser Leute, die ich getötet habe, über keinen davon habe ich auch nur eine einzige Träne vergossen. Über ihn schon. Seltsam, oder?«

Sloane schwieg.

»Hast du Angst, Sloane?«

Sloane nickte.

»Nur natürlich. Aber ich bewundere dich. So allein hierherzukommen. Mir ins Gesicht zu sehen. Sich die Wahrheit anzuhören. Über mich. Über dich. Über deinen Vater. Du legst einen Mut an den Tag, wie ich ihn von dir erwartet habe. Mein Bruder wäre unglaublich stolz auf dich gewesen. Er hätte dich umso mehr geliebt.«

Sloane fühlte sich weder mutig noch geliebt.

Der Auftraggeber zögerte. Er warf einen Moment den Kopf zurück und blickte zum Himmel.

»Stell dir nur vor, wie glücklich er über diesen Moment gewesen wäre. Er hätte sich vor Freude kaum beherrschen können.«

Sloanes Blick wanderte zu den Entwürfen auf dem Tisch.

»Aber das alles ...«

»Ah«, sagte der Auftraggeber mit einem verhaltenen Lächeln. »Ja. Deine Arbeit. Überaus eindrucksvoll. Aber das da war nicht für ihn. Dieses Denkmal war für mich.«

Sie musste ihn wohl verständnislos angesehen haben, denn er fügte hinzu: »Wir Mörder, wir, die wir töten, wir halten gerne die Erinnerung an unsere Erfolge fest. So wie jeder, der in seinem Beruf etwas erreicht hat: der Arzt, der seine Diplome an die Wand hängt; der Geschäftsmann, der ein Regalfach für seine Auszeichnungen reserviert hat; der Rechtsanwalt, der sich Schlagzeilen über die Prozesse, die er gewonnen hat, in Silber rahmt. Manchmal benehmen wir uns wie ein Künstler, der seine besten Arbeiten in seinem Atelier behält. Oder heimlich die Galerie besucht, in der seine Werke hängen.«

Sloane wusste nicht, was sie dazu sagen sollte.

»Also«, sagte der Auftraggeber bedächtig, »dann wäre es wohl an der Zeit, dass du erfährst, wieso jede dieser Personen gestorben ist. Das war das Labyrinth, zu dem du den Ausgang finden solltest.«

In dieser Sekunde fiel ihr wieder ein, was ihr der Psychiater Dr. Kessler über Serienmörder gesagt hatte.

Trophäen.

Sie hatte Angst, sie könnte selbst eine werden.

KAPITEL 35

EINS

WAS SLOANE ALS NÄCHSTES ERFUHR

Ihr erster Gedanke bei dem Versuch, in dieser furchterregenden Welt irgendeine Logik zu entdecken, war: *Er wird mich nicht töten. Ich bin das Einzige, was ihn mit seinem Bruder verbindet.*

Ihr zweiter Gedanke, in dem Versuch, in diese furchterregende Welt einen Funken Vernunft hineinzubringen, war: *Nein, das stimmt nicht. Er weiß nur nicht, dass das andere Bindeglied noch am Leben ist.*

Der Auftraggeber studierte Sloanes Gesicht, als ordne er darin die Emotionen ein wie ein Wissenschaftler Daten.

»Grausamkeit, Sloane. Herzensleid. Perversion. Diebstahl. Schikanieren. Totschlag. Und jetzt sag mir eins: Wenn es in deiner Macht stünde, für die schrecklichen Dinge, die einem Menschen angetan wurden, den du liebst, für die Dinge, die ihn letztlich in eine Art Selbstmord getrieben haben, Dinge, die an deiner eigenen Seele zehren – wenn es nun also in deiner Macht stünde, für all das Rache zu üben, würdest du es dann nicht tun?«

Sloane wollte *Nein* sagen. Ihr dämmerte indessen, dass die Antwort möglicherweise *Ja* lautete.

Aus dem Munde des Auftraggebers klang Rache fast melodisch.

»Komm mit«, sagte er unvermittelt.

Er führte sie in das Heimkino zurück. Zeigte auf die Leinwand, auf der immer noch das Bild mit dem jungen Paar eingefroren war.

»Ich hab das für dich vorbereitet«, sagte er, »ich bin recht stolz darauf. Ich denke, es spricht für sich.«

Er deutete auf einen der Klubsessel und hielt ihr die Fernbedienung hin. »Klick auf den Pfeil«, sagte er. »Ich lass dich dann mal allein.«

Damit ging er hinaus und zog die Tür hinter sich zu.

Sloane lehnte sich in ihrem Sessel zurück und hob die Fernbedienung. Ihr Finger schwebte über der Play-Taste. Sie wusste nicht, was sie erwartete, erst recht nicht, ob sie es wirklich sehen wollte, aber auch nicht, ob sie der Neugier widerstehen konnte.

Sie drückte auf *Play*.

Einige Sekunden lang blieb das Bild auf der Leinwand unverändert: das unbekannte Paar, das aufs Meer hinausblickte. Dann wurde das Foto von einem zweiten überblendet. Fast das gleiche: dasselbe Paar.

An derselben Stelle in derselben Position.

Nur dass ihre Gesichter jetzt deutlich zu erkennen waren.

Nun setzte Hintergrundmusik ein: Sie hörte ein Gitarrenriff mit der Melodie des Countrysongs *Stand by Your Man*.

Während sie das Bild, das aus einem veränderten Blickwinkel aufgenommen worden war, betrachtete, wusste Sloane bereits, wen sie vor sich hatte. Für einen Moment stieg Wut in ihr hoch. *Ich hätte es gleich sehen müssen.*

Maeve. Jung.

Will Crowder. Jung.

Sie fragte sich: *War das ihr viertes Date? Ihr fünftes? Jedenfalls war es, bevor meine Mutter diese Kommodenschublade geöffnet hat. Aber es war nicht, bevor sie wusste, dass sie mit ihm ins Bett gehen würde.*

Bevor ich gezeugt wurde.

Auf dem Foto hielten sie Händchen. Der Inbegriff der Unschuld. Es sah nicht danach aus, als seien sie sich der Anwesenheit des lauernden Fotografen bewusst. Sie blickten auf dem Foto nicht in die Kamera. Sloane hatte sofort den Eindruck, dass der Schnappschuss aus der Ferne mit Teleobjektiv entstanden war. Das heimliche Foto eines Spions.

Jetzt wusste sie genau, wer die beiden beobachtet hatte.

ZWEI

EIN FILM EXKLUSIV FÜR SLOANE

Das Bild verharrte mindestens eine halbe Minute lang auf der Leinwand, so lange, dass Sloane schon glaubte, damit sei die Präsentation vorbei. Doch dann löste es sich auf, und in der Mitte der schwarzen Leinwand erschienen in leuchtendem Rot die sechs toten Namen. Als musikalische Untermalung ertönte die Fanfare aus *Also sprach Zarathustra*, in Stanley Kubricks *2001: Odyssee im Weltraum*. Diese Einstellung blendete in die nächste über.

Nummer eins: Wendy Wilson.

Es folgte eine Montage. Wendy Wilson in Model-Posen, auf einem Laufsteg, in einer Werbung. Einige dieser Bilder erkannte Sloane von ihrer Recherche wieder. Das letzte Foto allerdings nicht. Es stammte von einer jener Wohltätigkeits-Dinnerpartys nach dem Motto: *Wir sind dabei und wir haben Geld gespendet*, und fing ein Paar an einem Tisch ein. Eine Champagnerflasche vor sich, mit geschliffenen Sektflöten und einem großen Banner im Hintergrund mit dem Schriftzug: *Katholische Wohltätigkeitsvereine*. Eine stirnrunzelnde Wendy Wilson in hautengem Paillettenkleid und Will Crowder im Smoking. Auf diesem Bild sah er älter aus. Unrasiert. Mit angegrautem Haar. Er lächelte in die Kamera, doch es lag Wehmut darin.

Dieses Bild blieb stehen, doch am unteren Rand erschien eine Audioline. Begleitet von einem giftgrünen Soundgraph, der mit jedem Wort und jeder Pause ausschlug, als würde der Soundtrack zu einem Film abgespielt. Eine Frauenstimme sagte:

»*Will ... es tut mir leid, dir diese Nachricht auf deinem Anrufbeantworter zu hinterlassen. Aber ich möchte mich nicht mehr mit dir treffen. Ich weiß, du sagst, du liebst mich, aber das tust du nicht. Ich denke, du liebst die Drogen mehr. Und ich liebe dich nicht. Und ich mag keine Drogen. Daher ist es vorbei. Bitte ruf mich nicht an. Oder sonst irgendwas. Es war eine schöne Zeit, aber nicht mehr. Auf Wiedersehen und alles Gute. Es tut mir leid, dass es so endet. Ich hoffe, du bekommst dein Leben auf die Reihe. Ich werde für dich beten.«*

Die Stimme der toten Frau.

Sloane wurde eiskalt. Für eine Sekunde war die Leinwand wieder schwarz, dann erschienen die folgenden Worte:

»*Sie sagte, sie würde für ihn beten, aber Beten hat noch selten geholfen. Sie war seine einzige Chance, eine neue Liebe zu finden und seine Gefühle zu deiner Mutter hinter sich zu lassen. Das zweite Mal, dass ihm das Herz gebrochen wurde. Das letzte Mal. Woher nahm sie das Recht, ihm so wehzutun?*«

Bilder und Text, so viel war Sloane auf Anhieb klar, richteten sich gezielt an sie, und der Auftraggeber hatte wahrscheinlich einige Zeit darauf verwandt, seine Worte sorgfältig zu wählen. Die Frage blieb eine Weile stehen, bevor ein einziger Satz darunter erschien:

Sie zu töten war einfach.

Sloane glaubte, keine Luft mehr zu bekommen. Sie zitterte am ganzen Körper. Sie fürchtete, in Treibsand geraten zu sein und darin unterzugehen. Unabweislich kam ihr die Erkenntnis: *Wenn es ihm ein Leichtes war, die zweite Frau zu töten, die seinem Bruder das Herz gebrochen hatte – wie leicht wäre es ihm dann gewesen, die erste zu ermorden.* In diese Gleichung fügte sich nahtlos auch das Foto einer ermordeten Frau ein, das der Mann, der so viele Jahre später der Auftraggeber werden sollte, einst ihrer Mutter gezeigt hatte. Auch wenn sie in dem Film nicht vorkam, ließ Sloane der Gedanke an sie nicht los. Und sie begriff:

Meine Mutter hatte recht. Sie lief vor dem Tod davon.
Mitten in diese quälenden Gedanken hinein leuchteten auf der nunmehr wieder schwarzen Leinwand die Worte auf:

Nummer zwei: der verdammte Schuldirektor.

Die unerwartet vulgäre Sprache kündete von unbändiger Wut. Ein eiserner Schürhaken, der in glühendem Zorn geschwungen wurde. Auf der Leinwand erschien jetzt das Farmhaus in New Hampshire, eigentlich eine idyllische Szene, doch als Hintergrundmusik ertönte Heavy Metal: Metallicas *Enter Sandman*. »*Exit light. Enter night* ...« Sloane brauchte eine Sekunde, um das Haus, mitten im Winter aufgenommen, wiederzuerkennen. An der Frontseite türmten sich vereiste Schneeberge. Das Bild wechselte zu einer Videosequenz: ein Point-of-view-Shot von jemandem, der durchs Haus geht – in dieser Aufnahme voll möbliert und nicht so leer und verwaist wie bei ihrem eigenen Besuch – eine gefühlte Lebensspanne später. Die Kamera führte in einen Raum, den sie auf Anhieb wiedererkannte. Sie schwenkte zum Boden, wo sie den toten Direktor und die Leiche seiner Frau auf einem Teppich liegen sah. Es war nicht das Bild, das sie sich aufgrund der Beschreibung des Mähtraktorfahrers oder auch der örtlichen Polizei ausgemalt hatte, keine kristallinen Blutlachen und gefrorenen Toten. Die beiden Leichen, die sie auf der Leinwand sah, sahen frisch aus, als seien sie eben erst gestorben. Nur Momente zuvor.

Wieder verblasste das Bild, wieder verklang die Musik. An ihrer Stelle folgte Text.

Gedankenlos. Grausam. Gefühllos. Arrogant. Bösartig. Er hat versucht, meinem Bruder die Zukunft zu ruinieren – als Will gerade mal siebzehn war, kurz vor seinem Aufbruch ins Leben. Will hat nie bei irgendetwas betrogen. Dem Anschein nach hat er diesen Rückschlag verwunden. In Wirklichkeit war das nicht der

Fall. Von dem Moment an hat er immer versucht, etwas zu beweisen, das nicht zu beweisen war.
Hat versucht, sich von diesem Schandfleck reinzuwaschen. Dank diesem verdammten Direktor.
Diesen Mann zu töten, war mir die größte Befriedigung.
Das mit seiner unschuldigen Frau tut mir leid. Ich wünschte, sie wäre an dem Nachmittag nicht dort gewesen. War nicht zu ändern.
Kollateralschaden.

»Aber hat er nicht wirklich versucht zu betrügen? Seine Hausarbeit war von vorn bis hinten ein Plagiat«, flüsterte Sloane. Der Auftraggeber konnte unter *Betrug* schließlich nicht etwas ganz anderes verstehen.

Als Nächstes hatte sie ein schwarz-weißes Foto aus einer Zeitung vor sich, darüber die Schlagzeile: *Angeklagter Kinderschänder auf dem Weg zum Gericht.* Darauf war zu sehen, wie Elizabeth Anderson, *passionierte Krankenschwester,* mit gesenktem Kopf, am Arm ihres Schänder-Ehemanns, einer wütenden Menge auszuweichen versucht, während die beiden von einem Pflichtverteidiger, den Sloane auf Anhieb wiedererkannte, in ein Gerichtsgebäude geleitet werden.

Nummer drei: die Krankenschwester …
Und die eigentliche Nummer drei: der Drecksack, ihr Ehemann.

Das Zeitungsfoto verharrte einige Sekunden lang auf der Leinwand, bis es wieder einer roten Schrift auf schwarzem Grund wich:

Was meinst du, Sloane? Warum sie?

Sloane schrak zusammen, als plötzlich die Stimme des Auftraggebers über das Lautsprechersystem durch das Heimkino dröhnte:

»*Ich will es dir sagen: Als mein Bruder gerade einmal sieben Jahre alt war, wohnte der dreizehnjährige Michael Anderson ein paar Häuser weiter in derselben Straße. Und eines schönen Herbsttages lockte er Will in den Wald und vergewaltigte ihn. Es vergingen Jahre, bevor Will mir davon erzählte. Wie so viele Opfer schwieg er sich über das, was geschehen war, aus. Er schämte sich. Dabei konnte er nichts dafür. Was ihm an dem Tag angetan worden war, wurde er nie wieder los. Ich hätte da sein müssen, um ihn zu beschützen. Diese Erinnerung hat ihn für den Rest seines Lebens gequält. Das Wissen um das, was er erlitten hatte, hat mir für den Rest meines Lebens zu schaffen gemacht.*

Ich brauchte viele Jahre, bis mir klar war, wie sie sterben sollten. Bis vor Kurzem kam ich an den Klavierlehrer nicht heran. Aber wieso die Krankenschwester?, könntest du fragen.

Weil sie für das, was ihr Mann tat, schuldhaft blind war.

Vielleicht auch nicht wirklich blind. Es läuft eher auf Beihilfe hinaus.

Wie dem auch sei ... ich glaube, ich habe damit seinen vielen Opfern einen Gefallen getan. Ihnen geholfen, ihren Seelenfrieden zu finden.

Denn bei ihnen stellte sich nicht so sehr die Frage, wieso sie den Tod verdient hatten ...«

Plötzlich kam die Stimme des Auftraggebers nur noch im Flüsterton.

»*... sondern: Was gab ihnen das Recht zu leben?*«

Die Frage des Auftraggebers hallte durch den Kinoraum. Das Zeitungsfoto blieb noch mindestens zehn Sekunden auf der Leinwand, bevor es ausgeblendet wurde und, wie vorherzusehen, in Rot auf schwarzem Grund die folgenden Worte erschienen:

Nummer vier: Martin Barrett

Dieser Name wurde von lebhafter mexikanischer Musik untermalt. Trompeten, Gitarren, Mariachis …

Es folgte ein Vollbild auf der Leinwand.

Sloane hätte beinahe aufgeschrien. Sie schnappte laut nach Luft.

Auf dem Bild war ein abgeschlagener Kopf zu sehen.

In Nahaufnahme. In Farbe.

Ein fratzenhaftes totes Grinsen.

Sloane fuhr so heftig zurück, dass sie gegen die Sessellehne prallte. Sie saß in der Falle, unfähig, hinzusehen, genauso unfähig, wegzuschauen. Dieses Bild brannte sich ihr ein, und sie wusste, dass sie es nie mehr vergessen würde. Ihre Kehle war wie ausgedörrt, sie wollte etwas sagen, brachte aber keinen Ton heraus.

Als ihr der kalte Schweiß aus allen Poren trat, wechselte das Bild auf der großen Leinwand. Mit der größten Erleichterung blickte sie auf ein harmloses Schwarz-Weiß-Foto von zwei Männern auf einem Campus an der Westküste, die auf ihrem Weg die Köpfe zusammensteckten – Notizbücher, Aktentaschen, Jeans und T-Shirts, die klassische Kluft und Ausstattung von Studenten, nur älter. Sloane schaute genauer hin und sah:

Rechts Will Crowder.

Links Martin Barrett.

Als sie den lebenden Mann vor sich sah, schauderte sie ein wenig und konnte nicht anders, als ihn mit dem Bild vom abgetrennten Kopf zu vergleichen.

Und wieder folgten erklärende Worte:

Martin hat meinem Bruder eine seiner besseren Ideen gestohlen. Und damit Millionen gemacht. Will hat ihm vergeben. Mich aufgefordert, keine Gedanken daran zu verschwenden, wir seien schließlich reich genug. »Lass gut sein«, sagte er zu mir.

Es trat eine kurze Pause ein, bevor eine neue Zeile aufleuchtete:

Habe ich aber nicht.

Und noch eine:

Konnte ich nicht.

Gefolgt von:

Ich würde es nie vergessen.
So was vergisst man nicht.
Ich konnte es ihm nie vergeben.
Wer würde das schon.
Gott vielleicht.
Aber ich wage es zu bezweifeln.

Und schließlich:

Martin war risikofreudig. Er hielt Tijuana, Huren, Drogen und Alkohol für annehmbare Risiken. Waren sie aber nicht. Stell dir seine Überraschung vor, als er an dem Abend, an dem er starb, plötzlich mich sah.

Sloane versuchte, sich den Schock des einstigen Freundes und Partners vorzustellen, gefolgt von der Erkenntnis: *Ich werde hier sterben.* Für einen Moment blieb ihr bei dem Gedanken, dass ihr dasselbe bevorstehen könnte, die Luft weg. Wieder verblassten die Worte auf der Leinwand und wurden durch andere ersetzt:

Nummer fünf: Michael Smithson.

Darunter:

Hier ging es darum, den Mörder zu töten.

Plötzlich gab es wieder bewegte Bilder.

Sloane sah, wie eine Injektionsnadel über einem Löffel schwebte, der wiederum dicht über die flackernde Flamme eines Feuerzeugs gehalten wurde. Sie sah, wie eine braune Flüssigkeit in die Nadel aufgezogen wurde. Die Nahaufnahme mit den minimalistischen Bewegungen wirkte beinahe künstlerisch. Eine Kameraführung wie aus der *Nouvelle Vague*. Dann ein plötzlicher Kameraschwenk: ein Mann, der in einem billig eingerichteten Zimmer auf einem Bett zusammengebrochen war. Der Mann schien kaum noch am Leben zu sein. Sie konnte sein Gesicht nicht erkennen, sein Kopf war heruntergesackt, und seine Arme wirkten so schlaff, als seien ihm sämtliche Muskeln und Sehnen durchtrennt worden. Die Kamera wanderte zu den Beinen und nackten Füßen hinunter und verweilte bei einer Injektionsnadel zwischen den Zehen. Es lief ihr eiskalt den Rücken herunter, als ihr dämmerte: *Ich sehe gerade einen Mann, der im Sterben liegt.*

Wieder dröhnte die Stimme des Auftraggebers über die Lautsprecher.

»Das brauche ich wohl nicht zu erklären?«

Wieder erschienen Worte vor ihr, als Antwort auf die mündliche Frage:

Nein, brauche ich nicht. Das war eher eine Art Ausmisten als Mord.

Sloane drängte sich die Frage auf, ob vielleicht auch sie in den Augen des Mörders Unrat war, der ausgemistet werden musste. Sie zuckte ein wenig, als ihr die Frage kam, ob sie das, was sie da sah und hörte, entsetzte oder faszinierte, und sie begriff, dass es eine Mischung aus beidem war. Zum ersten Mal machte sie sich klar: *Ich bin die Tochter eines Drogensüchtigen und die Nichte ei-*

nes Killers. Worauf, ebenfalls zum ersten Mal, die Frage folgte: *Was sagt das über mich? Was macht das aus mir?*

Bevor sie der Sache weiter nachgehen konnte, leuchteten vor ihr neue Worte auf.

Nummer sechs: Ted Hillary.

Die Worte verschwanden. Jetzt erschien ein Bild aus einem Highschool-Jahrbuch. Ein achtzehnjähriger Ted Hillary, mit einer Liste von Klubs und Sportmannschaften darunter. Dieses Bild glitt zur Seite und machte einem zweiten Jahrbuch-Foto Platz: Will Crowder. Dasselbe angedeutete Lächeln. Dieselbe Liste von Klubs und Mannschaften. Ein paar musikalische Akkorde: *19th Nervous Breakdown* der Rolling Stones. Die letzten Töne verhallten, die beiden Bilder blieben einen Moment lang nebeneinander stehen, dann wurde Text sichtbar.

Kannst du dir vorstellen, was er getan hat?
Kameradenschwein. Bei jeder Gelegenheit andere gehänselt. Verpfiffen. Meinem Bruder das Leben im Wohnheim zur Hölle gemacht. Manche Leute erkennen einfach messerscharf, wo sie Angriffsflächen finden. Wen sie drangsalieren können. Wer traurig und depressiv ist. So wie Will.
Abscheulich.
Eines Tages, kurz vor ihrer beider Abschluss, schickte Hillary eine Nachricht an einen Lehrer für amerikanische Geschichte: Jemand im Kurs hat gepfuscht. Es sollte eigentlich ein anonymer Hinweis sein, aber ein Kameradenschwein wie Ted konnte so eine Großtat natürlich nicht für sich behalten. Es machte ihm Spaß, jemandem wehzutun ...

Genau in dem Moment, als Sloane wieder alles, was die Zwillinge ihr über ihren Vater erzählt hatten, lebhaft in Erinnerung kam und sie erkannte, dass das, was der Auftraggeber geschrieben hatte, ohne jeden Zweifel stimmte, wich die Schrift auf der Leinwand plötzlich einem realen Film, der mit einem Schlag alle ihre Gedanken beiseitefegte. Ihre Sicht verengte sich auf einen Tunnelblick, mit dem sie auf die Szene starrte, die sich vor ihr abspielte. Sloane sah den älteren Ted Hillary in einem Neoprenanzug. Er stand am Rand eines dunkelgrauen Meers. In seinem Rücken überschlugen sich die Wellen, das Wasser schäumte ihm um die Knie, die düsteren Wolken hinter ihm gingen nahtlos in die Gischt und die schaumgekrönten Wellen über. Er schien zu betteln.

Im Heimkino kam es ihr so vor, als würde die Lautstärke aufgedreht. Die Wogen, die mit Wucht an die Küste schlugen, glichen einem unheilvollen Trommelschlag. Der Wind schien durch die Lautsprecher zu blasen, sodass der Wortwechsel zwischen Hillary und dem unsichtbaren Mörder nur schwer zu verstehen war.

Es war wie ein Bühnenstück.

»Es tut mir leid, es tut mir leid. Das ist doch so viele Jahre her. Ich war jung. Ich hab nicht begriffen, was ich tat …«

Er wurde unterbrochen. Von einer strengen Stimme. Im Off.

»Schwimm, Ted. Darin bist du richtig gut.«

Darauf der flehende Mann:

»Ich kann da nicht rein. Die Brandungsrückströmung wird mich …«

Triefender Sarkasmus:

»Ted, Ted, Ted. Du bist ein ausgezeichneter Schwimmer, vielleicht nimmst du es ja mit der Strömung auf. Du kennst dich damit aus. Schwimm parallel zum Strand. Nur nicht gegen die Wellen ankämpfen, immer hübsch mit dem Strom.«

Mit wackeliger Stimme, den Tränen nahe:

»Bitte, bitte, meine Chancen stehen …«

Er kam nicht weiter. Schroff:

»Ich weiß, wie deine Chancen stehen. Fünfzig zu fünfzig, Ted? Das Wasser ist die bessere Alternative zu dem hier …«

Für Sekunden wurde eine schallgedämpfte Handfeuerwaffe eingeblendet. Sloane wurde klar, dass der knisternde Ton einer altmodischen tragbaren Videokamera zuzuschreiben war, aus der Zeit, als es noch keine Handys gab. Die Waffe in der einen Hand, die laufende Kamera in der anderen. Sie begriff: *Er hat diese Aufnahmen gemacht, weil er wusste, dass er sie eines Tages jemandem zeigen würde. Mir. Oder aber er hat sie gemacht, um sich immer wieder anzusehen, was er getan hat.*

Das Video ging weiter. Die Handfeuerwaffe deutete auf das stürmische Meer. Dann die spöttische Stimme des Mörders:

»Na, komm schon, Ted. Sei ein Mann. Ergreife deine Chance. Eine bessere Chance als die, die du meinem Bruder gegeben hast. Und falls du überlebst, nun ja, dann bekommst du eine zweite Chance. Ich werde der Versuchung widerstehen, dich doch noch zu töten. Mein Wort darauf. Und mein Wort bedeutet etwas. Deins dagegen natürlich nicht.«

Sie sah, wie sich Hillarys Gesicht verzerrte. Er wollte glauben, dass er eine Chance hatte, auch wenn ihm der Verstand etwas anderes sagte, und flehte wie jeder in die Enge getriebener Rüpel, die Finger wie zum Gebet verschränkt.

»Es tut mir leid, es tut mir leid. Wir waren jung. Mir war nicht klar …«

Weiter kam er nicht. Wütend:

»Das ist nicht wahr, Ted. Du hast genau gewusst, was du da machst. Es war dir nur einfach egal. Es gab dir ein tolles Gefühl, jemanden in die Pfanne zu hauen. Du fühltest dich stark. Überlegen. Du hast nur ein physikalisches Grundgesetz nicht verstanden: Jede Aktion zieht die gegenteilige Wirkung nach sich. Aber jetzt verstehst du das wohl.«

Wieder eine Pause. Sie sah, wie Ted Hillary einen verstohlenen Blick aufs Meer warf und dann wieder in die Kamera blickte. *Er glaubt, er hätte eine Chance*, dachte Sloane erneut. *Hat er nicht.*

»Ins Wasser, Ted. Schwimm. Genauso, wie du damals, vor all den Jahren, meinen Bruder gezwungen hast, um sein Leben zu schwimmen.«

Auch dieses Bild würde ihr für immer haften bleiben: wie sich Ted Hillary, von der Pistole gestupst, tiefer ins Wasser begibt.
An diesem Punkt wurde die Leinwand schwarz.
Sloane war froh, nicht mit ansehen zu müssen, wie der Mann in die Strömung gerät und um sein Leben kämpft. Diesen Teil des Films sah sie nur in ihrem Kopf. Ein aussichtsloser Kampf. Sie wartete auf die nächste Einstellung, doch es kam nichts. Kein Abspann, kein letztes Wort. Als ihr klar wurde, dass der eigens für sie gemachte Film vorbei war, wippte sie, unschlüssig, was sie jetzt tun sollte, ein paarmal auf ihrem Sessel vor und zurück. Um ihr Leben zu rennen, schien unmöglich zu sein. Ein, zwei Minuten lang – ihr Zeitgefühl, stellte sie fest, war dehnbar wie Gummi geworden – wartete sie auf irgendein Zeichen von ihrem Mörder-Onkel, wie es jetzt weitergehen sollte. Die Stille schürfte ihr die Haut wund. Sie wusste, dass dies noch nicht der letzte Akt war. Sie wusste nur nicht, worauf sie sich als Nächstes gefasst machen musste. Es kam ihr so vor, als sei sie an den Sessel gefesselt.

Es kostete sie einen Willensakt, aufzustehen und in den Flur zu gehen.

Dort hörte sie seine Stimme.

»Hierher, Sloane.«

Sie zwang sich, der Stimme nachzugehen.

Als sie wieder in den Wohnbereich kam, beugte sich der Auftraggeber über ihre Entwürfe und Skizzen für das Denkmal der sechs toten Namen. Mit einer stummen Geste lud er sie ein, Platz zu nehmen.

»Möchtest du mir darlegen, wie du zu den jeweiligen Entwürfen gekommen bist?«, fragte er.

Sie wollte schon etwas sagen, überlegte es sich aber anders. Sie schüttelte den Kopf.

»Die treffen es alle nicht.«

Er lächelte.

»Jetzt verstehst du besser, in welcher Beziehung sie zueinander stehen?«

»Ja.«

»Ich habe es sehr genossen, jeden dieser – wie soll ich es nennen ... dieser Sühneakte? – zu dokumentieren, sie in Bild und Ton festzuhalten. Aber was für ein Denkmal würdest du diesen sechs Personen jetzt, wo du weißt, warum sie gestorben sind, setzen?«

Sie schüttelte wieder den Kopf.

»Das Denkmal ist gar nicht für sie«, brachte Sloane heraus, mühsam und widerstrebend. Aber es war die Wahrheit. »Es ist ein Denkmal für dich. Und ein Denkmal für das, was du für deinen Bruder getan hast ...«

Der Auftraggeber nickte, doch das Nicken ging in Kopfschütteln über. »Es ist also streng genommen auch nicht *für* ihn, richtig, Sloane?«

»Nein«, antwortete sie.

»Ihm wurde viel unrecht getan, richtig?«

»Ja. Aber ...«

Der Auftraggeber lächelte. »Ach ja, das kleine Wörtchen Aber, das uns gebildeten, wohlhabenden Menschen mit entsprechender moralischer Überlegenheit so schnell auf der Zunge liegt. Das ist das Schöne daran, in allen diesen Fällen der einzige Richter zu sein, Sloane. Keine Debatten. Nur Urteil und Vollstreckung.«

Sloane hatte den brennenden Wunsch, sich in irgendeinem Winkel zu verstecken. Ihr gingen x Antworten durch den Kopf. Sie glaubte, an den Vollstreckungen, deren Zeuge sie gerade geworden war, zu ersticken.

»Was willst du von mir?«, flüsterte sie. Sie wusste, dass sie dieser Frage nicht ausweichen konnte, die Antwort aber lieber nicht hören wollte.

»Ich habe viel Unrecht vergolten«, sagte der Auftraggeber. »Das ist viele Jahre lang meine vorrangige Aufgabe gewesen. Von dir wünsche ich mir, dass du das letzte Unrecht sühnst.«

Sloane sagte nichts.

Der Auftraggeber schien wieder die Zeichnungen zu betrachten.

»Ich wünsche mir ein wahrhaftiges Denkmal für das, was ich getan habe«, sagte er.

Mit diesen Worten bückte er sich und holte unter dem Tisch eine teure lederne Umhängetasche hervor. Er machte sie langsam auf und breitete den Inhalt auf den Entwürfen aus.

Sloane glaubte, ohnmächtig zu werden. Die Angst war so übermächtig, dass ihr das Herz auszusetzen drohte. Es schnürte ihr die Kehle zu.

So wie er es der Beschreibung ihrer Mutter nach Jahrzehnte zuvor mit Maeve getan hatte, legte der Auftraggeber auch jetzt Waffen auf den Tisch: eine mit Schalldämpfer versehene Pistole. Ein Jagdmesser mit gesägter Klinge. Ein Rasiermesser. Einen Taser. Eine Spanische Schlinge mit Holzgriff. Lauter Mordinstrumente, quer über den Tisch verstreut.

Ich werde hier sterben, dachte sie. *Aber wieso ich?*

Nichts ergab mehr irgendeinen Sinn, auch wenn ihr eine beharrliche Stimme sagte, sie müsse ihn nur erkennen.

Der Auftraggeber blickte von seinem Arsenal auf und taxierte den Ausdruck in Sloanes Gesicht.

»Du musst eine Wahl treffen«, sagte er.

Soll ich etwa wählen, mit welcher Waffe er mich umbringt?

Sloane glaubte, keine Luft mehr zu bekommen.

Ich hätte mit meiner Mutter wegrennen sollen. Nach Oregon. Ich hätte am Leben bleiben können. Ein Leben aufgeben. Dafür ein neues anfangen. So wie Maeve es immer wieder getan hat.

Der Auftraggeber sah sie an, als warte er darauf, dass sie etwas sagte. Sie verharrte in Schweigen.

»Ich hätte da eine Frage an dich, Sloane«, sagte er leise.

Wie ich sterben möchte? Sloane hätte vor alledem am liebsten die Augen zugekniffen, konnte es aber nicht.

Und so sah sie, wie der Auftraggeber sich wieder bückte. Diesmal allerdings holte er etwas hervor, womit Sloane nicht gerechnet hatte.

Er legte die .45er aus ihrer Tasche auf den Tisch.

»Wieso hast du geglaubt, du könntest die brauchen, Sloane?«, fragte er.

In seinem Ton schwang Neugier mit.

Sie brachte keine Antwort heraus.

»Hast du Angst vor mir?«

Keinen Mucks.

»Weißt du denn nicht, dass ich dich seit dem Moment, als ich dich gefunden habe, beschützt habe?«

Schweigen.

»Du weißt, dass Roger dir etwas Schlimmes hätte zufügen können. Es ging bei ihm in diese Richtung. Unberechenbar. Besessen. Die Entscheidung, ihn aus deinem Leben zu entfernen, fiel mir daher nicht schwer. Ich habe für deine Sicherheit gesorgt, während sich deine Kreise immer enger um mich zogen.«

Sloane wurde von Gedanken an Roger überschwemmt. Gute

Momente aus den ersten Wochen ihrer Beziehung. Schwierige Momente in der Mitte. Schreckliche Momente am Ende. Dann sein Tod.

»Du willst doch, dass das so bleibt?«, fügte der Auftraggeber hinzu.

Auf diese Frage hätte ein *Ja* genauso gut wie ein *Nein* gepasst.

»Und was ich da in diesem Hotelzimmer arrangiert habe – das hat dich von ihm befreit, stimmt doch, oder?«

Sie schwieg weiter. Sie sah wieder die zwei Einschusslöcher in Erica Lewis' Brust und Stirn vor Augen.

»*Frei* ist ein fantastisches Wort, Sloane. Es kann vielerlei bedeuten.«

Er hielt die .45er hoch.

»Eindrucksvolle Waffe. Nichts, was man normalerweise bei einer jungen Frau wie dir vermuten würde.«

Wieder keine Antwort.

»Lass mich neugierig sein: Wo hast du die her?«

Sie war nicht bereit, ihm darauf zu antworten.

»Du willst es mir nicht sagen? Schon in Ordnung.«

Der Auftraggeber lud durch. Nahm sie ins Visier.

Und sie wusste: *Ich lag falsch, wenn ich geglaubt habe, er brächte mich nicht um. Das war's für mich.*

»Such dir eine von diesen Waffen aus«, forderte er sie erneut auf und deutete mit einer ausladenden Bewegung auf das Sortiment. »Deine. Meine. Du entscheidest.«

Sloane wurde schwindelig.

»Denn *ein* weiteres Denkmal steht noch aus«, sagte er betont.

Sloane konnte das heftige Zittern nicht mehr unterdrücken.

»Ich hätte gerne, dass du mich tötest«, erklärte der Auftraggeber.

KAPITEL 36

EINS

EINE SELTSAME UNTERHALTUNG MIT DEM MANN, DER STERBEN WOLLTE

Sloane schnappte nach Luft.

»Was?«

»Ich hätte es sehr gerne, dass du mich tötest«, sagte der Auftraggeber höflich. »Sobald es dir zeitlich passt. Heute Abend, denke ich.«

»Ich kann nicht …«, platzte Sloane heraus.

»Wirklich?«, fragte der Auftraggeber. Ihre Verblüffung schien ihn zu amüsieren. »Findest du denn nicht, dass ich es verdient habe zu sterben?«

Sie ließ die Frage unbeantwortet.

»Ich bin ein schlechter Mensch. Das weißt du so gut wie ich. Ich habe akzeptiert, was ich bin, und alles, was ich getan habe. Jahrelang habe ich mich meiner Rolle auf dieser Erde bereitwillig hingegeben, aber jetzt wird es Zeit, dass ich den Preis dafür zahle. Ich habe Schulden angehäuft, Sloane. Und die sind jetzt fällig.«

»Ich kann nicht …«, wiederholte sie, nunmehr im Flüsterton.

»Aber nein, du kannst es«, sagte der Auftraggeber begeistert. »Ist wirklich gar nicht schwer. Du zählst einfach alles zusammen, was du bereits weißt, und erkennst, dass du der Welt einen großen Gefallen tust. Und, wie du siehst, bin ich bereit zu sterben, folglich tust du auch mir einen Gefallen.«

»Aber wieso?«

»Hab ich dir nicht reichlich Gründe genannt? Ist dir vielleicht in dem Film, den ich für dich gemacht habe, etwas entgangen?

Vielleicht dieser abgetrennte Kopf? Ziemliche Schweinerei, die Sache. Blut und Kettensäge. Das hat nicht deine Aufmerksamkeit erregt?«

Sloane versuchte zu schlucken. Sie starrte den Auftraggeber an. In jeder Falte stand ihm das Töten ins Gesicht geschrieben.

Und er schien ein wenig nachdenklich zu sein.

»Doch, natürlich«, sagte sie trocken und wiederholte zum dritten Mal: »Aber ich kann nicht. Ich bin keine Mörderin.«

Für eine Sekunde wirkte der Auftraggeber irritiert – wie jemand, der es nicht gewohnt war, sich eine Abfuhr zu holen –, doch ebenso schnell fand er zu seinem beinahe melodischen Tonfall zurück, als seien seine Überredungskünste noch nicht erschöpft.

Unwillkürlich kam ihr wieder Odysseus in den Sinn, an den Mast gefesselt, damit er den Sirenengesang hören konnte, ohne ihrem Lockruf zu folgen.

Sie fühlte sich selbst an diesen Mast gefesselt.

»Du verkaufst dich unter Wert, Sloane. Unter den entsprechenden Umständen kann jeder töten. Wir können einem Soldaten beibringen zu töten. Wie lange dauert die Grundausbildung bei der Armee? Sechs Wochen? Ein bisschen länger? Wir können einem armen Tropf, der für ein Verbrechen ins Gefängnis kommt, das er nicht begangen hat, beibringen zu töten, um im Knast die eigene Haut zu retten. Wie lange brauchen die anderen Insassen wohl, um ihm das beizubringen? Einen Tag? Zwei? Wir haben Idioten in der Regierung, die es am liebsten sähen, wenn Lehrer zu töten lernten, um ihre Schüler vor einem potenziellen ausgerasteten Schützen zu bewahren. Ich könnte dir jede Menge weitere Beispiele nennen. Ich gehe daher sehr zuversichtlich davon aus, dass du dieser Herausforderung gewachsen bist. Ich denke, ich kann dir an einem einzigen Abend beibringen, einen Menschen umzubringen. Und mal ehrlich, Sloane, worum bitte ich denn schon? Einen Killer zu töten. Die Erde von einem Mann zu befreien, der wiederholt nicht gerade unschuldige Menschen ermordet hat und der es, sollte es die Situation erfordern, wieder tun würde. Also wirklich, mich für das, was ich getan habe, zu bestrafen und daran zu hindern, damit weiterzumachen, erscheint mir beinahe heroisch.«

Es mochte alles Mögliche sein, dachte Sloane, nur ganz bestimmt nicht *heroisch*.

Und nochmals sagte sie nur: »Ich kann nicht.« Die Antwort kam automatisch, ohne großen Nachdruck, weil sie, wie sie sich nur ungern eingestand, nicht wissen konnte, wozu sie fähig war.

Der Auftraggeber zuckte mit den Achseln.

»Hast du dir schon mal überlegt, dass ein bisschen von meinem Blut in deinen Adern fließt? Dass du etwas von meiner DNA in deinen Zellen hast? Bist du dir da so sicher, dass nicht doch irgendwo in dir etwas Mörderisches schlummert?«

Statt sich anmerken zu lassen, an welche Zweifel die Frage bei ihr rührte, presste sie nur die Lippen zusammen und sagte nichts.

Er schwieg, als warte er auf ihre Reaktion. Als sie ausblieb, schien er sich die nächsten Argumente zu überlegen.

»Sloane, ich habe dir eben eine Frage gestellt, vielleicht erinnerst du dich.«

»Welche denn?«

»Wäre dir ein plötzlicher oder ein langsamer Tod lieber?«

»Tod ist Tod«, brachte Sloane mühsam heraus.

»Nein, da muss ich widersprechen. Oder glaubst du wirklich, es sei dasselbe, ob ein Soldat auf dem Schlachtfeld stirbt oder ein paar Teenager, die weit über dem Tempolimit die Kontrolle über den Wagen verlieren?«

Sloane saß reglos auf ihrem Stuhl. »Also gut, nein«, räumte sie widerwillig ein.

»Also Sloane, dann will ich dir sagen, welche Wahl ich habe, Sloane«, fuhr der Auftraggeber fort. »Ein einziger Schuss mit deiner .45er in die Stirn, und von einer Sekunde zur anderen herrscht ewiges Vergessen oder das, was mir unabwendbar als Alternative bleibt.«

»Ich verstehe nicht.«

»Sieh mich an«, sagte der Auftraggeber.

Eine seltsame Bitte, da Sloane ihn die ganze Unterredung hindurch unentwegt angestarrt hatte.

»Was siehst du?«

Nichts als den Tod. Das behielt sie für sich.

»Blasse Haut? Zittrige Hände? Gelbsüchtige Augen? Heisere Stimme? Muskelschwäche? Leichtes Hinken? Hinfälligkeit?«

Nur den Tod.

Sie blieb stumm.

»Metastasierender Prostatakrebs«, sagte der Auftraggeber mit einer Stimme, die selbstbewusst und alles andere als schwach durchs Zimmer hallte. »Ich habe bereits eine Chemotherapie hinter mir. Einen chirurgischen Eingriff. Habe es sogar mit ein paar ziemlich verrückten esoterischen Therapien versucht, zum Beispiel mit pyramidalen Gebilden unter meinem Bett und Kaffee-Klistiere. Lächerlich, wenn ich im Nachhinein darüber nachdenke. Jedenfalls, für dich genügt es zu wissen, dass es ein ebenso sicheres Todesurteil ist wie die Todesurteile, die ich über die Jahre vollstreckt habe. Was bleibt mir noch? Ein paar Monate vielleicht? Sechs? Sieben? Neun? Ein Jahr? Schon möglich. Bestenfalls. Aber wer will schon zählen? Und was erwartet mich in dieser Zeit? Beträchtliche Schmerzen. Nein, ich korrigiere: nahezu unerträgliche Schmerzen. Und als sei das nicht genug, steht mir das ganze Drumherum bevor. Ärzte, die nichts mehr für mich tun können. Antiseptische Krankenhäuser und intravenöse Schmerzmittel, ein permanenter Dämmerzustand zwischen Wachen und Bewusstlosigkeit in den Händen hilfloser Krankenschwestern, die sich an meinem Bett zu schaffen machen, um mir die letzten Momente so erträglich wie möglich zu machen. Es ist ein hässlicher Tod, Sloane. Diese Art von Krebs schert sich nicht darum, ob man reich oder arm ist. Glücklich oder traurig. Mit dem eigenen Leben zufrieden oder nicht. Diese Krankheit nimmt dir jede Würde und raubt dir alles, was dein Leben einmal lebenswert gemacht hat.

Und das schloss, wie dir nun unabweislich klar ist, in meinem Fall ein, ein paar Zeitgenossen zu töten, die es nicht anders verdient hatten. Dieser Krebs nimmt einem das, was man ist, was einen ausmacht. Wie auch immer, der Tod der mich da erwartet, das ist nichts für mich, so viel steht fest.«

Sloane war von der Beschreibung des Auftraggebers wie geblendet. Sie war bestechend logisch. Scharfsichtig. Mörderisch.

Sie fühlte sich von seinen Argumenten fast erdrückt.

»Ich kann nicht«, betete sie erneut ihr Mantra herunter, doch mit weniger Überzeugungskraft. Ihr dämmerte, dass die Gleichung jetzt eine andere war. Sie erfasste ein Sturm, nicht weniger heftig als das Unwetter, das sich draußen zusammenbraute und sie drinnen gefangen hielt.

»Du kannst es und du wirst es tun.«

Sie suchte verzweifelt nach einer Frage, die sie ihm stellen konnte.

»Ich soll dich töten, damit du …«

Der Auftraggeber fiel ihr ins Wort.

»Glaubst du, Gott oder die Waage der Gerechtigkeit sorgt jetzt mit dieser Krankheit dafür, dass ich für das, was ich getan habe, bezahle, Sloane? Gut möglich. Eine fast romantische Vorstellung. Ich habe vielen Menschen das Leben genommen, Sloane. Ich bin reich, ich habe Zeit und Geld, ich konnte also ruhig abwarten und planen und mit meinen Morden mühelos davonkommen. Ist es da nicht nur recht und billig, dass mir jetzt jemand das Leben nimmt? Auge um Auge. Ist nur fair. Die Welt ist wieder im Lot. Meine Rache ist abgeschlossen. Man kann ein gewisses Maß an Rache üben, an Menschen, die es verdienen, auch wenn es fast unmöglich ist, dieses Maß genau zu treffen. Die Gesellschaft ist zufriedengestellt.«

Von seiner Argumentation wurde ihr schwindelig. Sie klammerte sich an den Stuhl, auf dem sie saß, um Halt zu finden. Fragen trommelten auf sie ein. Sie suchte verzweifelt nach einer halbwegs angemessenen Reaktion, brachte jedoch kein Wort über die Lippen. Der Auftraggeber ignorierte ihren offensichtlichen Zustand und fuhr unbekümmert fort: »Ich hege die Absicht, den Himmel auszutricksen.«

Dabei hielt er immer noch die .45er fest in der Hand, holte aber mit der Waffe quer über den martialischen Auslagen und Sloanes unbrauchbaren Entwürfen auf dem Tisch aus wie ein Magier mit dem Zauberstab über einem Hut, aus dem er ein Kaninchen hervorzuholen gedachte.

»Eins musst du verstehen, Sloane: Ich habe versucht, mein Leben mit großer Intensität zu führen. Ich bin gereist. Ich habe auf dieser Welt viele Wunder gesehen. Ich habe die besten Weine gekostet und die erlesensten Speisen genossen. Ich habe auf Sandstränden und auf seidenen Laken der Liebe gefrönt, mit Frauen von großer Raffinesse und Schönheit. Ich habe mich mit schönen Dingen umgeben und die Natur in ihrer ganzen erhabenen und wilden Pracht gesehen …«

Er deutete zu den Glastüren, und Sloane sah, wie dort die Düsternis des Unwetters in die Nacht überging. Der Wind trieb eine Regenwand vor sich her, die auf die Terrasse niederprasselte. Dahinter wütete das grauschwarze Meer.

»Und ich habe getötet, Sloane. Wiederholt. Ich habe es gern getan. Ich habe ungestraft und ohne jede Reue Menschen das Leben genommen. Mehr als einen letzten Atemzug eines schuldbeladenen Menschen gesehen – und dabei gelacht. Jeder dieser Tode hat mir genauso viel Befriedigung bereitet, wie etwa zwischen den großen Meistern im Louvre umherzuwandern oder im Basislager am Mount Everest zu stehen und zu dem Riesen hinaufzublicken oder auch im Old Vic Theatre in London zu sitzen und den unsterblichen Zeilen aus dem Mund eines großen Schauspielers auf der Bühne zu lauschen. Eigentlich wäre mein Leben ein einziges Gedicht gewesen, Sloane. Reichtum und Kunst und Mord in Perfektion. Aber das alles war nie genug, konnte es nicht sein, weil mich jede Minute die Verzweiflung meines Bruders verfolgte. Was ein Gesang hätte sein sollen, war seinetwegen eine Totenklage. Minute für Minute. Tag für Tag.

Jahr um Jahr. Asche, die sich über alles legte, was sonst ungetrübte Freude gewesen wäre.«

Die Überlegung war für Sloane nachvollziehbar.

Jetzt richtete der Auftraggeber den Lauf der .45er auf sie, doch zu ihrer großen Überraschung wurde ihr klar, dass er nicht abdrücken würde. Was ihr dennoch kaum gegen die Anspannung half.

»Du warst das Größte, was er im Leben vollbracht hat. Du wurdest ihm gestohlen, und so verbrachte er den Rest seiner Jahre – und indirekt auch ich – damit, dich zu suchen. Alles, was er erreicht hatte, jede Erfindung, jede Idee – das alles war in seinen Augen nichts im Vergleich zu dir. Nein, die *Idee* von dir. Und dieses Manko, wenn du so willst, dieser ständige Schmerz und diese Trauer, trieben ihn immer wieder zu den Drogen.«

Sloane wusste, dass dies so nicht stimmte. Will Crowder – ihr genialer Vater – war schon in der Nacht ihrer Zeugung drogensüchtig gewesen. Und sie war klug genug zu begreifen, dass Will Crowders Sucht wahrscheinlich auf die vielen anderen Tragödien in seinem Leben zurückzuführen war. Für den Mörder, der vor ihr stand, zählten diese Fakten offenbar nicht. Und sie hatte nicht vor, sich mit ihm darüber zu streiten.

So viel hatte sie begriffen: *Mein ganzes Leben war ein Krieg zwischen meiner Mutter und diesen beiden Brüdern, ohne dass ich eine Ahnung davon hatte. Beide Seiten wollten mich für sich allein. Beide Seiten machten sich eine überzogene Vorstellung davon, was ich ihnen bedeutete. Dabei ging es nie um mich. Es ging immer um ihre Idee von mir.*

Sloane fand keine Worte, um diesem Gedanken Ausdruck zu verleihen.

Mit einem Mal lächelte der Auftraggeber.

»Du, Sloane, nur du kannst das alles ins Lot bringen.«

»Indem ich dich töte?«

»Ganz genau.«

Die Verwirrung stand ihr wohl ins Gesicht geschrieben, denn nach einer kurzen Pause fügte er hinzu: »Ich möchte nämlich nicht vergessen werden, und ich möchte, dass auch er nicht vergessen wird. Und wenn ich nun einfach in irgendeinem Hospiz sterbe, wirst du uns nicht im Gedächtnis behalten, selbst wenn ich dir zum Beispiel dieses Hockney-Gemälde vermachen würde, um dir etwas Bleibendes zu hinterlassen. Würdest du es bei dir an der Wand betrachten und dabei mich erkennen? Oder deinen Vater? Nein, ich glaube nicht. Du würdest die Schönheit in den Farben und Formen sehen. Und mit den Jahren würde hinter dem Kunstwerk die Erinnerung daran verblassen, von wem du es hast und aus welchem Grund. Ich – und auch er – wir würden in deiner Erinnerung immer weiter in den Hintergrund treten und uns verflüchtigen.«

Er musterte sie mit einem durchdringenden Blick.

»Aber, Sloane, wenn du mich tötest, vergisst du mich nie. Das prägt sich dir in fetten Lettern ins Gedächtnis ein. Du wirst mich – und meinen toten Bruder, deinen toten Vater – für den Rest deines Lebens überallhin mitnehmen.«

Sloane bebte innerlich.

»Töte mich, und du wirst endlich das, was du bist: unser Kind.«

Der Auftraggeber wippte auf seinem Stuhl.

»Deine Erinnerung wird unser Denkmal sein. Viel besser als eins von denen hier ...«

Wieder zeigte er auf ihre Entwürfe.

Die Vorstellung traf Sloane wie eine Klinge ins Herz.

»Als Architektin wirst du das gewiss verstehen?«, fragte er. »Ich will nichts weiter von dir, als dass du die Architektin meines Todes wirst.«

Sloane saß wie versteinert da. Sie wollte ihn nicht verstehen. Sie wollte sich verstecken, nicht nur vor den ausgebreiteten Waffen oder dem, was er von ihr verlangte, sondern vor all den Dingen, die sie in seinen Augen war. Mehrere Stimmen schrien in ihrem Inneren durcheinander, rangen in einem Mahlstrom unvereinbarer Identitäten miteinander.

Der Auftraggeber hielt in seinen Ausführungen inne, um sie

abermals zu mustern. Dann fügte er hinzu: »Du weißt, wie recht ich habe, nicht wahr?«

»Nein, das weiß ich nicht«, keuchte Sloane.

Dabei verstand sie nur zu gut: *Er will, dass ich für immer gezeichnet bin, eine Brandmarke davontrage, die nie verblasst, die sich nie entfernen lässt. So ähnlich wie bei einem Denkmal, das die Leute Jahr um Jahr besuchen, auch wenn der Anlass für seine Errichtung längst Geschichte ist.*

Er schüttelte den Kopf.

»Und ob.«

Sie rührte sich nicht.

Der Auftraggeber betrachtete die .45er und streichelte den Abzug mit dem Finger.

»Wirklich großes Kaliber, das du da zu dieser Party mitgebracht hast.«

Sie begriff: *Er kann mich umbringen, ohne mich zu erschießen. Er kann mich um mein Leben und meine Zukunft bringen, indem er mich zwingt, ihn zu töten. Ich werde nie wieder dieselbe sein.*

Aber wenn ich tue, was er sagt, komme ich mit dem blanken Leben davon.

Vielleicht hat er ja recht. Ich würde ja nur einen Mörder unschädlich machen. Was soll daran verkehrt sein?

In ihrem Kopf drehte sich alles.

Ich weiß nicht. Ich weiß nicht.

Richtig und falsch schienen irgendwo in der Ferne zu verschwimmen.

»Weißt du, in Oregon ist Beihilfe zur Selbsttötung erlaubt. Schöne Ausdrucksweise. Hier leider nicht. Und auch dort dreht sich alles um tödliche Dosen von Medikamenten. Ein letzter Handschlag, wirf demjenigen ein paar Pillen ein und sag *Sayonara*. So etwas schwebt mir nicht vor. Ich möchte so sterben wie meine Opfer.«

Er lächelte.

»Ist doch eigentlich ganz vernünftig, oder, Sloane?« Bei seiner

Erwähnung von *Oregon* hätte sich Sloane beinahe verschluckt. Doch als sie seine letzte Frage hörte, dachte sie nur noch: *Nichts an diesem Abend hat auch nur das Geringste mit Vernunft zu tun.*

»Ist so was wie ein existenzieller Moment, das hier, meinst du nicht, Sloane?«

Er sagte dies leichthin, sie hörte es kaum. Jedenfalls nicht bewusst. Jeder Gedanke, den sie zu fassen versuchte, ging in einem schwarzen Strudel unter. Nur die eine brennende Frage blieb: *Was habe ich denn für eine Wahl?*

Und eng damit verknüpft: *Wie komme ich mit Mord davon?*

Wie komme ich mit unterlassenem Mord davon?

Unfähig, eine dieser Fragen zu beantworten, streckte Sloane die offenen Hände vor sich aus, als bitte sie ihn um die Pistole oder um eine der anderen Waffen.

Im nächsten Moment fuhr ihr ein infernalischer Schreck durch die Glieder, denn es pochte laut und heftig an die Glastür in ihrem Rücken, und ein halb erstickter kehliger Laut, ein fast animalischer Wutschrei, drang herein.

ZWEI

MÖRDER

Dem Auftraggeber fiel die Kinnlade herunter, vor ungläubigem Staunen blieb ihm der Mund offen stehen. Sloane wirbelte auf ihrem Stuhl herum.

Und sah Maeve.

Durchnässt. Ramponiert. Ihre Kleider zerrissen und verdreckt. Eine blutige Schramme an der Wange. Das Gesicht von Hass und Wut verzerrt. In Schießstellung, halb geduckt.

Den Revolver fest mit beiden Händen gepackt.

Die Mündung auf die Scheibe aufgesetzt und auf den Auftraggeber gerichtet.

Einen Moment lang herrschte absolute Stille. Als bildeten die drei Personen die Eckpunkte eines tödlichen Dreiecks. Dann schlug Maeve mit dem Lauf ihrer Waffe erneut gegen die Scheibe, drei Mal, heftig, und es klang beinahe wie die Schüsse, die sie aus ihrer Waffe abzugeben drohte.

In dieser kurzen Zeitspanne fasste sich der Auftraggeber wieder.

»Also, das verkompliziert die Lage«, sagte er. »Ich dachte, du kommst allein.«

Mit einem Schlag klang sein Ton stahlhart.

»Und schon gar nicht habe ich damit gerechnet, dass du eine Tote mitbringst.«

Als Sloane sich wieder zu ihm umdrehte, stellte sie fest, dass er nach wie vor die .45er in der Hand hielt, sie jetzt jedoch auf sie zielte. Nicht auf Maeve.

Sie dachte nur noch: *Ich sterbe.*

Und dann: *Sie stirbt.*

Und schließlich: *Wir gehen alle drei drauf.*

Alle drei Varianten erschienen möglich.

»Was meinst du, Sloane«, sagte der Auftraggeber langsam und betont. »Wird die Kugel, wenn sie jetzt mit dieser Waffe schießt, ihr beabsichtigtes Ziel erreichen? Das da könnte immerhin kugelsicheres Glas sein. Auf jeden Fall schon mal ist es erdbebensicher, hält schätzungsweise Windstärken von 130 Meilen stand. Ist es möglich, dass die Kugel da, wo sie steht, abgelenkt wird?«

Sloane antwortete nicht.

Er lächelte. »Die Fragen würde sich jemand stellen, der sich in der hohen Kunst des Tötens wirklich auskennt. Meinst du, sie hat sich das gefragt?«

»Ich weiß es nicht«, flüsterte Sloane. Sie konnte nur hoffen, dass die Antwort *Nein* lautete. Aber was wusste sie denn schon.

»Aber ich, grundsätzlich«, sagte der Auftraggeber mit irritierender Gelassenheit. »Wie auch immer, ich denke, wir sollten deine Mutter hereinbitten und nicht länger im Regen stehen lassen.«

Ohne mit der auf Sloane gerichteten .45er in seiner Hand zu schwanken, zog der Auftraggeber ein großes iPhone aus der Tasche und legte es vor sich auf den Tisch. Maeve und Sloane immer noch fest im Blick, wischte er mehrmals über das Display und tippte schließlich eine App an. Die automatischen Glastüren zur Veranda öffneten sich alle auf einmal mit einem metallischen Geräusch. Es war, als ließe er Maeve und das Unwetter, das draußen tobte, den heulenden Wind, den niederprasselnden Regen, ihre Mutter und die wütende Vergangenheit alle auf einmal ins Haus.

Maeve trat ein. Sie blieb in schussbereiter Haltung.

»Hallo, Erin«, begrüßte er Sloanes Mutter. »Lange her. Du bist älter geworden.«

Erin, hörte Sloane. *Ihr richtiger Name.*

»Hallo, Joey. Gleichfalls«, antwortete Maeve, bevor sie direkt zur Sache kam: »Und jetzt lass sie gehen.«

Der Auftraggeber lächelte, zielte jedoch weiter auf Sloanes Gesicht. »Welchen Namen führt deine Mutter heutzutage, Sloane?«, fragte er. Sein Blick folgte Maeve, die zum Tisch herüberkam.

Sloane schoss eine Idee durch den Kopf. Sie brauchte einen Moment, um sich an den Namen zu erinnern, den Maeve gegenwärtig führte. *Mary Wilcox.* Aber der .357 Magnum Revolver in ihrer Hand war auf einen anderen Namen registriert. Sloane beschloss, es mit einer Halbwahrheit zu versuchen.

»Maeve«, antwortete Sloane. »Maeve O'Connor.«

Der Name ihrer toten Mutter.

»Ah, irisch, so wie der Name, unter dem ich sie einmal kannte. Hätte ich mir denken können.«

»Sloane, Liebling, geh, sofort. Lauf weg«, sagte Maeve, während sie den Lauf ihrer Waffe weiter starr auf den Mörder gerichtet hielt.

»Nein, das wäre nicht sehr klug, Sloane«, sagte der Auftraggeber. Er musterte Maeve. »Für eine Tote wirkst du ziemlich lebendig«, sagte er und schnaubte verächtlich.

»Sloane, hol deine Sachen und …«

»Nein, Erin. Nein, Maeve – oder wer auch immer du in Zukunft sein willst. Da wir schon dabei sind, wie soll ich dich nennen? Was wäre deine Präferenz an diesem Abend?«

Jetzt klang er fast wie Patrick Tempter.

»Maeve geht in Ordnung«, sagte Maeve. »Erin ist vor langer Zeit gestorben.«

»Ja, in Miami, ist mir bewusst. Ich war da, in der Nacht, in der sie gestorben ist. Hab ihren Abgang nur knapp verpasst, könnte man sagen. Also, Maeve. Willst du dich nicht setzen?« Er deutete auf einen Stuhl.

»Ich stehe lieber. Das hier dauert nicht lange, weil ich dich jetzt erschießen werde«, sagte Maeve.

Der Auftraggeber lächelte.

»Jetzt sofort? Das glaube ich eher nicht, Maeve.«

Er wirkte amüsiert und selbstbewusst. Sloane rührte sich nicht.

»Was meinst du wohl, Maeve, wieso ich diese Waffe auf Sloane richte? Natürlich weiß ich, dass es dir, sobald ich auf dich ziele, egal ist, ob du dabei draufgehst, solange du nur diesen Schuss abfeuern kannst, der mich tötet. Aber du wirst dich beherrschen, solange die geringste Gefahr besteht, dass Sloane *deine* Tat büßen muss, Maeve. Mich töten, vielleicht. Aber damit auch sie? Durchaus nicht ausgeschlossen.«

Maeve sah betroffen aus. Offensichtlich hatte sie der Mörder durchschaut.

»Und sollte ich das Gefühl haben, dass sich dein Finger um den Abzug krümmt, werde ich diese Waffe abfeuern, und ich versichere dir, ich bin ein weitaus besserer Schütze als du. Dann stehst du mit einem toten Mörder und einer toten Tochter da. Wie sieht das dann aus, Maeve? Das wirst du der Polizei nur schwer erklären können. Um wie viel schwerer dir selbst.« Er sprach monoton, unbeteiligt. Ruhig und geübt. Es machte Sloane Angst. »Egal, wie lange du noch zu leben gedenkst, wäre das wohl eine schwere Last auf deinen Schultern. Wie lange, Maeve? Noch Jahre? Oder nur zehn Sekunden, wenn du begriffen hast, welches Desaster du da angerichtet hast, und beschließt, dir diese Handkanone selbst an die Stirn zu setzen? So oder so keine schöne Art, aus der Welt zu scheiden. Ich schlag also vor, du setzt dich erst mal, Maeve.«

Ihre Mutter zögerte und setzte sich schließlich, die Waffe auf die Brust des Killers gerichtet, auf einen Stuhl am Tisch.

»Interessant«, sagte der Auftraggeber und beobachtete jede Bewegung ihrer Mutter. »Was sagte ich eben noch zu dir, Sloane? Ich sagte, meine Rache ist abgeschlossen.«

»Ja«, erwiderte Sloane. »Ich erinnere mich.«

»Damit lag ich falsch«, sagte der Auftraggeber. »Zu meiner Überraschung ist das nun doch nicht der Fall. Eine Rechnung ist noch offen.«

Wie ein Schauspieler auf der Bühne, wartete er einen Moment, um mit seinen Worten die größtmögliche Wirkung zu erzielen, und durchbohrte Maeve mit seinem Blick.

»Aber das haben wir gleich.«

Maeve antwortete nicht.

»Du hast mir Sloane weggenommen – meinem Bruder und mir«, sagte er und betonte dabei jedes Wort. »Und als du dich dann in diesen Fluss geworfen hast, brachtest du mich auch noch um mein Recht, dein Leben zu beenden. Ein beachtliches Täuschungsmanöver.«

Maeve lächelte. Angespannt.

»Fand ich auch«, sagte sie.

»Aber da sind wir nun. So wie es sich gehört.«

»Ja«, sagte Maeve. »Nur ein bisschen später, als du dachtest.«

»Ha, das kannst du laut sagen.«

Und dann fügte ihre Mutter zu Sloanes Verblüffung hinzu: »Ich habe mich jahrelang auf diesen Moment vorbereitet. Du dich auch, Joey?«

Auch er lächelte.

»Ja. Und ob.«

»Das wage ich zu bezweifeln«, sagte Maeve. Ihr ungerührter, kalter Ton passte zu dem des Killers. »Was meinst du? Wer von uns ist auf diese Nacht besser vorbereitet? Du oder ich?«

Darauf antwortete der Auftraggeber mit einem lauten Lachen. »Nun, das wird sich finden, nicht wahr?«

»Ja, denke ich auch.«

Bei diesen Worten schienen ihre Mutter und ihr Onkel in der jeweiligen Stellung zu gefrieren, und Sloane hätte nicht sagen können, wer von beiden tödlicher wirkte.

KAPITEL 37

EINS

DAS HÖHERE EINMALEINS DES TÖTENS

In der plötzlich eintretenden Stille dämmerte es Sloane: *Wir sind alle Geiseln.*

Der Auftraggeber und Maeve saßen einander gegenüber, durch ihre Vergangenheit miteinander vertäut, und Sloane war der Knoten, der sie zusammenhielt. Zugleich war Sloane die Brücke zu ihrer jeweiligen Zukunft. Oder dem, was ihnen jeweils davon blieb. Jedem der beiden Menschen, die dort die Waffe hielten, war sie unendlich wichtig, aus Gründen, die sich ebenso voneinander unterschieden, wie sie einander ähnelten. Jeder der beiden brauchte sie für den nächsten Schritt, auch wenn Sloane damit nichts zu tun haben wollte. Sie versuchte, sich klarzumachen, *wie sehr* sie jeder der beiden brauchte. Was unmöglich war: *Füge diesen Faktor zu der Gleichung hinzu, multipliziere, dividiere, subtrahiere – was auch immer – und finde die Lösung. Liege ich falsch, sterbe ich.*

Sie hing mit drin.

Sie war auf sich gestellt.

Der Regen ging draußen immer noch in Strömen nieder und spritzte von der Terrasse ins Zimmer, durch die offenen Türen brauste der Wind durchs Haus und zerrte an jedem von ihnen. Sie befanden sich in einer Pattsituation mit ungewissem Ausgang, während die Wellen in ungebremster Wut an die nahe Küste schlugen. Sloane fühlte sich wie auf einer funktionsuntüchtigen Waage, in einem prekären Gleichgewicht zwischen zwei besessenen Menschen.

Die Stille hielt an.

Sie sah den Auftraggeber an.

Die .45er zeigte direkt auf sie, sein Blick richtete sich jedoch auf Maeve – Sloane war, als gäbe es eine direkte Verbindung zwischen ihrem Gesicht und dem Lauf. Sie erinnerte sich, wie sie auf den Baum im Wald am Battle Road Trail geschossen hatte und wie schwer es gewesen war, die Zielscheibe zu treffen. Natürlich hatte sie da viel weiter entfernt gestanden. Andererseits war der Auftraggeber ein Experte. Sie bezweifelte, dass sich sein Puls, seit ihre Mutter an die Glastür gedonnert hatte, auch nur eine Spur erhöht hatte.

Der trifft nicht daneben.

Sloane drehte sich behutsam zu Maeve um.

Sie wusste nicht, ob Maeve mit ihrer Waffe schießen, und wenn ja, richtig zielen konnte. Doch als sie den starren Ausdruck im Gesicht ihrer Mutter sah, wurde ihr klar: *Sie war mein ganzes Leben lang ein Mysterium. Glaub ja nicht, sie wüsste nicht, was sie tut. Vielleicht hat sie als eine dieser vielen Identitäten auch schießen gelernt.*

Vielleicht sogar zu töten.

Sie sah, wie Maeve die Augen zusammenkniff. Ihr unverwandter Blick, so schien es ihr fast, nahm sichtbare Gestalt an, wie ein blendend weißes Licht mütterlicher Passion.

Maeve wirkte wirklich wie besessen. Was sie zu tun bereit war, schien sie nicht zu ängstigen oder auch nur im Mindesten nervös zu machen.

Viele Jahre ihrer eigenen rasenden Wut bündeln sich da, begriff Sloane. *In all den Jahren, in denen sie mich versteckt hat, wurde ihr ihr eigenes Leben gestohlen. Äußerlich ist sie ruhig, aber innerlich kocht sie.*

Sloane drehte sich langsam wieder zum Auftraggeber um.

Hatte er eben noch, als er sie bat, ihn zu töten, seltsam gebrechlich gewirkt, ging jetzt eine elektrisierende Spannung von ihm aus. Knisternd. Als seien auf wundersame Weise Jahre von ihm abgefallen und mit ihnen Krankheit und Schmerzen.

Er war vollkommen konzentriert.

Sloane konnte nur vermuten, dass sein Gesicht auch bei früheren Gelegenheiten diesen Ausdruck angenommen hatte.

Er war in seinem Element. Darin geübt, jemanden in den Tod zu schicken. Zu tun, wozu er glaubte, geboren zu sein.

Sie wusste nicht, wer von den beiden gefährlicher war.

In diesem Moment waren sie ihr beide fremd.

Sie wollte zittern. Sich einrollen und ganz klein machen, die Augen schließen, sich die Ohren zuhalten und wieder Kind sein.

Sloane blieb sitzen.

Keine ruckartigen Bewegungen, dachte sie. *Tu nichts, was das Kräftespiel im Raum stören könnte.*

Eine prekäre Balance.

Sie stellte sich plötzlich vor, wie sie alle drei als Bergsteiger an einer glatten Steilwand hingen und der Sturm an ihnen zerrte und sie nur ein paar ausfransende, mit wenigen rostigen Haken in bröckeligen Felsspalten befestigte Seile in der Schwebe hielten. Einer von ihnen würde ausrutschen und stürzen.

»Also«, flüsterte Sloane: »Ich stehe jetzt auf.«

»Tu das nicht«, sagte der Auftraggeber.

»Nicht bewegen«, fügte Maeve hinzu.

Es war ein Moment seltener Einigkeit.

Sloane holte tief Luft.

Der einzige Ausweg, dachte sie.

»Wenn ich hier heute Abend sterbe, bekommt keiner von euch, was er will.«

Sie wusste, sie war der Dreh- und Angelpunkt, der alles in der Waage hielt. Sie hoffte, dass das sowohl der Auftraggeber als auch ihre Mutter sahen.

»Wenn wir alle hier heute Abend draufgehen, dann stirbt jeder unglücklich.« Sloane schwieg, holte nochmals tief Luft. »Und wenn hier heute Abend keiner stirbt, bekommt keiner, was er will.«

Sloane glaubte, an jedem Wort zu ersticken.

»Also«, führte sie den Gedanken vorsichtig fort, »stirbt heute Abend jemand. Und zwei leben weiter.«

Sie wartete. Die Stille erfasste das Zimmer wie ein immer fester zugedrehter Schraubstock.

Sloane sah, wie der Auftraggeber lächelte und ihre Mutter die Stirn runzelte.

»Keine Sorge, Sloane, das hier ist alles gleich vorbei«, sagte Maeve. In festem, entschlossenem Ton.

»Ich könnte genau dasselbe sagen«, erwiderte der Auftraggeber, ungefähr im selben Ton wie Maeve.

»Du wirst weiterleben, Sloane, versprochen«, sagte Maeve mit zusammengebissenen Zähnen, und jedes Wort schien über Kies zu schürfen.

»Ich könnte ihr dasselbe Versprechen geben«, sagte der Auftraggeber. »Aber ich kann dir auch versprechen, dass du stirbst.«

Sloane sah, dass keine der beiden Waffen, weder die in den Händen ihrer Mutter noch die des Auftraggebers, auch nur einen Millimeter zuckte. Sie stellte sich vor, unter welchem Stress sich die Finger um die Abzüge krümmten. Jedes denkbare Szenario blitzte in ihrem Kopf auf: Ihre Mutter drückte ab. Der Auftraggeber drückte ab. Mehrere denkbare Ausgänge, jeder mit Unwägbarkeiten verbunden, aber mit einer Gewissheit: *Ich bin tot.*

Sloane begriff, dass sie nur eine einzige Waffe hatte: sich selbst.

Und so wandte sie sich an den Auftraggeber und fragte: »Wie kann ich heute Abend am Leben bleiben?«

Bevor er antworten konnte, meldete sich Maeve zu Wort: »Ich werde dich retten, Liebling. Keine Angst.«

»Keine Angst?«, erwiderte Sloane leise, aber wütend. »Ich weiß, was das Ding da anrichten kann.«

Wieder reagierte der Auftraggeber mit einer Mischung aus Amüsement und Unbeugsamkeit. *Der Tod ist für ihn ein Freund,* dachte Sloane. Sie warf einen kurzen Blick auf Maeve. *Auf andere Weise auch für sie.*

»Guter Einwand«, sagte der Auftraggeber. Er schien sich einen

Moment zu bedenken. »Es wird sehr schwer für dich sein, diese Nacht zu überleben, Sloane, es sei denn, deine Mutter und ich beschließen gemeinsam, dich am Leben zu lassen.«

Maeve lag eine Entgegnung auf der Zunge, doch sie schien es sich anders zu überlegen. Und dann lächelte sie, zu Sloanes Überraschung. Es war ein zynisches, wütendes Lächeln, das ganze Gegenteil von Freude. Es sagte eher, dass sie etwas durchschaute.

»Also gut, Joey. Lass hören: Wie kommt Sloane heute Abend hier raus?«

Der Auftraggeber lachte. »Die Frage lautet wohl eher: *Wie kommt sie hier darum herum, ermordet zu werden?* Richtig, Maeve?«

»Ja.«

»Aber da hängt noch eine andere Frage dran, nicht weniger wichtig, hab ich recht, Maeve?«

»Ja. Was auch immer passiert, darf keinen Einfluss auf ihre Zukunft haben. Sie muss unbelastet bleiben.«

Der Auftraggeber nickte. »Genau. Da sind wir uns handelseinig.«

Ein seltsamer Deal, dachte Sloane.

»Also, dann rede«, forderte Maeve ihn schroff auf.

»Ich kenne mich mit derlei Dingen aus.«

»Ich auch.«

»Ja, anzunehmen«, räumte er ein.

Er behielt Maeve im Blick, sprach jedoch mit Sloane.

»Also gut, Sloane, wenn du leben willst, musst du genau tun, was ich dir sage. Weich nicht davon ab. Ändere nicht das Geringste. Halte dich genau daran, Schritt für Schritt. Kannst du solche Anweisungen gewissenhaft befolgen?«

»Tu nichts, bevor er dir nicht sagt, worauf er damit abzielt«, sagte Maeve.

Der Auftraggeber nickte. »Leuchtet ein.« Er lächelte. »Ich bin fast versucht zu sagen, *Hör auf deine Mutter, Sloane.* Okay, es geht darum, dich aus diesem Treffen heute Abend zu eliminieren.«

»Eliminieren?«, meldete sich Maeve.

»Sloane darf bei dem, was hier passieren wird, nicht dabei sein. Ist dir das klar, Maeve?«

Ihre Mutter zögerte, dann sagte sie: »Ja.«

»Folglich sollten sich für ihre Anwesenheit im Haus zu irgendeinem Zeitpunkt so wenig Beweise wie möglich finden. Kannst du auch das nachvollziehen, Maeve?«

»Ja.«

»Für zweierlei muss Sorge getragen werden«, sagte der Auftraggeber wie ein Gelehrter des Tötens an einer Universität des Mordens. »Zeit und örtliche Distanz. Sie muss weit weg sein, wenn ich dich töte. Und das muss sehr viel später geschehen – zu einem Zeitpunkt, zu dem selbst der eifrigste Detective sie nicht mehr mit deinem Tod in Verbindung bringen kann.«

Maeve hörte sich seine Überlegungen an und nickte.

»Leuchtet ein.« Dann fügte sie hinzu: »Mit *deinem* Tod.«

»Das wird sich erweisen, nicht wahr?«

»Ja.«

»Aber, Sloane«, wandte sich der Auftraggeber nach ein, zwei Sekunden wieder an sie, »ich möchte dir ein Versprechen abnehmen. Du weißt, was ich meine. Und du wirst es einlösen, nachdem ich deine Mutter erschossen habe, richtig?«

Sloane wusste, was er damit meinte. Sie wusste auch, dass sie ihm dieses Versprechen geben musste, auch wenn sie nicht vorhatte, es zu halten.

»Ja«, sagte sie.

»Und wie kann ich dir glauben?«

»Mir bleibt keine andere Wahl, weil ich weiß, dass du mich findest, wenn ich nicht tue, was du von mir willst. Und ich weiß besser als jeder andere, was mit Leuten passiert, die in deinen Augen Verräter sind.«

Der Auftraggeber nickte. »Ausgezeichnet, Sloane. Du hast auf deinem Weg durch mein Labyrinth viel gelernt. Du hättest dann vielleicht noch ein Jahr zu leben. Aber es wäre ein schreckliches

Jahr. Du würdest in ständiger Erwartung dessen, was passieren wird, leben. Auch eine Art unheilbare Krankheit. Lass mich neugierig sein: Was meinst du? Könntest du dich ein Jahr lang verstecken? Deine Mutter hat das um einiges länger geschafft. Hat sie dir beigebracht, wie man verschwindet?«

Sloane wusste nicht, was sie darauf antworten sollte, doch Maeve kam ihr zuvor.

»Nein, nie. Ich habe ihr beigebracht, der Mensch zu sein, der sie ist. Nicht jemand anders. Das blieb mir vorbehalten.«

Der Auftraggeber lachte.

»Gut pariert«, sagte er.

»Was ist das für ein Versprechen, das du ihm da gibst, Sloane?«, fragte Maeve abrupt dazwischen. »Klär mich auf.«

»Er will, dass ich ihn töte.«

Maeve konnte ihre Überraschung nicht verbergen. »Aber wieso?«

»Er ist krank.«

»Krebs«, fügte der Auftraggeber hinzu.

Er schien sich einen Moment zu bedenken. »Aber bilde dir nicht ein, dass das hier heute Abend irgendetwas ändert, Maeve. Meinen Tod gestalte ich nach meinen eigenen Plänen.«

»Es sei denn, ich komme dir zuvor«, konterte Maeve.

»Nicht auszuschließen, aber unwahrscheinlich. Eins wüsste ich allerdings gerne: Ich weiß, wie man mit Mord davonkommt. Du auch?«

»Unterschätze mich nicht«, antwortete Maeve.

»Das liegt mir fern, ich stelle dir nur eine einfache Frage.«

»Die ich dir nicht beantworten werde. Wart's ab, nur dass du es nicht mehr sehen wirst, weil du dann schon tot bist. Eins jedenfalls kann ich dir versichern: Ich habe in den Jahren, in denen du mich gejagt hast, eine Menge gelernt.«

»Anzunehmen. Das Risiko nehme ich in Kauf. Aber in dem ersten Punkt bei der ganzen Sache sind wir uns einig, ja?«

Wie die beiden ihre Waffen aufeinander richteten und dabei so locker über Mord plauderten, erschien Sloane ganz und gar verrückt. Wenn auch durchaus in sich schlüssig.

»Sloane muss hier weg. Spurlos verschwinden. Und was dann passiert …«

»… musste von Anfang an so kommen«, führte der Auftraggeber Maeves Satz zu Ende. Eiskalt. Brutal. Die beiden beäugten einander mit mörderischem Blick.

Der Auftraggeber richtete die .45er immer noch auf Sloane, sagte aber: »Ich denke, wir haben uns auf einen Plan verständigt. Also, Sloane, der erste Befehl: Steh jetzt langsam, ich meine, mit Bedacht, ohne abrupte Bewegungen, auf.«

»Okay«, antwortete Sloane.

Sie war sich nicht sicher, ob sie so viel Körperbeherrschung hatte, um die Anordnung auszuführen. Ihre Arme und Beine waren verspannt, ihre Wadenmuskeln schmerzhaft verkrampft. Ihr tat der Rücken weh. Behutsam schob sie ihren Stuhl zurück und stand auf.

»Gut. Und jetzt geh zu deiner Mutter rüber. Stell dich neben sie.«

Sloane sah, dass Maeve, während sie auf den Auftraggeber zielte, genauso verkrampft war wie sie selbst.

Sloane stellte sich neben ihre Mutter.

Es war ein Moment unerträglicher Anspannung. Sie fürchtete, bewusstlos zu werden. Sie befand sich jetzt so dicht neben Maeve, dass der Auftraggeber, wenn er wollte, möglicherweise zwei Schuss in schneller Folge abgeben konnte, bevor Maeve reagierte.

Ihr blieb keine Wahl.

»Und jetzt geh mit dem Gesicht runter, auf wenige Zentimeter an deine Mutter heran.«

Sie gehorchte. Im selben Moment schwenkte der Lauf der .45er kaum merklich und richtete sich nunmehr auf Maeve.

»Besser. Und jetzt tritt zur Seite, Sloane. Ganz langsam.«

Wieder gehorchte sie.

»Gut«, sagte der Auftraggeber, während er Maeve ins Visier

nahm. »Du verstehst, nicht wahr, Maeve, wie sich das Kräfteverhältnis hier gerade verändert hat?«

»Ja«, erwiderte Maeve.

Sloane begriff, dass seit einigen Minuten zum ersten Mal keine Waffe auf sie gerichtet war. Es fühlte sich an, als fielen ihr Eisenketten von Armen und Beinen ab und landeten klirrend am Boden. Sie wollte bloß weg. Der Drang, loszurennen, war überwältigend.

»Also, Sloane, ein guter Anfang«, sagte der Auftraggeber. »Und jetzt geh in dein Zimmer und sammele alle deine Sachen ein. Ich glaube, du hast im Bad ein Handtuch benutzt, pack das auch in deine Tasche. Und vergiss deine Mappe nicht.«

»Auch das Handtuch?«

»DNA. Nur vorsichtshalber.«

»In Ordnung.«

»Und anschließend geh ins Heimkino. An der Rückseite findest du einen CD-Player. Da ist der Film drin, den ich für dich gemacht habe. Nimm die CD raus. Bring sie zusammen mit allen deinen Sachen hierher zurück. Das sollte nicht länger als zwei bis drei Minuten dauern. Ich zähle mit. Bist du bis dahin nicht wieder hier …«, er ließ den Satz in der Schwebe. »Sag du's ihr, Maeve.«

»Dann stirbt jemand«, sagte ihre Mutter.

ZWEI

AUSFÜHRUNG DES BEFEHLS

Sloane trat von den zwei Menschen im Esszimmer zurück und sah sich, als sie zur Tür hinaus- und zu ihrem Zimmer stürmte, nicht noch einmal um. Sie holte ihre Reisetasche aus dem Schrank und stellte dabei fest, dass die beiden verbliebenen Wegwerfhandys noch darin waren. Sie schnappte sich ihre Sachen und, wie angewiesen, das Handtuch, sah sich gehetzt im Zimmer um, wohl wissend, dass sie dort Dinge angefasst und Fingerabdrücke hinterlassen und sich gekämmt und somit vielleicht das eine oder andere Haar zurückgelassen hatte. Ihr wurde klar, dass es praktisch unmöglich war, jegliche Spuren in diesem Raum, auch wenn sie sich darin nur wenige Minuten aufgehalten hatte, in der spärlichen Zeit, die er ihr ließ, zu tilgen.

Doch sie konnte nichts daran ändern.

Sie hastete wieder in den Flur und in den Vorführraum.

Den CD-Player fand sie sofort. Sie holte die CD heraus. In schwarzem Marker stand darauf: FÜR SLOANE.

So schnell sie konnte, rannte sie zum Speisezimmer zurück. Selbst von der kleinen Anstrengung war sie außer Atem. Sie fühlte sich wie bei einem Marathon in Boston auf der letzten Strecke zum berühmten Heartbreak Hill.

Der Auftraggeber und Maeve saßen sich immer noch direkt gegenüber.

Wie Statuen. Völlig unbeweglich und starr. Wäre da nicht das gleichmäßige Heben und Senken der Brust, hätte man kaum erkennen können, dass sie am Leben waren. Beide Waffen zielten noch auf den anderen.

»Geschafft?«, fragte der Auftraggeber.

»Ja, aber ...«

Er nickte, als habe er vorausgesehen, was sie beunruhigte.

»Aber du kannst nicht sicher sein, ob du nicht irgendwelche Spuren deiner Anwesenheit hinterlassen hast. Richtig?«

»Ja.«

»Interessant«, sagte er. »Sloane denkt wie ein Mörder.«

Maeve schüttelte leicht den Kopf.

»Nein«, sagte sie. »Da liegst du falsch, Joey. Sie ist Architektin. Sie wird eines Tages berühmt sein. Ich bin die Mörderin.«

Wieder lächelte der Auftraggeber.

»Dass sie einmal berühmt sein wird, sehe ich auch so. Aber wofür, nun, Maeve, das liegt jetzt sozusagen in unser beider Hand, nicht wahr? Du möchtest sicher nicht, dass sie mit einem Mord berühmt wird, oder?«

Auch wenn Maeve sich nicht rührte, wusste Sloane, dass ihre Mutter innerlich zustimmte. Die Vertrautheit, die ihr zwischen den beiden entgegenschlug, war kaum zu ertragen. Sie begriff: *Drei Jahrzehnte lang haben sie unentwegt aneinander gedacht. Man könnte meinen, sie wären ein altes Ehepaar.*

»Also, noch ein paar Aufgaben für dich, Sloane. Geh als Erstes durch diesen Flur zu meinem Arbeitszimmer. Auf dem Schreibtisch findest du einen Laptop. Neben dem Laptop liegt ein USB-Stick. Lass den Computer stehen, aber bringe den USB-Stick her. Und Sloane …«

»Ja?«

»Ich zähle jetzt wieder. Geh.«

Und wieder hastete sie los.

Binnen Sekunden hatte sie das Arbeitszimmer entdeckt: an einer Wand Bücherregale, der Computer auf einem handgefertigten Holztisch. Doch ähnlich wie der Wohnbereich vom Hockney an der Wand, wurde dieses Zimmer von einem großen Fotoporträt in Farbe beherrscht, das gegenüber dem Schreibtischstuhl hing.

Will Crowder.

Nicht der Junkie. Nicht der Bruder eines Mörders.

Ein junger Mann, dem die Welt zu Füßen lag.

Das Foto hatte einen braun getönten Rand. Sloane erkannte auf Anhieb, wer es aufgenommen hatte. Eine berühmte, inzwischen verstorbene Fotografin namens Elsa Dorfman besaß eine antike Polaroidkamera, mit der man große Porträts in Farbe auf speziellem Sofortbild-Hochglanzfilm machen konnte. Eine gewöhnliche Polaroidkamera gab ein Foto von circa fünf mal siebeneinhalb Zentimetern her, ihre hingegen Bilder von um die sechzig mal neunzig Zentimetern. Jahrelang war sie rings um Harvard eine Institution. Leute aus Boston waren stolz darauf, ein Elsa-Dorfman-Foto ihr Eigen zu nennen. Aus dem ganzen Land pilgerten die Menschen nach Cambridge, um sich von ihr verewigen zu lassen. Zahlreiche Porträts von ihr hingen in den großen Galerien und Museen. Die riesige Kamera mit Holzgehäuse, eine von einer Handvoll, die Polaroid je hergestellt hatte, war auch ein Museumsstück. Es war teuer, sich von Elsa Dorfman ablichten zu lassen, und eine Ehre. Sie hatte ein Mantra: *Bring einige Gegenstände mit, die etwas darüber aussagen, wer du bist,* denn im Unterschied zu so gut wie jedem anderen Fotografen auf der Welt machte sie nur je zwei Bilder. So teuer war der Film. Die Devise lautete also: *nicht blinzeln, geradeaus in die Kamera blicken und die Gegenstände vorzeigen, die etwas über deine Persönlichkeit verraten.* Eine Angelrute. Ein Fußball. Eine Farbpalette. Ein Kriminalroman. Die Auswahl der persönlichen Gegenstände, welche die Porträtierten zur Sitzung brachten, war unerschöpflich. Will Crowder, in Jeans und T-Shirt, jung und unrasiert und mit langem Haar, hatte in der einen Hand einen Computer, der inzwischen wahrscheinlich Reliquienstatus besaß, und eine Blume in der anderen. Sloane erkannte, was für eine Blume es war.

Weißer Mohn.

Nicht die Sorte, wie sie in Afghanistan geerntet und anschließend zu Morphium oder Heroin verarbeitet wurde, doch die Anspielung war klar.

Joseph Crowder, wurde ihr bewusst, musste dieses Bild stundenlang angestarrt haben.

Sie riss sich davon los und sah den USB-Stick neben dem Laptop. Sie schnappte ihn sich und eilte zum Speisezimmer zurück.

Die Situation dort war unverändert.

Der Auftraggeber und Maeve saßen wie erstarrt an Ort und Stelle.

»Hast du ihn gefunden?«, fragte der Auftraggeber.

»Ja.«

»Und hast du das Bild gesehen?«

»Ja.«

»Beeindruckend, nicht wahr? Ich wünschte, ich fände eine Möglichkeit, es deiner Mutter zu zeigen«, sagte er in unverkennbar bitterem Ton. »So hat er nicht mehr sehr lange ausgesehen. Drogen und Verzweiflung lassen einen Menschen altern, Sloane. Wenn sie es sehen könnte, würde sie begreifen, was sie ihm angetan hat.«

Sloane antwortete nicht.

Der Auftraggeber zuckte ein wenig mit den Achseln.

»Aber sie ist sowieso bald tot«, fügte er nüchtern hinzu.

Maeve erwiderte nichts. Sie schien einfach nur den Blick, mit dem sie ihn ins Visier nahm, wie einen Laserstrahl zu präzisieren.

Sloane wollte den USB-Stick dem Auftraggeber aushändigen, doch er schüttelte den Kopf. »Der ist für dich. Es ist wichtig, dass du dir das, sobald du kannst, ansiehst. Das gehört zu alldem hier.« Weiter erklärte er sich nicht.

Sie steckte den USB-Stick in die Tasche.

»Okay, noch eine Erledigung«, sagte der Auftraggeber. »Am Ende des Flurs ist eine Kammer. An der Tür siehst du ein elektronisches Schloss. Weil hinter der Tür eine Metallsperre ist, musst du einen Nummerncode eingeben, um Zugang zu bekommen.«

»Wie lautet die Nummer?«, fragte Sloane.

»Dein Geburtsdatum«, antwortete der Auftraggeber.

»Was mache ich, wenn ich es aufbekomme?«

»Da drinnen findet sich ein weiterer CD-Player. Hol die CD raus und bring sie her. Aber vorher lege eine neue ein – da liegen ein paar. Dann schließ die Tür wieder ab. Das Keypad am Schloss verlangt dafür erneut nach einer Nummer. Gib beim zweiten Mal nicht dein Geburtsdatum ein. Das würde einen Alarm auslösen. Tippe Stern, Stern, Hashtag und dann drei Mal die Eins. Verstanden? Sobald das erledigt ist, komm wieder her. Wiederhole die Nummer.«

»Stern, Stern, Hashtag und dann drei Mal die Eins.«

»Gut. Und jetzt geh.« Wieder im Eiltempo kehrte Sloane in den Flur zurück. Bei jedem Schritt rechnete sie ängstlich mit dem Knall zweier Schüsse aus zwei Pistolen.

Sie folgte seinen Anweisungen. Gab den Code ein. Sie sah, was sich darinnen befand. Das Aufzeichnungssystem der Überwachungskameras. In Windeseile nahm sie die CD heraus und legte eine neue ein. Anschließend schloss sie die Tür und tippte *Stern, Stern, Hashtag, 1-1-1* ein. Dann kehrte sie ins Speisezimmer zurück.

»Irgendwelche Probleme?«, fragte der Auftraggeber.

»Nein.«

»Vernichte diese CD, so schnell du kannst«, sagte er. »Darauf ist deine Anwesenheit hier bis zu dem Moment, in dem du die CD entfernt hast, festgehalten.«

Ohne Maeve und ihre Waffe aus den Augen zu lassen, zog der Auftraggeber das Handy auf dem Tisch heran. Wieder wischte er ein paarmal über das Display. Sloane sah, wie darauf das Keypad erschien. Er tippte ein paar Nummern ein und hielt abrupt inne.

»Also, Sloane«, sagte er, »und jetzt zum schwierigen Teil. Es ist jetzt 21 Uhr 17. Die letzte Fähre zum Festland legt um 22 Uhr 30 ab. Bis zu der Kreuzung, an der der Weg hier zu meinem Haus auf die Hauptstraße stößt, sind es ungefähr dreißig Minuten mit dem Auto, wenn du nicht wegen Geschwindigkeitsüberschreitung angehalten werden willst. Du musst diese Fähre bekommen.«

»Ich habe keinen Wagen«, sagte Sloane.

»Du könntest meinen nehmen«, sagte der Auftraggeber. »Steht neben dem Haus. Die Schlüssel liegen auf der Küchentheke. Aber das würde bei der Polizei Fragen aufwerfen. *Wie kam dieser Wagen zum Fähranleger, und wer saß am Steuer?* Die Antwort solltest du dir ersparen, liebe Sloane.«

Der Auftraggeber sah Maeve erwartungsvoll an.

»Ich habe einen Wagen«, sagte sie.

»Dachte ich mir«, sagte der Auftraggeber. »Und du hast per GPS-Tracking hergefunden?«

»Was sonst«, sagte Maeve.

»Der Empfang wäre anders ausgefallen, wenn ich nicht geglaubt hätte, du wärst tot«, bemerkte der Auftraggeber.

»Davon ging ich aus«, antwortete Maeve.

Es herrschte kurzes Schweigen.

»Sloane, Schatz, die Schlüssel stecken in meiner Tasche. Der Wagen steht an diesem Eisentor auf der anderen Straßenseite.«

»Das ist über eine halbe Meile. Da musst du einen Sprint einlegen«, sagte der Auftraggeber.

»Es ist ein Leihwagen«, erklärte Maeve. »Am Firmenstand haben sie einen Schlüsseleinwurf nach Ladenschluss. Ist nur wenige Meter vom Einstiegsbereich zur Fähre entfernt. Budget-Rent-A-Car. Die werden davon ausgehen, dass ich die Schlüssel eingeworfen habe.«

»Aber, Mutter …«

»Um mich mach dir keine Sorgen«, sagte Maeve.

»Genau«, bekräftigte der Auftraggeber.

Er fuhr fort: »Und Sloane, noch ein paar Dinge.«

Sloane sah ihn an. »Die Waffen auf dem Tisch, auf deinen Entwürfen … ich möchte, dass du die alle mitnimmst. Finde, sobald du in deine Wohnung zurückkommst, einen Weg, sie alle zu entsorgen. Ich werde dir nicht sagen, wozu sie schon verwendet wurden oder auch nicht. Nimm sie also mit. Und, wie gesagt, alle deine Skizzen und Denkmalentwürfe.«

Sie befolgte die Anweisung und verstaute alles in ihrer Reisetasche und in ihrer Mappe. Als sie mit den Fingern die gesägte Klinge und danach die Pistole mit dem Schalldämpfer berührte, zögerte sie einen Moment. Für einen flüchtigen Moment drängte sich ihr der Gedanke auf: *Töte ihn jetzt gleich.* Und sofort der zweite Gedanke: *Und bring uns alle damit um.*

Der Auftraggeber schien ihre Gedanken zu lesen, denn er sagte: »Kluge Entscheidung, Sloane.«

Und dann: »Interessante Situation, Sloane. Ich sage dir, was du wissen musst, um am Leben zu bleiben und eine Zukunft zu haben. Deine Mutter da hat dich dein ganzes Leben lang belogen.«

»Das waren Notlügen«, sagte Maeve mit fester Stimme. »Absolut unumgängliche Lügen. Sie haben uns am Leben gehalten.«

Der Auftraggeber stieß ein herablassendes Lachen aus.

»Einen von euch am Leben erhalten«, sagte er.

Und nach einer weiteren kurzen Pause: »Okay, Sloane, vielleicht denkst du auf deiner Flucht darüber nach. Und jetzt zu den letzten Punkten: Stelle unbedingt sicher, dass die Überwachungskameras an der Fähre deine Abfahrt festhalten. Mach irgendeine Szene. Sorge dafür, dass du auffällst. Und wenn du ans Festland kommst, das Gleiche. Zieh zum Beispiel Geld an einem Automaten. Oder zahle die Maut auf dem Highway elektronisch. Denke wie eine Mörderin, Sloane, auch wenn du bis jetzt noch keine bist. Und wenn du am Ende in deiner Wohnung ankommst, ruf auf diesem Handy an. Dann weiß ich mit Sicherheit, dass genug Zeit verstrichen ist und du weit genug von dem entfernt bist, was hier heute Nacht unvermeidlich ist. Du hast die Nummer.«

Maeve beugte sich ein wenig vor und sagte: »Ich hole jetzt den Schlüsselbund aus der Tasche.«

Der Auftraggeber nickte.

Die Schlüssel fielen klirrend auf den Esstisch. Doch mit derselben Handbewegung hatte Maeve auch ihr Handy herausgeholt. Sie platzierte es vor sich auf den Tisch, ungefähr genauso weit entfernt wie der Auftraggeber seins.

»Ruf mich an, wenn du in Sicherheit bist. Also etwa zur gleichen Zeit, zu der er deine Rückmeldung erwartet.«

Sie schwieg und konzentrierte weiter ihren Blick auf den Auftraggeber.

Zwei Menschen. Zwei Schusswaffen. Zwei Anrufe. Ein Toter? Zwei? Sloane zitterte.

»Du hast die Nummer«, sagte Maeve kalt.

Der Auftraggeber grinste. Sloane sah in ihrer Vorstellung dasselbe Grinsen in seinem Gesicht, unmittelbar, bevor er einen der sechs toten Namen umbrachte.

Wieder Schweigen.

Dann seine leise Mahnung: »Sloane, ich denke, jede weitere

Verspätung ist riskant. Du vergeudest nur kostbare Zeit. Keine Abschiedsszene.«

Maeve fügte ebenso leise hinzu: »Mach dir um mich keine Sorgen. Lauf weg. Sofort.«

Als Sloane ihnen den Rücken kehrte, fiel ihr wieder ein, dass sie genau diesen Rat schon einmal von ihrer Mutter bekommen hatte, auf einem Zettel an der Waffe, die sie jetzt zurückließ.

KAPITEL 38

EINS

DIE LETZTE FÄHRE

Sloane lief weg. Wie angewiesen.

Zur Haustür hinaus, auf die Schottereinfahrt, auf die unbefestigte Straße, in die Dunkelheit, unter prasselndem Regen. Schon nach wenigen Metern war sie durchnässt. Die Reisetasche und ihre Mappe zerrten an ihr. Das Waffenarsenal des Auftraggebers hatte ein stattliches Gewicht. Die Zeit peitschte nicht weniger als der Wind auf sie ein. Der Regen schien ihr Nadelstiche zu versetzen. Ohne sich, gegen ihr Gewissen, ein einziges Mal umzusehen, sprintete sie los. Der Panik nahe, ergriff sie die Flucht, um den Tod weit hinter sich zu lassen. Dabei rechnete sie sekündlich damit, dicht hintereinander zwei Schüsse zu hören, deren Echo sie in ihrem verzweifelten Lauf einholen würde. Im Nu hatten sich ihre Schuhe mit Schlamm und Wasser vollgesogen, während sie in der Dunkelheit durch unsichtbare Pfützen klatschten. Nicht nur die Dunkelheit drohte sie zu verschlingen, sondern alles, was an diesem Abend passiert war und, schlimmer noch, was in den kommenden Minuten und Stunden noch passieren würde.

Die halbe Meile schien gar kein Ende zu nehmen.

Sie hatte Angst, sich verirrt zu haben.

Sie sah kaum etwas.

Der durchnässte Boden sog an ihren Füßen.

Nicht lange, und sie keuchte vor Erschöpfung.

Äste griffen wie Tentakel nach ihr. Mehr als einmal schnitt ihr ein vorstehender Ast ins Gesicht oder verfing sich in ihren Sachen. Die Verzweiflung ging wie ein Sturzbach über ihr nieder – *ich komme hier nicht weg. Ich werde den Wagen nicht finden. Ich schaffe es nicht rechtzeitig zur Fähre. Was mache ich hier eigentlich? Ich sollte umkehren und den Auftraggeber töten. Nein, soll meine Mutter ihn erschießen. Nein, wenn ich zurückkehre, erschießt er sie. Nein, vielleicht zuerst sie, dann mich.*

Nein.

Nein.

Lauf!

Sloane rannte, als könne sie vor der quälenden Ungewissheit davonlaufen.

Von Wind und Regen und Dunkelheit halb blind, stolperte sie mehr als einmal. Zweimal konnte sie sich gerade noch fangen, bevor sie kopfüber auf die Straße gestürzt wäre. Sie kämpfte sich voran, und als sie meinte, ganz sicher vom Weg abgekommen zu sein, stieß sie in vollem Lauf gegen die Eisenschranke. Sloane packte sie und hielt sich erschöpft daran fest. Etwas Solides, Handfestes. Als sie ihre Fassung zurückgewann, entdeckte sie vor sich die Umrisse des Wagens. Sie griff nach dem Schlüssel, drückte die Entriegelungstaste, und im Wagen ging die Innenbeleuchtung an. Sie stürzte zum Auto, warf sich hinter das Lenkrad, steckte zitternd den Zündschlüssel ein und warf den Motor an. Nachdem sie den Hebel für die Scheinwerfer gefunden hatte und die Lichtkegel vor ihr aufleuchteten, empfand sie die tunnelartige Dunkelheit nur als umso schlimmer.

Du musst zurück!, forderte eine beharrliche Stimme in ihr.

Eine andere brüllte sie nieder: *Hau ab!*

Mit dem Gefühl, neben sich zu stehen und nur zu beobachten, was sie tat, wendete sie auf der Straße und fuhr mit durchdrehenden Rädern, sodass nasser Sand und Steine aufspritzten, auf die Straße. Sie wagte nicht, auf die Uhr zu sehen und abzuschätzen, wie viel Zeit ihr blieb. Sie raste die unbefestigte Straße entlang, wich, so gut es ging, überhängenden Zweigen aus und kämpfte mit dem Lenkrad, während sie so schnell in die Kurven ging, dass sie fürchtete, ins Schleudern zu geraten, so schnell, wie sie es für nötig hielt, um nicht zu spät zu kommen.

Sie dachte: *Wenn ich die Fähre verpasse, stirbt meine Mutter.*

Sie fragte sich: *Wird sie, wenn ich die Fähre verpasse, den Auftraggeber erschießen?* In ihren Angstfantasien verfolgten sie Todesvisionen.

Auf einmal waren Dornenzweige und überhängende Äste wie durch ein Wunder verschwunden. Sie hatte klare Sicht, und ihre Scheinwerfer fielen auf die Kreuzung an der Hauptstraße. Ohne nach links und rechts zu blicken und zu überprüfen, ob womöglich noch andere Fahrzeuge in der stürmischen Nacht unterwegs waren, bog sie, in einer letzten Fontäne aus Dreck und Wasser, auf die asphaltierte Straße ab. Und drückte aufs Gaspedal.

Eine Meile. Zwei.

Nach Aquinnah führte eine schmale, zweispurige Straße voller Schlaglöcher und Kurven. Eine Landstraße, bei gutem Wetter romantisch, bei Regen tückisch. In jeder Kurve schlitterte sie und konnte den Wagen nur mit Mühe unter Kontrolle halten. Die Scheinwerfer der wenigen Fahrzeuge, die ihr entgegenkamen, blendeten sie.

Drei Meilen. Vier.

Erste Vorboten der Zivilisation – ein Country Store an der Straße, eine Feuerwehrstation, eine Townhall, eine Tankstelle – gaben ihr das Gefühl, in eine vertrautere Welt zurückzukehren. Mit jedem Lebenszeichen rückte das, was sie hinter sich ließ, wie ein Traum in die Ferne.

Sechs Meilen. Sieben.

Mit jeder Meile schien das Bild vom Auftraggeber und ihrer Mutter, die sich mit gezogenen Waffen gegenübersaßen, ein wenig zu verblassen. Sie kam an einem kleinen Gebäude mit Polizei-Schild über dem Eingang vorbei. Dorfpolizei. Schlecht ausgebildet und unvorbereitet. Nachtschicht. So unprofessionell, wie es nur ging.

Trotzdem kämpfte sie mit sich: *Ich sollte anhalten.*

Den Cops sagen: Rettet sie. Bitte helft.
Wenn er Blitzlicht und Sirenen hört, drückt er nur ab.
Was hat er schon zu verlieren? Er ist so oder so bald tot.
Nein, vielleicht ist sie schneller am Abzug. Und tötet den Mann, der sie umbringen will. Aber sie ist mit einer Waffe in der Hand eingebrochen. In dieser Nacht ist sie die Kriminelle. Sie stünde als die Mörderin da. Die verhaften sie auf der Stelle.

Unmöglich zu sagen, wer schuldig und wer unschuldig war.

Sloane fuhr weiter. Sie hatte das flüchtige Gefühl, dass es irgendwo eine Lösung gab, nur war sie nicht zu greifen. Und dann die unbequeme Erkenntnis: *Die einzige Lösung besteht darin, was geschehen wird, geschehen zu lassen.* Wenig tröstlich, doch etwas Besseres fiel ihr nicht ein.

Sie fühlte sich machtlos. Egal, was sie tat, war es falsch.

Sie gab Gas. Sie hatte nicht viel Zeit. Sie sah Schilder: *Vineyard Haven*.

Sie folgte den Richtungspfeilen. Noch ein Schild: Das Bild der Fähre *The Islander* und noch ein Pfeil.

Vor ihr tauchten immer mehr Häuser auf, und mit zunehmender Nähe zur Stadt ließ der Regen nach. Jetzt erst wagte sie einen Blick auf die Uhr am Armaturenbrett. Noch fünfzehn Minuten.

Sloane legte einen Endspurt hin. Es herrschte keinerlei Verkehr, und sie merkte mit einem Mal, dass sie in das gedämpfte Licht von Straßenlaternen und Ladenfronten fuhr, die für die Nacht geschlossen hatten. Sie konnte kaum fassen, dass sie nicht falsch abgebogen war. Es ging eine Böschung hinunter, und sie gelangte in den kleinen touristischen Stadtteil, ohne in den Straßen Einzelheiten zu erkennen, aber mit dem vagen Gefühl, schon einmal da gewesen zu sein. Sie entdeckte das Häuschen von Budget-Rent-A-Car. In einem Flughafen wäre dies eine moderne Einrichtung gewesen, hell erleuchtet, rund um die Uhr geöffnet. In der Kleinstadt Vineyard Haven auf Martha's Vineyard war es ein winziges Büro in einem Schindelholzbau mit einem einzigen Schalter und Platz für allenfalls ein Dutzend Autos, die auf einem kleinen schlammigen Areal standen. Sloane parkte den Wagen direkt neben der dunklen Tür, holte ihr Gepäck heraus und schob die Schlüssel, so wie ihre Mutter gesagt hatte, in den Einwurf. Dann rannte sie wieder.

Sie sah die Fähre einen Häuserblock entfernt an der Anlegestelle.

Im schnellen Lauf, sodass Tasche und Mappe wild hin und her schlenkerten, winkte sie mit der freien Hand.

Sorg dafür, dass dich die Überwachungskameras einfangen.
Mach eine Szene.

Sloane erinnerte sich an die Worte des Auftraggebers.

Sie brüllte: »Warten Sie! Warten Sie! Ich komme!«

Sie sah, wie ein letzter Wagen auf die Rampe zur großen weißen Fähre gewunken wurde. Zwei Männer und eine Frau ließen gerade die Gangway herunter, auf der die Fußgänger an Bord gingen. Einer der Männer drehte sich zu ihr um.

»Warten Sie!«, rief sie erneut.

Er winkte zurück.

»Hier lang«, rief er. »Beeilung.«

Außer Atem legte sie die letzten Meter zurück. Sie wusste, dass Überwachungskameras auf den Eingang zur Fähre gerichtet waren. Kaum hatte sie das Trio erreicht, ließ sie ihre Tasche fallen. Einer der Mitarbeiter bückte sich danach und legte ihr den Tragriemen wieder über die Schulter – ohne zu ahnen, dass sich in der Tasche eine Kollektion Mordwaffen befand.

»Allerhöchste Zeit«, stellte der Mann überflüssigerweise fest.

»Ich hatte einen Platten«, log Sloane. »Ich muss zu einem wichtigen Termin morgen früh zurück. Wenn ich nicht mitkomme, verliere ich meinen Job.«

Alle drei sahen sie an, als hätten sie diese Art von Ausrede schon tausend Mal gehört.

»Wohl eher einfach auf den letzten Drücker«, bemerkte die Frau trocken. Sloane kramte in ihrer Hosentasche, holte die Fahrkarte hervor und reichte sie ihr. Die Fährfrau knipste sie ab und deutete auf die gähnend leere Zufahrt für die Fahrzeuge. »Wir haben einen Fahrplan einzuhalten.«

»Nichts wie rein und dann die Treppe links rauf«, sagte der dritte Mann. Er war bereits dabei, eine Absperrkette an der Autorampe zu entfernen. Sie rasselte. »Machen Sie schnell.«

»Danke, danke«, sagte Sloane. Jedes Wort kam gequält.

»Sie können von Glück sagen, dass wir Sie noch rauflassen«, fügte die Frau hinzu, winkte Sloane jedoch durch.

Sie werden sich alle an die rennende junge Frau erinnern, die es noch in letzter Sekunde auf die Fähre geschafft hat, dachte Sloane. Als sie über den eisernen Gehsteig das Boot betrat und die Treppe zu den Oberdecks anstrebte, ertönte das Nebelhorn der Fähre, und Sloane hörte, wie die mächtigen Dieselmotoren ansprangen.

ZWEI

23 UHR AUF DEM OBERDECK

Inzwischen schüttete es wieder. Alle anderen Passagiere hatten sich auf die Tische und Stühle im Speisesaal verteilt, Sloane hingegen begab sich mittschiffs außer Sichtweite des Kommandoturms und der anderen Fahrgäste. Die Fähre hatte Vineyard Haven verlassen und fuhr mit voller Kraft Richtung West Chop Lighthouse die Küste entlang. In vielen Häusern der Multimillionäre, die sich in dieser Gegend den Meerblick teilten, sah Sloane noch Licht, als die Fähre ein wenig nach links schwenkte und, an einer roten Boje vorbei, auf die Docks von Woods Hole zuhielt.

In der pechschwarzen Nacht konnte Sloane überall weiße Schaumkronen auf den Wellen sehen, nicht anders als das Wasser, das ihr Schiff im Auf und Ab der Wellen zerfurchte.

Irgendwo knatterte sporadisch eine amerikanische Flagge im

Wind. Sloane spürte den Regen auf der Stirn und nahm zum ersten Mal mit Bewusstsein wahr, dass sie bis auf die Haut durchnässt war. Trotz der warmen Nacht zitterte sie.

Sie sah sich in alle Richtungen um und zog, nachdem sie sich davon überzeugt hatte, dass sie allein war, den Reißverschluss ihrer Tasche auf.

Als Erstes holte sie das Messer mit der Sägeklinge heraus.

Sie beugte sich zurück und warf es dann mit voller Kraft in die Gewässer des Vineyard Sound.

Noch ein prüfender Blick. Auf keinen Fall durfte sie jemand dabei sehen.

Als Nächstes kam die schallgedämpfte Pistole an die Reihe.

Dann der Taser.

Dann die Spanische Schlinge.

Alles flog über das Geländer ins Wasser.

Sie fragte sich, wie viele Morde sie gerade versenkte. Sie horchte jedes Mal auf das Geräusch, wenn eine der Waffen auf die Oberfläche traf, doch im Regen und im Wind und unter dem Dröhnen der Dieselmotoren war das Aufplatschen nicht zu hören. Als das altmodische Klapprasiermesser über Bord gegangen war, holte sie tief Luft, konnte sich aber immer noch nicht entspannen. Sie kehrte wieder zum Eingang des Speisesaals zurück, wo sich die meisten spätabendlichen Passagiere versammelt hatten. Einen Moment lang spielte sie mit dem Gedanken, hineinzugehen und sich zu ihnen zu gesellen, vielleicht einen Becher Kaffee zu trinken, um sich aufzuwärmen, doch sie verzichtete darauf. Stattdessen kauerte sie sich einfach auf einen nassen Plastiksitz im Regen und versuchte, in ihrem Elend alles auszublenden, konnte aber das letzte Bild, das sich ihr vor ihrer Flucht eingebrannt hatte, nicht aus dem Kopf verbannen: der Auftraggeber und Maeve, von Angesicht zu Angesicht, jeder die Waffe in der Hand, jeder in Erwartung ihres Anrufs.

DREI

3 UHR NACHTS IN IHRER WOHNUNG

In Woods Hole ging sie bewusst innerhalb des Sichtfelds der Überwachungskameras von Bord, und als sie auf dem Parkplatz der Anlegestelle ihren Wagen holte, bewahrte sie die Quittung mit dem Zeitstempel auf.

Nicht weit von der Bourne Bridge, die Cape Cod mit dem Festland verband, tankte sie voll, obwohl sie genug Benzin bis nach Hause gehabt hätte. Sie überzeugte sich davon, dass die Shell-Tankstelle über eine auf die Zapfsäulen gerichtete Überwachungskamera verfügte, und hob einmal den Kopf, um direkt in die Linse zu blicken. Auch diese Quittung bewahrte sie auf.

Sie befolgte alles, was der Auftraggeber ihr gesagt hatte.

Um damit davonzukommen, nicht gemordet zu haben.

Bei mäßigem Tempo waren es bis nach Cambridge zurück noch einmal ungefähr zwei Stunden Fahrt. Sie war versucht, Gas zu geben, aber dann bestand die Gefahr, dass sie ein wachsamer Trooper, der so spät in der Nacht auf der Interstate Patrouille fuhr, herauswinkte. Also ließ sie es, denn sie hatte Angst, vor einem Polizisten aus Fleisch und Blut in Tränen auszubrechen und ihm ihr Herz auszuschütten: *Er wird sie umbringen. Sie wird ihn erschießen.*

Mit letzter Kraft schleppte sich Sloane in ihre Wohnung. Physisch hatte sie nur noch das eine Bedürfnis, sich auf ihr Bett zu werfen und die Decke über den Kopf zu ziehen. Auch emotional war sie ausgelaugt. All die Ängste, Zweifel und Ungewissheiten köchelten bei niedriger Flamme unablässig weiter. Aber ihr Verstand sagte ihr, dass die Nacht für sie noch nicht zu Ende war.

Drinnen ließ sie ihr Portfolio fallen und trat es in die Ecke. Unbrauchbar. Ein wahnwitziges Unterfangen. Dann öffnete sie ihre

Tasche, warf ihre Kleider auf einen Haufen und holte ihre zwei verbliebenen Wegwerfhandys heraus.

Sie nahm sie mit an den Tisch und setzte sich. Legte beide Handys vor sich hin.

Elf Ziffern bis zur jeweiligen Verbindung.

Im Wechsel zwischen den beiden Telefonen wählte sie zehn Zahlen der Nummer des Auftraggebers und zehn zum Handy ihrer Mutter.

Vor der elften zögerte sie.

Wenn seins zuerst klingelt, schießt sie dann?

Wenn ihres zuerst klingelt, drückt er dann ab?

Wenn sie beide gleichzeitig klingeln, feuern sie dann beide simultan?

Und was passiert, wenn eins klingelt, aber das andere nicht?

Oder ist einer von ihnen bereits tot und der andere geht ran?

Sloane wollte ihrer Mutter, falls sie noch am Leben war, um alles in der Welt einen Vorsprung geben, hätte sie nur gewusst, wie sie das bewerkstelligen konnte. In diesem Moment hätte sie alles darum gegeben, wieder an der Uni zu sein und das Fach ihrer Wahl zu studieren – sich mit konkreten Formen und soliden Entwürfen zu umgeben, mit Bauvorhaben von Bestand, mathematischen Berechnungen zu Lasten und Tragfähigkeit von Wänden, elektronischen Rechenschiebern und verlässlichen Formeln.

Sie malte sich aus: *Es ist mein Finger am Abzug.*

Wie viel Kraftpfunde sind nötig, um ihn zurückzuziehen?

Anfangsgeschwindigkeit, Schallgeschwindigkeit, Zielwirkung?

Sie versuchte, diese Dinge zu messen.

Was gibt ihr eine Chance und bringt sie nicht um?

All die Mutter-Tochter-Spannungen, die Scharmützel, Streitigkeiten, die Zuneigung, Träume und Hoffnungen so vieler Jahre überfluteten sie, gute und schlechte Erinnerungen. Und mitten in diesem Mahlstrom dachte Sloane: *Wie kann ich sie retten?*

Sie atmete flach und schnell.

Sie wusste, dass sie diese Nacht einen Menschen töten würde.

Dann senkte sie den Finger der rechten Hand auf die letzte Ziffer der Nummer ihrer Mutter.

Sie holte tief Luft und zählte im Kopf: *eintausendeins, eintausendzwei, eintausenddrei …*

Drei Sekunden.

Anschließend berührte sie die letzte Ziffer, um das Handy des Auftraggebers zu erreichen.

Danach lehnte sie sich zurück und wartete ab, wer von beiden sich melden würde.

KAPITEL 39

EINS

DER SPEISEZIMMERTISCH UM 22 UHR 32

»Also, entweder hat sie die Fähre noch bekommen oder nicht.«
»Stimmt«, erwiderte Maeve.

Keiner von beiden hatte seine Position geändert. Maeve sah den Auftraggeber genau an, um in seinen Augen erste Zeichen der Erschöpfung auszumachen, zugleich in der Hoffnung, dass ihre eigenen Augen sich nicht verrieten. Die nassen Sachen fühlten sich feucht an ihrem Rücken an, die Haut darunter aufgeweicht. Ihre Armmuskeln verspannten sich ungeduldig, und sie fürchtete plötzlich, dass ihr Finger am Abzug des Colts vielleicht im entscheidenden Moment nicht reagierte. Sie kniff die Augen zusammen, um festzustellen, ob auch ihm die Sehnen Probleme bereiteten. Sie glaubte, dass er seiner Intelligenz, gepflegten Sprache und Bildung zum Trotz ein harter Mann war. Im Unterschied zu Sloane wusste Maeve nur, dass er vor vielen Jahren behauptet hatte, ein Mörder zu sein, doch sie erinnerte sich noch allzu gut an den Beweis, den er ihr vorgelegt hatte. Sie dachte an die Zeit damals zurück, als sie Klinische Psychologie studierte, und versuchte, sich an eine akademische Methode zu erinnern, um das Gewicht auf der Wippe, auf der sie beide jetzt saßen, zu verschieben. Sie wusste, dass sie einen kleinen Vorsprung brauchte, und so rief sie sich, soweit möglich, noch einmal jede Sekunde ihrer zwei Begegnungen ins Gedächtnis. Da sie wusste, dass sie das Sprechen erschöpfen würde, beschloss sie, ihn zum Reden zu bringen, um ihn weiter zu ermüden.

»Also, während wir warten, lass hören: Wie viele Menschen hast du umgebracht?«, stellte sie ihm die naheliegende Frage.

»Nicht genug«, erwiderte er. »Einer fehlt noch.«

»Ja«, sagte Maeve. »Das hast du zu Sloane gesagt. Aber ich bin neugierig. Wie viele?«

»Wieso willst du das wissen?«

Maeve ging ein Wagnis ein: »Als sich damals, vor langer Zeit, unsere Wege kreuzten, Joey …« – sie redete ihn absichtlich mit dem Vornamen an, als seien sie gute alte Kumpel – »… da hast du suggeriert, du seist im Töten erfahren. Das hat mir Angst gemacht. Deshalb bin ich geflüchtet. Ich hatte viele Jahre Zeit, über diesen Moment nachzudenken, bin aber nie zu einem befriedigenden Schluss gekommen. Wahrheit oder Fiktion? Ich musste auf Nummer sicher gehen. Also, tu mir den Gefallen. Jetzt, hier, zu guter Letzt.«

»Dir einen Gefallen tun, bevor du stirbst?«

»Wenn du es so formulieren möchtest.«

Er nickte. »Etwas, das du mit ins Grab nimmst«, antwortete er.

»Genau wie du«, antwortete sie.

Er lächelte. »Der Punkt geht an dich.«

Der Auftraggeber schien zu überlegen, was er als Nächstes sagen sollte. »Also«, fing er an, »solange wir freundlich miteinander verkehren, würde ich sagen, es gab zwei Kategorien von Menschen, die ich getötet habe.«

»Zwei?«

»Zuerst«, sagte er ruhig, »ein paar Morde, mit denen ich mir beweisen wollte, dass ich damit ungestraft davonkomme. Ich meine, man wächst reich und privilegiert auf und glaubt, man könnte machen, was man will, und bleibt ungeschoren. In der Theorie hört sich das gut an, ich wollte es mir lieber aber wirklich beweisen. Ich wusste, dass ich intelligent genug war, um zu töten. Aber war ich auch diszipliniert und planvoll genug? Zwanghaftigkeit? Besessenheit? Begierde? Konnte ich das alles beherrschen und mir zunutze machen?«

»Und?«

»Es war nicht leicht, doch ich konnte es. Und ich tat es. Aber anfänglich waren diese Morde, nun ja, sagen wir, zweckdienlich. Jeder Mehrfachmörder hat Gründe für das, was er tut. Auch wenn sie für dich nicht nachvollziehbar sein mögen, womöglich auch nicht für einen kleinen Streifenpolizisten, es gibt sie. Man entwickelt eine Methode, die einem Befriedigung verschafft. Tode, die Begierden stillen. Du hast darüber bestimmt viel gelesen, als du das alles studiert hast?«

»Ja, stimmt, hab ich.«

»Dann verstehst du es zumindest abstrakt? Akademisch?«

»Ja.«

»Ich befand mich nur in einem Dilemma – diese Morde befriedigten mich nicht, oder sagen wir: nicht genug. Sie befriedigten nicht alle Bedürfnisse, die ich hatte.«

»Und das war ein Problem?«

»Natürlich. Aber dann wurde mir schlagartig etwas klar, eine Offenbarung, wenn du so willst. Und ich erkannte, dass ich eine andere Rolle auf diesem Planeten hatte als anfänglich gedacht. Die meisten Mörder sind Einzelgänger. Leben isoliert, zurückgezogen – als gesichtslose Menschen, in der normalen Welt unauffällig, während sie in ihrer eigenen Welt Könige sind. Aber aufgrund meiner Position, meiner Familie, meines Geldes, was weiß ich, schied das für mich aus. Ich musste passende Masken finden. Und dann wurde mir klar, dass ich eine andere Berufung habe, wenn man es so nennen will.«

»Die wäre?«

»Du kennst die Antwort. Sloane jetzt auch. Meine Aufgabe auf dieser Erde, mein einziger Daseinszweck, das, was meinem Leben einen Sinn geben würde, bestand darin, wiedergutzumachen, was meinem Bruder angetan worden war – weil das zugleich die Leere in mir füllen würde. Das habe ich dir damals auch gesagt.«

»Ich glaube, ich entsinne mich, etwas in die Richtung von dir gehört zu haben.«

Die Erinnerung schien dem Auftraggeber beinahe Vergnügen zu bereiten.

»Wie auch nicht? Weißt du, mein Bruder war ein Kind von großem Potenzial. Und vom Schicksal geschlagen. Ich war stark. Ich war nicht verletzlich. Ich passte selbst auf mich auf. Er konnte das nicht. Er war schwach. Liebenswürdig, aber auch bedauernswert. Deshalb nahm ich es auf mich, ihn zu beschützen. Vor all dem Bösen, das ihn so gnadenlos verfolgte. Ich wurde sein Hüter. Es half ihm und kam meinen eigenen Wünschen entgegen. Und da schienst du ursprünglich ins Muster zu passen, als eine weitere Enttäuschung, die ihn erwartete. Und dann, nachdem er gestorben war, wurde mir klar, dass von nun an Rache gefordert war. Wie konnte ich – mit all meinen Kenntnissen und Fertigkeiten in der Kunst des Tötens – das, was ihm zugefügt worden war, ungesühnt lassen? Das wäre nicht richtig gewesen. Wusstest du, dass die Wikinger einem Helden beim Begräbnis einen toten Hund zu seinen Füßen legten? Der stand für die feindlichen Hunde, die er besiegt hatte. Genau das habe ich getan.«

Sie nickte.

»Ich hatte nichts gegen dich. Immerhin habe ich dir die Gelegenheit gegeben zu verschwinden. Das hab ich Will zuliebe getan, weil er sich, glaube ich, ernsthaft in dich verliebt hatte. Aber als wir das mit der Schwangerschaft entdeckten, also, da sah die Sache natürlich ganz anders aus.«

Diesmal reagierte Maeve nicht.

»Denk nur, was für ein Glück, dass ich zu guter Letzt doch noch auf Sloane gestoßen bin ... Und als ich dann in Erfahrung brachte, was sie einmal werden wollte ... das deckte sich geradezu perfekt mit meinen Ambitionen.«

Maeve sah Joseph Crowder an dem Abend, an dem ihre Flucht vor ihm begann, ihr gegenübersitzen. Das Bild von der jungen Frau in einem flachen Grab irgendwo tief im Wald hatte sich ihr eingebrannt.

»Diese erste Frau, die du mir damals auf dem Foto gezeigt hast, weißt du noch, wie sie hieß?«, fragte sie.

»Ich bin ein Fan guter Fotografie. Ich fotografiere gerne«, sagte der Auftraggeber. »Es ist wichtig, seine Errungenschaften zu dokumentieren.«

»Ja, aber ihr Name ...«, beharrte Maeve.

Der Auftraggeber schwieg, als brauche er einen Moment, um im Gedächtnis danach zu kramen.

»Hab seit Jahren nicht mehr an sie gedacht. Ah, warte. Kelly. Richtig. Kelly. Irischstämmig, so wie du.«

»Und wieso sie?«

»Sie hat meinen Bruder gevögelt. Und dann mir nichts, dir nichts andere Männer. Sexuell freizügig wäre eine höfliche Umschreibung. Hure träfe es präziser.«

An *Hure* konnte sich Maeve erinnern.

»Na, jedenfalls stürzte die kleine Kelly meinen Bruder in eine pechschwarze Depression, aus der ich ihm nur so ganz allmählich wieder heraushelfen konnte. Er fing wieder an zu trinken. Verstärkt mit Drogen zu experimentieren. Wenn er sich alleine glaubte, weinte er oft. Blies Trübsal. Aß nicht. Schlief nicht. Ich glaube, er trug sich auch mit Selbstmordgedanken – später dann, als Wendy ihn verlassen hatte, definitiv ...«

»Wendy?«

»Sloane könnte dir von ihr erzählen. Sie kam nach dir.«

»Okay.«

»Aber dazu hat sie keine Gelegenheit mehr«, sagte der Auftraggeber lächelnd. »Denn nach heute Nacht siehst du sie nicht wieder. Na, jedenfalls, die Erste, Kelly, die war für mich ein Lehrstück. Hat mir gezeigt, wo's für mich langgeht – brauchte einfach nur eine Weile, um es zu sehen. Ich bin ihr wirklich zu Dank verpflichtet. Hätte sie eigentlich auf die Liste setzen sollen, die ich Sloane gegeben habe, aber die war da schon abgeschlossen. Wollte Sloane nicht überfrachten.«

»Ich war nicht Kelly«, sagte Maeve.

»Wärst du geworden.«

Maeve zögerte.

»Du hast mir noch ein paar andere Fotos gezeigt, das heißt, du hast suggeriert, noch andere zu haben.«

»Entsinne mich. Aber von denen rede ich nicht. Waren die echt? Was denkst du, Maeve?«

Maeve entging die sexuelle Komponente in der Vorstellungswelt des Auftraggebers nicht. Sie wollte gerade nachhaken, doch der Auftraggeber unterbrach sie.

»Weißt du, Maeve ... ist ein bisschen ungewohnt für mich, dich so zu nennen, nachdem ich so viele Jahre lang die Frau gejagt habe, die ich als Erin kannte ... aber, Maeve, man lernt mit jeder Tötung dazu. Erfahrung macht den Meister. Man achtet auf Nuancen, wird sensibel fürs Detail. Es wird immer leichter. Man steckt sich anspruchsvollere Ziele, legt die Messlatte höher, könnte man sagen – das ist faszinierend.«

Maeve dachte im Stillen: *Und ich habe mit jeder neuen Person, zu der ich wurde, dazugelernt.*

Er schien sich gleichzeitig konzentrieren und in Erinnerungen schwelgen zu wollen.

»Und weißt du, was das Beste daran ist?«

»Nein, was?«

»Nun, genau wie heute Abend, das Beste ist immer das Töten selbst. Ungemein befriedigend, dicht gefolgt von dem unbeschreiblichen Gefühl, sich nicht erwischen zu lassen. Beides zusammen macht die Erfahrung, sagen wir, denkwürdig.«

Er schwieg.

»Nachdem ich Kelly getötet habe ... Ich hab ihre Leiche in Plastikplanen gewickelt, in den Kofferraum gepackt und bin mit ihr in die Sierras gefahren. Nichts leichter als das. Halt dich ans Tempolimit. Trag Krawatte. Stopf dir das lange Haar unter eine Kappe. Vergiss beim Fahrspurwechsel nicht das Blinken. Sei ein gesetzestreuer Bürger, bis du auf einen Forstfahrweg abbiegst und in den Wald fährst. Hat dir bei all den Vorlesungen und Seminaren zu Klinischer Psychologie mal irgendjemand beigebracht, was für ein unbeschreibliches Hochgefühl es bereitet, alle

Welt zum Narren zu halten? Fast so aufregend wie das Töten selbst.«

Ja, das haben sie uns beigebracht. Die verhaltenspsychologischen Ermittler vom FBI haben uns auf dieses spezielle Phänomen aufmerksam gemacht.
Ich wusste es also.
Schon seit Jahren.
Ich habe dieselben Methoden angewandt.

»Und weißt du, was interessant war, Maeve?«, fragte der Auftraggeber.

»Was?«

»Nachdem die kleine Kelly verschwunden war, kamen Detectives und haben meinen Bruder befragt. Zu einem Vermisstenfall, nicht wegen Mordverdachts, obwohl die Cops insgeheim gewusst haben müssen, dass es darauf hinauslief. Sie war keine Ausreißerin. Die war nicht abgetaucht – so wie du. Aber mich haben sie nie befragt, denn wieso sollte ich etwas damit zu tun haben? Ich war ihr ein einziges Mal begegnet. In der Nacht, in der sie starb. Er war derjenige, der mit ihr zusammen gewesen war, und er hatte das passendste, günstigste, hieb- und stichfeste Alibi, das es gibt. Dafür hatte ich gesorgt. Sie befragten sämtliche Männer, mit denen sie geschlafen hatte, zumindest alle, die sie auftreiben konnten. Es gab also weit verdächtigere Kandidaten, aber ohne die Leiche hatten sie nichts in der Hand. Und als sie sich irgendwann, wie erwartet, geschlagen geben mussten, weil sie einfach keine Antwort fanden, ging ihr Name einfach in die traurige Statistik ein, und sie hatten anderes zu tun.«

»Einfach so?«

»Einfach so. Kann's ihnen nicht mal verübeln. Überarbeitet und schlecht bezahlt. In dieser Welt, verstehst du, Maeve, halten sich die Leute an Dinge, die leicht zu erklären sind. Eins und eins ist zwei. Aber ich habe mich nicht an ihre Gleichungen gehalten. Um mich zu finden und um rauszufinden, was ich so trieb, hätten sie eins und eins zu drei addieren müssen.«

Das leuchtete Maeve ein.

Der Auftraggeber sah sie eindringlich an.

»Da wir schon mal dabei sind, Maeve, falls du das Glück hättest, vor mir den Abzug da zu drücken, lass hören: Wie willst du dann heute Nacht mit einem Mord davonkommen?«

Sie antwortete nicht.

»Hast du jetzt ein Transportmittel, um vom Tatort zu fliehen?«

»Nein.«

»Du erinnerst dich, dass ich Sloane gebeten habe, eine CD aus dem Überwachungssystem zu entfernen?«

»Ja.«

»Und eine neue einzulegen?«

»Ja.«

Der Auftraggeber lächelte. Er wischte einmal über sein Display, und ein Keypad erschien. Er gab ein paar Zahlen ein.

»Glückwunsch, Maeve. Du bist wieder auf Sendung. Hast du damit gerechnet?«

Sie antwortete nicht.

»Und hast du irgendwo Fußabdrücke hinterlassen? Wie steht's mit Fingerabdrücken an der Tür? Überleg mal, Maeve. Dieses Wasser, das da unter deinen Sitz getropft ist. Was könnte da wohl für forensisches Beweismaterial drinstecken? Wie willst du wieder zu deiner Tochter zurück, ohne sie da mit reinzuziehen? Dir ist schon klar, dass sie vor dem Gesetz der Beihilfe zum Mord schuldig wäre. Immerhin hat sie dich heute Abend hierhergeführt. Soviel ich weiß, stehen darauf fünf bis fünfzehn Jahre.«

Das war wie ein Schlag ins Gesicht, doch Maeve ließ sich nichts anmerken.

»Was meinst du, was für Architektur sie im Knast entwerfen kann?«

Maeve schüttelte den Kopf, ohne etwas zu erwidern.

»Ich dagegen kann dich praktisch straffrei erschießen. Ich kann mir jede Menge Erklärungen für dein Erscheinen einfallen lassen, und dafür, wie sich die Dinge dann entwickelt haben, das heißt, warum du tot bist. Wovon wir ausgehen sollten. Und davon abgesehen, Maeve, habe ich dank einiger sehr teurer Ärzte und einer Krankheit, die sich von Geld nicht beeindrucken lässt, schon mein Todesurteil bekommen. Du siehst, Maeve, für mich zählt jetzt nur noch, dafür zu sorgen, dass du vor mir stirbst, nachdem ich jahrelang darauf hingearbeitet habe.«

Maeve biss die Zähne zusammen. Nahm ihn ins Visier.

»Jahre, Maeve, und für mich hat das Denkmal für all das, was ich getan habe, damit, nun ja, an Tiefe gewonnen. Unmittelbarkeit. Wenn dein Name mit auf die Liste kommt. Sloane wird genau verstehen, was ich meine.«

Er lächelte.

»Wenn du klug wärst … wenn du eine wirklich rücksichtsvolle, engagierte … nein, hingebungsvolle Mutter wärst, dann würdest du dich jetzt einfach von mir erschießen lassen. Du würdest deine Waffe senken und akzeptieren, dass du deine Tochter am besten vor Unheil bewahren kannst, indem du hier und jetzt stirbst und sie mich tötet, wie ich es von ihr fordere.«

Maeve schnürte es die Kehle zu. Sie brachte kein Wort heraus.

»Das wäre wirklich das Sinnvollste, Maeve. Das weißt du so gut wie ich. Und auch Sloane wird es begreifen. Schließlich hat sie dich schon einmal für tot gehalten und sich darauf eingerichtet, ohne dich zu leben. Das kann sie wieder tun.«

Es trat ein Moment des Schweigens ein, dann sagte der Auftraggeber: »Knapp über ein Kilogramm, Maeve.«

»Was?«

»So viel wiegt diese .357. Sie wird schwer, nicht wahr? Zugegeben, die .45 in meiner Hand wiegt ungefähr dasselbe, aber wer von uns ist stärker, Maeve? Wer hält heute Nacht länger durch?«

ZWEI

DER ESSTISCH UM 1 UHR NACHTS

Sie hatten stundenlang nicht miteinander gesprochen.

Die Erschöpfung sickerte Maeve durch jede Faser ihres Körpers. Der Blick über den Tisch sagte ihr, dass dies auch für den Auftraggeber galt. Sie redete sich gut zu: *Du musst stärker sein. Er ist krank.*

Doch er gab keine Schwäche zu erkennen.

Bei diesem Gedanken hatte wohl ihre .357 ein wenig gewankt, denn der Auftraggeber fragte plötzlich: »Müde, Maeve?«

Sie erschrak von seiner Stimme, als hätte jemand mit einem Stein die Scheibe eingeschlagen. »Nein«, antwortete sie reflexartig.

»Wieso lügst du? Ich weiß, dass du es bist. Genauso wie du weißt, dass ich es bin. Wir sind älter als bei unserer ersten Begegnung. Nicht mehr so fit wie damals. Haben nicht mehr Sloanes Vitalität und Jugend, nicht wahr? Würdest du nicht gerne die Augen einen Moment zumachen und dich ausruhen?«

»Nein.«

Der Auftraggeber lächelte.

»Schon wieder, Maeve. Wieso lügst du? Hast du es nicht satt zu lügen?«

Die Antwort war *Ja,* doch sie sagte: »Das ist meine letzte Lüge. Nach dieser Nacht brauche ich nicht länger zu lügen, weil du dann nicht mehr irgendwo da draußen bist und mich dazu zwingst. Ich werde wieder die sein, die ich bin. Ein schönes Abschiedsgeschenk, das du mir da heute Abend machst, Joey.«

Der Auftraggeber lachte auf.

»Träum weiter«, sagte er.

»Hör mal, Joey«, sagte Maeve und strengte sich an, seinen Tonfall nachzuahmen. Wenn sie so klang wie er, hoffte sie, nahm er ihr vielleicht auch ab, dass sie wie er *handeln* konnte. »Hast du das

Töten nicht allmählich satt, Joey? Es muss doch etwas ungemein Befriedendes für dich haben zu sterben? Und zu sehen, was dich da auf der anderen Seite erwartet, auf die du so viele Leute befördert hast? Du wirst fasziniert sein. Und mal im Ernst, Sloane bitten, dich zu töten? Was soll das? Wieso warten? Lass mich das für sie übernehmen. Ich springe gern für sie ein.«

Das schien den Auftraggeber zu ärgern. Sein Gesicht verfinsterte sich, und seine Hand schloss sich fester um die Waffe. Er schien die Muskeln anzuspannen, und seine Stimme klang noch dünner, obwohl er nur einsilbig antwortete: »Interessant.«

»Was?«

»Du wärst eben um ein Haar gestorben.«

Maeve bekam kaum Luft.

»Ich dachte: *Scheiß drauf! Wieso warten, bis das Handy klingelt?* Du hast echt Glück gehabt, Maeve. Du bleibst noch ein bisschen länger am Leben. Nicht viel, aber jede Sekunde wird kostbar, stimmt's?«

Maeve antwortete nicht.

»Du würdest staunen, wie viele Menschen um eine einzige Minute betteln. Eine Sekunde. Klammern sich ans Leben.«

»Ich würde keineswegs staunen«, antwortete sie.

»Also, Maeve, wieso eigentlich warten wir beide auf das Klingeln unserer Handys?«

»Wir wollen beide wissen, dass Sloane heil zu Hause angekommen ist. Wenn auch aus unterschiedlichen Gründen, müssen wir es beide wissen. Gleichermaßen steht es uns, sobald wir wissen, dass sie weg ist und in Sicherheit, frei, das zu tun, was wir tun wollen.«

»Sehr gut. Vollkommen richtig. Ich betrachte das gerne als Geschenk an dich, Maeve. Ich werde dich erst in der Sekunde töten, in der du weißt, dass Sloane wohlbehalten und in sicherer Entfernung ist. Weißt du, schon seltsam, dass wir beide große Anstrengungen unternommen haben, um sie zu schützen. Mit deinen bin ich vertraut. Aber du weißt nicht, was ich getan habe, stimmt's?«

»Nein.«

»Also, ich bin kein Lügner, Maeve. Das ganze Gegenteil, wenn du's wissen willst. Ich habe beträchtliche Mühen auf mich genommen, um sie zu beschützen. Bedrohungen erkannt. Bedrohungen aus dem Weg geräumt. Auf recht dramatische Weise, wenn ich so sagen darf. Ich wage zu behaupten, dass ich mich in den letzten Tagen genauso für sie ins Zeug gelegt habe wie du. Wie eine richtige Glucke. Und so seltsam das klingen mag, bin ich heute Abend derjenige von uns, der absolut und uneingeschränkt die Wahrheit sagt. Daher ist es, denke ich, mehr als klar, dass wir beide als Erster ans Handy gehen wollen, nicht wahr?«

»Versteht sich«, sagte Maeve.

»Ich denke, uns beide, Maeve, treibt derselbe Wunsch an«, sagte er. »Aber in diesem neu entdeckten … tja, was ist es, Maeve? Respekt? Freundschaft? Einvernehmen? Schwer zu benennen, nicht wahr?«

»Ich respektiere dich nicht. Wir sind keine Freunde. Ich hege nicht den Wunsch nach Einvernehmlichkeit. Und das alles brauche ich auch nicht, um dich zu töten, Joey«, sagte Maeve.

Der Auftraggeber sah sie abschätzig an.

»Hast du einen Plan? Hast du das alles hier zu Ende gedacht? So wie ich es getan hätte? Du hast eine vage Vorstellung davon, wie du heute Nacht überlebst, ja? Aber wie sieht's mit morgen aus? Übermorgen? Und was meinst du, wie Sloane die Mutter begrüßt, von der sie weiß, dass sie eine Mörderin ist? Etwa herzlich? Siehst du? Meine Bitte an Sloane ist viel vernünftiger. Sie kann mich töten, und ihrer glänzenden Zukunft steht nichts im Wege. Kannst du das auch von dir sagen? Nein. Also: Selbst wenn du es schaffst, mich zu erschießen – angesichts unseres weit auseinanderklaffenden Erfahrungshorizonts und Naturtalents in der Kunst des Tötens höchst unwahrscheinlich –, was kannst du deiner Tochter dann wohl mit auf den Weg geben? Nichts als Kummer.«

Stimmt nicht, dachte Maeve. *Ich kann ihr die Freiheit schenken.*
Doch das sprach sie nicht aus.

»Du siehst, Maeve, in dem Moment, als du Sloane zur Welt

brachtest, warst du so gut wie tot. Was sag ich, du bist im Kindbett gestorben. Es hat sich nur über mehr als fünfundzwanzig Jahre hingezogen.«

Maeve dachte darüber nach.

»Weißt du, Joey, ganz interessante Argumente, die du da bringst ...«

Es sollte abgehoben klingen. Unaufgeregt akademisch, kalt. *Wie eine Mörderin. Jemand wie er.*

»Aber das Entscheidende hast du nicht bedacht: Ich bin Expertin darin zu verschwinden und wieder aufzutauchen. Ich habe die Frau, die ich war, schon oft getötet, um jemand anders zu werden. Auch eine Form von Freiheit, oder?«

Der Auftraggeber durchbohrte sie mit seinem Blick.

»Vielleicht passiert genau das heute Nacht«, fuhr sie in fast beiläufigem Ton fort, obwohl ihr das Herz bis zum Hals schlug.

Wieder kurzes Schweigen.

Sie beobachtete, wie ihm mehrere Emotionen übers Gesicht huschten, zuerst Ärger und am Ende Ironie.

»Gerade eben wärst du um ein Haar wieder gestorben, Maeve.«

Er behielt sie weiter im Visier.

»So viel, was es da zu bedenken gibt. Man kann es von so vielen Warten aus sehen. Und ganz ehrlich gesagt, genieße ich diese kleine Unterhaltung. Wann habe ich schon einmal Gelegenheit, mit jemandem, der in meinem Leben eine derart wichtige Rolle spielt, zu reden? Hast du auch nur die leiseste Ahnung, wie oft ich mir vorgestellt habe, dir so wie jetzt gegenüberzusitzen und diese Unterhaltung zu führen? Ich habe zu viele Jahre allein verbracht, leider. Aber das hier heute Nacht, das ist fast ein bisschen so, wie mit jemandem auf Augenhöhe zu sprechen. Einem Weggefährten gewissermaßen. Einer Fachkollegin, in einem wissenschaftlichen Austausch. Jeder andere, den ich Will zuliebe oder in seinem Gedenken getötet habe, bekam mehr oder weniger dasselbe von mir zu hören wie du heute Abend. Du wagst es, meinen Bruder einen Betrüger zu nennen? Du stirbst. Du wagst es, ihn zu drangsalieren? Du stirbst. Ihn zu bestehlen? Du stirbst. Ihm das Herz zu brechen? Du stirbst. Insofern hast du dich heute Abend all diesen Leuten zugesellt, mit denen du etwas gemein hast, auch wenn du es bis jetzt nicht wusstest. Für mich liegt darin zu einem guten Teil die Faszination der Rache. Nur eins ist an der Sache weder raffiniert noch ausgeklügelt oder kompliziert, nicht wahr?«

»Das wäre?«, fragte Maeve, auch wenn sie es lieber nicht wissen wollte.

»Eine Kugel«, erwiderte der Auftraggeber.

DREI

DER ESSTISCH UM 2 UHR 59 NACHTS

»Na, geht's noch, Maeve?«

»Ja.«

»Die Pistole da hat ein Zentnergewicht, stimmt's?«

Nicht nötig zu lügen.

»Ja.«

»Möchtest du nicht für einen Moment die Augen schließen, den Kopf auf die Arme legen?«

Ein Lächeln.

»Das fragtest du bereits. Dieselbe Antwort: nicht mehr als du.«

Kurzes Lachen. Kopfnicken.

»Meinst du, Sloane ist inzwischen zu Hause?«

»Ja.«

»Ich denke auch. Bereit zu sterben, Maeve?«

»Ja. Und bereit zu töten.«

Ein Lächeln.

»Und hast du schon mal überlegt, was passiert, wenn sie *nicht* anruft?«

Nein. Aber jetzt muss ich lügen.
»Selbstverständlich.«
»Ich denke, es geht jeden Moment ans Sterben«, sagte der Auftraggeber.
»Da stimme ich dir zu.«

3 UHR NACHTS

Onkel und Mutter behielten einander unverwandt im Visier. Maeve musste ein Zucken in ihrer Hand unterdrücken, so überspannt und ermüdet waren ihre Muskeln. Sie fürchtete, kaum noch die Kraft zum Abdrücken zu haben. Vor Müdigkeit verdrehten sich ihr die Augen, und sie zweifelte an ihrer Fähigkeit, sorgfältig zu zielen. Zum ersten Mal beschlich sie das Gefühl: *Es gibt keinen Ausweg. Ich werde hier ewig diesem Mann gegenübersitzen.* Sie hatte nur das eine Bedürfnis, die Augen zu schließen, und war drauf und dran, sich ihrem Schicksal zu ergeben. Beim Anblick des Mörders war sie davon überzeugt, dass ihm ganz ähnliche Gedanken durch den Kopf gingen, wenn auch krank und deformiert und voller Bösartigkeit. Was sie hingegen tat, war richtig, und sie ließ nicht zu, dass Zweifel ihre Entschlusskraft trübten, auch wenn sie mit Macht an die Oberfläche drängten. Sie befahl sich: *Langsam atmen. Den Herzschlag beruhigen. Den Abzug nicht ruckartig ziehen, sondern mit Gefühl. Bist du bereit zu sterben, Maeve?*

Sie blieb sich die Antwort nicht schuldig.

Ja.

Bist du bereit zu töten?

Ja.

Bringen wir's also zu Ende.

Als dieser Gedanke klar und deutlich durch ihre Erschöpfung drang, klingelte vor ihr auf dem Tisch das Handy.

EINE SEKUNDE ...

Im Bruchteil einer Sekunde. In einem Mikromoment.
Das ist sie.

ZWEI SEKUNDEN ...

Sie war nicht mehr in der Lage zu zielen. Maeve drückte einfach ab.

DREI SEKUNDEN ...

Dasselbe tat der Auftraggeber. Eine Millisekunde nach Maeve und genau im selben Moment, in dem das Handy vor ihm klingelte und ihn minimal ablenkte.

Hundert Meilen entfernt, in ihrer Wohnung, hörte Sloane beide Handys klingeln. Einmal, zweimal, endlos. Keiner ging ran, keins der Handys bekam Antwort, und sie glitt zu Boden, schluchzte hilflos, völlig im Ungewissen, was sie getan hatte und was geschehen war, zwischen Verzweiflung und Sicherheit hin- und hergeworfen.

ERSTER EPILOG

DER ESSTISCH UM 3 UHR 01
UND WAS DANACH GESCHAH

EINS

Die Mündungsgeschwindigkeit eines .357 Magnum Colt Python liegt bei etwas über vierhundertfünfundzwanzig Meter pro Sekunde, die der 1911 Colt .45 Halbautomatik ist beträchtlich geringer. Die Sekundenbruchteile zwischen Maeves Betätigen des Abzugs und dem des Auftraggebers reichten gerade, um ihren Schuss präzise zu landen und seinen geringfügig abzulenken.

Er wurde in die Kehle getroffen.

Sie traf der Schuss ins Schlüsselbein.

Ihr Projektil war ein glatter Durchschuss, durch Haut, Muskulatur und Knochen. Es trat ihm im Nacken aus und blieb in einem maßgefertigten Schrank hinter ihm stecken. Sein Schuss zerschlug Knochen und drang durch Fleisch, bevor er durch die geöffneten Türen in ihrem Rücken irgendwo im sturmgepeitschten Meer verschwand.

Maeve wurde, fast wie in einer Pirouette, herumgewirbelt, bevor es sie zu Boden warf.

Den Auftraggeber stieß es mit solcher Wucht zurück, dass er, wie von einem Lasso gezogen, mit seinem Stuhl umkippte.

Der Schmerz und der Schock trafen Maeve mit voller Wucht. Benommen nahm sie nur das Echo von Befehlen wahr, die in ihrem Kopf widerhallten.

Der Boden unter ihr war nass vom Regen. Zuerst glaubte sie, es sei ihr Blut. Sie glaubte, sie sei tot, korrigierte sich aber: *Ich sterbe.*

Sie brauchte mehrere Sekunden, bis ihr dämmerte, dass weder das eine noch das andere zutraf. Sie hörte ein Stöhnen und erkannte, dass es ihre eigene Stimme war. Die Welt schien sich um sie zu drehen. Sie schloss die Augen, um hinzunehmen, was immer ihr bevorstand. Sie hatte nicht gesehen, wie ihr Schuss getroffen hatte, sondern war sich überhaupt nur vage bewusst, dass sie abgefeuert hatte. Erst nach und nach begriff sie, dass auch er geschossen hatte. Plötzlich mit dem Finger den Abzug zu betätigen, erschien ihr jetzt wie eine wilde Fantasievorstellung oder etwas aus einer archaischen Vergangenheit – gewiss nichts, das gerade mit ihr geschah. Sie rechnete damit, dass der Auftraggeber neben ihr stand und gerade mit einem irren Grinsen in aller Ruhe Ziel nahm, um sie ein für alle Male zu exekutieren. Sie rechnete jeden Moment damit, dass sich der Tod wie ein schwarzer Vorhang über sie senkte. Als dies nicht geschah, war sie verwirrt. Sie hörte einen gurgelnden Laut, dann ein Scharren und registrierte, dass sie die Augen geöffnet hatte und ihre Umgebung langsam wieder ins Blickfeld rückte.

Unter dem Esstisch hindurch sah sie den Auftraggeber auf dem Boden liegen. Seine Beine zuckten heftig. Er griff sich mit den Händen an die Kehle. Maeve kam mühsam auf die Knie und merkte, dass sie zwar immer noch die Pistole in der Hand hielt, sie aber nicht heben konnte. Sie hörte ein knirschendes Geräusch in ihrem Körper, als gesplitterte Knochen versuchten, Befehlen zu folgen. Sie versuchte, zu der Gestalt des Auftraggebers am Boden zu krabbeln, doch als ihr das zu lange dauerte, packte sie mit der linken Hand die Tischkante und zog sich daran hoch. Wie eine Invalide mit kleinen, schwerfälligen Schritten, schaffte sie es auf die andere Seite des Tischs. Die Augen des Auftraggebers waren geöffnet und blickten zur Decke. Das Blut gurgelte ihm aus der Wunde über die Hände. Ihre Blicke trafen sich. Er schien den Tod gleichmütig hinzunehmen, als zähle er gar nicht die Sekunden, die er brauchte, um noch ein paarmal zu röcheln und zu sterben.

Maeve wartete.

Sie konnte es kaum glauben, dass sie noch am Leben und der ans Töten gewöhnte Serienkiller sterbend vor ihr lag. Sie sackte neben ihm auf die Knie und legte ihm die Hand an den Puls, als bedürfe es noch einer Bestätigung, dass kein Leben mehr in ihm war. Dann lehnte sie sich zurück und gab einer Erschöpfung nach, wie sie kaum vorstellbar war, und betrachtete einfach nur für Sekunden oder auch Minuten, die ihr wie Stunden erschienen, den Toten am Boden. Erst, als sie von den Schmerzen in ihrem Schlüsselbein bewusstlos zu werden drohte, fiel die Erstarrung von ihr ab.

Sie rappelte sich wieder hoch. Wollte etwas sagen, um wach zu bleiben, schwieg jedoch. Sie dachte nur: *So fühlt sich Mord also an.*

Dann: *Ich war stärker.*

Das überraschte sie.

Die Wahrheit, gestand sie sich ein, lautete wohl eher: *Ich hatte mehr Glück.*

In einem hintersten Winkel ihres Bewusstseins glaubte sie, sich zu erinnern, dass die beiden Handys nicht genau gleichzeitig geklingelt hatten, aber sie war noch nicht in der Lage, genauer darüber nachzudenken.

In diesem Moment erfasste sie eine zweite Schmerzwelle mit solcher Macht, dass sämtliche Gedanken, die Maeve durch den Kopf jagten, zum Schweigen gebracht wurden, und sie begriff, dass sie alles daransetzen musste, nicht in einen Schock zu verfallen und sich neben der Leiche des Auftraggebers einzurollen, um auf einen Koch oder Hausmeister oder Polizisten zu warten, der sie dort am Morgen finden würde.

Innerlich schrie sie sich an: *Denk nach!*

Sie hatte sich dermaßen auf das Töten konzentriert, dass für die Frage des Überlebens keine Zeit geblieben war. Dass sie überlebt hatte, machte sie fassungslos. Im selben Moment, als ihr erneut Schmerzen wie Blitze durch den Körper jagten, wurde ihr klar, dass ihre Überlebenschancen dürftig waren. Keuchend schleppte sich Maeve durch den Flur, bis sie das Schlafzimmer des Auftraggebers fand. Wie vermutet, grenzte ein Spa-artiges Badezimmer daran an. Sie ging hinein und betrachtete sich im Spiegel.

Bleich. Blutüberströmtes T-Shirt.

Wirres Haar.

Die Augen von Schock und Schmerzen weit aufgerissen.

Sie hob den unversehrten Arm und strich sich mit der Hand über das Gesicht.

Sie sah alt aus, stellte sie fest. Wenn sie es sich genauer überlegte, wie jemand, der im Sterben begriffen war.

Ihr wurde bewusst, dass sie schrecklich durstig war. Ausgedörrt, und so machte sie den Wasserhahn an, beugte sich übers Waschbecken und trank gierig.

Sie konnte nicht genug bekommen, doch nach einer Weile richtete sie sich auf. Sie durchsuchte das Medizinschränkchen. Sie fand ein Döschen Oxycodon und steckte es ein, wohl wissend, dass ein oder zwei Tabletten ihr auf Anhieb gegen die Schmerzen helfen würden, sie aber auch Gefahr lief, davon ohnmächtig zu werden. Die Fächer hielten noch eine beträchtliche Ansammlung anderer Medikamente bereit, doch sie fühlte sich nicht in der Lage, herauszufinden, wogegen sie ihr helfen könnten, und so ließ sie alles stehen. Sie versprach sich selbst, für die Einnahme der Schmerztabletten den richtigen Moment zu finden, und mahnte sich zur Geduld. Sie entdeckte ein frei verkäufliches Desinfektionsmittel in einem Fläschchen, öffnete es mit den Zähnen und goss, nachdem sie sich aus dem blutgetränkten T-Shirt gekämpft hatte, reichlich davon über die Wunde. Der unerträglich brennende Schmerz ließ sie nach Luft schnappen. Dann nahm sie einen sauberen Waschlappen von einem Stapel und legte ihn, so gut sie konnte, über die Wunde, um notdürftig die Blutung zu stillen, auch wenn sie von der Qual, die die Berührung der zersplitterten Knochen ihr verursachte, fast in die Knie ging. Sie taumelte ins Schlafzimmer zurück und ging an einen Kleiderschrank. An einem Haken hing ein rotbraunes Sweatshirt mit dem Harvard-Logo auf der Vorderseite. Sie wusste es natürlich nicht, aber es ähnelte demjenigen, das Sloane sich gekauft hatte, um sich vor Roger zu verstecken.

Es war unsäglich schmerzhaft, doch am Ende hatte sie es geschafft, sich das Shirt über Kopf und Arme zu ziehen und ihre Wunde wirksam zu verbergen. Als sie den verletzten Arm bewegen musste, kämpfte sie erneut gegen die Ohnmacht an. Sie taumelte zurück und setzte sich für einen Moment auf das Bett, um ihre Kräfte zu sammeln. Als sie wieder aufstand, kämpfte sie gegen den Schwindel. Doch mit jedem Schritt hatte sie wieder ein bisschen mehr Kraft in den Beinen. Und war nicht mehr ganz so erschöpft. Sie glaubte nicht, noch viele Reserven zu haben, doch sie musste darauf setzen.

Sie kehrte in den Flur zurück. Ihr starrte die Tür zu der Überwachungsanlage entgegen.

Sie betätigte den Griff. Abgeschlossen. Sie gab Sloanes Geburtstag in das Keypad ein.

Die Tür blieb verschlossen. Nachdem Sloane die CD entfernt hatte, die ihre Anwesenheit verriet, hatte der Auftraggeber den Code geändert.

»Wusstest du doch«, sagte Maeve.

Es erstaunte sie, ihre eigene Stimme zu hören.

Sie flüsterte: »Da kann man nichts machen.«

Langsam kehrte sie ins Speisezimmer zurück und betrachtete einen Augenblick lang den Auftraggeber.

»Hoffentlich waren deine letzten Sekunden qualvoll«, sagte sie zu ihm.

Vielleicht kleinlich, aber ein echtes Herzensbedürfnis. Sie hasste den Toten, doch in diesem Moment fielen die Jahre der Angst, der Sorge und Paranoia von ihr ab. Eine Woge der Erleichterung durchflutete sie.

Und dann stellte sie sich, laut vernehmlich, eine Frage: »Okay, Maeve. Wie kommst du jetzt aus dem Schlamassel raus?«

Zunächst einmal wurde ihr klar, dass sie keine Antwort auf ihre Frage hatte.

Dann kam doch eine: *gar nicht.*

Und so schickte sie eine zweite Frage hinterher: »Wie kannst du sicherstellen, dass Sloane da nicht mit hineingezogen wird?«

Maeve sah sich um. An vielen Stellen in diesem Haus fand sich ihr Blut. Ihre Fingerabdrücke. Haare. Schweiß. Maeve, so weit das Auge reichte. Und eine Kamera, die sie nicht sehen konnte, hielt fest, wie Maeve vor der Leiche des Auftraggebers stand – genauso, wie sie die nicht ganz gleichzeitigen Schüsse aufgenommen hatte.

Einen kurzen Moment lang spielte sie mit dem Gedanken, ihre Spuren zu verwischen, um sich jedoch einzugestehen, dass das nicht ging.

Als sie sich erneut umschaute, kam ihr der Gedanke:

Auch wenn ich jetzt gerade hier bin ... aber wer ist das eigentlich, ich?

Sie überlegte fieberhaft, auf welche der vielen Identitäten, die sie im Lauf der Jahre angenommen hatte, all die forensischen Beweise hindeuten würden. Consuela? Martha? Lucy oder Sally?

Oder alle von ihnen?

Keine von ihnen?

Und mit einem Schlag wurde ihr klar: Sie waren alle tot.

Langsam legte sie die .357 auf den Tisch.

Der Revolver würde zu einer Waffe zurückverfolgt werden, die viele Jahre zuvor aus einer Bar in Oxford, Mississippi, gestohlen worden war, von einer Kellnerin, die unter dem falschen Namen einer toten Frau eines Nachts verschwunden war. Fast hätte sie lachen müssen:

Wer hat dann also Joseph Crowder getötet?

Viele Frauen.

Als sie sich weiter umsah, wurde ihr klar, dass nur ein einziger Gegenstand verblieb, der tatsächlich ihr gehörte. Doch dieses *ihr,* mit dem es sich verband, war einmal eine junge Frau aus Maine namens Erin gewesen, eine Psychologiestudentin, deren Vater sich erschossen hatte und die vor über zwanzig Jahren eines

Nachts in Miami gestorben und in der Versenkung verschwunden war.

Maeve bückte sich und hob die .45er ihres Vaters vom Boden auf.

»Du glaubst doch nicht im Ernst, du dürftest die behalten, oder?«, sagte sie zum Auftraggeber. »Das ist ein Familienerbstück.«

Es war als Witz gemeint, und sie musste schmunzeln, auch wenn sie fast in derselben Sekunde begriff: *Das ist die Waffe, die meinen Vater getötet hat und möglicherweise jetzt auch mich.*

Sie wusste, dass sie für den Rest der Nacht überleben würde.

Viel länger, schätzte sie, wohl nicht.

Und sie wusste auch, was sie zu tun hatte, um sicherzustellen, dass Sloane nichts passierte und sie aus allem herausgehalten wurde. Es würde nicht leicht sein, gewiss, doch sie schöpfte neuen Mut.

ZWEI

Maeve fand die Schlüssel für den sündhaft teuren schwarzen Range Rover SUV des Auftraggebers auf der Küchentheke, und sie brauchte nicht lange, um einen Leinenbeutel aufzustöbern, wie man ihn gewöhnlich zum Einkauf in exklusiven Geschäften mitnimmt, in denen nicht recycelbare Plastiktüten ebenso tabu waren wie Papiertüten, die Deponien verstopften. Sie packte beide Handys, ihr eigenes und das des Auftraggebers, in den Beutel, nachdem sie beide ausgeschaltet hatte. Dann folgte die .45er, und zuletzt packte sie ein paar Williams-Sonoma-Geschirrtücher drauf, um alles zu verbergen.

Sie warf einen letzten langen Blick auf den Auftraggeber.

»Ist nicht ganz so gelaufen, wie du es dir gedacht hattest, oder?«, sagte sie. Dann merkte sie, dass dies so vielleicht nicht ganz stimmte.

Maeve hätte sich jetzt frei fühlen müssen. All die Jahre, in denen sie sich hatte verstecken müssen, der nie endende Stress, sich immer wieder eine neue Identität zuzulegen, bis auch diese aufgebraucht war – diese ganze Last hätte in diesem Moment von ihr abfallen müssen, tat sie aber nicht. Ihr war einfach nur kalt.

Schließlich verließ sie das Haus auf dem Weg, den sie gekommen war.

Es war schwer, sich hinter das Steuer des SUV zu quälen. Jedes Mal, wenn sie versuchte, den Arm zu bewegen, flammte der Schmerz auf. Zum Glück verfügte der SUV über einen Smartkey, der ihr eine ausholende Bewegung zum Zündschloss ersparte. Doch den Gang einzulegen und das Lenkrad zu führen, überstieg fast ihre Kräfte. Ständig wechselte sie die Stellung auf dem Sitz, um zwischen den unvermeidlichen Bewegungen und den Schmerzen einen Kompromiss zu finden. So fuhr sie langsam los und ließ das Anwesen des Auftraggebers hinter sich, ohne ein einziges Mal zurückzublicken.

Es war immer noch stockdunkel, doch Maeve spürte, dass es bis zum Morgengrauen nicht mehr lange dauern würde. Selbst mit Fernlicht und Nebelscheinwerfern war es schwer, dem Verlauf der Straße zu folgen. Bei jeder Bodenwelle zuckte ihr ein immenser Schmerz durch den Körper. Bei jeder Kurve passte sie ihre Sitzhaltung an, als könne sie die Wunde dazu überreden, ihr weniger Qualen zu bereiten, wenn sie sich nur ein wenig nach links oder nach rechts wandte oder das Lenkrad in die eine oder andere Richtung drehte.

Langsam kroch sie so unter dem Tunnel aus überhängenden Zweigen hindurch, bis sie zu dem gelben Stahltor kam, das ihr den Weg versperrte. Sie ließ die Scheibe herunter und reckte sich unter Qualen zu dem Keypad hinaus. Sie versuchte es mit Sloanes Geburtstag.

Nichts. Vor Frustration hätte Maeve schreien können.

Es schien so unfair.

In einem Wutanfall drückte sie wahllos Ziffern ein und verlangte von dem Tor, sich gefälligst zu öffnen.

Nichts.

Sie hätte heulen können.

Sie legte den Kopf aufs Lenkrad und dachte nur noch: *Dann sterbe ich wohl hier.*

Einen Moment lang schwankte sie, ob sie vielleicht zurückfahren und im Haus des Auftraggebers einigermaßen komfortabel sterben sollte. *Ich kann mir auch einen Hund zu Füßen legen*, dachte sie. *So wie er es mir erzählt hat, nämlich ihn.*

Dann blickte sie auf und dachte:

Wozu ist diese Luxuskarosse schließlich gut?

Sie fand den Schalter für den Vierradantrieb. Sie suchte an beiden Seiten des Tors nach einer Stelle, an der das Gebüsch und die kleinen Bäume am ehesten zu überwinden wären. Sie entschied sich für ein paar Meter links, riss das Steuer in die Richtung und drückte das Gaspedal durch.

Der Wagen machte einen Satz nach vorn. Der Motor heulte auf, überall krachten mit Getöse Äste und Gezweig gegen das Edelblech. Auf dem schlammigen Boden drehten die Räder durch, und Maeve stieß einen Kriegsschrei aus, in dem sich die Schmerzen und wilde Entschlossenheit Luft machten, während sie gegen die grüne Wand kämpfte und sie unter ihrer Frontstoßstange zermalmte. Nachdem sie die Barriere überwunden hatte, drehte sie das Lenkrad bis zum Anschlag zurück, um wieder geradeaus auf der Straße zu landen. Ein letzter steiniger Buckel auf dem Weg warf sie bis unters Wagendach, und mit einem doppelt so lauten Schrei kämpfte sie sich wieder in die Spur zurück.

Maeve trat so heftig auf die Bremse, dass sie schlitternd zum Stehen kam, und holte tief Luft. Sie stellte nüchtern fest, dass sie in dieser Nacht viele Hürden nahm, und schöpfte die Hoffnung daraus, ihre Aufgabe bis zum Ende meistern zu können.

Sobald sie stillsaß, schien der Schmerz in ihrem Schlüsselbein geradezu übermächtig. »Schon gut, schon gut«, flüsterte sie. »Eine Tablette. Aber egal, wie sehr es wehtut und wie müde du bist, Maeve, du schläfst nicht ein. Noch nicht.« Sie kramte in ihrer

Tasche, fand das Oxycodon des Auftraggebers, widerstand der Versuchung, gleich zwei oder drei zu nehmen, und schluckte eine. Die übrigen steckte sie wieder in die Tasche und sagte: »Später, später, das muss noch ein wenig warten.«

Dann flüsterte sie: »Sloane.«

Kaum hatte sie den Namen ihrer Tochter ausgesprochen, wurde ihr klar, dass sie es sich versagen musste, an Sloane zu denken. So sehnlich ihr Wunsch auch war, sich bei ihr zu melden und mit ihr zu sprechen, einfach nur, um ihre Stimme zu hören, wäre das ein verhängnisvoller Fehler. So nah, wie ihre Tochter ihr stand, begriff sie, dass der Gedanke an den einzigen Menschen auf der Welt, den sie liebte, wie überhaupt jede Emotion, ihr Vorhaben zum Scheitern bringen würde.

Genauso, wie es dem Auftraggeber ergangen war.

»Hättest mich jedes Mal, wenn sich dir die Chance bot, erschießen sollen«, sagte Maeve, als es ihr wie Schuppen von den Augen fiel, dass der Auftraggeber an diesem Abend immer wieder aufs Neue einen günstigen Moment hatte verstreichen lassen, um den gefährlichsten abzuwarten. Sie begriff, dass er im Leben viele Risiken eingegangen war und jedes Mal die Oberhand behalten hatte. »Arrogantes Arschloch«, sagte sie, doch auch diese Beschreibung traf es nicht annäherungsweise.

Maeve fuhr die Landstraße weiter.

Als sie auf die geteerte Hauptstraße gelangte, die Sloane nur wenige Stunden vor ihr entlanggekommen war, spürte sie den Adrenalinstoß. Sie fuhr vorsichtig, befolgte die Warnung des Auftraggebers, als er erzählte, wie er mit der Leiche im Kofferraum zu den Sierras gefahren war. Sie hatte zwar keine Leiche im Wagen, dafür jede Menge belastendes Beweismaterial. *Nicht weit von einer Leiche entfernt*, sagte sie sich. *Also immer hübsch langsam, aber sicher geradeaus. Nicht dass du vor Schmerzen wie ein Betrunkener Slalom fährst und einen Cop auf den Plan rufst, der kurz vor Sonnenaufgang Langeweile hat.*

Als sie das winzige, malerische Dorf West Tisbury erreichte, ging langsam die Sonne über der Insel auf. Das Örtchen bestand aus einem alten Gutshaus, einer Tankstelle, einem Country Store, einer Kunstgalerie, einem Sandwich-Shop und einem winzigen Verwaltungsgebäude. Gegenüber dem Laden entdeckte sie eine Bushaltestelle.

Ihr kam eine Idee.

Sie wendete, fuhr auf den Parkplatz des Verwaltungsgebäudes und stellte den Range Rover am hinteren Ende ab. Sie ging davon aus, dass sich der Platz im Lauf des Tages mit anderen protzigen SUVs füllen würde, sobald die Sommergäste wegen Fischereilizenzen, Strandpässen oder Deponiegenehmigungen kamen oder um die Steuern für ihre teuren Sommerresidenzen zu entrichten. Es würde eine Weile dauern, bis der Range Rover auffiel.

Sie schloss ihn ab, steckte den Schlüssel in den Leinenbeutel und ging zur Bushaltestelle hinüber. Dem Fahrplan nach würde der erste Bus um sechs Uhr früh eintreffen. Sie setzte sich auf eine Bank und überließ sich dem Oxycodon, das ihre Schmerzen ein wenig linderte.

Ein paar Autos kamen vorbei.

Einige davon bogen zum Store ab, wahrscheinlich die Angestellten, die Backwaren und Gourmet-Kaffee zubereiteten – die allmorgendlichen Routinearbeiten eines gehobenen Ferienlokals, das sich auf den Besuch reicher Frühaufsteher vorbereitete, die erst einmal einen Espresso brauchten, um den Nikkei-Index oder die *Daily Variety* zu studieren.

Maeve wartete.

Sie war dankbar, dass das Harvard-Sweatshirt mit seiner auf seltsame Weise passenden Farbe das meiste Blut, das weiterhin aus der Wunde tropfte, auffing und kaschierte, sodass keine auffälligen Flecken auf ihrer Jeans sie verraten würden.

Der Bus traf kurz vor sechs ein. Hinter dem Lenkrad saß ein junger Mann im College-Alter in Cut-Off-Shorts und schon so früh am Morgen einer Sonnenbrille mit der stummen Botschaft: *Ich hatte eine schlechte Nacht.*

Sie fragte: »Sie halten doch an der Fähre, oder?«

Er nickte. »Sie kriegen das Frachtschiff um 6 Uhr 45«, sagte er, ganz offensichtlich an keinem weiteren Austausch interessiert und ohne das getrocknete Blut auf ihrem Handrücken zu bemerken.

Maeve fand einen Sitz. Nach wenigen Sekunden fuhren sie an einem großen Schild mit einem Kreuz vorbei.

Krankenhaus.

Da kann ich nicht hin. Kann mich nicht von einem Arzt in der Notaufnahme fragen lassen: »Woher haben Sie diese Schusswunde?«, bevor er die Polizei ruft.

Sie war der einzige Fahrgast im Bus, bis an der nächsten Haltestelle ein junger Mann mit zotteligem, langem Haar und Batik-T-Shirt einstieg, in Begleitung einer jungen Frau mit ebenso wildem Schopf, in zerrissenen Jeans und Sandalen. Sie hatten beide Rucksäcke dabei und wirkten wie Relikte aus der Woodstock-Ära. Sie würdigten Maeve kaum eines Blickes.

Der Bus schaukelte unter dem zügigen Tempo, mit dem der junge Fahrer über die Straße bretterte.

Sie kämpfte gegen den Wunsch an, die Augen zu schließen, denn sie wusste, wenn sie auch nur einen Moment der Schwäche nachgab, würde sie einschlafen. Die eine Oxycodon-Tablette hatte die Schmerzen ein wenig gelindert, dafür aber auch ihr Denken getrübt. Sie wollte den Kopf freibekommen, ohne in eine Ohnmacht hinüberzugleiten. Maeve regulierte ihren Atem und machte ein Fenster einen Spaltbreit auf, um sich die frische Luft ins Gesicht wehen zu lassen.

Der Bus fuhr in die Stadt ein und bog zur Fährstation ab.

Maeve war sich bewusst, dass sie auf Sloanes Spuren fuhr. Der Gedanke tat ihr gut.

Die Frachtfähre nach Woods Hole beförderte nur wenige Passagiere. Sie war kleiner als die großen Fähren, mit einem einzigen Deck, das mit Pkws und Lastwagen auf dem Rückweg zum Festland bis auf die letzte Lücke ausgelastet war. Das Deck lag nur etwa einen Meter über der Wasseroberfläche, und nach dem Beladen wurde nur eine einzige gelbe Kette quer über die Auffahrrampe gespannt. Die Seitenwände dagegen waren hoch, sodass das ganze Schiff an einen Schuhkarton mit einem offenen Ende erinnerte. Die wenigen Passagiere begaben sich meist in einem kleinen Sitzbereich zu den Lkw-Fahrern. An einem schönen Nachmittag schlenderten die Leute gelegentlich zwischen den eng geparkten Fahrzeugen herum. Auf den Rücksitzen der SUVs kläfften die Hunde. Doch Maeve hatte Glück. Am Morgen nach dem nächtlichen Unwetter war der Himmel noch grau verhangen, die Luft feucht. Und so war sie allein, als sie sich zwischen zwei leeren Pkws und einem Sattelschlepper hindurch zur Laderampe schlich.

Die Schmerzen waren brutal, wieder knirschten gesplitterte Knochen, wogegen auch das Oxycodon nicht viel ausrichten konnte, als sie das Handy des Auftraggebers im hohen Bogen in den Vineyard Sound warf – ohne es zu wissen, nicht weit von der Stelle, an der Sloane die Waffen des Auftraggebers ins Wasser geworfen hatte.

Dann sackte sie auf den Boden des Decks und kämpfte die nächsten fünfundvierzig Minuten gegen die Schmerzen und die Erschöpfung an.

In Woods Hole musste sie wieder den Bus nehmen, um zu dem Parkplatz zu gelangen, an dem sie ihren Wagen abgestellt hatte.

Nicht meinen Wagen. Fahrzeughalterin war Laura Johnson aus Rhinebeck, New York, einerseits ich, andererseits eine Frau, die vor vielen Jahren gestorben ist.

Auf dem Parkplatz war ein Abfalleimer mit dem üblichen Reisemüll aus leeren Getränkedosen und Wasserflaschen, McDonald's-Verpackungen und benutzten Windeln. Sie warf die Schlüssel für den Wagen des Auftraggebers hinein. Schließlich setzte sie sich hinter das Lenkrad ihres eigenen Pkws und fuhr los. Sie wusste genau, wo es hingehen sollte, auch wenn sie sich keineswegs sicher war, ob sie es bis dorthin schaffen würde.

Fünf Stunden. Sie hoffte, etwas weniger lange. Sie fürchtete, etwas länger.

Freeways, der Verkehr im Randgebiet von Boston, die Sonne im Rücken und ihr zertrümmertes Schlüsselbein, das ihr Schmerzensschauer durch den ganzen Körper jagte. Äußerste Erschöpfung und das Schmerzmittel, das ihr einflüsterte, die Augen zu schließen. *Bleib hart*, schärfte Maeve sich ein. *Dabei steht dir noch Härteres bevor.*

DREI

Die Fahrt dauerte genau fünf Stunden.

Ungefähr drei Meilen von ihrem Ziel entfernt fuhr Maeve an einem unbefestigten Schulbuswendeplatz heran und wartete. Es war eine ländliche Gegend, zu einer Seite landwirtschaftliche Flächen, auf der anderen Seite Wald, nur am Rande ihres Blickfelds ein paar Häuser in der Ferne. Ein entlegenerer Ort war in ganz Massachusetts nicht zu finden.

Es war Nachmittag. Der Himmel war immer noch grau und hatte wiederholt auf ihrer Fahrt die Schleusen abermals geöffnet.

Sie wartete.

Eine Stunde.

Zwei Stunden.

Seltsamerweise hatte sie mit den Schmerzen und der Erschöpfung ein Kulanzabkommen getroffen. Ihr Schlüsselbein pochte weiter, selbst die kleinste Bewegung war hart, aber nicht härter, als sitzen zu bleiben. Beides war gleich schlimm.

Nur mit allergrößter Mühe konnte sie der Versuchung widerstehen, das Handy herauszuholen, es wieder einzuschalten und mit Sloane zu sprechen. Sie überlegte: *Ihr sagen, was passiert ist? Ihr sagen, dass ich verwundet bin? Ihr sagen, dass ich mir nicht helfen lassen kann, und hören, wie sie mich anfleht, mir von ihr helfen zu lassen?*

Nein, nein, nein und nochmals nein.

Stattdessen summte sie vor sich hin. Musikfetzen, an die sie sich aus ihrer Jugend erinnerte. Sie lächelte bei der Erinnerung daran, dass Sloane, als sie noch ganz klein war, Tom Pettys *Free Fallin'* so gern gehört hatte, sie hatte es »*den Song über die guten Mädchen und die bösen Jungs*« genannt.

Weitere Erinnerungen an Momente mit ihrer Tochter kamen hoch. Sie beschloss, sich lieber nicht an die schlechten Momente zu erinnern oder den Streit oder die Momente, in denen sie die Einsamkeit bereute, die sie ihrem einzigen Kind aufgebürdet hatte. Stattdessen konzentrierte sie sich auf die weniger traurigen Erinnerungen. Die glücklichen Momente. Die gemeinsame Zeit.

Während sie diese Dinge Revue passieren ließ und damit manchmal sogar die Schmerzen besiegte, sah sie zu, wie vor ihr der Nachmittag verblasste.

Als sich der Abend langsam niedersenkte, griff sie in ihre Tasche und zog das Tablettendöschen des Auftraggebers heraus. Es waren ein Dutzend Pillen übrig.

Sie nahm sie alle.

Dann stieg sie aus und schob das Döschen unter das Vorderrad, sodass es zerdrückt wurde, wenn sie anfuhr.

Sie setzte sich wieder ans Steuer und machte sich klar, dass ihr nicht viel Zeit blieb, bevor die Pillen wirkten. Zügig fuhr sie die letzten drei Meilen.

Es war ein vertrauter Ort.

Sie parkte den Wagen der toten Laura Johnson an derselben Stelle, an der sie vor Monaten den von Maeve O'Connor zurückgelassen hatte.

Sie holte das Handy heraus und schaltete es endlich ein.

Dreiunddreißig verpasste Anrufe. Alle vom selben Wegwerfhandy.

Sie hätte gerne jede abgehört, tat es aber nicht.

Stattdessen schickte sie Sloane eine einzige Textnachricht.

Das wird sie verstehen, dachte Maeve.

Dann eilte sie, so schnell sie konnte, weil die Überdosis Oxycodon ihr in den Blutkreislauf gelangte und sich ihr der Kopf davon drehte, zu dem Felsvorsprung, der über den Connecticut River ragte.

Dieselbe Stelle, an der sie sich nicht ins Wasser gestürzt hatte.

Der bevorzugte Selbstmordfels der Depressiven und Verzagten.

Sie hatte den Leinenbeutel des Auftraggebers in einer Hand. Sie warf zuerst die Geschirrtücher in den Fluss, dann, so weit sie nur konnte, ihr Handy hinterher und zuletzt den Leinenbeutel selbst.

Blieb nur noch die .45er.

Sie wog die Waffe in der flachen Hand, dachte daran, wie ihr Vater sie sich an die Schläfe gehalten hatte. Das einzige Bindeglied, musste sie plötzlich denken, zu dem Menschen, der sie wirklich war. Doch das stimmte nicht. Das war Sloane. Zwar unter einem anderen Namen, aber was machte das schon?

»Nicht zu ändern«, sagte sie laut und horchte auf die Kraft in ihrer eigenen Stimme.

Dann beugte sie sich zurück, spannte noch einmal sämtliche Muskeln an und warf die Pistole in hohem Bogen in den Fluss.

Sie horchte auf das ferne Platschen.

Das Oxycodon sog beharrlich an ihr. Ein Sirenengesang von *Schlaf* und *Tod*.

Die Schmerzen ließen nach und tropften von Sekunde zu Sekunde von ihr ab.

Sie dachte: *Damit ist sie von jetzt an in Sicherheit.*

Ein Gedanke, der wärmte. Beinahe ein glücklicher Gedanke.

Und dann trat sie kurzerhand über den Felsrand und warf sich in die tiefe Umarmung der schwarzen Fluten.

ZWEITER EPILOG

AM MORGEN DESSELBEN TAGES

Nach dem sechsten Anruf schwand Sloanes letzte Hoffnung.

Nach dem dreiunddreißigsten hörte sie auf, Maeves Nummer zu wählen.

Auch wenn sie wusste, dass es sinnlos war, so oft anzurufen, hatte sie ihre Finger nicht davon abhalten können, immer wieder die Zahlen auf dem Ziffernblock einzutippen. Nach jedem Klingeln hörte sie sich die geisterhafte Computerstimme an, die sie wissen ließ, der Teilnehmer sei nicht erreichbar. Dieses gähnende Schweigen am anderen Ende warf ihr vor, versagt zu haben. Sie hatte versucht, ihrer Mutter einen Sekundenvorsprung zu verschaffen, genug, um zu töten und selbst am Leben zu bleiben.

Sie wartete auf das Unvermeidliche, die Stimme des Auftraggebers am Telefon. Doch als es auch dazu nicht kam – weder um 3 Uhr noch um 5 Uhr noch um 6 Uhr, und auch nicht bis Mittag, fürchtete sie, dass ihr Versagen noch weiter ging. Sie konnte sich der Bilder nicht erwehren, die sie bestürmten, von ihrer Mutter und dem Auftraggeber, einander gegenüber am Tisch, beide tot. Sie sah sie beide verbluten, vorgebeugt, fast wie in einer Umarmung erstarrt. Ein Tableau des Todes. Dieser Albtraum war unerträglich, und so setzte sie alles daran, den Kopf freizubekommen. Die völlige Erschöpfung half ihr ein bisschen dabei, aber nicht annähernd genug. Sie konnte sich nicht einmal erinnern, wann sie das letzte Mal genug geschlafen hatte. Sie wollte nur noch aufs Bett sinken und vor allem, was geschehen war, geschehen sein könnte und noch geschehen würde, die Augen verschließen – doch das fühlte sich ganz und gar falsch an, und sie kämpfte mit dem Wunsch, irgendetwas zu tun, wo es für sie nichts zu tun gab.

Auch als sie begriffen hatte, dass ihre Mutter nicht anrufen würde, nicht anrufen konnte, nie wieder anrufen würde, war ihr die Vorstellung unerträglich, nicht in Habtachtstellung zu sein, um ihren Anruf entgegennehmen zu können. Keine rationale, planvolle oder gar vernünftige Überlegung drang zu ihr durch. So saß Sloane wie festgenagelt auf ihrem Stuhl – die Muskeln verkrampft, die Lippen geschürzt, mit zitternden Händen, das Handy vor sich auf dem Tisch, und wartete darauf, dass die Albträume, die sie so lebhaft vor sich sah, erschreckende Wirklichkeit wurden.

Eine andere Möglichkeit kam ihr nicht in den Sinn.

AM NACHMITTAG DESSELBEN TAGES

Sloane überlegte, ob sie Patrick Tempter anrufen sollte.

Verwarf die Idee.

Sloane kämpfte mit sich, ob sie die Bundespolizei auf Martha's Vineyard anrufen sollte.

Verwarf die Idee.

Sie erwog, den Auftraggeber anzurufen und zu sehen, ob er sich meldete.

Verwarf die Idee.

Als sie jeden erdenklichen Anruf durchgegangen war, den sie machen könnte, und zu dem Schluss kam, dass es keinen sinnvollen gab; als sie jeden Schritt bedacht hatte, der womöglich infrage kam, und erkannte, dass es keinen gab, sackte sie auf ihrem Stuhl zusammen und starrte auf das Handy vor ihr auf dem Tisch und verfolgte, wie die Uhr auf dem Display durch sämtliche Zahlen des Tages klickte. Sloane schluchzte ein Mal. Dann ein zweites Mal. Schließlich gab sie sich geschlagen, glitt auf den Boden, krümmte sich zusammen wie ein zerknülltes Blatt Papier und ließ den angestauten Kummer, der sie fast erdrückte, in einer Tränenflut heraus. Wogen der Trauer und Frustration, der Überzeugung, dass sie ihre Mutter getötet hatte, warfen sie in ein schwarzes Loch, tiefer als eine Depression. Sie schloss die Augen, bekam unter den anhaltenden Schaudern, die ihren ganzen Körper schüttelten, kaum Luft.

Die Erschöpfung ergriff ganz von ihr Besitz.

Sie spürte, wie sich alles um sie herum drehte, bevor ihr hinter den geschlossenen Lidern schwarz vor den Augen wurde – eine dunkle Leere, so nah am Tod, wie man ihm auf dieser Welt nur kommen konnte.

In diesem Zustand der Bewusstlosigkeit entging es ihr, dass ihre Mutter ihr eine einzige Nachricht geschickt hatte.

AM NÄCHSTEN MORGEN

Sloane schlief fast siebzehn Stunden auf dem Boden in ihrer Wohnung.

Als sie erwachte, drehte sie sich auf den Rücken und starrte zur Decke. Sie spürte sämtliche Knochen und hatte noch den Schlaf in den Augen. Sie massierte sich Nacken und Beine und stand auf. Sie brauchte einen Kaffee. Sie brauchte eine Dusche. Sie musste etwas fortsetzen, etwas unternehmen, etwas erreichen – aber was und wie und wann, vermochte sie nicht zu sagen. Kaffee und Dusche allerdings lagen in ihrer Macht, ein Anfang.

Sie fühlte sich vollkommen allein.

Es kam ihr so vor, als bestünde ihr Leben nur mehr aus Leere und Wüste. Es gab kein Denkmal mehr, zu dem sie für den Auftraggeber hätte recherchieren und Entwürfe machen müssen. Es gab keinen Freund, um sich ihm anzuvertrauen und eine starke Schulter zu finden – wozu Roger, wie sie erkannte, von Anfang an nicht getaugt hatte. Es gab keine anderen Freunde, um sich trösten zu lassen, keine Kollegen, um sich zu besprechen. Keine Projekte fertigzustellen. Und es gab keine Mutter, um dieses Gefühl der Leere mit ihr zu teilen.

Sloane überlegte: *Ich habe schon einmal damit leben müssen, dass sie tot ist.*

Jetzt muss ich es noch einmal von vorne lernen.

Ich habe eine Mutter, die zwei Mal gestorben ist.

Sie selbst taumelte zwischen zwei Leben.

Trotz allem raffte sie sich dazu auf zu duschen und einen Becher Kaffee zu trinken. Keins von beidem zeigte die gewohnte belebende Wirkung.

Den Becher in der Hand, in einen alten Bademantel gewickelt und ein Handtuch um den Kopf geschlungen, ging Sloane zu ihrem Laptop und rief die Website des *Boston Globe* auf.

Sofort sprang ihr eine Schlagzeile ins Auge:

ZURÜCKGEZOGEN LEBENDER
KUNSTMÄZEN UND PHILANTHROP
IN VINEYARD-DOMIZIL ERMORDET

Sie las:

»Gestern wurde Joseph Crowder in seiner abgeschiedenen Sommerresidenz, die er seit vielen Jahren besitzt, von einem Hausangestellten erschossen aufgefunden, was sofort eine inselweite Mordermittlung der bundesstaatlichen Polizei auslöste.

Der wenig bekannte Crowder war regelmäßiger Spender an Museen und karitative Einrichtungen, mit besonderem Interesse an moderner Kunst und einem Fokus auf der Bekämpfung von Kindesmissbrauch. Die Leiche des sowohl in der Bostoner Society als auch unter seinen Nachbarn auf der Insel nur selten gesehenen Gönners, so die Polizei, wies eine einzige Schussverletzung auf. Wie das Morddezernat der bundesstaatlichen Polizei erklärte, werden mehrere Einheiten der Kriminaltechnik heute den Tatort weiträumig untersuchen. Eine sichergestellte Waffe wird zur ballistischen Untersuchung an das zuständige Labor geschickt. Darüber hinaus bestätigte die Behörde die Sicherung anderer nicht näher bezeichneter Beweismittel am Tatort. Der Winkel, aus dem der tödliche Schuss abgegeben wurde, so der Sprecher, schließt Selbstmord aus ...«

Der Rest des Artikels fiel genauso dürr aus. Keine Details. Sloane stellte sich vor, wie frustrierend es für die Reporter gewesen sein musste, auf die Insel zu eilen und sich vermutlich vor dem Eisentor zu drängen, ohne hineinsehen zu können oder Antworten auf ihre Fragen zu bekommen. Es folgte eine Luftaufnahme vom Haus des Auftraggebers. Sloane erkannte auf Anhieb die Straße und die Umgebung wieder. Einige illustre Nachbarn wurden mit der Aussage zitiert, Crowder nicht gut gekannt zu haben; er habe freundlich gewirkt, wenn auch nicht gesprächig, und habe konsequent den Cocktailparty-Reigen mit Weißwein und politischem Palaver auf der Insel gemieden. Der Hausangestellte, der seine Leiche fand, erklärte den Reportern, sein Arbeitgeber sei ein *echt netter Kerl* gewesen, der zwar nicht viel über sich und die Quelle seines Reichtums herausgelassen, aber sein sehr zurückgezogenes Leben scheinbar genossen habe.

Sloane konnte den Eindruck des Mannes nachvollziehen und dachte: Echt *mag hinkommen, aber ganz bestimmt nicht* nett.

Am Ende des Artikels brachte der *Globe* eine »Bitte der Polizei um sachdienliche Hinweise an die Kripo unter der Nummer 617-555-3000. Die Hotline ist rund um die Uhr besetzt, Anrufe werden vertraulich behandelt.«

Sloane konnte nur mühsam der Versuchung widerstehen, die Nummer zu wählen und ins Telefon zu flüstern: »*Soll ich Ihnen sagen, was er wirklich war? Haben Sie auch nur die leiseste Ahnung? Er liebte es, Menschen umzubringen, und er war ein sehr reicher Mann, der mit Mord davonkam. Immer wieder.*«

Sie hütete sich. Selbst anonym. Selbst unter der Nebelglocke der schrecklichen Ereignisse, die sich immer noch nicht gelichtet hatte, war Sloane klar, dass sie zu dem Auftraggeber und erst recht zu seinem Tod auf Abstand bleiben musste.

Sie verabschiedete sich schnell von der Fantasievorstellung, die Wahrheit über ihn zu sagen, und suchte die Zeitung nach dem kleinsten Hinweis auf Maeve ab.

Vor allem etwas in der Art: Am Tatort wurde eine zweite, nicht identifizierte Leiche gefunden. Sie wusste, dass dies schon in der Überschrift gestanden hätte. Doch kein Wort davon.

Sie schloss den Artikel im *Globe* und wechselte zum *Boston Herald* und dann zur *Vineyard Gazette* und zur *Martha's Vineyard Times,* den Lokalblättern auf der Insel. Nirgends fand sich der kleinste Hinweis auf ihre Mutter, und alle hielten sich in Bezug auf die gesicherten Beweismittel bedeckt. Sie tippte den Feed des NECN, des New England Cable News, eines Nachrichtensenders, ein und sah, dass sie Luftfilmaufnahmen sowie ein Video vom Auftraggeber in formeller Kleidung bei einer Benefizveranstaltung brachten, wenn auch keinen Audiomitschnitt, auf dem er etwas sagte.

Bei Sloane keimte Hoffnung auf.

Oregon.

Ein neuer Name. Eine neue Person. Aber immer ihre Mutter.

Sie war wie elektrisiert, sie knisterte geradezu. Sie lief aufgeregt in ihrer Wohnung hin und her und überlegte, was sie unternehmen sollte.

Sie ging zum Tisch und griff nach dem Handy.

Du bist am Leben.

Ruf mich an.

Wo steckst du?

Sie sah, dass eine einzige Textnachricht eingegangen war.

Sie öffnete sie.

Las ein paar Worte.

Und dann sank Sloane, vom Kummer wie von einem Schlag mitten ins Herz getroffen, erneut zu Boden und gab der nicht endenden Tränenflut nach.

EINEN TAG DANACH

Im Verlauf des Vormittags machte Sloane sich auf den Weg in ihr Büro.

In ihrer Wohnung hatte sie nur auf die Möbel gestarrt, dann aus dem Fenster, wie festgeklebt auf dem Stuhl gekauert und die Wände angestarrt, als sei darauf etwas über die Zukunft abzulesen. Es kostete sie immense Willenskraft, aufzustehen, sich anzuziehen, ein paar Sachen zusammenzusuchen und das Haus zu verlassen. Es war Spätsommer und warm. Der Himmel über ihr war blau, im grünen Laub der Bäume, das sich schon bald braun färben würde, raschelte eine leichte Brise. Einmal blickte sie sich in einem Anflug von Verfolgungsangst um, doch so schnell, wie das Gefühl kam, verflüchtigte es sich wieder, und auf ihrem weiteren zügigen Fußmarsch durch die Stadt fielen viele Ängste von ihr ab. Einen Moment lang hielt sie an und setzte sich auf eine Steinbank im John-F.-Kennedy-Park. Von ihrem Standort aus konnte sie ein Einer-Ruderboot sehen, das auf dem glitzernden Charles River stromaufwärts fuhr. Auch ein paar Jogger kamen an ihr vorbei. Sie trainierten angestrengt und mit gesenktem Kopf. Sie nahm sich einen Moment Zeit, um die Stille auf sich wirken zu lassen, und den hellen Granit, der Verwendung gefunden hatte, sowohl für die Stelen, die den Eingang zum Park markierten, als auch für das Denkmal selbst mit seinen halbkreisförmigen Stufen und einem nahe gelegenen Brunnen. In den Stein waren Zitate aus Reden des Präsidenten eingemeißelt.

Es fühlt sich erstaunlich an, keine Angst mehr zu haben.

Sie war zwei Personen in einer: die Sloane, die eine außergewöhnliche Erfahrung durchgemacht hatte, eine mörderische Erfahrung. Und die Sloane, die noch einmal von vorne anfing, die neue Sloane, Architektin von ...

Ja, was?

Sie hatte etwas entworfen, auf einem Fundament aus Hass und Mord. Das würde sie nie vergessen.

Doch als sie sich erhob, fühlte sie sich so leicht wie nie zuvor.

Sie begrüßte die Rezeptionistin in der engen Jeans und rechnete halb mit der Antwort: »*Ihr Büro wurde geräumt und dichtgemacht*«, doch sie sagte nichts dergleichen. Dafür sagte Sloane zu ihr: »Dieser Ex-Freund, von dem ich Ihnen erzählt habe, Sie erinnern sich? Der mich bedroht hat?« Die junge Frau nickte. »Also, das Problem hat sich Gott sei Dank geklärt. Kein Grund mehr zur Sorge.«

Jedes Wort war, wie sie wusste, zynisch, aber unumgänglich.

Sloane betrat ihr Büro und setzte sich an den Schreibtisch.

Auf dem Computer waren Rohentwürfe. Sie sah sich alle an, um festzustellen, ob sie irgendwelche kreativen Elemente daran vielleicht für spätere Projekte verwenden konnte. Auch wenn sie es nicht mit Bestimmtheit sagen konnte, hatte sie ein gutes Gefühl, denn einige Formgebungen sprachen sie nach wie vor an, erst recht, nachdem sie die sechs toten Namen aus den Bildern getilgt hatte.

Ihr fiel ein, dass sie immer noch den USB-Stick des Auftraggebers in der Hosentasche hatte, den sie unbedingt hatte mitnehmen sollen. Sie holte ihn heraus und steckte ihn in den Anschluss am Computer.

Das vertraute blaue Symbol erschien auf dem Bildschirm. Sie klickte es an.

Roger starrte ihr entgegen – eine Nahaufnahme, als blicke er direkt in die Kamera und in die Mündung einer Waffe.

Er war im Bademantel. Sein Gesicht kündete von blanker Panik.

Hinter ihm, auf dem Bett, lag die tote Erica Lewis.

Das Hotelzimmer.

Er sagte: »Bitte nicht, ich werde mich nie wieder bei ihr melden, ich werde verschwinden. Mich in Luft auflösen. Bitte, ich will nicht sterben …«

Sie hörte eine Stimme aus dem Off, die sie sofort wiedererkannte.

»Danke, Roger, aber bedauerlicherweise glaube ich dir kein Wort ...«

Sloane riss den USB-Stick aus der Buchse.

Was die Kamera als Nächstes festgehalten hatte, wollte sie nicht sehen.

Einen Moment lang hielt sie den USB-Stick in der Hand und überlegte, was sie damit machen sollte. Dann ging sie zu dem teuren Automaten in der Ecke und brühte sich einen Becher kochend heißen Kaffee auf. Sie trank ihn nicht, sondern warf den USB-Stick hinein. Sie ließ ihn eine Minute sieden. Dann zog sie ihn heraus, warf ihn auf den Boden und zertrat ihn mit dem Absatz. Schließlich sammelte sie die Reste ein und gab sie in einen kleinen Desktop-Aktenvernichter. *Auf immer Lebewohl, Roger*, dachte sie. *Du hättest mich umgebracht, oder?*

Sie war noch nicht fertig damit, als ihr Telefon klingelte.

Unbekannter Anrufer.

Sie zögerte, wischte schließlich den Antwort-Button.

»Ja?«

»Sloane, meine Liebe, hier spricht Patrick.«

Die enthusiastische Stimme des Anwalts überschlug sich fast.

»Ist das schön, Sie zu hören«, fuhr er fort. »Ich war aufrichtig besorgt, nach diesen schlimmen Nachrichten und allem. Bei Ihnen alles in Ordnung?«

»Mir geht's gut«, sagte Sloane.

»Sie sind in Ihre Wohnung zurückgekehrt?«

»Ja.«

»Ungewöhnliche Zeiten, kann ich mir lebhaft vorstellen«, sagte der Anwalt. Er sprach in Andeutungen. Vorsichtig.

»Ja.«

»Und jetzt sind Sie Ihren Auftrag los«, sagte er.

Er umging das Wort Mord.

»Ja, sieht so aus.«

»Es wäre vielleicht klug, alles, was Ihre Mitwirkung an dem Projekt beweist, zu vernichten.«

»Ich hatte gerade damit angefangen, als Ihr Anruf kam.«
»Ausgezeichnet. Das nenne ich vorausschauend. Also, ich möchte Ihnen einen sehr wichtigen Rat geben, meine Liebe, einen Rat, der für jemanden mit meiner lebenslangen juristischen Erfahrung in Strafrecht und darüber hinaus alternativlos ist. Können Sie mir folgen?«

Er hat keine Ahnung, was passiert ist, stellte Sloane fest.

»Ja«, sagte sie. Zugeknöpft.

»Sagen Sie nichts, egal, zu wem, über Ihr Beschäftigungsverhältnis, die Aufgaben, die in Ihre Verantwortung fielen, und schon überhaupt nichts über den Auftraggeber selbst und Ihre Beziehung zu ihm. Sollte ein Polizist bei Ihnen auf der Matte stehen und Fragen an Sie haben, dürfen Sie zu keinem Zeitpunkt auch nur das Geringste darüber sagen. Seien Sie höflich, aber rufen Sie mich augenblicklich an, und ich bin binnen Minuten an Ihrer Seite, bei Tag und bei Nacht. Ohne zu zögern. Beantworten Sie keine Fragen, nicht einmal die routinemäßigen, nach Ihrem Namen und Ihrer Adresse oder *prächtiges Wetter, finden Sie nicht?*. Es gibt nur eins, was Sie sagen dürfen: ›*Ich will mit meinem Anwalt sprechen.*‹ Haben Sie verstanden?«

»Ja.«

Er glaubt, ich hätte abgedrückt. Er hält mich für die Mörderin.

»Nochmals: Haben Sie mich verstanden? Das ist von größter Wichtigkeit.«

»Nichts sagen, nichts tun, nichts zugeben, Sie anrufen.«

»Richtig. Bitte nehmen Sie das ernst, Sloane. Kein Polizist, egal, wie umgänglich, egal, wie freundlich, ist in Wahrheit Ihr Freund. Tun Sie genau, was ich Ihnen sage, denn Sie müssen davon ausgehen, dass Sie jetzt, und nicht erst jetzt, meine Klientin sind und, wenn ich so sagen darf, meine Lieblingsklientin. Und das bedeutet, dass jedes Wort, das zwischen uns fällt, dem Anwaltsgeheimnis unterliegt, weshalb wir diese Situation gemeinsam einigermaßen unbeschadet meistern werden, meine Liebe. Keine Angst!«

Eine altmodische Sprechweise, stellte Sloane einmal mehr fest. Sie fürchtete nichts mehr, ein Gedanke, der sie innerlich beflügelte. Über die Wendung *unbeschadet* musste sie beinahe lachen. *Ich gäbe was drum*, dachte sie.

Sie holte tief Luft. Ihr lag schon auf der Zunge:
Ich hab nichts getan.
Ich bin keine Mörderin.
Ich bin unschuldig.
Ich wurde von dem einen Menschen gerettet, der mich ein Leben lang beschützt hat.

Doch sie begriff, dass dies alles nur zum Teil richtig war.

Und so antwortete sie dem Anwalt nur: »Ich bin stark.«

Er lachte.

»Aber das weiß ich doch«, antwortete er, »das weiß ich schon seit unserem ersten Gespräch.«

Sie trennte die Verbindung. Den ganzen Tag lang rechnete sie damit, dass sich ein Detective der Polizei bei ihr meldete. Doch es kam keiner. Sie blieb die halbe Nacht auf und rechnete jeden Moment mit dem Klopfen an der Tür. Nichts geschah.

So auch am folgenden Tag. In der folgenden Woche. Im ganzen folgenden Monat.

DREI MONATE SPÄTER

In den Schaufenstern waren die ersten Weihnachtsdekorationen zu sehen. In den Parks hatte sich das Laub verfärbt und war von den Bäumen gefallen. In der Stadt herrschte unbeständiges nasskaltes Wetter, die Leute trugen dicke Mäntel und umschifften die Pfützen in eiligem Schritt, als wollten sie den nahenden Winter möglichst schnell hinter sich bringen.

Sloane ging weiter jeden Tag in ihr Büro.

Sie hatte die ganze Zeit damit gerechnet, dass der Mietvertrag auslief und sie vor die Tür gesetzt wurde, doch nichts dergleichen geschah. Und sie fragte nicht nach.

Sie hatte nichts Offizielles zu tun. Keine Aufträge, keine Einstellung, keine Übereinkünfte. Kein richtiger Job. Vor einer Woche hatte sie angefangen, sich mit Zeugnissen und Lebenslauf bei Architekturbüros zu bewerben, und hatte auf Anhieb einige Vorstellungseinladungen bekommen. Sie freute sich darauf, auch wenn sie noch nicht recht wusste, wie sie die Zeit, die zwischen ihrem Abschluss und dem Einstellungsgespräch verstrichen war, erklären sollte. Natürlich würde sie gefragt, ob sie einen Auftrag gehabt habe, ein Projekt. Sie beschloss, einfach nur zu sagen: »Nachdem ich meinen Abschluss gemacht hatte, habe ich mich entschlossen, ein paar Monate zu reisen und mir Architektur anzusehen, Baudenkmäler, die ich nur von Abbildungen und aus dem Studium kannte und die mich faszinierten.«

Sie stellte sich vor, wie darauf die Frage folgte: »Was denn zum Beispiel?«

Und sie würde antworten: »Ein Labyrinth in Italien, mit dem Namen *Il Labirinto*.«

An dem Morgen, an dem sie sich auf das erste dieser Vorstellungsgespräche vorbereitete, bekam sie einen zweiten Anruf von Patrick Tempter.

»Ah, Sloane, gut, dass ich Sie erreiche.«

»Ich hätte eigentlich schon früher mit Ihrem Anruf gerechnet«, sagte Sloane.

Der Anwalt schwieg einen Moment, bevor er antwortete: »Aber dafür bestand keine Notwendigkeit, nicht wahr? Keine Polizei? Keine Fragen, die Sie nicht auch alleine hätten beantworten können, über Ihr Leben und Ihre Zukunft?«

Das überraschte sie.

»Ich bewerbe mich gerade bei einer Reihe Architekturbüros«, erklärte sie.

»Das freut mich zu hören, ausgezeichnet. Aber ich sage es nochmals: Sollte Sie in naher oder ferner Zukunft, egal, aus welchem

Grund, jemand nach dem Auftraggeber und Ihrem Projekt für ihn fragen ...«

»Ja, ich weiß, dann soll ich mich sofort bei Ihnen melden.«

»Ob nächste Woche oder nächsten Monat oder auch in zehn Jahren.«

»Ja.«

»Und selbst für den Fall meines Todes werde ich die Sache in kompetente Hände legen, und Sie werden erfahren, wer diese Pflicht und Schuldigkeit von mir übernimmt, sollte die Sache noch einmal aufkommen ...« Er hielt inne.

Pflicht und Schuldigkeit, dachte sie, eine merkwürdige Wortwahl. Doch sie sagte nichts.

»Okay.«

»Ausgezeichnet«, sagte er, »dann verstehen wir uns.«

Wenn sie etwas nicht glaubte, dann das.

»Wie dem auch sei«, fuhr er fort, »ich habe Neuigkeiten für Sie, ich würde sagen, faszinierende Neuigkeiten.«

»Faszinierend inwiefern?«

»Die polizeilichen Mordermittlungen laufen zwar noch ... ich denke aber, der Fall kommt in nicht allzu ferner Zukunft zu den ungelösten Fällen ... die Armen scheinen ziemlich frustriert zu sein. Wie's aussieht, haben sie keine neuen Spuren, und die alten, denen sie nachgegangen sind, haben wohl immer nur in seltsame Sackgassen geführt ...«

Sloane wusste alles über diese *seltsamen Sackgassen*.

»Und natürlich haben die Ermittler nicht alle Zeit der Welt«, fuhr der Anwalt fort, »aber von einer neuen Entwicklung sollten Sie meines Erachtens erfahren.«

Sloane wusste nicht, ob sie Grund hatte, nervös zu sein oder nicht. »Eine Entwicklung? Was für eine *Entwicklung*?«

»Das Testament des Auftraggebers. Das liegt mir jetzt vor. Sie spielen darin eine herausragende Rolle.«

»Was?«

»Er hat Sie mit mehreren Objekten bedacht.«

»Bedacht?«

»Ja. Eine Reihe sehr wertvoller Gemälde, darunter auch ein bemerkenswertes Original von David Hockney …«

Sie erinnerte sich an das Gemälde.

»Er hat Ihnen auch das Anwesen auf der Insel zugesprochen. Das ist über zehn Millionen Dollar wert.«

Sloane schnappte nach Luft.

»Und während der größte Teil seines Vermögens an verschiedene Wohltätigkeitseinrichtungen geht, hat er auch Ihnen eine ansehnliche Jahresrente zugedacht. Das zusammen mit der Immobilie, also …«

»Ich will es verkaufen. Das Haus, in dem er gestorben ist«, platzte sie heraus und war froh, dass sie nicht gesagt hatte: *das Haus, in dem ihn meine Mutter erschossen hat.*

»Eine kluge Entscheidung«, sagte Tempter. »Das kann ich für Sie regeln. Ich werde mich unverzüglich mit Maklern auf der Insel in Verbindung setzen. Aber …« Er zögerte.

»Was?«, fragte Sloane.

»Das Grundstück hat insgesamt an die sieben Hektar. Sie brauchen nicht alles zu verkaufen, um einen Top-Preis zu erzielen. Sie sollten ein, zwei Hektar behalten.«

»Wieso?«

»Ein interessanter Nachtrag im Testament«, sagte Tempter. »Auf einem Teil des Geländes, so hat er verfügt, sollen Sie nach eigenem Entwurf ein Denkmal errichten.«

»Ein Denkmal?«

»Genau.«

»Und für wen?«

»Das hat er in diesem Fall nicht spezifiziert.«

Die sechs toten Namen. Der Auftraggeber. Ihre Mutter.

Es gab so viel, dessen sie gedenken würde. Es gab so viel, das sie hinter sich lassen musste.

»Eigens für diesen Zweck hat er Ihnen nochmals entsprechende Mittel hinterlassen«, sagte Tempter.

»Natürlich hat er das getan«, sagte Sloane, ehe sie die Verbindung trennte.

In ihrem Kopf nahm es Gestalt an:

Ein stiller, schattiger, gepflegter Spazierweg zu der Stelle oberhalb des Hauses, der Klippe oberhalb des Strands. Eine Granitbank zum Verweilen, mit Blick über die Weite des blauen Ozeans. An einer Seite Flügel aus Eisen, Möwenflügeln nachempfunden, so stark, dass sie jedem Unwetter standhalten, das vom Atlantik hereinbricht, aber zugleich wenden sie sich doch, wie eine alte Wetterfahne auf einem Haus, mit jeder Brise.

Sloane packte ihre Sachen und schlüpfte in ihre Jacke für das Bewerbungsgespräch. Sie schloss einen Moment die Augen. Sie redete sich gut zu, nicht nervös zu sein, und zog ihr altes Handy aus der Tasche. Sie hatte es gegen ein neues getauscht, aber ihr Benutzerkonto behalten, denn da war etwas darauf, das sie niemals löschen würde.

Die letzte Nachricht von ihrer Mutter.

In Momenten, in denen sie sich unsicher fühlte, sah sie sich die Nachricht an.

Sie sagte viel mit wenigen Worten. Sie war ihr vertraut, ein Echo auf eine frühere Botschaft – bis auf eine geringfügige Umstellung und einen kleinen Zusatz, und sie hatte ihr alles gesagt, was sie je zu wissen brauchte:

Es tut mir so leid.
Aber ich bedaure nichts. Nicht eine Minute.
Vergiss nicht, was dein Name bedeutet.

Das, wusste Sloane, war ein guter Rat.